파격의 고전

일러두기

- 고전소설 작품은 〈 〉로, 일반 단행본은 『 』, 일반 논문이나 영화작품 등은 「 」로 표기했다.
- 고전소설을 인용할 때 해당되는 판본은 처음에 옮긴이와 출판사를 명시한 뒤 이후에는 쪽수만 표기했다.
- 참고문헌에 수록된 책이나 논문의 인용은 (조동일, 1999:289)과 같은 식으로 지은이와 연도, 쪽수를 괄호로 묶어 표시했다.
- 인용문에서 고딕으로 강조한 것은 인용자가 한 것이다.

파격의 고전

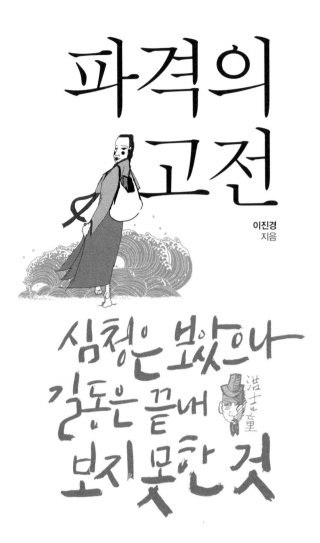

이진경
지음

심청은 보았으나
길동은 끝내
보지 못한 것

글항아리

파격破格, '격을 깬다'는 말이다. 격格이란 틀이다. 사물을 보거나 그에 대해 들을 때, 우리는 틀을 통해서 보고 듣는다. 무지개의 색깔이 일곱 개로 보이는 것은 무한한 색을 일곱 개로 구분하는 시각적 틀을 통해 보기 때문이고, 외국어 발음이 애를 써도 잘 안 들리는 것은 그것이 내가 듣는 소리의 틀을 벗어나 있기 때문이다. 사고는 물론 상상까지도 보통은 틀에 따라 이뤄진다. 격格은 또한 '바로잡다'를 뜻하기도 한다. 틀에 맞춰 보고 듣고 생각하도록 하는 것, 그게 바로잡는 것이다. '자격資格'이란 말이 그러하듯, 격이란 사물이나 생각이 '들어설 마땅한 자리'를 뜻하기도 한다. 격은 나아가 '겨루다'란 의미를 갖고 있다. 즉 사물을 보고 바로잡는다 함은 사물과 '겨루는' 것이고 틀에 맞는 시선으로 사물을 '때리는' 것이다. 틀을 척도 삼아 눈앞에 있는 것을 재단하고 평가하는 것이다.

　파격이란 이런 평가의 척도를 깨는 것이며, 사물을 보고 '바로잡는' 틀을 깨는 것이다. 사물과 '겨루는' 대신 틀과 겨루는 것이다. 높은 자리에 있는 것을 끌어내리며 높고 낮음의 기준을 흔들고, 저기

밖에 내쳐져 있는 것을 안으로 끌어들이며 안팎의 경계를 교란시키는 것이다. 확립된 평가의 틀 안에 이질적인 기준을 밀어넣는 것이고, 당연한 상식 안에 다른 생각을 밀어넣는 것이다. 사물이나 생각이 들어서 있는 자리들을 흩어서 새로운 분포를 만들어내는 것이다.

철학 등의 학문에서도 그렇지만, 문학이나 예술에서 '고전'이란 탁월하다고 간주되는 확고한 자리를 뜻한다. 누구나 마땅히 읽고 배워야 하는 것, 이로써 사물이나 세상을 보는 올바른 틀을 습득하게 되는 것이 우리가 흔히 말하는 '고전'이다. '고전'을 공부함으로써 나를 '바로잡아' 바른 삶을 살게 된다고 말하는 것은 이런 이유에서다. '문학사'는 이런 '고전'들을 질서 있게 배열한 것이다. 문학사를 연구하는 것은 '바른 고전'들을 찾아 합당한 자리를 주고, 그 '고전'들에 바른 의미를 부여해주는 일이다. 종종 어떤 작품의 의미나 가치를 두고 논쟁을 벌이는 것은, 그것에 주어질 자리가 어디인지를 둘러싸고 다투는 것이다. 그렇게 만들어진 역사, 그 역사가 배열한 '고전'들을 통해 우리는 바른 문학, 바른 삶에 대해 배우게 된다.

그러나 이 '바른' 고전들은 '바른 삶'에 대한 도덕적 훈계만큼이나 지루하고 재미없었다. 대개는 이미 상식이 된 것을 다시 확인하는 일이기 때문이다. 그래서 '고전'은 우리로 하여금 생각하게 하지 않는다. 상식으로 평가할 때, 우리는 생각이란 걸 하지 않기 때문이다. 내가 아닌 상식이 생각하게 된다. 따라서 뻔한 소설을 읽는 것은 다 아는 책을 읽는 것만큼이나 재미없는 일일 뿐 아니라 필요 없는 일이기도 하다. 우리가 생각하기 시작하는 것은 상식이 대신 생각해주길 멈출 때이다. 사물을 보는 익숙한 틀을 벗어난 것들과 만날 때이고, 그 틀이 와해되기 시작할 때이다.

이 책에서는 그 뻔한 '고전소설'들을 다룬다. 〈심청전〉〈흥부전〉〈홍길동전〉〈콩쥐팥쥐전〉 등 제목만 들어도 대개 아는 내용이고, 그 의미 또한 모르기 힘들 만큼 잘 알려져 있다. 그렇다. 이 작품들은 오래된 소설이란 의미에서 '고전소설'인 동시에 '올바른 소설'이란 의미에서 '고전'이 된 소설들이다. 그렇기에 다시 읽을 생각을 하기 어렵고, 어쩌다 다시 읽는다 해도 흥미를 갖고 몰입하기 어렵다. '고전'이 되는 데에는 이런 대가를 치러야만 한다. '고전'의 지위란 확고한 틀에 갇히며 얻어지는 것이기 때문이다. '고전'이 된다는 것은 편하긴 하나 더없이 지루한 천국 안에, 어떻게 해도 달라질 것 같지 않은 확고한 자리를 하나 얻는 것이다. 확고함 속에서 잊히고 고사해가는 지루한 고상함을 얻는 것이다.

나는 이 책에서 이런 확고한 자리로부터 고전소설들을 끌어낼 것이다. '고전'이라는 자리를 깨고 '고전'의 자리들을 할당하는 척도를 깨려고 시도할 것이다. '고전'의 틀을 깨는 파격을 통해 지루하고 뻔한 고전소설들을 그 자리에서 끌어내리고자 할 것이다. 가령 〈심청전〉은 효를 설파한 작품이 아니라 효를 임당수의 심연에 빠뜨린 작품임을 보여줄 것이고, 숙영낭자는 변강쇠가 죽어서도 넘지 못했던 것을 넘어서고자 죽음마저 극한으로 몰고 간 인물이라고 주장할 것이다. 더불어 그 작품들을 '고전'으로 만든 틀을 깨고, 그 틀을 직조하는 의미와 가치의 격자를 찢고자 할 것이다. 그럼으로써 그 작품들을 가능한 한 뜻밖의 작품으로 만나게 하고, 약간의 당혹 속에서 정말인지 확인하고자 다시 그 작품을 찾아 읽도록 하고 싶다. 감히 '흥분'이라곤 못 해도 어떤 최소한의 '흥미'를 통해 그 작품들이 독자들의 사유 속으로, 혹은 삶 속으로 다시 들어가길 바란다. 읽는 이들이 다르게 사고하고 다르게 세상을 볼 수 있는 파격의 힘을 갖게 하고 싶다. 또 다른 파격의 시도들이 그 작품들을 찾아가게 하고 싶다. 그래도 그것이 여전히 '고전'의 자리 주변을 맴돌게 된다면, 파격의 힘을 가동시키는 '파격의 고전'이 되었으면 좋겠다는 바람이다. 그 파격의 힘을 통해 역사가들이 부여하는 자리에서 이탈하는 이질성과 복합성을 보여줄 수 있었으면 좋겠다. 그리하여 '역사'라 불리기 힘든 역사, '역사'에 들어가지 못한 것들의 역사 같은 것이 존재함을 보여줄 수 있었으면 좋겠다.

이 책을 처음 구상한 때는 조선시대 세시풍속에 관한 논문을 쓰던 2004년이다. 근대 이전의 세시풍속을 연구하면서 그들이 살았던 세계, 우리 눈에는 보이지 않으나 그들과 함께 살았던 존재들을 되돌아보게 되었다. 여기에 역사에 대한 다른 생각이 끼어들면서 『삼국유사』에 대한 책을 쓰고 싶다는 생각을 하게 되었다. 이는 곧 그런 존재자들과 인간이 뒤얽힌 고전소설들을 다시 보게 만들었다. 당시 내가 공부하던 것과 너무 멀리 떨어져 있어서 파편적인 아이디어나 술자리 '농담'에 머물러 있던 것을 글로 쓰게 된 것은 2015년 여름 〈수유너머n〉에서 했던 강의 덕분이니, 좁은 강의실에서 '막 나가는' 얘기를 기꺼이 경청해주신 분들께 먼저 감사 인사를 드리고 싶다. 그 강의의 진행을 도와주었을 뿐 아니라 이 책을 쓰는 데 필요한 책이나 논문들을 찾아주고, 그 뒤에도 고칠 때마다 원고를 읽으며 의견을 준 황지영 박사에겐 특별히 많은 신세를 졌다. 그리고 고전소설들을 또 다른 의미의 팽팽한 긴장 속에서 읽도록 해준 책과 논문의 저자분들께도 감사 인사를 전하며, 인용의 예禮를 충분히 표하지 못한 점에 대해서는 혜량을 구하고 싶다. 그 밖에 이 책의 원고를 읽고 도움을 주신 분들, 그리고 긴 원고를 멋진 책으로 만들어주신 편집자들에게도 감사 인사를 전한다.

2016년 2월
이진경

차례

제1장

심청, 마조히스트?

:

윤리적 소설과
'반인륜적' 독서

1. 작품을 어떻게 '절단'할 것인가?

문학이나 예술을 당대의 지배적 도덕이나 규범으로부터 벗어나려는 것이라고 정의한다면 그것은 분명 20세기 문학예술의 관념을 일반화하는 것이 될 터이고, 과거의 작품, 특히 한국의 근대 이전 작품들에 적용하려 한다면 그것은 현재의 잣대로 과거를 재는 일이 될 것입니다. 전위적인 돌파를 미덕으로 삼던 예술의 관념을 대중적으로 즐기고 향유하던 작품들에 투영하는 것 역시 마찬가지 오류를 범하게 될 것입니다. 대중적으로 향유되던 작품들은 필경 그것을 읽는 대중의 양식과 통념에 기대어 있을 게 틀림없습니다. 사실 전위적 돌파가 예술가의 미덕으로 간주되는 지금에조차 대중은 그런 전위적 작품을 즐기지 않습니다. 양식이나 통념에 따라, 익숙한 감각이나 관념에 따라 쉽게 즐길 수 있는 것을 택합니다.

그러나 그게 다는 아닐 것입니다. 그저 익숙한 통념을 확인할 뿐이라면 굳이 문학이나 예술을 즐길 이유가 없습니다. 잘 알려진 것,

뻔한 것을 읽기 위해서 문학작품을 찾아보진 않을 겁니다. 기발한 상상력이라든지, 흔히 벌어지지 않는 사건이라든지, 혹은 생각지 못했던 어떤 것에 대한 모호하고 막연한 기대로 애써 찾아보는 것 아닐까요? 그렇기에 그저 대중적인 소설이라도 읽히기 위해선 뜻밖의 것을 담고 있어야 합니다. 그리고 그 뜻밖의 것은 뜻밖의 것이 되어야 하기에 종종, 저자가 의도했든 아니든, 통념이나 양식에서 벗어나는 어떤 것을 담고 있을 가능성이 큽니다. 더구나 오랫동안 널리 읽혀 왔다면 그저 스토리를 전해 듣는 것만으로는 끝나지 않을 무언가를 담고 있으리라고 봐야 할 것입니다.

이런 점에서 굳이 20세기로 한정하지 않더라도 대부분의 문학작품에는 통념적인 것과 그에 반하는 것, 익숙한 것과 그렇지 않은 것이 공존한다고 해도 좋을 것입니다. 상반되고 상충되는 성분들이 함께 있으면서 긴장을 만들어냅니다. 그렇기에 동일한 작품에서도 누구는 통념에 이끌려 시작해 그 반대 방향으로 가는가 하면 또 누구는 거기서 다시 익숙한 관념으로 돌아가며 안도합니다. 반면 누구는 낯선 요소에 놀라 휘말려들었다가 그걸 따라 더 멀리 가기도 할 것이며, 누구는 낯선 요소에 대한 반감 속에서 편안함을 주는 익숙함으로 되돌아가기도 할 것입니다. 혹은 익숙한 것과 낯선 것의 충돌에서 흥미를 느끼는 이도 있을 터이고, 둘의 혼합 속에서 튀어오르는 뜻밖의 느낌이나 생각으로 인해 작품을 다시 읽는 이도 있을 것입니다.

문학이나 예술작품은 사유나 감각을 수많은 방향으로 움직이게 만드는 불규칙한 표면 같은 것입니다. 그 표면 위를 우리의 눈이, 감각이 제각각의 방향으로 달리고, 달리는 움직임 속에서 각자가 선택한 방식으로 우리의 뇌가 사유합니다. 아니, 오히려 작품이란 일종의 지층화된 땅덩어리라고 하는 게 더 나을 듯합니다. 작품을 읽는다는 것, 좀더 강하게 말해 작품을 '해석'한다는 것은 그 땅덩어리를 절단하여 나름의 절단면을 만들어내는 것입니다. 그렇기에 아무리 좋게 읽으려 해도 지형이 단조롭고 내부의 지층이 고른 땅덩어리일 뿐이라면, 누가 읽더라도 그게 그것인, 별것 없는 독해가 되고 말 것입니다. 반면 감각이나 사유가 달리는 경로에 따라 지형이 크게 달라질 가능성이 있다면, 읽을 때마다 다른 '작품'이 되어줄 것이고, 땅덩어리가 복합적이라면 절단할 때마다 다른 절단면을 드러내줄 것입니다.

창작하는 게 아니라 창작물을 읽는 '비평'이 창조가 될 수 있는 이유는, 기존에 읽던 것과 전혀 다른 새로운 절단면을 만들어낼 수 있기 때문입니다. 하나의 땅덩어리는 절단의 방향과 각도를 어떻게 잡는가에 따라 다른 층상(지층의 형상)을 드러냅니다. 좋은 해석은 이제까지 남들이 보여주지 못한 층상을 드러내는 절단을 통해 작품을 해석하는 것이고, 좋은 작품은 이미 수많은 절단면이 있음에도 다시 다른 절단면, 다른 층상을 만들어낼 수 있는 것입니다. 한 작품이 여전히 생명력을 갖는다 함은, 수많은 절단면이 만들어졌음에도 또다시 새로운 절단면을 만들 잠재성을 지니고 있음을 뜻합니다.

기발하고 새로운 해석은 작품을 만든 작자마저 '어, 내 작품이 이런 거였어?' 하고 놀라게 만들 수도 있을 겁니다. 하지만 기발한 해석은 아이디어나 난데없는 절단의 각도만으로는 충분하지 않습니다. 해석의 주요 매듭을 구성하는 요소들 사이에 일관성이 있어야만 새로운 절단은 성공한 것이고, 그때에만 독해나 평론은 하나의

'작품'이 될 수 있습니다. 놀랍지만 충분히 납득할 수 있게 해주는 설득력은 그 일관성에서 나옵니다. 최고의 비평이란 이처럼 작가도 생각하지 못했던 뜻밖의 절단면을 만들어 '이게 당신 작품이 말하고 있는 것이더군요' 하며 되돌려주는 것 아닐까요?

2. 고전소설, 잃어버린 매력을 찾아서

이 책에서 저는 한국의 고전소설들을 읽으며 새로운 절단면을 만들고자 시도할 겁니다. 고전소설은 근대 이전에도 오랫동안 읽혀왔겠지만, 근대 이후의 대학에서 많은 연구자가 거듭해서 연구하고 해석해왔습니다. 최남선, 김태준 같은 이가 초기 연구자들이지요. 고전소설 연구는 1960년대 말~1970년대 초에 이르러 본격적으로 이루어진 듯한데, 문헌학적 작업에서부터 해석에 이르기까지 다양한 층차를 보입니다. 아마도 그런 연구에 기초하여 우리가 지금 아는 '고전'들이 되었을 겁니다. 그것들을 엮으면서 고전들은 문학사의 서사를 만들게 되지요. 그런 방식으로 여러분이 잘 아는 고전들은 '정전正典'이 되었습니다. 그 뒤 학교에서 반복하여 가르쳤고, '고전'으로 읽도록 요구했지요.

그러나 교과서를 재미있게 읽는 게 힘들 듯이, 교과서적인 해석 틀에 갇힌 '고전'들을 재미있게 읽는 것도 쉽지 않았던 듯합니다. 틀에 갇힌 뻔한 해석과 함께 다가왔을 것이며, 작품을 읽은 이유가 우리를 잡아당기는 어떤 매력보다는 의무나 당위적 존경감, 아니 교과과정의 강제 때문이었을 것입니다. 지금은 얼마나 달라졌을까요? 가까운

교사분들의 이야기를 들어보면 달라진 건 그리 없는 듯합니다.

또 하나, 이 작품들을 지루하게 만든 것은 고루한 '도덕'이나 '윤리'였습니다.[1] 아시다시피 고전소설은 대개 권선징악의 주제를 명시하고 있으며, 그런 교훈을 주는 해피엔딩으로 끝납니다. 효나 충·열을 강조하는 권선징악의 도덕이란 아무리 좋은 것이라도 지겹도록 듣는 이야기이고 다들 잘 아는 내용이니 재미있다고 느끼긴 어려운데, 작품이 그걸 명시하고 있을 뿐 아니라 해석 역시 거기서 못 벗어나니 흥미를 갖고 읽기는 어렵지요. 그래서 읽는 이도, 가르치는 이도 고루하고 지겹다는 인상을 받지 않을 수 없고, 대부분이 '천편일률적'이라고 여기게 됩니다. 가령 19세기 말 조선에 다녀간 프랑스 외교관 모리스 쿠랑은 한국의 문헌 4000여 종을 정리해 소개했다고 하는데, 그는 고전소설에 대해 이렇게 평합니다. "고전소설은 두세 권만 읽으면 전부 읽은 거나 다름없다. (…) 그러하니 우리네 아동용 우화 가운데 가장 졸작보다도 오히려 재미가 없다."(Courant, 1976; 정출헌, 2006: 36에서 재인용) 저 자신의 경험도 그랬습니다. 책

---

1 들뢰즈는 스피노자와 니체를 해석하면서 moral과 ethic이 다름을 강조하여 별개의 개념으로 분리합니다. 전자는 '도덕'으로, 후자는 '윤리'로 번역되곤 하는데, 도덕이 조건과 무관한 초월적 규칙(법, 규범, 율법 등)을 전제하고 이를 준수하는가의 여부에 따라 선good과 악evil이라는 범주로 판단한다면, 윤리는 서로 만나는 것 사이의 내재적 관계에 따라 좋음good과 나쁨bad이라는 범주로 판단합니다. 가령 사과를 먹지 말라고 했는데 그걸 어겼으니 그 행위는 '악'이라고 하는 게 도덕적 판단이라면, 배탈 난 이처럼 먹으면 몸에 안 좋은 사람이 사과를 먹을 경우 그 행위는 '나쁘다'고 하는 반면 몸에 잘 맞는 이가 먹으면 '좋다'고 하는 게 윤리적 판단이라는 것입니다. 서양과 동일하지는 않지만, 가령 효孝를 서로 좋은 관계를 만들기 위한 개념으로 삼으면 윤리의 영역에 속한다고 하겠지만, 몸을 망가뜨리고 목숨을 바쳐서라도 지켜야 할 절대적 규범으로 삼는다면 도덕의 영역에 속한다 하겠습니다. 하지만 고전소설의 시대에는 오륜五倫이라는 말처럼 '윤리'라는 말이 도덕과 구별 없이 사용되었기에, 이를 엄격하게 구별해서 쓰면 오히려 혼동이 생길 듯하니 이 책에서는 통상의 어법에 따르겠습니다. 다만 양자를 개념적으로 구별할 필요가 있을 때에는 차이를 명시하며 구별하여 쓰겠습니다.

읽는 것을 무척 좋아했지만, '고전교양'이라며 주어졌던 소설들은 다시 읽고 싶다고 생각하기 힘들었습니다.

그러나 어떤 역사적 사건이 훗날 그 사건의 의미를 읽어내려는 시도들에 의해 채색되며 다양하고 복합적인, 그리고 심층적인 의미를 갖게 되듯이, 작품 또한 그것을 읽어내려는 시도들에 의해 상투성을 벗어난 의미를 획득하고 새로운 해석의 가능성을 얻기도 합니다. 가령 1930년대 프랑스 예술가나 철학자들의 새로운 해석이 있기 전까지 마르키 드 사드의 작품은 아무런 의미 없는 잔혹한 포르노 소설에 지나지 않았습니다. 하지만 지금은 칸트와 비교되기도 하는, 인간 욕망의 본질에 천착한 탁월한 작품이란 소릴 듣습니다. 어떤 작품의 의미는 이후에 그 작품을 읽는 이들에 의해 소급적으로 구성되는 것임을 이보다 더 명확하게 보여주는 사례는 없을 것입니다. 그런 점에서 보면, 고전소설의 '지루함'과 '천편일률'은 그 작품의 작자만큼이나 그것을 읽어온 사람들의 책임이기도 합니다.

예전에 블랑쇼는 '작품 앞에서 작가의 고독'에 대해 말한 적이 있습니다(Blanchot, 1998). 작품을 일단 발표했다면, 작가는 그 작품이 어떻게 읽히든 그에 대해 말할 권리가 없다는 점에서 고독하다고요. 다른 식으로 말하면 작품은 작가와 별개의 존재이고, 작가로부터 독립된 존재입니다. 아니, 작품은 작가에게서 독립될 때에만 비로소 작품이 됩니다. 작가의 개입이나 발언, 작품에 대한 이런저런 전기적 사실 없이는 이해될 수 없는 작품이라면, 그것은 제대로 된 작품이 아니라는 겁니다. 작품을 읽는 행위는 작가의 의도나 그를 둘러싼 역사적 사실 등과 무관하게, 작품 그 자체가 주는 감응이나 효과를 읽는 것입니다. 그런 의미에서 작품이란 "어떤 감응의 응결물"

(Deleuze/Guattari, 1995)이며, 그렇기에 작품에 관한 한 작가 이상으로 읽고 보는 이들이 중요합니다.

이런 입장에서 보자면 작품을 '지루하고 뻔한' 방식으로 읽게 만든 것은 작품 이상으로, 작가의 '의도'나 그 시대의 도덕 및 통념에 비춰 읽으려 했던, 고전소설에 대한 묵은 해석 방식 때문은 아닌가 물어야 할지도 모릅니다. 그런 생각이 작가가 써놓은 의례적인 결말을 너무 고지식하게 읽는다든가, 그런 결말이 명시되었다는 점만으로 모든 텍스트를 그 안에서 해석한다든가 하여, 새로운 절단의 가능성을 축소시키진 않았는지 물어야 할 것입니다. '삼강오륜'이라는 그 시대의 양식과 규범에서 벗어나 고전소설을 해석하는 빈도가 매우 희소한 것은 이 때문이 아닐까요?

그러나 그 작품들을 지금 읽을 만하게 되살리는 것은 오히려 그런 양식과 규범에서 최대한 벗어난 것으로 읽어내는 작업을 통해서만 가능한 게 아닐까요? 앞서 말했듯이 한 작품에 섞여 있게 마련인 통념적이고 규범적인 요소와 그에 반하는 요소들 가운데, 통념과 다른 요소들이 그 힘을 최대한 가동하도록 하여, 지금까지 읽던 바와 다른 작품으로 만들어내야 하는 것 아닐까요? 의례적으로 매듭지은 결말이나 도덕과 통념을 상기시키는 상투구들을 가볍게 '간과'하면서, 작품의 의미가 다른 방향으로 발산하도록 해야 하지 않을까요? 어느 시대보다 윤리적 양식과 규범의 힘이 강했던 조선조의 소설이라면 일부러라도 '삼강오륜'에 반하여 읽는 작업, 지배적인 도덕이나 윤리를 거스르는 방향으로 읽는 작업이 필요하지 않을까 생각하는 것은 이런 이유에서입니다.

그렇다고 자신이 부여하고 싶은 의미를 작품에 멋대로 들씌워버릴 순 없습니다. 아무리 새로운 방식으로 읽는다고 해도 그것이 '읽는' 것인 한, 쓰인 텍스트에 근거해야 합니다. 텍스트와 어떤 식으로든 부합해야 하며 텍스트 자체에 의해 확인될 수 있는 일관성이 있어야 합니다. 작가의 의도를 묻지 않는다 함은 오히려 작품에게 묻는 것을 뜻하며, 텍스트를 따라가며 읽는 것을 뜻합니다. 작가가 부여하지 않았지만 텍스트에 담겨 있는, 아직 보이지 않았던 절단면을 찾아내는 것입니다. 그 절단면은 새로 읽는 해석자가 선택한 방향과 각도에 따라 달라지겠지만, 이는 주어진 작품을 어떤 식으로든 절단하여 찾아낼 따름이지 멋대로 의미를 부여하며 만들어내는 것은 아니기 때문입니다.

예전에 알튀세르는 작가가 부여하지 않은 의미를 읽어내는 독서 방법을 말하면서 '징후적symptomatic 독해'를 제안한 바 있습니다 (Althusser/Balibar, 1991). 그러나 무의식과 그로 인해 나타나는 '증상'들을 가정하는, 프로이트의 영향이 강한 이런 독해 방식은 표면에 나타난 것들을 어떤 것의 '증상'으로 간주하고 있습니다. 즉 증상 이면에 감춰진 상처trauma 같은 중심적 의미를 이미 가정하고 있는 것이지요. 그 결과 텍스트에 등장하는 다양한 문장을 어떤 핵심적 요인으로 귀속, 수렴시켜버린다는 점에서 그리 좋은 독해 방식은 아닌 듯합니다. 오히려 텍스트 안에 있는 다양한 요소가 발산하면서도 나름의 연관성을 따라 다른 방식으로 모이고 연결되게 하는 것이 필요합니다.

이를 위해 물리학에서 사용하는 '대전帶電'이라는 개념을 새로운 독서 방식의 은유로 삼고 싶습니다.[2] 전자기 현상을 다루는 물리학에서 대전이란 가장 일차적으로 호박 같은 물체를 헝겊으로 문질러서 전기를 띠게 하는 현상을 말합니다. 좀더 확장해서 말한다면, 전기를 통하게 하는 등 여러 방법으로 어떤 물체가 전기를 띠도록 만드는 것입니다. 이렇게 대전된 물체는 정전기를 일으켜 인근의 다른 물체들을 끌어들입니다. 물론 끌어들이지 않고 그대로 두거나 밀쳐내기도 합니다. 단어나 문장들에 대해서도 똑같이 말할 수 있을 겁니다. 어떤 단어나 문장에 내가 갖고 있는 개념들을 문질러서 대전시키는 것(전기를 띠도록 만드는 것), 그럼으로써 그것과 친연성 있거나 관련성 있는 다른 말이나 문장 혹은 개념들이 그것에 달라붙도록 만드는 것입니다.

이는 멀리 떨어져 있던 말들을 끌어당겨 하나로 모으기도 하고, 그 말 바로 옆에 있던 것인데도 끌어들이지 않은 채 남겨두기도 하며, 어떤 말들은 멀리 밀쳐내기도 합니다. 이로써 말들의 연결관계는 처음에 봤던 것과 달라지고, 그에 따라 그 말들의 의미도 달라집니다. 뒤에서 자세히 보겠지만, 가령 전우치와 홍길동이 사용하는 '변신술'이나 '도술'을 어떤 개념이나 이론의 헝겊으로 문질러주면 그에 달라붙는 말들이 달라지면서, 애초에 매우 비슷해 보였던 게 그 성격이나 본질에 있어 크게 다른 것이었음이 드러납니다. 전우치의 변신술은 구미호 같은 동물들을 끌어들이고, 과하다 싶은 유희적 사건들을 끌어당기며, 살인이란 말을 밀쳐냅니다. 반면 홍길동의 변신술은 동물들이 아닌 '주역' 같은 인간의 도술을 끌어들이고, 호부호형이란 말을 반복해서 끌어들이며, 아버지나 왕 같은 인물에게 다가갑니다. 전우치와 달리 '살인'을 밀쳐내지 않으며, 쉽게 살인으로

2 '대전'이라는 개념은 도미야마 이치로가 『유착의 사상』(글항아리, 2015)에서 사용했던 것을 재영유하여 썼습니다.

이어집니다. 똑같은 변신술인데도 이렇게 친화성을 갖고 달라붙는 단어들이 달라지면 두 사람의 변신술은 아주 다른 성격을 띠게 됩니다. 이는 〈전우치전〉과 〈홍길동전〉에 대한 기존의 해석과는 다른 해석과 평가를 가능케 할 겁니다.

이런 방법으로 저는 〈심청전〉에서 효와 결부된 말들에서부터 〈금오신화〉에 등장하는 귀신이나 이계異界, 〈허생전〉에서의 '돈'이나 상업에 이르기까지 많은 말과 문장을 문질러 대전시킬 것이며, 거기에 끌려오는 말들이 어떤 것들인지를 볼 것이고, 이를 통해 문질러진 말이나 문장의 의미가 무엇인지 드러내고자 합니다. 그리하면 같아 보이거나 같다고 해석된 것이 크게 달라지는 양상이 드러날 것이며, 그동안 부여되었던 것과는 다른 의미가 드러나리라고 봅니다. 말하자면 지루하고 뻔한 독서가 아닌, 거기서 최대한 벗어난 독서를 시도해보고자 합니다.

또 하나, 아래에서 다룰 작품의 텍스트들에 대해 간단하게 말해두려 합니다. 고전소설은 이본異本이 많습니다. 저작권은 물론 저자라는 개념조차 없었기에 잘 알려진 텍스트를 새로 찍거나 필사하는 과정에서 개작하는 일이 흔했기 때문입니다. 이본들은 때로 내용이 많이 다르기도 합니다. 가령 〈심청전〉의 이본들은 크게 경판본(서울에서 찍은 목판본)과 완판본(전주에서 찍은 목판본) 계열로 나뉘는데, 양자는 등장인물의 이름부터 다릅니다. 우리가 아는 것은 판소리본이나 그에 가까운 완판본으로, 심봉사의 이름은 심학규이고 부인은 곽씨인데, 경판본에서는 각각 심현과 정씨로 되어 있습니다. 심청의 모친이 죽는 시기도 완판본에서는 심청을 낳은 지 7일 만입니다만, 경판본에서는 3년이 지나서입니다. 경판본에는 장승상 댁 부인도,

뺑덕어미도 등장하지 않으며, 심봉사가 나중에 결혼하는 상대자나 결혼하는 방식도 크게 다릅니다. 완판본에선 심봉사가 때론 철없고 우습게 그려지지만, 경판본에서는 그렇지 않습니다. 또 같은 계열이라고 해도 세부적인 차이가 적지 않습니다.

〈심청전〉뿐 아니라 대부분의 고전소설이 이렇습니다. 다행히 고전 연구자들의 오랜 노고를 통해 많은 이본이 정리되었는데, 그 가운데 표준적인 해석의 전거가 되는 '선본善本'들이 어느 정도 자리 잡혀 있습니다. 아래에서는 가능하면 우리가 이미 알고 있는 텍스트를 다루는 게 좋다고 보아 대체로 그런 '선본'들을 전거로 하겠지만, 필요에 따라 다른 이본들을 다루기도 할 것입니다.[3]

3. 〈심청전〉과 소설의 윤리

아버지의 수술비를 벌기 위해 어린 자식이 살아 돌아오지 못할 새우잡이배에 제 몸을 판다면, 그걸 효라고 할 수 있을까요? 만일 여러분에게 자식이 있어 그가 그리한다면, 여러분은 어떻게 하시겠습니까? 제 자식이 그랬다면 정신 차리라고 욕을 해주었을 겁니다.

부모가 죽으면 산에 묻고 자식이 죽으면 가슴에 묻는다는 말이 있듯이, 자식의 죽음은 부모의 죽음 이상으로 큰 고통입니다. 부모가 먼저 죽는 것을 천붕天崩이라 하고, 자식이 부모보다 먼저 죽는 것을 참척慘慽이라 한다지요. 어느 것이나 고통이 크지만 부모가 자

---

3 작품 인용은 독자들의 편의를 위해 가능하면 쉽게 구할 수 있는 것으로 하겠습니다.

식보다 먼저 죽는 것은 자연의 순리에 속하는 반면, 자식이 먼저 죽는 것은 그에 반하기에 '쉽게', 즉 자연스레 받아들이기 어렵습니다. 더구나 자식이 부모 생각하는 것이야 윤리에 속하지만 부모가 자식 생각하는 것은 거의 동물적 본능이기에, 그 상실의 고통은 무엇과도 견주기 어렵습니다. 어미들이 새끼 한 마리를 지키기 위해 적과 죽음을 무릅쓰고 싸우는 것은 자연계에서도 쉽게 목격되는 일이듯, 자식을 위해 몸 바치는 부모는 보기 어렵지 않습니다. 그 반대는 다릅니다. 분명한 건, 자연계에서 그런 일은 극히 찾아보기 힘들다는 사실입니다.

〈심청전〉이[4] 묻는 것이 바로 이런 물음이 아니었을까 싶습니다: 아버지의 눈을 뜨게 하기 위해 바다에 던져질 제물로 몸을 판다면, 그걸 효라고 할 수 있을까?

조선시대에는 이런 것을 효라며 권하던 책이 있었습니다. 그 유명한 『삼강행실도』입니다. 세종조에 하층민을 '다스리기' 위해 만들어져 어느 책보다 더 쇄를 거듭하였으며, 글자를 읽지 못하는 자들을 위해 친절하게 그림까지 덧붙인 책입니다. 이 책은 충성과 효행, 열행의 '삼강'을 가르치고자 자식이 부모에게 자기 허벅지 살을 잘라 먹이거나 뼈를 고아드리기 위해 제 손가락을 잘라 삶아 올리는 엽기적인 행위에서부터 목숨을 바치는 극단적인 사례까지 100여 가지 이야기를 전하며 이를 모범으로 삼을 것을 요구했습니다(강명관, 2002). 대개는 과장되거나 부풀려져 전승되었을 이런 이야기들을 통

---

4 아래에서 〈심청전〉의 분석은 완판본을 중심으로 하며, 판소리본, 경판본 등을 참조합니다. 고대민족문화연구소의 번역본(정하여 역주, 『심청전』)을 주로 인용하며, 필요에 따라 판소리본이나 다른 이본을 인용하겠습니다.

해 필경 목숨을 바치는 극단적 행위들은 소설을 쓰는 이나 읽는 이 혹은 듣는 이로 하여금 엽기적인 사태에 대해 무감하게 만들었을 것입니다. 그래서 사실 멀쩡한 정신을 가진 이라면 곤혹스러워할 게 틀림없을, 효를 위해 목숨을 거는 행위에 쉽게 동조하고 심지어 감동마저 하도록 만들었을지 모릅니다. 아니, 실은 반대일 겁니다. 삼강오륜의 도덕이라는 게 너무 뻔하고 상투적이어서, 저런 극단적인 사례들을 동원하지 않으면 아무도 관심을 갖지 않을 것이기에 엽기적이고 센세이셔널한 책을 찍어냈을 겁니다.

저 끔찍한 예들이 있다고 해도, 만약 자신에게 저런 사태가 닥친다면 감동할 수 있을까요? 그건 쉽지 않을 것입니다. 〈심청전〉에서 딸이 몸을 팔기로 했다는 말을 들은 심봉사—사실 상당히 여러 면에서 '철없는 애비'로 그려지는 인물임에도—의 반응도 그러했습니다. 이는 세심하게 봐둘 필요가 있으므로 좀 길게 인용하겠습니다.

"애고 애고 이게 웬 말인고? 못 가리라, 못 가리라. 네가 날더러 묻지도 않고 네 마음대로 간단 말이냐? 네가 살고 내가 눈을 뜨면 그는 마땅히 할 일이나, 자식 죽여 눈을 뜬들 그게 차마 할 일이냐? (···) 내 아무리 눈 어두우나 너를 눈으로 알고, 너의 어머니 죽은 뒤에 걱정 없이 살았더니 이 말이 무슨 말이냐? 마라, 마라, 못 하리라. 아내 죽고 자식 잃고 내 살아서 무엇하리? 너하고 나하고 함께 죽자. 눈을 팔아 너를 살 터에〔지언정〕 너를 팔아 눈을 뜬들 무엇을 보려고 눈을 뜨리?"(〈심청전-완판본〉, 정하영 역주, 『심청전』, 125)[5]

심봉사만 그랬던 게 아닙니다. 심청을 단 한 번 보았을 뿐인 장승상 댁 부인도 심청이 제물로 팔려 죽으러 간다는 이야기를 듣고는 황급히 그를 불러다 눈물로 호소합니다.

"네 이 무상한[무정한] 사람아. 나는 너를 자식으로 알았는데 너는 나를 어미같이 알지를 않는구나. 쌀 300석에 몸이 팔려 죽으러 간다 하니, 효성은 지극하다마는 그게 살아 세상에 있는 것만 같겠느냐? 나와 의논했다면 진작 주선해주었지. 쌀 300석을 이제라도 다시 내어줄 것이니 뱃사람들 도로 주고 당치 않은 말 다시는 [하지] 말라."(127)

장승상 댁 부인의 이러한 반응은 이미 심청도 한번 생각해본 것이었습니다. 공양미 300석을 몽은사에 보냈다는 말을 듣고 황당해하는 심봉사에게 둘러댄 게 바로 이 말이었습니다. "지금 형편으로는 공양미 300석을 장만할 길이 전혀 없기로 이 사연을 노부인께 말씀드렸더니, 쌀 300석을 내어주시기에 수양딸로 팔리기로 했습니다."(117) 이는 장승상 댁 부인에게 쌀 300석을 충당해서 문제를 해결하는 게 결코 불가능한 일이 아니었을 뿐 아니라, 심청 자신도 그 가능성을 이미 생각해본 적이 있음을 뜻합니다. 그런데 심청은 그렇게 하지 않았습니다. 왜일까요? 미안해서, 혹은 염치없어서? 그럴 수도 있습니다. 그러나 자기 목숨이 걸린 일이자 눈먼 부친의 삶이 걸린 문제인데, 미안하다는 것이 충분한 이유가 될까요? 더구나 이미 딸로 삼겠다며 강한 호의를 표한 분 아닙니까? 아버지에게 쌀 300석을 거기서 얻었다고 둘러대기까지 하지 않았습니까? 그렇기에 '미안함'이나 염치없음보다는, 그걸 말하지 않은 심청에게 서운해하며 "나는 너를 자식으로 알았는데, 너는 나를 어미같이 알지 않"았다고 비난하는 승상 부인의 말이 훨씬 더 설득력 있습니다.

더욱 납득하기 힘든 것은 쌀 300석을 마련해보겠다는 승상 부인의 제안을 심청이 일언지하에 거절한다는 점입니다. "부모를 위해 공을 드릴 양이면 어찌 남의 명분 없는 재물을 바라며, 쌀 300석을 도로 내어주면 뱃사람들 일이 낭패이니 그 또한 어렵고, 남에게 몸을 허락하여 약속을 정한 뒤에 다시 약속을 어기[는 것은] 못난 사람들이나 하는 짓이니, 그 말씀을 따르지 못하겠습니다."(129) 그러나 여기서 쌀 300석은 결코 명분 없는 재물이 아니지요. 승상 부인이 나서서 주겠다고 할 정도로 명분이 뚜렷합니다. 뱃사람과 한 약속을 어길 수 없어서, 목숨과 바꿔야 하는 약속을 물릴 수 없다는 말은 계약을 누구보다 중요하게 여기는 근대의 상인들조차 내뱉기 어려운 말입니다.

물론 자기 목숨을 초개와 같이 여기게 할 만한 어떤 큰 대의를 위해서라면, 혹은 달관하여 죽음에 연연하지 않는 사람이라면 그럴 수도 있습니다. 그러나 심청이 목숨 걸 일은 어떤 거창한 대의를 품은 게 아닌, 남경 선인들의 뱃길을 편하게 해주기 위한 것에 지나지 않습니다. '효'라는 대의가 있다고 할지 모르지만, 심청이 물에 빠져 죽는 건 효를 위한 게 아닙니다. 효를 위해 필요한 쌀을 얻기 위한 것이니, 다른 방법으로 얻을 수 있다면 효라는 대의에서 벗어난다고 할 수 없습니다.

그렇다고 심청이 죽음에 연연하지 않는 달관의 경지에 이른 인물도 아닙니다. "심청이 그날부터 곰곰 생각하니, 눈 어두운 백발 아비 영 이별하고 죽을 일과, 사람이 세상에 나서 열다섯 살에 죽을 일이 정신이 아득하고 일에도 뜻이 없어 식음을 전폐하고 근심으로 지"냅니다(119). 그는 배꾼들을 따라 걸으면서 같이 바느질하던 이웃집 큰애기, 같이 그네 뛰며 놀던 건넛집 작은애기 등 동무들과의 헤어짐을 슬퍼합니다(133). 그러곤 바람에 날리는 꽃잎을 보며 그렇게 떨어지는 자신의 신세를 한탄합니다.

> 봄바람이 무심하다 그 누가 말하느냐.
> 만일 제가 무심타면 지는 꽃잎 왜 보내랴.
> 저 산에 지는 꽃잎, 지고 싶어 지랴마는
> 바람에 떨어지니 네 마음이 아니로다.
> 가엾어라 이내 청춘, 저 꽃과 같은지라
> 하릴없는 이내 신세, 그 누구를 탓하리오.(133)[6]

임당수에 몸을 던질 때도 그렇습니다. "심청이 죽는 일은 추호도 섧지 않"다며 아버지의 눈을 뜨게 해달라고 마지막 기도를 하지만, 그 말과 달리 막상 뱃전에 나서자마자 "심청이 기가 막혀 뒤로 벌떡 주저앉아 뱃전을 다시 잡고 기절하여 엎딘 양은 차마 다시 보지 못한 지경"이었습니다(151). 열다섯 살, 죽음을 달관하거나 목숨을 무릅쓰기엔 너무 어리고 꽃 같은 청춘 아닙니까!

요컨대 심청은 피할 수도 있었을 죽음을 굳이 무릅쓸 어떤 이유가 있었던 것이 아니고, 죽음 앞에 의연했기에 남의 신세를 지느니

---

6 이 부분은 시적인 표현이 더 적절하다고 여겨져 같은 내용을 시로 적은 『심청전』(보리, 2007), 79쪽에서 인용했습니다(이 책은 북한에서 출판한 것을 재간행했는데, 어느 판본인지 표시는 없으나 완판본과 내용이 거의 같습니다).

차라리 죽자고 다짐한 것도 아닙니다. 반대로 자신을 생각하나 눈 먼 부친을 생각하나, 죽기엔 무척 안타깝고 애처로운 사연이 가득합니다. 그렇기에 죽음을 면하며 문제를 해결할 수도 있었을 장승상 댁 부인의 제안을 거절하는 것은 아무리 따져봐도 자연스럽지 않습니다. 그리도 안타깝고 두려운 죽음을 피할 수 있음에도 심청은 왜 그러지 않는 것일까요? 극단적인 선택을 통해 자신의 효행을 과시하려는 것일까요? 그러나 그는 눈멀고 "늙으신 아버지를 홀로 두고 죽는 것이 불효인 줄"(『심청전』, 보리, 72) 잘 알고 있습니다. 죽을 때나 되살아난 뒤에나, 자신이 죽은 뒤 홀로된 부친의 곤경을 걱정하는 말이 반복되는 것은 이와 대응되는 것입니다. 그런 점에서 그는 자신이 죽는 것이 단순히 '효'라는 성격만 갖는 게 아님을 잘 알고 있었던 셈입니다. 진정 '효'의 최대치를 위해서라면 죽지 않고 해결해야 합니다. 더구나 자신을 위해 자식이 몸을 팔아 죽는다는 사태에 기겁했던 부친의 심리적 부담이나, 자식의 참척 앞에 고통스러워할 부친의 고통을 고려하면, 승상 부인의 만류에도 불구하고 몸을 팔아 죽으러 가겠다는 심청의 결단은 정말 효라고 할 수 있는가라는 반문을 피할 수 없습니다. 효인지 불효인지 과단하기 어려운 식별 불가능성이 출현하는 것입니다.

그렇다면 심청은 왜 이런 무리수를 두면서까지 그 두려운 죽음을 선택한 것일까요? 죽음으로 부모를 봉양하는 『삼강행실도』의 엽기적 가르침이 몸에 밴 것일까요? 그러나 그 가르침은 홀로된 맹인 부친의 곤경을 비롯하여, 심청이 죽음으로써 야기될 복합적인 사태에 대한 놀라울 정도의 무감각을 가정하지 않으면 받아들일 수 없는 것 아닌가요? 그게 아니면 도덕의 무조건성에 대한 절대적 믿음이라도 펼치려는 것일까요? 사실 칸트가 말했듯이, 규범이나 도덕적 명령은 언제나 '절대적' 지위를 자처합니다. '정언명령'은 무조건 관철되어야 하지, 조건이나 상황을 봐가면서 행할 것이 아닙니다. 조건을 봐가면서 행하는 것은 '계산'하는 것을 뜻하는데, 칸트가 보기에 그런 계산은 '도덕' 내지 '윤리'에 속하지 않습니다. 조건이나 상황이 어렵더라도 무조건 해야 하는 것, 그게 도덕률의 본질입니다. "해야 하는 것인 한, 나는 할 수 있다Ich kann, wenn ich soll."

그러나 효와 불효, 도덕적 행위와 비도덕적 행위가 식별 불가능하게 된다면 제아무리 칸트주의자라고 해도 어찌할 도리가 없습니다. 어떤 것이 효인지 식별 불가능한 상황에서 도덕적 명령을 절대적으로 따르고자 한들 무슨 소용이 있겠습니까? 더구나 심청은 효에 대한 절대적 믿음 때문에 공양미와 목숨을 맞바꾼 게 아닙니다. 믿고 싶어도 부친이니 몸 바쳐야 하기에 죽으려는 게 아니라, 동냥젖부터 시작하여 애절하게 자신을 키워준 아버지에 대한 애정 때문에 죽는 한이 있어도 공양미를 구해보겠다는 것이지요. 죽음으로써 효성을 증명해야 하기에 죽는 게 아니라 몸을 파는 것 말고는 공양미 300석을 구할 길이 없기에 몸을 팔려는 것입니다. 그러니 죽음을 모면하면서 공양미 300석을 구할 수 있다면 그것이 바로 최대치의 효가 됩니다. 그런데 그는 그렇게 하지 않습니다. 최선의 효를 위해 살아서 공양미를 얻고 아비 봉양하는 걸 굳이 거부한 채, 죽음으로 효를 증명하려는 것도 아니면서 죽음을 피할 수 있는 길을 거부하는 것입니다. 그렇기에 다시 진지하게 물어야 합니다. 심청은 왜 피할 수도 있었고, 효를 위해서라면 피하는 게 좋았을 자신의 죽음을 향해 고집스레 밀고 나갔을까요? 아니, 〈심청전〉은 왜 심청을 그런 방향으로 밀고 갔던 것일까요?

4. 심청, 마조히스트?: 〈심청전〉의 역설적 전략

이미 오래전에 조동일은 심청의 이런 행동이 갖는 이율배반적 성격을 지적함으로써 '반인륜적' 독해의 가능성에 주목한 바 있습니다. "심청은 효를 하기 위해서 앞 못 보는 부친을 속이고, 부친의 눈을 뜨게 하기 위해서 안맹이라는 부친의 상처를 자극하고, 부친을 행복하게 하기 위해서 부친을 말할 수 없이 큰 불행에 빠뜨려야 했다. 효를 절대적인 것으로 긍정하기 위해서는 효마저 부정해야 할 정도로, 심청의 희생은 이율배반적인 성격을 지녀야만 했다. 또한 눈먼 부친을 버리고 가야만 하기에 **심청의 결단은 잔인하기까지 했다.**" 심청이 고심 끝에 선택한 행동은 더 이상 효이기를 중지한 효인 것입니다.

그러나 애석하게도 그는 이런 해석 가능성을 더 밀고 나가지 않고, 역으로 심청의 효성이 갖는 비장미를 강조해 그런 행위의 숭고함을 설명하는 방향으로 나아갑니다. 심청이 이렇게 하는 이유에 대해 그는 "어떠한 희생을 각오하고서라도 삶의 현실을 부정하고 [효라는] 이상을 긍정하지 않으면 안 된다고" 심청이 믿었기 때문이라고 풀이합니다(조동일, 1999: 289). 심청은 목숨마저 바칠 각오를 한 숭고한 이상주의자가 됩니다. 다시 말해 심청은 희생을 각오한 효의 이상을 실현하고자 장승상 댁 부인의 '합리적 반대'마저 물리치며 죽음을 향해 가는 것이라는 이야기입니다. 부친이 눈을 뜬다는 보장조차 없는데 목숨 걸고 효를 위해 나아가는 이런 행동의 비합리성이 〈심청전〉의 비장미를 형성한다는 것입니다(같은 글, 293, 295).

조동일은 심청의 행위를 논리적으로 설명하고자 "공양미 300석을 구하기 위해서는 죽어야 한다"고 말하며 효를 위해서는 일부러라도 죽어야 한다는 결론을 끄집어내는데(같은 글, 288), 확실히 그런 면이 있습니다. 장승상 댁 부인의 제안이 있었기에, 공양미 300석을 구하고자 죽어야만 하는 상황으로 내몰린 건 아니니까요. 이처럼 다른 방법이 있는데도 효라는 이상을 위해 죽는 거라면, 이 죽음은 사실 효라는 이상을 과시하기 위한 것이 되고 맙니다. 조동일의 설명처럼 이상을 구현하기 위해 일부러 죽음을 선택한 것이라면, 〈심청전〉은 『삼강행실도』의 과시적 스펙터클(구경거리, 쇼)과 다를 바가 없습니다.

아버지를 위해 피치 못해 죽는 것과, 효라는 이상을 실현하고자 (모범을 보이고자) 일부러 죽음을 향해 돌진하는 것은 전혀 다릅니다. 역설적이게도 후자는 그 과시적인 성격으로 인해 이상의 숭고함마저 잠식해버립니다. 그러나 〈심청전〉을 어떻게 읽더라도 심청의 마음이나 감정은 도덕적 이상을 위해 일부러 희생을 선택한 자의 그것으로 보기 어렵습니다. 그는 회한도 많고 슬픔도 많고 동요하며 두려워합니다. 텍스트는 그런 번민과 두려움 섞인 슬픔을 아주 길게 묘사합니다. 이상이나 대의를 위해 희생을 결단한 자의 비장한 '고요함' 같은 것은 없습니다. 심청은 효라는 이상을 구현하고자 목숨을 거는 게 아니라, 부친의 어이없는 실수로 벌어진 사태를 수습하기 위해 목숨이라도 팔아야 하는 난감한 처지에 몰려서 몸을 파는 것일 뿐입니다. 하여, 죽기 직전까지 두려워하고 고통스러워합니다.

요컨대 심청이 도덕적 이상 실현의 모범을 보이기 위해 죽으려 했고, 그래서 장승상 댁 부인의 제안을 거절했다고는 할 수 없다는 말입니다.

조동일은 효라는 도덕에 매몰된 독해에서 벗어나기 위해, 유교적 윤리에 반하는 다른 요소를 주목합니다. 그는 심청의 선택이 갖는 이런 비장미가 〈심청전〉의 '표면적 주제'라면, 심청이 죽은 뒤 뺑덕어미가 등장하면서 심봉사가 탈도덕화되며 망가져가는 것을 통해 골계적인 방식으로 유교적 도덕을 비판하는 것이 '이면적 주제'라고 봅니다. 즉 유교적 도덕에 대해 어떤 선택을 하는 게 좋을까 의문을 던지는 작품이라고 해석하는 것입니다(조동일, 1999: 303~305). 이처럼 〈심청전〉을 '인륜에 반하는' 방식으로 읽는 것도 충분히 가능하지만, 이때도 심청의 행위는 여전히 '효'의 이상주의에 갇혀 있으며, '부분적 독립성'을 갖는 부차적 요소들(뺑덕어미와 심봉사의 행위는 심청의 선택이나 그 행위의 의미에 아무런 영향도 미치지 못합니다)만이 윤리의 족쇄에서 벗어날 수 있을 뿐입니다. 그러니 오히려 심청의 선택이 갖는 이율배반적인 측면, 즉 '효이기를 중단한 효'라는 측면을 더 밀고 나갔어야 하지 않을까요?

최근의 연구 가운데 최기숙 또한 효라는 도덕적 목적을 위해 '죽음'이나 '인신매매'라는 비도덕적 방법을 선택했다는 점에서 이효상효以孝傷孝(효로써 효를 상하게 함)의 딜레마가 발생함을 지적합니다. 그러나 그는 텍스트 내부에서 심청의 효행에 감동하는 주변 인물들의 언행이나 서술자의 언술, 그리고 텍스트 밖에서 동조하는 독자 등을 통해 이 딜레마는 소실되고 극한적 효의 완성으로 귀착된다고 분석합니다(최기숙, 2013). 결국 여기서도 〈심청전〉은 효를 설파한 도덕적 텍스트에서 벗어나지 못합니다.

　그러나 '도덕적 딜레마'라고 명명된 것이 그리 쉽게 소멸될까요? 딜레마나 이율배반은 매우 근본적인 것이어서 엔간한 방법으로는 잘 해결되거나 해소되지 않습니다. 단지 은폐될 수 있을 뿐입니다. 하지만 은폐가 해소일 수 없는 것은, 은폐된 것이 어떤 식으로든 지속되며 드러난다는 사실 때문입니다. 심청 주변 인물이나 서술자의 말들로 가려지지만, 그래도 숨겨지지 않은 채 드러나는 지점을 찾아내야 합니다. 그것을 내보이기 위해서는 은폐하는 말들에 '속지 않으며' 읽어야 합니다. 다시 말해 등장인물이나 서술자가 효행에 대해 반복적으로 덧대는 감탄사들을 곧이곧대로 받아들이면, 심청의 행동이 갖는 이 이해할 수 없는 면모는 어느새 시야에서 사라지고 말 것입니다. 그걸 면하려면 반대로 〈심청전〉의 줄기를 이루는 이 중심적인 모티프가 불가해한 면을 갖고 있음을 더 주목하고 강조해야 합니다. 앞서 말한 것처럼 그것을 다른 '헝겊'으로 문질러 대전시켜야 하고, 그것에 달라붙는 다른 말 조각들을 찾아야 합니다. 이를 이해하기 위해 우리는 잠시 우회로를 경유할 필요가 있습니다.

　피하려면 충분히 피할 수도 있었을 죽음을 울면서도 기어코 밀고 나가는 심청의 행적을 보면서 무엇보다 먼저 생각났던 것은 상인 게오르크와 그 아버지의 대화로 이루어진 카프카의 소설 「선고」의 마지막 장면이었습니다. 러시아인 친구 등에 대해 이런저런 이야기를 하던 아버지는 이렇게 말합니다. "정확히 말하면 넌 순진한 아이였지. 하지만 더 정확히 말하면 넌 악마 같은 인간이었어. 그러니까 알아둬. 나는 지금 너에게 빠져 죽을 것을 선고한다." 그 이야기를 듣고 게오르크는 방에서 나와 강으로 뛰어가 난간을 잡고 뛰어내립니다. "그는 간간이 기둥 사이로 자기가 물에 떨어지는 소리를 쉽사리 들리지 않게 해줄 버스를 보면서 '부모님, 전 항상 부모님을 사랑했습니다'라고 나지막이 외치면서 떨어졌다."(『단편전집』, 64~65)

물에 빠져 죽으라는 아버지의 선고를 받고 그 말대로 강에 몸을 던지곤 "전 항상 부모님을 사랑했습니다"라고 외치며 죽는 것, 이는 표면적으로는 사랑하는 아버지의 명령을 따르는 순종적 행위로 보입니다. 절대적 명령, 도덕적 정언명령에 대한 무조건적 복종이라고 할 수도 있습니다. 심청 같은 '효행'이지요. 그러나 일말의 주저도 없고 이유도 묻지 않는 이 절대적 복종을 통해 드러나는 것은 그 명령의 지고함이 아니라 황당함입니다. 아들을 야단치다가 '나가 죽어!'라고 했을 때, 그놈이 정말 나가 죽는다면 얼마나 황당하겠습니까! 나가 죽으란다고 강에 뛰어내리는 이에게서 조선식 효의 윤리나 칸트적인 '절대적 복종'을 진지하게 읽어내는 것처럼 웃기는 일도 없을 겁니다. 이 경우 '절대적 복종'은 항의입니다. 죽음을 불사하는 극단의 항의, 명령에 순종함으로써 그 명령의 부당성을 드러내는 항의입니다.

현실적인 요인들을 완전히 무시하는 이런 절대적 순종은 종종 웃음을 야기하는 유머의 기술로 사용됩니다. 가령 김사량의 소설 「풀 속 깊숙이草深し」에서 주인공의 숙부인 군수는 일본어를 쓰라는 본국의 명령을 충실히 따라 일본어를 하지 못하는 자기 첩에게도 일본어로 말하고, 흰옷 대신 색의色衣를 입으라는 명령을 따르기 위해 먹을 들고 다니며 색의 아닌 옷에 먹칠을 하다, 급기야 자기 아내가 아끼는 흰 치마에까지 먹칠을 해 집에서 쫓겨납니다. 여기서 김사량은 과잉 추종이 야기하는 어이없는 결과를 통해, 그가 추종하는 명령 자체를 웃음거리로 만들고 있는 것입니다(김사량, 2001).

들뢰즈는 규칙에 대한 지나친 준수와 그로 인한 어이없는 결과를 통해 그 규칙 자체를 의문에 부치는 이런 방법을, 규칙에 대한 근본적 반문인 '반어irony'와 대비하여 '유머humor'라 명명합니다. 가령 『악덕의 번영』과 『미덕의 불운』에서 사드는, 악덕은 필경 망하고 미덕은 고난 끝에 보상받는다는 도덕적 명제에 대해 정반대되는 이야기를 통해 '과연 그럴까?' 하고 반문합니다. 악한 언니 줄리엣은 그 악덕 덕분에 성공과 번영을 누리고(『악덕의 번영』) 착한 동생 쥐스틴은 그 선함으로 인해 끝도 없이 고생하다 파탄납니다(『미덕의 불운』). 이래도 '착하게 살자'고 할 거냐는 반문인 겁니다. 이는 도덕적 규칙에 대한 직접적인 반박이란 점에서 '아이러니'의 방법에 속합니다. 반면 마조흐는 가령 『모피 입은 비너스』에서 규칙이나 계약이 정한 것에 대해 고통을 감내하면서까지 지나치게 준수함으로써 그 규칙이나 규칙 준수라는 명령을 웃음거리로 만듭니다(들뢰즈, 1996).

물론 『모피 입은 비너스』에서 실제로 웃음을 야기하는 익살스런 분위기나 내용을 읽긴 쉽지 않습니다. 그러나 역으로 진지한 태도와 표정으로 규칙을 과잉 준수하는 것이, 웃음을 끼워넣는 것보다 규칙 준수의 도덕주의를 파괴하는 데는 더 효과적이지 않을까요? 진지한 준수를 통해 어이없는 결과에 이르니까요. 카프카의 「선고」도 그렇습니다. 그 작품에서도 조롱이나 풍자의 느낌은 읽기 어렵습니다. 오직 아버지의 명령을 너무 고지식하고 진지하게 따르는 것으로 묘사할 뿐입니다. 그런 점에서 근본적인 차원의 유머는 단지 웃음을 야기하는 풍자적 익살과 달리, 웃음 없이 쓰일 수 있음을 이해해야 합니다. 웃음이나 익살, 명시적 비판의 태도를 드러내지 않으면서 그저 명령이나 규칙을 과잉 준수하게 하여 그 규칙의 부당성을, 황당함을 드러낸다는 것입니다.

그런데 앞서 길게 서술한 심청의 행동이 그렇지 않은가요? 죽음으로 인해 부친이 겪어야 할 현실적 고난과 심리적 고통을 명확히 알고 있음에도 불구하고, 게다가 장승상 댁 부인의 제안에 따라 그 죽음을 모면할 방법이 분명히 있음에도 불구하고, 아버지의 눈을 뜨게 하고자 제물이 되어 물에 빠져 죽는 것에 대해 '일부러'라는 부사를 사용하는 건 가능한 일입니다. 그게 효라는 이상을 실현하기 위해 자기희생적 모범을 보이려는 행위가 아닌데도 '일부러' 그렇게 하는 것이라면 차라리 반대로 봐야 하는 게 아닐까요? 효에 대한 요구를 과도하게 준수함으로써 그런 요구 자체를 어이없는 명령으로 만들어버리는 방법이라고. 그럼으로써 심청은 자신이 맞닥뜨려야 했던 근본적인 물음을 소설의 독자들에게, 그리고 자신이 사는 세계에 되돌려주고 있는 것은 아닐까요?: "아버지 눈을 뜨게 하기 위해 바다에 던져질 제물로 몸을 판다면, 그걸 효라고 할 수 있을까?" 덧붙이면, 심청이 상인들과의 계약에 강하게 매여 있는 것 ("남에게 몸을 허락하여 약속을 정한 뒤에 다시 약속을 어기〔는 것은〕 못난 사람들이나 하는 짓이나……")도 마조흐의 작품에서 세브린이 처한 상황과 유사합니다.

조선처럼 도덕적 규범이나 통제가 강한 사회에서, 도덕적 규범 자체에 대해 직접 반기를 들거나 반문하는 것은 지극히 어렵고 위험한 일입니다. 사실 조선만이 아니라 19세기 말 프랑스에서도 사드처럼 도덕적 규칙에 대해 반문하는 것은 결코 쉽지 않았습니다. 사드는 자신의 소설들 때문에 오랜 세월을 감옥에서 보냈고, 더할 수 없는 모욕과 불명예, 스캔들을 감수해야 했습니다. 소설이라는 글쓰기 자체에 대해서조차 사대부들의 반감이 강했던 조선에서, 심지어 엽기적인 양상의 극단적 모범으로 삼강의 윤리를 가르치고 강요했던 시대에, 도덕적 규칙 자체에 대해 정면에서 반문하는 소설을 기대하는 것은 심히 어려운 일입니다. 따라서 사드처럼 반어의 전략을 택하여 도덕을 비판하기는 쉽지 않았을 겁니다.

또한 그런 시대이기에 주어진 도덕적 규칙이나 명령을 지나치게 준수하는 양상의 서사를 비난하기도 쉽지 않았을 것입니다. 『삼강행실도』의 엽기적인 사례가 있으니 더더욱 그럴 것입니다. 물론 김사량처럼 규칙의 과잉 준수를 통해 규칙을 조롱하고 도덕을 웃음거리로 만들었다면, 글 읽는 것으로 훈련된 양반이나 국가가 그대로 두었을 리 없습니다. 〈심청전〉이 그랬듯이, 윤리적 규칙을 엽기적인 방식으로 준수함으로써 규칙 자체에 대해 물음을 던지는 경우에도 그런 비난과 처벌을 피하고자 등장인물이나 서술자의 입을 빌려 '동조'의 언사들을 덧칠해야 했을 거라고 볼 수 있지 않을까요? 풍자와 웃음이 아니라 비장함의 정서 속에서, 고지식하게 규범을 따라 죽으러 가는 방식으로 서술해야 하지 않았을까요? 그렇기에 그 이율배반이나 딜레마, 혹은 역설을 드러내기 위해서는 동조적 발언이나 비장한 정서의 덧칠들을 걷어내면서 그 텍스트가 제기하는 물음을 명확히 드러내는 방식으로 읽어야 합니다.

5. 연꽃 속의 심청은 왜 집으로 돌아가지 않는가?

심청은 임당수에 몸을 던져 죽습니다. 카프카의 게오르크처럼 물에 빠져 죽습니다. 임당수는 그가 몸을 던지는 바다, 곧 심연입니다. 그가 몸을 기댈 어떤 확고한 기반이 없는 곳, 모든 기반이나 근거가 사라져버린 곳입니다. 심청은 몸을 던져 그 심연 속으로 들어갑니다. 그러나 혼자 들어가는 것은 아닙니다. 자신의 몸과 더불어 효를, 효라는 도덕을 그 심연 속으로 끌고 들어가는 것입니다. 어두운 심연, 그것은 어떤 행위가 효인지 아닌지를 판별할 수 없는 식별 불가능성의 지대입니다.

하이데거 식으로 말하면, 심연Abgrund은 모든 것이 근거Grund를 잃고Ab 어둠 속으로 침몰하는 곳입니다. 모든 가치가 무無로 돌아가는 무의 공간입니다. 그럼으로써 모든 것을 근본에서 다시 생각하게 하는 공간이며, 다시 탄생하게 하는 공간입니다. 들뢰즈 식으로 말하면, 심청이 몸을 던진 바다란 어떤 고정적인 것도 없는 끊임없는 변화의 공간, 모든 것이 유동적인 액체적 공간입니다. 생성과 변이의 흐름만이 존재하는 공간입니다. 어떤 확고하고 지고한 가치나 규범이 변이와 생성의 힘에 '침수'되어 유동화되는 곳입니다. 확고부동한 '답'이었던 효를 근본적인 '물음'으로 바꿔버리는 공간입니다.

그렇게 침수한 곳에서 심청은 다른 세계로 들어갑니다. 용궁, 그곳은 심청도, 그의 아비도, 그의 이웃도 알지 못했던 세계입니다. 옥황상제와 용왕이 등장하지만, 그것은 그 당시 사람들이 알고 싶었지만 알 수 없었던 세계를 상상하며 말하는 상투구(클리셰)라고 해야 할 것입니다. 자신들이 이해할 수 없는 사건을 이해할 수 있도록 만들어주는 세계였던 거지요.[7] 그 세계에 사는 이들 역시 지상의 인

---

7 이런 사건화의 방법에 대해서는 제3장에서 다룰 것입니다.

물들처럼 '심청의 효성에 감동'했다고 말하지만, 그것은 단순한 효행에 감동한 게 아니라 극단적 효행에 감동한 것입니다. 극단적 효행, 그것은 효이길 그친 효행, 효의 극한을 넘어서는 효행, 그렇기에 근본에서 다시 묻게 하는 효행입니다. 여기서 그들을 감동시킨 것은 효보다는 그것의 극단성, 즉 그 희소하고 극한적인 선택입니다. 평범한 효행은 '삼강'의 조선에, 심청이 살던 세계에 흔히 있으니까요. 그렇기에 심청의 구원은 '하늘의 도움'에서 연유하는 것으로 서술되지만, 사실은 자신을 극단으로 밀어붙인 심청 자신에게서 연유하는 것입니다. 민중의 환상이 만들어낸, 멀리 떨어진 세계에서 정해진 '운명'으로 오는 게 아니라, 피할 수 없이 닥쳐온 '운명'을 받아들이며 자신이 속한 세계를 과감하게 떠나 다른 세계로 들어가려는 심청의 결단에서 오는 것입니다.

심청은 임당수에 몸을 던지며 죽습니다. 황주 도화동에서 봉사인 아버지를 위해 동냥하며 살던 심청은 죽음이 기다리고 있는 바닷속으로 들어갑니다. 이웃집 큰애기와 같이 바느질하고 건넛집 작은애기와 같이 그네 뛰고 놀던 심청, 장승상 댁 부인이 아끼던 심청, 효의 도덕에 묶여 있던 심청은 고향을 떠나 임당수 속에 빠져 죽습니다. 아버지의 실수로 시작된 사건에 휘말려, 결국 제 목숨을 쌀과 맞바꿔 선인들을 따라 배를 타고 가서 바닷속으로 뛰어들어 죽습니다. 그렇게 심청이 죽으면서 그가 속해 있던 하나의 세계도 함께 죽습니다. 매일의 동냥이나 삯바느질 등으로 연결되어 있던 하나의 세계, 아니 '효'라는 이름으로 자식을 부모에게 단단히 포박해놓았던 세계가 바닷속에 침수되어 사라집니다. 죽음이란 이전에 알던 모든 것이 사라지는 지점이고 이전에 살아왔던 모든 방식이 소멸된 다른 세계가 시작되는 문턱입니다.

자연의 바다가 그러하듯, 심연은 누군가가 바닥없는 깊이 속에 **빠**져 죽는 곳이자 새로운 것이 탄생하고 생성되는 공간입니다. 심연의 어둠, 그 침침하고 어두운 흑청색 바다는 생성되는 것이 무엇인지 알 수 없는 미지의 색으로 미만해 있습니다. 미지란 아직 알지 못한 가능성, 펼쳐지지 않은 잠재성입니다. 심청이 죽는다는 것은 그 미지 속으로, 미지의 가능성 속으로 들어감입니다. 그리고 미지의 심연 속에서 심청은 죽고 다시 태어납니다. 다른 세계 속으로 다시 태어납니다. 그 재탄생은 연꽃으로 새로이 피어나는 것 같은, 새로운 삶의 시작입니다. 죽음 같은 심연 속에 자신을 던져넣은 자, 자아의 죽음을 받아들이는 자에게 주어지는 새로운, 다른 삶입니다.

〈심청전〉에 불교적인 성격이 있다고 한다면, 그건 몽은사 부처님이 등장하고 시주를 하고 연꽃이 등장하는 것보다는 무엇보다 이 자아의 죽음, 그 죽음을 통해 들어가는 미지의 세계, 모든 방향으로 열린 그 세계로 태어남이라는 계기 때문일 것입니다. 물론 마지막에 맹인잔치에 참석한 수많은 맹인이 무명과 무지를 뜻하는 눈멂에서 벗어나 눈 뜨고 광명을 보는 결말 또한 추가해야 하지만 말입니다. 자아의 죽음이 대대적인 눈뜸으로 하나의 선으로 연결되어 있음은 굳이 지적하지 않아도 좋을 터입니다.

심청은 죽지만, 죽지 않습니다. 침수와 도래한 죽음의 문턱을 넘어 다시 태어납니다. 자신이 살던 세계와 이별하며 다른 세계로 들어가는 이라면 모두 이럴 겁니다. 그런 점에서 이 죽음은 생물학적 신체나 심리적 인격의 죽음이 아니라, 사실은 심청 안에서 '누군가'가 죽는 것을 가리킵니다. 봉사인 아버지를 위해 동냥하던 '누군가'

가, 효의 윤리에 묶여 있던 '누군가'가 죽는 것입니다. 자신에게 닥쳐온 어떤 사건으로 인해 내 안의 '누군가'가 죽는 것은 블랑쇼의 말을 빌려 '비인칭적 죽음'이라고 명명할 수 있을 것입니다(Blanchot, 1998). '누군가'라는, 나·너·그를 특정할 수 없는 '누군가', 일인칭도 이인칭도, 삼인칭도 아닌 '비인칭'의 누군가가 내 안에서 죽는 것이란 의미에서.

그런데 그것은 '비인칭적 탄생'으로 이어집니다. 심청 안의 누군가가 죽고, 다른 누군가가 다시 태어나는 것입니다. 그렇게 태어나는 심청 안에서 아직 펼쳐지지 않은 잠재성의 세계가, 여러 방향으로 열린 가능성의 세계가 꽃봉오리처럼 생성되는 것이지요. 그래서 심청이 빠져 죽은 임당수 물 위엔 재탄생을 표현하는 꽃이, 아직 피지 않은 봉오리 꽃이 하나 솟아납니다. 그 안에 들어앉아 있는 심청, 그는 아직 펼쳐지지 않은 잠재성 안에 앉아 있는 것입니다. 그런 점에서 봉오리인 채 죽음의 자리에 피어난 저 연꽃은 재탄생한 심청의 형상을, 과거 삶의 잔상들을 지운 채 아직 피어나지 않은 잠재성으로서, 바다라는 모든 방향으로 열린 거대한 가변적 흐름 위에 떠 있는 것입니다.

임당수에서의 죽음과 용궁에서의 탄생, 그것은 심청이 감수한 비극적 효행과 그에 대한 환상적 보상이라는 낭만적 구성(박일용, 1994: 95)이나 주인공의 몰락을 통해 그가 대변하는 이상 혹은 대의가 승리하는 리얼리즘적 구성(정출헌, 1999: 334~335)이라기보다는, 심청이라고 명명된 한 사람의 신체와 '영혼' 안에서 발생한 비인칭적 죽음과 비인칭적 탄생의 은유라고 저는 이해합니다. 그렇기에 심청이 '죽지 않고' 살아났지만, 그는 신체 없이 떠도는 귀신이 아니요,

그렇다고 예전의 신체와 영혼을 가진 심청도 아닙니다. 새로이 탄생한 누군가에 의해 다른 특이성을 갖게 된 신체와 영혼이고, 그런 점에서 이전과 비슷한 신체적·정신적 요소가 아무리 많다고 해도 새로이 탄생한 인물이며, 이후 만나게 될 조건에 따라 더욱더 다른 사람이 될 인물입니다. 이전에 그가 살던 세계와는 다른, 아직은 잠재적인 세계를 동반한 인물입니다.

이는 심청이 연꽃 속에 앉아 임당수로 되돌아오지만, 그리고 자신을 사서 임당수로 밀어넣었던 남경 선인들의 손에 들어가지만, 집으로 다시 돌아가지 않는 하나의 이유입니다. 혹은 집으로 돌아가지 않는 것이 갖는 하나의 의미입니다. 그가 원래의 세계로 되돌아갔다면 임당수에 빠져 죽은 것이 그의 신체와 영혼에 별다른 변화를 야기하지 못했음을 뜻합니다. 그런 귀향은 여전히 그가 떠나온 세계, '고향'이라 불리는 세계에 매여 있음을 의미합니다. 반면 돌아가지 않음은 그 세계로부터 벗어났음을, 돌아갈 이유가 없음을 뜻합니다.

사실 '효'의 대의라는 관점에서 보면, 되살아난 심청은 딸마저 없이 홀로된 봉사 아비를 생각해 한시바삐 집으로 돌아가야 했습니다. 가서 자신의 우행으로 인한 딸의 죽음을 슬퍼하는 부친의 치명적 고통을 덜어주고, 새로 얻은 신체와 필경 한층 더해졌을 신뢰를 바탕으로 부친을 극진히 모시며 '행복하게 살았더랍니다' 하고 끝났어야 합니다. 그것이 효라는 대의에 충실한 〈심청전〉에 어울리는 결말이겠지요.

그러나 심청은 눈먼 아비가 있는 도화동으로 돌아가지 않습니다. 심청의 효행에 감동하여 그를 구해준 용왕도, 옥황상제도 아버지가 있는 고향으로 돌아가도록 배려하지 않습니다. 열혈 효녀로 가정된 심청이었다면 적어도 집으로 돌아가겠다는 의지를 표명했어야 하지 않을까요? 그러나 그렇게 하지 않습니다. 효를 다룬 소설이라면 이는 아주 의외라고 할 만합니다. 〈심청전〉의 이본 가운데 '김동욱 소장 45장본'은 이런 의문을 좀더 강하게 갖게 합니다.

꽃봉오리 속에 심낭자는 어디로 가는지 모르다가 수정문 밖 떠나갈 제 (…) 3춘에 해당화는 수중에 붉어 있고 ○○에[실실이] 푸른 버들 해수변에 드리웠는데 고기 잡는 어옹은 시름없이 앉았구나. 한 곳에 다다르니 일색이 명랑하고 사면이 광활하다. 심청이 정신 차려 둘러보니 ○○[여기]는 임당수더라. 슬픔 또한 꿈 가운데 아닌가.(김진영 외 편, 『심청전 전집』4, 박이정, 1998, 409)

아마도 완판본에 이 판본을 더해 수정한 것으로 보이는 북한판 〈심청전〉은 좀더 이해하기 쉬운 말로 서술되어 있습니다. 심청은 연꽃잎들 사이로 슬며시 내다보고 '임당수'임을 확인합니다. "자세히 둘러보니 여기가 바로 지난날 자기가 몸을 던진 임당수였다."(《심청전》, 보리, 96) 곧이어 남경 선인들이 임당수에 당도하여 심청을 위해 제사를 지내줍니다.

그때 남경장사 선인들이 (…) 임당수 당도하여 큰 소 잡아 동이 술과 각색 과실 차려놓고 북을 치며 제 지낸다. 두리둥 두리둥 북을 그 치더니 심낭자의 넋을 쳐들어 큰 소리로 부른다. (…) 선인들이 모두 울음 울 제 해상을 바라보니 난데없는 꽃 한 송이 물 위에 둥실 떠오거늘, 선인들이 내달으며 애야 저 꽃이 웬 꽃이냐? 천상의 월계화냐 요지의 벽도화냐? 천상 꽃도 아니요 세상 꽃도 아닌데 해상에 떴을 때는 아마도 심낭자 넋인 게다.(김동욱 소장 45장본, 『심청전 전집』4, 408~409)

연꽃 안에서 밖을 내다 둘러보고 임당수임을 알아차린 심청이, 자기를 위해 저리 북을 치고 제를 지내며 우는 남경 선인들을 모를 리 없습니다. 선인들도 그 꽃이 심낭자 넋인가보다고 하지 않습니까! 그런데 꽃 속에 숨은 심청은 내다보지 않으며 말을 걸지도 않습니다. 자신이 죽은 후 홀로될 부친의 고통을 자신의 죽음보다 더 걱정하던 '효녀'가, 다시 도화동으로, 아버지가 있는 곳으로 데려가달라고 한다면 기꺼이 그래줄 배꾼들에게 한마디 말도 하지 않는 것입니다. 자신이 숨은 연꽃을 거둔 뱃사람들을 모르는 체하는 것은 의도적일까요? 아니면 이미 다른 누군가가 되어 그들을 알아볼 눈마저 잃어버린 것일까요? 심청의 심사야 알 수 없지만 분명한 것은 그가 자신을 기다리는 부친에게로, 자신이 떠나온 집과 고향으로 되돌아가려 하지 않는다는 사실입니다. 이는 매우 중요합니다. 효라는 '원리'가 심청의 행동에 더 이상 작용하지 않음을 뜻하기 때문이고, 〈심청전〉은 효를 다룬 텍스트라는 말이 설득력을 잃는 지점이기 때문입니다.

다시 묻고 답하자면, 심청은 왜 돌아가지 않을까요? 돌아갈 누군가, 돌아가고자 하는 그 누군가는 임당수에 몸을 던질 때 심청 안에서 이미 죽었기 때문입니다. 연꽃에 앉아 있는 심청 안에는 그와 다른 누군가, 이미 다른 세계에 발을 들여놓은 누군가가 있는 것입니다. 만약 거기서 돌아간다면 그것은 낡은 세계로의 후퇴이며, 버리고 떠나온 자아로의 퇴행이 될 것입니다.

여전히 '효'가 문제라면, 이제 그 효는 정해진 상투적인 답에서 '무엇이 진정 효인가'라는 근본적인 물음으로 바뀌었다고 해야 합니다. 그 물음은 심청과 더불어 물결 따라 흘러갑니다. 다른 세계로, 다른 답을 찾아 흘러갈 것입니다. 이제 심청은 예전의 집으로, 예전의 삶으로 되돌아갈 수 없습니다. 심연을 본 자가 어찌 예전의 삶으로 되돌아가겠으며, 심연의 한없는 어둠 속에서 탄생한 물음이 어떻게 예전에 주어졌던 뻔한 '답'들로 만족할 수 있겠습니까!

6. 심청전의 '반인륜적' 윤리학

집, 고향, 아버지가 있는 곳, 그리고 하늘마저 감동시킨 효행의 공덕이 있는 곳으로 돌아가지 않는다는 것, 이는 〈심청전〉의 해석에서 어쩌면 가장 결정적인 지점일지도 모릅니다. 이는 〈심청전〉이 효에 대한 단순한 찬양이 아니라 차라리 그에 대해 역설적인 방식으로 비판한 텍스트임을 확인해주는 지점이기도 합니다. 심연 속에서 다른 세계로 들어간 심청은, 지상에 올라와서도 집이 아닌 다른 세계로 갑니다. 그리고 알다시피 나중에 황후가 되어 아버지를, 맹인들을 집 밖으로 불러냅니다. 무언가에 눈먼 모든 이를 집으로부터, 고향으로부터 벗어나게 만듭니다.

이건 대단히 중요하기에 강조해둘 필요가 있습니다. 심청이 벌인 맹인잔치는 아버지를, 맹인들과 눈먼 자들을 집으로부터 밖으로 불러냅니다. 이는 '집'이라는 말로 표상되는 익숙한 관념이나 양식, 도덕과 규범으로부터 벗어나는 강력한 탈영토화의 벡터를 가동시킵니다. '맹인잔치'로 표상되는 그 힘에 이끌려가면서 심봉사는 심청을 보낸 뒤 같이 살던 아내(뺑덕)를 잃고 입고 있던 옷마저 잃어버립니다. 벌거벗은 알몸이 되는 거지요. 새로운 세계로 들어가기 위해서는 이처럼 이전 세계에 속했던 것들을 떠나보내야 합니다. 그리고 그 탈영토화의 흐름을 타고서 눈먼 아비는 '눈을 뜹니다'. 이제까지 보지 못했던 다른 세계를 보게 되는 것입니다. 더불어 잔치에 참가한 맹인들이, 전국의 모든 맹인이 눈을 뜹니다. 무명의 세계에서 벗어나 눈을 뜬 이들에게는 이제 다른 삶이 시작될 것입니다. 돌이켜 말하면, 바로 이러한 사건이 심청이 집으로 돌아가지 않았던 또 하나의 '이유'이자 귀향하지 않았던 행위의 또 다른 의미입니다.

집이나 가족이 누구에게나 익숙한 곳이며 익숙한 양식과 규범이 지배하는 세계라면, 그로부터 떠나는 것은 단지 익숙한 공간에서 떠나는 것일 뿐만 아니라 양식과 규범에서 이탈하는 것, 다른 세계를 향해 가는 것을 뜻합니다. 그렇기에 어떤 인물이 집으로 되돌아가는지, 혹은 집에서 떠나 다른 곳으로 가는지, 대체 어디로 가는지 등은 중요한 문제입니다. 그가 어떤 식으로 떠나며 어떤 식으로 되돌아가는지를 보는 것은 작품이 무엇과 대결하며 어디로 가고자 하는지를 가늠하는 데 없어서는 안 될 요인입니다. 더구나 양식이나 통념과 대결하며 다른 세계를 향해 가는 출구를 찾으려는 시도라는 관점에서 보면, 그것은 단순한 서사의 진행과는 다른 중요한 의미를 갖습니다.

연꽃 속의 심청은 집으로 돌아가지 않습니다. 집으로 돌아간다는 것은 눈먼 아버지가 있는 곳, 효라는 눈먼 도덕이 지배하는 곳으로 돌아가는 것이고, 그 눈먼 아버지와 눈먼 도덕에 맹목적으로 순종하는 '눈먼' 삶으로 돌아가는 것입니다. 그렇게 하는 대신 심청은 아버지를 비롯해 맹인들, 즉 눈먼 삶을 사는 모든 이를 집에서 불러냅니다. 익숙하지만 작은 세계에서 낯설지만 넓은 세계로 불러냅니다. 그리고 눈먼 삶에서 눈 뜨게 하지요. 〈심청전〉이 효에 관한 텍스트라면, 눈먼 이들을 눈 뜨게 하는 것이 진정한 효임을 설파하기 때문이라고 해야 합니다.

이상에서 다룬 몇 가지 지점을 볼 때, 〈심청전〉은 통상적으로 이해되듯이 목숨을 건 효를 설파하는 텍스트가 아니라 오히려 그와 반대되는 텍스트라고 할 수 있습니다. 효라는 도덕적 명령에 대한 지나친 복종을 통해 그 명령 자체를 당혹 속으로 모는 역설적 비판의 텍스트이고, 효로 되돌아가지 않는 비인칭적 죽음을 통해 거기서 열리는 다른 잠재성의 세계로 나아가는 텍스트요, 그럼으로써 아버지나 맹인들, 눈먼(맹목적·무조건적!) 도덕적 명령을 '집'에서 벗어나 밖으로, 다른 넓은 세계로 끌어내는 텍스트입니다. 그런 점에서 〈심청전〉은 효라는 잘 알려진 '답'을 엽기적 사례로써 설파하고 강권하는 텍스트가 아니라, 효이기를 중단한 효, 집 밖으로 끌려 나간 효를 통해 효에 대해 근본적인 물음을 던지는 텍스트, 효에 대한 다른 관념을 제안하는 텍스트라고 해야 할 겁니다.

〈심청전〉이 이처럼 효로 표상되는 것과는 다른 세계로 인도하는 작품이라면, 삼강오륜으로 표상되는 도덕과 규범을 다룬 것으로 읽히는 여타 소설들은 어떨까요? '윤리적 이념의 소설화'라고 부를 만한 것도 물론 있을 것입니다. 그러나 '효'를 명시하는 〈심청전〉이 이러하다면, 근대 이전의 많은 고전소설 또한 표면에 드러난 것과 달리 윤리적 이념을 등지고 있다고 볼 수 있지 않을까요? 아마도 대부분의 작품은 윤리적 극과 그 반대 극의 중간에 있을 것입니다. 그런데 윤리적 극을 향해 읽은 독해는 이미 충분한 반면, 그 반대 극을 향해 읽는 것은 여전히 흔치 않습니다. 그렇다면 일부러라도 윤리적 독해와는 반대 방향의 독해가 필요하지 않을까요? 작품 안에서 표명되는 윤리적 이념에 매몰되지 않고 읽을 수 있다면, 우리는 많은 소설이 스스로 표명하고 있는 윤리적 이념을 자신도 모르는 사이에 반박하고 있음을 발견할 수 있을 겁니다. 혹은 우리가 생각하는 것과는 다른 '윤리'를 향해 나아가고 있음을 볼 수 있을 겁니다.

분명한 건, 이들 텍스트를 가능한 한 '인륜'이라 불리던 당시의 도덕적 양식이나 그 주변을 맴도는 우리의 통념에 반하여 밀고 나가야 한다는 점입니다. '윤리'라고 한다면 차라리 다른 종류의 윤리를 향해 밀고 나가야 합니다. 윤리에 전 것으로 보이는 고전소설을 이런 방식으로 읽는 것을 '반인륜적 독해'라고 비난할지도 모르겠습니다. 그러나 부모를 위해 자식이 살을 베고 목숨 바칠 것을 요구하는 게 '인륜'이고, 남편이 죽으면 아내에게 따라 죽을 것을 은근히 요구하는 게 '인륜'이라면, 정말 필요한 것은 그런 '인륜'에 반하는 '반인륜적 독해' 아닐까요? 우리는 그런 '인륜'이 아닌 정녕 '좋은 삶'을 만들어갈 제대로 된 '윤리'—맨 앞의 주석에서 말했던, '도덕'과 구별되는 것으로서의 '윤리'—를 사유할 수 있어야 하지 않을까요? 대부분의 작품을 읽기 시작하면서 이미 결론짓고 있는 게 그런 '인륜'이라면, 고전소설에 접혀 들어가 있는 잠재성을 여러 방향으로 펼치기 위해서라도 그런 '인륜'에 반하는 독해가 정말 필요하지 않을까요? 그런 점에서 저는 그 '반인륜적 독해'라는 말을 기꺼이 받아들이고 최대한 그런 방향으로 작품들을 읽어나가고 싶습니다. 그것만이 통념화된 독서, 그렇기에 시험이나 의무감이 아니면 읽을 생각이 나지 않게 만드는 독서 대신, 수많은 이본까지 찾아서 읽어보고 싶게 만드는 독서의 출발점이 되지 않을까 생각합니다.

제2장

콩쥐의 신발과 신데렐라의 유리구두

:

환원론적 해석과
내재적 분석

1. 콩쥐와 신데렐라는 같은 인물인가?: 환원론적 해석의 문제

———

〈심청전〉을 통해 제가 고전소설을 읽으려는 방향에 대해 이야기했습니다. 앞서 한 말을 써서 다시 말하면, 고전소설을 절단하려는 각도와 방향에 관한 것이라고 하겠습니다. 그런데 문학작품의 '좋은' 절단면을 만드는 것은 그렇게 절단하는 것만으로 끝나지 않습니다. 절단하여 나타난 것들을 연결하며 나름의 일관성을 보여주어야 합니다. 즉 작품 속에 등장하는 여러 요소를 어떻게 연결하고 어떻게 하나로 묶을 것인가가 중요합니다. 이 장에서는 그처럼 '하나로 묶는' 상이한 방법에 대해 말하고자 합니다. 환원론적 해석과 내재적 분석이 그것입니다. 이는 모든 작품에 해당되겠지만, 비슷해 보이는 것이 어떻게 달라지는지를 아는 게 중요하기에 '신데렐라 이야기'와 쉽게 하나로 묶이는 〈콩쥐팥쥐전〉을 예로 삼아 이야기해보겠습니다.

오래된 소설이나 동화, 민담에서 계모가 자식을 핍박하는 것은 동서양을 막론하고 어디서나 빈번하게 출현합니다. 조선에는 〈콩쥐 팥쥐전〉이나 〈장화홍련전〉이라는 전형적인 텍스트가 있지만, 가령 〈김씨열행록〉에서도 계모의 핍박은 이야기의 가장 일차적인 모티 프를 제공합니다. 특히 〈콩쥐팥쥐전〉은 신데렐라 이야기와 흡사해 서 다른 어떤 작품보다 계모와 이복 자매의 핍박, 그에 따른 고난, 그 고난을 넘어서게 해주는 이적異蹟, 파티나 잔치 참석, 신발의 분 실, 신발로 인한 결혼 등이 유사한 양상으로 전개됩니다.[1] 그리고 이 때문에 이 모든 이야기를 하나로 묶어서 그 안에 있는 공통된 의미 를 추출하려는 시도는 쉽게 정당화됩니다(나카자와 신이치, 2003a: 93~94).

이런 식의 독해를 시도하는 경우 반복해서 등장하는 동물이나 사물 등에 대해 통상적인 '상징적 의미'를 부여하고, 이로써 전체 이 야기의 공통된 의미를 해석하기 십상입니다. 카를 융의 심리학을 빌 려 이뤄지는 '상징적 해석'이 특히 그렇습니다. 작품에 등장하는 사 물이나 동물, 식물 등을 인류 공통의 '원형archtype'에 속하는 상징 적 의미로 환원하여 해석하는 방법입니다. 가령 고혜경은 융의 이 론을 바탕으로 콩쥐팥쥐 이야기를 분석하는데, 다음과 같은 식입니 다. "소는 생명의 원천이자 삶의 젖줄이다. 예로부터 농업 중심의 사 회에서 소는 풍요와 다산의 상징이고 이것은 부와 직결된다."(고혜경,

---

1 〈콩쥐팥쥐전〉은 민담의 형태로 오래전부터 전승된 것으로 보이며, 1906년 언더우드 부인 이 〈한국의 신데렐라〉라는 제목으로 채록한 민담 또한 있었지만, 1919년 대창서원에서 박건 회의 이름으로 『대서두서大鼠豆鼠』라는 제목으로 출판된 것 이전의 소설책은 아직 발굴되지 않았다고 합니다. 같은 책이 1928년 태화서관에서 재간행되었는데, 이후의 판본은 모두 이것 을 다시 찍은 것입니다(권순긍, 2012). 태화서관본은 인천대 민족문화연구소에서 간행한 것 이 있는데(『구활자본 고소설전집』 16권), 여기서는 편의를 위해 구인환 편, 『장화홍련전』(신 원문화사)에 현대어로 번역된 것을 인용하겠습니다.

2006: 74) "물은 뭇 생명의 원천이다. 예로부터 대부분의 문화권에서 우물물을 길어 집 안에 물을 간직하고 보존하는 역할은 여성의 관할이었다."(76) 고혜경은 또 어려운 과제를 맡을 때 우는 콩쥐의 통곡을 '생존의 오열'이라고 하면서 '완전한 내맡김, 순수한 열림, 회개'라고 해석해, 구원자인 검은 소는 그런 완전한 열림과 생명의 염원이 일깨운 내부적 힘을 뜻한다고 봅니다(75).[2]

검은 소가 "풍요, 부, 다산이라는 여성의 신비를 대표하는 대지의 어머니"(74~75)라고 하지만, 농경사회의 다산과 소를 연결할 때 소는 대지를 갈아엎는 노동의 힘에, 노동이 만드는 풍요와 부에 가깝다고 해야 하지 않을까요? 물이나 물을 간직하는 독을 여성이 갖는 생명의 원천과 연결시키면서 두꺼비 또한 여성적인 것으로 해석하는데, 두꺼비가 태생적으로 어둡고 습한 것을 좋아한다든가, 서양의 마녀가 마법의 영약을 만들 때 두꺼비를 반드시 넣는다든가, 중국인이 달에서 두꺼비를 보기 때문이라고 합니다(78). 조선시대 이야기인 〈콩쥐팥쥐전〉을 해석하는 데 서양의 마녀와 중국인의 상상력이 끼어드는 것을 '원형'은 어디나 같다는 믿음 때문이라고 넘어간다 해도(실은 그렇지 않음을 조금 뒤에 볼 것입니다), 여성인 독의 구멍을 메우는 두꺼비가 여성이라고 한다면, 그걸 메우는 행위의 의미는 무엇인지 의문입니다. 그보다는 차라리, 마찬가지로 융의 심리학을 원

---

2 그렇다면 텍스트의 진행과는 반대로, 콩쥐의 계모는 자신이 미워하는 의붓딸에게 생명의 원천을 내준 게 됩니다. 무의식이어서 자기도 모르게 그런 것일까요? 나아가 생존의 오열이 완전한 내맡김이라면, 콩쥐는 어려울 때마다 울어서 해결사를 구하는 무력한 자가 됩니다(생명이 원천을 일깨우는 요인이 '울음'이 된다는 것은, 생명과 힘에 대한 여성적 능력을 통념적 여성상에 가두게 되진 않을까요?). 이는 생명의 힘을 가진 자와는 상충되는 이미지입니다. 이 난점을 해결하기 위해 검은 소를 그런 생명의 염원이 일깨운 내부적 힘이라고 하지만, 검은 소는 내부 아닌 외부에서 옵니다. 두꺼비도 새나 직녀 모두 외부에서 옵니다.

용하면서도 빈 독이란 여성의 자궁을 뜻하고, 그게 구멍 났다 함은 에너지가 빠져나가는 허술한 자궁을 뜻하며, 두꺼비가 그걸 메우는 것은 강한 남성성을 상징한다는 해석(오진령, 2013: 137~138)이 더 그럴듯해 보입니다.[3]

고혜경은 검은 소가 농경사회에서 다산과 풍요의 힘으로서 여성성을 상징한다고 보는 반면, 오진령은 검은 소가 암소라면 여성성을, 황소라면 남성성을 상징한다고 해석합니다(137). 이 경우 소 자체는 여성성이나 남성성과는 무관한 것이 됩니다. 소의 암수가 남성성과 여성성을 뜻하는 게 되니까요. 그러나 소가 농사를 짓는 노동의 힘이란 점에서, 모성적 여성으로 해석된 대지를 갈라 그 안에 잠재된 생명력을 끌어낸다는 점에서 남성적 상징이라고 하는 게 더 그럴듯하지 않나요?

사실 중요한 것은 소나 두꺼비가 남성성인지 여성성인지가 아닙니다. 여기서 지적하고 싶은 점은 동물이나 사물, 인물에 어떤 정해진 '상징적 의미'를 대응시키는 이런 해석 방법은, 해석하는 사람이 중요하다고 여기는 게 무엇인가에 따라 그 의미가 정해진다는 것입니다. 심지어 방금 본 것처럼 동일하게 융의 심리학을 끌어들이는 두 사람(고혜경, 오진령) 사이에서도 해석자의 생각에 따라 상징의 의미가 달라집니다. 이는 그 상징적 의미가 인류가 공유하고 있는 어떤 '원형'으로부터 온 게 아니라 자의적인 개개 해석자로부터 온 것이

---

3 융을 따르는 것은 아니지만, 김종균(1997)은 독의 여성성을 여성의 성기로 해석하고, 두꺼비를 남성으로, 두꺼비가 구멍을 메워주는 것을 성교로 해석합니다. 그는 콩쥐에게 부과된 과제를 통과제의로 이해하며, 검은 소나 두꺼비가 사실은 동일한 이웃집 총각이라고 봅니다. 그는 성인이 되고 혼인하는 통과제의 과정으로서 〈콩쥐팥쥐전〉을 해석하지만, 여기서 구멍 난 독과 두꺼비 이야기의 해석은 프로이트가 꿈에서의 표상들을 분석하는 정신분석적 해석과 유사합니다.

며, 텍스트로부터 산출된 게 아니라 그 바깥에 있는 것(해석자나 그가 끌어들이는 다른 신화나 상징들)으로부터 산출된 것임을 뜻합니다. 텍스트 안에서 어떤 동물이나 사물, 인물의 의미가 하나로 고정되어야 하는 것은 아니지만, 그 의미가 어떤 것이든, 그렇게 해석될 이유나 근거를 텍스트 안에서 발견할 수 있어야 하지 않을까요?

결국 이런 해석의 방법은 어떤 동물이나 사물, 인물, 혹은 사건들에 정해진 의미를 대응시키고, 그것을 이야기나 텍스트를 구성하는 일종의 '원소'로 보는 것입니다. 텍스트란 그런 원소들로 직조된 구성물이 될 것입니다. 이야기의 최소 단위란 점에서 일종의 '원자'라고도 할 수 있는 이런 '원소'들을 흔히 '화소話素'라고 명명합니다. 이런 화소의 의미는 인류 공통의 '원형'이라든가, 서양에서는 무엇을 뜻한다는 식으로 해석되는데, 이는 화소의 의미가 텍스트와 무관하게 선결정되어 있음을 뜻합니다. 결국 선결정된 화소의 의미들을 연결함으로써 텍스트 전체의 의미를 분석할 수 있다고 보는 셈이지요. 이야기를 원자적인 구성 요소들로 환원함으로써 화합물(텍스트) 전체의 본질을 알 수 있을 거라고 본다는 점에서 이를 '환원론적' 방법이라 하겠습니다. 그러나 알다시피 같은 원자들로 구성된 화합물도, 그 원자들의 결합 양상이 달라지면 전혀 다른 성질의 화합물이 됩니다. '신화소神話素'라는 말을 쓰긴 하지만 레비스트로스의 구조주의가 분명히 해준 가장 중요한 명제는, 어떤 것도 그것과 관련된 항과의 이웃관계가 달라지면 다른 의미, 다른 본성을 갖는다는 점이고, 어떤 것의 본성은 그것과 다른 것의 관계에 의해 결정된다는 점입니다. 이는 동일한 사물이나 사실조차 연결되는 이웃 항이 달라지면 의미가 달라짐을 뜻합니다. 즉 '화소'의 의미는 선결정되어 있는 게 아니라 그 자체로는 '텅 비어 있으며'(아무 의미가 없으며), 텍스트 안에서 어떤 화소와 연결되는가에 따라 다른 의미를 갖는다는 것입니다.

융이 아니라 레비스트로스 등의 신화학 연구를 참조하는 나카자와 신이치도, 실제 신데렐라 설화를 분석하는 것을 보면 뜻밖에도 이런 환원론적 분석(이는 레비스트로스의 구조주의와 반대되는 것입니다)의 문제를 그대로 노출합니다. 예를 들어 신데렐라 이야기에서나 콩쥐팥쥐 이야기에서나 아궁이가 등장합니다. 신데렐라는 '재투성이 아가씨'라는 뜻으로, 아궁이 옆에서 자지요. 콩쥐는 팥쥐에게 죽은 뒤 연꽃으로 다시 살아나지만 그걸 안 팥쥐가 불아궁이 속에 던져넣어 태워버립니다. 이는 불씨를 얻으려고 온 옆집 할머니가 불아궁이 속에서 오색구슬을 발견하고는 주워오는 것으로 이어집니다. 이에 대해 나카자와는 '재투성이'를 뜻하는 신데렐라 이야기처럼 핍박받는 인물들이 대개는 아궁이 근처에 있는 인물임을 지적하면서, "'아궁이'는 산 자와 죽은 자의 세계를 매개하는 장소이며, 바로 이렇게 중개 기능을 하는 것이 있기 때문에 죽은 어머니의 영혼을 연상시키는 '대모代母 요정'의 출현도 가능한 것"이라고 말합니다(나카자와 신이치, 2003: 109). 그러나 산 것이 죽어 태워지는 〈콩쥐팥쥐전〉에서라면 그렇다 하겠지만, 신데렐라 이야기에서의 아궁이는 그렇게 보기 어렵습니다. 마찬가지로 그림 형제의 동화에서 결정적인 역할을 하는 개암나무 또한 그렇다고 합니다. 기독교의 영향을 받기 이전에 켈트인들에게 개암나무는 "떡갈나무와 더불어 가장 신성한 나무로 여겨졌습니다. 이승과 저승을 이어주고 지상과 천상의 세계를 연결시켜주는 나무로 인식되었습니다."(120) 이 경우 아궁이나 개암나무는 텍스트 안에서 이웃한 다른 화소들과의 관계가 아니라, 나카자와가 선택한 텍스트 바깥의 요소(켈트인들에게······)나 그가 부여한 의미로 환원되고 있습니다.

여기서도 어떤 사물에 부여된 의미는 해석자의 상상에서 나온 것이지 텍스트에서 나온 게 아닙니다. 신데렐라 이야기 어디서든 아궁이는 부엌의 상징이며, 재투성이의 더럽고 비참한 처지를 '상징'할 뿐입니다. 거기서 죽은 어머니의 유품이라도 나오거나 요정이 그리로 드나들거나 한다면 두 세계를 연결하는 기능을 한다고 보겠지만, 그런 일은 전혀 일어나지 않습니다. 그림의 동화에서 개암나무도 마찬가지입니다. 그 나무를 다른 나무, 가령 은행나무나 소나무처럼 "켈트족이 신성하게 여기"지 않았던 나무로 바꾼다면 신데렐라 이야기에서 사태가 달라졌을까요? 그랬을 것 같진 않습니다. 개암나무든 느티나무든 어떤 나무라도 상관없었을 것입니다. 개암나무에 켈트족이 부여한 의미나 나카자와가 부각시킨 의미는 텍스트와 무관하게 덧붙여진 것입니다.

자기가 아는 어떤 '민족적인 상징'이나 '원형적 상징'을 '화소'의 의미라고 보는 이런 해석은, 다른 사물들에 대해서도 이처럼 유사하거나 같은 것이 보이면 그 의미에 끼워 맞추며 대강 분석하는 경우가 많습니다. 그림 형제의 독일판 신데렐라에겐 아궁이 속에 던져진 콩을 줍는 과제가 주어지는데, 나카자와는 콩 또한 이승과 저승을 중개하는 기능을 갖는 상징으로 해석합니다(121). 콩이 아니라 팥이었다면 사태가 달라졌을까요? 설마! 팥이 아니라 벼였어도 차이가 없었을 겁니다. 문제는 콩이나 벼가 '원래' 갖는 의미가 아니라, 그것을 둘러싼 관계입니다. 계모와 신데렐라의 적대관계를 표현하는 것이라면 콩이든 좁쌀이든 아무런 차이가 없습니다. 아궁이나 재도 그렇습니다. 그건 단지 콩을 골라내기 어렵게 만드는 장애일 뿐, 산 자와 죽은 자를 매개하지 않습니다. 차라리 아궁이 속에 던져넣은 콩과 아궁이 속에서 나온 (오색)구슬을 같은 화소로 보는 게 더 그럴듯합니다. 그렇지만 사물을 둘러싼 관계를 보면 그 둘이 아주 다르다는 걸 알 수 있습니다. 전자가 신데렐라와 계모의 적대관계를 표현하는 매개물이라면, 후자는 콩쥐의 혼이 육화된 것이고 아궁이에서 나와 다른 원조자(옆집 할머니)를 찾기 위한 매개물입니다. 물론 콩이나 구슬이나 적대관계에 둘러싸여 있다는 점에서는 같다고 할 수 있겠지만, 하나는 신데렐라와 적대자인 계모의 관계를 매개하고 다른 하나는 콩쥐와 원조자인 할머니를 매개하기에 매우 다른 의미를 갖습니다. 전자가 신데렐라의 욕망을 가두는 방해물이라면, 후자는 콩쥐의 욕망이 갇힌 곳에서 벗어나는 출구로 이어집니다.

그는 콩 줄기를 도와주는 새도 문화와 자연, 인간과 자연이라는 두 세계를 중개할 수 있는 존재라고 해석합니다(123). 새만 그럴까요? 고양이가 나왔어도, 소가 나왔어도, 개구리나 지네가 나왔어도 그는 아마 두 세계를 중개할 수 있는 존재라고 말했을 겁니다. 가령 고양이는 높은 곳과 낮은 곳을 쉽게 오가는 동물이라는 식으로, 개구리는 물과 뭍의 두 세계를 오가는 동물이라는 식으로 두 세계를 연결한다고 말할 수 있습니다. 개든 개미든 다 그렇게 해석될 수 있습니다. 이런 식이라면 우리는 텍스트에 어떤 의미든 마음먹는 대로 갖다 붙일 수 있습니다.

오히려 둘 다 새가 도와주는데도 그 새의 의미나 위상이 다르다는 점을 눈여겨봐야 합니다. 신데렐라 이야기에서는 신데렐라가 새를 불러 도와달라고 합니다. 반면 〈콩쥐팥쥐전〉에서는 부르지도 않은 새들이 달려들어 피를 쪼아대자 놀란 콩쥐가 새를 쫓으며 "왜 너희까지 나를 괴롭히냐"고 합니다. 이때 신데렐라/콩쥐와 새의 관계가 어떻게 다른가요? 두 경우 모두 새는 원조자이지만, 전자는 신데렐라의 뜻대로 부려지고 움직이는 반면, 후자는 콩쥐의 뜻 밖에서 오고 뜻대로 움직이지 않습니다. 전자가 손안에 있는 일종의 수단이라면, 후자는 손 밖에 있는 일종의 동맹자입니다. 두 이야기에 등장하는 다른 동물들에 대해서도 마찬가지로 말할 수 있습니다. 말이 되어 호박마차를 끄는 쥐들이 신데렐라의 새처럼 수단적인 존재라면, 콩쥐를 돕는 소나 두꺼비는 콩쥐에게 명령하고 야단치며 도와주는 독립적인 존재입니다. 심지어 더 상위의 존재라고 해야 합니다. 이처럼 두 이야기에서 인간과 동물의 관계, 인간과 자연의 관계는 서로 다릅니다.

두 이야기 모두에서 주인공의 출구가 되어주는 신발이라면 어떨까요? 아시다시피 '신발'은 왕자나 감사와의 결혼으로 이어지는 매개체입니다. 신발을 둘러싼 관계(적대자, 해결자, 주인공)도 동일해 보입니다. 그렇다면 신발의 의미는 동일하다고 할 것입니다. 그러나 여기서도 똑같은 사물이 다른 의미를 갖습니다. 신데렐라 이야기에서는 신발이 이미 눈으로 보고 같이 춤춘 미모의 여인을 찾는 매개라면, 콩쥐 이야기에서 신발은 얼굴도 본 적 없이 단지 신발 자체에 서린 심상치 않은 서기瑞氣의 주인을 찾는 매개입니다. 전자에서 신발이 미모라는 개인적 특성의 대리물이었다면, 후자에서 신발의 서기는 콩쥐가 집 밖으로 나갈 수 있음을 상징하는 비인칭적 능력의 표현물입니다. 이는 두 사람이 계모로 상징되는 가족적 곤경에서 벗어날 수 있게 해주는 요인이 매우 다름을 뜻합니다. 전자는 미모라는 특정 인물의 동화적이고 환상적인 성질이라면, 후자는 집 밖으로 나갈 수 있는 능력입니다. 전자는 신데렐라처럼 예쁜 아가씨가 아니면 얻을 수 없는 출구이지만, 후자는 가족으로부터 벗어날 능력을 얻은 이라면 누구나 찾을 수 있는 출구입니다.

나카자와는 해도 너무한다 싶을 정도로 모든 것을 '중개'라는 기능으로 귀속시킵니다. 결말을 장식하는 행복한 결혼은 반복 상태에 있는 것의 조화를 상징하는 것으로, 결국 이야기 전체가 재투성이 아가씨나 쥐, 호박 같은 '가장 낮은 것'과 왕자라는 '가장 높은 것'을 중개해 연결시키는 내용이라는 게 그의 요지입니다(107). 그건 그가 분리되어 멀리 떨어져 있는 것들의 '중개'와 화해라는 결론을 이미 상정하고 있는 것이며, 그 결론을 등장하는 모든 것에 들씌우는 것입니다. 그는 이야기에 등장하는 요소들 간에 (+) (-) 부호를 붙이며 관계를 정돈하는데, 요지는 그 관계의 동형성을 보여주면서 앞선 결론을 확인하는 것입니다. 이를 위해 모든 '화소'가 이미 상이한 세계, 분리된 것들을 중개하고 매개하는 것으로 해석되는 것입니다. 하지만 이런 해석은 텍스트에는 없는 것이며, 그가 아는 '어떤' 관념이나 지식을 덧댄 것입니다. 이를 원소로 삼는 해석은 텍스트에서 나오는 의미를 드러내는 게 아니라 화소의 '본질적 의미'를 매개로 그 텍스트에 대한 해석자의 관점을 드러내는 것입니다.

설령 신화를 해석할 때 빈번하게 사용되는 상징적 의미는, 실제로 그것이 각 민중의 집단적 의식/무의식 속에서 타당성을 갖는다고 가정하더라도, 어떤 텍스트를 이런 식으로 해석하기 시작하면 텍스트는 분해되어 각각의 '원소'(신화소라 부르든 화소라 부르든)로, 결국은 해석자가 갖고 있는 의미나 사람들이 공유하고 있다고 가정된 상징적 의미로 환원되고 맙니다. 상징적 의미는 해석자가 자의적으로 붙인 것이 아닌 경우에조차 주어진 시대의 양식 내지 통념이기에, 이런 식의 환원은 텍스트를 통념 안으로 귀속시키고 맙니다. 어떤 경우든 텍스트는 이런저런 텍스트에 항상 등장하는 상징적 요소들의 식민지가 되고 맙니다. 더 근본적인 난점은, 이렇게 될 경우 개암나무나 콩은 텍스트가 달라진다고 해도 불변의 의미를 갖게 된다는 점입니다. 다시 말해 텍스트가 무엇이든 변함없는 초월적 의미를 지니게 되는 것입니다. 그 경우 이제 우리에게 필요한 것은 읽어야 할 텍스트가 아니라 그런 초월적 의미를 적어놓은 상징사전이 될 것이고, 텍스트의 의미란 그 사전에 나오는 상징적 의미들의 짜깁기 같은 게 될 것입니다.

2. 콩쥐의 능력과 팥쥐의 음모: 내재적 분석

신데렐라 이야기와 〈콩쥐팥쥐전〉에서 콩과 좁쌀, 아궁이 속에 던져 넣은 콩이나 멍석에 펼쳐놓은 겉피(껍질을 까지 않은 벼)처럼, 겉으로 달라 보이는 '화소'도 이웃 항이나 그로 인해 하게 되는 행동에 따라 동일한 의미를 가질 수 있으며, 반대로 새나 신발처럼 똑같아 보이는 '화소'도 그에 따라 아주 다른 의미를 갖게 됩니다. 그런 점에서 소설이든 설화든 어떤 텍스트에 등장하는 인물이나 항, 자리, 행동 등은 바깥에 있는 상징적 의미나 작가가 부여한 의미가 아니라 텍스트 안에 등장하는 다른 인물이나 사물, 행동 등에 의해 의미가 결정됩니다. 즉 작품 안에서 어떤 요소의 의미는 텍스트 안에서 다른 요소들과의 내재적 관계에 의해 결정됩니다.[4] 아궁이 속의 콩과 구슬, 주인공의 원조자인 새, 그리고 출구를 뜻하는 신발에 대한 분석을 다시 한번 상기해주길 바랍니다. 그렇기에 텍스트 안에서 어떤 요소의 의미를 정확하게 이해하려면 그 항과 관계 맺는 요소들을 봐야 하고, 관련된 요소들의 '계열화'를 통해 생성되는 의미에 주목해야 합니다. 이런 분석의 방법을 '내재적 분석'이라고 명명해봅시다.

이미 여러 번 이야기했지만, 〈콩쥐팥쥐전〉은 나카자와가 소개한 여러 신데렐라 이야기와 매우 비슷해 보임에도 불구하고 많은 '화소'가 크게 다른 의미를 갖습니다. 무엇보다 두드러진 점은 나카자와의 말처럼 〈콩쥐팥쥐전〉이 모두 중개적인 상징들을 이용해 가장 낮은 것과 가장 높은 것의 조화를 회복하는 화해담이 아니라는 것입니다. 페로의 프랑스판 신데렐라나 그림의 독일판 신데렐라, 중국은 물론 북미의 미크마크족 인디언이 개작한 신데렐라 모두와 다르게, 〈콩쥐팥쥐전〉은 결혼으로 끝나는 화해의 드라마가 아닙니다. 멋진 왕자와의 화려한 결혼이 아닌 나이 많은 전라 감사의 재취로 들어가는 점은 사실 별다른 차이를 갖지 않습니다. 문제는 이야기가 결혼으로 끝나지 않는다는 사실입니다. 결혼 다음에 이어지는 이야기는 결혼의 의미를 다르게 만듭니다.

어떤 이야기가 이어지는가? 그동안의 일을 사과하며 화해하자는 핑계로 콩쥐가 사는 감영으로 찾아 들어간 팥쥐는 콩쥐를 연못 속에 빠뜨려 죽입니다. 콩쥐는 심청처럼 연꽃이 되어 살아 나오지만,

---

4 여기서 '내재적immanent'이라 함은 어떤 원소의 내부에 있음을 뜻하는 게 아니라, 이웃 항과의 관계에 내재적임을 뜻합니다. 내적 본질이란 외부적 요인에 따라 변하지 않는 것입니다. 반면 내재적이라 함은 관계에 따라 달라짐을 뜻합니다. 즉 어떤 요소도 불변의 내적internal 본질이나 상징적 의미 같은 것을 갖지 않는다는 말입니다.

이를 눈치 챈 팥쥐는 그마저 불아궁이에 처넣습니다. 감사는 멍청하게도 바뀐 부인을 알아차리지 못합니다(친자매가 아니라서 닮았을 리도 없건만, 어설픈 변명에 그냥 속아 넘어갑니다). 하여 콩쥐는 아궁이 속의 구슬이 되어 이웃집 노파의 손을 타고 바깥으로 나갑니다. 그리고 그 바깥에서 감사를 불러내 전말을 밝힙니다. 결말은 더할 수 없이 끔찍합니다. 조정의 지시에 따른 것이긴 하지만, 고문 끝에 죄를 자백한 팥쥐를 "수레에 매어 찢어 죽이고 그 송장을 젓 담가 항아리 속에 넣고 꼭꼭 봉하여 팥쥐의 어미를 찾아 전"합니다(구인환 편, 『장화홍련전』, 신원문화사, 79). 팥쥐의 모친은 딸의 음모를 알고 후환을 피하기 위해 재가했지만, 죽어서 젓이 된 팥쥐의 시체를 받게 됩니다. 시체와 함께 어미에게 보내진 전언은 이렇습니다. "흉한 죄로 사람을 속이는 자는 누구든지 이와 같이 젓으로 담그고, 딸을 가르쳐 흉하고 독한 일을 실행케 한 자는 그 고기를 씹어보게 하노라." (80) 그 자리에서 기절한 팥쥐 어미는 깨어나지 못한 채 죽습니다.

　이런 결말로 끝맺는 텍스트와, 왕자와의 화려한 결혼식으로 끝맺는 신데렐라 이야기에서 결혼이 같은 의미를 가질 리 없습니다. 물론 여기서의 결혼 역시 일차적으로는 콩쥐와 팥쥐 사이의 대립으로 표현된 가족 안에서의 분열과 대립, 그 대립의 전개 양상으로서의 과제들 뒤에 해결로서 옵니다. 나쁜 가족에서 좋은 가족으로의 비약과 승화 가능성을 안고 있는 것으로서 말입니다. 그러나 〈콩쥐팥쥐전〉에서 결혼은 역으로 팥쥐가 사과의 형식을 빌려 음모를 전개할 수 있는 계기가 됩니다. 이는 전 세계에 널려 있다는 신데렐라 이야기에는 없는 것입니다. 화해와 승화에 대한 기대 속에서 신데렐라 이야기는 멈춰 서고 끝이 납니다.

팥쥐의 음모와 살인은 그러한 화해와 중재가 허구적인 봉합에 지나지 않는다는 점을 보여줍니다. 결혼을 통해 '좋은 가족'으로 이전한 콩쥐가 팥쥐의 사과와 음모에 쉽게 넘어가는 것은 그런 봉합이 근본적인 분열을 해소하고 문제를 해결했다고 믿었기 때문이겠지요. 물론 과거의 악행조차 사과를 한다면 받아들일 수 있어야 합니다. 그러나 그것은 순진한 믿음을 갖는 것과는 다릅니다. 그런 순진한 믿음을 갖는 한 신데렐라든 그 누구든 별반 다르지 않을 겁니다. 선한 콩쥐와 악한 팥쥐를 구별하지 못한 감사는 가족 안의 적대로 고통받는 여인의 멋진 구원자가 아니라 가족에 대한 순진한 믿음 속에서 분별력을 상실한 무능한 가장입니다. 그는 팥쥐에게 속아 넘어가는 콩쥐의 짝입니다. 아니, 콩쥐보다 더 크게 속아 넘어가는, 더 순진한 인물입니다. 이전에 이미 이런 인물이 나왔었습니다. 바로 콩쥐의 아버지이지요. 딸이 별의별 고생을 다 해도 전혀 알지 못했던 눈먼 아버지. 심봉사만 눈먼 것이 아닙니다. 가부장이 '눈 뜬 봉사'인 경우는 수없이 많습니다. 마지막의 끔찍한 처형은 콩쥐나 감사처럼 순진했던 만큼 크게 속았던 이들의 원한을 표현하는 것이겠지요. 혹은 가족적 봉합의 불가능성을 드러낸 팥쥐에 대해 '조정'이, 즉 그 시대의 가족적 윤리가 내리는 극단의 저주일 것입니다.

〈콩쥐팥쥐전〉은 결혼이라는 봉합이 결코 문제의 해결이 될 수 없음을 보여준다는 점에서 신데렐라 이야기의 상투적 구조를 깨는 독특한 작품이라고 할 수 있습니다. 콩쥐의 결혼만이 이런 의미를 갖는 것은 아닙니다. 결혼 전에 콩쥐가 고생하는 이야기들도, 나카자와가 말하는 '중재하는 요소'들의 반복적 출현을 통해 높은 것과 낮은 것을 화해시키는 이야기가 아닙니다. 그것은 가족이라는 질서의 경계에서 벌어지는 사건입니다. 이는 콩쥐에게 주어지는 과제나 콩쥐의 행적이 '높은 곳과 낮은 곳'을 연결하는 선이 아니라 가족의 적대에 의해 절단되는 선으로 이해되어야 함을 뜻합니다.

신데렐라도, 콩쥐도 언니나 계모가 주는 과제를 해결해야 한다는 점에선 유사한데, 그 과제의 성격을 자세히 살펴보면 그 또한 무척 다릅니다. 앞에서도 나왔지만, 신데렐라에게 주어진 과제는 재 속에 던져넣은 콩을 줍는 것이었습니다. 특별한 상징적 의미를 동원하지 않는 한 텍스트 안에서 이는 신데렐라의 고충, 쉽게 마칠 수 없는 과제를 뜻할 뿐입니다. 반면 계모가 콩쥐에게 준 첫째 과제는 나무호미 하나로 집에서 멀리 떨어져 있는 밭을 매라는 것이었고, 둘째 과제는 깨진 물독에 물을 채우라는 것이었으며, 셋째 과제는 베를 짜고 말리던 벼 석 섬을 쓿어 쌀을 내라는 것이었습니다.

첫째 과제를 통해 계모는 콩쥐를 '멀리' 보냅니다. 집 밖으로 쫓아내려는 뜻이었을 겁니다. 실제로 저녁이 되어 콩쥐가 돌아왔을 때, 계모는 문을 닫고 열어주지 않습니다. 황무지 같은 밭, 그것은 집의 외부요, 안락한 공간과 대비되는 불모의 땅입니다. 가족이라는 체제의 외부, 가족의 바깥입니다. 콩쥐의 '도구'인 나무호미는 쓰자마자 곧 부러집니다. 이는 그 땅의 불모성을 보여줍니다. 라캉 식으로 말하면, 가족이라는 '상징계the symbol'[5]에 대비되는 '실재the real'와도 같은 불모의 땅을 대면한 콩쥐는 웁니다. 이때 등장하는 것이 검은 소입니다. 소야 농경사회의 민담이니 그렇다 쳐도, 왜 하필 검은 소

---

5 라캉에게 '상징계'란 언어로 말해질 수 있는 것들의 세계, 언어적으로 질서지어진 세계를 뜻합니다. 실재란 언어로 말해질 수 없는 것, 현존하는 질서 바깥에 있는 것을 뜻합니다. 가령 신경증적 증상의 원인이 되는 트라우마(상처)가 그것입니다.

라고 했을까요? 소가 검은색을 띠는 것은 그 땅이 함축하는 암담함에 대응되는 것 아닐까요? 하나의 명확한 규정을 갖지 않는 모호성, 통상적인 인식을 벗어나 있는 것이 보여주는 어둠, 해결책이 쉽게 찾아지지 않는 데서 오는 암담함의 색일 겁니다. 사실 우리 인식은 그런 식별 불가능한 것과 대면하여 식별하려고 시도할 때 새로운 인식의 땅을, 거친 불모지를 개간할 수 있습니다. 그런 점에서 검은 소는 황무지와 대응합니다. 식별 불가능한 것, 황량한 불모지와의 대면을 뜻하고 또 그런 대면이 내포하는 새로운 기회, 집 밖에서 살아갈 기회를 뜻합니다.

여기서 주목할 점은 검은 소가 땅을 대신 개간해주지 않고 부러진 나무호미를 대신할 쇠호미를 하나 준다는 것입니다. 검은 소가 대신 갈아주면 훨씬 쉬웠을 텐데 호미만 준 것은, 가족 바깥의 세계에서 살아갈 능력은 스스로 열어야 하는 것이기 때문일 겁니다. 불모의 땅도, 불모의 난관도 스스로 해결해나가야 합니다. 그래야만 암담한 외부, 불모의 세계와 대면하여 살아갈 능력을 얻을 수 있기 때문이지요. 쇠호미는 갖고 있던 도구가 부러지고, 갖고 있던 생각이 통하지 않는 불모지와의 곤혹스런 대면에서 콩쥐에게 주어진 어떤 실마리였을 겁니다. 불모의 땅에서 살아갈 실마리. 검은 소가 호미와 함께 준 과일은 그 실마리와 더불어 얻게 된 것입니다. 호미가 생산수단이라면, 과일은 생산물입니다. 이것으로 그는 불모의 땅에서 먹고 살 능력을 얻습니다. 이는 그저 언니나 계모의 심술궂은 숙제를 해야 하는 신데렐라와 근본적으로 다른 점입니다.

콩쥐는 불모지를 개간하라는 과제를 무사히 마치고 집으로 돌아갑니다. 그런데 계모와 팥쥐가 문을 열어주지 않습니다. 문을 열고 들어가기 위해 콩쥐는 검은 소에게서 얻은 과일을 모두 그들에게 줍니다. 아니, 빼앗깁니다. 내부로 들어가기 위해선 외부에서 얻은 것을 전부 바쳐야, 잃어야 하는 것입니다. 집은 그런 착취의 공간이라고 말하려는 것일까요?

둘째 과제의 난관인 물독의 구멍은, 구멍 이야기만 나오면 흔히 떠올리는 성적인 상징이 아니라 문자 그대로 물을 부어도 부어도 새어나가는 구멍입니다. 가족 안에 존재하는 구멍인 거지요. 끝도 없이 새는 독 때문에 콩쥐가 난감해하자, 두꺼비가 나타나 독은 깨져서 새는 것이 아니라 손가락 하나 들어갈 만큼의 구멍 때문에 새는 것이라고 가르쳐줍니다. 또 다른 불모지대입니다. 콩쥐를 밖으로 내쫓는 데 실패한 계모가 또다시 불모지대로 내몬 것이지요. 과일을 빼앗아 먹으며 문을 열어주었기에, 즉 안으로 받아들였기에 이제는 안에서 다시 궁지로 몰고 가는 것입니다. 이번에도 콩쥐에게 연대의 손을 내민 것은 **동물**입니다. 두꺼비.

물독의 구멍, 그것은 사실 메워질 수 없는 구멍입니다. 두꺼비가 해줄 수 있는 것은 일시적인 봉합일 뿐입니다. 두꺼비 덕에 계모의 눈을 속이는 것입니다. 그러나 그것이면 충분합니다. 구멍을 메우려는 것은 콩쥐 자신의 욕망이 아니라 계모의 명령이니까요. 그리고 그 이상은 할 수 없기도 합니다. 이 구멍은 나중에 감사와 결혼한 이후에도 메워지지 않은 채 남지요. 그걸 봉합하는 일은 사실 계모와 함께 가족 안의 구멍을 만들고 있는 콩쥐 자신의 힘으로는 불가능합니다. 그래서 두꺼비는 "자신이 할 고생을 남에게 미룰 수 없다"는 콩쥐에게 성을 내고 야단치며 그 일을 합니다. 그 구멍을 메우는 건 콩쥐가 할 수 있는 일이 아니고, 황무지를 개간하는 일처럼 그걸 하면서 새로운 능력을 얻는 일도 아닙니다. 콩쥐로서는 메워도 메울 수 없는 게 가족 안의 구멍이니까요. 빠져 죽지 않으면 다행인 게 그 구멍이지요. 나중에 보겠지만, 장화·홍련은 그 구멍에 빠져 죽습니다. 메울 수 없는 건 피하는 게 지혜지요. 두꺼비가 소리를 질러가며 가르쳐준 게 바로 이것일 겁니다.

셋째 과제인 베를 짜고 쌀을 내는 것은 불모지로 내몰기 위한 부정적 시험이 아니라 무언가를 산출하고 만들어내는 능력을 보려는 것이란 점에서 긍정적 시험입니다. 원료를 생산물로 바꾸는 산출능력을 시험하는 것이지요. 이번에도 콩쥐는 동물과 연대합니다. 바로 새들입니다. 새들에 더해 베를 짜는 직녀가 도와줍니다. 연대의 폭이 확장된 겁니다. 황무지를 개간한 것도 그랬지만, 이 또한 집 바깥으로 나갈 능력을 증장시킵니다. 이제 콩쥐는 집 바깥으로 드나들 수 있는 옷과 신발을 얻습니다. 이 신발에 대해 "생전에 처음으로 얻은 신"(67)이라고 말하는 것은 매우 시사적입니다. 처음으로 탈영토화의 도구, 아니 탈영토화 능력을 획득한 것입니다. 이제 비로소 콩쥐는 가고 싶은 곳에 갈 수 있게 됐습니다.

이런 점에서 콩쥐에게 부과된 세 과제는 재 속의 콩을 하나하나 줍는 신데렐라의 과제와는 성격을 매우 달리합니다. 신데렐라에게 주어진 과제는 그저 신데렐라가 파티에 참석하는 것을 저지하기 위한 장애물로만 작용할 뿐입니다. 그걸 수행한다고 해서 신데렐라의 신체나 정신능력은 달라지지 않습니다. 그건 그저 신데렐라와 계모/언니 사이의 거리만 확인하고 벌려놓을 뿐입니다. 반면 〈콩쥐팥쥐전〉에서의 과제는 집의 경계를 넘나드는 것, 내부와 외부를 오갈 능력과 결부된 것이었고, 집 밖으로 나가 자신이 원하는 곳에 가는 능력을 표현합니다.

앞서 이미 언급했지만, 동물과의 관계도 다릅니다. 콩쥐를 도와주는 동물들은 집 밖에서 오고, 콩쥐의 생각 밖에서 옵니다. 또한 콩쥐의 뜻대로 움직여주는 게 아니라 반대로 콩쥐에게 가르치고 '명령'하며 때로는 야단치기도 한다는 점에서 모두 '야성적'이고 '외부적'입니다. 검은 소는 울고 있는 콩쥐의 이야기를 듣고는 말합니다. "너는 곧장 하탕下湯에 가서 발 씻고 중탕中湯에 가서 손 씻고 상탕上湯에 가서 낯을 씻고 오너라."(55) 물을 길어 독을 채우려 하는 콩쥐 앞에 나타난 두꺼비는 "길길이 뛰면서 입을 열어 헐떡거리며, 두 눈을 끔쩍거리다가 버럭 소리를 질러 말"합니다(58). 물을 아무리 들이부어야 소용없으니 내가 시키는 대로 하라고. 자기가 독의 구멍을 막아주겠다고. 놀란 콩쥐가 자기 고생을 남에게 시킬 수 없다며 사양하자 두꺼비는 다시 성을 내며 콩쥐를 야단칩니다. 쌀을 쓿어주는 새들도 마찬가지입니다. 새들이 쌀을 먹으러 온 줄 알았던 콩쥐는 "무슨 원수가 맺혀 있기로 저렇듯 덤벼들며 쪼아 먹느냐"며 막대를 들고 쫓아내려 합니다. 새들 또한 콩쥐의 뜻 밖에 있는 것입니다. 동물들의 이러한 야성은 콩쥐의 의지를 벗어나 있는 힘입니다. 그것은 가족이라는 좁은 세계의 바깥, 인간의 의지 외부를 뜻하는 자연의 힘이겠지요. 이는 순종적인 하인이나 도구에 불과한 신데렐라의 동물들과는 근본적으로 다릅니다. 또 하나 덧붙일 것은 요정이 끼어들어 동물들을 말과 마부로 만들어주는 페로의 신데렐라 이야기와 달리, 〈콩쥐팥쥐전〉에서는 그런 초월적 존재의 매개 없이 콩쥐가 동물과 직접적 연대를 맺음으로써 도움을 받는다는 점입니다. 따라서 콩쥐와 동물의 관계는 신데렐라와 동물의 관계와 근본적으로 다릅니다.

집 밖으로 나온 콩쥐가 가는 곳은 인생을 한 방에 역전시킬 수 있는 휘황찬란한 무도회가 아닙니다. 이 또한 신데렐라 이야기와 다른 점이지요. 콩쥐는 외갓집 잔치에 갈 뿐입니다. 외갓집은 아버지로 이어진 수직적 가족의 연계에 밀고 들어온, 어머니로 이어진 수평적 결연의 선입니다. 그곳은 가족의 내부이자 외부이며, 부계의 수직적 선으로 밀고 들어온 새로운 결연의 선, 아버지-계모의 선과 대비되는 영역입니다. 신데렐라 이야기에서처럼 모든 문제를 일거에 해결해주는 왕자라는 초월자가 아니라 내부로 물려 들어온 외부, 내재적 관계를 형성한 외부입니다. 황폐화된 가족으로부터 벗어날 현실적인 출구이기도 합니다.

콩쥐는 신데렐라 같은 동화가 흔히 상정하듯이 왕자를 사로잡을 만한 특별한 미모의 소유자가 아닙니다. 이야기가 반복되지만, 전라 감사를 잡아끌 수 있었던 것은 콩쥐의 미모가 아니라 신발의 서기였지요. 신데렐라 이야기에서 유리구두가 이미 왕자를 사로잡은 미모의 여인을 찾기 위한 단서이고 매개였다면, 〈콩쥐팥쥐전〉에서 감사는 콩쥐의 얼굴을 모른 채 그저 신발의 서기瑞氣에 놀라 주인을 찾습니다. 신데렐라 이야기에서 신발은 아무런 독자적 의미를 갖지 못합니다. 그건 신데렐라가 신었던 것이기에 의미를 가질 뿐입니다. 반면 콩쥐 이야기에서 신발은 독자적인 의미를 갖습니다. 신발 자체의 서기, 그것은 아마도 신발로 표상되는 이동 능력(탈영토화 능력)일 겁니다. 이렇듯 콩쥐는 미모가 아니라 자신이 고난 속에서 얻은 능력으로 인해 감사와 이어지게 됩니다. 이처럼 관련 항들이 다르게 계열화되었기에 같은 신발이라도 품은 의미는 달라지는 것이지요.

왕자와 신데렐라의 결혼은 초월적 존재의 결혼이기에 이후 계모나 언니들이 개입할 여지가 없습니다. 그것은 이전의 모든 고난과 고통, 갈등을 해결해주는 대단원이 됩니다. 반면 〈콩쥐팥쥐전〉은 놀랍게도 그런 동화적이고 공상적이며 초월적인 해결의 불가능성을, 또 한 번의 전면적인 반전을 통해 보여줍니다. 콩쥐와 감사의 결혼을 두고 어쩌면 그가 계모의 학대에서 벗어나 새로운 가족을 구성했다고, 탈출에 멋지게 성공했다고 말할 수도 있을 겁니다. 그러나 그의 이전 삶이 보여주었듯이 가족 안에 구멍이 존재한다면, 그 구멍이 새로운 가족 안에 전혀 없으리라고는 말할 수 없겠지요. 세상이 자기 생각대로 될 거라고 믿는 가부장적 가장들이 가족 내 권력을 쥐고 있는 한, 눈먼 권력에 가려진 구멍은 언제든 생겨나고 확장되겠지요. 콩쥐의 아버지가 그랬듯 콩쥐의 남편 역시 가부장인 한, 이미 반쯤은 눈이 멀어 있을 겁니다. 가족 안에 갇혀 밖으로 나갈 여지를 잃을 때, 가족 바깥을 볼 수 없고 생각할 수 없을 때, 그 구멍은 함정이 되어 탈영토성을 잃은 발을 기다리고 있는 겁니다.

콩쥐는 결혼을 통해 다시 집 안에 '갇혀' 남편을 기다리는 것 말고는 할 일 없는 삶이 시작됩니다. 아마도 남편이 콩쥐 아비 비슷하게 후처라도 하나 얻었다면 발생했을 법한 일이, 팥쥐의 살아남은 욕망을 통해 '대신' 밀고 들어옵니다. 훨씬 더 강하고 직접적인 적대의 양상으로. 새로운 가족 안에서 다시 순진해진 콩쥐는 팥쥐의 '음모'로 집 안에 있는 연못, 즉 또 다른 구멍에 빠져 익사합니다. 이는 콩쥐의 한계이자 그가 겪었던 불행의 이유를 소급적으로 보여주는 것 같습니다. 물론 콩쥐는 다시 살아나 팥쥐에 대한 복수와 징치로 이어지지만, 그것은 그 자신이 갇혀 죽은 가족을 넘는 어떤 새로운 가치나 변환을 담지 못하기에 단순한 복수와 처벌에 그칩니다. 그런 점에서 볼 때 결혼 이후에 발생한 사건은 〈장화홍련전〉처럼 죽은 이의 원혼이 벌인 복수극과 그리 다르지 않은 듯합니다. 그것이 신데렐라 같은 환상적 해결과는 아주 다른 성격을 띠는 것이 사실이라고 해도 말입니다.

3. 숙향전=바리공주?: 유비적 해석을 넘어서

내재적 분석을 위해 구별선을 그어야 할 또 하나의 해석은 유사성에 의한 유비적 해석입니다. 앞에서 '환원론적' 방식이 어떤 화소의 유사성을 텍스트 바깥의 '상징적 의미'로 환원하여 화소 자체의 의미를 불변적인 것, 텍스트의 차이를 넘어선 초월적인 것으로 귀착시켰다면, 유비적 해석은 화소들이 전개하는 양상의 유사성을 통해 텍스트 전체의 유사성을 도출합니다. 그럼으로써 각각의 항이나 원소의 유사성과는 다른 차원에서, 텍스트의 전개 양상을 직조하는 서사 구조의 유사성이 해석을 지배하게 됩니다. 이는 텍스트들 사이에 존재하는 차이를 유사한 요소들의 계열화를 통해 형성된 서사적 동일성 속으로 해소시켜버립니다.

가령 소설 〈숙향전〉와 무가 〈바리공주〉의 전개과정에서 보이는 유사성에 주목하여 두 텍스트가 비슷한 의미를 지닌다고 보는 해석이 있습니다(최기숙, 1998). 두 작품 모두 탄생, 예언, 버려짐과 고난, 구원, 탐색(구약求藥활동)의 다섯 가지 서사가 유사하게 진행된다는 것입니다. 〈숙향전〉은 당시 매우 인기 있는 소설이었지만 지금은 널리 읽히지 않는 작품이기에, 일단 〈숙향전〉의 내용을 간단히 요약하며

시작하겠습니다.[6]

숙향의 부친이 되는 김전은 어부들에게 잡혀 죽을 뻔한 큰 거북을 구해주고 그 덕에 구슬 한 쌍을 얻습니다. 그는 나중에 결혼하여 월궁항아의 정기를 받았다는 딸 숙향을 얻게 됩니다. 그러나 사나운 팔자를 타고난 숙향은 다섯 살 되던 해에 도적 떼를 만나 부모를 잃어버립니다. 파랑새를 따라가 저승의 후토부인을 만나니, 다섯 번 죽을 고비를 넘긴 뒤에야 부모를 만나 잘되리라 하는데, 그 고비가 앞으로 세 번 더 남았다고 합니다. 숙향은 후토부인이 내준 사슴을 타고 나와 장승상 댁 수양딸이 되지만, 열다섯 살 되던 해에 숙향으로 인해 자기 자리를 빼앗긴 사향이란 종의 음모 때문에 도둑으로 몰려 쫓겨납니다. 정처 없이 걷던 숙향은 큰 강(포진강)을 만나 거기 투신하는데 용녀(용왕의 딸인데, 전에 김전이 구해준 거북이었습니다)와 월궁항아가 보낸 두 선녀가 구해줍니다. 그러나 방랑은 계속됩니다. 숙향은 제 몸을 지키기 위해 일부러 더러운 옷을 걸치고 한쪽 눈은 먼 척, 한쪽 다리는 저는 척하며 길을 가지요. 그러던 어느 날 갈대밭에서 잠을 자던 중에 불이 나서 다시 죽을 위기를 맞습니다. 그때 화덕진군이라는 노인이 나타나 도와줍니다. 이 노인, 무슨 속셈인지 옷을 벗어두고 몸만 등에 오르라고 하는데, 덕분에 목숨은 구했지만 벌거벗고 거리를 헤매야 할 처지가 됩니다. 그런 숙향을 보고 한 할머니(마고할미)가 옷가지로 몸을 가려주고는 자기 집으로 데려갑니다. 이화정이라는 술집이지요. 숙향은 거기서 마고할미와 함께 살게 됩니다. 이후 하늘나라 요지연이란 곳에서 낭군인 이선을 만나

---

6 이하에서 〈숙향전〉은 한국학중앙연구원 소장본을 저본으로 한 이상구 옮김, 『숙향전·숙영낭자전』(문학동네, 2010)을 인용하겠습니다.

는 꿈을 꾸는데, 그 장면을 수놓은 그림을 인연으로 이선이 찾아옵니다. 이선은 할미의 이야기를 듣고 전생의 인연이라는 숙향을 찾아 김전의 집으로, 장승상의 집으로, 화덕진군이 있는 곳으로 숙향의 궤적을 따라 갑니다. 결국 다시 낙양 동촌의 이화정으로 돌아와 숙향을 만나게 되는데, 신원도 알 수 없는 미천한 여인을 며느리로 들이지 않으려는 부친 때문에 고모에게 청하여 혼인을 합니다. 나중에 이 사실을 알게 된 이선의 부친은 낙양 수령(김전)을 시켜 숙향을 죽이려 하나, 누이(이선의 고모)로 인해 죽이진 못하고 멀리 떠나라 합니다. 이후 이화정의 할미가 죽음을 맞고 약간의 곡절을 더한 끝에 숙향은 이선과 결혼하게 됩니다. 그 뒤 장원급제를 한 이선은 양왕으로부터 죽을병에 걸린 황후의 약을 구해오라는 명을 받습니다. 그는 용궁과 봉래산 등에서 신선들의 도움으로 무사히 약을 구해다 황후를 살리게 되지요.

〈바리공주〉 무가도 내용을 잘 모르지요? 〈바리공주〉는 전국적으로 전승되어온 서사무가로, 〈바리데기〉〈오구풀이〉〈칠공주〉 등의 이름으로도 불립니다. 지역마다 이름이나 내용에 약간 차이가 나지만, 대략 다음과 같은 내용입니다. 〈숙향전〉의 내용과 어떤 면에서 비슷한지 떠올리면서 읽어보세요.

오구대왕은 길대부인에게서 딸 여섯을 얻었는데, 일곱째마저 딸을 얻자 '버리다'라는 뜻으로 '바리'라고 이름 짓고는 상자에 넣어 내다 버리게 합니다. 물에 넣어도 가라앉지 않고 떠오른 상자 속의 바리공주는 석가세존의 도움으로 비리공덕 할미와 할아비 손에 자라납니다. 그 사이 왕과 왕비는 병을 얻습니다. 동해용왕과 서해용왕이 있는 용궁의 약이나 삼신산 불사약과 봉내방장 혹은 무장승의 양현수藥水를 먹어야 낫는다고 들지만, 어느 것이든 사람이 살아서 갈 수 없는 곳에 있는지라 그걸 구해줄 사람을 만나지 못합니다. 그들은 바리공주가 구해다줄 거라는 이야기를 듣고 바리공주를 찾아 나서지요. 궁에 찾아온 바리공주는 기꺼이 약을 찾아 떠납니다. 수많은 지옥과 바다 등을 세존의 도움으로 통과하여 드디어 무장승이 사는 곳에 이르러 부모의 병을 치료코자 약수를 얻으러 왔다 하니, 길값, 삼값, 물값으로 나무하기 3년, 불 때기 3년, 물 긷기 3년을 해 달라고 합니다. 그걸 하고 나니 무장승이 자식을 일곱 낳아달라고 합니다. 자식 일곱까지 낳아준 바리공주가 이제 부모님 때문에 돌아가려 하니 무장승이 약을 내주고 따라 나섭니다. 궁 가까이에 오니 장례 행렬이 있는데, 왕과 왕비가 죽어 나가는 상여였습니다. 관을 열어 서천서역에서 가져온 약수를 넣고, 두 사람의 품에 개안수를 넣고, 또 뼈살이 꽃, 살살이 꽃, 피살이 꽃을 눈에 넣으니 두 사람 모두 살아났다고 합니다.

어떤가요? 일단 대략적인 줄거리만 보면 두 이야기가 유사하다고 보기는 어렵지요? 〈바리공주〉는 부모에게 버림받은 딸이 죽을병에 걸린 부모를 위해 고된 여정을 거쳐 약을 구해다 부모를 살리는 내용이고, 〈숙향전〉은 천상에서의 죄로 인해 땅으로 내려온 숙향이, 어려서 부모를 잃어버리고 갖은 죽을 고비를 넘기다가 결국 전생의 인연이었던 이선을 만나 결혼하는 이야기이니 말입니다. 물론 약을 구하는 여행(구약의 여정)이 〈숙향전〉 뒤에 나오긴 하지만 그건 이 소설의 핵심 내용이 아닐뿐더러 그마저도 숙향이 아닌 이선이 구하러 가는 것이기에 앞의 이야기와 구별되는 별개의 부분으로 보이기조차 합니다. 그런데도 이 두 이야기가 유사한 구조를 지닌다 함은 다섯 가지 이유에서라고 합니다.

첫째, 〈숙향전〉과 〈바리공주〉는 자식을 구하고자 치성을 드리는 것과 태몽, 탄생 시 이적을 공유합니다. 둘째, 예언의 서사가 등장합니다. 〈바리공주〉 무가에서는 길대부인과 오구대왕이 혼사를 위해 점을 칠 때 신탁의 형태로, 또 오구대왕이 병에 걸렸을 때 점을 치는 형태로 제시되는데, 〈숙향전〉에서는 숙향의 출생 이후 왕균이란 예언가에 의해, 그리고 이후 여러 인물에 의해 예언이 반복하여 제시됩니다. 셋째, 쫓김과 고난의 서사 또한 공유하는데, 양자 모두 가족과의 이별을 통해 주어집니다. 넷째, 구원자에 의한 구원의 서사가 제시됩니다. 다섯째, 탐색의 서사가 있습니다. 이는 〈바리공주〉 무가에서는 아버지를 위해 약을 구하러 가는 바리공주의 여정으로, 〈숙향전〉에서는 황후를 위해 숙향의 남편 이선이 약을 구하러 가는 여정으로 구현됩니다(최기숙, 1998: 37~38). 여기에 신원 확인을 위해 반지 같은 신표가 사용된다든가, 구하려는 약의 이름 중 일치하는 게 있다는 것 등 미세한 부분에서 내용의 일치나 소재적 차원의 연관성이 보태집니다. 비록 약을 구하는 인물은 다르지만, 바리공주를 양성적인 인물로 보아 〈숙향전〉에서 두 사람(숙향·이선)이 나누어 맡았던 역할을 한 인물이 했다고 해석합니다(최기숙, 1998: 39).

이런 이유에서 최기숙은 두 작품이 무가와 소설이라는 큰 차이가 있음에도 장면 및 화소의 동질성을 공유하고 있으며, 나아가 두 작품 모두 고난과 고난 극복의 서사라는 점에서 주제적 동질성을 갖는다고 봅니다. 또한 고난의 진원지가 아버지로 대표되는 체제라는 점에서 동일하며, 그런 아버지와 버림받는 딸, 아버지를 저지하지만 막을 힘이 없는 어머니의 관계도 동일함을 지적하면서, 두 이야기 모두 '아버지 박해'라는 개념으로 요약될 수 있다고 봅니다(최기숙, 1998: 54).

먼저, 다섯 가지 화소의 유사성을 들어 텍스트 전체의 유사성을 말하는 것은 앞서 말한 '환원론적' 해석의 문제점을 가집니다. 그리고 여기서 제시된 화소가 정말 두 작품이 유사함을 증명하는 요소인지도 의문입니다. 치성이나 태몽, 예언이나 전생담은 고전소설이라면 어디나 등장하는 것이고, 인물의 탄생에 예언이 동반되는 것도 고전소설이나 설화에서 흔한 상투구이지요. 가족과의 이별을 수반하는 고난의 서사는 〈창선감의록〉 〈사씨남정기〉 〈김씨열행록〉 등 가족 소설에서 흔한 모티프입니다. 구원자에 의한 구원 또한 다르지 않습니다. 이런 요소들이라면 〈심청전〉에서도 다수 찾을 수 있습니다. 약을 구하러 가는 여행은 흔하다고 할 수 없지만, 〈숙향전〉에서 이선이 겪는 여정은 지워버려도 상관없을 만큼 부가적인 부분이며, 그래서인지 한문활자본에서는 그 내용을 삭제해버렸습니다. 똑같은 사물조차 그걸 둘러싼 관계가 달라지면 다른 의미를 갖는다는 이야기를 앞서 했는데, 어떤 비슷한 요소가 있다고 해서 유사한 텍스트라고 말한다면 이 역시 환원론적 오류를 범하는 것입니다.

하지만 여기서 말하고 싶은 것은 환원론적 해석과는 좀 다른 해석의 방법입니다. 최기숙이 〈숙향전〉과 〈바리공주〉의 유사성에 대해 말하고자 했던 바는 각 항의 유사성보다는 탄생, 예언, 버려짐과 고난, 구원, 탐색(구약활동)을 연결하는 서사 구조의 유사성에 관한 것이었으니까요. 그는 두 이야기가 이런 유사성을 통해 삶의 총체성을 사유하려는 질문, 인간과 인간의 삶에 대한 본질적 물음을 공유하고 있다고 보며, 〈숙향전〉은 〈바리공주〉 무가에 대한 소설적 응답으로 구성되었다고 이해합니다(38). 요는 아버지 박해에 의해 발생한 고난과 그 고난 극복의 서사라는 점에서 두 작품이 유사하다는 이야기이겠지요. 이처럼 서사가 전개되는 과정에서 유사성을 보는 것은 '환원론적 해석'이라기보다는 '유비적analogical 해석'이라 할 수 있습니다.

그러나 이런 관점에서 봐도 두 작품이 유사한지는 의문입니다. 먼저, 숙향은 도적들에 의해 발생한 전란 중에 부모에게서 버려지는 반면, 바리공주는 왕인 아버지의 명령에 따라 버려진다는 점에서 다릅니다. 즉 '버림받음'이란 화소를 둘러싼 관계가 다르다는 겁니다. 숙향은 부모와 도적의 관계 속에서 버려지고, 바리공주는 부친과의 직접적인 관계 속에서 버려집니다. 그러나 최기숙은 도적의 개입이 아버지의 버림을 간접적인 것으로 바꾸는 요인에 지나지 않는다고 봅니다(54). 두 사람의 버림받음이 '아버지 박해'나 '환대받지 못하는 존재'라는 점에서 동일하다는 것입니다(44). 부모와의 이별이 바리공주나 숙향 모두에게 고난의 여정이 시작되는 계기란 점은 같지만, 바리공주는 딸이기에 버려진 것이고, 숙향은 도적들 때문에 '잃어버린' 것이란 점에서 결코 같지 않습니다. 숙향의 아버지는 도적에게 쫓겨 할 수 없이 어린 숙향을 바위 속에 숨기고(버리고) 도망가지만, 도적들이 물러간 뒤에는 딸을 찾으러 다시 오며, 딸이 보이지 않자 온 동네를 돌아다니면서 찾습니다. 이것을 두고 자식을 '버린다'고 할 수 있을까요? 버린 사람이 아버지란 점만으로 이를 바리공주 아버지의 직접적인 박해와 유사한, 간접적인 형태의 아버지 박해라고 말할 순 없습니다. 덧붙이면, 특별한 태몽으로 얻은 자식을 도적 때로 인한 전란 때문에 도망치다가 힘이 빠져서 버리고 가는 이야기는 〈금방울전〉에서도 거의 동일하게 나타나는데, 여기서 버려지는 아이는 딸이 아니라 아들입니다(《금방울전》, 10). 이 역시 '아버지 박해'일까요?

이후에도 최기숙은 〈숙향전〉에서 아버지 박해를 반복해서 찾아내는데, 곧이 받아들이기는 쉽지 않습니다. 장승상 댁에서 버려지는 것은 양부보다는 숙향을 시샘한 하녀 사향 때문이며, 이선의 아버지(장래의 시아버지)에게서 박해받는 것은 미천한 출신을 문제 삼는 시부, 더 정확히는 미천한 여자와의 혼인을 배제하는 가족 관념과 가족제도 때문입니다. 이 모두를 하나로 묶어 '아버지 박해'라고 하는 것은 지나치게 환원적인 해석입니다. 버려지는 과정에 아버지가 관여되어 있다고 해서 모두 직간접적인 '아버지 박해'라고 할 순 없습니다.

숙향의 고난은 친부, 양부 등 남자들이 돌아가며 행한 아버지 박해에 따른 것이 아니라 '미천한 여자' '근본을 알 수 없는 여자'의 고난이고, 미천한 여자를 받아들이지 않는 사회와 제도에 따른 고난입니다. 시부만이 아니라 양부도 '근본을 알 수 없음'에서 오는 어떤 불신 때문에 하녀 사향의 말에 속습니다. 〈숙향전〉이 '박해담'이라면 그것은 가부장인 아버지의 딸 박해담이 아니라, 신분제도에 따라 미천한 여자가 겪는 박해담인 것입니다. 즉 숙향의 고난은 딸이기에 버려졌던 바리공주의 고난과는 매우 다릅니다.[7] 화소나 서사의 유사성으로 작품들 간의 유사성을 쉽게 추론하는 것보다는, 비슷해 보

---

7 숙향의 고난은 바리공주보다는 '근본을 알 수 없는 여자'인 숙영(《숙영낭자전》)의 그것과 더 유사합니다. 물론 숙향과 숙영이 겪는 사건 역시 크게 다르기 때문에 이것만으로 두 텍스트가 유사하다고 할 순 없습니다. 말이 난 김에 덧붙이면, 숙향은 원래 미천한 여자가 아닙니다. 양반인 김전의 딸이니까요. 전란에 의해 버려진 여자일 뿐입니다. 이는 김시습의 〈금오신화〉에서 〈만복사저포기〉나 〈이생규장전〉과 유사합니다. 여기서 남녀의 대립은 부녀간이 아니라 전란이라는 남성적 사건과 피해자 여성 간의 대립으로 변형되어 나타납니다.

이는 것조차 관련 항이 달라지면 그 의미 또한 달라짐을 보는 게 중요합니다.

약을 구하러 가는 여정도 유사성보다 차이가 훨씬 더 크고 중요해 보입니다. 〈바리공주〉는 아버지가 버린 딸이 자신을 버린 아버지를 위해 나선 구약의 여정이고, '길 값' 등을 내기 위해 일하고 애를 낳아주며 진행되는 여성적 산출의 여정입니다. 이를 통해 버려졌음에도 구원하는 여성의 힘이 부각됩니다. 이런 맥락에서 〈바리공주〉는 가부장제에 대한 여성적 출구를 보여주는 작품이고, 어쩌면 '긍정적' 형태의 가부장제 비판이라고 할 수 있습니다. 반면 〈숙향전〉에서 숙향은 지극히 '여성적'으로 묘사되지만 난관의 극복은 그의 여성적 산출능력보다는 대부분 천계의 도움으로 이루어집니다. 숙향의 미덕은 아름답고, 예의범절에 바르며, 바느질 등 여성적인 일에 능란하다는 점인데, 이는 난관을 극복하는 데 별 도움이 되지 않습니다. 난관을 극복한 뒤에야 괜찮은 여자임을 사후적으로 확인하는 데만 쓰입니다. 이는 사실 역으로 '리얼하다' 해야 하는데, 왜냐하면 미천한 여자는 '볼 것 없는 여자'이기에 능력이 있어도 보이지 않으며 또한 보려고조차 하지 않기 때문입니다. 그 능력은 안정된 자리, 미천함을 벗어난 자리에 들어선 다음에야 비로소 눈에 띄게 됩니다.

약을 구하는 여정이 아버지를 위한 것인지 황후를 위한 것인지는 그리 중요하지 않다고 하지만, 제 생각은 다릅니다. 바리공주에게는 그 약이 자기를 버린 바로 그 아버지를 위한 것이고, 이선에게는 제3자인 황후를 위한 것이기에 약을 둘러싼 관계가 다르기 때문입니다. 만약 바리공주가 구하려는 약이 신이나 왕, 마을 사람들을 위한 것이라면 황후를 위한 약과 다르지 않다 하겠지요. 그런데 이선/

숙향이 구하려는 약이 숙향을 쫓아낸 마을을 위한 것이라면, 이야기는 또 달라집니다. 이때는 바리공주가 자기를 버린 아버지를 위해 약을 구하는 것과 동일한 의미를 갖게 됩니다. 문제는 '왕'이나 '아버지' '신'과 같은 인물이 아니라, 그런 인물이 약을 구하러 가는 인물과 어떤 관계에 있느냐 하는 점입니다.

또 하나 다른 점이 있습니다. 〈숙향전〉에서는 구약의 여정을 숙향이 아닌 남편 이선이 맡고, 스스로의 여성적 능력을 통해 고난을 해결해가는 바리공주와 달리 이선은 시자侍子처럼 따라다니는 용왕의 아들과 그가 데려오는 선인仙人들의 도움으로 고난을 해결하며, 거기서 이선이 특별히 하는 역할은 없습니다. 이런 점에서 〈숙향전〉은 전란에 의해 파괴된 여성의 삶에 대한 당대적 해명의 시도이면서도 여성적 출구를 찾지 못한다는 점에서 〈바리공주〉의 그것과 크게 다릅니다.

요컨대 서사의 틀을 짜는 요소들의 연결이 유사해 보인다 해도, 그것들이 펼쳐지는 구체적인 양상의 차이에 따라 그 각각의 요소는 전체 서사 안에서 다른 의미, 다른 기능을 갖습니다. 가령 마지막에 주인공이 왕후(심청)가 되거나 정경부인(숙향)이 되는 것, 아니면 전라 감사의 재취 부인(콩쥐)이 되는 것은 그 자체로 큰 차이가 없을 수 있습니다. 이는 단지 고난이나 문제의 해결을 상징하는 것이기에 지위 차이는 그 자체로 별 의미를 갖지 않습니다. 그러나 우리가 본 작품에서 심청이 왕후가 된 것과 콩쥐가 감사 부인이 된 것, 숙향이 정경부인이 된 것은 결코 같은 의미를 갖지 않습니다. 왕후가 된 심청이 맹인잔치를 빌미로 봉사들을 집으로부터 벗어나게 하는 탈영토화 운동을 야기한다면, 숙향에게 정경부인은 오랜 편력 끝에 제대로 된 가정에 들어앉는(재영토화되는) 것을 뜻하고, 콩쥐에게 감사 부인이란 구멍난 집에서 벗어나 안정된 가정으로 재영토화되었으나 여전히 사라지지 않은 분열 때문에 다시 구멍에 빠지는 통과점인 것입니다.

서사적 요소의 흐름 또한 그렇습니다. 신데렐라 이야기와 〈콩쥐팥 쥐전〉처럼 매우 유사한 화소들로 연결된 서사조차 다른 항들이 몇 개 이어지면 전체 텍스트의 의미는 판이해지고 맙니다. 〈콩쥐팥쥐 전〉에서 콩쥐의 결혼 이후 이야기를 잘라낸다면 앞의 이야기의 의미 또한 전혀 달라질 겁니다. 반면 〈숙향전〉에서 결혼 이후 약을 구하는 과정을 잘라낸다고 해도, 그 앞의 이야기에는 별다른 변화가 일어나지 않습니다. 구약 과정은 이전 서사와의 내재적 연결성 없이 그저 부가된 것에 불과하기 때문입니다. 이런 경우에는 사실 덧붙여진 이야기를 잘라내고 작품을 읽어도 별 문제가 없습니다. 추가된 이야기가 이전 서사에 큰 변화를 야기하지 못하기 때문입니다. 이런 이유에서 저는 텍스트 안에서 항들의 내재적 관계를 통해 동일한 요소들조차 어떻게 다른 의미, 다른 기능을 갖게 되는지를 주목하여 분석해야 한다고 봅니다. 이는 내재적 분석이 갖는 또 하나의 차원입니다.

제3장

천상의 숙향과 지상의 숙향

:

이중적 사건화와
'모른다고 가정된 주체'

1. 상이한 세계의 연계

고전소설의 서사에 천상계에서 있었던 과거, 혹은 전생의 인연이 끼어들거나 사건의 중요한 지점에 천상의 인물이나 신선, 용왕의 일족이 끼어드는 일은 흔합니다. 〈금방울전〉은, 동해용왕의 아들이 아내이자 남해용왕의 딸인 용녀와 함께 남선진주라는 요괴에 맞서 싸우다가 용녀는 죽고 자신은 패하여 도망치던 중 장원 부인의 입속으로 들어가는 과거의 연으로 시작합니다. 장원은 그렇게 얻은 아들 해룡을 곧바로 도적들의 전란 속에서 잃습니다. 용녀는 얼굴이 곱지 못하나 마음씨 착한 막씨의 배를 빌려 사람 아닌 금방울로 태어납니다. 〈김원전〉의 주인공은 전생의 죄로 수박 같은 것에 구멍만 뚫린 모습으로 태어나 10년을 살아갑니다. 〈숙영낭자전〉에서는 선군의 탄생 때 선녀가 내려와 이 아이가 천상의 선관이며 요지연에서 숙영낭자와 희롱하다가 귀양온 것임을 알려줍니다. 그래도 자기와의 연분을 모른 채 다른 가문에 구혼하는 것을 불안하게 여긴 숙영낭자는 선군의 꿈속에 나타나 인연을 이루어야 한다며 구혼하지 말고 3년만 기다려달라고 호소합니다. 〈숙향전〉의 두 남녀 주인공은 〈숙영낭자전〉에서처럼 천상계에서 희롱하다가 지상으로 귀양을 가는데, 때문에 숙향은 지극히 험난한 인생을 살 거라는 관상가의 예언과 함께 태어나고, 다섯 살에 부모와 헤어져 정말 고난에 찬 인생을 살게 됩니다.

이처럼 천상에서 일어난 어떤 일로 인해 지상세계에 내려오는 것(인간세계로 유배되는 것)을 '적강謫降'이라 하는데, 이런 적강의 이야기를 '적강담'이라 합니다. 적강이란 '유배되어 내려옴'이란 뜻입니다. 많은 고전소설이 이처럼 적강의 이야기로 시작하는 적강소설입니다. 생각해보면 꼭 탄생만 그런 게 아닙니다. 천상이나 용궁 등 이계異界의 인물들은 이야기의 중요한 지점에 걸핏하면 끼어듭니다. 〈김원전〉에선 요괴인 아귀를 찾아 바위 위의 구멍 속으로 들어간 김원이 옥제의 명으로 자신을 기다리던 선동仙童에게서 아귀를 제압할 결정적인 무기를 두 개 얻습니다. 〈최고운전〉에선 최고운(최치원)이 중국에 갈 때 갑자기 용왕의 아들 이목이 나타나 용궁으로 데려갑니다. 그는 이목을 시켜 가뭄에 시달리던 섬에서 비를 내리게 하는데, 그 죄를 물으러 하늘에서 승려가 내려옵니다(이 승려는 최치원에게 그가 천상에 있을 때 죄를 지어 적강한 인물임을 알려줍니다). 〈숙향전〉은 매우 심해서, 숙향이 죽을 위기에 처할 때마다 선녀나 용왕의 딸, 신선들이 나타나 구해줍니다.

적강소설만 그런 것이 아닙니다. 아시다시피 임당수에 빠진 심청을 위해 옥황상제는 사해용왕들에게 대기 명령을 내렸고, 물에 빠진 심청은 곧바로 용궁으로 갑니다. 〈금오신화〉의 〈만복사저포기〉나

〈이생규장전〉에서처럼 귀신도 빈번히 등장하고 〈구운몽〉이나 〈창선
감의록〉에서처럼 도사도 자주 나타납니다. 혹은 〈최고운전〉이나 〈김
원전〉에서처럼 요괴와 괴물이 사는 지하세계가 구멍이나 굴을 통해
등장합니다. 오도일의 〈설생전〉에서 현실을 떠나 은거하러 간 설생
이 사는 곳도 굴 안에 존재하는 또 다른 거대한 세계였습니다. 여기
서도 구별이 필요합니다. 〈구운몽〉이나 〈창선감의록〉에서 등장하는
도사는 주인공에게 병법이나 술법을 가르쳐주고 대개는 사라집니
다. 〈심청전〉의 천계도 심청을 구해 지상으로 내려보내고는 사라집
니다. 한편 〈만복사저포기〉나 〈이생규장전〉의 귀신은 주인공과 함께
먹고 함께 잡니다. 다른 한편 〈최고운전〉에서 금돼지가 사는 곳이나
〈설생전〉에서 설생이 은거한 곳은 현실계와 연결되어 있습니다.

　이런 이야기들에서 굴속의 지하세계나 귀신들의 거처는 전생이
아닌 주인공이 사는 현재의 세계와 병존하며 공시적으로 연결되어
있습니다. 반면 적강소설에서 천계는 전생의 공간일 뿐 현생의 일부
가 아닙니다. 즉 현생의 세계와 통시적通時的으로는 연결되어 있지만
공시적共時的으로는 연결되어 있지 않습니다. 따라서 전자에서 천계
가 현생에서의 인연이나 고난의 발생적 이유를 제시한다면, 후자에
서 이계는 이야기의 현실적 전개와 맞물려 있습니다.

　천상계의 개입은 사실 소설 안에서 모든 난관을 너무도 쉽게
해소해주며, 모든 긴장을 싱겁게 풀어버리는 만능 '해결사deus ex
machina' 역할을 하기 십상입니다. 그러나 이런 요소는 서구에서도
근대의 '리얼리즘적' 소설 이전에 흔히 있었습니다. 이를 두고 단지
서사를 풀어갈 능력의 결여를 메우는 해결사라고만은 할 수 없습니
다. 오히려 그런 이계의 통시적·공시적 공존과 연계가 그토록 빈번

하다면, 그것은 지금 우리의 통상적 관념과 달리 현실계와 다른 이
계의 존재가 당시 그들에게는 단순한 허구나 환상이 아니라 현실의
일부였기 때문이라고 보는 게 진실에 더 가까울 겁니다.

근대 이전의 사람들은 집 안에 존재하는 성주신에서부터 죽은 이
들의 '귀신', 큰 나무나 바위, 동물 등에 깃든 영물, 토지신이나 천
신, 그리고 이런저런 잡신에 이르기까지 수많은 신과 함께 살았으
며, 인간관계뿐 아니라 그 신들과의 관계를 잘 풀어가는 것이 삶의
중요한 일부분이었습니다. 수많은 신에 대한 제사나 제의, 때마다
행해지는 세시풍속 등은, 상이한 공간과 시간으로 구별되면서도 하
나로 연결된 이계와의 관계를 잘 풀어가려는 일상적인 행위였습니
다(박태호, 2004). 이를 생각한다면 이계의 존재가 인간계의 일에 얽
혀 들어오는 것은 차라리 자연스러웠다고 해야겠지요.

그러나 방금 말했듯이 '이계'라고 해도 작품에 따라 크게 다른 성
격을 갖는 것으로 구별되어야 합니다. 현실계와 어떻게 관계를 맺느
냐에 따라 그것이 현실에 개입하는 양상이나 성격이 크게 달라지기
때문입니다. 무엇보다 서사 전체의 발단 및 이유를 제공하는 이계와
서사 안에서 현실과 연결된 채 병존하는 이계, 그리고 서사에서 인
물들의 출구가 되는 이계를 구별해야 합니다.

2. 신화적 사건화: 〈숙향전〉의 경우

〈숙향전〉에서 천상계의 개입은 다른 어느 작품보다 두드러질 뿐 아
니라 서사 전체에 지속적으로 관여하며 구조를 형성하는 역할을 한

다는 점에서 여느 적강소설과도 다릅니다. 여기서 천상계의 개입은 가장 먼저 현실로의 적강에서 나타납니다. 숙향과 이선은 물론 친부모인 김전 부부와 양부모인 장승상 부부 모두 전생에 천계의 선관仙官들이었다가 어떤 허물 때문에 지상으로 적강한 인물입니다. 이는 적강 모티프를 가진 소설이라면 어디서나 나타나지만, 적강의 사연이 주인공들에게만 국한되지 않기에 여느 소설보다 더 치밀하고 집요한 구조를 띱니다.

앞서 〈숙향전〉의 내용을 요약했는데, 이 작품에는 수많은 천계 내지 이계의 인물이 등장합니다. 도적 때문에 부모를 잃어버리고 헤매는 숙향을 구해주는 명계冥界의 후토부인, 물에 빠진 숙향을 구조하고 사라지는 용녀나 월궁항아(선녀)의 시녀들, 불에 타 죽을 뻔한 것을 구해주고 사라진 화덕진군 등이 그들입니다. 특히 유별난 인물은 마고할미입니다. 그는 낙양 동촌에 있는 이화정이란 술집의 주인으로 숙향을 보살피며 천생연분인 이선을 만나게 해주고 친부가 누구인지 알려주는 등 천계의 예언과 예정에 따라 인물들을 연결하는 일종의 '허브' 역할을 하는 인물입니다. 이런 유의 도움 외에도 가끔 새롭게 변해 숙향에게 도움을 주고, 신비한 능력을 가진 개(삽사리)를 남겨 그 자신이 사라진 뒤에도 숙향의 강력한 후원자가 됩니다. 일시적 원조자가 아닌 가장 중요한 등장인물 중 하나로 현실계 안에서 지속적으로 활동하며, 이야기 전체를 연결하는 '구조적' 역할을 하는 것이지요. 용왕이나 그의 아들딸, 신선이나 기인들이 주인공을 한 번 도와주고 사라지는 반면 〈숙향전〉의 마고할미는 그와는 아주 다른 양상으로 개입하는 중심인물입니다.

숙향의 고난이 끝나고 이선과 결혼한 이후, 이선은 사위가 되어달라는 양왕의 청혼을 거절함으로써 황후의 병을 고칠 약을 찾아 선계를 여행하게 됩니다. 이 과정 또한 선계와 현실계가 이어지는 연결부를 갖습니다. 숙향은 거북(용녀)이 구명에 감사하며 부친 김전에게 주었던 구슬(진주)로 만든 가락지를 이선에게 주는데, 이선은 이 때문에 용궁으로 끌려가고 덕분에 거기서 용왕 아들의 도움을 받아 선계로 들어가게 됩니다. 소설 마지막에 추가된 이 부분은 이선이 약을 구하기 위해 현실계에서 선계로 들어가 여행하는 과정이란 점에서, 선계 내지 천상계가 현실계에 개입했던 것과는 상반되는 진입의 방향성을 보입니다. 인간세계에서 선계로 들어가는 것이란 점에서 말입니다.

〈숙향전〉에서 상이한 세계가 개입하는 양상은 크게 세 유형으로 구분해볼 수 있습니다. 첫째는 천상에서의 어떤 일로 인해 현실로 적강하게 되는 것입니다. 숙향이나 이선이 천상에서의 희롱이나 실수로 지상에 유배되는 것이 그것입니다. 둘째는 용녀나 화덕진군, 마고할미 같은 이들이 현실 속에서 숙향을 직접 구해주는 유형의 개입입니다. 셋째는 이선의 구약 여정이 보여주듯이, 현실계의 인물이 선계나 천계로 들어가는 것입니다.

먼저 첫째 유형의 개입은 〈숙향전〉뿐만 아니라 다른 많은 소설에도 나타나는 것입니다. 선계나 천상계에서의 전생 때문에 지상에 내려왔다는 것이 요체입니다. 이처럼 천상계와 현실계를 잇는 적강담이 되풀이되는 이유는 무엇일까요?

혹자는 이런 적강담을 전생에서 지은 죄로 인해 현생에서 벌을 받는 '죄와 벌'의 이야기라고 말합니다(서신애, 2013). 물론 그렇게 볼 수도 있습니다. 아니, 대부분의 적강담은 천상에서 지은 어떤 죄 때문에 지상에 유배된다는 내용입니다. 그러나 이렇게 보면, 적강소설들은 모두 천상에서 지은 죄를 갚기 위한 속죄과정이 되고, 소설은 천상과 지상을 잇는 수직선의 골조를 갖게 됩니다. 하지만 소설의 실제 중심 내용은 지상에서 벌어지는 수평적인 골조로 이루어져 있습니다. 〈숙향전〉은 수직적 개입이 지나쳐서 좀 유별나긴 합니다만, 이 경우에도 이야기의 주요 내용은 숙향이 죄짓고 내려와 벌을 받다가 나중에 잘되었다는게 아니라, 숙향이 지상에서 겪는 고난과 그것의 극복과정이지요. 뒤에서 보겠지만, 〈숙영낭자전〉 역시 천상에서의 죄 때문에 적강했다고 하나 그 소설에서 주된 이야기나 혹은 독자의 관심을 끄는 것은 숙영과 선군의 연애담이나 지나친 사랑으로 인해 벌어지는 오해, 그에 따른 고난 등입니다. 적강담은 그런 수평적 전개가 고난을 포함하는 것에 대한 이유를 덧붙이는 정도에 머뭅니다.

게다가 숙향이나 숙영낭자가 지상에서 겪는 고난이 죽을 정도로 힘든 것인 반면, 천상에서 지었다는 죄는 남녀가 서로 희롱하거나 좋아하는 이에게 무얼 좀 따로 감추었다가 주었다는 것 이상이 아닙니다. 그렇기에 죄와 벌로 보기엔 균형이 맞지 않습니다. 별거 아닌 일에 죽음 같은 고통을 준다면 벌하는 사람이 제정신인가 의심하게 되지 않겠습니까? 차라리 반대로 말할 수도 있겠습니다. 지상으로 내려온 것이 '벌'이라고는 하지만, 그 실질적인 내용은 모두 고난 끝에 지상에서의 사랑을 이루는 것으로 귀착된다는 점에서 정말 벌인지 의심스럽기 때문입니다. 요컨대 적강소설에서도 서사의 중심축은 적강이 이루어지는 천상-지상의 수직 축이 아니라 지상에서 진행되는 수평적인 축입니다.

요컨대 적강의 모티프는 지상에서 진행되는 사태에 비해 부차적입니다. 근대소설에서라면 사태의 이유를 대는 적강담은 일부러라도 지우고, 서로 까닭도 모르는 채 말려들어가는 지상에서의 사태만을 남겨두었을 것입니다. 천상계가 시도 때도 없이 개입하고 이야기를 계속 직조해나가는 〈숙향전〉조차 숙향이 밟는 지상의 여정을 따라 읽어야 합니다. 이를 위해서는 어쩌면 적강 이야기나 천상의 개입을 적절히 지우고 읽는 것이 필요할 수도 있습니다.

이렇게 읽으면 가령 〈숙향전〉은 '근본을 알 수 없는 여자'가 당시 사회에서 겪을 수밖에 없었던 고단하고 힘든 삶에 관한 이야기임이 드러납니다. '근본을 알 수 없는' 것은 그가 전란으로 인해 어려서 부모를 잃고 고립되었기 때문입니다. 그렇기에 이 작품은 전란 속에서 버려진 여성이 겪는 험난한 고난을 다룬 소설이라고도 할 수 있습니다. 고전소설을 리얼리즘적으로 읽기 위해 적강 이야기나 천상의 개입을 지우며 보려던 시도들은 이미 있었습니다. 가령 이상구(1999)는 〈숙향전〉을 전쟁고아 된 여자아이가 부유한 집(장승상 댁) 고공雇工살이를 하는 시비侍婢, 즉 부잣집 하녀가 되었다가 거기서 쫓겨나 유랑걸식을 하다 '이화정'이란 술집의 기녀가 되는 과정으로 해석하며, 이선의 부친이 숙향을 받아들이지 않은 것 또한 기녀로서의 천한 신분 때문이었다고 봅니다. 그리고 이것이 임진, 병자 양 난으로 인해 발생한 사태들을 반영한다고 보아 대단히 '현실적'인 성격을 갖는다고 말합니다.[1] 김경미(2011)는 유사한 입장에서 숙향의 고난을 이해하면서도 그가 부모로부터 버려졌다는 데 주목해 〈숙향전〉을 버려진 아이에 대한 아버지나 공동체, 조선사회가 갖는 죄의식을 숙명과 보은의 형식으로 무마하려는 시도로 읽습니다. 조혜란

(2012) 역시 숙향의 고난을 전쟁고아의 이야기로 보는데, 그 고난의 과정에서 이를 헤쳐나갈 힘이 전혀 없는 철저한 무능력과 수동성으로 인해 거꾸로 주변 인물들의 개입과 원조를 불러들이는 '청순가련형 여주인공'이 등장함을 강조합니다.

이는 '전란을 계기로 버려지는 아이'를 중심으로 하여, 그에 따른 수평적 전개를 축으로 삼아 〈숙향전〉을 이해한다는 점에서 타당하다고 여겨지지만, 이렇게만 본다면 숙향 같은 여자가 반복하여 '버려지고' 고난에 처하는 좀더 중요한 이유를 알기 어렵습니다. 숙향의 경우를 가지고 말하면, 버려짐의 **첫째** 이유는 전란이지만 '버려짐'이 반복되는 이유는 전란이 아니라 그가 '근본을 알 수 없는 여자'라는 점에서 비롯됩니다. 물론 소급하면 근본을 알 수 없는 건 부모를 잃었기 때문이고, 그건 전란 때문이라 하겠지만, 그렇게 거슬러 올라가면 결국 전생으로, 최초의 원인에까지 닿습니다. 사태를 이해하는 데 중요한 것은 최초의 원인이 아니라 가장 가까운 원인, 굳이 대비해서 말하자면 '최후의 원인'입니다.

'근본을 알 수 없는 여자'에 대한 불신을 이유로 보면 장승상 댁에서의 처지를 '하녀'라고, 마고할미와의 생활을 '술집 기녀'라고 굳이 재해석하지 않아도 버려짐이 되풀이되는 사태를 해명하기에 충분합니다. 근본을 알 수 없다는 불신이 있었기에 다른 하녀의 모함 하나

---

1 이상구는 여기에 더해 이선과 숙향의 결혼은 봉건적인 신분제의 붕괴를 시사하는 징후적 사건이라 보고, 심지어 이선의 부친이 숙향을 죽이려고 했던 것은 그 결혼이 조정에까지 알려져 일종의 '스캔들'이 되었고, 이것이 신분제 붕괴에 대한 위기감을 야기시켰기 때문이라고 봅니다. 그는 또 〈숙향전〉의 적강담(도선적 요소)이 두 사람의 신분제를 넘어서는 결혼을 정당화하기 위한 것이었다고 봅니다. 이 작품이 당시 사회상을 반영한다는 해석이지요. 지나치게 '리얼리즘적'인 해석이어서 전적으로 동의하기는 힘들지만, 리얼리즘적 관점에서 보면 매우 뛰어난 분석임이 분명합니다.

에 그리 쉽게 넘어가는 것입니다. 모함자 사향이 감춘 보배를 숙향의 방에서 찾은 승상 부인이 승상에게 말합니다. "우리는 숙향을 친자식보다 더 사랑하여 가업을 다 물려주려고 했는데, 저는 남의 자식인 탓으로 나를 속여 이 두 가지 보배를 가져다가 제 상자에 넣어두었더이다."(『숙향전·숙영낭자전』, 37) 사향도 이런 막연한 불신을 부추기며 이리 말합니다. "승상이 분부하시기를, '양반집 자식이면 설마 그러하랴. 반드시 상놈의 자식이리라. 집에 두면 틀림없이 화를 부를 것이니 빨리 내보내라'며 재삼 독촉하시더이다."(40~41)

이선의 부친에게도 이러한 불신이 있었기에 아들과 이미 혼인하여 살고 있는 여자를 만나보지도 않고 사람이 어떤지 알아볼 생각도 하지 않은 채 죽이려 했던 것입니다. 전란이라는 예외적이고 특별한 상태보다는 '근본을 알 수 없는 이'를 믿지 못하는 '정상적'이고 일상적인 상태가 숙향이 겪는 고난의 핵심적인 이유인 것입니다. 이는 뒤에서 보겠지만, 〈숙영낭자전〉에서의 숙영처럼 전쟁고아가 아닌 여인조차 피해갈 수 없는 것이었습니다. 이렇게 볼 때 사태는 훨씬 더 심각하고 근본적입니다. 전쟁이 아니어도 일상에서 얼마든지 벌어질 수 있는 일이니 말입니다.

이유가 무엇이든 치명적인 고난을 겪으면 누구나 질문을 던지기 마련입니다: 아, 내가 대체 무슨 잘못을 저질렀기에 이리 험한 일들을 겪어야 하는 것일까? 전생에 대체 무슨 죄를 지었기에 인생이 이렇게 꼬이고 고통스런 것일까? 이런 질문은 그 시대는 물론이고 과학이 지배하는 오늘날에도 누구나 한번쯤은 던져보게 되는 질문 아닌가요? 내가 아니라 남이어도 그렇습니다. 더구나 그 남이 숙향처럼 착하고 청순한 여인이라면 더더욱 그렇습니다. 숙향이 겪는 고통은 그 가운데서도 더할 수 없을 만큼 파란만장합니다. 그렇기에 숙향 자신뿐만 아니라 옆에서 보는 이들조차 질문을 던지지 않을 수 없었을 것입니다: 아니, 이 여자는 전생에 대체 무슨 죄를 지었기에 이토록 힘든 인생을 살아야 하는 거지? 〈숙향전〉의 모든 등장인물에게 있는 전생담은 바로 이런 질문에 대한 대답이라고 해야 하지 않을까요?: 전생에 천상계에서 이런저런 죄를 지었기에 그 대가를 치르고자 지상에 내려온 거고, 지상에서의 삶이 그토록 힘들고 고난에 차게 된 거야. 그렇지 않다면 숙향이 겪는 극단적인 고통은 도저히 이해할 수 없는 것이 됩니다.

어느 세상이든 이해할 수 없는 일들이 있습니다. 그건 고전소설이 쓰이던 시대에도 다르지 않았습니다. 아니, 과학이 많은 것에 해답을 준다고 믿는 오늘날보다 훨씬 더 많은 것이 이해할 수 없는 일이었을 겁니다. 그건 단지 불행한 일로만 국한되지 않습니다. 물에 빠져 죽은 줄 알았던 여인이 살아난 것 같은 놀라운 사건들도 그렇습니다. 그냥은 이해할 수 없는 일입니다. 숙향의 고난도 좀처럼 이해하기 힘든 사건들로 가득 차 있습니다. 그런 사건으로 점철된 인생은 더더욱 납득할 수 없습니다.

'소설 같은 일' '소설 같은 사건'이란 표현이 말해주듯, 소설은 흔히 볼 수 없는 사건을 다룹니다. 그리고 그 사건의 이유를 통상적인 양식良識이나 지식의 범위 안에서는 도무지 이해하기 힘들 때, 사람들은 상상력을 동원합니다. '그래, 그런 게 아니고선 그와 같은 일이 일어날 리 없지!' 하는 식의 상상력 말입니다. 여기에는 그 시대에 세상을 이해하던 방식이나 지식이 적절히 변형된 형태로 섞여듭니다. 윤회라는 관념이 지배적인 곳에서는 그 모든 이해할 수 없는 사건이 전생의 어떤 사건들로 설명되고, 신선이나 용궁 같은 것이 있다고 믿는 곳에서는 평범한 인간이 알 수 없는 세계나 인물의 개입으로 이루어진다고 설명되기 십상입니다. 이는 심지어 우리가 사는 21세기에도 그리 다르지 않습니다. 설명하는 데 동원되는 관념이 좀 달라졌을 뿐입니다.

〈숙향전〉에서 전생의 인연이 지나칠 정도로 되풀이되고, '어찌할 수 없는 운명' '하늘이 정한 운명'이라는 필연의 형식을 취하며 강하게 끼어드는 것은 이런 관점에서 이해해야 할 것입니다. 숙향의 기구한 '팔자'가 드러날 때나 난감한 사건이 발생할 때, 그런 팔자에 대해 숙향이 한탄하거나 자살하려 할 때, 그 고난의 이유를 해명해주고 나중엔 결국 잘될 터이니 참고 견디라는 희망의 이유를 설명하기 위해 끼어듭니다. 이 소설에서 유난히 자주 개입하는 것은 여느 소설과 달리 고난이 계속 이어지기 때문이고, 그 고난의 강도가 차라리 죽는 게 낫겠다 싶을 만큼 강하기 때문입니다.

한편 이와 대조적인 소설들도 있습니다. 착한 사람이 억울하기 그지없는 일로 쫓겨나 죽을 고난을 겪게 되는 〈창선감의록〉이나 멀쩡한 새신랑이 목이 잘려 죽는 놀라운 사건이 발생하는 〈김씨열행록〉과 같은 '가정소설'에서는, 문제되는 사건이 매우 놀랍고 극단적인 것임에도 불구하고 전생에서의 일이나 천상계에서의 인연은 별로 등장하지 않으며, 천상계가 개입하는 일도 별로 없습니다. 어찌 보면 놀랍다고 할 이런 차이는 대체 어디서 연유하는 것일까요?

나중에 다루겠지만, 짐작하다시피 고난의 여정이 펼쳐지거나 커다란 불행으로 점철되는 '가정소설'에서 그런 고난이나 불행의 이유는 분명합니다. 아들을 낳기 위해서든(《사씨남정기》), 홀아비로 사는 시부를 위해서든(《김씨열행록》) 소실을 들이면서 그 여자의 질투와 음모에 의해, 혹은 소실의 자식을 질투하는 정실부인과 아들의 음모에 의해(《창선감의록》) 사건이 발생합니다. 사건의 정도가 아무리 심하다 해도 이는 이해할 수 없는 사건이 아니었을 겁니다. 오히려 아주 쉽게 이해될 수 있는 사건이었을 것입니다. 그렇기에 이런 사건을 납득시키고자 굳이 전생의 업이나 천상계의 인연 따위를 끌어들일 이유가 없었을 것입니다. 따라서 천상계의 개입도 없는 것입니다.[2]

이런 점에서 〈숙향전〉을 비롯한 여러 고전소설에서 천상계나 전생의 연이 등장하는 것은, 도무지 이해할 수 없는 사건을 설명하기 위한 그 당시의 해법이자 사건의 개연성은 물론 그 의미를 해명하기 위한 방법이었다고 봐야 할 것입니다. 좀더 정확히 말하면, 사실 천상계의 개입은 어떤 사건이 발생하는 이유란 점에서 어떤 일을 '사건화'하는 고전소설의 방법이었다고 해야 합니다. 물론 고전소설에서도 작품의 본령을 이루는 것은 앞서 말했듯이 지상의 현실 안에서 진행되는 사건입니다. 그런데 이런 사건화에 또 하나의 사건화가 중첩되어 이루어지는 것입니다. 따라서 적강소설처럼 천상계가 개입하는 종류의 고전소설에서 사건화는 이중적인 사건화의 선을 갖습니다. 지상에서 진행되는 사실들의 계열화와 지상과 천상을 연결하는 사실들의 계열화가 그것입니다. 전자가 수평적 축을 따라 이루어지는 사건화라면, 후자는 수직적 축을 따라 이루어집니다. 전자가 현실계에서 진행되는 사건화라는 점에서 '현실적 사건화'라고 한다

2 그러나 주인공들의 현실적인 능력이 위기를 해결하기에는 크게 부족할 경우, 《사씨남정기》처럼 시부모의 귀신이나 성인(순임금의 두 부인)의 귀신이 개입하기도 하고, 《구운몽》이나 《창선감의록》처럼 도사 같은 인물이 등장하기도 합니다.

면, 후자는 당시 사람들이 공유했던 '신화적 세계'를 통해 이루어지는 사건화라는 점에서 '신화적 사건화'라고 할 수 있을 겁니다.

3. 두 세계의 비대칭성과 암묵적 서사 규약

신화적 사건화라는 말로 천계가 현실계에 개입하는 이유를 설명했지만, 이는 적강담 유형의 개입에만 한정되지 않습니다. 두 세계가 소통하거나 개입하는 방식이 모두 이런 사건화의 개념 안에 있다고 할 수 있습니다. 그중 전생의 인연에 따라 현실에 내려오는 적강담은 그런 사건들의 원천이 되는 인물이 탄생하는 이유를 설명해줍니다. 이를 '발단적 사건화'라고 합시다.

그런데 〈숙향전〉에서 천상계의 개입은 단지 발단에 그치지 않습니다. 앞서 보았듯이 이야기 중간중간에, 숙향이 고난에 처할 때마다 끼어들어 죽을 뻔한 숙향을 죽음에서 구해줍니다. 비교하자면 임당수에 빠진 심청을 구해주는 것이나 선동들이 김원에게 아귀를 제압할 무기를 주는 것도 이런 경우지요. 이 역시 하늘이 돕지 않고서야 어찌 가능할까 싶은 사건들이기에, 말 그대로 하늘의 도움으로 이루어졌다고 설명하는 것일 겁니다. 사실 지금의 우리도 벗어나기 어려운 위기를 모면했을 때 '천우신조天佑神助'라는 말을 쓰는 걸 떠올려보면, 이런 생각을 그저 허황되다고 치부할 수만은 없습니다. 인물들이 처한 위기나 난관, 풀어야 할 문제를 해결해주는 이런 유형의 개입을 '해결적 사건화'라고 합시다.

발단적 사건화가 사건의 발단이 된 전생을 통해 대체 어떻게 이런 일이 있을 수 있었을까를 해명하는 것이라면, 해결적 사건화는 천우신조 없이는 풀어가기 힘든 사건을 전개하기 위한 사건화 방법입니다. 천상계에 의한 발단적 사건화가 등장하지 않는 〈창선감의록〉이나 〈사씨남정기〉 같은 가정소설에도 이런 해결적 사건화는 등장합니다. 물론 천상계가 따로 상정되어 있지 않기에 그림을 그려주었던 관음보살이나 전생의 스승이었던 진인(〈창선감의록〉),[3] 혹은 시부모의 혼이나 순임금의 두 왕비의 혼(〈사씨남정기〉)이 천상계 대신 구원의 손을 내밉니다.

발단적 사건화와 해결적 사건화는 '하늘이 내린 특별한 능력이나 하늘이 도운 신이神異가 없다면 이런 놀라운 일이 어떻게 가능하겠는가?'라는 발상에 대응한다는 점에서 공통점을 갖습니다. 즉 이해하기 힘든 사건을 해명해주는 숨겨진 '비밀'이고, 그런 '비밀'에 의한 사건화인 것입니다. 흔히 소설이란 '현실에서 있을 법한 허구'라고 말하지만, 이는 19세기 서양의 '리얼리즘' 소설에나 해당됩니다. 낯설고 기이한 이야기로 독자를 놀라게 하는 20세기 소설도 그렇지만, 근대 이전의 소설과 한국 고전소설에는 있을 법한 허구만이 아니라 있을 법하지 않은 허구가 흔히 등장합니다. 고전소설은 그 있을 법하지 않은 허구에 고개를 끄덕이게 하기 위해서 당시 사람들이 공유하고 있던 비가시적 세계에 대한 통념을 끌어들이고, 암묵적으로 공유하고 있던 세상의 '비밀'을 불러냅니다. 그러나 이때 '비밀'이란 다 알려진 비밀, 실은 모든 비의를 제거하는 만능의 답이란 점에서 비

---

3 〈창선감의록〉에서 '전생'은 서사의 주된 흐름을 사건화하지는 않으며, 단지 주인공인 화진이 나중에 남방에서 변을 일으킨 서산해를 진압하는 병법과 그의 요술을 제압하는 부적을 얻는 것에 머뭅니다.

밀이라는 말과 오히려 반대된다고 해야겠지만 말입니다.

이런 점에서 신화적 사건화의 방식은 알 수 없는 비의성 속에서 사건의 의미를 묻는 게 아니라 공유된 '비밀'을 통해 사건의 답을 제공하는 방법입니다. 따라서 이런 요소는 문제가 되는 사건에서 비의성을 제거하는 방식이고, 그런 사건으로 만나게 되는 세계에 대해 일종의 '리얼리티'를 부여하는 방식이었다고 할 것입니다. 지금의 독자들이라면 그런 요소가 등장하는 순간 리얼리티가 사라진다고 받아들이겠지만, 당시의 독자들이라면 가령 숙향의 이해할 수 없는 고난이나 숙영낭자와의 사랑에 미친 양반집 자제의 행동에 수긍할 만한 리얼리티가 있다고 받아들였을 것입니다. '선계나 전생에서의 인연이 있지 않고서야, 혹은 우리가 모르는 세계에서의 어떤 도움이 있지 않고서야 어찌······.' 이것이 소설만이 아니라 실제 삶에서도 기이하고 이해하기 힘든 일을 이해하는 방법이었음을 안다면, 이 역설적인 '리얼리즘'을 이해하는 일이 그리 어렵진 않을 것입니다.[4]

〈숙향전〉에서 마고 선녀의 지속적인 개입과 원조는 이런 사건화 방식의 연장선상에 있다고 할 수 있습니다. 사람들의 결연을 관장하는 천인('마고할미'란 원래 이런 일을 하는 선녀입니다)이 아니고서야 저 험난한 팔자를 타고난 숙향을 도와 결혼까지 이루게 해줄 수 있을까 싶은 생각이, 역으로 그렇게 도와준 할미가 마고선녀의 현신이었다는 식으로 해명하게 했던 것입니다.

---

4 19세기 서구의 '리얼리즘' 기법을 척도로 삼아, 그와 비슷한 점을 찾아 문학에서 근대성의 요소나 '리얼리즘'의 요소를 찾는 것은 뒤에 비판하는 일종의 '초월적 독해' 방법입니다. 소설이 쓰인 시대의 사람들이 '현실'을 이해했던 방식과 무관하게 '특정 시대', 대개는 자기가 사는 시대의 현실을 포착하고 서술하는 방법을, 시대를 초월한 무조건적 척도로 삼는다는 점에서 그렇습니다. '리얼리즘'이라는 말을 굳이 다시 쓸 이유는 없지만, 고수하고자 한다면, 이런 초월적 리얼리즘과 반대로 당대의 '현실' 개념에 따라 재정의해야 하지 않을까요?

그런데 이런 사건화 방법에는 치명적인 난점이 있습니다. 천계의 비밀을 소설 속 등장인물들이 다 알고 행동한다면, 소설 안에 긴장과 위기를 만들 수 없게 된다는 점이 바로 그것입니다. 사태는 결국 천상계에서 정한 대로 진행될 터이니, 가령 숙향은 고난이 지나가길 기다리다가 예정된 좋은 결말을 맞으면 될 것입니다. 고난이 죽고 싶을 정도로 심한 것이어도 다 그럭저럭 지나가서 행복한 결말에 이를 테니까요. 이러면 소설의 서사는 와해됩니다. 아니, 구성되기조차 힘듭니다. 그렇기에 인물들은 천상계의 도움을 받아도 그것을 금방 잊거나 알지 못한 채 다시 사건 속으로 들어갑니다. 가령 심청은 임당수에서 살아난 뒤 임금을 만나거나 부친을 만나서도 용궁 이야기를 다시 하지 않습니다. 어머니와의 극적인 상봉이 있었는데도 말입니다.

천계의 개입이 극히 빈번한 〈숙향전〉에서 이는 커다란 난점이 됩니다. 그래서인지 숙향은 천계의 도움을 받고는 그것을 곧바로 잊어버립니다. 명계에서 후토부인을 만나지만 후토부인의 말대로 배고플 때 사슴뿔에 걸린 열매를 따먹으니 천상에서의 일을 잊게 되고, 포진강에 투신했을 때 용녀와 선녀의 도움을 받고 그 선녀들 덕에 천상의 일을 기억해내지만 그들이 준 귤을 먹고 그 모든 것을 다시 잊습니다. 자신을 구해준 것이 '연꽃 따는 소녀들'이었다고만 기억할 뿐입니다. 심지어 이화정의 할미는 죽기 직전 자신이 마고할미임을 알려주고 파랑새로 변신하여 도와준 일에 대해서도 말해주지만, 그역시 까맣게 잊었는지 다시 언급하거나 생각하지 않습니다. 유일하게 화재로부터 구해준 인물인 화덕진군은 기억하지만, 그저 한 사람의 노인으로서일 뿐입니다.

더 곤혹스런 것은, 마고할미가 숙향의 친부는 전에 이상서(이선의 부친)의 명령으로 자신을 죽이려던 김전이라고 알려주지만, 그 뒤 "근본을 자세히 들"으려(122) 묻는 이선 부모의 물음에 "다섯 살 때 부모님을 난리 중에 잃고 길거리를 방황했는데……"라고 하며 "고향은 물론 부모님의 성명도 모르옵니다"(124)라고 대답한다는 점입니다. 어려서 부모 잃은 게 끝없는 고난의 이유였기에 필경 뼈에 사무쳤을 터인데, 마고할미가 가르쳐주었음에도 이렇듯 기억을 못 한다 함은 참으로 기이한 일입니다. 더구나 시부모 될 사람이 자신의 신원을 확인하는 결정적인 자리인데……. '의도적 망각'이 아니라면 이는 기억해선 안 된다는 암묵적 규약이 작자의 머릿속에 강하게 자리 잡고 있어서 생긴 오류 아닐까요?

이름과 생년월일을 확인한 이선의 모친이 "네가 내 아들과 나이가 같고 이름도 선녀가 일러준 것과 같되, 다만 부모가 누구인지 모른다고 하니 참으로 답답하구나"라고 하며, 부모님 이름도 모르면서 생년월일시는 어찌 그리 자세히 아느냐고 의아해하며 물으니, 숙향은 어려서 부모가 채워준 이름과 자, 생년월일시를 수놓은 비단주머니를 보여줍니다. 그걸 보고 이상서가 금자로 새겼으니 성은 김씨일 게 틀림없다고 하자 그는 그제야 "자란 후에 우연히 듣자오니, 지난번에 낙양 수령으로 계시던 김전이 제 부친이라 하더이다"라고 대답합니다. 물론 "그러나 제가 어찌 그것을 자세히 알 수 있사오리까"라고 얼른 덧붙이지만(125), '정말 바보 아냐' 싶을 만큼 뒤늦게야 억지로 기억해냅니다.

대단히 총명하다고 서술되는 것과 대비되는 이 둔함과 답답함은 사실 숙향이란 인물의 탓이 아닙니다. 그가 모든 것을 안다고 가정해서는 안 되기에 정보를 알려주고는 황급히 지워버리며 써나갔던 서술 규약 탓입니다. 이 모든 것을 다 알고 있다면 숙향이 애써 고생할 이유가 없기 때문입니다. 그래서 그는 가령 마고할미가 이것저것 다 알려주고는 이제 고생이 거의 끝나간다고 했음에도 불구하고 할미가 '하늘로 떠나자' 피눈물을 흘리며 통곡하고, 할미가 남기고 간 삽사리마저 없어지자 울며 기절하다가는 스스로 죽으려 합니다. 여기서도 숙향은 자기 인생에 대한 할미의 전언을 싹 잊어버리기라도 한 듯이 생각하고 행동합니다. 할미가 떠나간 것도 그렇습니다. 죽는 게 아니라 때가 되어 하늘로 되돌아간 것임을 명시적으로 이야기했지만, 숙향은 할미가 죽은 것이라 생각하며 이선에게도 그렇게 적어 보냅니다(116).

이렇듯 〈숙향전〉에서 현실계와 천상계는 서로 개입하며 얽혀들고 있음에도 불구하고 모종의 비대칭성을 보입니다. 천상계의 인물들은 현실계에서 진행될 일을 잘 알고 있지만, 현실계의 인물들은 그들의 개입에 의해 구조되고 그들의 말을 듣긴 하지만 어느새 그것을 잊은 채 행동한다는 것입니다. '안다고 가정된 주체sujet supposé savoir'라는 라캉의 표현(Lacan, 2008: 353)을 뒤집어, 이를 '모른다고 가정된 주체'라고 말할 수 있을 것입니다.[5]

이는 이해할 수 없는 일들을 사건화하기 위해선 천상계의 개입이 필요하지만, 그것을 현실계의 인물들이 안다면 소설적 긴장을 유지할 수 없기에 그들로 하여금 알지 못하는 듯 행동하게 해야 한다는

---

5 독자는 알지만 인물은 알지 못하는 간극을 이용해 서사에 긴장감과 박진감을 주는 것은 근대소설이나 작금의 영화 등에서 흔히 쓰이는 기법입니다. 고전소설의 암묵적인 규약은 이와 상응하는 '고전적' 기법이라고 할 것입니다.

'암묵적 규약'이 있음을 뜻합니다.[6] 이 점이 〈숙향전〉에만 해당되진 않을 겁니다. 〈심청전〉이나 〈금방울전〉 〈김원전〉 등 천상계가 개입하는 소설은 모두 그렇습니다. 숙향이 포진강에서 용녀와 선녀에게 구조받고 천상계의 이야기를 들은 뒤 다시 장승상의 집으로 돌아가려 할 때, 두 선녀가 그래서는 안 된다며 정해진 '운명'은 피할 수 없다고 말하는 것이나, 마고할미에게서 부친 이야기를 듣고 계양으로 찾아가겠다고 할 때 마고할미가 그러면 안 된다고 하는 것은, 천상계의 개입을 알지 못하는 듯 행동해야 한다는 저 암묵적 규약을 인물의 입을 통해 말해주었던 셈이지요.[7]

이런 암묵적 규약은 흔히 천상계가 사건에 개입하고는 곧바로 사라지며 인물은 그걸 잊는 방식으로 진행되는 데 반해, 〈숙향전〉에서는 천상계가 지나칠 정도로 반복하여 지속적으로 개입한다는 점 때문에 특유의 서사 구조를 갖게 됩니다. 그것은 현실계에서의 수평적인 사건의 흐름과 천상계의 수직적인 개입이 숙향의 구원이라는 사건에서 만나는 도식으로 요약될 것입니다. 개입의 계기는 숙향이 처한 고난이나 위기가 제공하고, 두 선이 만나는 지점에는 구원의 사건 내지 구원자가 자리합니다. 그리고 그 선은 현실계의 선을 뚫고

---

6 이 때문에 이 소설에서는 '운명론적' 예언이 지속적인 영향을 미치지 못합니다. 운명론적 예언이 실질적이고 지속적으로 작용한다면 이 소설에서 탈영토화(이탈, 떠남)의 서사는 허구적인 게 되었을 것입니다. 왜냐하면 이미 정해진 경로를 따라가는 것은 목적지에 이르는 재영토화지, 탈영토화가 아니니까요. 그러나 예언들은 곧 잊기에, 숙향의 탈영토화는 그가 느끼는 고난만큼 강하다고 할 수 있습니다.

7 〈숙향전〉의 '운명론'이 민중에게 지배계급의 지배에 복종하라는 요구를 뜻한다고 보는 것은, 그것이 운명론의 일반적인 기능일지도 모르나(그렇다면 이 소설은 지배층이 민중을 이데올로기적으로 포섭하기 위해서 쓴 것일까요?) 이 소설과는 무관한 이야기라고 하겠습니다. 〈숙향전〉에서 운명론적 예언은 소설적 사건화의 기능과 더불어 죽으려는 숙향을 달래는 서사 내부적 기능을 합니다. 그런데 숙향은 그 이야기를 듣고서는 곧 잊습니다. '모른다고 가정된 주체'인 것이지요.

그림 1

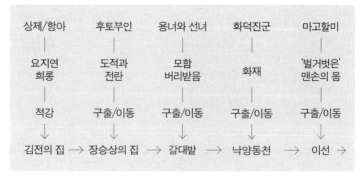

상제/항아	후토부인	용녀와 선녀	화덕진군	마고할미
|	|	|		|
요지연 희롱	도적과 전란	모함 버리받음	화재	'벌거벗은' 맨손의 몸
|	|	|	|	|
적강	구출/이동	구출/이동	구출/이동	구출/이동
↓	↓	↓	↓	↓
김전의 집 →	장승상의 집 →	갈대밭 →	낙양동천 →	이선 →

들어가 현실계의 인물들과 만나게 해줍니다. 이는 앞서 말한 신화적
사건화의 도식이 촘촘하게 이어지며 반복됨을 뜻합니다(그림 1).

그런데 현실계에서의 사건은 현실계에서 진행되어야 하기에 수직
의 개입을 모르는 척, 그저 수평의 흐름을 따라갑니다. 이런 점에서
보면 이화정의 할미가 마고선녀라고는 했지만 사실 현실계의 어떤
할미라고 해야 할 듯합니다. 그렇기에 '하늘로 떠난다'고 했건만, 숙
향은 할미가 죽었다며 슬퍼했던 것이겠지요.

마지막의 구약 여정은 현실계에서 용궁을 거쳐 선계로 들어가는
것으로 시작합니다. 이전까지의 서사와는 반대로 현실계에서 천상
계로 진입하는 것입니다. 이제껏 두 세계의 관계가 비대칭적이고 일
방향적이었던 데 반해, 여기선 관여의 방향이 반대로 바뀐 것입니
다. 그러나 이를 두고 천상계에 대한 현실계의 '개입'이라고 하긴 어
렵습니다. 천상계의 사건에 관여하여 어떤 변화를 야기하는 것이 아
니기 때문입니다. 단지 현실계에 없는 것을 천상계에서 찾아오기 위
해 그리로 들어간 것입니다. 다시 말하면, 천상계가 주지 않은 것을

끄집어내기 위해 들어간 것이지요. 이런 면을 보면 현실계와 천상계의 비대칭적 관계가 달라졌다고 하기 어렵습니다. 어쩌면 이제껏 천상계가 개입하던 양상을 음의 부호로 바꿔 표현한 것이라고 해야 할 듯합니다.

그래서 이선은 여러 신선과 과거의 친구들을 만나지만 알아보지 못할뿐더러 그들이 알아볼 수 있게 하는 약을 먹은 이후에도 친구로서 능동적인 행동을 하지 못합니다. 이는 이선 역시 암묵적 서사 규약에 따라 '모른다고 가정된 주체'임을 뜻합니다. 그는 그저 그들에게 사정하고 빌어서 간신히 길을 열고(용왕과 그 아들의 도움이 없었다면 이는 불가능했을 터입니다) 약을 구할 따름입니다. 이는 천상계와 현실계의 일방향성이 천상계 안에 들어간 이후에도 달라지지 않았음을 반전된 방식으로 보여줍니다.

이선의 구약 여정은 앞서 말했듯이 〈숙향전〉의 전체 구조에 별다른 영향을 미치지 못하는 부가된 이야기입니다. 그렇지만 "숙향은 이선과 결혼하여 잘 살았답니다"로 끝내지 않고 이를 덧붙인 것을 좀더 적극적으로 해석해보자면, 고난 끝에 이른 결혼이 사실은 '충분한 행복'이 아니며 그걸 위협하는 다른 어떤 것이 있을 수 있음을 보여준다는 점을 지적할 수 있겠습니다. 숙향이 등장하기 전에 행해진 혼담을 이선이 어기는 것은 숙향을 사랑할 뿐 아니라 소실로 인해 가족 내부에 분열이 일어날까 두려워하기 때문이지만, 그렇다 해도 애써 꾸린 가정에 위험이 다가오는 것을 막을 순 없다는 것입니다. 혼담을 거절당한 데 앙심을 품은 양왕이 이선을 기껏 도달한 가정으로부터 다시 벗어나게 만들고, 결국 이선은 혼자 힘만으로는 해결할 수 없는 임무를 향해 구약의 여정을 시작하게 되기 때문입니다. 그런 점에서 보면, 망가진 가정이나 버려진 아이에서 시작해 정상화된 가정, 조화로 가득 찬 가정으로 끝나는 연애소설에 비해 이 작품은 차라리 좀더 '현실적'이라고 할 수도 있습니다.

구약 과정과 관련해 언급할 또 하나의 사실은, 여성인 숙향이 가정에서 벗어나 진행되는 탈영토화 운동이 가정으로 재영토화되면서 끝나고, 그걸 대신해 남성인 이선의 탈영토화 운동이 시작된다는 점입니다. 불행히도 둘은 함께 여행하지 않으며, 함께 탈영토화-재영토화 운동을 하지 않습니다. 여성의 모험이 남성의 모험으로 대체되는 것입니다. 이전의 서사는 거의 전적으로 숙향의 이야기였고 고난을 견뎌내는 주인공은 숙향이었지만, 이후에는 이선의 이야기로 바뀌며 주인공의 자리 또한 그에게 넘어갑니다. 여성의 궤적이 남성의 궤적으로 대체되어 끝나는 이 서사에 대해 남성중심적이라고 평해야 할까요? 그럴지도 모릅니다. 그러나 반대로 말할 수도 있을 듯합니다. 같이 '죄를 짓고' 지상에 내려왔는데, 여성인 숙향은 더할 수 없이 심하게 고생한 데 비해 남성인 이선은 마고할미의 '계략'으로 숙향의 궤적을 따라 돌아다닌 것 외에는 그다지 고생한 게 없으니 '공평'하지 않다고 말입니다. 그런 점에서 마지막의 구약 여정은 그런 불균형을 정정하여 균형을 회복하기 위한 것으로 읽을 수 있을 터입니다. 또 하나 '공평'하다 싶은 것은, 수많은 고난과정에서 수동적이고 무력한 역할밖에 맡지 못했던 숙향처럼, 이선 또한 약을 찾아 선계를 여행하면서 똑같이 수동적이고 무력한 역할밖에 맡지 못한다는 점입니다. 이 두 사람은 무력함을 통해 주변의 도움을 이끌어내는 '텅 빈 주체' 같은 것이었다고 해야 할 듯합니다.

요컨대 암묵적 서사 규약이 함축하는 바는 천상의 개입을 너무 충실히 기억해서는 안 된다는 것이었는데, 이는 작품을 읽는 독자에게도 해당됩니다. 이미 정해진 운명을 잘 알면 텍스트 안에서 인물들이 할 게 없어지듯이, 독자들 또한 텍스트를 읽으면서 할 게 없어집니다. 정해진 결론을 기억하는 한 어떤 이야기든 긴장을 잃기 마련이지요. 따라서 암묵적 서사 규약은 **암묵적 독서 규약**을 함축합니다. 등장인물들이 천상계의 개입이나 예정된 운명을 '모른다고 가정된 주체'로서 행동하듯이, 우리는 '**모른다고 가정된 독자**'로서 읽어야 한다는 것입니다. 다시 말해 통념적 사건화나 의미화에 매이지 않으려면, 이중적 사건화가 교차하는 가운데 수직적인 사건화의 선을 가능한 한 빨리 잊으면서 읽어야 합니다. 즉 수평적인 서사의 선을 따라 해석해야지, 수직적 사건화에 따라 해석하려 한다면, 따로 해석할 것도 없고 읽을 것도 없어지리라는 겁니다. 저는 이것이 고전소설을 읽을 때 중요한 방법론적 원칙 중 하나라고 생각합니다.

제4장

구미호와 용왕의 대결

:

동물과 인간의 경계, 혹은 왕의 자리에 대하여

1. 두 가지 변신술

변신술은 확고하다고 믿는 형태를 와해시키고, 인간과 동물 같은 뚜렷한 범주의 경계를 넘는 기술입니다. 가령 전우치가 호랑이로 변신하는 것은 동물과 인간의 경계를 넘는 것이며, 홍길동이 분신들을 만들어 휘젓고 다니는 것은 진짜와 가짜의 경계를 넘나드는 것입니다. 경계를 넘나들기에 변신은 역으로 익숙한 범주들로 이뤄진 경계들을 주목하게 하고 문제화하게 만듭니다. 넘나드는 방식으로 경계의 이편과 저편에 있는 것들을 만나게 하고 또 그것들이 맺고 있는 관계에 대해 생각하게 합니다.

사실 변신술이 아니어도 고전소설에서 변신은 자주 등장하는 소재입니다. 가령 〈김원전〉에서는 수박덩어리 같은 모습으로 태어난 아이가 열 살 때 멀쩡한 인간의 모습으로 변신합니다. 연꽃 속에 들어앉은 심청 역시 일종의 변신한 존재이며, 〈이생규장전〉에서 죽은 뒤 다시 남편 앞에 나타난 최낭자 또한 변신한 존재입니다. 〈박씨부인전〉에서 박씨 부인은 나중에 끔찍하게 못생긴 얼굴의 허물을 벗고 미인으로 변신합니다. '변신'이란 개념을 이런 식으로 다룬다면 사실 대부분의 소설은 변신에 대한 것이라고 할 수 있을지 모릅니다.[1] 서사의 진행과정 속에서 심신이 달라지지 않았다면 소설에서 진행된 과정은 의미가 없는 것이기 때문이고, 다른 이들과 접촉하여 사랑하거나 대결하면서 변신하지 않는 이들은 별로 없을 것이기 때문입니다.

여기서 주로 다루려는 변신은 '합목적적'으로 사용되는 기술로서, 종종 '도술'이라고도 불리는 것입니다. 이는 재현적 합리성과 과학적 합리성을 양식으로 하는 요즘의 소설에서는 흔히 나오지 않습니다. 반면 고전소설에서는 이런 기술이 가령 〈창선감의록〉이나 〈옥루몽〉처럼, 변신술이나 도술이 소설의 중심에 있지 않은 작품에서도 심심찮게 등장합니다.

고전소설의 변신에서 가장 일차적인 것은 인간과 동물, 혹은 인간과 인간 아닌 것 사이의 경계와 관련 있습니다. 인간은 동물의 일종이기에 역으로 어디서든 동물세계와 구별되는 인간세계의 윤곽을 뚜렷이 그려내고자 합니다. 그 경계를 침범하는 것들에 대한 우려와 근심 속에서, 그걸 흐리고 침투하는 것들을 밀쳐내며 배제하고자 합니다. 이는 변신능력에 대한 부정적 서술로 표현됩니다. 그러면서도 인간은 그런 변신능력에 선망을 품고 있으며, 그 능력을 빌려 고정된 벽이나 담을, 경계선을 넘기를 욕망합니다. 그리하여 변신

---

1 이상일(1994)이나 최성욱(1994)은 변신의 범위에 정신적 변화까지 포함시키는데, 문학작품이 어떤 사건을 계기로 사람이 변하는 것을 다루는 것인 한 변신 아닌 것이 없게 됩니다. 이렇게 읽을 때 변신이란 개념은 어떤 현상을 특정할 수 없어 무효화됩니다.

능력은 두려움과 선망, 거부감과 매혹 등 상반되는 감응을 동반합니다.

변신술이나 도술은 인간의 통상적인 힘을 넘어선 능력이기에 다른 인간들을 능가하는 자리를 제공합니다. 그러나 그것은 자신이 동물이 아니라는 확인 위에서, 동물적 힘을 제압하여 인간계 내부로 침투하지 못하게 저지할 통제력을 확보하는 위에서만 그럴 수 있습니다. 그렇기에 변신술을 쓰는 인간은 무엇보다 변신술을 쓰는 동물과 겨루게 되고 거기서 승리함으로써 평범한 인간들 위에 섭니다. 그런 능력을 장악한 이는 인간세계의 통치자가 되지요.

그러나 통치자 자신이 변신술을 쓰면 그의 위치 자체가 불안정해집니다. 동물인지 인간인지, 이 사람인지 저 사람인지 단일하게 확정될 수 없다면 '질서'를 만들고 유지케 하는 통치자가 될 수 없습니다. 그러면서도 동물적 변신술을 제압할 능력을 지녀야 합니다. 이를 위해 강력한 변신능력을 지닌 자를 휘하에 거느리게 됩니다. 이로써 그는 인간과 동물의 경계를 유지하면서 또한 그것을 넘나들 수 있는 능력을 갖게 됩니다. 인간세계를 통치하는 권력은, '정상 상태'를 형성하는 경계선을 확고하게 유지하는 동시에 그 자신만은 그것을 넘나들 수 있는 '예외 상태' 속에 있습니다. 정상 상태를 규정하는 예외 상태인 셈입니다. 아감벤이라면 여기서 다시 '주권'의 본질을 보려 할지도 모릅니다.[2] 변신술을 정치학적 주권 개념에 직접 연결한다면 지나친 확대 해석이 되겠지만, 그것이 정상과 예외가 교차하며 만들어

---

2 카를 슈미트는 주권이란 예외 상태를 선포할 수 있는 권리라고 정의하는데(Schmitt, 2010), 이를 따라 아감벤은 주권자란 예외 상태를 통해 정상 상태를 규정하고 유지하는 자라고 말합니다(Agamben, 2008).

내는 경계선상에 있으며, 동물세계 및 인간세계에 대한 통치자가 출현하는 지점에 자리 잡고 있음은 충분히 주목할 만한 가치가 있다고 하겠습니다. 많은 건국 신화가 동물과 인간이 섞이는 곳을 발생지로 삼고 있다는 점은 이와 무관하지 않습니다.

그러나 변신술이 인간과 동물의 경계에서 출현하는 한, 그것은 인간만의 독점물이 될 수 없습니다. 변신하는 동물이 없다면 그를 제압하는 권력자 또한 있을 수 없기 때문입니다. 이때 변신술은 인간세계를 위협하는 힘이기도 합니다. 가령 흔히 등장하는 '구미호'는 인간의 통제와 반대 방향에서 오는 이 힘을 표상하는 존재입니다. 인간은 구미호와 대결해야 하고 그를 제압해 이겨내야 합니다. 통치자 아닌 이가 사용하는 변신술이 종종 통치자를 위협하는 힘으로 쓰이는 것 또한 이런 맥락에서 이해해야 합니다. 전우치도, 홍길동도 그랬습니다. 전우치가 가장 먼저 변신능력을 써먹는 것은 임금에게였습니다. 홍길동의 변신능력이 겨냥했던 일관된 상대도 임금이었습니다. 변신능력으로 군주를 농락했던 홍길동은 결국 다른 지역으로 가 스스로 군주가 됩니다. 반면 전우치는 통치자의 이념을 대변하는 인물인 서화담에 의해 포획되어 깊은 산중에 유폐됩니다. 이는 홍길동의 변신술이 인간적이었다면 전우치의 그것은 동물적이었다는 점과 무관하지 않습니다.

여기서 상반되는 성격의 변신술이 있음을 우선 주목해야 합니다. 통치자의 수중에 들어간 변신술과 통치자를 위협하는 변신술은 또한 인간의 세계 안에 있는 변신술과 인간과 동물의 경계를 교란하는 변신술이기도 합니다. 그렇기에 변신술, 특히 동물과 인간이 '섞이는' 양상의 변신술은 인간과 인간 아닌 것의 경계 지점에서 양자의 관계를 이해하는 중요한 고리를 함축합니다. 인간세계 안에서 벌어지는 일을 다루기 전에 변신술을 다루려는 것은 이런 이유에서입니다.

변신의 문제는 인간세계의 발생적 '기원'이라고도 할 수 있습니다. 변신술은 이후 다른 경계선상에서 작동할 때도 이 발생적 기원과 관계됩니다. 이러한 기원으로부터 멀어지면서 변신술은 점차 동물적 성격을 벗어나게 됩니다. 『박씨부인전』은 그런 동물적 기원이 완전히 사라진 '도술'을 사용합니다. 국가적 성격의 도술입니다. 이는 변신술이나 '도술'의 의미와 위상을 동물과 인간의 경계선으로부터 떨어진 거리를 통해 측정할 수 있음을 시사합니다.

2. 용과 구미호는 무엇을 두고 싸우나?: 〈왕수재전〉

변신이란 자기와 다른 존재가 되는 것입니다. 다른 존재가 됨으로써 자기와 다른 것의 경계를 가로지르고, 경계를 넘어섬으로써 자신에게 주어진 자리에서 이탈하는 것입니다. 예컨대 구미호가 사람으로 변신한다는 것은 동물과 인간의 경계선을 넘는 것이고, 그에게 할당된 동물의 자리에서 이탈하여 다른 것의 자리에 들어가는 것입니다. 그것은 경계선에 의해 만들어진 구별을 흐리고, 그런 구별을 통해 세상을 보는 인간의 지각을 흐려놓고 혼동시킵니다. 때문에 변신은 종종 '속임수'로 간주되기도 합니다. 구미호가 인간의 모습으로 변신하는 것은 고전소설이나 설화, 민담에 자주 등장하는 소재인데 대부분 인간을 속이기 위한 것으로 간주됩니다. 홍길동이 변신하여 체포를 피하는 것도, 전우치가 임금 앞에서 신선의 모습으로 변신하여 황금 기둥을 준비하라고 하는 것도 마찬가지입니다.

그렇다면 구미호는 어떨까요? 구미호는 가장 빈번하게 등장하는 변신 동물입니다. 그는 변신의 위험을 알려주기 위해 호출되는 동물입니다. 숲속에서 아름다운 여인을 만났다면 일단 조심하고 경계해야 합니다. 음식을 얻어먹든, 같이 사랑을 나누든, 대개는 구미호가 제 정체를 드러내는 것으로 끝나게 마련입니다. 그래서 그의 변신술은 언제나 인간을 속이려는 목적을 갖고 있다고 간주되지요. 그런데 정말 그럴까요?

구미호와 용왕 아들 사이의 장대한 대결을 다루는 〈왕수재전〉은[3] 인간과 동물 사이에서 벌어지는 변신술, 그런 변신술이 놓여 있는 경계지대에서 벌어지는 일을 다루는 데 좋은 텍스트입니다. 이 작품의 주인공 왕수재는 고려 왕조를 세운 왕건의 아버지라고 합니다('수재'는 이름이 아니라 결혼하지 않은 남자를 높여 부르는 일반명사입니다. 이생, 허생 하듯이 '왕생'이라고 할 수 있지요). 내용이 잘 알려져 있지 않으므로 요약부터 해보겠습니다.

후삼국 시대 마한(후백제)에서 태어난 왕수재는 어려서부터 힘이 좋을뿐더러 영웅의 기상을 지닌 인물이었는데, 특히 활을 잘 쏘았습니다. 남경에 파견할 외교 사절단에 자천하여 들어가는데, 가던

---

3 정확한 제목은 〈왕수재취득용녀설王秀才娶得龍女說〉입니다. 이하에서 〈왕수재전〉을 비롯한 한문소설은 박희병이 교감하여 정본화한 작업(박희병, 2007)에 기초하여 박희병·정길수가 편역하고 돌베개에서 출간한 번역본을 사용하며, 그 번역본에 없는 것에 한해 다른 번역본을 활용하겠습니다. 교감된 작품의 한문 원문은 박희병의 『한국한문소설 교합구해』(소명출판, 2007, 제2판)에 실려 있습니다. 번역된 작품의 인용은 이 책 참고문헌에 제시된 책의 쪽수로 표시하고 번역본에 없는 것은 별도의 주를 달겠습니다. 번역본에는 제목이 〈왕수재〉로 되어 있으나, 전傳의 형식을 취한 소설이기에 이름인 '왕수재'와 구별하고자 다른 작품들의 명명 방식을 따라 〈왕수재전〉이라고 하겠습니다.

중 바다에서 배가 움직이지 않아 인근 섬에 버려집니다. 그 섬에서 왕수재는 자신을 섬으로 불러들이기 위해 배가 가지 못하게 막았다는, 서해용왕의 아들을 자처하는 노인을 만납니다. 그 섬에서 산 햇수만 1000년이 넘었다는 노인은 하늘에 오를 날이 몇 년 남았건만 3000년 묵은 구미호가 자기 집을 빼앗으려 한답니다. 구미호와 닷새째 싸우고 있지만 물리치지 못했고, 싸움이 너무 힘들어 수재의 활솜씨를 빌리기 위해 불러들였다는 것입니다. 수재는 노인이 구미호와 싸우는 동안 활을 쏘려 하지만, 구미호 주변의 음악이 몹시 청아하고 모습 또한 매우 아름답고 고귀해 활을 쏘지 못합니다. 활을 쏘지 않으면 살아 돌아가지 못할 거라는 노인의 협박과 딸을 주겠다는 회유에, 둘이 다시 싸우는 동안 수재는 구미호에게 활을 쏘아 죽입니다. 노인이 준 검은 소에 그 딸과 함께 올라탄 채 육지로 돌아온 왕수재는, 농사든 장사든 하나같이 잘되어 부자가 되며 '나라의 주인이 될 거'라는 아들을 낳습니다. 딸을 하나 더 낳지만 그 뒤로는 아내의 모습이 점차 초췌해지고 몸도 약해집니다. 이유를 묻자 아내는 자신이 원래 "용의 자손이기 때문에 때때로 변신하여 기운을 펼쳐야 하는데, 낭군을 따라 나온 뒤론 그렇게 할 수가 없었어요. 그게 병이 되어 죽을 날이 임박했으니 슬프기 그지없"다고 말합니다(184). 하여 변신한 모습으로 있으라고 하니, 부부간에 변신하는 모습을 보여줄 수 없다며, 평소엔 변신한 상태로 있을 수 있도록 출입할 때 먼저 알려주고 들어오라 합니다. 그런데 어느 날 수재가 급한 일로 알리지 않은 채 들어갑니다. 아내는 황룡으로 변신해 있었고, 이 모습에 기겁한 나머지 정이 사라진 왕수재는 아내를 멀리하게 됩니다. 이 사실을 안 아내는 황룡으로 변신하여 딸을 데리고 떠나며, 아들은 남아서 고려의 태조가 됩니다.

앞서 구미호의 변신술이 속임수인가 질문하며 시작했지요? 구미호와 싸우고 있는 노인은 그 섬에서 1000년 넘게 살았으며 수행을 하여 대단한 능력을 갖고 있었지만, 싸움이 힘에 겨워 왕수재의 도움을 청합니다. 그런데 수재가 구름을 타고 온, 인간으로 변신한 구미호에게 화살을 쏘려 하자 노인은 "한 번에 백 발의 화살을 쏜다 한들 한 손으로 다 막아낼 테니 소용없"다고 저지합니다(《왕수재전》, 『낯선 세계로의 여행』, 176). 이 얼마나 대단한 능력입니까! 더욱이 눈속임을 하며 피하는 게 아니라 백발의 화살을 한 손으로 막아내는 것이니, 이를 두고 속임수라 할 순 없습니다. 그러나 구미호의 변신은 언제나 인간을 속이려는 것으로 간주됩니다.

용왕의 아들인 노인의 변신은 어떨까요? 그나 그 노인의 딸이 인간으로 변신해서 등장하지만 이를 두고 '인간을 속인다'고 말하진 않습니다. 왕수재는 그 딸과 결혼하여 아이까지 낳습니다. 나중에 그 딸은 용으로 변신하지 못한 탓에 병이 났다고 말하며, 왕수재가 없을 때는 용의 모습으로 삽니다. 그렇다면 이 여인은 평소에 인간 아닌 것이 인간의 모습으로 지내고 있음을 뜻하는데, 이에 대해서도 속임수라 하지 않습니다. 이 불공평해 보이는 차이는 무엇 때문일까요?

이 작품에서 구미호의 도술은 인간세계와는 다른, 선계의 고귀한 감응을 동반하는 것이었습니다. "소리가 청아한 것이 인간세계의 음악과는 달랐다."(《왕수재전》, 175) 용왕의 아들을 자처하는 노인의 간곡한 부탁에도 불구하고 왕수재가 감히 활을 쏘지 못할 정도였습니다. 속임수의 느낌과는 거리가 아주 멉니다. 그래서일 겁니다. 왜 쏘지 않았느냐는 노인의 말에 왕수재는 이렇게 대답합니다. "그 얼굴을 보니 이는 사람이지 결코 여우가 아니었습니다. 그래서 차마 죽일 수가 없었습니다."(178) 이 말에 노인은 "내 말을 들어주지 않으면 살아 돌아가지 못할 거"라며 한편으로는 협박하고, 다른 한편으로는 자기 딸을 아내로 삼게 해주겠다며 회유합니다(178). 이 얼마나 대단한 능력입니까!

아무 인간이나 변신하는 게 아니듯, 아무 여우나 변신하는 게 아닙니다. 그럴 능력이 있는 여우만 합니다. 변신하는 구미호, 그는 대단히 탁월한 능력을 가진 존재인 것입니다. 변신은 애초의 모습을 바꾸는 행위이기에 속임수와 쉽사리 혼동됩니다. 그렇지만 변신 자체가 속임수는 아닙니다. 속이려는 목적이 있는 변신만을 속임수라 할 수 있습니다. 그렇다면 속임수란 변신 자체에 속하는 게 아니라 변신의 특정한 '목적'에 속한다고 해야 합니다. 용왕 아들의 집을 빼앗기 위해 인간의 모습으로 나타난 구미호는 용왕 아들을 속인 게 아니며, 속이려는 의도를 가진 것은 아닙니다. 이미 용왕 아들은 구미호의 '정체'를 알고 있으며, 그가 알고 있다는 사실을 구미호 역시 알고 있으니까요. 그는 노인과 싸우기 위해, 싸워서 집을 빼앗기 위해 그에 유리한 모습으로, 혹은 그 집에 어울리는 멋진 모습으로 변신하여 다가오는 것입니다.

심지어 속이기 위한 목적을 갖고 있을 때조차 변신은 단지 속임수만이 아닙니다. 신체를 바꾸는 것은 능력입니다. 경계를 넘어서는 능력이고, 다른 신체로 자신을 변용시키는 능력입니다. 변신이란 멀쩡한 얼굴을 거짓 가면으로 가리는 게 아니라, 얼굴 자체를 바꾸고 신체 자체를 바꾸는 행위입니다. 니체가 "가면이 바로 얼굴"이라고 할 때의 그 가면이고, 그 얼굴입니다. 상황과 조건에 따라 필요한 얼굴을 만드는 것이 변신입니다. 속임수란 그 능력이 사용되는 특정한 경우를 지칭할 뿐입니다. 가면 뒤에 얼굴이 있다고 해도 그 얼굴은 가면을 쓰기 전의 얼굴이 아니며, 변신의 가면을 만들지 못하던 때의 얼굴이 아닙니다.

고전소설에서 변신술은 도술의 일종으로 다뤄집니다. 〈홍길동전〉이나 〈전우치전〉은 그런 도술을 쓰는 특별한 능력자를 전면에 내세워 행하고 싶은 것, 말하고 싶은 것에 그 도술을 이용합니다. 약간 다른 양상의 도술이지만, 〈박씨부인전〉 역시 그런 특별한 능력을 사용하는 인물을 주인공으로 삼습니다. 도술이 단지 변신술만 일컫지는 않습니다. 천문을 읽는 기술, 점치고 부적을 사용하는 도술, 비와 바람을 부르는 기술, 귀신을 부르거나 물리치는 기술은 고전소설에 자주 등장합니다. 그것은 자신에게 닥친 문제를 해결하는 특별한 능력의 활용입니다.

3. 인간화된 동물과 인간을 침범하는 동물

〈왕수재전〉은 용왕의 아들과 구미호라는 두 인물의 싸움을 통해 변신이 쟁투의 영역임을 보여줍니다. 누가 무엇을 두고 싸우는가? 용왕의 아들과 구미호가 용왕 아들이 사는 '집'을 두고 싸웁니다. 용왕도 구미호도 모두 동물인 동시에 인간으로 변신합니다. 즉 인간과 동물 중간에 있는 존재이고, 둘 사이를 왔다 갔다 할 수 있는 존재입니다. 그렇다면 구미호와 용은 어떻게 다를까요? 둘 다 동물이면서 또한 인간으로 변신할 수 있다는 점에서 동일한 듯 보입니다. 그런데 왜 이리 다르게 다루어지며, 또 이들은 서로 무엇을 두고 싸우는 것일까요?

둘 다 다른 이야기에서도 자주 등장하는 동물이며 인간으로 변신할 수 있다는 점에서는 같지만, 용왕의 아들은 원래 용이긴 하나 '왕'이라는 지위를 누리며 그 휘하에 신하를 부리는 존재입니다. 그는 용궁이나 수궁이라는 독자적 '세계'를 보유하는데, 그 세계는 인간세계와 일정한 상응성을 갖는 인간화된 세계입니다. 반면 구미호는 '세계'를 갖지 않습니다. 하이데거 식으로 말하면, '빈곤한 세계'를 갖고 있습니다.[4] 구미호는 대개 홀로 다니는 고립된 존재로 서술됩니다. 〈왕수재전〉에 등장하는 구미호는 매우 특별하여 화려하게 차린 시비侍婢들을 데리고 나타나지만, 이들 모두 새끼 여우들을 변신시킨 것으로, 구미호가 죽자 함께 죽음을 맞습니다. 즉 그들은 구미호가 속한 독자적 '세계'가 아니라 구미호에게 속한 것들, 구미호 신체의 연장에 지나지 않았던 것입니다. 그런 점에서 용왕의 아들은 인간들처럼 조직되고 안정된 위계나 체계를 갖지 않는 구미호와는 매우 다른 존재입니다. 즉 용왕이나 그 자식은 나름의 '세계'를 갖고 있는, 이미 충분히 인간화된 동물입니다.

따라서 용왕 일족은 굳이 인간화되려고 할 필요가 없습니다. 용궁이란 인간세계에서 수중의 동물세계로 들어가는 통로입니다. 원래 동물세계란 인간이 알 수 없는 세계입니다. 용궁이란 이 알 수 없

---

4 하이데거는 인간이라는 세계-내-존재와 대비하여, 동물을 '세계의-빈약함'으로, 바위 같은 사물은 '세계-없음'으로 특징짓습니다(하이데거, 2001: 325~344). 식물이 어떠한가는 접어둔다 해도, 이는 사실 동물에 대한 매우 인간중심적 통념의 산물입니다.

는 세계를 인간화된 동물을 통해 인간의 관점에서 포착한 세계입니다. 즉 원래는 알 수 없는 수중의 세계, 동물의 세계를 인간의 눈과 귀로 포착하여 인간적 관점에서 장악할 수 있게 해주는 영역입니다. 〈금오신화〉〈용궁부연록〉은 인간이 용궁에 가는 이야기인데 거기서 용왕은 자기 딸을 위한 궁의 '상량문'을 짓기 위해 한생을 용궁으로 불러들였다고 말합니다. 인간인 한생이 지은 상량문을 궁전에 붙인다 함은 그들의 집 자체를 인간의 가치와 관념으로 채색함을 뜻합니다. 용궁의 다른 신과 게나 거북이 같은 신하들이 모여서 잔치를 벌이고 노는 방식 또한 당시 인간들이 하듯이 시문을 짓고 가무를 하는 것입니다.

여기에 인간과 다른 것은 없으며, 인간이 예측할 수 없는 것은 아무것도 없습니다. 이미 인간이 충분히 아는 범위 안에서, 인간이 하는 대로 행동하는 이들이기 때문입니다. 이들이 변신한 존재이고 또 다른 변신능력을 갖는다고 해도 거기엔 불안해할 것도 두려워할 것도 없습니다. 물론 한생이 용궁을 두루 구경하지만 "다 볼 수는 없었"다는 점에서 '다른 세계'임은 분명합니다. 그래서 돌아가려 해도 "어디로 가야 할지 알 수 없었다"고 하지요. 그러나 '안내자'가 있어서 원하는 곳으로 안전하게 돌아갈 수 있었습니다. 용궁이란 다른 세계이긴 하나 안내자가 있는 세계이고, 인간화된 왕과 신하들의 호의에 의해 구성된 세계인 것입니다. 이는 인간세계와는 다른 세계를 인간의 눈으로 포착하고 이해하는 방식을 보여줍니다.

반면 구미호가 사는 세계는 이와 근본적으로 다릅니다. 구미호에게는 '세계가 없습니다'. 구미호는 대개 홀로, 혹은 한두 명의 시종을 데리고 등장합니다. 드물게 〈왕수재전〉처럼 구미호가 변신한 다른 인물들을 동반할 때에도 이들은 '용궁'이나 천계와 같은 '세계'를 갖지 않습니다. 구미호는 언제나 고립된 존재입니다. 세계를 갖지 않는다 함은 구미호의 행동이나 행적을 포착, 예측할 수 있는 어떤 안정적인 틀을 갖지 못함을 뜻합니다. 그래서 우리는 구미호가 언제 어디로 튈지 알 수 없고, 어디서 무엇을 할지 알 수 없습니다.

그렇기에 구미호는 인간의 눈에 들어왔더라도 사실상 눈 밖에 있는 존재이고 인간의 예측이나 예상을 벗어난 존재입니다. 공포와 불안의 대상인 것입니다. 언제 어떤 모습으로 다가와 무슨 '짓'을 할지 알 수 없는 존재입니다. 그 어떤 서사에서도 구미호는 용왕처럼 시문을 짓거나 상량문을 부탁하는 식의 행동을 하지 않습니다. 그들은 대개 '어둠'으로 묘사되는 알 수 없는 어딘가에서 슬그머니 다가와 인간을 '홀리는', 다시 말해 인간의 것이 아닌 감각이나 관념으로 인간을 사로잡는 두려운 존재입니다.

그들은 인간세계 바깥으로부터 안으로 침투하려는 자들이고, 동물적 힘으로 인간세계의 질서를 교란하려는 자들입니다. 구미호에 대한 부정적인 태도는 그런 존재에 대한 인간의 두려움의 표현이고, 구미호의 능력에 대한 묘사는 그런 것들이 갖는 능력에 대한 무지와 두려움의 표현입니다. 〈왕수재전〉이라는 작품의 탁월한 점은, 보통은 두려움과 불안을 억지로 감추기 위해 흔히 저급하고 대단하지 않은 것으로 묘사되는 구미호의 능력을 더없이 강력한 것으로 묘사한다는 데 있습니다. 인간세계의 것과는 다른 청아한 음악, "귀신이 되었다가 인간이 되고, 바람을 부르고 비를 내리게 하며 앞에 있는가 싶으면 어느새 뒤에 가 있는" 능력, 왕수재로 하여금 활을 쏠 수 없게 만든 "꽃처럼 아름다운 얼굴과 달처럼 고운 자태 (…) 위엄 있는 의장儀仗", 그리고 "한 번에 백 발의 화살을 쏜다 한들 한 손으로 막아낼" 능력 등등(175~177). 1000년 가까이 섬에 살며 수련했다는 용왕 아들조차 혼자서는 도저히 감당할 수 없는 능력입니다. 이는 인간의 꿈과 소망이 섞여 만들어진 최대치의 인물마저 초과하는 동물적 능력입니다. 이는 근본적으로 생각해보면 인간의 예측을 뛰어넘는 자연의 능력을 뜻하는 것이겠지요. 자신들이 알 수 없는 외부의 힘에 대한 인간의 두려움이 만들어낸 존재일 겝니다.

요컨대 용왕의 아들이 자연이나 동물을 인간화된 형태로 포착하고 장악할 수 있는 인간의 능력을 표현한다면, 구미호는 인간세계로 침투해 들어오는 동물의 능력을, 인간의 시야나 예측에서 벗어난 동물적-자연적 변화의 능력을 표현합니다. 용왕 아들과 구미호의 대결은 인간과 동물, 인간과 자연, '세계'와 그 외부가 뒤섞이는 지대에서 벌어지는, 상반된 두 능력의 대결입니다. 하나는 인간의 상상과 관념이 동물의 형태를 통해 인간세계 바깥을 향해 밀고 나가며 확장되는 것이라면, 다른 하나는 인간의 관념 바깥에 있는 동물이 인간세계 안으로 밀고 들어오는 것입니다.

전자가 인간이 실은 잘 알지 못하는 것을 인간의 감각과 관념 안에 두려는 시도요, 통상은 적절한 자리를 할당할 수 없었던 것에 이해할 수 있는 자리를 할당하려는 시도라면, 후자는 인간의 지각이나 관념이 파악/장악하지 못한 어떤 예측 불가능한 것이 인간이 만들어놓은 세계 안으로 밀고 들어와 그것을 교란시키고 와해시키려는 시도와 그런 시도에 대한 인간의 두려움을 표현합니다. 용왕이란 인간의 상상이 만들어낸 동물인 용일 뿐만 아니라 인간이 제공한 왕의 자리에 들어앉아 수궁의 다른 동물들로 하여금 '제자리에 있게 만드는' 통치자라면, 구미호란 통상의 여우와는 달리 인간이 부여한 동물의 자리를 이탈한 여우, 여우이기를 중단한 여우인 것입니다.[5]

주어진 자리에서 이탈한 여우가 문제인 이유는 그가 노인이 1000년간 살았던 집을 빼앗으려 하기 때문입니다. 다시 하이데거 식으로 말하자면, 집이란 '인간이 거주하는 장소'요 인간의 '존재가 거하는 장소'입니다. 즉 고향을 뜻하고 세계를 뜻합니다. 인간의 집을 빼앗으려 함은 여우가 자신에게 주어지지 않은 자리를 차지하려 함입니다. '협박과 회유' 없이는 왕수재로 하여금 활을 쏘게 할 수 없었음에도 용왕 아들의 변신을 속임수라 하지 않는 반면, 청아하고 고상한 음악과 함께 천변만화의 탁월한 능력을 구사하는 구미호의 변신을 속임수라고 한다면, 이는 변신술이 인간 자신을 겨눌 때에만 '속임수'라고 말한다는 걸 의미합니다. 즉 이 '속임수'란 말은 인간의 입장에서 제 눈과 지각능력을 초과한 변신술을 평가하고 '비난'하는 것입니다.

4. 변신능력과 왕의 권력

인간과 동물의 경계지대에서 겨루는 두 인물의 힘을 이렇게 대등하게, 아니 심지어 구미호의 능력을 더 탁월한 것으로 묘사한다는 점

---

5 푸코는 통치란 '사물들의 올바른 정렬'이라고 정의합니다(Foucault, 2012). 이는 랑시에르 식으로 말하면, "있어야 할 것이 제자리에 있도록 관리하는 것"입니다. 랑시에르는 이를 '치안 la police'이라고 명명합니다. 반면 주어진 자리에서 이탈하고, 주어지지 않은 몫을 달라고 주장하는 것이야말로 진정한 의미에서의 '정치la politique'라고 봅니다(Rancière, 2008; 이진경, 2009). 이런 관점에서 본다면 주어진 자리에서 이탈하려는 구미호야말로 '정치'를 가동시키는 '정치적 동물'인 셈입니다.

에서 이 작품은 매우 드문 경우에 속합니다. 〈금방울전〉이나 〈김원전〉 〈홍길동전〉 등 '괴물'들이 등장하는 소설에서 괴물은 대개 주인공의 능력 앞에서 어이없을 정도로 무력합니다. 주인공인 전우치가 구미호의 능력을 빼앗아 요술을 부리는 〈전우치전〉에서조차 구미호는 전우치의 힘 앞에서 꼼짝 못합니다. 반면 〈왕수재전〉에서는 괴물이나 동물이 일방적으로 당하지 않습니다. 양자의 능력은 팽팽하게 맞섭니다. 아니, 실은 용왕 아들 혼자서는 이길 수 없을 정도로 구미호의 힘이 강하고, 그래서 용왕 아들은 왕수재의 도움을 받고서야 간신히 구미호를 쓰러뜨리며, 구미호는 왕수재마저 매혹시킬 정도로 탁월합니다.

싸움이 벌어지는 섬은 동물의 힘과 인간의 힘이 만나고 섞이는 경계지대입니다. 구미호도, 용왕의 아들도 모두 인간과 동물의 힘이 섞인 인물입니다. 그 경계지대에서 노인의 형상을 취한 용왕의 아들은 '집'이라는 인간화된 장소, 인간세계 안에 자리 잡은 공간을 지키기 위해 왕수재라는 인간의 힘을 빌립니다. 그 '집'은 단지 하나의 장소가 아니라 인간이 '거주하는' 곳이며, 인간의 '세계'입니다. 인간의 세계를 지키기 위해 인간화된 동물(용)과 인간(왕수재)이 동맹을 맺어 '외부'에서 온 동물을 물리치려는 것입니다. 왕수재가 선택된 것은 그가 활 쏘는 능력에서 인간의 최대치에 이른 탁월한 자이기 때문입니다. 그는 용왕이란 '통치자'와 손을 잡고, 주어진 동물의 자리에서 이탈하여 인간세계로 밀고 들어오려는 자를 징치하고 죽입니다. 훗날 왕수재의 아들(왕건)이 인간세계의 '통치자'인 왕이 되는 것은 이러한 그의 역할과 매우 밀접한 연관을 갖습니다. 통치자란 주어진 자리에서 이탈하는 자를 징치하여 그리 못 하도록 관리하는 자입니다. 동물세계에서 그런 역할을 하는 자가 용왕이라면, 인간세계에서는 왕이 그 역할을 합니다.

용왕의 아들이 그 경계지대에 있는 것은 통치능력을 시험하고 훈련('수련')하기 위해서였을 것입니다. 왕이 되기 직전의 인간(왕이 될 자의 아버지)인 왕수재가 거기 불려 들어가는 일 또한 그와 다르지 않은 이유에서였을 것입니다. 동물이나 인간을 주어진 자리에서 이탈하지 않게 하려면 무엇보다 먼저 동물인지 인간인지를 구별할 수 있어야 합니다. 어떤 것의 형상이나 위치를 '명료하고 뚜렷하게' 구별할 수 있어야 하는 게지요. 그러나 변신이란 통상적인 구별능력을 넘어서는 것입니다. 변신한 자들의 대결이 펼쳐지는 저 섬은 바로 그 구별능력을 시험하는 장입니다.

거기서 왕수재는 뚜렷하게 구별할 수 없는 것을 구별하려는 자이고, 그런 만큼 상이한 세계에 속한 것이 섞일 수 없다고 믿는 자입니다. 구미호를 죽이면 딸을 주겠다는 노인의 말에 왕수재는 이렇게 답합니다. "저는 속세의 천한 사람이고 따님은 용궁의 귀인이신데, 어찌 감히 부부의 연을 맺을 수 있겠습니까? 또 물속 세계와 땅 위 세계가 다르고 사람과 용은 서로 다른 세계에 사는 존재이니, 비록 선생의 허락이 있다 한들 제 생각엔 인연을 이룰 수 없을 것 같습니다."(178) 그는 주어진 인식과 지각의 틀 안에서 보고 느끼고 생각할 뿐입니다. 말을 해봐야 소용없음을 알고는 노인이 말합니다. "수재는 그런 걱정 말고 우선 내 골칫거리부터 없애주시오. 베풀어준 은혜에 대해서는 반드시 보답하겠소."(178)

따라서 왕수재는 저 아름다운 여인이 구미호라는 말을 들어도 믿지 못합니다. 그가 활을 쏘아야 할 대상은 자신이 식별할 수 있는 범위를 넘어선 존재입니다. 뚜렷이 구별되는 것에 한해서만 판단하고 행동하려는 인물이기에, 왕수재는 우직하고 미련스럽게 자신이 인식할 수 있는 바에 따라 판단하고 행동합니다. 불행히도 그는 여인이 구미호임을 분별해낼 능력이 없습니다. 그래서 활을 쏘지 못하지요. "저건 사람입니다. 여우가 둔갑한다고 어찌 저리될 수 있겠습니까? 사람이 사람을 쏴 죽여서야 되겠습니까?"(177) 노인은 저 여인이 구미호라고 알려주지만, 그것은 노인의 말일 뿐이요 그의 눈을 대신하진 못합니다.

결국 왕수재가 활을 쏘아 구미호를 죽이자 인간의 형상을 하고 있던 나머지 무리는 모두 새끼 여우로 바뀝니다. 인간세계 안에 침투해 들어온 것들이 구미호의 변신능력을 제거하자 인간세계 바깥으로, 그 바깥에 주어져 있던 동물의 자리로 되돌아간 것입니다. 인간의 관념 속 격자들을 이탈하며 가로지르기를 중단하고, 격자 안의 **범주들 속으로 되돌아간 것입니다.** 이는 활을 쏘는 왕수재의 능력이 서게 될 자리를 역으로 비추어 보여줍니다.

왕의 능력은 변신능력이 아니긴 하나 그 근방에서 옵니다. 변신능력을 포착할 수 있는 자가 아니면 그것을 통제할 수 없고, 변신능력을 통제할 수 없다면 그 능력에 노출되어 있는 세계를 통치할 수 없기 때문입니다. 〈전우치전〉이나 〈홍길동전〉에서의 왕이 그렇습니다. 그들은 모두 변신술의 조롱 대상이 됩니다. 이러한 맥락에서 왕의 자리는 변신능력이 작동하는 지점, 관념 및 지각이 그 외부적인 것과 만나는 **지점**을 '기원'으로 합니다. 많은 신화에서 왕의 탄생이 다른 인간과 다른 이적異蹟의 형태를 취하는 것은 이 때문입니다. 왕의 위치란 통상적인 구별선이 와해되는 지점에 자리 잡고 있음을 통해 그가 갖는 남다른 능력이나 '자격'을 설득하려는 것입니다. 변신한 곰의 아들로 태어나는 단군이나, 새가 낳은 건지 인간이 낳은 건지 알 수 없는 난생의 박혁거세나 고주몽이 모두 그렇습니다.

그곳은 인간 능력의 한계 지점이란 점에서 인간의 능력이 통하지 않는 지대와 만나는 곳이며, 그 외부적 힘을 내부화하는 곳입니다. 그런데 인간이 된 곰이 낳은 아이와 인간이 된 구미호가 낳은 아이의 구별은 어떻게 가능할까요? 이 지점에서 발생하는 가장 근본적인 난점이 바로 이것입니다. 왕은 구별 불가능성의 지대에서 탄생해야 하는데, 그곳은 동물이 인간으로 변신하여 침투하는 곳이기도 합니다. 그렇기에 그곳은 비슷해 보이는 것의 엄격한 식별을 둘러싸고 각축을 벌이는 격전장입니다. 용왕의 아들과 구미호가 그토록 팽팽하게 오랫동안 싸웠던 것은 바로 이 때문입니다.

왕이란 구별 불가능한 지점에서 인간세계에 침투하려는 동물을 제거하고, 그들과 자신의 차이를 보여줄 수 있는 자여야 합니다. 그러기 위해 언제나 경계가 모호한 변화와 변신의 지대에서 구별하기를 되풀이하며 인간의 관념과 지각으로 반복하여 포섭하는 것, 그게 왕의 역할입니다. 왕수재가 구미호를 쉽게 쏘지 못하는 것은 그런 구별의 근본적인 불가능성 때문이지만(구미호에 대한 노인의 말은 증명될 수 없으며 그저 '믿는' 수밖에 없습니다. 노인의 말을 따르는 것은 협박과 유혹 때문입니다), 정확하게 구별하려는 그의 신중함 때문이기도 합니다.

이런 이유로 왕은 동물적 기원을 갖지만 동물이어서는 안 되고, 변신술을 장악해야 하지만 변신술을 직접 사용해서는 안 됩니다. 경계선을 확고히 하고 각자가 주어진 자리를 지키게 하는 인물 자신이 경계선을 흐리고 자리를 이탈하게 되기 때문입니다. 그래서 왕수재도 고주몽도 변신술을 직접 사용하지는 않습니다. 변신능력을 지닌 동물들의 도움을 받을 뿐입니다. 역으로 그들이 가진 탁월한 능력인 활쏘기는 동물들을 잡는 능력입니다. 동물들을 장악할 능력을 뜻하는 것입니다. 〈왕수재전〉에서는 왕수재가 변신술을 장악해 자기 휘하에 거느리고 있도록 하기 위해 용왕의 아들이 자기 딸을 그에게 아내로 줍니다.

왕수재가 그러하듯, 왕이란 그런 변신능력이 갖는 매력을 알아보는 자인 동시에 누구보다 그 능력에 대한 두려움을 잘 아는 자입니다. 왕수재가 구미호라는 말을 들어 알고 있음에도 활을 쏘지 못한 또 다른 이유는 구미호의 미모나 자태, 그리고 음악에 매료되었기 때문입니다. 그러나 그 힘은 인간세계의 범주에 들어온 뒤라고 해도, 인간인 동시에 동물이기도 한 자신의 아내처럼 사실은 항상—이미 구별 범주를 벗어난 것이기에, 사물이나 사태를 명료하고 뚜렷하게 구별하려는 인간에게는 곤혹스럽고 두려운 힘입니다. 자신을 등지는 순간을 상상하면 식은땀이 나는 존재인 것입니다. 그래서 자기 휘하에 있지만 그에 대해서는 근본적인 불신을 지닙니다. 심지어 아내일지라도 좁힐 수 없는 거리가 있는 것입니다. 왕수재는 자기 아내가 원래 '용'인 사실을 잘 알고 있었음에도, 자신이 안 볼 때에는 용으로 변신해 있으라고 말한 바 있음에도 그것을 직접 보았을 때에는 겁을 먹고 맙니다. 정이 떨어지고 맙니다. 두려움과 거부감이 일어난 이상 더는 그 변신의 힘을 즐길 수 없게 됩니다. 이를 잘 아는 용녀는 남편을 떠납니다.

이제 변신한 모습을 보셨으니 마음속으로 겁을 먹고 정이 이미 멀어졌을 겁니다. 지난날의 즐거움을 계속하기 어려워졌으니 저는 떠나겠습니다. 아들딸 모두 데리고 가야겠지만 그건 너무 심한 일인 것 같아 아들은 남겨두고 가겠어요. 잘 기르고 가르치시면 한 나라의 군주가 될 겁니다.(185~186)

이는 변신의 세계에서 빠져나와 확고한 인간의 세계로 들어섰음을 뜻합니다. 왕수재가 아니라 그 아들이 왕이 되는 것은, 왕수재가 동물적 변신의 세계에 너무 가까이 있기 때문일 겁니다. 변신의 세계와 거리가 충분히 못한 것이지요. 왕이란 변신의 힘에 인접해 있지만 그 위험을 잘 알기에 충분히 거리를 두는 인물, 모호한 기원을 갖지만 인간의 세계로 충분히 들어선 인물이어야 하는 것입니다.

그러나 이는 변신이 갖는 더 큰 힘을 잃는 것입니다. 변신으로부터 물러섬에 따라 왕수재는 더 큰 능력의 아들을, 새로운 왕을 낳을 가능성을 잃게 됩니다. 앞의 인용문에 이어지는 용녀의 말입니다: "[아쉬운 것은] 제가 3년만 더 있었더라면 반드시 성스러운 아들을 낳아 중국을 쓸어버리고 9주를 평정해 삼대의 정치를 펼치게 할 수 있었다는 점입니다."(186)

용녀는 일이 이렇게 되리라는 것을 어느 정도 예상하고 있었습니다. 인간화된 범주 안에, 인간화된 세계 안에 자리 잡고 있었지만 그래도 그는 변신하는 자입니다. 그래서 변신하는 모습을 보여달라는 남편의 말에 "못 볼 거야 없지만, 부부간에는 보여드릴 수 없"다며 거절하지요. 이는 두려움이나 거부감이란 관념을 초과한 감정이고, 의식을 넘어선 무의식에 속하는 것이기에 용녀는 남편과 적절한 거리를 두고 관계를 지속하려 합니다. 종鐘을 통해 미리 알리고 출입하는 방법으로 그런 거리를 확보하려 합니다. 이런 거리화 방식은 거꾸로 매력에 이끌리면서도 동시에 그에 대해 두려움과 거부감을 갖는, 변신에 대한 태도의 양면성을 보여줍니다.

변신에 대한 두려움은 본질적으로 내가 아는 것을 벗어나는 데 대한 두려움, 인간이 할당한 자리에서 벗어나고 인간의 지각 혹은 판단의 범주를 이탈하거나 횡단하는 것에 대한 두려움입니다. 인간의 감각이나 인식으로 예측할 수 없는 움직임이나 행동, 변화에 대한 두려움입니다. 변신에 대한 매력은 거꾸로 그러한 데서 느끼는 것입니다. 왕수재가 처음 보자마자 용녀에게 이끌렸던 이유는 알지 못해도 감지되는 그 매력 때문이었을 겁니다. 그 매력의 힘에 끌린 왕수재는 딸을 주겠다는 노인의 요청에 따라 활을 쏩니다. 그러나 잘 알고 있었을뿐더러 이미 몸을 섞고 자식을 둘이나 낳은 관계임에도 용이 된 아내를 한 번 본 것만으로 정이 떨어진 것은, 그 변신에 대한 두려움의 크기가 자신이 생각했던 것보다 훨씬 더 큰 것이었음을 보여줍니다. 그 두려움이 그가 감당할 수 있는 변신능력의 크기를 제한합니다.

용녀는 자신의 아버지('노인')와 마찬가지로 그 경계지대 안에서 변신의 힘을 인간의 힘/권력으로 변환시키는 지점에 있지만, 그건 동물적 힘이나 경계를 범람하는 능력을 인간의 틀 안에 가두는 것이기에 힘들고 피곤한 일입니다. 그는 결국 병들고 지쳐 변신의 힘을 다시 풀어놓으려 합니다. 물론 왕수재의 허락 아래서. 하지만 인간의 외부를 뜻하는 그 힘의 드러남을 왕수재는 감당하지 못했고, 결국 용녀는 다시 인간 세상 바깥으로 나가버립니다. 변신능력을 인간의 힘으로 바꾸는 것, 그것은 변신에 대한 통제이고 본질적으로 변신능력을 지치게 하는 권력입니다. 그 바탕에는 변신에 대한 두려움이 깔려 있습니다. 통치나 통제의 의지가 지배하는 곳에서 변신능력은 함부로 사용되어서는 안 됩니다. 그렇기에 용녀는 왕수재와 결혼하여 인간의 모습으로 살아가지만, 그 바탕에는 변신에 대한 두려움이 깔려 있습니다. 이제 변신능력이란 쓰이지 못한 채 억압된 잠재력에 지나지 않습니다.

그러나 어떤 잠재적인 능력도 쓰지 않고 그냥 둔다면 축소되고 무력해집니다. 변신능력을 잠재적인 것으로 가두어놓고 그저 인간의 모습으로만 있는다는 것은 인간세계의 틀과 범주 안에 갇혀 사는 것을 뜻합니다. 변신하는 자에게 그것은 자기 본성에 반하는 삶이고, 자신의 힘을 무력화無力化하는 방식의 삶입니다. 그것은 자신을 어떤 틀과 범주 안에 가둔다는 점에서 일종의 내부적인 감옥 안에 속박하는 것입니다. 처음에는 견딜 수 있었지만 감금당한 시간이 길어지면서 점차 병들고 무력해집니다. 그에게 다가온 죽음, 그것은 그의 본질이기도 한 변신능력의 죽음입니다. 그가 살기 위해서는 다시금 인간의 관념이나 지각이 만들어놓은 감옥(범주적 감옥)을 벗어나야 합니다. 변신해야 합니다. 그러나 그 변신은 남편이 감당할 수 있는 것이 아님을 잘 압니다.

따라서 그에게 남은 선택지는 '죽거나 떠나거나'입니다. 잠정적인 거리화라는 방법을 취했으나 그것이 실패하자 그는 결국 남편을 떠납니다. 인간세계를 떠납니다. 강력하게 고정된 격자의 감옥을 벗어납니다. 그래도 아들을 남겨두고 가는 것은, 자신의 잠재화된 능력이 남편과 함께 산출한 씨를 두고 가는 것입니다. 변신을 감당하고 통제할 수 있는 잠재적 통치자를. 그가 데려가는 것은 딸입니다. 딸 역시 남편과 함께 산출했지만, 여성에게 통치자의 지위를 허용하지 않는 세계에서 변신능력을 가진 여자아이를 기다리고 있는 것은 두 가지밖에 없기 때문입니다. 자신처럼 고정된 범주의 통치에 갇혀 무력해지면서 서서히 죽는 것, 아니면 범주들을 횡단하다 구미호처럼 일종의 '마녀'로 단번에 죽는 것.

제5장

전우치 대 홍길동

:

변신술과 도술의
상이한 유형들

1. 동물적 도술과 인간적 도술

〈왕수재전〉에서 변신술은 모두 동물적인 힘과 결부되어 있습니다. 구미호의 변신술은 3000년이라는 미지의 시간으로 표현되는 어떤 지각 불가능성의 지대에서 형성된, 여우의 동물적인 능력이 확대된 표현입니다. 우리가 고전소설에서 자주 만나게 되는 구미호의 변신술은 단지 특정한 여우의 능력이라기보다 인간이 알 수 없는 어떤 동물적 능력의 환유이고 또 그 능력에 대한 감탄과 두려움이 뒤섞인 양가적 감정의 표현입니다.

용왕 아들인 노인의 도술 내지 변신술 역시 동물적입니다. 하지만 그것은 인간이 자신에게 있었으면 하는 능력을 투사하여 만들어진 것이기에 인간의 욕망을 담지하는 동물적 은유이긴 합니다. 하여 그 능력은 대개 인간을 도와주는 방식으로 발휘되며, 그걸 사용하는 동물은 인간에 복속된 것으로 나타나는 경우가 많습니다.

〈왕수재전〉에서 노인이나 그 딸의 능력은 왕수재로 하여금 부자가 되게 해주며 "무엇이든 마음먹으면 반드시 이루어지며 어떤 일이든 하기만 하면 꼭 성공"하게 해줍니다(181). 〈최고운전〉에서 용의 아들 이목은 최치원이 중국 가는 길을 수행하며, 최치원의 부탁으로 가뭄 든 섬마을에 비가 내리게 해줍니다. 특히 현실에 부재하지만 강력한 능력을 갖는 기이한 동물은 인간 자신에게 없는 어떤 것에 대한 욕망의 표현이며, 그런 동물의 형상으로 자연에 투영된 인간적 소망의 표현입니다.

그렇기에 인간이 이들에 대해 느끼는 거리감은 적으로 다가올 것에 대한 '공포'라기보다는, 자신의 소망이긴 하지만 자기 능력을 넘어선 것에 대한 '불안감'입니다. 자기 능력을 초과하기에 언제 자신의 뜻을 넘어선 사태로 흘러갈지 모른다는 불안의 징표입니다. 왕수재가 용이 된 아내의 모습에 질리고 최치원이 황룡이 된 이목의 모습에 졸도하는 일이 그것일 겁니다. 이는 인간화되었어도 동물인 한 끝내 믿을 수 없다는 근본적인 불신, 무력한 자의 위축된 마음을 표현합니다.

〈왕수재전〉에서 구미호와 용의 대결은 이런 상반되는 두 가지 동물적 능력의 대결입니다. 인간이 알지 못하는 자연의 힘, 인간의 손에서 벗어나 있는 동물적 능력과, 그것의 비밀을 포착하고 그 힘을 장악한, 인간의 소망이 담긴 강력한 상상적 동물의 능력이 대결하는 것입니다. 그 대단한 능력을 가진 구미호가 궁궐은커녕 대단할 것도 없어 보이는 노인의 '집'을 빼앗으러 오고, 그걸 지키기 위해 용이 목숨 걸고 싸운다는 대결 구도가 이를 잘 보여줍니다. 그런데 이 집은 대체 무엇이기에 구미호가 굳이 뺏으려 드는 걸까요? 저 정도 능력을 가진 구미호라면 멋진 궁궐 하나 만들어 살면 되는 거 아닌

가요?

집은 크든 작든, 좋든 보잘것없든 인간화된 공간입니다. 자연 안에 있지만 '자연'과 구별되는 인간의 공간이며, 동물 같은 외부의 힘으로부터 인간을 보호해줍니다. 자연 안에서 인간이 확보한 인간의 자리입니다. 노인의 집은 구미호가 굳이 탐낼 이유가 없는 보잘것없는 것입니다. 그런데도 그 집을 탐하여 목숨 건 쟁투를 벌인다 함은, 인간이 확보한 자리를 빼앗으러 온다는 말일 겁니다. 자기 영토를 남에게 빼앗길까봐 걱정하는 영토적 동물의 두려움의 표현일 겁니다.

이는 근본으로 거슬러 올라가보면, 변신술로 치환되어 표현된 동물적-자연적 능력이, '자연적 변화'라는 말로 대체할 수도 있을 그 힘이 우리 집을, 우리가 사는 세계를 덮쳐 와해시키지 않을까 하는 두려움의 표현이고, 그런 두려움이 만들어낸 피해망상 같은 것입니다. 자연의 변화에 대한 두려움과 그에 대한 적대감이 만들어낸 피해망상이며, 저 대단한 구미호가 목숨 걸고 빼앗으려 할 만큼 대단한 것이라는 과대망상이 결합되어 만들어낸 편집증적 공포입니다.

이와 달리 완전히 인간화된 도술, 비바람을 부르고 저승의 신장을 불러내지만 인간의 손에 완전히 장악된 도술이 있습니다. 가령 〈옥루몽〉에서 홍혼탈(강남홍)이 사용하는 도술이 그렇고, 〈홍길동전〉에서 홍길동이 사용하는 도술이 그렇습니다. 홍길동의 변신술은 이미 충분히 인간의 개념과 범주를 통해 구사된다는 점에서 '인간적'입니다. 이는 이중의 의미에서 그러한데, 첫째는 도술 자체의 성격이 『주역』 등과 같이 변화를 포착하는 인간화된 개념을 통해 이루어진다는 점에서 그렇습니다.

부친의 소실인 초란이 자객을 보낸 날, 집을 나갈까 말까 고민하던 홍길동은 "촛불을 밝히고 『주역』을 보며 깊이 생각하다 문득 들으니 까마귀가 세 번 울고 가는 것이었다. 길동이 괴이하게 여겨 혼자 말하길, '이 짐승은 본디 밤을 꺼리거늘, 지금 울고 가니 심히 불길하도다' 하고 잠깐 팔괘를 벌여 점을 보고는 크게 놀라 책상을 물리고 둔갑법을 행하여 동정을 살피고 있었다."(《홍길동전》, 『홍길동전·전우치전』, 김현양 옮김, 문학동네, 23)[1] 그는 자객이 비수를 감추고 방에 들어오는 것을 보고는 진언을 외워 집을 없애고 첩첩산중으로 만들어버립니다.

여기서 홍길동은 『주역』을 읽고 있습니다. 알다시피 『주역』은 자연이나 인간의 세상에서 발생하는 변화를 포착하고 개념화한 책입니다. 즉 인간의 개념을 통해 포착된 변화의 원리를 담은 책입니다. 이런 책을 읽는 이라면, 야밤의 까마귀 울음이라는 작은 현상 하나를 어떤 사건의 징조로 읽어내는 게 이상하지 않습니다. 이런 책에 통달한 이라면 홍길동처럼 '둔갑법'이라고 표현된 변신술을 사용하기도 하고, 팔괘를 던져 다가올 사태를 점치기도 합니다. 점이란 원래 자연의 리듬을 읽어내고 그에 맞는 인간 행동의 적절한 시점을 찾는 기술입니다. 인간화된 시간 개념 안에서 자연의 흐름, 사태의 흐름을 읽는 기술이지요(이진경, 2010: 31~33). 홍길동의 점 또한 사태의 흐름을 포착하여 도래할 사태를 예측하는 기술이고, 변신이란

---

1 이 책은 경판 30장본 〈홍길동전〉입니다. 〈홍길동전〉은 이본이 많지만 내용이 대동소이한데, 크게 경판본과 완판본 정도로 대별됩니다. 완판본은 경판본에 척불斥佛의 관념을 강화하고 율도국 정벌 장면을 확대한 것입니다. 이후 〈홍길동전〉은 경판본 30장본을 번역한 김현양 편역, 『홍길동전·전우치전』(문학동네, 2010)을 주로 인용할 것이며, 필요에 따라 완판본과 동양문고본을 인용할 것입니다.

그런 변화의 원리를 빌려 통상적인 변화의 속도를 초과하거나 방향을 바꾸고 경계를 횡단하는 기술입니다.

구미호의 도술, 심지어 용왕 아들의 도술조차 인간의 눈으로는 이해할 수 없고 예측 불가능한 것이었다면, 『주역』에 통달한 홍길동의 눈은 아직 오지 않은 일을 예측하고, 그에 대해 적절한 변화를 이뤄내 사태를 통제합니다. 그렇기에 앞의 것이 '동물적' 내지 '자연적'인 것이었다면 뒤의 것은 '인간적'인 것이고, 앞의 것이 인간의 힘에 대해 '외부적인' 것이었다면 뒤의 것은 인간의 손안에 있는 '내부적인' 것입니다.

다른 한편 〈왕수재전〉에서 도술이나 변신술이 인간의 집을 '빼앗으러' 오는 자연적 내지 동물적 힘에 대항하기 위해서 사용되었다면, 〈홍길동전〉에서 그것이 사용되는 것은 '호부호형' 못 하는 홍길동의 원통함, 아버지 소실과의 갈등이라는 '인간적인' 관계에 기인해서였습니다. 다시 말해 전자가 자연과 인간 사이의 관계에서 발생하는 사건이라면, 후자는 인간과 인간 사이의 관계에서 발생하는 사건입니다. 〈홍길동전〉 어디에서도 자연과의 대결 구도는 나타나지 않습니다. 반면 〈왕수재전〉에서는, 뒤에 왕수재와 아내 사이에서 발생한 사건조차 〈홍길동전〉 같은 인간관계에서 발생한 것이 아니라 용과 인간 간의 관계, 동물의 신체와 인간의 감정 간의 관계에서 발생한 것이었습니다.

2. 전우치는 어디에서 변신하는가?: 변신술의 위상학

〈전우치전〉 역시 변신술에 대한 작품이라고 할 수 있는데, 이 작품에서 사용되는 도술에는 동물적인 것과 인간적인 것이 병존합니다.[2] 그러나 〈홍길동전〉에서는 변신술조차 동물적인 기원과 무관했던 반면, 전우치가 사용하는 도술은 변신술 아닌 것도 본질적으로 동물적 기원을 갖습니다. 전우치가 변신술을 비롯한 특별한 능력을 얻는 일차적인 계기는 여우의 '호정'(여우의 넋)을 빼앗아 먹는 것이었습니다. 서당에 가기 위해 산을 넘던 전우치는 대숲에서 소복 차림을 한 채 울고 있는 여자를 만납니다. 계모의 모해가 괴로워 죽을까 하지만 차마 죽지 못해 울고 있다는 여인에게 '작업'을 걸어 같이 자는데, 이 이야기를 들은 스승 윤공은 이 여자가 입에 머금고 있은 구슬을 빼앗아다가 보여달라고 합니다. 다시 대숲에서 여자와 만나 사랑을 나누던 전우치는 여자의 입속에 있는 구슬을 보곤 사랑하는 마음을 이용해 빼앗습니다. 여인이 돌려달라고 보채다가 입을 열려 하자 전우치는 그것을 삼켜버렸고, 구슬을 잃어버린 여인은 울며 돌아가버립니다. 이 이야기를 듣고 윤공이 말합니다.

네 이미 호정을 먹었으니 천문과 지리에 통달할 것이며, 지살地煞(풍
수지리에서 터가 좋지 못한 데서 생기는 모질고 독한 귀신의 기운) 일
흔두 가지의 변화를 부릴 것이다. 또 올해 4월에는 진사 벼슬을 할 것

---

2 〈전우치전〉이라고 했지만 다른 이름으로 표기된 작품이 많습니다. 전우치도 田禹治, 田羽致 등 한자를 달리하기도 하고, 전운치全雲致라는 이름의 판본도 많습니다. 이외에 〈전웅치전〉〈일치전〉도 있는데, 15~16세기에 살았던 실존 인물 전우치田禹治를 모델로 한 것이어서 점차 〈전우치전〉으로 정착되었다고 합니다(김현양, 2010).

이니, 이후의 일들을 조심하거라.(〈전우치전〉, 『홍길동전·전우치전』, 김현양 옮김, 76)[3]

윤공은 전우치 부친의 친구로서 "세상의 문장을 두루 익혀 만 리 앞을 내다볼 수 있는 사람"이라고 합니다(74). 여기서 전우치의 앞일을 예견하는 윤공의 능력은 앞서 홍길동과 마찬가지로 인간의 서책에서 얻은 '인간적인' 능력입니다. 반면 그의 설명에 따르면 전우치가 앞으로 갖게 될 능력은 여우의 넋을 먹어 얻었다는 점에서 동물적인 것입니다. 전우치는 "호정을 먹은 뒤로는 서른여섯 가지 변화에 능통하게" 됩니다(76). 이는 변신한 여우와 '백년해로'하자며 사랑을 나누어 얻었다는 점에서 또한 동물적인 것입니다. 전우치는 인간의 세계로 밀고 들어온 동물과의 결연을 통해 변신능력을 획득한 것입니다.

그러나 호정을 빼앗아 먹은 것만으로는 그 여우의 변신능력을 넘어설 수 없을 것입니다. 그 여우가 〈왕수재전〉의 구미호만큼 강력한 힘을 갖고 있다면 모르겠지만, 그렇지 않으면 그 힘은 다른 여우와 대적하기에도 취약한 것일 수 있습니다. 고전소설에 흔히 나오듯 전우치가 "문장은 이태백을 누르고 필법은 왕희지를 대적할 정도가

---

3 이 책은 〈전운치전 경판 37장본〉입니다. 〈전우치전〉에는 내용이 크게 다른 세 가지 계열이 있는데, 가장 오래되었다고 인정되는 경판본 37장본과 그것을 거의 그대로 필사한 일사본, 그리고 37장본을 축소한 다른 경판본들이 첫째 계열이고, 둘째는 주로 필사본으로 남아 있는 것이며(김욱동본, 사재동본 등등), 셋째 계열은 한문 필사본입니다. 세 계열은 내용이 판이합니다. 우리가 아는 〈전우치전〉은 첫째 계열이며, 둘째 계열은 〈홍길동전〉의 영향을 받아 그와 비슷한 내용으로 개작된 것이고, 셋째 계열은 뒤에 언급하겠지만 〈전우치전〉이라기보다는 그걸 비판하는 내용이어서 실질적으로는 〈전우치전〉이라고 보기 어렵습니다. 첫째 계열이 가장 오래된 판본이라는 이유도 있지만, 무엇보다 〈홍길동전〉과 다른 〈전우치전〉 고유의 면모를 보여주기에, 이하에서 〈전우치전〉은 이 계열의 판본을 일컫습니다.

되었다"(76)고는 해도, 그게 변신술 자체를 증장시켜줄 리는 없습니다. 전우치의 탁월한 능력을 위해서는 또 다른 계기가 필요합니다.

진사에 합격한 뒤 전우치는 전국의 명산대첩을 돌아다니다 세금사와 성림사라는 절에 여러 차례 변고가 일어나 사람들이 모두 떠났다는 말을 듣고 세금사에 찾아갑니다. 거기서 본래 양반인데 도적을 만나 쫓겨 도망쳐왔다는 아름다운 여인을 만나 '백년동락'하자며 잠자리를 같이합니다. 전우치는 그에게 억지로 술을 먹여 재우고 가슴에 붉은 글씨로 진언을 써서 여우임을 확인합니다. 그러고는 그를 묶어서 괴롭혀 구미호의 본모습을 드러내게 만듭니다(사실 전우치가 먹은 호정이 구미호의 힘을 제압할 정도는 못 되었기에, 중간에 노인이 나타나 부적과 끈을 줍니다. 그로 인해 전우치는 구미호를 제압할 수 있었습니다).

전우치는 호정을 주면 살려주겠다고 하지만, 여우가 호정은 뱃속에 있다며 그보다 나은 천서天書를 주겠다고 하여 그의 굴에 가서 천서 세 권을 얻습니다. 그러나 읽을 수 없는 글자였기에 여우의 도움 없이는 아무 소용없는 책이었습니다. "술을 마신 후에 구미호를 앉혀놓고 천서 상권을 배워 하룻밤 만에 모두 통달하니, 이는 귀신도 헤아리기 어려운 술법이었다. 그제야 운치는 여우의 손을 풀어주고는 등에 붙였던 부적을 떼어 상권에 붙이고는" "은혜를 입었기에 살려 보내주니, 앞으로 다시는 변고를 일으키지 마라"고 하며 놓아줍니다(82). 나머지 두 권이야 혼자 읽으면 되려니 했으나, 여우가 술법을 써서 두 권을 되찾아갑니다. 화가 난 전우치는 여우의 집으로 찾아가 요괴를 쓸어버리겠다고 나서지만, "산천이 깊고 길이 아득하여 찾을 수가 없었다"(83)고 합니다.

여기서 또 다른 여우의 호정 대신 얻은 천서는 '책'의 형식을 취하고 있긴 하나, 홍길동이 읽던 『주역』과 달리 인간이 읽을 수 없는 것이었습니다. 책이란 동물적 술법을 개체의 차원을 넘어 일반화한 것을 뜻할 겁니다. 특히 읽을 수 없다는 점은 『주역』처럼 인간의 개념이나 관념을 넘어서 있는 것임을, 여우나 읽을 수 있는 동물세계의 비전祕典이었음을 뜻할 것입니다. 또한 이를 '천서'라 칭한 이유는 그저 여우만의 술법이 아니라 '천'이라 명명되는 자연계의 술법, 동물의 술법 일반을 의미하기 때문일 것입니다. 그 천서를 여우가 갖고 있었던 것 역시 거기 쓰인 술법이 여우나 동물의 세계에 속한 것임을 의미합니다. 따라서 여우의 도움으로 배운 전우치의 '귀신도 헤아리기 어려운' 새로운 술법은 여전히 인간적인 게 아니라 동물적인 것입니다.

왕수재는 용왕 아들의 집에 머물렀고 그의 딸과 결혼했음에도 변신술을 배우지는 않았고 배우려는 생각도 하지 않습니다. 반면 전우치는 호정을 먹음으로써 능력을 얻기도 하고, 여우의 눈을 빌려 천서를 배우기도 합니다. 둘 다 동물과 결연을 맺었다는 점까진 비슷하지만, 전우치는 왕수재와 달리 동물적인 능력 그 자체에 관심이 있었기 때문일 겁니다. 아니, 거기에 매혹되었다고 해야 할 겁니다. 동물적 술법을 배우기 위해 그가 여자로 변신한 여우와 사랑을 나눈다는 점이 이를 보여줍니다.

그러나 전우치가 단지 동물적 도술만을 가졌다면 동물들을 제압할 수 없었을 겁니다. 동물에게 배우는 처지란 그 동물보다 술법이 낮음을 뜻하는 것이니까요. 동물을 제압하려면 동물에게 없는 무언가가 더해져야 했습니다. 구미호를 잡으러 갈 때 나타난 노인이 준 부적과 끈이 그것입니다. 구미호를 잡을 수 있었던 것도, 천서 상권을 다시 빼앗기지 않았던 것도 세금사 가는 길에 만난 노인이 준 부적과 끈 덕분이었습니다. 그 부적과 끈은 여우의 손 밖에 있는 것이기에 자연적 술법이 아니라 인간적 술법에 속한다고 봐야 합니다. 구미호도 인간적 술법의 벽은 넘기 어려웠던 것입니다. 물론 공력의 차이라고 할 수도 있겠으나, 동물 아닌 인간의 형상을 한 노인이 구미호의 힘을 제압하도록 도와준 것이었으니 인간적 술법이었다고 하는 게 타당해 보입니다. 〈왕수재전〉에서 용왕 아들과 인간인 왕수재의 힘이 더해져서 구미호를 이길 수 있었듯이, 여기선 동물적 술법을 익힌 전우치의 힘만으로는 구미호를 이길 수 없었고, 노인이라는 다른 인간의 힘이 더해져서 구미호를 이길 수 있었던 셈입니다.

그런데 이 작품에서 탁월하다 싶은 것은 전우치가 천서 세 권의 술법을 모두 배우는 게 아니라 상권만 배우고 나머지는 도로 빼앗긴다는 점입니다. 이는 동물적인 술법의 힘이 전우치가 익힌 것을 뛰어넘어 존재함(중권, 하권의 천서)을 의미합니다. 전우치는 책을 빼앗긴 뒤 열 받아서 여우굴을 쓸어버리겠다고 찾아가지만 '산천이 깊고 길이 아득하여 찾을 수 없었'습니다. 여우나 동물의 세계는 천서 상권을 터득한 전우치로서도 아직 도달할 수 없는 아득한 깊이와 거리 저편에 있는 것입니다. 전우치 역시 이를 잘 압니다. "이 요괴가 부리는 변화는 예측하기 어려우니, 가히 이곳에 오래 머물지 못하리라."(83) 하여 그는 서책을 챙겨 집으로 돌아옵니다. 그렇게 하지 않았다면? 필경 여우에게 농락당하거나 죽었을 것입니다. 전우치는 현명하게도 그것을 잘 알고 있었습니다. 자신의 힘을 넘어서는 것의 존재를 인식하거나 받아들이는 것, 그것은 변신술이나 도술 이전에 삶을 살아가는 데 무엇보다 중요한 원칙입니다.

변신술의 유형이란 점에서 보면, 〈전우치전〉은 〈왕수재전〉과 〈홍길동전〉 사이에 있습니다. 〈왕수재전〉에서 술법으로 대결하는 두 인물은 온 방향이나 가려는 방향이 달라도 둘 다 동물적인 존재였습니다. 인간 왕수재는 바로 옆에 같이 살면서도 변신술을 배우지 않으며, 거꾸로 동물적 신체에 대한 거부감으로 인해 아내를, 변신의 능력을 떠나보냅니다. 떠나보내지만 이는 무능력에 의한 것이기에 안타까움을 수반합니다. 〈홍길동전〉에서 홍길동이 부리는 술법은 전적으로 인간적인 것입니다. 동물적인 술법은 거의 나타나지 않습니다. 짐승이라 명명되는 자가 한 번 등장합니다. 바로 율도국에 간 이후 그 안에서 발견한 '울동'이란 존재인데, '짐승'이란 말과 더불어 '괴물' 내지 '요괴'란 말이 붙는, 동물인지 인간인지 모를 모호한 존재입니다.[4] 그런데 그들에 대한 홍길동의 태도가 지극히 적대적입니다. 그들은 홍길동에게 어떤 해도 가하지 않았습니다. 다만 그의 눈에 발견되었을 뿐인데, '내 두루 다녀보았으나 이 같은 것은 처음 보는 것이라. 이제 저것을 잡아 세상 사람들에게 보이리라'며 활을 쏘아 우두머리를 맞힙니다(49). 그러고는 그들을 속여 독약으로 그 우두머리를 죽이고, 다른 '괴물'들도 모조리(!) 죽였을 뿐만 아니라 "도로 요괴가 사는 곳으로 들어가 남은 요괴까지 모조리 죽였다" (51)고 합니다. '처음 보는 것'이란 점 말고는 어떤 이유도 없이 일방적인 선제공격으로 몰살시켜버리는 이런 태도는 낯선 동물이나 존재에 대한 인간적인 적대감을 잘 보여줍니다.

---

4 완판본에는 '울동'이라고 되어 있습니다. 김경미(2010)는 울동이 비록 〈홍길동전〉에서는 '괴물'로 묘사되지만 실은 그곳에 사는 인간이었을 것이라고 말하면서, 그곳의 선주민을 '괴물'이란 형태로 타자화하는 태도를 비판합니다. 이는 매우 적절한 지적으로 보입니다.

전우치는 변신한 여우과 함께 사랑을 나누고 그의 호정을 빼앗거나 그에게 천서를 읽게 하여 동물적인 술법을 배운다는 점에서 왕수재와 다르며, 변고를 일으킨 구미호조차 자신이 은혜를 입었다고 생각하여 죽이지 않고 놓아준다는 점에서 홍길동과 다릅니다. 또한 전우치는 동물과 결연함으로써 술법을 배운다는 점에서 왕수재와 가깝지만, 그렇게 배운 술법을 주로 인간세계에서 인간들을 대상으로 사용한다는 점에서 홍길동과 가깝습니다. 요컨대 전우치의 술법은 전적으로 동물적인 〈왕수재전〉의 술법과 전적으로 인간적인 〈홍길동전〉의 술법 사이에 있다고 하겠습니다.

3. 인간의 도술과 물질성의 도술: 〈박씨부인전〉과 〈금방울전〉

〈박씨부인전〉[5] 또한 인간적 도술의 양상을 다루고 있습니다. 먼저 그 내용을 요약하면, 인조 때 이득춘이란 사람이 있었는데 어느 날 금강산에 산다는 박처사라는 이가 찾아와 청혼을 합니다. 박처사가 심상치 않은 사람임을 안 그는 아들(이시백)과 박씨를 혼인시킵니다. 그러나 박씨가 대단히 못생겼는지라 이시백은 첫날밤부터 같이 자지 않습니다. 박씨는 후원에 피화당避禍堂이란 집을 지어달라고 하여 홀로 삽니다. 그런데 그는 시아버지가 급히 입어야 할 옷을 금세 짓기도 하고 제주에서 올라온 말을 사다 키워 비싸게 팔아 시댁 재산

---

5 〈박씨부인전〉은 구인환 편역, 『임경업전』(신원문화사, 2004)에 실린 것을 인용합니다.

을 불리며, 신기한 연적을 주어 남편이 장원급제하게 만드는 등 신통력을 발휘합니다. 나중에 액운이 다한 뒤 허물을 벗으니 '경국지색'의 미인이었다고 합니다. 관리가 된 이시백은 임경업과 함께 명나라를 도와 가달의 난을 평정하는데, 이후 조선을 침범하려는 호왕이 신통력을 지닌 왕비의 도움을 받아 이들을 죽이려 합니다. 그러나 이를 안 박씨가 호왕이 보낸 자객 기홍대를 자신이 사는 피화당으로 불러 제압하곤 쫓아 버립니다. 그 뒤 호왕은 용골대 형제를 앞세워 조선을 침범하는데, 박씨가 이를 알고 막으려 하나 간신 김자점 때문에 실패합니다. 용골대 일행은 조선의 항복을 받고 인질들을 잡아 돌아가는 길에 피화당을 침범하려다가 죽거나 다쳐 본국으로 돌아갑니다.

박씨 부인의 부친 박처사는 마치 신선과 같은 방식으로 사돈집에 오가는 사람입니다. 박씨 부인 또한 도술을 사용하지만 그것이 변신술의 성격을 갖진 않습니다. 박씨는 남편이 아무리 결심해도 동침할 수 없는 추한 얼굴을 갖고 있지만, 남편의 거절이 고통스럽긴 하지만, 그런 사태를 바꾸기 위해 도술을 쓰지는 않습니다. 나중에 일정 기간이 지나서 추한 얼굴을 벗고 '경국지색'으로 변신합니다만 이는 징벌적 성격의 '허물'을 벗는 것으로, 술법으로서의 변신술과는 거리가 멉니다.

박씨 부인이 사용하는 술법은 일종의 '신통력' 같은 것인데, 동물적 내지 자연적인 성격은 전혀 없습니다. 가령 그는 시댁의 재산이 적으니 재물을 만들어야겠다면서 "내일 종로에 제주말이 많이 왔을 것이니, 노복을 명하옵시어 계마 중 더럽고 비루먹은 망아지를 300냥 주고 사오"게 합니다. 장사꾼은 닷 냥을 부르는데 300냥을 주고 사다 키워 나중에 3만 냥을 받고 팝니다. 이는 사물이나 동물에 속한 능력과는 무관한 술법이라는 점, 그 목적 또한 축재에 있다는 점에서 이중으로 인간적인 술법입니다. 그는 자신이 사는 별당 정원에 제갈공명의 팔진도법을 따라 나무를 심어놓았고, 이는 나중에 청나라 장수 용골대의 침공을 막는 역할을 합니다. 이 역시 어떤 동물적인 능력이 아니라 제갈공명이라는 인간적 기원을 갖는 '진법'이란 점에서 명확하게 인간적인 술법입니다.

〈금방울전〉은 지금까지 살펴본 도술과는 다른, 아주 특이한 유형의 도술을 다루고 있습니다.[6] 〈금방울전〉의 주인공 중 하나인 남해 용녀는 요괴와 싸우다 죽어 막씨의 배를 빌려 태어나는데, 인간이 아니라 금방울로 태어납니다. 손으로 눌러도 터지지 않고 돌로 짓쳐도 깨지지 않으며, 아궁이에 넣고 불을 때도 상하기는커녕 빛이 더 밝아집니다. 움직임도 '제멋대로'여서 내다 버려도 다시 찾아 들어오고 자고 있으면 막씨 품에 들어와 함께 자며, 실 같은 촉수로 과일도 따오고 집 떠나온 새도 잡아다줍니다. 막씨가 품으면 몸을 데워주지만 남자가 집으려 하면 불같이 뜨거워져서 손을 댈 수 없게 하고, 저를 훔쳐간 자의 집에는 불을 질러 재로 만들어버립니다. 철퇴를 가해도 소용없고 기름에 넣고 끓여도 끄떡없습니다. 보검으로 쪼개니 수많은 방울로 바뀌어 뜰을 가득 채우고, 방울 자체를 어쩔 수 없음을 알고는 방울 대신 그 '어미' 막씨를 하옥하니 현 수령의 잠자리를 불같이 데우고 식사를 얼음같이 차게 만들어 결국 풀어주게 합니다. 전생의 남편인 해룡에게 달려드는 범을 치받아 죽이는가

---

6 이하에서 〈금방울전〉의 판본은 동양문고본으로, 연세국학총서 세책총서로 간행된 『금방울전·김원전·적성의전·만언사』(경인문화사, 2006)을 인용합니다.

하면 그가 갈아야 할 넓은 황무지 밭을 순식간에 다 갈아놓습니다. 누명을 쓴 해룡에게 매를 치면, 해룡 대신 현령의 자식이 울며 기절하게 합니다.

여기서 금방울이 사용하는 도술은 동물적인 변신술이 아니며, 점을 치고 예측하여 돈을 벌거나 사태에 대처하는 인간적인 기술도 아닙니다. 그렇다고 구름을 부르고 비가 내리게 하는 기술도 아닙니다. 그가 사용하는 도술은 돌이나 철퇴를 견디는 강력한 물질적 강도, 데우고 식히며 열을 다루는 기술, 범을 치받아 죽게 하는 충돌의 힘, 땅을 가는 날카롭고 단단한 절단력, 매杖의 작용점을 바꿔버리는 치환의 기술입니다. 이는 인간도 동물도 아닌 금방울의 '물질성' 그 자체와 결부된 힘입니다. 강도와 경도, 온도, 작용과 반작용 등 물리적인 힘을 극도로 강화된 형태로 사용하는 것입니다. 그런 점에서 이는 사람도 아니고 동물도 아닌 금방울이 사용하는 힘에 딱 부합합니다. 동물적 변신술이나 인간적 도술과 다른 물질성 그 자체의 힘이 과장되고 확대된 강도를 통해 또 다른 도술로, 신통력으로 쓰이고 있는 것입니다.

이런 힘을 보유한 금방울은 인간의 의지에서 벗어나 움직입니다. 막씨가 내다 버려도 다시 찾아들어오며, 남자가 잡으려 하면 열을 내서 뿌리치고, 저를 훔쳐가면 불로 갚아줍니다. 이를 남해용녀의 영이 깃들어 의인화되었다고 말할 수도 있겠지만, 이렇듯 현재의 힘을 전생으로 환원하는 해석보다는 물질성이 갖는 통제 불가능한 외부성을 뜻한다는 해석이 더 낫지 않을까요? 구미호의 동물적 변신능력이 인간의 손을 벗어난 외부성을 갖듯이, 금방울로 상징되는 물질성의 세계 역시 인간의 손을 벗어난 외부성을 갖는 것입니다. 돌을 칼로 자르지 못하고, 불을 마음대로 끄지 못하며, 물조차 마음대로 움직이지 못하는 게 인간의 현실 아니겠습니까?

동물뿐 아니라 금속이나 돌, 흙이나 물 같은 '물질' 역시 그 근본에서 보면 인간의 손을 벗어난 어떤 힘, 인간의 뜻과는 다르게 작용하는 어떤 힘을 뜻한다고 해야 합니다. 〈금방울전〉에서 금방울은 인간의 의지와 달리 움직입니다. 물질성이 갖는 이 외부성이, 인간의 통제 바깥에 있음을 뜻한다고 할 것입니다. 물질성의 강도와 외부성을 문학적 상상력을 통해 확대하고 과장한 것, 그게 바로 금방울이 사용하는 힘인 거지요.

따라서 〈금방울전〉에 등장하는 도술은 동물과도, 인간과도 다른 '물질성의 도술'이라고 해도 좋을 것입니다. 이는 자연의 '신비한' 힘에 속한다는 점에서 인간적인 도술보다는 동물적인 도술과 훨씬 더 가깝습니다. 남해용녀의 전생과 몰래 이어진 도술인 것입니다. 그런데 남해용녀는 인간세계로 들어와 인간의 뱃속에 자리 잡으며, 그 배를 빌려 나오는 동물이란 점에서 용이란 동물의 위상을 잘 보여줍니다. 금방울의 도술은 이런 용의 궤적을 따라 인간세계를 헤쳐갑니다. 좋아하는 자와 싫어하는 자, 좋은 자와 나쁜 자 사이를. 금방울의 힘을 장악하고 통제하려는 인간의 시도는 집요하지만, 인간의 뜻대로 되지는 않습니다. 그러나 용녀와 해룡이 인간세계에서 자리 잡아가는 과정에서 금방울은 결국 인간화됩니다. 〈금방울전〉은 인간의 손 바깥에 있는 물질성의 힘을 인간세계 안에 자리 잡게 하는 여정을 적은 '기록'인 셈입니다.

4. 유희적-반국가적 도술: ⟨전우치전⟩

이제까지 우리는 발생적 기원을 통해서 구미호나 용왕 아들의 변신술, 전우치의 변신술, 홍길동이나 박씨 부인이 다루는 도술, 그리고 ⟨금방울전⟩에서 금방울의 도술이 상이한 기원과 '본성'을 갖는다는 점을 살펴보았습니다. 더불어 그 변신술이나 도술이 나아가는 방향과 목적을 통해 그것들이 다른 성격을 갖는다는 점 또한 구별할 수 있습니다.

용왕 아들의 변신술과 전우치의 변신술은 같은 방향성을 보이지만 같은 성격을 지닌 것은 아닙니다. 전자는 노인의 '집'을 빼앗으러 오는(그렇다고 믿는) 구미호로부터 집을 지키고, 인간이 만들어놓은 경계를 횡단하며 흐리는 것을 저지하기 위한 것이라는 점에서 '보수적'이라면 전우치의 변신술은 인간의 손안에 들어온 동물적 능력임에도 인간세계의 경계를 넘나드는 데 사용된다는 점에서 '횡단적'입니다. 전자가 왕수재를 통해 왕건, 즉 인간세계의 통치자인 왕으로 이어진다는 점에서 '통치'에 속한다면, 후자는 통치자를 희롱하고 통치자가 할당한 자리에서 벗어나는 데 사용되므로 '정치'에 속합니다.

단적으로 ⟨전우치전⟩에서 전우치가 호정을 먹고 천서의 술법을 배운 뒤 가장 먼저 하는 일은 왕을 속여 황금대들보를 얻어내는 것입니다. 왕에 반하는 방식으로 사용하는 게지요. 오색구름에 상서로운 기운까지 만들고 선관으로 변신한 전우치가 임금에게 말합니다. 옥황상제의 명령이니 궁궐을 손질할 황금대들보를 하나 바치라고. 그러고는 그 금을 팔다가 (일부러) 잡혀가지만 임금 앞에 가서도 먹병을 이용해 어이없는(!) 장난을 칩니다. 그 뒤에도 가난한 백성에게 호조의 돈을 꺼내 쓰게 해준다거나 호조의 창고에 있던 돈을 청개구리와 뱀으로 바꿔버리며, 내전 궁녀들의 족두리를 까마귀로 바꿔버린다거나 궁녀를 호랑이에 태워 희롱합니다. 전우치를 잡을 수 없음을 안 조정은 벼슬을 내려 포섭하지만, 그는 궁 안에 들어가서도 자신의 동료 내지 상관인 선전관들을 속이고 희롱합니다. 역모를 했다는 누명으로 잡혀 죽게 되자 임금을 속여 '그림' 속으로 도망치기도 합니다. 그 뒤로 조정은 전우치를 잡아들이지만 잡혀 들어간 전우치는 360명에 달했습니다. 진짜와 가짜를 구별하기 어려우니 모두 죽여버리자는 도승지 왕연희의 말에 따라 사람들을 베기 시작하자 전우치는 왕연희를 자신의 모습으로 바꾸어 칼 앞에 서게 합니다. 임금이 한탄합니다. "국운이 불행하여 요괴가 이처럼 장난하니, 종사를 어찌 보전하겠는가? 역적 하나를 죽이려고 죄 없는 신하와 억울한 백성만 수없이 죽이겠도다." 하여 심문을 중지합니다. 그 사이 전우치는 왕연희로 변신하고 진짜 왕연희는 구미호로 바꾸어 갇히게 합니다.

전우치의 도술은 일관되게 왕이나 관리 같은 통치자를 희롱하고 엿 먹이는 것이었습니다. 이는 무엇보다 임금을 속이는 데 변신술을 써먹었다는 사실에서 분명히 드러납니다. 통치자가 아니라 지나가다 알게 된 일들에 끼어들면서도 거만한 관리나 잘난 체하는 선비 등 '권력'의 성분을 포함한 이들을 보면 참지 못하고 엿을 먹입니다. 인간세계 안에 이런저런 구획선을 만들고 그것으로 분할된 자리들을 관리하며 유지하는 통치자에 맞서, 그 선들을 흐리고 가로지르며 무력화시킨다는 점에서 정확하게 **통치에 반하는 방식**으로 사용되는 게 전우치의 도술입니다. 반통치적이고 반국가적 도술인 셈입니다. 홍길동과 달리 그걸 통해 얻고자 하는 것도 없습니다. 임금의 회유책에 따라 관리가 되어 활동한 적도 있지만, 그에 대한 애착은 전혀 없습니다. 오히려 거만한 선전관들을 골탕 먹이는 데서 보이듯 권력에 반하는 그의 유희는 관리가 된 뒤에도 계속되며, 도둑 염준을 잡으러 가서는 혼을 내준 뒤에 제멋대로 풀어주고 돌아옵니다. 즉 국가 안에 들어가서도 국가화되는 일은 없습니다.

전우치가 도술을 사용하는 데서 중요하게 여기는 또 하나의 원칙이 있습니다. 왕연희를 구미호로 바꾸어 가둬놓았지만 '며칠 더 속이면 살지 못하리라' 생각하여 그에게 가서 말합니다. "네 나와 원수진 일이 없는데, 나를 죽여 나라에 공을 세우려 하기에 내가 먼저 너를 죽여 한을 씻으려 했으나, 내 평생 살생을 하지 않기로 마음먹었기에 너를 용서하니, 너는 마땅히 다시는 이런 행실을 하지 말라." (121) 도적 떼를 이끌던 염준을 진압하러 가서도 "내 평생 살생을 안 했으나 제가 이제 천명을 거역하기에 마지못해 죽이나니 나를 원망하지 말라"고 해놓고도 '내 어찌 쉽게 살생을 하리오. 마땅히 이놈을 사로잡으리라' 생각하며, 결국 풀어주고는 고향으로 돌려보냅니다. 변신술을 쓰고 여러 술법으로 임금 이하의 온갖 사람을 골탕 먹이지만 끝내 살생은 하지 않습니다.

이로써 분명하게 확인할 수 있는 점은 전우치의 도술이 유희적이라는 사실입니다. 〈전우치전〉은 어떤 작품보다 도술의 사용이 빈번하고 전면적이지만, 그 목적이나 방법에서 모두 장난스럽고 유희적입니다. 임금에게 잡혀가 먹병에 들어가 먹병 조각이 되어 장난치는 데서부터 시작해 호조의 돈을 청개구리와 뱀으로 바꿔버리기도 하고, 선전관의 아내들을 기생으로 바꿔 그들의 연회장에 끌어들인다거나, 거만한 선비의 고환을 없애고 그 옆 기생의 음문을 배꼽 있는 곳으로 옮겨놓는다거나 하는 식입니다. 물론 이런 장난이 그저 장난인 것만은 아닙니다. 익살을 통해 임금이나 관리들, 거만한 선비 등 권력자나 혹은 권력을 등에 업은 이들을 진흙탕 속에 처박습니다.

그러면서도 전우치가 살생하지 않는 것을 확고한 원칙으로 삼는 데서 그것이 말 그대로 '유희'임을, 즉 즐겁기 위한 것임을 알 수 있습니다. 이유가 무엇이든 그런 능력이나 술법이 죽음을 야기해서는 안 된다는 것, 그것은 그의 도술이 삶을 위한 것임을, 삶을 즐기기 위한 것임을 의미합니다. 그가 임금을 속여 황금대들보를 얻는 것도 재물을 얻기 위한 행동처럼 쓰여 있으나, 그 또한 그렇게 얻은 황금은 팔 수 없음을 잘 압니다. 재물을 얻기 위해 임금과 신하 전체를 속이는 것이 단지 축재를 위함이라면 바보 같은 짓입니다. 그것은 임금 이하 신하들 전체라는, 누구도 감히 속이거나 골탕 먹이지 못하는 이를 대놓고 희롱하려는, 유희적 쾌감의 극대화를 위한 장난이었다고 할 것입니다. 그 금을 잘라 성안에서 팔려다가 포교가 보고 의심하자 집과 이름을 정확하게 알려주고는 태수가 오길 기다리는 것도 그 다음 장난을 위한 것임을 보여줍니다. 아니나 다를까, 그다음은 먹병 속에 일부러 들어가 잡혀가선, 임금에게 "답답하니 병마개를 빼주소서" 하고 외칩니다.

이런 유희적 성격이 반국가적이고 반통치적인 도술과 부합한다는 것은 이해하기 어렵지 않습니다. 국가나 통치자는 언제나 엄숙하고 진지한 얼굴로 명령합니다. 임금의 얼굴이나 관리의 얼굴이 그렇습니다. 엄숙함과 진지함만이, 종종 죽음마저 동반하는 국가적 명령을 정당화하는 것입니다. 그렇기에 그 명령 앞에서 장난치고 웃게 만드는 것만으로도 그 명령의 힘은 웃음거리가 되고, 임금의 행동조차 웃어넘길 수 있는 가벼운 것이 되고 맙니다. 웃음과 가벼움이 갖는 정치적 힘을 이토록 직접적으로, 이토록 멀리까지 밀고 간 작품은 어디서도 찾아보기 힘듭니다. 〈전우치전〉은 흔히 평가되는 것보다 훨씬 더 정치적이고 비판적인 작품입니다.

통치자나 지배 계급에 속한 자들이 이를 얼마나 못마땅하게 여겼을지는 불문가지입니다. 그래서인지 양반들이 양반들 읽으라고 썼을 〈한문본 전우치전〉은[7] 한글본 〈전우치전〉과 전혀 다를 뿐 아니라 한글본에서 천방지축 장난치며 날뛰는 전우치를 엄숙하고 진지한 양반 술사들이 진압하여 꼼짝 못하게 가둔다는 점에서 한글본에 대한 대항 텍스트라고 해야 할 것입니다. 〈한문본 전우치전〉은 한글본 〈전우치전〉에 대항하고 반대하는 '반-전우치전'입니다. 고전소설들이 다양한 방향으로 발산하는 이본을 많이 갖고 있음은 널리 알려진 사실이지만, 이처럼 원래 소설에 대항하는 식으로 쓰인 것은 아마도 이 작품이 유일하지 않을까 싶습니다.

일단 한글본에서 전우치는 과거에 급제하여 진사가 되지만, 한문본에서는 "문장에 능하고 여러 재주를 지녔는데, 과거에 수차례 응시했지만 그때마다 번번이 떨어졌다"고 쓰고 있습니다. 주인공이니 재주가 있다고 하긴 해야겠는데, 과거엔 붙지 못했다고 하여 아예 자신들이 선 자리에서 배제된 무능한 자로 놓습니다. 전우치가 도술을 배우는 과정도, 그것이 보여주는 도술의 본질도 한글본과 완전히 다릅니다.

---

7 〈한문본 전우치전〉은 『잡기유초』에 실려 전해지는데, 이 역시 박희병이 교합하여 박희병·정길수가 번역한 텍스트를 이용했습니다(『낯선 세계로의 여행』, 돌베개).

전우치가 절에 앉아 『주역』을 공부하는데 여우가 본색인 소년이 찾아옵니다. 앞서 동물적 도술과 인간적 도술의 차이를 대비시켰듯이, 여기서 전우치가 『주역』을 공부하는 것은 처음부터 크게 다른 길을 가고 있음을 보여줍니다. 전우치가 여인으로 변신한 여우들과 같이 자는 일종의 결연을 통해 동물적 도술에 접근하는 한글본과 달리, 한문본에서는 '소년'이 '찾아와서' 『주역』에 대해 논하다가 의심을 품은 전우치에게 붙잡힙니다. 게다가 여우가 『주역』을 논하며 전우치와 맞먹는 이해력을 갖고 있다는 것은, 동물과 인간의 도술이 지니는 상이한 본성이 구분되지 않았음을 뜻합니다.

전우치에게 잡혀 위기에 처한 여우가 변신술로 빠져나가지 않는 것은 어이없는 일입니다. 소년으로 변신할 수 있다면 당연히 다른 작은 동물로 변신해서 벗어날 수 있을 것이기에, 여우를 잡으려면 또 다른 장치가 필요합니다. 한글본에서는 부적과 특별한 끈이 있었으나 한문본에선 아무것도 없습니다. 그냥 바보같이(!) 잡혔을 뿐입니다. 이는 여우의 재주를 이해하지 못했거나 아니면 졸로 보고 있음을 뜻합니다. 한글본처럼 호정을 빼앗아 먹는 일도 없습니다.

죽게 된 소년은 천서 세 권을 주겠다고 합니다. 천, 지, 인으로 된 세 권의 천서를 받은 전우치는 이를 '혼자' 읽고 깨우칩니다. 이 역시 여우의 도움 없이는 천서를 읽을 수 없었던 한글본과 매우 다른 의미를 갖습니다. 소년이 준 책이 인간의 책과 구별되지 않음을 뜻하기 때문입니다. 세 권을 다 읽는 것도 한글본과 다릅니다. 나중에 천서를 다시 가져가지만 셋째 권인 '인'을 못 가져간 것은 그가 읽으며 붉은 물감으로 점을 찍으며 읽어서 그렇다는 것도 허술한 이야기입니다. 이는 전우치가 혼자 읽지 못해 여우의 힘을 빌려야 했고(또

다시 '결연'입니다), 그나마도 한 권밖에 못 읽었으며, 도술로 천서를
되찾아간 여우를 쫓아가려다 안 되겠다 싶어 포기했던 한글본이 동
물적 변신술의 외부성에 대해, 자신의 힘 밖에 있는 어떤 것에 대해
일관되게 쓰고 있었음을 역으로 확인시켜줍니다.

그렇게 도술을 익힌 전우치가 그걸 써먹으며 다닌 일은, 〈전우치
전〉의 가장 중심되는 내용이어야 마땅한데도 한문본에서는 단 한
문단으로, 아니 반 문단으로 쓰고 있습니다.

전우치가 그 책을 밤낮으로 익혀 묘리를 터득하매 변화무쌍한 요술
을 부릴 수 있게 되어 하지 못하는 일이 없게 되었다. 그리하여 사대
부의 집이나 궁궐 안을 출입하며 인륜에 어긋나고 의롭지 못한 짓을
많이 벌이고 다녔으나, 제어할 수 있는 사람이 아무도 없었다. 전우치
는 이제 온 세상에 아무도 두려울 게 없다고 생각했다.(《한문본 전우
치전》, 『낯선 세계 속으로』, 72)

이 얼마나 놀라운 요약입니까! 그마저도 전우치의 모든 행실을
"인륜에 어긋나고 의롭지 못한 짓"이라고 하여 징치해야 할 대상임
을 명시합니다. 그리고 제어할 이 없는 전우치가 꺼림칙하게 여기는
인물이 둘 있다면서 윤군평과 서화담을 거론합니다. 이후의 내용은
전우치가 윤군평과 서화담을 찾아가 도술을 겨루다 박살나는 것으
로 일관됩니다. 이 텍스트에서 전우치가 도술을 부리는 이유는 단
지 "자기 재주를 자랑하고 싶어"서입니다(73). 그들의 언사를 빌려
한마디로 말하면, '까불고 있는 것'입니다. 겨루는 도술은 대부분 부
적을 던져 동물을 다루는 것입니다. 부적을 사용하는 도술, 이는 동

물적인 것이 아니라 인간적인 것입니다. 그래서일 겁니다. 전우치는 도술을 쓰는 족족 윤군평에게 당하고 서화담에게 깨집니다. 그들이 던진 부적은 전우치가 부적으로 부린 동물을 전우치에게 다시 덤벼들게 한다는 점에서 반사석 도술입니다. 대결의 양상 또한 빈곤한 상상력을 드러냅니다.

불쌍하게도 도술을 '자랑하려'던 전우치는 매번 반사적 도술에 당합니다. 여기에는 임금이나 관리를 희롱하던 전우치 대신 윤군평의 도술에 눌려 옴짝달싹 못하고 사헌부 관리들의 형벌을 받으며 괴로워하는 전우치만 있을 뿐입니다. 인륜에 어긋나고 의롭지 못한 전우치는 정확하게 '사헌부'라는 '치안police'의 장소로 보내집니다. 윤군평은 막돼먹은 전우치를 잡아 징벌의 장소로 보내는 '경찰police' 역할을 하는 것입니다. 그의 도술은 '인륜적' 도술이고 치안의 도술이며, 〈한문본 전우치전〉은 이 치안의 도술을 통해 〈한글본 전우치전〉의 '유희적' 도술을 제압하고 굴복시키는 치안의 서사인 것입니다.

도술을 자랑하려고 고수 앞에서 까불다 제압당한 전우치는 상대의 도술에 감복했다고, "앞으로는 감히 다른 마음을 먹지 않겠다"고 거듭 반성합니다. 서화담에게 맞붙어보려다 깨진 뒤 나온 전우치의 대사는 진지한 반성문입니다.

선생의 도술이 이처럼 높으신지 헤아리지 못하고 작은 재주를 펴 보였으니 제가 죽을죄를 지었습니다. 제가 한 것은 요사스런 도술에 불과합니다. 그저 세상 사람들을 우롱하는 데나 쓰일 뿐이니, 선생께서 지니신 신선의 도술과는 감히 비교도 할 수 없습니다.(78)

한글본 〈전우치전〉의 동물적 기원을 갖는 도술이야 애당초 등장하지 않았으니 동물적 도술과 인간적 도술의 차이를 말할 이유는 없습니다. 그런데 한문본을 쓴 작자도 전우치와 윤군평/서화담의 도술이 갖는 차이를 구별하고 싶었던 모양입니다. 그것은 통치에 반하는 유희적 도술과 진지한 치안 내지 통치의 도술 간 차이였지만, 어느새 거기에 양반들의 가치판단이 부적처럼 달라붙으며 '요사스런 도술'과 '신선의 도술'이라는 도덕적 분할을 따라 명명됩니다. 그리고 전우치의 반성적 자백을 빌려, 애당초 요사스런 도술이 신선의 도술을 이길 수 없다는 항복 선언을 받아냅니다. 이 무력한 고백에서 확인할 수 있는 것은 전우치 자신의 도술이 "세상 사람을 우롱하는 데나 쓰일 뿐"이라는 점이지만, 이는 양반들의 눈에 비친 전우치의 행동이 유희적이었음을 시사하진 않나 하는 생각이 듭니다.

이 반성의 말에 서화담은 점잖게 대꾸합니다.

이른바 '신선의 도술'이니 '요사스런 도술'이니 하는 게 무언지는 잘 모르겠소. 나는 다만 올바름으로 사악함을 제압했을 뿐이오. 듣자니 당신이 요사스런 도술을 부리며 의롭지 못한 짓을 많이 벌이고 다닌다고 하더구료. 앞으로 서울에 있지 않고 멀리 깊은 산속에 숨어 살며, 다시는 함부로 요사스런 도술을 부리지 않는다면 이쯤에서 그치겠지만, 만일 내 말을 따르지 않는다면 목숨을 잃을 것이오.(78~79)

신선의 도술과 요사스런 도술의 차이를 모르겠다면서 어느새 '요사스런 도술을 부리며' 다니는 것을 비난하는 말을 두고 앞뒤 안 맞는 소리라고 굳이 지적할 필요는 없겠지요. 이 텍스트는 요사스런 도술과 신선의 도술이라는 구별을 사악함과 올바름이라는 명시적인 도덕적 범주로 대체해버립니다. 전우치의 도술은 요사스런 것이며 그 본질은 사악함이라는 말입니다. 서화담은 그런 자가 있어야 할 자리는 '깊은 신속', 도술이라고는 쓸 일이 없는 장소로 명시합니다. 거기 들어가 얌전히 살라고, 다시 그 자리를 이탈해 요사스런 도술을 부리고 다니면 '죽여버리겠어!'라고 위협하는 것입니다. 그렇기에 "이로부터 전우치는 자취를 감춰 세상에서는 그 종적을 알지 못했다"(79)는 문장은 '일사소설逸士小說(숨어 사는 선비가 되는 것으로 끝나는 소설)'의 마지막에 흔히 보이는 것이지만, 여기서는 현실세계를 떠나 다른 세계를 찾아가는 이의 행적이 아니라 죽음의 위협 속에서 지정된 자리에 유폐되어버린 반인륜적 범죄자의 행적을 표시하는 것입니다.

이어 한문본 〈전우치전〉은 난데없이 전우치의 문장 실력을 칭찬하며 그가 지은 시들을 나열합니다. 하지만 다시 "시의 격조는 지극히 높았지만 요사한 도술 때문에 사람과 문장까지도 버려지고 말았"다며 뻔한 교훈을 적어놓습니다. "서화담이 전우치의 술법을 제압하여 굴복시킨 일"은 주자가 도교의 연단술을 다룬 『참동계』를 풀이하는 글을 지은 것과 마찬가지라며, 두 가지 술법을 새로이 주자와 도교, 군자와 술사의 대립으로, 양과 음의 대립으로 바꾸어놓고는 음이 양을 이기지 못한다는 설교를 덧붙입니다.

이는 양반층이 한글본 〈전우치전〉을 읽으며 꿈꾸었던 상상적 복수라고 할 만합니다. 〈전우치전〉이 얼마나 못마땅했으면 같은 제목의 한문본을 만들면서까지 완전히 반대되는 내용으로 '소설을 썼던' 것일까요! 이는 역으로 〈전우치전〉이 갖는 유희적이고 반국가적인 성격이, 우리가 생각하는 것 이상으로 당시 양반층 전체에 지극히 부담스럽고 불편한 작품이었음을 반증하는 것 아닐까요? 이는 〈전우치전〉의 유희적 도술이 반통치적이고 반국가적인 것이었음을 입증한다고 봐야 하지 않을까요?

5. 도구적 도술과 국가적 도술: 〈홍길동전〉과 〈박씨부인전〉

전우치의 도술과 홍길동의 도술이 확연히 구별됨을 보여주는 것은 전우치와 달리 홍길동은 살생에 아무런 거리낌이 없다는 점입니다. 전우치는 자신을 죽이려던 적대자나 자신이 징치해야 했던 도적 떼의 우두머리조차 '살생은 하지 않으리라'는 원칙대로 죽이지 않습니다. 반면 홍길동은 자신을 죽이러 찾아온 자객 특재를 즉각 죽여버릴 뿐만 아니라 공모자인 관상녀까지 일부러 찾아가 칼로 베어버립니다. "분한 마음을 참지 못해 초란마저 죽이려고 하다가 상공이 사랑하심을 깨닫고 칼을 던"져버립니다(25). 분노와 원한 때문일까요? 그는 살생에 아무런 주저함이 없습니다. 이후 활빈당을 만들어 관청을 털 때에도 탐관오리의 목을 뱁니다. 나중에 조선을 떠나 남경 땅 제도라는 섬에 들어갔을 때, 망당산에 약초를 캐러 들어갔다가 만난 울동이라는 '짐승'도 죽일 이유가 전혀 없었건만 모두 죽입니다. 심지어는 그들이 사는 곳까지 찾아가 몰살합니다.

홍길동 역시 전우치처럼 분신술 내지 둔갑술을 써서 팔도에 동시에 나타나 난리를 부립니다. 임금이 부친과 형을 압박하자 자수하여 잡혀갈 때 팔도에서 모두 8명이 잡혀 서로 자신이 진짜라며 다툽니다. 이는 상황 자체가 매우 웃기므로 전우치의 도술처럼 유희적입니다. 그러나 이 경우에도 사실상 그의 도술에 유희적 성격은 없습니다. 그가 그렇게 한 것은 상황을 즐기고 권력자를 우롱하기 위함이 아니라, 자신을 드러내 임금에게 알리고자 하는 '과시적'인 목적에서였습니다. "무뢰배들과 함께 관아를 치고 조정을 시끄럽게 한 것은 신의 이름을 드러내 전하께 알리려는 것이었습니다."(《홍길동전》, 46) 따라서 그의 도술에는 장난스런 면도 없고 웃음기도 없습니다. 명확한 목적을 갖고 속이거나 공격합니다.

홍길동이 이리 난리를 피우고 다니는 이유는 알다시피 서자라는 신분으로 인해 출세할 수 없기 때문입니다. 홍길동은 이를 반복하여 말합니다. 가령 병조판서가 되고자 하는 소원을 임금이 받아준 뒤 곧 사라졌다가 어느 날 임금 앞에 다시 나타났을 때 이렇게 말합니다. "신이 전하를 받들어 만세를 모시려 하였사오나, 한갓 천비의 소생인지라 문과에 급제해도 옥당에 참여하지 못할 것이요, 무과에 급제해도 선전관에 천거되지 못할 것이니, 이런 까닭에 마음을 정하지 못하고 팔방으로 여기저기 돌아다녔습니다."(46)

이처럼 아버지를 아버지라 부르지도 못하는 첩실의 자식이라는 처지, 다시 말해 양반의 자식이지만 그에 걸맞은 대우를 받지 못하는 처지, 즉 '자리 없는 자'의 자리에 있는 까닭에 홍길동은 국가와 가족, 아버지와 임금에 대해 강한 불만을 갖고 있습니다. 이는 그가 선 자리가 통치에 반하여 이탈하고자 욕망하는 '반국가적' 지점임을 뜻합니다. 거기서 '무뢰배들과 함께 관아를 치고 조정을 시끄럽게' 했으니 얼핏 보면 반국가적인 듯 보입니다. 〈홍길동전〉이 민중의 반란이라는 저항을 다른 작품이라고 보는 해석은 모두 여기서 연유했을 것입니다. 그러나 "요신 홍길동은 아무리 해도 잡지 못할 것이나, 병조판서로 임명하시면 잡힐 것입니다"라고 스스로 사대문에 방을 써 붙이고, 임금이 병조판서에 임명하겠다고 하자 얼른 궁궐 안으로 들어가 임금에게 절하곤 이제 사고 안 치고 나라를 떠나겠다고 한 것을 보면 정말 그런 것이었나 의심하게 됩니다. 자신을 가둔 신분제에 대한 불만에서 비롯되었지만 그것이 정말 신분제에 대한 저항이었는지, 그리고 군주의 권력에 반하는 행동을 반복했지만 그것이 정말 군주의 권력에 대항하는 투쟁이었는지는 의문입니다.[8]

홍길동은 국가나 제도에 의해 배제된 자가 그 안으로 들어가기 위해 사고를 치고 난리를 부린 것이며, 임금이 포섭하고자 했을 때 얼른 들어가 절하고는 충정을 말한다는 점을 볼 때 배제된 상태에서도 사실상 국가에 포섭되어 있는 인물입니다. 물론 그는 천비 소생의 서자로서 자신에게 주어지지 않은 것을 요구하고, 이는 '치안'과 대비되는 '정치'에 속하는 행위인 듯 보입니다. 그러나 그런 행위를 할 때에도 홍길동은 임금이라는 통치자에게 등을 돌린 게 아니라 버림받은 처지의 원한을 호소하며 포섭해주길 욕망한다는 점에서, **포섭 이전에 이미 포섭된 자**입니다.

따라서 이런 목적을 위해 활용되는 도술 또한 국가나 통치에 반해서가 아니라 그 내부로 들어가기 위해 사용되는 것입니다. 그의 소망이라는 '병조판서'란 국가의 치안을 담당하는 최고 지위 아닙니까! 따라서 그의 도술은 반국가적 도술이 아니라 마이너스 형태의

---

8 이 문제에 대해서는 12장에서 자세히 다룰 것입니다.

국가적 도술이고, 반통치적 기술이 아니라 음각陰刻 형태의 통치적 도술입니다.

이런 목적으로 사용된 도술이기에 거기엔 당연히 유희적 성격이 없습니다. 홍길동은 원한을 가진 자의 무거운 울분과 성공을 추구하는 자의 냉혹한 합목적성을 갖고 있습니다. 그는 자신의 목적을 위해서는 피와 죽음을 전혀 개의치 않습니다. 여러 명의 홍길동을 만들어 '장난'친 일에도 '과시'라는 별개의 목적이 있었던 셈이니 유희적이라 할 수 없습니다. 합목적적 '이벤트'였을 뿐입니다. 모든 도술이나 무력 동원은 하나의 목적을 향해 사용되었습니다. 즉 그것들은 하나의 수단이었다는 점에서 '도구적' 도술입니다.

변신술이 동반하게 마련인 속임수의 성격에서도 전우치와 홍길동은 같지 않습니다. 전우치가 변신술로 임금이나 관리들을 속일 때, 거기에는 유희적 성격과 더불어 '배신적' 성격이 보입니다. 임금에 대한 배신, 충성이라는 도덕에 대한 배신, 통치자가 제시하는 선이나 '의로움'이란 가치에 대한 배신. 그가 사용하는 변신술의 속임수란 이런 행위를 위한 것이기에 '기만적'이라기보다는 '배신적'입니다. 반면 홍길동의 변신술은 그가 임금에게 자신을 알리기 위한 과시적이고 선전적인 목적을 가지며, 임금과 대면하여 비난받을 때조차 그를 저버리지 않는다는 점에서 결코 배신적이지 않습니다. 그가 사용한 분신술의 속임수는 오히려 임금에게 자신을 알리려 한다는 점에서 임금을 향한 '충실성' 안에 있고, 자신의 진정한 소망을 호소하기 위함이란 점에서 '진실성' 안에 있습니다. 그러나 이 충실성은 기존의 것을 벗어나지 못하는 충실성이고, 이 진실성은 자신이 갖지 못한 것을 잊지 못하는 진실성입니다. 즉 새로운 것을 꿈꾸지 못하는 충실성이고, 결여된 것에 사로잡힌 진실성입니다.

아버지에 대해서도 마찬가지입니다. 호부호형하지 못함을 한탄하고 원망하지만 아버지나 형에 대한 도덕을 배신하지 않습니다. 가족적인 가치를 등지지 않습니다. 반대로 그렇게 사고를 쳤으면서도 아버지와 형에게 충실합니다. 심지어 조선을 벗어나 제도로 날아간 뒤에도 부친의 죽음을 짐작하고 미리 묏자리를 만들고는 아버지의 시신을 모시러 조선에 들어갑니다. 상제인 형을 보고 하는 다음과 같은 말이 단지 의례적인 언사라고만은 할 수 없습니다. "소자 처음에는 마음을 잘못 먹고 폐단을 일으키기를 일삼았더니, 아버님과 형이 화를 당하실까 염려하여 조선 땅을 떠나, 머리를 깎고 중이 되어 풍수지리 보는 술법을 배워 살아왔습니다."(55)

홍길동이 갖지 못한 것에 대한 불만으로 국가적 인정이 주어지는 자리를 향해 나아가고자 쟁투적이고 과시적인 도술을 사용했다면, 〈박씨부인전〉에서 박씨는 비록 끔찍하게 못생긴 얼굴을 가져 남편에게는 냉대받지만 시부의 확고한 지지에 힘입어 가문이나 국가가 인정하는 자리에서 예언적인 도술을 사용합니다. 흉한 얼굴의 허물을 벗은 뒤에는 어떤 결여도 없는 확고한 자리에서, 조선을 침략한 청군을 향해 국가적 도술을 씁니다. 박씨 부인의 이런 도술이 명확하게 인간적 성격을 띰은 앞서 보았습니다. 그가 제일 먼저 술법을 사용한 것은 시댁에 재산을 모으기 위함이었고, 나중엔 청나라 장수를 죽이거나 군사를 퇴치하기 위함이었다는 점에서 또 한 번 인간적인 관계 안에서, 더 정확히는 국가적 관계 안에서 이용되는 술법이었습니다.

어느 경우든 박씨 부인은 이 술법을 경계를 넘는 데 사용하지 않습니다. 반대로 주어진 자리와 지위, 경계를 분명히 하고 이를 유지하기 위한 것이었습니다. 가령 허물을 벗은 뒤 다른 부인네들이 모인 자리에서 그가 보여주는 '과시성' 술법들은 양반으로서 자신의 위치를 다른 부인네들보다 높은 자리에 확보하기 위한 것이었고, 재산을 만드는 것도 가문의 지위를 확고하게 다지기 위한 것이었습니다. 제갈공명의 진법을 이용하고 비바람이나 신장을 부리며 나무로 장졸과 동물을 만들지만, 이 역시 청의 군대로부터 자기 집을 지키기 위함이었습니다. 변신술이 사용되지 않는 것은 이와 무관하지 않을 것입니다. 구미호나 전우치의 변신술이 경계를 흐리거나 횡단하는 기술인 반면, 박씨 부인의 술법은 경계를 확고히 하기 위한 것이기 때문입니다.

이는 홍길동의 술법과도 다른 면입니다. 홍길동은 왕의 군사와 싸우거나 그들을 속이기 위해 변신술을 이용합니다. 이는 자신에게 주어진 서자 자리로부터 벗어나고 싶다는 생각에 따른 것으로, '이탈'의 욕망과 결부되어 있습니다. 반면 박씨 부인은 얼굴이 추하지만 그를 감싸주고 보호해주는 시부가 있으며, 허물을 벗은 뒤에도 평안 감사로 가자는 남편 말에 시부모를 모셔야 한다고 말하며 시부 옆에 있으려 한다는 점에서 남편보다는 시부에 더 가까운 인물입니다. 시부와의 관계로 규정되는 가문 안에서의 **자리에 충실한** 인물입니다. 그래서 그에게는 이탈의 욕망이 없습니다. 주어진 자리를 확고히 하는 것, 원래 주어졌으나 제대로 주어지지 않은 것(남편의 인정이나 사랑 같은 것)을 확보하는 것만으로도 충분합니다. 경계를 횡단하거나 흐려놓는 술법을 쓸 이유가 없습니다.

이런 점에서 박씨 부인의 술법은 심지어 집안의 경계 내에서 사용될 때조차 치안적 성격을 갖습니다. 주어진 자리에 있어야 할 것이 있도록 만드는 것, 주어진 자리를 위협하는 요인들을 물리치는 것이 그것입니다. 이 도술은 대개 예언적인 성격을 띠는데, 이는 예측 불가능한 것을 통해 작동하는 동물적 도술과는 달리 인간의 예측능력을 극대화한 것이고, 도래할 사태를 미리 알고 그에 대비하는 초월적 관점에서 사건을 장악하기 위한 것입니다. 예언적 도술과 초월적 관점의 이런 상관성은, 초월자를 가정한 종교 안에서 예언적 능력을 사용하는 예언자가 빈번하게 등장하는 데서도 발견할 수 있습니다. 따라서 예언적 도술을 '초월적 도술'이라고 말해도 좋을 것입니다.

박씨 부인이 가장 먼저 술법을 사용한 것은 비루먹은 말을 사서 키워 되파는 일이었습니다. 제주에서 올라온 비루먹은 말이 종로 시장에 가면 있으리라는 것도, 말값을 닷 냥 부르리라는 것도, 하인이 300냥을 다 주지 않고 100냥만 주리라는 것도 박씨 부인은 모두 알고 있습니다. 모월 모일 중국에서 칙사가 올 것도, 그날 어디다 말을 매어두면 그 칙사가 사고자 할 것이며, 말값으로 3만 냥을 불러도 그가 살 것임을 알고 있습니다. 이미 모든 것을 다 알고 있는 전능한 초월자의 눈을 갖고 있는 것입니다. 이 초월적 예견능력은 국내로만 제한되지도 않습니다. 호왕의 왕비가 칼 잘 쓰는 예쁜 여자 자객을 보내리라는 것도 이미 다 알고 있어서, 남편에게 그를 자신이 사는 피화당으로 보내라고 일러둡니다. 이름이 기홍대라는 것도 압니다. 모르는 게 없습니다. 정말 무서운 인물입니다. 이 초월적이고 예언적인 도술의 전범은 아마도 『삼국지연의』의 제갈공명일 것입니다. 박씨 부인이 그의 진법을 써서 정원을 만든 것은 이런 이유에서였겠지요.

물론 제갈공명보다 박씨 부인의 예지력이 훨씬 더 강력합니다. 제갈공명이 안다면 크게 서운해할 게 틀림없습니다.

이런 초월자가 한쪽에만 있으면 소설이든 뭐든 일방적이 되어 재미없어집니다. 그래서 〈박씨부인전〉에서는 호왕의 왕후 역시 이런 초월적 성격의 국가적 도술을 사용하도록 배려합니다. 그래야 상대가 되니까요. 그 또한 박씨 부인이 신인神人임을 알고 자객을 보내기도 하고, 천기를 읽어서 조선에서 간신이 임금의 귀를 가릴 것을 예측하여 군사를 어느 경로로 보내야 하는지도 압니다. 이시백 집 후원(피화당)을 범하면 목숨마저 보전하지 못할 것도 알기 때문에 신신당부합니다. 박씨 또한 천기를 읽고 호왕의 군대가 침략할 것을 알아 임경업을 내직으로 불러 준비하라고 이시백에게 말합니다. 그들이 북방이 아니라 동으로 황해수를 건너 들어올 것도 압니다. 초월적이고 예언적인 도술의 국가적 대결이라 할 수 있겠지요. 아니, 수많은 사람이 등장하고 싸우지만 실은 초월자 두 사람의 대결입니다. 그 모두를 알면서 굳이 뭣하러 싸우는 걸까요? 사건의 전개나 승패도 모를 리가 없는데 말입니다. 혹시 서로에게 작은 실수를 기대하기 때문일까요? 어쨌건 박씨 부인의 당부대로 승상인 이시백은 얼른 궐에 들어가 왕과 백관들에게 이러한 일들에 대해 모두 말하지만, 호왕의 왕후가 한 예언대로 '간신' 김자점에 의해 저지당합니다. 박씨 부인은 왜 이걸 예견하지 못했을까요? 역시 작은 실수가 문제임을 보여주려는 것이었다고 해야 할까요?

멀리 떨어진 곳에서 행해진 국가 간의 대결을 통해 박씨 부인의 예언적 도술은 국가적 도술로서의 성격을 분명히 합니다. 국가적 도술이 가족이란 영역에서 다시 한번 힘을 발휘하는 것은 호왕의 장

수 용골대의 아우 율대가 100여 명의 군사를 이끌고 피화당에 왔을 때였습니다. 박씨 부인은 시녀 계화를 시켜 정원 안에 들어온 율대를 죽게 합니다. 나중에 아우의 죽음에 열 받은 용골대의 군사마저 박씨 부인의 '옥화선玉花扇'(부채)에 다 죽고 맙니다. 이미 패하여 화친의 화약을 맺은 조정이 왕대비와 세자 동궁, 장안의 미색을 데리고 가도록 했지만, 박씨는 호군들에게 술법을 걸어 왕대비는 데려가지 못하게 저지합니다. 여기서 박씨 부인은 모든 장수와 군대를 뛰어넘는 초월적 능력을 갖고 있는데도 왜 피한당에 앉아 조정의 패배를 그냥 보고 있었던 걸까요? 어이없는 책임 방기라 하지 않을 수 없습니다.

홍길동의 도구적 도술은 자신에게 주어지지 않은 것을 얻기 위해 싸우고 과시하기 위해 사용되었다는 점에서 치안보다는 저항의 방법이었지만, 그것을 기존 체제를 등지는 데 사용하는 게 아니라 그 내부로 들어가기 위해 썼다는 점에서 정치적이라거나 반국가적이라고는 할 수 없습니다. 지배적 가치와 대결하지 않고 그것이 자신에게 주지 않은 것을 얻고자 했을 뿐이었기에 그의 행동은 체제에 반하기보다는 체제 내적입니다. 박씨 부인의 도술은 주어진 자리에서 그 자리에 마땅히 주어져야 할 것을 얻기 위해, 그리고 그것을 침범하는 것을 물리치기 위해 사용되는 도술이란 점에서 국가적이고 통치적입니다. 그것이 예언적인 성격을 갖는 것은 꼭대기에 앉아 모든 사태를 내려다보고 있는 초월자의 관점에 있음을 뜻하는데, 국가가 현실 속의 초월자를 자처한다는 점에서 국가적 도술과 짝을 이룬다고 할 것입니다.

따라서 홍길동의 도술과 박씨 부인의 도술 모두 국가나 임금에 대한 도덕적 충실성, 가정에 대한 도덕적 충실성에서 벗어나지 못했습니다. 이와 달리 유희적인 방식으로 쓰였던 전우치의 도술이 오히려 통치에 반하는 반국가적 도술이었음을 기억해야 합니다. 인간적 성격의 도술과 동물적 성격의 도술이라는 차이가 이와 무관하지 않음도 다시 한번 말해두고 싶습니다.

6. 술법의 유형들

변신술이나 도술은 근대 이전의 소설에 자주 등장하는 소재입니다. 그러나 그걸 모아서 '술법'이라고 할 때는 물론, 심지어 같은 변신술이라도 그 안에 근본적인 차이가 있음을 잊어선 안 됩니다. 동물적인 술법과 인간적인 술법의 차이를 식별하지 못한다면 그것이 갖는 의미를 근본에서부터 오해하기 쉽습니다. 여기에 더해 〈금방울전〉은 동물적 술법도, 인간적 술법도 아닌 다른 종류의 술법이 있음을 보여줍니다. '물질성의 술법'이 그것입니다.

동물적 변신능력이 동물과 인간의 경계 지점을 드러내고 그런 능력을 통제하는 인간이 왕이 된다는 것을 앞서 지적했습니다만, 전우치와 홍길동처럼 인간이 사용하는 술법에서도 동물적 성격과 인간적 성격을 구별해야 합니다. 그것은 그들이 서 있는 지점이 어디이고 그 술법을 통해 문제화하려는 게 무엇인지를 드러내기 때문입니다. 또한 그 술법을 다루는 이들이 어떤 '목적'에서 사용하는지도 중요합니다. 여기서도 전우치와 홍길동은 다릅니다. 똑같이 술법을 써서 하고 싶은 것을 하지만, 평생 살인하지 않겠다는 전우치와 달리 홍길동은 살인에 대해 아무런 거리낌이 없습니다. 자신의 감정이나 목적을 채우기 위해서라면 살인조차 꺼릴 게 없다니, 훨씬 더 냉정하고 무시무시한 인물이란 뜻이겠지요? 읽을수록 멀리하고 싶어지는 인물입니다. 그걸 보면 인간적 도술이라지만 우리가 흔히 말하는 의미에서 '인간적인' 것은 아닙니다. 오히려 동물적 도술을 쓰는 전우치가 훨씬 더 '인간적'이고 따뜻한 마음을 갖고 있습니다. 평범한 인간의 능력을 크게 뛰어넘는 도술이 따뜻한 마음이나 유희적 성격을 잃고 누군가의 '합목적적 도구'가 되는 순간, 그것은 세상사를 그의 목적 아래 복속시키는 무서운 수단이 되고 맙니다. 그런 점에서 보면 홍길동 같은 인물이 세상에 없는 게 얼마나 다행인지 모릅니다. 이 또한 술법의 성격을 구별해야 할 중요한 이유를 보여줍니다.

홍길동이 쓰는 인간적 도술이 박씨 부인의 손에서는 훨씬 더 증폭되는 듯합니다. 방 안에 앉아서 수천 리 떨어져 있는 호왕이나 왕후의 마음을 읽고 그들의 계략을 손금 들여다보듯 훤히 아니 말입니다. 거의 신적인 경지에 이른 이 초월적 도술은 홍길동의 도술처럼 합목적적인 도구입니다. 그러나 서자라는 주어진 위치에서 벗어나고자 도술을 사용했던 홍길동과 달리, 양갓집 며느리인 박씨 부인은 자리에서 이탈하는 것들을 알아내고 징치하기 위해 도술을 사용합니다. 돈을 벌려고 말을 사서 키워 파는 일에서부터 호왕과 겨루는 일에 이르기까지, 그의 도술은 지극히 치안적인 성격을 지닙니다. 그렇기에 박씨 부인 역시 사람을 죽이는 데 아무런 거리낌이 없습니다. 그의 술법이 띠는 국가적이고 치안적인 성격은 모든 것을 알고 예견하는 초월적인 위치와 잘 어울립니다. 그러나 청과의 전쟁에서 패한 이후 그 감정적 상처를 치유하기 위해 나온 것이라고 해도,

이건 좀 심합니다.

현실에서는 패하고 상상 속에서 승리하여 적을 혼내주는 이런 방법을 루쉰은 '정신승리법'이라고 말한 바 있지요. 아, 어떤 이들은 '승리적 관점'이라고도 하더군요. 모든 역사를 '승리'라고 해석하는 방법이겠지요. 자신감을 북돋아주긴 합니다만, 현실적인 패배를 눈앞에서 지워버림으로써 패배의 이유마저 묻지 않도록 하는 방법이기에 현실에선 계속 패배하게 만들지요. 그렇기에 정신승리법은 영원한 생명을 얻을 수도 있습니다. 패배가 영원히 되풀이된다면 이 또한 영원히 필요할 테니까요. 영원히 패배하는 이에게 그나마 필요한 건 패배감을 쉽게 잊는 방법이겠지요. 정신승리법을 '민족의식의 발양'이라며 훌륭한 작품인 양 해석하는 이들은 그것의 생명력과 중요성을 잘 알고 있는 셈이라 하겠습니다. 그들 또한 정신 속에서라도 승리하고 싶다는 염원을 그런 식으로 표현하고 있는 것이겠지요. 하지만 사유의 깊이나 상상력의 강도는 쓰라린 패배를 받아들이고 그 패배에 달라붙어 패인을 파고들며 패배로 불모가 된 땅에서 벗어나는 출구를 찾는 쪽이, 혹은 그 불모지에서 살아갈 수 있는 방법을 찾는 쪽이 훨씬 더 강하다는 건 길게 말하지 않아도 잘 아실 겁니다.

제6장

동냥하는 심청과 날품 파는 흥부

:

공동체의
능력과 무능력

1. 공동체와 돈

———

고전소설이 쓰인 시대에는 어디서나 공동체가 삶의 조건을 이루었습니다. 가족도, 마을도 하나의 공동체였습니다. 심지어 국가마저 공동체임을 자처했지만, 그건 한편으로는 그래야 한다는 이념 내지 관념에 의해서였을 것이고, 다른 한편으로는 지배자들이 피지배자들을 통합하고 통치하기 위한 이데올로기였을 것입니다. 실제로 존재하는 것은 생산이나 생활에서 현실적으로 대면하고 부딪치는 사람 ─사실 사람만은 아니지만 일단 사람이라고 해둡시다─들의 집합체를 뜻합니다. 생산 공동체, 생활 공동체…… 가족이나 가문처럼 혈연적인 집합체도 있지만, 마을처럼 영토적인 집합체도 있습니다.

공동체는 공동의 삶을, 즉 공동의 생존과 생활을 동반합니다. 그를 위해 자기만이 아니라 이웃의 삶과 함께, 여러 부분이 기대어 하나의 몸으로 생존하듯이 서로 기대어 삽니다. 이웃의 삶에 필요한 것을 주고, 이웃으로부터 필요한 것을 받습니다. 모든 공동체가 '부조'와 '증여/선물'을 특징으로 하는 것은 이 때문입니다.

이는 한국이나 중국, 동양이나 서양, '원시사회'나 '문명사회'나 별로 다르지 않았습니다. 공동체를 뜻하는 커뮤니티community나, 실제로 공동체를 지칭하던 코뮌commune이라는 말은 무누스munus(선물)라는 말과 결합을 뜻하는 접두사 com이 결합된 단어입니다. 선물에 의해 결합된 관계, 그것이 공동체입니다. 공동체와 증여에 대해 잘 알려진 책『증여론』에서 인류학자 마르셀 모스는 이른바 '원시사회'라 불리던 모든 사회가 증여/선물을 요체로 하는 공동체 사회였음을 주목하고(Mauss, 2011), 공동체란 선물을 주고받는 게 '의무'인 사회임을 강조합니다. 물론 그는 선물을 주고받는 두 번의 행위를 '교환'이라는 익숙한 관념에 기대어 한 번의 선물 교환이라고 보면서 교환과 선물의 결정적 차이를 지워버리지만, 우리에게 익숙한 교환경제, 즉 '근대'나 '자본주의'라는 이름으로 불리는 사회와 증여에 의해 구성되고 유지되는 사회를 결정적으로 구별해주는 지점 중 하나를 제시해주었음은 분명합니다.

공동체에서는 노동도 제사도, 잔치도 생활도 증여와 부조에 의해 이루어집니다. 생존의 일차적 조건이었던 먹고사는 문제에 관한 한 이는 더 확연했습니다. 근대 이전의 원시적 경제 체제를 연구했던 인류학자 칼 폴라니는 공동체 사회에 대해 이렇게 말합니다. "사회 공동체가 통째로 곤경에 빠져들지만 않는다면, 개인들은 굶어 죽을 염려가 없었다. 예를 들면 카피르 족의 크랄 토지제도 아래서는 '결핍은 있을 수 없다. 원조를 필요로 하는 사람은 누구라도 그것을 받는다'. (…) 16세기 초엽까지 유럽의 거의 모든 사회 조직에서도 마찬가지로 결핍으로부터의 자유라는 조건이 인정되고 있었다."

(Polanyi, 1991: 204~205) 경제적으로 어려워서 가족 전체가 먹고살기 힘들 때, 각자가 먹는 양을 줄이지 가족 안의 한 사람을 따로 굶기지 않는 것을 떠올린다면, 공동체의 이런 운영 방식은 쉽게 이해할 수 있습니다.

공동체는 근대 이전의 조선에서도 인간관계를 이해하거나 설명하는 데 결정적인 개념이 될 것입니다. 그러나 공동체라는 말은 이보다 훨씬 더 포괄적임을 강조하고 싶습니다. 가령 생태학에서는 모든 것을 서술하는 기본 단위가 공동체community입니다(Odum, 1997). 숲의 생태계든 강의 생태계든, 혹은 지구라는 거대한 규모의 생태계든 모두 하나의 공동체를 이루고 있기 때문입니다. 수많은 이질적인 것이 모여서 이루는 공동체, 그것이 생태계입니다. 우리가 근대 이전의 사회를 말할 때 흔히 지칭하는 농업 공동체도 농사짓는 사람들만의 공동체가 아니라 토지와 그 속에 사는 미생물, 물과 태양, 소와 들판의 풀 등이 서로 얽혀 하나의 '순환계'를 이루는 공동체입니다(이진경, 2010b). 이를 '순환계'라 함은 서로가 이웃한 것과 생존에 필요한 것을 주고받으며 영양소나 물, 에너지 등을 순환시키는, 물고 물리는 증여의 체계를 이루고 있기 때문입니다. 소는 사람에게 논밭을 갈 힘을 증여하고, 사람은 소에게 여물 등의 먹을 것을 증여하며, 토지는 사람에게 토양을 제공하고 사람은 거기에 거름을 줍니다. 물론 언제나 주고받는 상호적인 관계만 있진 않습니다. 태양이나 물은 받는 것 없이 줄 뿐입니다(나중에 〈토끼전〉을 다룰 때 보겠지만, 인간의 신체 같은 유기체 또한 하나의 순환계를 이루는 공동체입니다).

이런 순환계로서의 공동체가 근대 이전에만 존재한 것은 아닙니다. 자본주의 사회에서도 생태계라는 순환계가 존재하고 가족이라는 공동체가 존속하듯이, 공동체는 고립된 개체로서는 생존할 수 없는 생명체의 본질적인 생존 조건입니다. 이런 공동체와 상극을 이루는 것은 화폐입니다. 화폐가 공동체적 순환의 흐름 안에 끼어들거나 그 흐름을 포섭하게 되면, 공동체의 각 성원은 돈을 위해 일하고 모든 것을 돈과 바꾸려 하게 됩니다. 그것은 생존에 필수적인 요소들을 돈과 바꿔버림을 뜻하게 됩니다. 농업 생산의 한 '식구'였던 소는 돈을 벌기 위해 몸을 불려 팔아야 할 '고기'가 됩니다. 자신의 생존을 위해 서로 기대고 있던 것이 돈을 벌기 위한 상품이 되어버립니다.

근대 이전의 많은 공동체가 화폐에 대해 부정적인 태도를 보이며, 돈 버는 행위에 대한 적대감과 비하를 공공연하게 드러낸 것은 이 때문입니다. 더 나아가 화폐를 축장蓄藏하는 것은 물론 곡물 같은 걸 축장하는 데 대한 적대감도 강합니다. 그렇게 축장된 재물은 필경 돈을 목적으로 삼기 때문입니다. 북미 인디언 사회에서 발견되어 '포틀래치potlatch'라고 불리는 유명한 증여 게임은, 자신이 받은 것 이상을 상대에게 증여함으로써 자신의 '능력'을 보여주어야 '이기는' 정기적인 행사인데, 여기서 능력을 보여주려는 자는 선물과 무관하게 자신이 보유한 재물을 대대적으로 소모하고 탕진합니다. 집이나 수많은 담요를 불태우고, 귀중품을 부수어 물속에 처박아버리기도 합니다(Mauss, 2011).

서구인들이 도저히 이해할 수 없었던 이 '비합리적' 행위의 이유는, 그런 식으로 재물을 정기적으로 소모하여 없애버리지 않으면 이는 필경 축장되어 남들을 '고용'하거나 '빌려주어' 이자를 얻는 식으로 쓰일 위험이 있기 때문입니다. 그렇게 축장된 것이 화폐와 교환될 수 있다면, 그다음에 화폐를 위해 재화를 축장하는 역전이 발생하는 것은 아주 쉽습니다. 그렇게 되면 그 옆에 굶는 이웃이 있어도 남는 곡물을 그에게 주지 않고 자신이 축장합니다. 이로써 생존을 위해 서로 증여하던 공동체적 관계는 해체되고, 돈 벌기 위해 일하고 축장하는 경제가 출현하게 됩니다. 따라서 의도적이고 정기적인 이 '소모' 행위는 공동체의 생존을 위해 필수적인 것입니다.[1]

〈흥부전〉이나 〈허생전〉과 같은 소설에서 화폐경제의 부상과 돈을 벌기 위해 '근면하게' 일하고 냉정하게 계산하는 사람들의 출현을 주목하며 '전근대' 사회의 붕괴 징후를 포착하는 것은 충분한 이유가 있습니다. 그러나 근대 이전의 공동체 사회와 화폐 및 교환이 지배하는 근대사회를 역사 발전의 도식에 따라 직선 위에 나열하고, 화폐를 위해 활동하는 근면한 개인들의 출현을 '근대의 징후'라고 여겨 '진보적'이라고 하는 것은, 봉건사회에서 자본주의 사회로 이어지는 초월적 역사 도식에 끼워 맞추는 것입니다. 이런 관점에서 보면 〈흥부전〉에서 놀부에게 가해지는 강한 비판은 졸지에 '보수적'인 것이 되고, 바다에 많은 돈을 내버리는 허생의 행위는 도무지 이해할 수 없는 것이 됩니다.[2] 돈을 위해 이웃은 물론 가족마저 저버리는 행위를 근대적인 지향성을 나타내는 '진보적인' 것으로 평가하는 일은,[3] 이후에 올 근대와 자본주의 역사를 알고 그것의 '진보성'을 믿는 이들에게야 가능한 것이겠지만, 그들로 인해 파괴의 위기를 맞았던 당시의 공동체 성원들로서는 불가능할 뿐만 아니라 부당한 것입니다. 오히려 공동체와 공동의 생존을 위해 화폐경제적 요소의 출

---

1 바타유는 이런 '소모' 행위를 하는 사회를 '축적'을 지향하는 자본주의 사회와 대척점에 놓을 뿐 아니라 그것의 대안으로 받아들입니다(Bataille, 2000).
2 허생이 장사를 하여 돈 버는 것 때문에 그를 '새로운 경제를 긍정'한 인물로 평가하곤 하지만, 나중에 보듯이 이는 허생의 행동을 반대로 오인한 것입니다.

현에 대해 경계심을 갖고 돈이 공동체나 삶을 잠식하는 사태를 비판하는 것이 당시 문학이나 예술, 혹은 지식인에게 더 중요하지 않았을까요?

이를 당시의 지배적 관계 속에 안주하려는 보수적 태도라고 비난하는 것 역시, 화폐와 자본이 지배하는 사회로 가는 것이 역사의 진보라는 가정 없이는 불가능합니다. 좀더 근본적으로 말하면, 공동체는 생명체의 생존을 위한 필요조건이기에 공동체와 적대관계에 있는 자본주의 사회에서조차 여전히 존속하며 새로 만들어지기를 반복합니다. 뿐만 아니라 자본주의는 생산의 공동체는 물론 생태 공동체까지 여러 층위의 공동체를 유례없는 속도로 파괴하면서도 근본적으로 제거할 수 없는 공동체적 관계를 이용하고 착취합니다. 예를 들어 인류학자 데이비드 그레이버가 지적한 것처럼, 공장에서 "이봐, 거기 망치 좀 집어줘!"라고 할 때 우리는 "그거 해주면 넌 내게 무엇을 줄 건데?" 하는 식의 교환관계를 통하지 않고 그냥 집어줍니다(Graeber, 2009). 이는 대가 없는 증여 행위라는 점에서 공

---

3 가령 조동일(1983)은 〈흥부전〉의 여러 이본 안에 공통으로 나타나는 고정적 요소(그는 '고정면'이라고 씁니다)와 비고정적 요소들을 구별하면서, 고정적인 요소들 속에서 나타나는 흥부에 대한 긍정을 보수적이라 평가하고, 이와 상반되게 비고정적 요소들 사이에 나타나는 놀부에 대한 긍정적 평가를 진보적이라고 평가합니다. "놀부의 진취적 능력에 친근감을 갖는 관점은 상인을 중심으로 대두하는 새 세력의 입장이라 할 수 있다."(546) "사람은 탐욕이 없이 선량해야 한다는 고[정]면의 주제는 새 시대에 이르러서는 효력을 크게 상실한다. (…) 어떠한 비난을 받더라도 놀부는 여전히 놀부고, 별로 타격을 받지 않는다. 놀부는 이미 낡은 윤리도덕을 정면에서 부인하고 나서는 자다. 타격을 받는 건 놀부가 아니라 낡은 윤리도덕이다. 놀부의 대두로 낡은 윤리도덕이 난처하게 되었다는 것이다."(543) 탐욕 없는 선량함에 대한 고루한 설교가 효력을 상실한 것은 부정할 수 없다고 해도, 〈흥부전〉에서 놀부가 타격을 받지 않는다는 것은 수긍하기 어렵습니다. 이는 분량으로 보나 통렬한 언행으로 보나 놀부의 모든 것을 박살내는 징치과정이 작품에서 가장 중요한 부분이기 때문입니다. 이는 그 징치를 낡은 기준에 입각한 '뻔한 도덕적 평가'로 간주했기 때문일 것입니다. 이에 대해서는 나중에 자세히 다루겠습니다.

동체적이지 자본주의적인 것이 아닙니다. 자본주의가 정점을 통과한 게 분명한 지금에도 이런 공동체적 행위는 어디서나 볼 수 있습니다.

자본주의가 본격화되기 이전인 19세기 말 가족관계 안에 화폐적 교환관계가 침투해 가령 "지금 주는 것까지 네게 준 학비가 5000만 원인데 언제 갚을 거야?"라고 하게 된다면 이를 '진보적인 것'이라고 평가할 수 있을까요? 화폐경제에 침윤된 이런 태도의 징후를 찾아내서 비판한다고 '전근대적'이라거나 '보수적'이라고 비난할 수 있을까요? 반대로 가족이나 연인 사이에마저 스며들기 시작한 교환과 계산은 사회학자나 문학인의 비판과 풍자의 대상이 될 게 분명합니다.

그렇다면 고전소설이 새로이 대두되는 화폐경제와 공동체의 접점을 다루는 것은 공동체에 닥쳐올 위기의 조짐을 읽고 대비하여 비판하거나 물리치게 하려는 것이라고 봐야 하지 않을까요? 그것을 통해 소설은 이미 닥쳐온 위기를 확연하게 드러내 위기를 만들어내는 요인이 무엇인지를 보여주기도 합니다. 그럼으로써 그런 위기의 도래 가능성을 미리 감지하게 만들고 위기를 야기하는 요인들에 대해 경고하며 그로부터 거리를 두도록 가르치기도 합니다. 물론 그것이 언제나 의식적인 것이었다고 할 수는 없습니다. 〈심청전〉처럼 화폐경제와 무관한 듯 보이는 소설에서 그런 것을 읽고자 한다면, 이는 작가의 의도와는 무관한 층위에 새겨진 어떤 흔적을 읽어내는 일이 될 것입니다.

이런 관점에서 보면 〈심청전〉과 〈흥부전〉이 보여주는 대조는 흥미롭습니다. 〈심청전〉에서는 가족이 아니지만 생활능력이 없는 심봉사와 심청을 마을 사람들이 동냥으로 먹여 살리며, 심청이네와 이웃 간의 관계는 대체로 우호적입니다. 반면 〈흥부전〉에서 흥부네 일가는 하루하루 먹고사는 것도 힘들건만 가족인 놀부는 물론 다른 이웃들도 별로 도와주지 않으며, 심청이네처럼 동냥으로 끼니를 잇지도 못해 날품팔이 노동을 하러 외지를 떠돕니다. 무엇이 이들을 이렇듯 다르게 만들었을까요?

〈심청전〉에도 돈 이야기가 나오긴 하지만 부분적일뿐더러 자주 언급되지도 않습니다. 심청의 몸값조차 돈이 아니라 '공양미'라는 현물로 지불됩니다. 화폐는 심청의 처지를 동정한 남경 상인들이 심봉사에게 주는 돈처럼 현물을 주고받는 관계에 부수적으로 주어지며, 사람들의 실제 삶에는 별로 침투하지 않습니다. 현물 형태이지만 상인이 주는 공양미는 상품이고 교환관계를 이룬다는 점에서 화폐경제에 포섭된 것이긴 합니다. 그러나 이는 **공동체 외부에서 오고**, 심봉사의 어이없는 실수에 의해 발생한 예외적이고 일회적인 경우에 한정되며, 공동체의 '경제' 내부로 들어가서 유통되지 않고 절에 제공하는 '공양미'로 소모됩니다.

반면 〈흥부전〉에서는 화폐가 생활 전반에 강력하게 침투해 있습니다. 놀부는 제사상에 음식 대신 돈을 올려놓고, 흥부는 궁핍에 몰려 매품을 팔러 나갑니다. 〈흥부전〉에서 행해지는 노동은 공동체적인 것이 아니라 날품 파는 흥부에서부터 놀부 박을 타는 째보에 이르기까지 모두 돈을 받고 하는 노동입니다. 즉 화폐화된 노동입니다. 놀부는 이런 조건에서 집요하게 돈을 모아 부자가 된 인물이고, 흥부는 거기에 실패하여 극단적인 궁핍 속으로 떨어진 인물입니다. 즉 〈흥부전〉은 **화폐가 공동체의 삶 내부로 깊숙이 침투한 사태**를 전제로 하고 있습니다. 〈흥부전〉의 중심 테마인 흥부와 놀부의 관계는 그 가운데서 가족관계가 잠식되고 파괴되는 양상을 보여주는 것입니다.

〈심청전〉이 화폐에 의해 파괴되기 이전의 공동체를 배경으로 하여 그 안에서 진행되는 삶의 양상을 보여준다면, 〈흥부전〉은 화폐경제가 노동이나 일상, 삶의 구석구석까지 파고들고 공동체적 관계, 증여적 관계가 파괴되어버린 상황을 다룹니다. 심청이네나 흥부네나 모두 먹고살기 힘들지만, 심청이네와 달리 흥부네가 도와주는 이도 없이 궁핍한 삶을 견뎌야 하는 것은 그들이 사는 곳이 이미 화폐경제에 의해 공동체가 파괴된 사회이기 때문입니다. 이런 점에서 〈심청전〉과 〈흥부전〉은 공동체 안에서 빈민의 삶과 화폐경제가 공동체를 대체해버렸을 때 빈민의 삶이 어떻게 달라지는지를 보여준다고 할 것입니다.

2. 공동체의 힘: 〈심청전〉

〈심청전〉은 효에 관한 텍스트 이상으로 공동체에 관한 텍스트입니다. 특히 전반부는 공동체의 능력과 무능력에 대한 텍스트입니다. 공동체가 그 구성원에게 해줄 수 있는 것과 해줄 수 없는 것에 대해 보여주면서, 그것이 해결할 수 있는 것은 무엇 때문인지 생각하게 하고, 결국 어떻게 해결 가능한지, 그리고 그 대가는 무엇인지를 드러내 보여줍니다.

심청의 가족은 그냥은 절대로 생존할 수 없는 결여를 안고 있습니다. 심봉사는 눈이 멀었기에 일하고 싶어도 못 하는 무능력자입니다. 처인 곽씨 부인은 덕을 겸비하고 능력도 있었지만, 애석하게도 애를 낳고는 곧 죽어버렸습니다. 태어난 지 일주일 만에 어미를 잃은 심청에게 생존능력이 있을 리 없습니다. 그런데도 심봉사는 물론 심청 또한 죽지 않고 살아납니다. 무엇이 이 무능력한 가족을 생존하게 했던가요?

갓난아이 심청이 살 수 있었던 것은 이웃 아낙네들의 동냥젖 덕분입니다. 곽씨 부인과 친했던 이웃 귀덕어미만이 아닙니다. 심봉사, 먼동이 터 두레박 소리만 나면 얼른 우물가에 아이를 안고 가서 부탁합니다.

"여보시오 아주머님, 여부 아씨님, 이 자식 젖을 좀 먹여주오…… 어린 것이 불쌍하지 아니하오. 대녀 귀하신 아기 먹이고 남은 젖 한 통 먹여주오" 하니, 뉘 아니 먹여주리. 또 6, 7월 김매는 여인 쉬는 참 찾아가서 애걸하여 얻어 먹이고, 또 시냇가에 빨래하는 데도 찾아가면 어떤 부인은 달래다가 따뜻이 먹여주며 훗날도 찾아오라 하고, 또 어떤 여인은 "이제 막 우리 아기 먹였더니, 젖이 없구만요" 하였다.(《심청전 완판본》, 97)

심봉사는 허구한 날 동네방네 다니며 동냥젖을 청합니다. "여보시오 봉사님, 이 집에도 아이가 있고 저 집에도 아이가 있으니 어려워 생각 말고 내일도 안고 오고 모레도 안고 오시면, 내 자식 못 먹여도 **그 애를 굶기리까**."(《김연수본 심청가》, 『교주본 심청가』, 241) 애 있는 집 많으니 매일 안고 오랍니다. 자기 아이를 못 먹일지언정 설마 청이야 굶기겠냐는 것, 이것이 공동체를 만들고 유지해가는 윤리입니다. 공동체 성원이라면 '십시일반十匙一飯', 즉 함께 먹여 살려야 한다는 것이 가족을 넘어선 공동의 삶을 일구어냅니다.

곽씨 부인이 죽었을 때도 그랬습니다. 곽씨 부인 죽기 전에 "이동지 집에 돈 열 냥 맡겼으니 그 돈 열 냥 찾아다가 초상에 보태 쓰"라고(《완판본》, 87) 했지만 그걸로 초상을 치를 순 없었습니다. 곽씨 부인 죽었다는 말에 동네 사람들 모여 울며 "음전하던 곽씨 부인 불쌍히도 죽었구나. 우리 동네 백여 집이 십시일반으로 장례나 치러주세" 합니다(91). 하여 동네 아주머니와 남정네들이 드나들며 일을 해주고 돈과 쌀도 가져다 '볼 만하게' 장사를 지내줍니다.

동냥젖뿐 아니라 이후 심봉사가 일을 못 함에도 불구하고 딸과 함께 살아갈 수 있었던 것은 모두 이런 마을 사람들의 '동냥' 덕이었습니다. 동냥젖을 "얻어 먹여 뉘여놓은 뒤에 사이사이 동냥할 제, 삼베 전대 두 동 지어 한 머리는 쌀을 받고 한 머리는 벼를 받아 모으고, 장날이면 가게마다 다니며 한 푼 두 푼 얻어 모아, 아이 간식거리로 갱엿이나 홍합도 샀다."(97) 일곱 살이 되면서부터는 심청이 아버지 손을 잡고 앞장섭니다. 그렇게 동냥해온 것으로 아버지 진짓상은 물론 어머니 제사상까지 차렸습니다. 심청이 열한 살이 되면서부터는 아버지를 두고 혼자서 동냥하러 다닙니다.

여기서의 '동냥'은 거지들의 '구걸' 행각과는 구별되어야 합니다. 동냥이란 공동체에 속하지만 심청이네처럼 노동하거나 생존할 능력이 없는 이들을 공동체가 '십시일반'으로 함께 먹여 살리는 것입니다. 빌어먹는 양상으로 표현했기에 '동냥'이라고 했지만 본질적으로는 공동체의 '부조'에 속하며, 생존을 함께하는 공동체적 증여 행위입니다. 불교에서 쓰는 '탁발'을 떠올리면 좀더 이해하기 쉽습니다.

알다시피 탁발은 승려들이 동네 사람들에게 밥을 비는 행위, 정확하게 '동냥'을 뜻합니다. 탁발승이란 밥을 빌어먹으며 행각하는 승려를 가리키며 이는 지금 남방의 사원에서 지속되고 있습니다. 거기서 탁발이란 동네 사람들 집을 차례로 방문하며 밥을 비는 것인데, 원래는 동네 사람들이 자기들이 먹는 음식을 십시일반 그대로 덜어 내주는 방식으로 행해졌다고 합니다(그래서 남방에서는 육식이라도 주는 대로 먹는답니다).

심청이 동냥을 부탁하며 하는 말이 바로 그렇습니다. "어머니는 세상을 버리시고, 우리 아버지 눈 어두워 앞 못 보시는 줄 뉘 모르시겠어요? 십시일반이오니 밥 한술 더 잡수시고 주시면 눈 어두운 저의 아버지 시장을 면하겠습니다."(《완판본 심청가》, 101) 북한에서 정리한 판본에서는 먹는 것을 나눈다는 것이 좀더 분명하게 확인됩니다. "우리 어머니 돌아가신 뒤, 앞 못 보는 우리 아버지 모실 길이 없어 이렇게 밥을 빌러 나섰소. 염치없는 말씀이오나 댁에서 잡숫는 대로 밥 한술만 주옵소서."(『심청전』, 보리, 40) 심청의 부탁에 "보고 듣는 사람들이 마음에 감동하여 밥 한술, 김치 한 그릇을 아끼지 않고" 줍니다.

'구걸'은 대개 떠돌이 생활을 하여 공동체의 구성원이라고 하기 어려운 걸인들이 청하는 것입니다. 가령 김제가 쓴 소설 〈장생전〉을 보면, 장생이 구걸하여 이를 다른 걸인들에게 나누어주는 장면이 나옵니다. 장생은 어느 동네나 마을에 사는 구성원이 아니라 떠돌이 생활을 하는 걸인이고, 다른 걸인들과 무리를 지어 행동하기도 합니다. 이들에게 음식이나 돈을 주는 것은 동냥과 달리 일상적이지 않고 일시적입니다. 그들은 떠돌며 가끔 오는 이들입니다. 잘 알려진 걸인들의 노래 장타령이 '작년에 왔던 각설이, 죽지도 않고 또 왔네'로 시작되는 것은 이런 관계의 단면을 잘 보여줍니다.[4]

당시의 언어적 구별이 얼마나 엄격했는가는 정확히 알 수 없지만, 중요한 것은 공동체 내부의 빈자에게 음식을 나누어주는 것과 외부에서 온 떠돌이 걸인들에게 음식을 나누어주는 것은 개념적으로 크게 다르다는 점입니다. 나누어주는 입장에서 보면 전자는 공동체의 도리에 속하고 후자는 개인적인 시혜에 속합니다. 전자는 심청이네가 그렇듯 일상적이고 지속적인 것이지만 후자는 일시적이고 일회적인 것입니다. 나중에 다시 언급하겠지만, 〈흥부전〉에서 놀부의 처가 구걸하러 온 걸인에게는 밥을 주는 반면 먹을 걸 나누어달라고 한 시동생 흥부에겐 밥을 주지 않고 뺨을 때리는 것도 이 때문입니다. 걸인이야 한 번 주면 그만이지만, 공동체의 성원인 흥부에겐 한 번 주면 계속 주어야 하기 때문입니다.

물론 아무리 공동체의 도리나 의무라고 해도 동냥 다니는 심봉사나 심청의 맘이 편할 리는 없었을 것입니다. 이유야 무엇이든 남의 신세로 연명한다는 것은 최소한 마음의 빚을 지는 일인데, 계속 빚을 지며 사는 건 심청처럼 자존감 강한 이가 아니라도 결코 쉽지 않았을 터이기 때문입니다. 이는 선인들을 따라 임당수로 떠나기 전날, 다시 동냥해야 할 부친을 생각하며 "우리 아버지, 내가 철을 알고 나서 밥 벌기를 놓으시더니, 내일부터 동네 거지 되겠으니 눈치인들 오죽하며 괄시인들 오죽할까"(〈완판본 심청전〉, 119) 하며 우는 대

---

4 이런 구걸이 동냥을 대신하여 일반화되는 것은 공동체를 전면적으로 해체하며 등장하는 자본주의의 '본원적 축적'과 더불어서입니다. 영국의 인클로저는 공동체를 해체하고 토지에서 농민들을 축출함으로써 부랑자들을 대대적으로 창출했는데, 이들은 먹고살기 위해 구걸 행각을 하며 떠돌아다녀야 했습니다(마르크스).

목에서 드러납니다. 죽으러 가기 전의 신세 한탄이기에 부정적 과장이 있겠지만, 눈치나 괄시 없이 속 편한 동냥만 하고 살았을 리 없습니다. 하여 이를 두고 세상의 따가운 시선 속에서 심청의 자아가 성장하는 계기로 해석하는 이도 있습니다.

> 서서히 자아를 인식하기 시작한 심청은 현실에 적응하기 위해 남루한 모습으로 밥을 빌러 다닌다. 이는 심청을 둘러싼 환경이 어린 소녀에게 심리적으로 고통을 안겨주었을 것이라는 점을 충분히 짐작할 수 있다. 본능적 욕망은 음식을 구걸하게 하지만 자아를 의식하게 된 심청이 구걸을 다니는 가운데 세상의 따가운 시선을 의식해야 했을 것이다. 이처럼 도화동에서는 심청이 현실을 인식하고 아버지를 봉양하는 생활을 통해 효의 실천과 더불어 자아 탐구의 과정을 보여주고 있다.(황경숙, 2007: 79)

하지만 아무리 그래도 〈심청전〉을 자아 탐구과정을 다룬 일종의 성장소설로 보기는 어려울 듯합니다. 그러려면 우선 동냥을 통해 자의식이 발생하고 그것이 어떤 행동 변화의 계기가 되어야 하며, 이를 통해 '성숙'이라 부르든 '몰락'이라 부르든 크게 달라진 결과에 이르러야 하는데, 〈심청전〉에서는 그런 면을 보기 어렵습니다. 심청이 목숨을 판 것은 동냥과정에서 의식하게 된 이웃의 따가운 시선 때문에 발생한 전환이 아니며, 이후 어디서도 동냥은 사태의 전개에 별다른 영향을 미치지 않습니다.

더욱이 거의 모든 판본에서 '세상의 따가운 시선' 같은 건 나오지 않습니다. 반대로 '그 댁 사정은 말하지 않아도 다 알기에 어린

나이에 동냥해야 하는 심청의 처지에 연민 어린 공감을 하는 경우가 대부분입니다. 하여 밥과 반찬을 내어주면서 "아가, 얼마나 추우냐. 어서 이리 와 몸 좀 녹이고 많이 먹고 가거라"(『심청전』, 보리, 40)합니다.[5] 외려 매일 동냥하며 돌아다녔기에 심청은 마을 사람들 사이에서 회자되었을 것이고, 그로 인해 심청에 대한 칭찬은 널리 퍼집니다. "황주 땅 도화동 사람들 사이에서 심청이가 제 어머니를 쏙 빼닮았다고 칭찬이 자자하니 이 소문이 널리널리 퍼졌다."(『심청전』, 보리, 42) 그 평판은 심청이 사는 마을을 넘어 다른 지역으로까지 확산됩니다. 동네를 달리하는, 즉 동냥하는 범위를 벗어난 무릉촌 장 승상 댁 부인이 심청을 부른 것도 이 때문입니다. "이러한 소문이 원근에 낭자터니, 하루는 무릉촌 장승상 댁 부인께서 이 소문을 들으시고 시비를 보내어 심청을 청하였거늘……"(김연수본 〈판소리 심청가〉, 『교주본 심청가』, 248)[6]

심청의 동냥이 쉽지만은 않았음을 보여주는 판소리 사설도 있긴 합니다. 유영대(1989)가 지적했듯이, 80여 종에 이르는 〈심청전〉의 이본 가운데 초기 것으로 추정되는 박순호 소장(19장본) 〈심청전〉에서는 드물게도 동냥하는 심청이 박대를 받습니다.

아침 연기 바라보고 이 집 저 집 바라보며 기웃기웃 엿보면서 이 집 저 집 들어갈 제, 주저하여 한옆에 비껴서 아미를 숙이고서 애연히 간청하여 한술 밥을 애걸하니 사정없고 몹쓸 집, 효녀 심청 바라보고

---

5 〈완판본 심청전〉에서도 동냥을 요청하는 심청의 말에 "보고 듣는 사람들이 마음에 감동하여" 아낌없이 음식을 주며 직접 불러들여 먹고 가라고 하기도 합니다(101).
6 "이러한 소문이 온 이웃에 자자하니, 하루는 월명 장승상 댁 시비가 들어와서 부인이 심 소저를 부른다 하기에……"(〈완판본 심청전〉, 103)

괄세가 자심하다. '귀찮다, 오지 말라, 보기 싫다, 나가거라.' 한술 밥 아니 주고 모진 말로 쫓아내니 염치 있는 심청 마음 부끄럽기 측량없고 서럽기 그지없다.(《심청전이라―박순호 소장 19장본》, 254)

수많은 판본 가운데 이처럼 심청의 동냥을 괄시하는 장면은 극히 드문데, 어쩌면 이것이 현실에 더 부합할지도 모릅니다. 아무리 공동체의 도리요 의무라고 해도 매일 동냥하러 오는 이를 언제나 반갑게 맞아주기는 쉽지 않은 일이겠지요. 더구나 모든 집이 그렇기는 더 힘듭니다. 동냥하는 심청의 입장에선 백 집이 잘해주어도 어느 한 집이 박대하면 그것만으로도 설움을 느끼기에 충분합니다. 유영대는 여기저기 돌아다니며 판소리를 하던 소리꾼의 현실과 설움이 여기에 포개졌을 것이라고 하는데, 판소리가 연행되던 초기라면 남의 밥을 얻어먹는 자의 공감 같은 것이 더해졌을 게 분명합니다. 그러나 심청의 박대 장면이 나오는 박순호 소장본 〈심청전〉에도 그렇게 못된 집만 등장하진 않습니다.

병신부친 생각하여 이 설움을 헤아릴까. 여기저기 밥을 빌 제 이 집이 어떠할꼬, 어떤 집은 괄시하고 어떤 집은 들어가니 심청이 거동 보고 비감하여 하는 말이, '불쌍하고 참혹하다. 저 처자 괄시 말라. 볼수록 일색이요, 부모에게 효녀 심청, 잔인하고 가련하다. 나쁜 밥을 덜어 먹고 후히 주어 대접하니 어찌 아니 거룩하랴.(《심청전이라―박순호 소장 19장본》, 254)

못된 집이 있어 동냥하는 처지의 설움을 느끼게도 하나 대체로는 그렇지 않았음을 시사합니다. 이는 같은 박순호본 〈심청전〉에서 곽씨 부인이 죽었을 때, 동네 사람들의 태도로 확인됩니다. "동네 사람 모인 중에 좌상에서 공사하여, '심봉사 거동 보니 참혹하고 비감하다.' 동네 공사 하는 말이 호상을 수이 치고 가가호호 돌아가며 어린아이 젖을 먹여주자 하니, 그 말이 옳다 하고 염습하여 출상하니……"(252) 다른 대부분의 판본에서도 100여 호의 집이 한 냥씩 돈을 내어 혹은 십시일반하여 장례를 치러주자는데 이것을 심지어 통상적인 부조라고 한다 해도, 심청의 젖을 돌아가며 먹여주자는 것을 보면 박순호본 〈심청전〉에서 심청이 사는 마을이 심청이네에게 적대적이지 않았던 것만큼은 충분히 짐작할 수 있습니다.

분명한 점은 심청이 죽지 않고 살아서 사람들의 칭찬을 받을 만한 '훌륭한 인물'로 자랄 수 있었다는 사실이고, 이는 바로 그가 속해 있던 공동체 덕분이었다는 겁니다. 부조와 동냥의 형태로 구성원들이 생존할 수 있게 해주는 것, 그것은 공동체의 일차적인 기능입니다. '십시일반', 공동체의 능력은 바로 거기서 나옵니다.

3. 공동체가 줄 수 없는 것

그러기 위해서는 공동체 안에 일정 정도 '여분'이 있어야 합니다. 기근이 발생할 때에도 구성원들에게 음식을 나누어줄 수 있는 것은 각자의 생존에 필요한 최소량을 넘어서는 여분이 있을 때입니다. 그래야만 타인들을 위해 자기 것을 내줄 마음의 '여유'가 생깁니다. 이 여분의 크기가 이웃에 줄 수 있는 도움의 크기를 제한합니다. 즉 공동체는 이 여분의 범위 안에서 함께 생존할 '능력'을 가지며, 그 범위를 넘어서는 지점에서 공동체는 자신의 무능력을 드러내게 됩니다.[7]

〈심청전〉에서 300섬의 쌀이 바로 그렇습니다. 심봉사의 눈을 뜨게 해줄 수 있다는 분량이지만, 이건 아무리 심청이네를 도와주고 싶어도 공동체의 능력 범위를 벗어납니다. 부조할 수 있는 여분을 초과하는 재화입니다. 그렇기에 그것이 심청의 목숨이 달린 문제임이 드러나도 공동체는 해결해줄 엄두조차 못 냅니다. 공동체 안에서 재물의 통상적인 순환을 크게 넘어서는 이 정도의 재화를 추출하면 공동체 자체가 와해되어 '죽고' 맙니다.

심청이 장승상 댁 부인의 쌀을 받지 못하는 데는 이런 이유도 있을 겁니다. 심청이 쌀 300석에 몸을 팔았다는 말을 듣고 부인이 불러 말합니다. "내가 어떻게 해서든 쌀 300석을 마련해볼 터이니 뱃사람들에게 그 쌀 돌려"주라고. 재상의 부인이건만 "어떻게 해서든"이라고 말해야 할 재물인 것입니다. 이것저것 팔면 마련할 수야 있겠지만, 부인 댁이 입을 타격은 결코 작지 않습니다. 그렇기에 설령 준다고 해도 그냥은 받을 수 없는 게지요. 심청이 심봉사에게 장승상 댁 부인이 쌀 300석을 주었다고 거짓말하면서 "수양딸로 팔렸나이다"라고 했던 것도 이 때문일 겁니다. 팔리지 않고서는, 즉 몸이나 생명을 내주지 않고서는 얻을 수 없는 과도한 여분의 재화인 것입니다.

공동체 안에서 해결되기 힘든 이런 재화를 얻을 길은 공동체 내부에 없습니다. 그것은 바깥에서 얻어야 합니다. 공동체 사이를 돌

---

7 물론 이것이 다는 아닙니다. 화폐가 끼어들게 되면 여분이 충분해도 구성원을 살리는 능력이 현저히 떨어집니다. 화폐와 교환하기 위한 잉여분이 여분을 잠식하기 때문입니다. 이런 점에서 여분과 잉여분은 유사해 보이지만, 서로 대립적인 위치에 있다고 할 수 있습니다.

며 재화를 사고팔아 돈을 버는 상인들이 그렇습니다. 〈심청전〉의 남경 상인들, "장사하러 만 리 밖을 떠다니는 장사꾼들"입니다. 자본주의 이전의 상인들, 그들은 도시와 도시 사이, 마을과 마을 사이, 공동체와 공동체 사이를 떠돌며 어떤 곳에 필요한데 없는 것을 다른 곳에서 구해다 파는 이들입니다. 상인들의 영역은 필요한 물자가 직접적으로 순환되는 공동체 내부가 아니라, 무언가 이윤을 남기지 않고서는 행해지지 않는 화폐가 매개하는 교환의 영역입니다. 상인의 영역, 그곳은 공동체적 관계나 활동이 정지되고 물자의 순환이 중지되는 공동체의 '외부'입니다.[8]

상업이란 공동체 내에서 생존을 위해 필요한 물자가 순환되는 것과는 다른 이유에서 물자를 유통시키는 활동입니다. 그렇기에 생존에 필요한 부분을 약간 상회하는 공동체의 여분과는 달리, 이윤을 위해 모은 거대한 '잉여분'을 유통시킵니다. 그들에겐 100여 가구가 모여 있는 공동체에서 조달 불가능한 거대한 잉여분이 있습니다. 상인들에게 '잉여분'이란 순환에 필요한 것을 초과한 부분('여분')이 아니라 그 자체가 유통의 대상이고 집적의 대상이기 때문입니다. 상품이 바로 잉여분이지요. 즉 상인이 가진 것은 본질적으로 모두 '잉여분'입니다.

심청은 자신에게 필요한 거대한 양의 물자를 밖에서 온 상인들로부터 조달합니다. 그러나 증여가 아닌 교환의 영역이기에 심청 역시

8　교환 수단으로서의 화폐가 발생하여 사용되던 것도 공동체 내부가 아니라 공동체 사이에서였습니다. 막스 베버는 "일반적 교환 수단으로서의 화폐 기능은 대외 교역에서 시작된 것"이라고 하며(Weber, 1990: 255), 폴라니는 시장 또한 그렇다고 말합니다. "시장은 주로 경제의 내부에서 기능하는 제도가 아니고, 제도 밖에서 기능하는 제도였다. 시장은 원격지 회동의 장소였다. 본래의 [내부적인] 지방 시장은 별로 중요하지 않았다."(Polanyi, 1991: 79) 화폐가 공동체 안에 자리 잡는 양상에 대해서는 이진경(2004: 85~95)을 참조.

그에 상응하는 무언가를 대가로 주어야 합니다. 알다시피 그것은 자신의 생명이었습니다. 한편으로 이는 심봉사에게 필요한 '여분'이 치명적일 만큼 큰 것이었음을 의미합니다. 다른 한편 이는 심청의 동냥에서 보이듯 공동체의 여분이 생명과 지속과 유지를 뜻하는 것이었다면, 상인들의 잉여(상품)는 생명의 중단을 뜻하는 것이었음을 보여줍니다. 상품이 화폐와 맞물려 공동체의 순환계 안으로 본격적으로 침투하여 자리 잡게 될 경우에는 공동체 내부에도 생명의 중단을 야기하게 됩니다. 〈흥부전〉이 다루는 주제가 바로 이것입니다.

심청의 죽음과 관련하여 하나 덧붙이면, 공양미 대신 요구되는 심청의 죽음을 '희생제의'라고 해석하는 경우가 있는데, 이정원 (2010)은 이를 좀더 강하게 표현하여 "공동체에 의한 살해"라고 주장합니다. 희생제의라면 제물을 바칠 이유가 있어야 합니다. 물론 남경 상인들에게는 그 이유가 분명합니다. 즉 남경 상인을 기준으로 하면 희생제의라고 할 수 있겠지요. 그러나 심청이 그걸 위해 제물이 될 이유는 없지요. 그렇기에 그들은 큰돈을 주고 제물을 사야 했습니다. 다시 말해서 남경 상인들에게 심청은 제물이지만 일방적으로 희생을 요구하는 제물이 아니라 돈을 주고 산 '상품'입니다. 즉 〈심청전〉이 희생제의를 다룬 텍스트라는 말은 심청이 남경 상인을 위한 희생물이란 뜻이 아닙니다. 심청이 속한 공동체의 희생제의고 희생물이란 뜻이지요.

그런데 심청이 속해 있는 공동체에는 심청을 제물로 바쳐 희생제의를 해야 할 이유가 없습니다. 이정원은 아버지의 눈을 뜨게 하려는 것이 이유라고 하는데, 이는 희생제의를 수행하는 공동체에 귀속되는 게 아니라 심봉사 개인에 귀속되는 이유란 점에서 희생제의란 말에 부합하지 않습니다. 더구나 심봉사가 제의를 위해 딸을 희생물로 삼고자 한 적은 없으며, 심청이 제물이 된 것은 심봉사가 자탄하고 자책하는 치명적 '실수'를 저질러서입니다. 이정원 스스로도 희생 제의를 위해서는 그것으로 해결해야 할 공동체의 위기가 있어야 한다고 하는데, 심청이 속한 마을에 어떤 위기가 있었음을 〈심청전〉에서 읽어내기란 불가능합니다. 심청의 죽음을 두고 "공동체의 공모에 의한 살인"이라거나 "부친에 의한 살해"라고 보는 것은 죽음이라는 결과를 들어 그렇게 말할 수야 있겠으나, 심봉사나 공동체가 어떤 목적을 두고 살인을 '의도'했음을 보여주지 못하는 한 심청 스스로 택한 희생을 과장한 것이란 비판을 면하기 어려울 듯합니다. 이정원은 심봉사와 화주승 등 모든 관계를 '계약'이란 말로 요약함으로써 '계약'이 표상하는 교환관계를 과장하여 일반화하고 있지만, 모든 약속이 '계약'은 아니지요. 엄격한 의미에서 '계약'이란 공동체적 증여관계를 상인적인 교환관계가 대체할 때 나타나는 것입니다. 실제로 〈심청전〉에서 '계약'이란 말은 심청이 300석의 공양미를 받기로 하고 남경 상인에게 자신의 몸을 주기로 한 '교환'관계에 대해서만 타당합니다. 심청의 목숨은 상인들과의 교환 대상입니다. '계약'은 이 교환관계를 지칭합니다. 즉 심청의 죽음은 희생을 요구하는 공동체 내부에서 온 게 아니라, 피할 수 없이 받아들여야 했던 교환의 불가피성에서 온 것이라고 해야 합니다. 그런데 계약을 동반한 이 교환이 심청에게 '죽음'으로 다가온다는 것은 의미심장합니다. 공동체 밖에서 안으로 침투해온 돈과 교환은 공동체 내부에 있던 이에겐 죽음을 뜻하는 치명적인 것이 될 수도 있음을 보여주기 때문입니다.

4. 축장과 잉여인간: 〈흥부전〉

〈심청전〉에서 화폐는 공동체와 상반되는 방향의 힘을 갖는다는 것이 부분적이고 간접적인 양상으로 드러납니다. 반면 앞서 말했듯이 〈흥부전〉에서는 그 힘이 극적으로 과장되어 전면적으로 드러납니다. 흥부가 사는 마을은 굶는 자를 공동으로 부양하는 공동체적 기능을 수행하지 않으며, 심지어 가족이라는 공동체마저 돈과 부의 축적을 위해 해체되고 마는 것을 놀부를 통해 보여줍니다. 그러나 이는 단지 화폐가 공동체 안에 들어오는 것만으로는 발생하지 않습니다. 〈심청전〉에서도 이미 화폐는 부분적으로 사용되고 있으며, 심지어 곽씨 부인은 살림을 위해 애써 모은 돈을 '이자'를 받고 빌려주기도 하지만 공동체는 파괴되지 않았고, 생활능력 없는 이들을 제대로 부양했습니다. 돈이 도는 범위가 국지적이었고 그 영향력 또한 극히 제한되어 있었기 때문입니다. 곽씨 부인의 '이자놀이'조차 '축재'의 일반적인 방법이라기보다는 가난한 살림을 위한 것이었습니다. 죽기 직전 곽씨 부인이 "이동지 집에 열 냥 맡겨놓았으니" 그거 찾다가 장례 비용으로 쓰라는 말에서 보이듯, 빌리는 이나 빌려주는 이나 대개는 비상시 생활의 결핍을 메우기 위해 주고받는 정도였습니다. 이리하여 공동체가 유지·존속되었고, 그 덕분에 심봉사와 심청은 계속 살아갈 수 있었습니다.

반면 〈흥부전〉에서 화폐경제는 충분히 확산되어 생산이나 살림 전반에 지배적인 것으로 나타나는데, 그렇게 되면 어떤 일이 벌어지는지를 보여주지요. "너 먹이자고 노적가리를 헐겠느냐"는 말이 단적으로 드러내듯이, 현물의 재화조차 먹고사는 것과 분리된 어떤 것이 됩니다. 또한 품을 파는 흥부나 박을 타는 일을 시키고자 돈을 주고 째보를 사는 놀부나 모두 '노동'과 돈을 주고받는 교환관계 속에 들어가 있습니다. 이는 정치경제학에서 사용하는 개념을 빌리자면 노동력이 상품화되었음을 뜻합니다. 생산물이 돈과 교환되는 것보다 훨씬 더 근본적이고 심층적인 지점에까지 화폐경제가 침투했음을 뜻하지요.

결정적인 차이는 저장과 구별되는 '축장'이란 사태가 전면화되는 데 있습니다. 이것이 화폐를 부르고, 화폐는 역으로 이를 가속화합니다. 〈흥부전〉은 공동체에서 축장이 야기하는 사태를 다룹니다. 과장을 통해 그것이 초래할 사태를 예시하며 경고하는 텍스트입니다. 공동체 안에서 생산된 것을 축장하려는 욕망, 그런 축장을 가능케 해주는 화폐에 대한 적대감, 그리고 축장에 의해 그 반대편에 산출되는 '잉여'(잉여인간)의 문제를 드러내며 나아가 그 문제의 해결을 위한 '탕진'의 방법까지 일관되게 보여주는 작품입니다.

축장이란 비축해두는 것입니다. 그러나 단순한 저장과는 전혀 다른 비축입니다. 개체가 공동체를 구성하는 것은 자기 생존에 '이득'이 되기 때문입니다. 식물과 동물이 그렇듯이, 참여자가 순환계를 이룰 때 하나의 '배설물'(가령 식물의 산소)이 다른 하나의 '먹이'가 되면서 서로에게 이득이 생겨납니다. 먹고 먹히는 생태적 순환계도 그렇습니다. 이처럼 순환계를 이룰 때 발생하는 이득을 '순환의 이득'이라고 합시다. 상호 간에 증여하고 증여받는 이 이득이 공동체를 만들고 유지하게 하는 요인입니다.[9]

---

9 이에 대한 상세한 내용은 이진경(2010) 3~4장 참조.

공동체 안에서 생산된 '순환의 이득' 가운데 직접적으로 사용되는 것을 초과하는 부분은 비축될 수 있습니다. 먹고사는 데 필요한 것을 넘어서는 곡식이나 농작물, 옷감이나 가죽 등이 그것입니다. 그러나 저장과 축장은 다릅니다. 저장이란 이후의 소비를 위해 비축해두는 것입니다. 이는 생산된 것을 모두 소모하는 순환계에서도 불가피합니다. 가을에 걷은 곡식은 겨울이나 봄여름을 위해 저장해두어야 합니다. 그런 점에서 저장은 '유예된 소비'를 뜻합니다. 여기에는 생존을 위한 경작 수준에서 다음 해의 파종을 위한 씨앗의 저장도 포함됩니다.[10]

반면 축장은 이후의 소비를 위한 것과는 다른 이유로 비축해두는 것입니다. 그것은 소비와 파종 같은 사용가치의 이용과는 전혀 다른 목적으로 비축됩니다. 남들에게 빌려주고 그 대가를 받는다거나, 남들에게 자신이 필요한 일을 시키고 지불할 대가로 비축한다든가 하는 등등이 그것입니다. 따라서 어디서나 그런 축장이 이루어지는 건 아닙니다. 비축한 것을 이와 같이 특별한 목적으로 사용할 수 있는 관계가 없다면 축장은 이루어지지 않습니다. 가령 '원시사회'에서는 보통 직접적인 소비와 단순 저장을 초과하는 축장이 행해지지 않으며, 그런 행위는 윤리적으로 비난받곤 합니다. 앞서 포틀래치에 대한 이야기에서 말했듯이 자연발생적으로 비축되는 여분은 과도해지거나 축장되지 않도록 의도적으로 파괴해버립니다. 그것이 공동체 안에 계급관계나 불평등한 관계를 만들어내지 않도록. 이마무라

---

10 생존을 위한 생산이 아니라 판매를 위한 생산에서 종자는 저장이 아니라 축장을 위한 비축물에 해당됩니다. 단순 파종과 상업적 목적의 파종이 구별되어야 하지만, 이하에서 '파종'은 '상업'이나 '축장'과 대비되는 단순 파종의 의미로 사용합니다.

쇼헤이의 영화 「나라야마 부시코」를 보면 동네 주민들이 남몰래 곡물을 축장하던 일가족을 생매장한 다음 그들이 감추어둔 곡물을 나누어 갖고 흩어지는데, 이는 '원시사회'가 축장에 대해 갖는 적대감을 표현합니다.

축장은 현물 형태보다 저장하거나 사용하기 편리한 화폐 형태가 더 유리합니다. 그래서 대개 화폐 형태로 발전하지요. 그렇다고 축장이 꼭 화폐의 비축만을 뜻하지는 않습니다. 흥부가 먹을 것 좀 달라고 왔을 때 놀부네 집 한쪽에 거하게 쌓여 있던 노적가리의 쌀, 옷장 속에 쟁여놓았을 비단이나 베 같은 옷감, 혹은 어딘가 깊숙이 숨겨놓았을 패물이나 보석 모두 이런 비축물입니다. 이처럼 재화 형태로 축장된 비축물은 흔히 고리대금업 따위에 사용된다고 생각하지만, 그것만은 아닙니다. 농사를 위한 일꾼이나 집안일을 시킬 하인을 고용하는 것, 재물을 지킬 무사나 소작료 걷으러 다닐 사람들을 고용하는 데도 사용합니다. 장에 나가 돈 될 만한 상품을 사다 쌓아두고 값이 오를 때를 기다리는 것도 이런 비축물 사용의 흔한 예입니다.

놀부의 가족-공동체는 이런 축장으로 인해 해체됩니다. 좀더 많이 축장하기 위해 놀부는 동생 가족을 쫓아냅니다. 두 형제는 축장으로 파괴된 세상의 두 극極입니다. 놀부가 가능한 한 최대치를 축장하려는 의지를 표상하는 인물이라면, 흥부는 그런 욕망으로 인해 공동체의 순환계에서 쫓겨나 생존을 위해 품을 팔아야 하는 인물입니다. 놀부는 사용하고 남은 여분을 축장하는 것도 모자라 축장을 위해 동생 흥부를 쫓아냅니다. 사실 축장이 본격화되면 그것은 축장분의 극대화라는 고유의 논리를 따라 진행됩니다. 여기에 방해가 되는 것은 모두 밀쳐내거나 제쳐두고 나아갑니다. 반면 홍부는 자연적 다산성을 지닌 인물입니다. 그가 낳은 스물다섯 명의 자식은 이 자연적 다산성을, 자연적 능력의 다산성을 직접적으로 표현합니다. 그러나 먹여 살릴 음식이 충분하지 못하다면 이는 역으로 결여를 뜻하는 조건이 됩니다. 홍부 가족은 '여분'은커녕 아이들을 먹여 살릴 최소한의 물자도 얻을 수 없는 빈약한 공동체입니다. 하여 형인 놀부를 찾아가지만 놀부는 제사 음식이 아까워 돈을 대신 놓고, 제사상 밑으로 빠진 돈 한 푼 때문에 아랫사람을 죽일 뻔하기도 하며, 그런 일을 방지하기 위해 꾸러미째 돈을 놓았다가 다시 거두어두는 인물입니다(신재효본 〈박홍보가〉, 김태준 역주, 『홍부전/변강쇠가』, 111). 놀부는 이렇게 답합니다.

쌀이 많이 있다 한들 너 주자고 노적을 헐며, 벼가 많이 있다고 한들 너 주자고 섬을 헐며, 돈이 많이 있다 한들 너 주자고 괴목 궤 가득 든 것을 문을 열며 (…) 겻섬이나 주자 한들 큰 농우가 네 필이니 너 주자고 소를 굶기랴. 염치없다 홍부 놈아.(경판본 〈홍부전〉, 23~25)

쌀을 쌓은 노적가리, 그게 필요할 때에 먹고 쓰기 위해 쌓아둔 거라면 단순 '저장'에 속한다고 할 것입니다. 그러나 "너 주자고 헐 순 없다"고 할 때의 그 노적가리는 먹고살기 위한 것이 아니라 비축 자체를 위한 것, 재산으로서 비축된 것이란 점에서 '축장'에 속합니다. "너 주자고 개나 소를 굶기겠느냐"는 말도 하지만, 이는 개나 소가 굶는 것에 대한 연민 때문이 아니라 재산으로서의 개나 소의 보존이란 목적에서 하는 말입니다. 재산을 축내면서 너를 먹여줄 순 없다는 것입니다. 축장이 먹고사는 최소 생존의 문제보다 우위에 있음을 잘 드러내는 말들입니다.

이렇듯 축장의 논리는 생존의 논리와 대립됩니다. 축장이 본격화되면 어디서나 양적 증가를 향한 축장의 논리가 자연적 생존의 논리를 거슬러 작동합니다. 놀부의 행동은 자연적이고 순행적인 순환에 거스르는 이 축장의 욕망이 체화되어서 그런 것입니다. 소설이나 판소리 모두冒頭에 나오는 놀부의 심술에 대한 유명한 노래는 삶의 자연적인 흐름을 거스르는 역행적인 행동을 극적으로 과장하여 보여주는 탁월한 익살입니다.

저 놀부의 심사를 볼작시면, 초상난 데 춤추기와 불붙은 데 부채질하기, 해산한 데 개 닭 잡기, 장에 가면 억매抑賣 흥정, 집에서는 몹쓸 노릇, 우는 아이 볼기 치기, 갓난아이 똥 먹이기, 무죄한 놈 뺨 때리기, 빚값에 계집 빼앗기, 늙은 영감 덜미 잡기, 애 밴 계집 배 차기, 우물 밑에 똥 누기, 오려논에 물 터놓기, 잦힌 밥에 돌 퍼붓기, 패는 곡식 이삭 자르기, 논두렁에 구멍 뚫기, 호박에 말뚝 박기……(《흥부전》 경판본, 17쪽)

축장한다는 것은 순환계 안에 만들어지는 자연발생적인 여분을 빼돌려 전혀 다른 목적을 위해 비축하는 것입니다. 이로써 의도적인 '잉여분'이 됩니다. 순환계의 다산성 내지 풍요를 뜻하는 '자연적 부'는 이제 양적인 집적물을 뜻하는 '경제적 부'가 됩니다. 여기서 '경제적'이란 말은 축장을 극대화하기 위해 절약하여 비축함을 뜻합니다. 이는 자신을 위해서든 이웃을 위해서든 아낌없이 사용하고 나누어주는 풍요로움과는 반대로 비축을 위해 소비를 인위적으로 극소화하는 인색함을 함축합니다. 그래서 자연적 부와 경제적 부는 정반대의 의미와 방향을 갖습니다. 하나는 쓰기 위한 부인 반면 다른 하나는 비축하는 부이기에 그렇고, 하나는 여분을 나중에 사용하거나 함께 사용하게 될 부인 반면 다른 하나는 축장을 위해 의도적으로 '여분'을 만들어 집적하는 부이기에 그렇습니다. 놀부가 "너 주자고 노적가리 헐겠느냐"고 한 말은 이런 축장의 정신을 정확하고 극적으로 보여줍니다.

저장과 달리 축장은 자신이 이후에 사용할 게 아니기에 굳이 현물 형태로 비축할 이유가 없습니다. 아니, 최대한 오래 비축하고 그때그때 목적에 맞게 이용하려면 돈으로 바꿔두는 것이 가장 유리합니다. 제사상에 고기와 과일 등의 제물 대신 돈을 올려놓는 놀부의 발상은 여기에 탁월하게 부합합니다. 어차피 먹지 않을 건데 돈 들일 거 있나, 돈을 직접 올려놓으면 되지…… 이는 사실상 돈을 향해 절하며, 조상이나 신 대신 돈에 제사지내는 겁니다. '어차피 먹지 않을 건데'라는 말은 비축을 위한 인색함이 제사의 의미조차 배반함을 보여줍니다. 사회학자 뒤르켐에 따르면, 사실 제사는 공동체가 공동의 조상을 주기적으로 표상하는 기능과 함께 공동의 음식을 나누어 먹는 것(음복)을 본질로 삼습니다(Durkheim, 1992). 그 음식을 나누어 먹는 범위가 공동체의 경계라고 해도 좋을 것입니다. 그런데 놀부는 제사상의 음식을 돈으로 바꿔치기하여 먹을 수 없게 했던 것이니, 이는 사실 공동체가 작동하는 양상에 정면으로 반하는 것입니다. 나누어지지 않았으니 한집안의 가솔들도 공동체가 아닌 것입니다. 따라서 잃어버린 돈 한 푼 때문에 하인을 죽일 뻔했다는 말은 좀더 강하게 이해되어야 합니다. 이는 또한 제사나 잔치에서 과도한 음식을 차림으로써 자연발생적 여분을 일부러 소모하는 것과 정반대로 자연적 여분 이상을 돈으로 바꾸려는 축장의 의지를 과시한 셈입니다.

여분을 비축하는 게 아니라 비축을 위해 잉여분을 극대화하려하니 당연히 순환계 안에서 여분은 극소화되고 심하면 생존에 필요한 최소치의 물자도 얻지 못하는 일이 발생합니다. 하여 놀부는 먹는 입을 줄이고자 흥부네를 내쫓습니다. "동생 신세는 고사하고 젊은 아내와 어린 자식을 뉘 집에 가서 의탁하며 무엇으로 먹어 살리겠어요. 당나라 장공예는 아홉 세대가 함께 살았다는데 아우 하나 있는 것을 나가라 하십니까?"(《박흥보가》, 103) 잉여분이나 잉여가치를 위한 축장이 이루어질 때 그 반대편에는 이른바 '잉여'가, 즉 잉여인간이 나타나는 것입니다. 흥부는 선구적인 '잉여'의 초상입니다.[11]

잉여 물자나 잉여가치가 순환계에서 유리되어 밖으로 떠돌게 되는 물질적 '잉여'라면, 잉여인간은 순환계에서 유리되어 생존 수단을 찾아 밖으로 떠돌게 되는 인간적 '잉여'입니다. "불쌍한 흥보 댁이 부

---

11 이현국은 흥부의 가난과 놀부의 윤리성은 별개의 문제라고 하면서, 부모의 재산을 놀부가 다 차지한 것은 형제의 우애를 부각시키기 위함이며, 놀부의 비윤리성은 비난받을 만하지만 흥부의 가난은 형제간의 윤리적 차원을 넘어선 문제라고 봅니다. 흥부의 가난은 서민층의 가난을 상징하기에 그렇다고 보는 것입니다(이현국, 2001: 286~287). 그렇다면 흥부의 가난은 어디서 비롯되었을까요? 개인적인 게으름? 하지만 뒤에 보면 나오듯, 흥부 부부는 온갖 일을 다 합니다. 사실은 반대입니다. 놀부가 '생산수단'(토지와 재산)을 독점한 데다, 축장을 위해 흥부네를 쫓아내서 빈곤이 발생한 것입니다. 서민의 빈곤 또한 그렇습니다. 공동체적 순환계 안에서 축장을 위해 행해지는 독점과 축출이 '잉여'를, 먹고사는 것조차 힘든 빈곤을 만들어내는 것입니다. 즉 흥부의 가난은 재산을 독점하고 그를 내쫓은 놀부에 기인하며, 이는 형제의 윤리에도 반할뿐더러 공동체의 윤리에도 반합니다.

잣집 며느리로 먼 길 걸어보았겠나. 어린 자식 업고 안고 울며불며 따라갈 때, 아무리 시장하나 밥 줄 사람 어디 있으며 밤이 점점 깊어간들 잠잘 집이 어디 있나."(《박흥보가》, 103) 심봉사는 생존할 능력이 없었고 노동도 하지 않았지만 가족 아닌 이웃들이 먹여 살려 '잉여'가 되지 않았던 반면, 흥부는 별별 노동을 다 하지만 가족으로부터도 쫓거나 걸인 같은 '잉여'가 되어 마을 밖으로 떠돕니다. 한쪽엔 가족보다 나은 이웃이 있고, 다른 쪽엔 이웃보다 못한 가족이 있습니다. 나중에 흥부는 이왕 빌어먹을 거, 전곡이 많은 데로 가보자며 원산, 강경, 포주, 법성리, 낙안, 부안 등 전국을 떠돌아다닙니다(《박흥보가》, 105). 이들이 빌어먹는 것은 이미 동냥이 아닌 구걸입니다.

구걸하는 잉여의 삶은 그에 걸맞은 신체와 능력을 산출합니다. "저물도록 빡빡 굶고 풀밭에서 자고 나니 죽을밖에 수가 없어 염치가 차차 없어갔다. 이곳저곳 빌어먹고 한두 달 지내가니 발바닥이 딴딴하여 부르트는 일이 아예 없고, 낯가죽이 두터워져 부끄러움이 하나도 없어졌다. 1년, 2년 넘어가니 빌어먹는 수가" 터졌답니다(《박흥보가》, 103). 그 와중에도 가부장제의 모습은 여전합니다. 흥부는 객사나 당산 정자 밑에 버티고 앉아 어린 것을 옆에 놓고 담뱃대 붙여 물고 솥을 닦든가 냇가 방죽에 자리 잡고 낚시질을 하고, 흥부 마누라는 어린아이 등에 업고 가지에 밥을 빌고 호박잎에 건건이를 얻어오면, 염치없는 흥부는 가장 티를 내느라고 더디 왔느니 하며 지팡이로 매질도 하여보고 입에 맞는 반찬이 없다고 투정을 합니다(《박흥보가》, 105).

부랑 끝에 고향 근처 "인심이 순후한" '복덕'이란 동네 빈집에 자리 잡지만, 거기가 아직 망가지지 않은 공동체라 해도 흥부네야 그

곳 구성원이 아니니 구걸해야 하는 잉여 신세는 면치 못합니다. 굶
는 애들에 처에게 등 떠밀려 놀부집에 가보지만 매만 맞고 돌아오
지요. 형수는 걸인에겐 밥을 주지만 흥부에겐 주지 않는데, 걸인이야
한번 주면 그만이지만 흥부네는 한번 주면 계속 주어야 하기 때문
입니다. 그는 흥부가 가족이라는 공동체 안으로 다시 밀고 들어올
것을 두려워하는 것이지요. 간만에 온 아우를 두들겨 팬 놀부의 계
산은 이렇습니다. '저놈의 생긴 것이 빌어먹기에 투가 나서 달래서는
안 갈 테고 주어서는 또 올 테니, 죽으면 굶어 죽지 맞아 죽을 생각
은 없이 하는 것이 옳다.'(《박흥보가》, 117)

쫓겨나 되돌아온 흥부네가 구걸 대신 선택한 건 품팔이입니다. 즉
노동하는 것입니다. "흥부가 품을 팔 때, 매우 부지런히 서둘러 높은
논 낮은 논上坪下坪 김매기, 먼 산 가까운 산遠山近山 잡초柴草 베기, 먹
고 닷 돈에 장 서두리[잡일해주기], 십 리 돈 반에 가마 메기…… 들
병장수 술짐 지기"[12] 등등을 해보지만 시골에서 할 수 있는 일이 많
지 않아 나중엔 서울로 가 종살이를 합니다. 그것도 하다 안 돼 남을
대신해 맞는 매품을 팔려 합니다만 그마저도 순서에서 밀려 한 대도
못 맞고 빈손으로 돌아옵니다. 그 꼴을 본 흥부 아내, 대신 품을 팔
러 나섭니다. 밭매기, 김장하기, 방아 찧기, 삼 삶기, 물레질에 빨래
하기, 채소밭에 오줌 주기까지 한시도 쉬지 않고 밤낮으로 하지만 늘
굶습니다.(《박흥보가》, 123~125)[13] 해도 해도 안 되니 자결이나 할까
하여 치마끈으로 목을 매니, 남편 자식 어찌 되겠느냐며 흥부가 저
먼저 죽겠다고 나서는 통에 죽지도 못합니다. 죽음보다 못한 삶, 죽

---

12 알기 쉬운 말로 약간 바꿔서 인용했습니다.

지도 못하는 삶, 그게 순환계에서 추방당한 잉여의 삶입니다.

5. 생명의 순환계와 탕진의 경제학

구렁이에게 쫓기다 떨어져 비틀대는 새끼 제비와 흥부는 그 이유나 양상은 다르지만 순환계 밖으로 밀려나 죽음에 직면한 개체라는 점에서 서로 닮았습니다. 흥부가 제비 다리를 치료하여 둥지 안에 다시 넣어주는 것은 제비 가족이라는 순환계 안으로 돌려보내 생존할 수 있게 해주는 것입니다. 이는 이전에도 "남의 일 해주느라" 돈 한 푼 못 번다고 놀부에게 미움받던 흥부의 태도(《박흥보가》, 101)와 연속적인데, 사실 증여로 유지되는 공동체에서는 자연스러운 행위입니다. 순환능력의 회복, 그것이 흥부에게나 떨어진 제비에게나 절실한 것이었습니다. 반면 구렁이나 놀부는 순환계를 깨는 자라는 점에서 같습니다(물론 놀부와 달리 구렁이는 축장이 아닌 생존 즉 자신의 순환계를 유지하기 위해 깨는 것이며, 이는 자연적 순환의 순리에 따른 것입니다). 놀부가 나중에 제비 다리 부러지는 걸 기다리다 못해 일부러 부러뜨리는 것은, 돈을 위해 자연적 순환의 흐름에 역행하던 이전의 행위를 반복한 것입니다. 쓰고 남은 걸 (기다려) 축장하는 게 아니라 쓰기 전에 축장하는 것, 축장하기 위해 쓰지 않는 것, 아니 쓰지 못

13 조동일(1983)은 놀부라는 인물의 근면성과 적극성 등에 대해 긍정적으로 평가하는데, '근면성'으로 보자면 이처럼 밤낮으로 일하는 흥부 부부가 더 근면하다 해야 합니다. 반면 놀부의 근면성이나 적극성이란 축장하고 돈을 모으는 것밖에 없습니다. 〈흥부전〉은 이런 치부활동이 공동체에 치명적임을, 심지어 형제 가족의 공동체마저 해체할 수 있음을 보여주는 작품이며, 그렇기에 놀부에게는 잔혹한 치부 말고는 뒤집어 해석할 만한 별다른 행동을 할당하지 않습니다.

하게 하는 것 말입니다.

제비가 흥부에게 보은하는 것을 두고 "현실적 힘의 논리가 아니라 기적의 논리라는 점에서 매우 초월적이고 관념적이다"(이현국, 2001: 296)라고 보는 것은, 고전소설에서 천상계가 개입함으로써 자주 해결된다는 것을 생각하면 적절한 평가는 아닌 듯합니다. 물에 빠진 심청의 구원이나 죽을 위기에 빠진 숙향의 구원, 혹은 자살 직전 사정옥의 구원 등 초월적 힘의 개입과 구원이 흔히 발생합니다. 이런 공상적이고 낭만적인 해결 방식은 엄혹한 현실에서 나름의 출구나 돌파구를 찾는 현실적 문제의식의 산물이라는 '리얼리즘적' 평가(정출헌, 1999: 318)가 오히려 더 적절해 보입니다. 하지만 어차피 천상계와 현실계가 연결되어 있고 공상적 사건이 일상적으로 일어나는 근대 이전 소설에서 사건의 현실성 여부를 따지는 독해는 적절하지 않아 보입니다. 그런 사건을 굳이 텍스트가 속한 당대와 연결하여 '현실적' 의미를 찾기보다는 텍스트 안에서 갖는 '상징적' 의미를 추적하는 게 더 나을 것입니다.

흥부가 제비를 치료해주는 것이 생존 가능한 '순환계' 안으로 되돌려준 것이었다면, 그에 대한 제비의 응보 또한 생존이 위태로운 흥부를 생존 가능한 순환계 안으로 되돌려보내는 것이었습니다. 그것이 어떻게 가능할까요? 제비야 다리를 치료해 그의 형제 부모가 있는 둥지로 되돌아가면 되지만, 흥부 가족이 되돌아갈 공동체는 이미 해체되어 없다는 게 난점입니다. 가족 공동체도, 마을 공동체도 화폐에 의해 붕괴돼버렸습니다. 이런 상황에서 가장 손쉬운 해결책은 흥부 가족을 독자적으로 생존 가능한 공동체로 재구성해주는 것입니다. 그러려면 가족들이 결여하고 있는 것, 즉 생존에 필요한 물자를 주어 다시 하나의 순환계가 작동하게 해야 합니다. 여기에 빈털터리가 된 놀부가 흥부에게 되돌아옴으로써 이전의 가족 공동체가 흥부 가족을 넘어선 차원에서 다시 구성되는 것을 더해야 합니다. 놀부의 손에서 돈을 제거함으로써 돈으로 깨진 공동체적 순환계가 재구성될 가능성을 여는 것입니다. 여기서 인과응보요 자업자득이라고 하기에 충분한 대응성을 발견할 수 있지 않을까요?

흥부의 박에서 나온 것과 놀부의 박에서 나온 것을 유심히 비교해보면, 어쩌면 〈흥부전〉의 요체를 이룬다고 할 이 응보의 해석이 과장만은 아닌 것을 알 수 있습니다.[14] 먼저 흥부의 박에서 나온 것들은 막연한 '부'를 뜻하는 재물이나 돈이 아니라 순환계가 다시 성립되는 데 필요한 물자입니다. 역으로 말하면, 망가진 순환계를 회복했을 때 순환의 이득을 통해 다시 얻을 수 있는 '자연적 부'와 풍요에 속하는 것들입니다.

첫째 박에서는 청의동자가 나와 귀한 약을 주고 갑니다. '뜬금없이 웬 약?'이랄 수도 있지만, 다친 몸을 흥부가 치료해준 데 대한 보은으로 가장 먼저 상한 몸을 치유할 약이 나온 건 당연하지 않을까요? 혹은 생존을 위해 일단 몸부터 치료하라는 제비의 전언이라고 봐도 좋을 것입니다. 오래 굶고 고된 삶을 살았으니 몸이 성할 리 없으리라 판단했던 것일까요? 그러나 당장 먹고사는 일이 급한 흥부네

---

14 경판본 〈흥부전〉이나 신재효본 판소리 〈박흥보가〉나 박타는 이야기가 전체 분량의 3분의 2 정도를 이룹니다. 즉 〈흥부전〉의 대부분은 박타는 장면입니다. 이를 고려할 때 이제까지 〈흥부전〉에 대한 해석이 박타는 이야기, 박을 타서 나오는 것들에 거의 관심을 갖지 않았던 것은 기이한 일입니다. 〈흥부전〉의 화소들을 세심하게 분해하여 비교·연결하며 해석한 조동일(1993)조차 박을 타서 나온 것들에 대해서는 거의 언급하지 않습니다. 그러나 〈흥부전〉에 대한 어떤 해석도 박타는 이야기와 연관성 및 일관성을 갖지 않으면 적절하다고 하기 어렵습니다.

에게 약은 중요치 않습니다. 당장은 먹을거리와 매일의 생활을 가능하게 해주는 게 급합니다. 그러니 박을 타서 나온 약은 팔아서 먹을 것을 살 대체물로만 보였을 것입니다. 하지만 그건 쉽지 않은 일입니다. "우리 집 약국 연 줄 알고 약 사러 올 사람이 없"기 때문입니다 (《흥부전》, 41). "효험이 빠르기는 밥만 못하"리라며 "저 통에 밥이 들었나" 하면서 다음 박을 탑니다. 이게 역으로 보여주는 바는 제비가 흥부에게 주고 간 것은 돈이 아니라 현물이라는 사실입니다. 배가 고픈 지금으로선 별로 쓸모없어 보이기까지 하는 약이라는 현물.

둘째 박에서 나온 것은 온갖 세간입니다. 자개함롱, 반닫이에서 선단이불, 비단 요는 물론 벼루와 연적에 『동몽선습』 『사략』에서 『논어』 『맹자』 『소학』 『대학』 같은 책, 김치독에 가마까지 나옵니다. 효험 빠르긴 밥만 한 게 없을 거라며 밥을 바라던 흥부 아내는 이 물자에 대해 어떻게 반응했을까요? 여기선 판소리 〈박흥보가〉가 흥부네 마음을 더 잘 알고 있는 듯합니다. 거기선 둘째 박에서 나무상자 두 개가 나옵니다. 하나는 쌀이 들었고, 다른 하나는 돈이 들었습니다. 그걸 보고 "온 집안이 대희하여 그 쌀로 밥을 짓고, 그 돈으로 반찬을 사서 바로 먹기로" 들어갑니다(〈박흥보가〉, 149). 여기서 돈이 돈 자체로서가 아니라 먹기 위해 반찬을 사는 데 쓰이고 있음을 기억해둡시다.

〈흥부전〉의 셋째 박에서 나온 물자는 집 짓는 데 쓰이는 것들과 오곡입니다. 배고픈 이들에게 가장 '효험 있는 약'이 이제야 나왔습니다. 아마 집 짓는 이들까지 나왔던지, 안방 대청 행랑 몸채 등에서부터 정원 마구 곳간에 우물까지 다 만들어줍니다. 벼를 비롯한 온갖 곡식이 천 석 단위로 나오고, 거기에 끼어서 돈도 나옵니다. 비단에 베, 모시 등등과 종들까지 쏟아져 나옵니다. 어디를 봐도 큰 노적들이 쌓여 있습니다. 박타다 말고 이미 잔뜩 먹어댄 판소리 〈박홍보가〉에서는 그리 신이 나서 배를 채우고도 다시 박을 타며 이리 말합니다. "이 박통을 또 타거든 은금보배 내사 싫어, 더럭더럭 밥 나오소." (〈박홍보가〉, 153) 물론 밥이 다시 나오진 않습니다. 비단 보배에 온갖 세간이 쏟아졌을 뿐입니다.

이렇듯 둘째 박과 셋째 박에서 나온 것은 쌀과 옷감, 세간 등 모두 사는 데 필요한 물자입니다. 들어도 알 수 없는 '명품'이 셀 수 없이 나열됩니다. 고급스런 것의 이름을 이리 장황하게 늘어놓고 그 분량을 더없이 과장하여 서술한 것은 모두 '풍요'를 뜻할 터입니다. 많은 노적가리가 나오긴 하지만 어떤 목적을 위해 사용되는가에 따라 저장과 축장을 구별할 수 있다면, 그리고 홍부가 축장을 위해 잉여인간을 만들어내거나 축장된 돈을 놀려 이자를 받아낼 거라고 믿을 이유가 없다면, 이를 단지 풍요로움의 상징적 표현으로 봐도 좋을 것입니다.

그 와중에 나온 돈도 그렇습니다. 판소리본에서는 둘째 박에서 끊임없이 돈 상자가 나오지만, 조금 전에 보았듯이 그 돈은 어느새 반찬으로 대체됩니다. 즉 거기서 돈은 축장이 아닌 직접적인 사용을 위한 매개 수단일 뿐입니다. 소설 〈홍부전〉에서도 돈은 홍부네에게 전혀 특별한 지위를 갖지 않습니다. 수많은 물품 사이에 끼여 한두 문구로 표현될 뿐입니다. 이는 순환계 안에서 실질적인 사용을 위한 물자 가운데 하나임을 뜻하는 것이겠지요. 마지막 박에서는 양귀비를 자처하는 어여쁜 여인이 나옵니다. 가족의 순환계에 소실까지 필요하다고 믿었던 것일까요? 아니면 풍요로움의 끝에는 새로운 불행의 싹이 있음을 보여주려는 것이었을까요? "그 박은 타지 말자"는 흥부 아내의 예감에서부터 "애고 저 꼴을 누가 볼까" 하는 대사까지 더해, 익살스런 마무리를 위해 덧붙여졌을 겁니다.

요컨대 제비가 흥부에게 갖다준 것은 그동안 생존 조건의 결핍으로 고생하던 흥부 가족이 안정적으로 먹고사는 데 필요한 물자입니다. 박을 타며 그들이 소망했던 바도 그것이었습니다. 이제 흥부네 가족은 직접적인 사용을 위한 현물 형태의 물자를 통해 생존 가능한 순환계를 이룹니다. 거기서 '부'는 순환계의 풍요를 뜻하는 자연적인 부이고, 흥부의 30명 남짓한 자식으로 상징되는 자연적 순환계의 잠재적 다산성에 대응하는 표현이라 할 것입니다. 제비는 자신이 흥부에게서 증여받은 것을 확대된 형태로 증여한 것입니다.

제비가 놀부에게 박씨에 담아 돌려준 것 역시 그가 놀부에게서 받은 것과 짝을 이룹니다. 흥부에게서 부자가 된 이야기를 들은 놀부는 사방에 제비집을 지어놓고 제비가 들어오길 기다립니다. 어쩌다 제비가 들어와 알을 낳지만 자주 만져대는 놀부 손에 다 곯고, 하나 남은 게 간신히 부화하긴 하나 구렁이가 오지 않고 제비 새끼가 떨어지지 않으니 제 손으로 잡아 다리를 분지르곤 '치료'해줍니다. 부에 대한 욕심으로 제비들의 멀쩡한 공동체(순환계)를 파괴해버린 것입니다. 이는 이전에 부(축장)에 대한 욕심으로 가족 공동체를 파괴해버린 것과 동형적입니다. 놀부는 확실히 매우 일관성 있는 인물입니다!

이번에도 제비는 자신이 받은 것을 확대된 형태로 되돌려줍니다. 놀부에게 생존의 이유를 제공하는 부를 파괴하는 것, 그리고 이를 통해 놀부가 생존하는 가족이라는 최소 공동체마저 파괴하는 것입니다. 이는 '응보'의 개념에 딱 들어맞습니다. 여기서도 놀부의 박에서 나온 것들, 그들이 놀부에게서 가져간 것들은 앞서 말한 바 있는 〈흥부전〉을 관통하는 주제와 관련해 의미심장합니다.

4개의 박이 열렸던 흥부와 달리 놀부는 10여 개의 박을 얻습니다. 그 박들에서 나온 것은 풍류를 즐기는 거문고쟁이, 시주를 부탁하는 노승, "네 상전이 죽었으니 제물을 차려라"는 상주, 굿판을 벌이는 팔도의 무당들, 거울을 등에 진 등짐꾼들, 덜미잡이를 하며 덤벼드는 1000여 명의 초라니, 놀부 주인을 자처하는 양반 등입니다. 그들이 나와서 한 일은 한결같이 놀부의 돈을 털어가는 것입니다. 나오는 이마다 5000냥씩 걷어가니, 놀부집 곳간에 남아나는 게 없습니다.

이렇듯 매번 돈을 털리면서도 '혹시 다음에는' 하는 기대에 망설이는 째보(박타는 이)를 재촉해 박을 타는데, 이 '혹시 다음에는'이란 기대는 돈을 벌기 위해 사업하겠다는 이들이 투자한 돈을 털어먹고도 반복하는 문구이며, 일확천금을 꿈꾸는 도박꾼들이 거대한 빚을 지면서도 끝내 되풀이하는 문구입니다. 똑같이 일확천금을 바라는 놀부의 욕망에 정확하게 들어맞는 대사이지요. 그러나 그런 기대로 박을 타지만 또다시 나오는 건 1만여 명의 사당패, 1만여 명의 왈짜에 팔도 소경들입니다. 왈짜들에게 시달린 뒤 탄 박에서 팔도의 소경들이 몰려나와 난리를 피우며 경 읽은 값을 내라 하자 "놀부 할 수 없이 5000냥을 주고 생각하니, 집안에 돈 일 푼 없이 탕진하였"(〈흥부전〉, 87)습니다.

돈만 털어가는 게 아닙니다. 사당패는 논밭 문서를 죄다 가져오라 하여 그것마저 털어갑니다. 하나는 놀부의 축장 재산이고, 다른 하나는 그런 축장의 원천이 되는 재산(토지)입니다. 전 재산의 '탕진', 그것이 놀부에게 닥쳐온 징벌입니다. 그들은 묻습니다. "목숨이 귀하냐, 돈이 귀하냐?"(〈홍부전〉, 61) 이는 사실 홍부가 놀부에게 먹을 것을 좀 달라며 찾아왔을 때 암묵적으로 던졌던 질문이고, 돈 때문에 박살난 홍부의 궁상스런 삶을 통해 당시 사람들이 던졌던 질문일 겁니다. 그에 대한 놀부의 대답은 "당연히 돈이 귀하지"였습니다. "너 먹이자고 노적을 헐 순 없지 않느냐"는 말이 그것입니다. 그러나 이번에는 자기 목숨인지라 그렇게 답하지 못합니다. 틀린 대답이었음을 자인하게 된 셈이지요.

박에서 나오는 인물들이 놀부의 덜미를 붙잡거나 거꾸로 매달아 놓고 목숨을 협박하여 돈을 강탈해가는 도둑이나 강도는 아닙니다. 소경들처럼 공동체가 먹여 살려야 할 이들도 있지만, 대부분은 '노는' 이들입니다. 처음 나온 거문고쟁이부터 사당패나 초라니, 왈짜 등이 그렇습니다. '노는 이'라고 하건 풍류를 즐기는 한량이라고 하건, 혹은 팔도를 떠돌며 연행으로 먹고사는 이들이건, 이들의 활동은 생산에 종사하는 게 아니라 유희적이고 소모적인 것입니다. 그런 소모의 장기적인 결과는 놀부가 그랬듯이 재산의 '탕진'입니다. 축장된 재화의 소모와 탕진, 그것이 제비가 박을 통해 놀부에게 보내준 것이었습니다.

여기서 '소모'나 '탕진'은 중요합니다. 원시사회나 공동체 사회에서는 축장에 대한 적대감을 지닌다고 언급한 바 있고, 포틀래치 예를 들면서 대부분의 원시사회에는 생산된 여분의 재물을 의도적으로 파괴하여 비축되지 않도록 하는 기제가 있음을 지적한 바 있습니다. 〈홍부전〉 등이 쓰인 근대 이전의 사회에서 잔치도 그런 경우에 속합니다. 잔치의 기본은 음식을 도저히 다 못 먹을 정도로 과하게 내놓는 것입니다. 공동의 식사라는 목적도 있지만 그처럼 과도한 것은 소모적이고 파괴적인 목적을 갖습니다. 그렇게 재물을 소모하거나 탕진해버리는 것은 축장물이 될 위험을 미연에 방지하기 위해서입니다.

그런 점에서 '탕진'은 이유 있는 파괴이고, 긍정적인 파괴입니다.[15] 축장이 발생하고 힘이 커지면 거꾸로 축장 자체를 위한 비축이 행해지고 결국 흥부처럼 '잉여'들을 만들어내며 공동체를 파괴하기 때문입니다. 여기에 화폐가 끼어들면 사태는 더 심각해집니다. 공동체는 증여를 통해 결합되고 유지되는데, 화폐는 교환을 매개할 뿐 아니라 이를 확장하는 성향을 지니기 때문입니다. 화폐의 영향력이 클수록 교환관계가 확대됩니다.

많은 공동체에서 화폐에 대해 보이는 적대적 태도는 〈흥부전〉 당시의 조선사회에서도 마찬가지였던 듯합니다. 하성란에 따르면, 민담이나 설화 등의 구비문학 중에는 감추어둔 퇴장화폐나 보화가 귀신이 되어 사람을 잡아먹거나 해를 끼치는 것이 많다고 하는데(하성란, 2010: 393 이하), 이는 화폐 형태로 축장된 재화가 흥부의 경우처럼 사람들의 생존을 위협하는(잡아먹는!) 것에 대한 문학적 표현이라고 할 수 있습니다. 돈이 바로 사람을 잡아먹고 공동체를 파괴하는 귀신인 겁니다! 화폐의 탕진을 통해 귀신이 사라지는 것은 돈의 의도적인 소모와 파괴를 통해 '사람이 살 수 있게 됨'을, 즉 당시로서는 공동체적 관계

---

15 원시사회에서는 재화의 의도적인 소모와 낭비가 매우 중요했으며, 바타유는 이것이 '축적'을 미덕으로 삼는 근대사회와 상반된다는 점을 강조했습니다. 이에 대해서는 바타유(2000)를 참조하기 바랍니다.

가 회복됨을 뜻합니다. 귀신들이 사라지면서 '잉여'들이 다시 생존할 수 있게 되는 것이지요.

물론 소모와 탕진만이 화폐경제의 '귀신'들에 대처하는 법이라고 할 순 없습니다. 놀부 박에서 나온 소경이나 시주승들처럼 공동체가 부양해야 할 사람들을 위해 사용하는 것도, 혹은 내쫓긴 홍부처럼 '잉여'가 되어 생존 수단을 찾아 부랑하는 빈민들을 돕는 것도 축장된 화폐를 사용하는 중요한 방법일 겁니다. 요체는 사람들의 생존이 지속되도록 축장된 부를 '재분배'하는 것입니다. 신재효본 〈박홍보가〉에는 처음 탄 박에서 놀부의 옛 상전임을 주장하는 노인이 나옵니다. 고공살이 가자는데 돈으로 속량하려 하니 조그마한 주머니를 하나 주며 채워오라 합니다. 그런데 이 주머니, 1000냥을 넣어도 간곳없고 쌀 100섬을 넣어도 그대로 비어 있습니다. 도저히 안되자 놀부는 7000냥을 바치고 해결합니다. 노인은 그 주머니로 모은 걸 홍부 같은 이들에게 나눠준다고 말합니다. 축장물로 비축된 것을 필요로 하는 이들에게 다시 나누어주는 것입니다.

이를 두고 "퇴장된 부를 다시 유통시키기 위한 것"(하성란, 2010)이라고 보기도 하지만, 동의하기 어렵습니다. 퇴장된 부를 유통시킨다는 것은 덩어리돈을 유통시키는 것인데, 이는 화폐가 사람들의 생활 속에서 더 큰 영향력을 갖게 됨을 뜻하기 때문입니다. 차라리 반대로 말해야 합니다. 화폐의 힘(권력!)을 약화시키거나 제거하기 위해 사당패나 알짜 거문고쟁이, 혹은 시주승과 소경 등을 동원해 소모해버려 더 이상 유통할 수 없게 만드는 것이라고. 개념적으로 표현하면 퇴장된 화폐를 다시 유통시키는 게 아니라, 축장된 화폐를 탕진케 하거나 순환계 속에서 필요한 이들이 소비하게 하는 것입니다.[16]

6. 〈흥부전〉의 '근대성'과 놀부의 '진보성'

마지막으로 〈흥부전〉이라는 텍스트의 '근대적 성격'에 대해 간단하게나마 짚어야 할 것 같습니다. 이미 간간이 언급했듯이, 화폐와 상품이 지배하는 근대 내지 자본주의 사회가 '다음 단계'의 사회라는 전제 위에서 〈흥부전〉에 나타나는 화폐경제나 임금을 주고 사람을 고용하는 양상에서 근대성을 읽어내기도 하고, 서민 출신이면서 치부하여 부자가 된 놀부의 지위나 필경 돈에 대한 욕심과 결부되어 있을 '적극적이고 근면한' 성격 등을 흥부의 소극적이고 나태한 성격과 대비하여 '진보적'이라고까지 평가하기도 합니다. '진보적'이라 함은 봉건사회의 해체와 더불어 다음 사회로의 이행을 촉진하는 요소를 평하는 말일 텐데, 이 때문에 조동일은 〈흥부전〉에서 놀부에게 가해지는 명시적인 부정적 평가의 틈새에서 긍정적인 면들을 찾아내기도 합니다(조동일, 1983)

그러나 근대성에 아무리 많은 빛을 비추어도, 놀부의 성격이나 행동에 칠해진 부정적 색채를 지우는 건 불가능해 보입니다. 경판본 〈흥부전〉에서는 놀부의 모든 재산을 다 털어간 뒤에 장비가 나와서 혼을 내주고, 그것도 모자라 마지막 박에서는 엄청난 양의 똥이 나

---

16 하성란이 이렇게 오해한 것은 일차적으로 축장과 퇴장을 혼동하고 있기 때문입니다. 축장이란 앞서 말했듯이 부나 돈이 소비나 사용과는 다른 목적으로 집적된 것을 말합니다. 한편 퇴장이란 돈이 유통에서 벗어나 집적된 것을 말합니다. 즉 축장은 직접적인 사용이나 소비로 몰고 물리는 순환의 대립 개념이고, 퇴장은 매매나 대여 등을 통한 유통의 대립 개념입니다. 가령 고리대는 하성란의 지적과 반대로 퇴장된 화폐가 아니라 이자를 얻기 위해 유통되는 돈입니다. 축장된 돈은 증식을 목적으로 유통(매매, 대부)되고 회수되어 다시 축장된다는 점에서 퇴장되는 것과는 본성을 달리합니다. 공동체를 위협하는 것은 퇴장화폐가 아니라 축장화폐 내지 축장된 부입니다. 퇴장되어 있을 뿐이라면 화폐는 공동체나 순환계를 위협하지 않습니다.

와 모든 것을 삼켜버립니다. 놀부의 삶 전체에 똥칠해버리는 것이라 할 텐데,[17] 아무리 해석자가 놀부를 적극적으로 보려 해도 텍스트 자체가 극단적으로 부정적인 평가를 내리고 있는 것을 뒤집을 순 없습니다. 근대화가 이루어지는 양상을 보면 즉각 '진보적'이라고 여기는 이런 식의 평가는, 봉건사회→근대사회→사회주의 사회로 이어지는 초월적인 역사 도식을 전제로 한 목적론적 평가(목적지에 가까이 갈수록 '진보'라는 평가)입니다. 놀부의 성격이나 혹은 부의 축장을 위해 공동체를 파괴하고 형제마저 내쫓는 것을 '진보적'이라고 한다면, 그 '진보'에 달라붙어 있는 긍정적 가치를 제거해야 하지 않을까요?

하지만 좋은 의미에서든 나쁜 의미에서든 〈흥부전〉이 여느 고전소설보다 '근대적' 성격을 강하게 띠는 것은 분명합니다. 그렇다 하더라도 근대적 성격을 추출하는 이론적 논거나 역사적 자원은 지금까지 흔히 찾아내던 자본주의의 '맹아'(가령 '경영형 부농' 같은 것)와는 다른 곳에서 찾아야 합니다.

이를 위해 먼저 흥부와 놀부라는 인물의 신분이나 지위를 살펴보는 데서 시작합시다. 〈흥부전〉에서 놀부나 흥부의 신분은 명시되지 않습니다. 임형택에 따르면, 고정옥이 놀부와 흥부 모두 같은 양반

---

17 프로이트가 항문성애를 분석하며 돈과 똥의 관계에 대해 지나가듯 말한 바 있지만(Freud, 1996: 118), 굳이 정신분석학적 해석을 끌어들이지 않아도 돈과 똥은 매우 밀접한 관계를 갖습니다. 세르는 '소유권의 배변적 기원'에 대해 말한 적이 있는데(Serre, 2002: 221 이하), 음식물에 침을 뱉고 땅에 배설물을 싸서 남들이 접근하기 어렵게 하는 것이 동물적 차원에서 영토성의 표시이며, 이것이 소유권의 기원이라고 합니다. 돈은 거기서 냄새를 지워 소유물이 교환될 수 있게 만든 것이라고 말합니다. 경제적 순환계의 관점에서 볼 때, 돈이란 순환계를 위해 일부러 파괴하고 버리던 배설물인 여분의 대체물이며 여분을 사용가치와 무관하게 응고시킨 것이란 점에서 일종의 똥입니다. 놀부가 모든 것을 희생해가면서 평생 모았던 것, 그것은 똥이었던 것입니다.

의 후계로서 "봉건 말기 양반층의 두 갈래"로 본 이래 양자를 양반 신분으로 보는 것이 일반적이었다고 합니다(임형택, 1984: 186). 그러나 조동일은 놀부와 흥부가 다른 신분을 반영한다고 보았습니다. 즉 놀부는 돈을 벌어 부자가 된 천민 지주이며 흥부는 무기력한 몰락 양반이라면서, 전자를 못됐지만 '근면하고 진보적인' 성격을 가진 인물이라고 봅니다(조동일, 1983).

옛 상전이 나타나 속량할 돈을 내놓으라고 하는 것도 그렇고, 박을 타려고 돈 주고 고용한 째보가 놀부에게 반말하는 것도 그렇고, 놀부의 신분은 양반이 아닌 평민이나 천민이었던 것 같습니다. 돈을 벌어 부자가 된 평민 내지 조동일의 말대로 '천민 지주'였겠지요. 묶어서 '서민층'이라고 합시다. 반면 흥부는 종종 양반처럼 행세하는 장면이 있지만, 임형택의 지적처럼 품팔이 노동을 하거나 매품마저 파는 것, 동네 장자가 반말하는 것을 보면 양반이라기보다는 마찬가지로 '서민층'에 속한다고 여겨집니다(임형택, 1984: 189~191).

홍길동처럼 적서의 구별이 있지도 않은데, 조동일과 같이 형제가 서로 다른 신분에 속한다고 보는 것은 일단 형식적으로도 쉽지 않습니다. 저는 놀부와 흥부가 **같은** 신분, **같은** 가족에 속한 형제임을 일부러라도 강조해야 한다고 생각합니다. 왜냐하면 가족이라는 공동체에 속한 이들이 부의 축장이 발생함에 따라 상반된 삶을 살게 된다는 것이 〈흥부전〉이란 텍스트 전반부의 중심 주제이기 때문입니다. 놀부와 흥부를 다른 신분으로 본다면 형제관계는 사라집니다. 형제관계가 중요한 것은 형제애라는 윤리 때문이 아니라 정반대되는 처지의 두 사람이 사실은 가족이라는 하나의 공동체, 하나의 순환계에 있던 이들이라는 것이고, 그 단일한 공동체에 화폐가 끼어들면서 한쪽은 돈을 독점하여 부자가 되고, 다른 한쪽은 생존도 힘겨운 '잉여'가 되었음을 보여주는 텍스트이기 때문입니다.

다시 말해 〈흥부전〉은 서민 가족(공동체) 내에서 화폐와 축장이 전면화됨에 따라 가족 안에 분해와 분열이 발생한 사태에서 시작합니다. 약간 과장해서 해석하자면, 흥부와 놀부는 근대적 임노동자의 모태를 이루는 무산자와 축재욕에 모든 것을 건 자산가라는 두 유형의 계급을 원시적 형태로 소묘해서 보여준다고도 할 수 있습니다. 마르크스는 자본주의의 출발점이 되는 소위 '본원적 축적'에 대해 쓰면서 거기서 가장 일차적인 것이 토지나 생산수단을 잃은 사람들이 무산의 부랑자가 되는 사태임을 보여줍니다(Marx, 2005). 흥부처럼 일자리나 먹을 것을 찾아 부랑하는 무산자, 그것이 자본주의의 전제 조건입니다. 영국에서 '울타리 치기enclose'라고 불리는 과정이 그것입니다. 이는 돈벌이를 위해 공동체를 해체하고 공유지를 사취하는 강탈 과정이었습니다. 그렇게 공유지나 공유 재산을 사취한 이들이 자본가가 되고, 사취한 재산은 이른바 '본원적 자본'이 됩니다. 놀부가 부모에게서 물려받은 토지나 재산을 독점하고 흥부를 내쫓은 것은 공동체를 해체하고 공유지를 사취한 '울타리 치기'의 축소판 miniature이라고 할 수 있습니다.

〈흥부전〉이 화폐경제의 발달과 그로 인한 신분제의 해체, 근대적 계급의 형성을 '맹아적인' 형태로 보여주는 것은 분명합니다. 그러나 그 과정은 '자본주의 맹아론'에서 말하듯 수완 좋은 이들이 '경영형 부농'(김용섭, 1995)이 되고 그들이 축적한 돈이 자본이 되면서 진행된 게 아니라, 공동의 이익에 반하여 공유지나 공유 재산을 강탈하고 재산의 증식을 위해 공동체를 파괴하며 '본원적 자본'을 형성한 이들이 점점 더 지배력을 얻고 그들의 돈이 사람들의 삶을 망가뜨리면서 진행된 것입니다. 따라서 경제학적 관점에서 〈흥부전〉의 '근대성'을 발견하고자 한다면, 이 작품에서는 잘 보이지도 않는 놀부가 부를 쌓는 과정에서의 근대성이나 설득력 없는 그의 근면성을 상상하며 자본가의 맹아를 찾을 게 아니라 공동체적 순환계를 파괴하고 이웃은 물론 형제마저 생존의 바닥으로 내몰면서 부를 축적한 놀부의 노골적인 파괴 행위로부터 찾아야 합니다. 생산자로부터 생산수단을 '분리시켜' 생존을 위해 품을 팔(돈 받고 일할) 곳을 찾아 나서게 만든 것, 공유지를 탈취하여 사유화하는 것, 이는 국내 시장의 형성(화폐경제의 발달)보다도 먼저 '본원적 축적'의 핵심적 계기였다는 것이 자본주의의 발생사를 연구한 마르크스의 결론(Marx, 2005)이었습니다. 놀부의 행위는 이런 의미에서 자본주의의 탄생지를 이루는 '본원적 축적'을 축소된 형태로 보여준 것이지요. 〈흥부전〉의 두 인물에서 '근대적' 요소를 찾고자 한다면, 놀부와 흥부는 그런 강탈과 파괴의 과정을 거쳐 형성된 두 개의 층, 즉 강탈적인 '자본가'와 부랑의 운명을 지고 살아가게 된 '무산자'의 형상이라고 보는 게 더 적절할 겁니다. 그래야만 이 '근대적인' 텍스트가 왜 '근대적' 인물인 놀부에게 그토록 적대적인가를 이해할 수 있으며, 놀부의 '근면성'이나 '진보성'이 얼마나 끔찍한 것이었는가를 제대로 이해할 수 있습니다. 그런데 이 경우 강탈적 '자본가' 또한 근대로의 이행을 촉진했으니 '진보적'이라고 해야 할까요? 그렇다고 말한다면, 우린 이제 '진보'라는 말과 작별 인사를 하는 게 낫지 않을까요?

제7장

〈허생전〉의 경제학과 〈토끼전〉의 생태학

:

경제적 순환계와
생명의 순환계

1. 공동체와 돈: 〈허생전〉

〈허생전〉은 말 그대로 '경제적 관점'에서 순환계와 '잉여'의 문제를 다룬 매우 드문 작품입니다. 실제 인물을 모델로 했다고도 하는(김진균, 2008) 이 작품에서 박지원은 큰돈을 '버는 방법'에 대해 쓸 뿐 아니라 큰돈을 '쓰는 방법'에 대해서도 적고 있습니다. 큰돈을 벌고 또 쓰는 데서 허생의 일차적 관심은 도둑이나 유민처럼 순환계에서 '잉여'가 되어 떠도는 자들 혹은 배제된 자들을 향해 있습니다. 이 '잉여'들을 새로운 순환계로 구성하여 살아가게 만드는 것이 허생의 정치적 관심사이기도 합니다.

일단 내용을 알지 못하는 분들을 위해 내용을 요약하겠습니다.[1] 남산 밑에 살던 허생은 과거를 보지 않으면서 글만 읽는 사람입니다. 굶주리던 아내의 바가지에 계획했던 10년을 못 채우고 7년 만

---

[1] 〈허생전〉은 박희병의 교합에 기초하여 박희병·정길수가 번역 편집한 『기인과 협객』(돌베개, 2010)을 인용합니다.

에 집을 나선 그는 한양 제일의 부자 변씨를 찾아가 다짜고짜 돈 1만 냥을 빌립니다. 그 돈으로 제수용품으로 쓰이는 과일을 두 배 값에 모조리 사들이니 제사나 잔칫상을 차릴 수 없게 되어 상인들은 그걸 열 배 값으로 되사갑니다. 그 뒤엔 제주로 가서 말총을 모두 사들여 마찬가지 방법으로 돈을 법니다. 물길을 잘 아는 뱃사공에게 물어 해외에 사람 살 만한 무인도를 알아봐놓곤, 자기가 번 돈을 나눠주면서 수천 명의 도적 떼를 모아 그 섬으로 이주합니다. 그후 나가사키에 기근이 들자 그리로 곡물을 가져가 구휼하고는 은화 100만 냥을 벌어옵니다. 그러고는 그 섬에 남은 이들에게 "땅이 작고 지덕地德이 부족하니 떠나겠다"며 자신이 타고 갈 배를 제외한 모든 배를 불태워버리고("가는 자가 없으면 오는 자도 없겠지"), 은화 50만 냥을 바다에 버리며("이 작은 섬에서 이 돈을 어찌 쓰겠나?"), 글을 아는 이를 모두 데리고("이 섬에 재앙을 없애버리기 위해서다") 돌아옵니다. 그 뒤 온 나라의 빈민을 구휼하러 다니다 남은 돈 은화 10만 냥으로 변씨에게 빚을 갚습니다. 1할의 이자만 받겠다는 걸 "그대는 나를 장사치로 보는 게요?"라며 다 주고 옵니다. 돈을 되돌려주러 온 변씨에게 "재물로 골치 썩이는 일을 내가 왜 하겠소?"라며 생활에 필요한 재물만 달라고 합니다. 필요 이상으로 주면 "그대는 왜 내게 재앙을 주려 하오?"라며 불쾌해합니다. 변씨는 가까이 지내던 어영대장 이완에게 허생을 추천하고, 이에 이완이 나라를 위해 일하라고 권하자 허생은 대신 세 가지 방책을 말해줍니다. 그런데 이완이 모두 못 하겠다고 하자 그를 내쫓아버리고는 다음 날 사라져버립니다.

허생이 제시한 방책 중 두 번째는 청나라를 빠져나와 조선에서 떠돌이 생활을 하는 명나라 장병들의 자손을 조정에 요청해서 결혼시켜주고 집을 주라는 것이었습니다. 자신이 속해 있던 순환계에서 벗어나 유민이 되어 떠도는 이들이 조선사회의 순환계 안에 자리 잡고 살게 해달라는 것이 그의 요구였습니다. 이는 무인도에 도적들을 데리고 가던 때와 마찬가지로, 허생의 일관된 문제의식을 보여줍니다.

앞서서 책만 읽은 인물로 설정되어 있지만, 허생은 순환계와 돈의 관계를 잘 알고 있습니다. 순환계는 이런저런 사용가치를 갖는 물자를 '순환'시키고 이를 각각의 구성원이 이용하면서 작동합니다. 그런데 앞서 〈흥부전〉에서 보았듯이, 순환계 안에서 '여분'이 발생하고 이를 '축장'하기 시작하면 전혀 다른 양상의 일들이 벌어집니다. 생활을 위해 사용되던 물자의 순환을 정지시켜 축장하는 것입니다. 흥부와 놀부가 보여주었듯, 심지어 물자가 모자라도 우선순위는 축장 쪽에 있습니다. "너 먹이자고 노적가리를 헐 순 없는 것"입니다. 여기에 돈이 개입되어 축장된 재물을 돈으로 바꿀 수 있게 되면 이런 사태가 또 한 번 벌어집니다. 돈이 순환계 안에 본격적으로 끼어들면 이제 축장을 위해 절약하고 비축하는 것을 넘어서 돈을 위해 축장하고, 돈을 벌기 위해 생산하거나 돈의 증식을 위해 돈을 쓰는 역전이 발생하기 때문입니다. 잉여 물자가 비축되고 그 비축물이 돈이 되는 게 아니라, 돈을 위해 잉여분을 비축하려 하고 이 비축을 위해 처음부터 잉여 물자를 생산하기 시작합니다.

나아가 돈을 증식시키기 위해 돈이나 잉여 물자를 사용하게 되는데, 이 돈이나 잉여 물자를 '자본'이라 하고, 이 자본이 목적으로 하는 잉여분을 '잉여가치'라고 합니다(이진경, 2010). 매매를 위해 시장에 나온 물자를 '상품'이라 하고, 잉여가치를 위해 상품을 사고팔면서 물자를 이동시키는 것을 '유통'이라고 합니다. 돈이 개입되어 물자가 상품이 되는 순간 순환은 유통이 되고, 물자의 이동은 직접적인 사용이 아니라 돈 버는 것을 목적으로 삼게 됩니다.

흔히 화폐란 이런 유통을 매개·촉진하는 '유통 수단'이라고 합니다. 그러나 허생은 잘 압니다. 돈을 크게 벌기 위해서는 유통을 촉진시킬 게 아니라 이를 절단해야 한다는 것을. 그로써 사용해야 할 물자의 대대적인 결핍을 만들어내야 한다는 것을. 이는 사실 순환의 절단입니다. 제수祭需나 망건 같은 물자의 결핍을 발생시키기 때문이지요. 유통의 절단을 통해 순환을 절단하는 것이라고 하겠습니다. 그래서 부자 변씨에게서 돈 1만 냥을 빌린 허생은 "안성으로 가서 머물며 대추, 밤, 감, 배, 금귤, 석류, 귤, 유자 등을 두 배 값으로 모조리 사들였다. 허생이 과일을 모두 매점하는 바람에 나라 전체에 잔칫상과 제사상을 차릴 수 없게 되었다"고 합니다(《허생전》, 120).

유통을 절단한다는 것은 축장을 목표로 순환을 중단시켜 물자를 한곳에 비축하는 것입니다. 순환계 안에 발생한 결핍은, 결핍된 물자를 구하기 위해 돈을 과다 투여하게 만듭니다. 그리하여 결핍된 물자의 값이 오르고, "얼마 뒤 허생에게 두 배 값을 받고 과일을 팔았던 상인들은 허생에게 열 배 값을 주고 되사가야 했"(120)습니다. 그다음으로 허생은 말총을 매점합니다. "이번에는 칼, 호미, 베, 비단, 무명을 사가지고 제주도에 들어가서 이를 팔아 말총을 몽땅 사들였"(120)습니다. 사람들이 갓이나 망건을 만들 수 없게 만드는 절단을 행한 것입니다. 그로부터 얼마 뒤 망건 값이 열 배까지 치솟습니다.

허생은 단돈 "1만 냥으로 나라 전체가 기우니 이 나라의 규모가 얼마나 작은지 알겠구나"라며 탄식합니다. 역으로 그 규모가 작기에 그 정도의 매점(유통의 절단)만으로도 가격을 열 배나 상승시킬 수 있었을 것입니다. 더욱이 조선은 외국과의 교역이 없어서 "온갖 물건이 이 땅 안에서 생산되어 이 땅 안에서 사라"지는 고립된 순환계이기에 가능했던 일이겠지요. 규모가 크거나 외국과의 교역이 있었다면 값이 올라도 그 정도까진 아니었을 겁니다. 어쨌든 오르기야 올랐겠지요. 매점이란 유통을 완전히 절단시키는 건 아니어도 유통되는 상품의 양을 줄여 필요한 물자의 순환을 어렵게 하는 것이기 때문입니다.

이런 점에서 그는 돈을 '크게 버는' 법과 '작게 버는' 법의 차이를 압니다. 1만 냥으로 열 개의 물건을 어느 정도 사들이는 것은 돈을 안정적으로 버는 방법인데, 한 가지 물건에서 손해가 나도 다른 데서 이익이 나면 되기 때문입니다. 이처럼 늘 일정한 이익이 나게 하는 것은 "작은 장사치들이 장사하는 법"입니다(127). 반면 크게 장사하는 법은 1만 냥 모두를 털어 한 가지 물건을 모조리 사들이는 것입니다. 뭍이나 물에서 나는 물건, 혹은 약재 "만 가지 중에 한 가지를 잠시 세상에 돌지 못하게 하"여(127) 물건이 동나게 하면 가격이 폭등하여 큰돈을 벌게 됩니다. 그는 이처럼 매점을 통해 크게 돈을 버는 것이 "백성을 해치는 방법"임을 잘 압니다(127). 이는 백성의 삶에 필요한 물자의 순환이나 유통을 절단하는 것이고, 그런 결핍을 이용해 그들의 수중에 있는 돈을 털어 '잉여가치'를 획득하는 것이기 때문입니다.

작게 장사하는 방법은 대개 이와 다릅니다. 허생이 말하듯 물건을 분산해서 사는 것은 유통의 흐름이 어디선가 막히거나 느려져서 사놓은 물건을 팔 수 없게 될 가능성을 최소화하는 것입니다. 즉 작게 장사하는 방법은 유통의 흐름이 원활할수록 손해가 적으며, 유통의 속도가 빠를수록 이익이 늘어납니다. 요컨대 작게 돈을 버는 방법은 물건이 세상에 도는 것을 따라가며 유통을 매개하면서 버는 것입니다.[2] 허생은 이렇게 돈을 벌지 않습니다. 이를 '작게 돈 버는 법'이라고 말할 때, 거기엔 이미 허생의 부정적 평가가 명확하게 들어가 있습니다. 이런 점에서 허생은 장사를 할 때조차 근대적 상인의 '정상적' 형상과는 거리가 멉니다.

그는 일단 돈을 벌기로 마음먹은 이상 크게 돈 버는 법을 택합니다. 사실 작게 돈 버는 방법은 평생 장사를 해야 할 '운명'을 함축하고 있습니다. 이는 허생이 하려는 바가 아닙니다. 그는 계속 돈을 벌면서 살 생각이 없습니다. 그러니 단번에 큰돈을 벌고 얼른 접을 수 있어야 합니다. 문제는 그렇게 큰돈을 버는 방법이 '백성을 해치고 나라를 병들게 한다'는 것입니다. 이 말은 무슨 뜻일까요? 무엇보다 순환되어야 할 물자의 결핍을 야기하고, 그 결핍을 이용하여 백성의 돈을 수탈한다는 것입니다. 이는 여분이 적은 이들의 생존을 위협합니다. 흥부 같은 '잉여'들을 생존의 밑바닥으로 몰고 가며, 그런 잉여들을 양산합니다. 상업적인 잉여가치의 수탈은 반대편에 잉여 인간들을 만들어내는 것입니다. 놀부가 가족이나 마을 수준의 공동

---

[2] 근대적 형태의 상업이 발달한다는 것의 긍정적인 측면을 말한다면, 바로 이 점이 될 것입니다. 그러나 이렇게 유통이 발달할수록 현물경제는 상품경제로 대체되고 화폐의 지배력은 심화됩니다. 돈 안되는 것은 소멸의 운명을 겪고 돈 되는 것은 흥기합니다. 공동체는 화폐경제로 대체됩니다.

체에서 했던 것을 허생은 나라 단위에서 했던 것이지요.

허나 허생이 놀부와 다른 것은, 자신이 번 돈이 그렇게 남들에게 해를 끼치며 모은 것임을 잘 안다는 점이고, 그래서 자신의 방법을 다른 누군가가 쓴다면 백성을 해치고 나라를 병들게 할 것임을 알고 있다는 점입니다. 놀부가 축장의 논리를 따라가며 이를 위해 형제마저 저버렸다면, 허생은 반대로 그렇게 될 것임을 알고서 축장을 행함으로써 축장하는 이들, 그런 식으로 돈 버는 이들을 사실상 비판하고 있는 것입니다. 그렇기에 허생이 "양반도 상업을 해야 한다"고 주장했다거나, 상업의 불가피성을 통해 근대적 태도를 보여주었다고 하는 것은 〈허생전〉이란 텍스트와는 거리가 아주 멉니다.

근대성의 단서를 읽으려면 오히려 반대로 말해야 합니다. 상업의 발달을 통해 나타난 근대성의 단서에 대해, 상업을 이용해 돈을 버는 것이 양식으로 자리 잡아가는 것에 대해 그 방법의 비밀을 알려주며 이를 비판하고 있는 것이라고. 그런 점에서 허생이나 박지원은 선구적인 근대인이 아니라 선구적인 근대 비판가라고 할 것입니다.[3] 이는 바로 뒤에 살펴보겠지만, 허생이 장사를 해서 번 돈으로 하려했던 것을 통해서도 다시 확인됩니다.

---

3 역사적 시대를 하나의 순서로 배열하고 그 선후를 따지며 '진보' 여부를 따지는 통상적인 '현실주의' 관념에 따르면, 이런 근대 비판은 후-근대적이라기보다는 전-근대적이라고 할 것입니다. 허나 그 비판이 근대 이전에 속한다는 이유로 '퇴행적'이거나 '반동적'이라고 보는 것은, 앞서 말했듯이 근대나 자본주의를 근대 이전 어느 사회나 도달해야 할 초월적 모델로 설정하고, 그에 근접해가는 정도로 '진보/퇴행'이라는 선악의 판단을 덧붙이는 것입니다. 이른바 '근대화론'이나 '내재적 발전론'이 근대사회를 모델로 한 이런 초월적 독해와 초월적 비판을 오랫동안 반복해왔음을 우리는 잘 알고 있습니다. '실학'이라는 이름이 이런 식의 독해 방법에서 연유했음을 안다면, 그리고 〈허생전〉에서 상업에 대한 허생의 비판적 태도를 이해한다면, 이 작품이나 작가에 대해 그런 명칭을 부여하는 게 부당하다고 여기게 될 것입니다.

2. 잉여들의 공동체

허생은 자신이 돈을 번 방법의 문제를 잘 알고 있어서인지 그렇게 번 돈을 전혀 다른 방식으로 씁니다. 허생의 주된 관심사는 돈이 아니라 '잉여'이고, 잉여가치가 아니라 잉여인간입니다. 자신과 같이 돈을 버는 이들이나 축장하는 이들로 인해 순환계에서 잉여가 되어 떠도는 인간들, 혹은 다른 이유로 자기 자리를 잃고 떠도는 이들입니다. 매점을 통해 돈을 번 허생이 찾아가는 것은 수천의 도적 떼였습니다. "감히 밖에 나와 약탈할 수밖에 없었기에 한참 굶주림에 시달리고" 있던 도적 소굴로 찾아갑니다(121). 나중에 돈을 갚은 뒤 부자 변씨가 "현명한 인재를 구한다"며 어영대장 이완을 데리고 찾아갔을 때 묻는 것 중 하나도 조선에 넘어와 잉여가 되어 떠돌고 있는 명나라 장병들의 자손에 대한 것이었음을 앞서 살펴봤습니다. "명나라의 장병들은 임진왜란 때 자신들이 조선에 은혜를 끼쳤다고 여겨서, 그 자손들 중에 청나라를 빠져나와 우리나라로 넘어온 이들이 많지. 하지만 그들은 떠돌이 생활을 하며 의지할 데가 없이 살고 있어."(131) 그러고는 이들의 거처를 마련해주고 결혼하게 해줄 수 있는지 묻습니다.

소굴로 찾아간 허생은 도적 두목에게 묻습니다. 아내가 있는지, 논밭이 있는지. 없다고 하자 "왜 아내를 얻어 집을 짓고, 소를 사서 논밭을 갈지 않나? 그렇게 하면 도적이라는 오명 없이 살며 부부의 즐거움을 누릴 것이요, 쫓기는 근심 없이 다니며 오래도록 풍족하게 먹고살 수 있을 텐데?"라고 질문합니다. 그들인들 왜 그걸 바라지 않겠습니까? 돈이 없어서 그렇게 못 할 뿐이지요(122). 돈이라고 했지만, 먹고살 물자의 부족을 뜻할 겁니다. 반드시 돈일 이유는 없으니까요. 그렇다면 돈이 있으면 도적질 안 하고 살 수 있지 않겠는가 싶어, 허생은 그동안 번 돈을 도적들에게 나누어주며 신붓감과 소 한 마리를 데려오게 하고는 식량을 마련하여 먹고살 수 있는 새로운 땅을 찾아 무인도로 떠납니다. '도적'과 아내, 소, 식량, 그리고 무인도의 논밭은 사람들이 모여 생존 가능한 순환계를 새로이 만들기 위한 최소 요소입니다. 이는 미리 준비해야 합니다. 나머지는 무인도의 자연에서 얻을 수 있을 것입니다. 이로써 그는 무인도에 새로운 공동체, 새로운 생명의 순환계를 만듭니다.

이는 허생이 생각하는 **돈 쓰는 법**을 보여줍니다. 사실 이것이 허생의 주된 관심사입니다. 이것을 위해 돈을 벌었을 뿐입니다. 허생이 돈 쓰는 법은 장사로 돈을 버는 근대적 상인의 사고방식과 상반됩니다. 상인이 돈을 쓰는 것은 더 많은 돈을 벌기 위해서일 뿐입니다. 순환계에 긴요한 물자를 사는 경우도 그건 '사용'을 위해서가 아닌, 그 긴요함을 이용해 돈을 벌기 위해서입니다. 그들에게 돈 버는 법과 돈 쓰는 법은 하나입니다. 돈을 벌기 위해 쓰는 것, 그게 최고의 돈 쓰는 법입니다.

반면 허생은 돈을 크게 버는 법을 알지만 그건 최소한으로만 사용합니다. 돈을 벌기 위해 돈 쓰는 법을 허생이 모를 리 없지만, 그렇게 쓰지 않습니다. 돈을 벌기 위해 돈을 쓰는 것은 결국 돈을 버는 것일 뿐입니다. 돈을 쓴다는 것은 돈을 버는 것이 아닌 돈의 적절한 사용처를 아는 것입니다. 먼저 자신이 필요한 것을 사서 사용하는 데 쓸 수 있을 것입니다. 이는 허생 식으로 말하면 **작게 돈 쓰는 법**입니다. **크게 돈 쓰는 법**은 많은 이를 위해, 많은 이의 삶을 위해 쓰는 것입니다.

무엇보다 일차적인 것은 생존의 길을 잃고 헤매는 이들, 순환계에서 이탈해 떠도는 이들이 새로이 생존할 조건을 만드는 일입니다. 그는 여기에 돈을 씁니다. 무인도에서 돌아와 "나라 안을 두루 다니며 기댈 곳 없는 가난한 이들을 구휼"한 것은, 새로운 공동체를 만드는 대신 기존 공동체 안에서 잉여가 될 수 있는 이들이 그 순환계 안에서 살아가도록 하는 데 돈을 쓴 것이란 점에서 본질적으로 다르지 않습니다. 먹을 것, 입을 것이 없어서 잉여가 된 이들이 모여 생존하고 생활할 수 있는 새로운 공동체의 구성, 혹은 공동체 안에서 잉여가 된 이들이 살아갈 수 있는 물자의 제공, 그것이 〈허생전〉이 제시하는 긍정적인 돈의 사용법입니다. 그것이 크게 돈을 쓰는 법의 요체입니다.

기존 순환계로부터 잉여화된 사람들, 부랑이나 구걸 혹은 도적질을 하지 않고서는 먹고살 수 없는 인간들은 기존 공동체 안에서 문제를 일으키는 부정적인 존재가 됩니다. 그런 까닭에 "허생이 그렇게 도적 떼를 모조리 쓸어가고 나니 온 나라에 변고가 없었"(123)습니다. 이는 도적질이나 변고란 대개 순환계 안에서 먹고살 길이 없는 이들이 살아남고자 일으키는 것이었음을 역으로 지적합니다. 이들이 도적질하지 않으려면 자신들이 먹을 것을 생산할 수 있는 조건이 마련되어야 합니다. 당장 먹을 것뿐만 아니라 토지와 파종할 종자가, 농기구와 소가 있어야 하며, 함께 생활할 아내나 가족이 있어야 합니다. 허생이 무인도로 가기 전에 사람들에게 사거나 데려오도록 한 게 바로 이것이었습니다.

그러나 이것이 필요하다는 걸 알아도 기존 공동체가 잉여가 된 이 외부자들에게 이를 마련해주는 일은 드뭅니다. 국가는 더더욱 그렇습니다. 허생이 이완에게 명나라 유민들이 살아갈 조건을 제공할 수 있겠느냐고 물었을 때 이완은 불가능하다고 답합니다. 국가의 무능력 지대에 속한 일인 것입니다. 물론 허생은 기존의 국가가 그것을 수행해줄 수 없으리라는 것을 이미 알고 있습니다. 이것이 그가 국가를 위해 일해달라는 권유를 받고도 나서지 않는 이유 중 하나일 것입니다. 그는 국가가 하지 않는 일을 하고자 합니다. 잉여들에게 갑니다. 도적들을 모아 '무인도'라고 명명된, 그 공동체의 외부로 나가서 새로운 공동체를 만듭니다.

　허생의 행적 중 또 하나 특이하고 중요한 것은 사용하지 않을 돈은 없애버리는 것입니다. 무인도에 공동체를 성공적으로 만들어놓고 나오면서 그는 은화 50만 냥을 바다에 버립니다. 왜 버릴까요? "바다가 마르면 얻는 자가 있겠지. 온 나라를 통틀어도 백만 냥을 용납 못 하는데, 이 작은 섬에서 이 돈을 어찌 쓰겠나?"(124) 쓸 곳 없더라도 축장이 허용되는 한 돈은 비축과 욕망의 대상이 됩니다. 그렇게 사용되는 돈은 사람들 사이에 다시 빈부를 만들어내고 부를 위한 축장을 격화시킵니다. 이는 '재앙'(126)이 될 게 분명합니다. 그런 재앙을 미연에 방지하고자 그는 많은 돈을 버립니다. '어찌 쓰겠나' 싶은 돈, 사용에 필요한 것 이상의 돈은, 원시인들이 그렇게 하듯 없애버립니다. 별다른 소모와 탕진의 방법이 없으니 그냥 버리는 것입니다. '바다가 마르면 얻는 자가 있'으리라는 말은, 짐작하다시피 그럴 일이 없으리라는 뜻입니다. 지구가 파탄날 일을 상정하지 않고서야 어찌 바다 마를 날이 있겠습니까?

　나중에 남은 돈을 처분하는 것도 그렇습니다. 10만 냥의 은화를 남겼지만, 애초에 돈을 꿨던 변씨에게 모두 주어버립니다. 1할의 이자만 받고 돌려주려는 변씨에게 항의합니다. "그대는 나를 장사치로 보려는 게요?"(125) 장사를 해서 돈을 크게 모았지만, 장사치가 아니었음을 명시적으로 확인해주는 말입니다. 허생은 그의 말대로 장사치가 아니라 그에 대한 비판자인 것입니다. 더 강하게 말합니다. "재물로 골치를 썩이는 일"을 하지 않으려면(126), 재물을 축장하지도 말아야 할 뿐 아니라 축장된 재물을 갖지도 말아야 한다고 말입니다. 그게 돈에 말려 공동체가 망하지 않는 길임을 잘 알고 있는 것입니다.

'쓸데없는', 더 정확히는 사용하는 데 필요한 것을 크게 초과하는 잉여의 돈은 공동체를, 그것 안에 존재하는 순환계를 파괴하고 잠식하는 재앙의 원천입니다. 그래서 과감하게 그런 돈을, 축장된 부를 파괴하는 것이 바로 공동체와 그 구성원을, 나아가 공동체적인 삶을 보호하기 위한 것이고, 공동체에 닥쳐올 '재앙'을 미연에 방지하는 것입니다. 과잉된 부, 그것은 공동체를 위해서는 버려야 할 요소인 겁니다. 〈흥부전〉에서는 박에서 나와 놀부의 돈을 털어 탕진케 하는 방식으로 수행했던 것을, 여기서는 허생 스스로 수행합니다. 놀부는 축장의 문제, 돈에 감춰진 귀신과 재앙의 비밀을 몰랐기에 그렇게 당했다면, 허생은 그것을 잘 알았기에 스스로 행한 것입니다.

3. 개체의 신체는 모두 공동체다

〈토끼전〉은 공동체 안에서 해결해줄 수 없는 것을 심청과는 다른 방식으로 외부로부터 얻으려다 발생한 사건을 다룹니다. 용궁으로 명명되는 수중세계의 공동체에서 얻을 수 없는 것, 그것은 지상세계에 속한 동물의 신체 안에 있습니다. 용왕은 수중세계의 왕인 까닭에 지상세계에 속한 동물은 자기 뜻대로 처분할 수 없습니다. 그런데 그가 얻어야 할 것은 토끼의 간으로, 토끼의 목숨을 상하지 않고서는 얻을 수 없습니다. 그렇기에 토끼가 결코 자발적으로 줄 리 없고 순순히 손에 넣지 못한 게 분명합니다. 지상세계니 용왕의 명령이라고 해봐야 아무 소용이 없습니다. 이 근본적인 무능력과 불가능성이 〈토끼전〉의 출발점입니다.

이 문제는 용왕이나 토끼가 속한 세계뿐만 아니라 용왕이나 토끼의 신체 자체 또한 하나의 공동체라는 것을 안다면, 공동체라는 개념 안에서 연속적으로 다룰 수 있습니다. 즉 이 또한 신체라는 또 다른 층위의 공동체에서 '여분'의 문제와 관련된 것입니다. 이를 위해서는 공동체를 좀더 일반화된 맥락에서 이해할 수 있는 약간의 개념적인 설명이 필요합니다.

공동체共同體란 '함께共, 하나同의 몸體'을 이루어 사는 관계를 뜻합니다. 곧 하나 아닌 복수의 이런저런 것들이 모여 하나의 개체 혹은 집합체를 이루어 삶을 뜻합니다. 가령 농사짓는 것은 한 사람이나 한 가족의 힘만으로는 곤란하기에 마을 단위의 협동 체제를 구축하게 마련입니다. 모내기나 추수처럼 짧은 시간에 많은 이의 노동이 필요한 경우 공동 노동을 통해 해결합니다. 사실 이것만이 아닙니다. 농사를 짓는다는 것은 한 가족으로만 국한해서 생각한다 해도, 사람만이 아니라 소와 땅, 땅속의 미생물, 물과 햇빛, 거기에 더해 쟁기와 낫, 호미 등 수많은 요소가 함께 짓는 것입니다. 다시 말해 그것들이 함께-하나의-몸을 이루어 하나처럼 움직이는 것입니다. 즉 여러 요소가 모여서 하나의 개체를 이루어(이를 '개체화'라고 합니다[4]) 움직이고 생활하는 것입니다.

지금은 생태학 덕분에 인간의 공동체만이 아니라 모든 생태계가 이런 공동체로 존재하고 있다는 것을 압니다. 공동체community란 말은 생태학이 다루는 기본 단위입니다. 6~7개의 미생물이라는 극소수의 생명체가 서로 기대어 함께 사는 남극의 작은 생태계에서부터 인간과 동물, 식물은 물론 무수한 미생물 등 모든 생명체가 거대한 하나의 사슬을 이루어 공생하는 지구라는 거대한 생태계에 이르기까지 전부가 공동체로서 존재합니다.

그런데 이는 흔히 공동체와 대립된다고 여겨지는 '개인'이나 '개체' 또한 다르지 않습니다. 우리의 몸은 60조 개 정도의 세포와 수십조 개의 체내 미생물이 모여서 '하나의 몸을 이루며' 개체화된 것입니다. 즉 그 많은 것이 한데 모여 만들어진 공동체입니다. 혹은 우리 신체란 여러 기관이 함께하는 공동체라고 할 수도 있습니다. 위장은 심장이 있어서 세포들이 호흡하며 움직일 수 있고, 허파는 그 심장의 운동으로 혈관을 따라 흐르는 피를 통해 위장이 분해한 영양소를 받아 활동하며, 심장은 그 위장과 허파가 생산한 영양소와 산소가 있어서 쉬지 않고 펌프질을 할 수 있습니다. 그 사이에 끼어 있는 다른 기관들도 마찬가지입니다.

따라서 "모든 개체는 공동체"(이진경, 2010b: 24 이하)입니다. 토끼

---

4 수소 원자 두 개와 산소 원자 하나가 모여 개체화됨으로써 물분자라는 개체를 이루고, 핵과 미토콘드리아, 리보솜 등의 세포소기관과 세포질, 세포막 등이 하나로 개체화되어 세포라는 개체를 이루듯, 60조 개의 세포가 모여 인간의 신체라는 개체로 개체화되며, 11명의 사람이 모여 하나의 축구팀으로 개체화됩니다. 개체화는 어느 층위에서든 발생하며, 개체란 개체화의 결과를 지칭합니다(자세한 설명은 이진경(2010b) 참조).

나 자라 같은 생물학적 개체의 신체는 수많은 요소가 모여 서로 영양소든 산소든, 생존에 필요한 것들의 흐름을 주고받으며 존재하는 하나의 순환계입니다. 이런 점에서는 인간이나 토끼나, 거북이나 소나무나 다르지 않습니다. 혹은 이들 모두가 연결되어 만들어지는 생태적 공동체 또한 다르지 않습니다. 세포도 마찬가지입니다. 핵과 미토콘드리아, 리보솜 등의 '세포소기관'들이 서로 연결되어 만들어진 하나의 순환계이고, 공동체입니다.

공동체에서 '여분'의 존재는 중요합니다. 공동체 안에 어떤 것을 대신할 여분이 없다면, 그 어떤 것이 망실되는 즉시 바로 그 지점에서 흐름은 정지되고 순환이 끊어지며, 결국 공동체는 해체됩니다. 다시 말해 죽습니다. 예컨대 우리 신체에 심장을 대신할 수 있는 기관은 없습니다. 심장이 없다면, 혹은 고장 나서 정지한다면 혈액의 흐름은 정지하고 순환계는 끊어집니다. 그 기관들로 이루어진 공동체인 신체는 죽습니다. 신장이나 허파는 여분이 있기에 하나가 고장 나도 당장 죽지는 않습니다. 인간들의 공동체나 생태 공동체가 누구 하나 죽는다고 쉽게 파괴되지 않는 것은 그를 대신할 여분이 있기 때문입니다. 그 여분이 클수록 공동체의 생명력은 유연성이 커집니다. 단지 기관의 숫자상의 여분만이 아닙니다. 심봉사는 두 눈 모두 기능을 잃었지만 죽지 않습니다. 눈을 대신할 다른 감각기관이 일종의 '여분'으로 있기 때문입니다.

공동체가 만들어지는 것은 혼자서는 생존할 수 없다는 근본적인 난점 때문입니다. 생존하기 위해서는 필요한 것을 남들에게서 얻어야 하지요. 즉 서로가 필요한 것을 갖고 있는 경우, 양자는 결합함으로써 생존을 지속할 수 있습니다. 가령 잘 알려진 이야기에서처럼 눈먼 봉사와 걷지 못하는 '앉은뱅이'는 결합함으로써 서로에게 부족한 기관을 보충하며 새로이 공동의 신체를 구성하여 살아갈 수 있습니다. 농민도 자기 힘만으로는 농사를 지을 수 없습니다. 토지와 햇빛과 물이 있어야 하며, 토지 속에 사는 미생물과 균사 등이 필요합니다. 규모가 커지면 땅을 갈기 위해 소와 쟁기가 있어야 하고, 함께 일할 다른 사람들도 없어서는 안 됩니다.

공동체를 이루면 서로가 필요할 때 이용할 수 있는 여분이 크게 증가합니다. 순환계를 이루면 더욱 그렇습니다. 인간을 비롯한 동물은 살기 위해 산소를 필요로 하는데, 식물은 광합성을 하여 산소를 배설합니다. 반면 광합성에는 이산화탄소가 필요한데, 이는 동물의 호흡을 통해 배설됩니다. 각자가 필요로 하는 것을 서로의 배설물에서 구할 수 있게 되면, 적어도 그것에 관한 한 반영구적인 지속 가능성이 생겨납니다. 누군가가 다른 이에게 필요한 것을 주는 관계가 둘 이상의 사슬을 만들며 하나의 원환을 이룰 때, 그것을 순환계라고 할 수 있습니다.

공동체는 대부분 이처럼 필요하지만 없는 것을 주고받는 순환계로 이루어집니다. 덧붙이면, 주고받는 것이 반드시 배설물일 필요는 없습니다. 하나는 자기 이웃에게 영양소를 주고, 다른 하나는 그 이웃에게 에너지를 주는 식의 상호적 증여가 공생을 가능케 합니다. 공동체 안에서 다른 이웃으로부터 얻는 '이득', 그것은 순환계를 만들어 얻는 이득이란 점에서 '순환의 이득'이라고 할 수 있습니다. 공동체란 순환의 이득을 주고받으며 생존하는 것들의 공생체입니다.

엄마를 잃어버린 심청에게 아비 심봉사뿐이었다면 필경 살기 힘들었을 것입니다. 생존에 필요한 젖을 먹을 수 없었을 테니까요. 그런데 죽지 않은 것은 엄마 젖을 대신할 다른 이웃들의 젖이 있었기 때문입니다. 그것이 심청이가 마을 공동체 안에서 얻었던 순환의 이득이었습니다. 앞서 말했듯, 동냥은 혼자서는 생존할 수 없는 이에게 공동체가 제공하는 순환의 이득입니다.

심봉사에게 눈은 공동체가 줄 수 없는 것이었습니다. 동냥은 줄 수 있지만 눈은 줄 수 없었지요. 그러나 심청이 성장하자 아비의 눈을 대신하여 이끌고 다닐 수 있게 되었습니다. 심청과 심봉사는 남들보다 서로에게 더 강하게 의존하고 있다는 점에서 통상적인 가족보다 더 강한 공동체를 이룹니다. 해체된다면 적어도 한 사람에게는 치명적인 곤란이 되는 그런 공동체. 물론 다른 이도 심봉사의 눈을 대신할 순 있겠으나, 자신의 생존을 위해 사용해야 하니 기대하기 어렵습니다. 심봉사는 그 눈을 다시 얻고자 했습니다. 그렇지만 그것은 공동체 내부에서 줄 수 있는 범위를 넘어서는 대가를 요구했습니다. 공양미 300석, 그게 심봉사가 얻고자 했던 눈의 대가였지요. 이를 조달하기 위해 공동체 바깥에서 온 재화가 필요했던 심청은 상인들에게 목숨을 내주어야 했습니다. 심청과 남경 상인이 주고받은 것, 그것은 정확하게 계약적인 '교환'에 속하는 것이었습니다. 심청이 장승상 댁 부인이 공양미를 주겠다고 하자 남경 상인들과 '약속'한 바가 있어 받을 수 없다고 말했을 때, 그 '약속'은 바로 교환의 계약을 뜻했습니다.

〈흥부전〉에서 흥부가 새끼 제비에게 준 것은 그 제비가 속한 공동체('가족')에서 줄 수 없는 것이었습니다. 흥부는 그냥 둔다면 필경 생존 불가능했을 상태로부터 벗어나게 해주었습니다. 그것은 흥부가 특별히 얻을 '이득'이라고는 없었다는 점, 그런 걸 얻으려던 게 아니었다는 점에서 일방적인 '증여'였습니다. 제비 새끼에게 주어진 '이득'은 제비가 속한 순환계 내부에서 온 게 아니라 그 바깥에서 흥부가 준 것이었습니다. 하지만 심청과 달리 어떤 대가도 요구하지 않는 것이었지요. 심청이 어쩔 수 없이 공동체 밖으로 밀려나가며 해야 했던 교환이 죽음으로 이어진 선을 그리는 것이었다면, 흥부가 공동체적 순환계 밖으로 떨어져나온 제비를 공동체 안으로 되돌려놓고, 다친 다리를 치유하며 망가진 순환계를 되돌려놓는 것은 삶으로, 생명으로 이어진 선을 그리는 것이었습니다.

제비는 이 증여에 답해 흥부에게 필요한 것을 증여합니다. 흥부의 가족이 순환계를 구성하는 데 필요한 물자를 주지요. 결코 '교환'이라고 말할 수 없는 거대한 선물이지만, 이는 사실 '원시사회'에서의 증여 원리에 부합한다고 볼 수 있습니다. 선물을 주면 받아야 하고, 가능하다면 받은 것보다 더 많은 것을 주어야 한다는 게 포틀래치라는 '선물 게임'의 규칙이며, 그런 것이 원시사회에서 선물의 순환을 점증시킵니다. 그런데 굳이 따지자면 흥부가 준 것은 결코 크지 않았지만 새끼 제비가 받은 것은 생명이라는 막대한 선물이었으니, 보은으로 제공한 선물의 크기를 제비가 받은 선물의 크기와 비교하는 건 무의미합니다. 주는 이에게는 작아도 받는 이에게는 큰 선물의 주고받음, 이것이 순환의 이득을 만들어내는 요체입니다. 식물이 동물에게 주는 산소는 배설물에 지나지 않지만 받는 동물에게는 생명수와 같고 그 반대도 마찬가지이듯이 말입니다.

4. 속임수의 교환: 〈토끼전〉

〈토끼전〉은 여느 고전소설처럼 수많은 이본을 '갖고' 있지만 그 결말이 지극히 다양하고 판이한 방향으로 발산한다는 점에서 특별합니다. 토끼가 도망치자 자라가 하릴없이 머리를 툭툭 치며 돌아오는 썰렁한 결말로 끝맺는 〈세창본 토끼전〉에서부터, 토끼를 놓친 자신을 탓하며 별주부가 바위에 머리를 부딪혀 자결하고 용왕은 죽는 〈경판본 토끼전〉, 도망치는 토끼가 자신의 똥을 간 대신 약이라고 주어 그것을 먹은 용왕이 살아났다는 〈완판본 토끼전〉, 놓친 토끼를 잡아달라고 옥황상제에게 부탁하자 용왕을 살리고자 토끼를 죽이는 게 정당한가를 놓고 소송을 벌이는 〈고대소장 한문본 토끼전〉, 용왕의 부탁을 받은 산신이 젊은 토끼 대신 늙은 토끼를 하나 잡아주어 그 간을 먹은 용왕이 쾌유되는 정권진의 〈수궁가〉, 토끼를 놓쳤다는 자라의 이야기를 듣고 용왕이 죽고자 하니 천공(하느님)이 대신 치유해주는 이선유 창본 〈수궁가〉 등등.[5]

가장 재미있고 잘 짜인 작품은 서울대 중앙도서관 가람문고 소장 〈가람본 토끼전〉인데, 여기서는 토끼가 도망치자 다시 수궁으로 돌아갈 면목이 없었던 별주부가 소상강으로 '망명'합니다. 나중에 그리로 유배 온 잉어에게서 자신을 기다리던 아내가 죽었다는 이야기를 전해 들은 별주부는 자결하며, 그즈음에 용왕도 죽습니다. 그런데 이 작품에서는 별주부 아내의 죽음이 유별난데, 사실 그는 남

---

5 이하에서 경판본, 완판본, 가람본, 한문본(고대본) 〈토끼전〉은 모두 인권환 역주의 『토끼전』에 실린 것을 인용하며, 판본 이름 뒤에 쪽수만 표기합니다. 그 밖의 것은 책 제목을 부가하여 인용합니다.

편인 자라가 아니라 토끼를 기다리다 상사병으로 죽지만 다들 남편을 기다리다 죽었다고 믿고 용궁에서는 이를 기려 '열녀문'을 내립니다. 별주부 아내가 토끼를 기다린 것은 토끼가 수궁에 있을 때 하룻밤 동침했기 때문인데, 동침한 사연도 웃깁니다. 간을 숲에 두고 왔다는 이야기에 속은 용왕이 잔치를 베풀어주자 토끼는 술에 취해 춤을 추는데 그 옆에 있던 별주부가 내장이 출렁대는 소리에 간이 뱃속에 있음을 알아채게 됩니다. 토끼는 다시 위기를 넘기고자 용왕에게 왕배탕(자라탕)을 끓여 먹기를 권합니다. 토끼 말이면 팥으로 메주를 쏜다고 해도 믿게 된 용왕이 별주부를 잡아 왕배탕을 끓이라고 하자, 승상인 거북이 공을 세운 별주부에게 상을 주기는커녕 그래서는 안 된다 하니 그 아내로 대신하게 합니다. 졸지에 아내를 잃게 된 별주부는 토끼를 초대해 음식을 대접하며 아내의 목숨을 간청하고, 토끼는 별주부 아내와 동침하게 해주면 살려주겠노라고 하여 결국 아내와 같이 잡니다. 별주부 아내는 남편의 권고로 동침했지만 토끼를 사랑하게 되어 결국 상사병으로 죽고 만 것이지요.

이렇듯 이본의 내용이 제각각이고, 용왕이나 자라, 토끼의 이미지도 판이한 색채로 그려지지만 모든 텍스트에 공통된 점은 치명적인 병에 걸린 용왕이 수궁에 없는 약을 구하려 한다는 것, 자라가 그걸 위해 토끼를 잡으러 가며, 토끼를 속여 잡아오는 데 성공한다는 것, 그러나 토끼가 용왕을 속여 다시 지상으로 도망친다는 것입니다. 〈토끼전〉에 대한 해석이 반드시 모든 텍스트에 공통된 내용만 다룰 이유는 없지만, 먼저 이들 공통된 요소가 뜻하는 바는 생각해볼 필요가 있을 듯합니다.

〈토끼전〉 또한 심봉사의 눈처럼, 자신이 속한 공동체가 줄 수 없

는 것을 얻으려는 용왕의 욕망에 의해 시작된다는 점에서 〈심청전〉
과 유사합니다. 병든 용왕의 몸을 고치기 위해 여러 가지 약을 지어
먹이지만 소용없습니다. 유일한 해결책은 토끼의 간인데, 이는 '수
궁'이라는 공동체 안에서 제공할 수 있는 범위를 넘어선 것입니다.
수궁이란 세계와 지상세계는 물리적 거리 이상으로 멀리 떨어져 있
습니다. 호흡과 운동의 방식마저 달라지는 이질적인 세계, 별도의
순환계인 것입니다.

저기 분리되어 존재하는 순환계로부터 필요한 것을 얻으려면 상
이한 순환계를 오갈 수 있는 자가 있어야 합니다. 〈심청전〉에서는 상
인이 그 역할을 했고, 〈흥부전〉에서는 철새로서 다른 지역을 오가는
제비가 직접 그 역할을 수행했지요. 용왕은 『사기』를 들먹이며 "어찌
하면 충신인고?"라고 물어 누군가 기꺼이 나가 토끼를 잡아오길 바
라지만, 그게 쉽지 않습니다. 신재효본 판소리와 거의 동일한 〈완판
본 토끼전〉에서는 토끼 잡으러 누가 나갈까를 두고 문관들이 호반
(무관)들을 내보내려다 다툼이 벌어집니다. 대장인 고래를 내보내라
는 말에 고래가 답하여 "수륙이 다르니 수중에 있던 군사 육지싸움
을 어찌할지. 저런 소견을 가지고도 문관임을 뽐내 좋은 벼슬을 해
먹고 위태한 일이면 호반에게 미루려 하니⋯⋯"(《완판본 토끼전─퇴
별가》, 61)라고 하니, '천거'했던 공부상서 민어가 무색하여 입을 다
뭅니다. 산군山君(산의 '임금'인 호랑이)에게 조서를 올려 부탁하자 하
니 이 또한 누구를 보낼지가 문제가 됩니다. 문신인 물치가 나서 벌
덕게에게 미루나 벌덕게는 "수륙이 다르니 용왕이 한[보낸] 조서를
산군이 들을 테요[?] 저희[저 이]들이 조서하고 저희들이 가라 하시
오"(《완판본 토끼전》, 63~65)라며 열 받아 받아칩니다. 안 되겠다 싶어

용왕이 하나하나 재주를 묻지만 다들 안 될 이유를 갖고 있습니다. 〈가람본 토끼전〉에선 신하들이 좀더 충성스럽고 적극적인 인물들로 묘사됩니다. 하여 지상에 보낼 인물로 고래, 붕어, 방게, 도미, 전복, 청어, 문어 등이 자천타천으로 나서지만 어부 등에 사로잡혀 제사상에 오르거나 지상 동물의 먹이가 될 위험 때문에 모두 부적절하다고 지적됩니다. 사실 핵심적인 이유는 그들에게 지상세계에서 생존하고 활동하며 토끼를 찾아낼 능력이 없기 때문일 것입니다.

이 모든 논란이나 분란, 주저는 수궁과 지상이 전적으로 다른 세계, 전적으로 다른 종류의 순환계라는 사실에 기인합니다. 고래나 도미가 지상에서 토끼를 찾아다니는 것은 어떻게 상상해도 우습고 어이없기 때문입니다. 수중과 지상 모두에서 활동할 수 있는 자여야 합니다. 별주부를 만나 수궁에서 왔다는 말을 들은 토끼의 질문도, 두 세계의 근본적인 간극을 상기시키는 것입니다. "산수가 서로 달라 멀리 떨어져 있어 아무 관계가 없는데 수궁의 조관으로서 산중은 어찌 왔소?"(《완판본 토끼전》, 103)

자라가 선정된 이유는 말주변과 능청으로 표현되는 유연성 및 적응력을 지녔기 때문으로 설명되지만, 그 이전에 남과 달리 두 세계에서 숨 쉬고 이동할 수 있다는 이유가 일차적이었을 겁니다. 이런 점에서 자라는 수궁과 지상 두 세계를 오가는 중간자라고 할 텐데, 지배 계급과 피지배 계급 간 수직선상의 중간이 아니라 독립된 세계를 연결하는 '매개'로서의 중간입니다. 요체는 수중으로부터 탈영토화할 능력이 있는가 하는 것입니다.

요컨대 〈토끼전〉에서 용왕이나 수궁이 직면한 문제는, 긴요하지만 자신들의 순환계 안에서 구할 수 없는 것을 어떻게 얻을 것인가입니다. 동시에 이게 별주부가 풀어야 할 일차적인 문제입니다. 그런데 알다시피 자라가 두 순환계를 오가며 매개하는 중간자라고 해도, 두 세계 사이에서 필요한 물자를 유통시키는 상인 같은 존재는 아닙니다. 〈심청전〉의 상인들은 심청의 목숨을 받아가는 대신 그에게 필요한 쌀 300석을 줄 수 있었으나, 〈토끼전〉의 자라는 토끼의 목숨을 받아가는 대신 그에 상응하는 무언가를 줄 수 없었습니다. 그렇다고 흥부처럼 자발적 증여를 하도록 할 만한 선물도 갖고 있지 않았습니다. 증여도, 교환도 불가능하다면 놀부처럼 상대에게 덤벼들어 '강탈'할 능력(?)이라도 있어야 했으나, 이마저도 없었습니다. 이게 자라가 처음부터 안고 가야 했던 근본적인 난점이고 약점이었습니다.

이런 조건에서 토끼의 간을 얻으려면 그를 속이는 수밖에 없었습니다. 수궁의 경치와 용궁의 재미로 토끼를 꼬드겨 데리고 가지만, 그게 어찌 목숨과 바꿀 만하겠습니까? 물론 수궁세계의 왕이니 훨씬 더 귀한 것을 줄 수 있었을 터입니다. 그러나 그게 목숨을 내줄 토끼에게 무슨 소용이 있겠습니까! 이런 점에서 자라는 교환의 담당자인 상인이 아니라 속이는 자입니다. 교환이 아닌 속임수로써 데려오기에 이에 상응하는 또 다른 속임수가 발생하는 것은 어쩌면 자연스런 일입니다. 물자의 교환 대신 속임수의 교환이 일어납니다.

〈토끼전〉은 교환이나 증여가 아닌 '속임수'에 대한 텍스트이며 속임수에 의해 만들어진 관계에 대한 이야기입니다. 〈가람본 토끼전〉은 이를 분명하게 보여줍니다. 자라는 토끼를 만나기 전부터 속임수를 씁니다. '토생원'이라고 부를 것을 '호생원'이라고 잘못 불러 호랑이에게 잡아먹히게 되자 필사적으로 대들면서 "약으로 쓸 호랑이

쓸개를 구하러 벽력장군과 도로랑귀신 앞세워 사냥 나왔다"고 뻥을 치며 쓸개를 달라고 소리칩니다. 호랑이는 생전 처음 보는 동물의 뻥에 속아 도망칩니다. '내 재주 아니었으면 도로랑귀신에게 죽었으리라'며 안도하지요. 그 뒤에 자라는 토끼를 속여 수궁으로 데려가지만, 이번엔 토끼가 간을 산속에 두고 왔다며 용왕을 속입니다. 잔치에서 술에 취해 출렁대는 내장으로 그 속임수가 탄로나자, 다시 용왕을 속여 별주부를 '자라탕'으로 내몹니다. 이를 빌미 삼아 토끼는 별주부의 아내와 동침하는데 별주부 아내는, 비록 의도한 것은 아니지만 남편 아닌 토끼를 그리다 죽었음에도 남편을 그리다 죽은 것으로 오인됩니다. 명시적이진 않지만 또 하나의 속임수라고 할 수 있겠지요. 이어 지상으로 도망친 토끼는 깝죽대다 인간이 쳐놓은 그물에 걸리는데 쉬파리에게 오줌으로 전신을 적셔 달라고 하여 인간을 속이고 빠져나오며, 독수리에게 잡히나 다시 독수리를 속여 살아납니다. 이처럼 처음부터 끝까지 모든 이야기가 속임수를 통해 진행됩니다.

그런데 이들 속임수 뒤에는 숨겨진 실질적인 이유가 있습니다. 바로 '강탈'입니다. 토끼 생명의 강탈. 이런 강탈은 대개 특정한 속임수를 사용하기 전에 이미 그 자체를 속임수의 형식으로 제시합니다. 그것은 강탈을 은폐하는 근본적인 속임수입니다. 익살스런 면이나 풍자적인 요소를 모두 없애고 용왕과 자라는 물론 토끼마저 진지하고 우직한 인물로 그린 〈경판본 토끼전〉에서 용왕이 토끼에게 하는 말이 그것입니다. "너는 **조그만 짐승**이요 나는 **수궁대왕**이라. 너의 뱃속에 든 간을 내어 나의 골수에 든 병을 낫게 함이 어떻겠는가?"(〈경판본 토끼전〉, 29) 이런 발상은 다른 텍스트에서도 마찬가지로 나타납니다. 〈완판본 토끼전〉에서는 좀더 듣기 좋게 말합니다. 용왕은 자신이 옥황의 명을 받아 남해를 지키며 세상에 덕과 시혜를 베풀었다면서 그 대가로, 혹은 그걸 계속할 수 있도록 "네 간을 내어 먹고 짐의 병이" 낫도록 해달라며, 그리하면 "기린각 능운대에 이름을 새길" 것이라면서 "조금도 서러워 말고 배를 내밀어 칼을 받아라"라고 합니다(《완판본 토끼전》, 127). 하찮은 존재와 위대한 존재의 대비, 위대한 존재를 위해 하찮은 존재가 목숨을 바쳐야 한다는 생각, 바로 이것이 속임수이고 강탈입니다. 그럴듯한 이유를 들어 기만하는 속임수이고, 숭고한 희생의 색조로 치장되어 강탈임을 은폐하는 강탈입니다. 이것이 〈토끼전〉의 첫 번째 속임수입니다. 모든 속임수의 바탕에 깔려 있는 근본적인 속임수입니다.

5. 생명의 평등성

'하찮은 존재'가 한 목숨 바쳐 '높고 귀한 존재'를 살리고, '별것 없는 존재'가 한 몸을 바쳐 '위대한 존재'를 살리는 것이야말로 당연하고도 영광스러운 일이라는 식의 말은 우리가 사는 세상에서도 빈번하게 듣는 것입니다. 영광스런 희생 내지 성스러운 희생의 형태로 생명을 '자발적으로' 내놓게 하려는 시도들이 이런 말로 치장되어 행해집니다. 거기에 넘어가 생명을 주는 것을 선택하는 이들도 분명히 있습니다. 용왕이 토끼에게 바랐던 최대치가 그것일 터입니다. 이것이 〈토끼전〉의 중심 뼈대 중 하나를 이룹니다.

그러나 토끼는 수궁이라는 세계 바깥에 있기에 그를 설득하기는

커녕 말을 건네볼 수도 없는 처지입니다. 그러니 속임수를 써서(이는 두 번째 속임수입니다) 토끼를 수궁으로 끌어들여야 합니다. 이는 모든 〈토끼전〉에 공통적으로 등장하는 하나의 뼈대입니다. 또 하나의 공통된 뼈대는 토끼가 이를 받아들이지 않고 속임수를 써서 빠져나가는 것입니다. 토끼는 귀한 이를 위해 죽으려 하지 않으며, 위대한 희생 같은 것도 받아들일 생각이 전혀 없습니다. "병든 용왕 살리자고 성한 토끼 나 죽으랴?"(〈완판본 토끼전〉, 395) 하는 토끼의 말이 그것을 잘 보여줍니다. 이 두 뼈대 사이를 별주부가 중개하고 연결합니다.

이를 통해 드러나는 핵심적인 주장은 도망친 토끼의 말로 정확하게 표현됩니다. 생명의 가치에 고저나 대소, 귀천이 어디 있느냐는 것입니다. 용왕의 생명이나 토끼의 생명이나 한 목숨이라는 점에서 다르지 않고, 하나를 위해 다른 하나를 바치라는 것은 생명의 '강탈'일 뿐이며, 그런 강탈을 속이기 위한 말이라는 것입니다. 이 속임수가 자라로 하여금 속임수를 쓰게 하고, 이 속임수에 대처하기 위해 토끼 또한 속임수를 써야 했다는 점에서 모든 속임수의 연쇄를 만들어낸 근본적 속임수라고 할 것입니다. 〈토끼전〉의 공통된 주제는 바로 이 근본적인 속임수에 대한 비판입니다. 토끼를 속이고 토끼에게 속은 것을 받아들인 자라나 용왕이 모두 죽는 점잖은 〈경판본 토끼전〉에서조차 이 테마는 동일하게 발견됩니다. 용왕과 자라를 충으로 연결하든, 아니면 그들을 조롱하고 풍자하든, 아니면 용왕의 어리석음과 자라의 충직함을 강조하든, 두 뼈대 사이를 잇는 것은 바로 이 속임수의 '불가피함'이고, 그것이 만들어내는 다른 속임수들입니다.

용왕과 토끼라는 전혀 다른 세계에 속한 인물을 택한 것은 탁월했습니다. 안 그랬으면 용궁 안에서의 위계에 의해, 그 위계가 요구하는 '충'의 윤리에 의해 생명의 평등성은 사라지고 독자 또한 희생의 자명성에 눈멀어버렸을 것이기 때문입니다. 다시 말해 다른 세계에 속하기에 토끼는 대소나 귀천에 좌우되지 않는 위치를 확보합니다. 이로써 지위가 달라도 모든 생명은 동등한 가치를 가짐을, 목숨의 고저와 생명의 경중을 비교하는 발상이 부당함을 명확하게 부각할 수 있었습니다. 이것이 여러 〈토끼전〉에 공통된 테마라고 하겠습니다. 마지막에 용왕이 죽는지 여부는 여기서 중요하지 않습니다. 이미 토끼가 용왕의 말에 넘어가지 않았고, 그의 명령을 받아들이는 대신 그를 속이고 도망쳤다는 것으로 충분하기 때문입니다.[6]

〈고대소장 한문본 토끼전〉에서는 귀천이나 고저, 대소와 무관한 생명의 평등성이라는 주제를 텍스트 전체의 중심으로 삼아 다시 쓴 작품입니다. 별주부에게 잡혀온 토끼에게 용왕이 말합니다. "나는 해중의 신군이요 너는 산중의 하찮은 존재라. 굳은 뜻으로 순종하여 나를 위하여 죽도록 하라."(《고대소장 한문본 토끼전》, 431) 경중의 비교를 통해 '하찮은' 존재의 목숨을 빌려 자기 목숨을 연장하려는 것입니다. 좌우에서 칼을 들고 달려들자 토끼는 웃으며 큰 소리를 지르곤 말합니다. "누가 용왕을 해중의 신군이라 했단 말이요. 용왕의 우매한 것을 이제야 알겠군요. 소인이 들은 바에 의하면 옛날의 성왕들은 아주 작은 일이라도 잘 살펴서 죄 없는 사람을 죽이지 않는다 하는 바……"(431). 토끼는 속임수로 대항하기 전부터 죄 없는 이를 죽여 자기 목숨을 연장하려는 용왕을 비판하며 시작하는 것

---

6 도망친 토끼 대신 늙은 토끼를 대신 주는 정권진의 〈수궁가〉만이 유일하게 생명의 동등성에 대한 주장을 부분적으로 훼손시킵니다. 토끼의 성공적인 도망을 '진충보국'의 상투적 도덕의 강박이 망쳐놓은 경우라고 하겠습니다.

입니다. 지상으로 가 자라의 손을 벗어난 뒤에는 이리 말합니다. "어리석은 바보로다. 용왕은 용왕이요 토끼는 토끼인데, 병든 용왕 살기 위하여 토끼가 죄 없이 죽어야 한단 말이냐? 슬프고도 슬프도다……"(439)

그런데 이야기는 여기서 끝나지 않습니다. 어쩌면 여기서부터 또 다른 이야기가 시작된다고 할 만합니다. 이어지는 부분은 분량도 많아 전체의 3분의 1 가까이 됩니다. 자라가 토끼를 놓치고 돌아와 거적을 깔고 벌을 기다리는데, 한 신하가 나서서 옥황상제에게 토끼를 보내달라고 청하자고 합니다. 하여 용왕은 자신이 병으로 직책을 다하지 못해 나라의 평안이 끊길까 두렵다면서, 토끼를 유인해왔다가 놓쳤으니 만수산 신령을 불러 토끼를 잡아 용궁에 보내도록 하면 목숨을 건져 도탄에 빠진 백성을 위해 살겠다고 표문을 만들어 올립니다(441~443). 여기서도 자신의 지위와 책임을, 그걸 다하지 못해 생길 불행을 통해 상기시키며, 그걸 다하도록 토끼를 잡아달라고 주장한다는 점에서 앞서 토끼에게 했던 주장을 그대로 반복하고 있습니다. 옥황상제 옆에서 태을선인은 토끼를 잡아 동해용왕을 구원하라고 하지만, 그 옆에서 일광노日光老선인이 말립니다.

만수산과 용궁에 각각 그 임금에 그 나라 백성이니 [토끼가 용왕의 명령에] 어찌 순종할 리가 있겠습니까? 또 대소와 귀천을 막론하고 삶을 좋아하고 죽음을 싫어하는 마음이 [누가] 없겠습니까? 이제 폐하께서 [용왕] 광연의 병 때문에 죄 없는 토끼를 죽인다면 공정하지 못한 일이오니, 마땅히 둘을 모두 불러 사리를 밝혀 처결함이 지극히 옳을 줄 압니다.(445)

토끼가 속한 만수산의 지상계와 동해용왕 광연이 다스리는 수궁이 별개의 순환계이니, 용왕의 어려움이나 명령을 어찌 토끼가 따르겠냐면서, 대소 귀천 없이 누구나 살고자 하며 죽지 않고자 함을 강조하여 용왕의 요구가 부당함을 말하는 것입니다. 이는 〈토끼전〉에서 용왕이 처한 일차적인 곤란과 대부분의 〈토끼전〉이 토끼의 도망을 통해 말하고자 하는 바를 정확하게 요약하여 보여줍니다. 옥황상제는 이 말이 맞다고 생각하여 용왕과 토끼를 불러오게 합니다. 졸지에 재판정이 설치되고, 용왕과 토끼로 하여금 진술하게 합니다.

그들의 진술은 사실 앞서 나왔던 것을 반복하는 것입니다. 용왕은 "제왕齊王께서 작은 것을 가지고 큰 것을 바꾼 인자함을 본받아" 자신의 목숨을 구해달라 하고, 토끼는 "사는 것을 좋아하고 죽는 것을 싫어하는 마음에 어찌 대소가 있겠"으며 "목숨을 살려 몸을 보전하는 것에 귀천이 있을 수 없다"며, 속여서라도 살아남은 것이 죄 없이 죽는 것보다 낫다고 주장합니다. 일광노선인이 다시 말합니다. "폐하께서 병든 자를 위하여 죄 없는 자를 죽인다면 그 원망을 어찌하시겠습니까? 강자를 누르고 약자를 도와 공정한 처결을 하소서." 옥황상제의 처분 또한 명쾌합니다. 용왕이 살고 토끼가 죽는다면 "이는 마땅히 살 자가 죽는 것"이니, "토끼를 놓아주어 그 천명을 즐기게 함이 하늘의 뜻"이라는 겁니다(449~451).

사태가 이렇게 돌아감을 눈치 챈 용왕은 부하를 시켜 토끼가 문밖으로 나오는 것을 기다리고 있다가 바로 죽이라고 지령을 내립니다(451). 토끼를 잡아 살아남겠다는 집착이 하늘의 뜻도, 옥황상제의 판결도 무시할 지경에까지 이른 것입니다. 물론 그의 뜻과 달리 토끼가 벼락같이 만수산으로 압송되는 바람에 용왕은 토끼를 잡는

데 실패하고, 통곡하며 물러갑니다. 생명의 평등성과 더불어 죽을 때가 된 것은 죽고, 아직 살길이 남은 것은 계속 살아야 마땅하다는 자연의 이치, 신체적 순환계의 수명에 따라 살고 죽는 것이 결정된다는 자연의 법칙, 그것이 〈토끼전〉을 법정 드라마로 만든 이 〈고대소장 한문본 토끼전〉의 결론인 셈입니다. 〈토끼전〉의 모든 이본을 관통하는 핵심 주제를 전면에 부각시키는 텍스트라고 할 것입니다.

이와 관련하여 〈토끼전〉의 기본적인 주제를 용왕이 지배 계급을, 토끼가 피지배 계급인 민중을 표상한다고 해석하면서 수궁세계와 지상세계를 지배 계급과 피지배 계급의 세계로 대립시키는 것은[7] 별로 설득력이 없어 보입니다. 수궁세계와 지상세계는 소통하기 힘든 별개의 순환계이고, 교환의 형태로든 증여의 형태로든 소통하기 어렵다는 것, 그것이 바로 용왕이나 수궁의 인물들이 직면한 근본적인 난점임을 무시하고 있기 때문입니다. 〈토끼전〉의 많은 판본에서 "수궁과 육지가 서로 다른데……" 하는 대사가 자주 나오는 것이 앞의 난점을 상기시켜준다면, 앞서 〈고대소장 한문본 토끼전〉에서 "만수산과 용궁에 각각 그 임금에 그 나라 백성이니 〔토끼가 용왕의 명령에〕 어찌 순종할 리 있겠습니까?"라는 일광노선인의 말은 뒤의 난점을 상기시켜줍니다.

지배와 피지배든 권력과 저항이든, 그런 잣대를 들이대려면 지배/

---

7 이런 해석이 〈토끼전〉을 보는 주류적 시각인 듯합니다. 공간 구조의 대립을 천상계까지 끌어들여 확장하면서 수궁계와 지상계를 지배/피지배 관계로 해석하는 입장(최광석, 2001)도 있고, 용왕과 토끼의 대립을 그런 관계로 해석하는 입장(조동일, 1972; 정출헌, 1998a; 김동건, 1997; 신호림, 2011; 임권환, 1993 등)도 있는데, 대개 별주부는 그 대립관계의 중간자로 위치짓습니다. 즉 별주부는 지배 계급의 '마름' 같은 인물인 셈이지요. 김동건은 거북이 아닌 별주부가 토끼를 구하러 파견되는 이유를, 거북은 상층 동물의 이미지가 강하여 그런 역할에 부적합하기에 좀더 싸고 천한 이미지를 갖는 자라가 선택되었다고 봅니다.

피지배 관계가 작동하는 곳에서여야 합니다. 즉 수궁이면 수궁 동물들의 관계 속에서, 지상이면 지상 동물들의 관계 속에서 이루어져야 합니다. "용왕이 바닷속의 임금이요, 토끼는 산중의 하찮은 존재"라고 해도 용왕의 목숨을 위해 토끼 목숨을 해할 수 없음은 두 세계에 근본적인 간극이 있음을 보여줍니다.

이렇게 근본에서부터 분할된 세계를 섞어 용왕과 토끼 간 대립을 마치 한 세계 내의 지배자와 피지배자 간 대결로 간주하는 것은 근본적 간극의 의미나 그 간극으로 인해 발생한 사건을 크게 오해하게 만듭니다. 이런 이유로 용왕에 대한 토끼의 조롱에서 봉건 체제 붕괴를 보여주는 징후를 읽어내는 시각(가령 정출헌, 1998a) 역시 동의하기 어렵습니다. 물론 '아무리 그래도 명색이 왕인데, 저리 싸가지 없이 굴다니!' 할 수는 있겠지만, "요임금을 보고 짖는 도척의 개"(《완판본 토끼전》에서 토끼가 하는 말입니다)를 두고 요임금에 대한 저항이라거나 요임금 통치의 와해 조짐이라고는 할 수 없을 것이기 때문입니다. 사실 많은 〈토끼전〉 판본에서 토끼는 용왕을 조롱하지만, 모든 신하나 별주부 또한 용왕에 대한 충성심을 견지하고 있습니다. 토끼는 용왕의 지배를 직접 받던 인물이 아니니 용왕을 조롱하는 그의 태도보다는 수궁 인물 가운데서도 "모든 이의 멸시를 받던 자라"가 보여주는 충성스런 태도가 봉건 체제 붕괴의 징후인지 여부를 판단하는 데 더 중요하다고 해야 하지 않을까요? 이런 점에서 보면, 대부분의 〈토끼전〉에서 용왕의 우매함과 토끼의 조롱에도 불구하고 자라가 충성심을 견지한다는 것은 봉건국가 와해의 징조와 반대되는 것이라고 해야 할 듯합니다.

6. 토끼는 어떻게 '삼강'을 능멸했는가?

어쨌든 〈토끼전〉에 풍자와 익살이 다른 어떤 고전소설보다 두드러지게 나타난다는 것은 사실이지 않은가 반문한 적이 있습니다. 맞습니다. 그게 어쩌면 〈토끼전〉의 최고 매력입니다. 그렇다면 그런 풍자와 익살을 단지 생명의 가치에 위계를 설정하려는 태도에 대한 비판이라고만 해석해야 할까요? 그건 분명 아닙니다. 이 작품은 당시의 통념적인 윤리에 대한 통렬한 풍자와 비판을 담고 있습니다. 다만 용왕과 토끼 사이에 직접적인 지배와 피지배 관계를 설정하고, 그 안에서 권력에 대한 저항을 뜻하는 것으로 보는 게 부적절합니다. 풍자나 비판을 적절히 이해하기 위해서라도 두 세계의 소통 불가능성, 한 세계의 바깥에서 온 '외부자'의 고유한 위상을 정확히 구별하는게 필요합니다.

익살과 풍자가 펼쳐지는 양상은 〈토끼전〉의 이본마다 차이가 커, 그에 따라 당시 지배적인 윤리에 대한 비판의 정도도 다르게 표현됩니다. 가령 〈경판본 토끼전〉에서는 풍자나 비판을 찾아볼 수 없습니다. 거기서 별주부는 자신의 실패 앞에서 단호하게 자결하는 충신이며, 용왕은 그걸 알고 죽음을 받아들이는 의연한 군주로 나옵니다. 익살과 풍자의 비판적 의미를 보려면 그런 요소가 가장 두드러진 판본을 봐야 합니다.

'삼강三綱'이라는 통념적 윤리에 대한 익살과 풍자가 가장 탁월하게 표현된 것은 역시 〈가람본 토끼전〉이기에, 이를 텍스트 삼아 분석해보는 게 좋을 것입니다. 다른 〈토끼전〉도 그렇지만 여기서도 수궁은 충忠의 윤리가 왕과 신하의 관계를 규제하는 세계이고, 열烈의 윤리가 가정을 지배하는 세계입니다. 충과 열이라는 삼강의 윤리가 교차하며 집중되는 지점에 있는 인물이 바로 별주부입니다. 많은 이본과 달리 이 텍스트는 토끼가 들어온 이후의 수궁만이 아니라 별주부의 가정사에서 벌어지는 사건을 동시에 다룹니다.

먼저 수궁에서 토끼가 자신을 위해 간을 내달라는 용왕의 명령을 거슬러 그를 속이는 것을 두고 충의 윤리를 비판한 것이라고 할 순 없습니다. 토끼는 용왕에 대해 충의 의무를 진 인물이 아니기 때문입니다. 용왕을 실컷 속여먹고 지상으로 도망친 토끼가 "너희 용왕 어리석더라"라고 조롱하는데, 이 또한 군주나 충의 윤리에 대한 비판이라고 할 순 없습니다. 수궁 밖에서 온 자에 대한 불가피한 무지에 기인한 것이기 때문이지요. 그건 자라의 이야기에 속아 수궁에 내려간 토끼 자신도 마찬가지였지요. 미련해서가 아니라 소통불가능한 다른 세계에 대한 무지가 많은 주저와 동요에도 불구하고 토끼로 하여금 수궁으로 내려가게 한 것입니다. 이처럼 속고 속이는 이야기로 서사가 진행될 수 있는 것은 토끼가 수궁의 세계에 대해, 자라는 지상의 세계에 대해 외부자이고 그런 만큼 결코 충분히 알 수 없으며 뜻대로 될 수 없는 '외부성'을 갖고 있기 때문입니다. 이것이 〈토끼전〉에서 속임수가 반복될 수 있는 핵심적인 모티프입니다.

충의 윤리를 조롱하는 것은 그다음에 나옵니다. 앞서 언급했듯이 토끼의 간을 가져오겠다는 말에 속아 넘어간 용왕은 잔치를 베풀어줍니다. 그 잔치에서 촐랑대며 춤을 추다가 자라에게 간이 뱃속에 들어 있음을 간파당한 토끼는 잔치가 끝난 뒤 자라의 입을 틀어막기 위해 용왕에게 달려갑니다. 그러고는 자신이 의서醫書를 좀 보았다며 "음허화동陰虛火動으로 난 병에 원기를 회복하기는 왕배탕王背湯이 제일 좋다 하오니, 왕배는 곧 자라라. 오래 묵은 자라를 구하여 쓰면 기운이 자연 회복될 것이요, 그다음에 소토小兎(소인 토끼)의 간을 쓰면 병세 며칠 안으로 나으리다"라고 말합니다(《가람본 토끼전》, 379). 그러자 용왕은 즉시 "세상에 나갔던 별주부는 오래 묵은 자라니, 법에 의거하여 잡아 대령하라"고 하명합니다. 자신을 위해 목숨 걸고 나가 토끼를 잡아온 신하이건만, 제 몸에 좋다는 말에 자라탕을 해 먹겠다고 얼른 잡아 대령하라는 것입니다. 이게 '충'을 요구한 왕의 실체입니다. 왕을 위해서 모든 것을 바치라는 요구, 이를 위해서라면 큰 공을 세운 자의 목숨일지라도 즉시 접수하려는 태도, 이게 '충'이라는 윤리의 실상입니다. 여기서 자라를 잡아 왕배탕을 끓여 대령하라는 왕의 언행이야말로 충의 삼강을 조롱하는 익살스런 풍자입니다. 토끼의 간에 대해서야 모르는 세계에 속한 것이니 무지하더라도, 자기 신하와의 관계에 대해 이토록 어리석고 탐욕스런 판단을 하는 것에 대해서는 왕 스스로가 책임져야 마땅합니다. 그 어리석은 탐욕에 절대적으로 복종하라는 게 충의 윤리인 셈이지요.

〈박초월 본 수궁가〉에서는 이를 다른 방식으로 풍자하고 조롱합니다. 수궁에서 벗어난 토끼가 자라에게 용왕의 병을 고칠 약을 알려준다면서 이렇게 이릅니다. "네 정성이 지극하니, 너희 용왕 먹일 약이나 하나 일러주마. 거, 수궁에 들어갔더니 이쁜 자라 쌔고쌨더라. 하루에 일천오백 마리씩만 잡아 석 달 열흘간 먹이고 복어 쓸개를 천 가마 만들어서 이틀 동안 먹이면 죽든지 살든지 끝이 날 것이다."(〈박초월 본 수궁가〉, 『현대어역본 수궁가 적벽가』, 228)[8] 자라탕을 끓여 먹으라는 처방을 수천 배로 확장한 '처방'입니다. 턱도 없는 희생을 전제하는 처방을 제시함으로써 죽을 때가 된 이를 살리려는 것의 부당성을 반어적으로 말할 뿐 아니라, 그렇게 많은 '아랫것'을 희생시켜서까지 용왕 하나의 목숨을 구해야 되겠냐는 힐난을 퍼붓는 것이며, 그런 어리석은 왕을 위해 수많은 '아랫것'의 목숨을 바치라는 충의 윤리를 통렬하게 비판하고 있는 것입니다.

충의 윤리를 조롱하는 이 에피소드는 다시 한번 충의 윤리를 비웃는 말로 이어집니다. 만리타국에 가서 정성을 다해 공을 이루고 돌아온 별주부에게 큰 상을 내리기는커녕 죽이는 것은 말도 안 된다며, 암자라인 별주부의 아내로 대신하도록 해달라는 거북의 간언에 '윤허하노라'고 답합니다(《가람본 토끼전》, 379~381). 충과 짝하는 왕의 윤리(군신유의君臣有義)를 상기시키며 말리지만, 어쨌거나 왕의 건강과 목숨을 위해 누군가를 바쳐야 한다고 하니 별주부의 아내로 대신하자는 '충성스런' 신하의 발상이나, 그걸 '윤허하노라'며 왕의 언어로 받아들이는 발상이나 다시 한번 반어적인 조롱의 대상이 됩니다. '그래, 이런 게 충의 윤리지!' 하는 거지요. 왕의 얼굴에 먹칠하고는 그 위에 똥칠을 덧대는 셈입니다.

충의 윤리에 대한 이 익살스런 조롱은 열烈의 윤리에 대한 풍자로 이어집니다. 졸지에 아내를 죽이게 된 별주부는 황급히 물러서서 다시 토끼에게 잔치를 베풀며 목숨을 구해줄 것을 간청하고, 토끼는 "네 아내를 하룻밤 내 방에 들이"라고 요구합니다. 이에 별주부가 아내의 의견을 묻자 아내가 답합니다.

---

8   이는 김연수 본에도 유사한 문장으로 나타납니다. 마지막 부분만 "좌우간 병이 끝나리라"라고 되어 있습니다(《김연수 본 수궁가》, 168).

상공의 말씀이 타국에 가서 공을 이루고 돌아와 일국충신이 되어 대왕의 병환이 쾌차하시면 일품공후一品公侯를 봉하여 그 영화가 첩에게까지 돌아올까 바랐더니, 공명은커녕 집이 망하게 되니, 충신불사이군忠臣不事二君은 상공이 행하옵고 열녀불경이부烈女不更二夫는 첩이 행하지 못하오니, 한 번 죽기는 예사롭게 생각하지 않습니다.(《가람본 토끼전》, 383)

왕의 명을 따라 공을 세우면 영화가 있을 줄 알았더니 그러기는커녕 집안이 망하고 자신이 죽게 되었다면서, 당신은 충신이 되었는데 내가 두 남자를 섬기는 여자가 될 수 있겠느냐며, 죽는 수밖에 도리가 없다고 답하는 것입니다. 별주부 아내의 이 말은 한편으로는 공을 세우면 '공명과 영화가 오리라는' 암묵적 가정의 허구성을 언급하면서 공명은커녕 역으로 들이닥친 재앙을 말하는 것이고, 그 와중에도 남편이야 '충신불사이군'의 삼강을 지키겠지만 자신이 살려면 '열녀불사이부'라는 삼강의 도를 어길 수밖에 없다는 점에서 재앙이 다시 여성에게 전가됨을 통렬하게 지적하고 있습니다. 삼강의 윤리에 따르면 '열녀불사이부'하며 죽는 수밖에 없지 않겠느냐는 것입니다.

자기 때문에 아내가 죽게 된 것이 미안했던지 자라는 아내의 말이 옳지만 이런 일을 당하여 한갓 정렬貞烈만 지켜서야 되겠느냐면서 현실적인 방안을 따르자고 권합니다. 정조를 지키는 것이 '한갓'이라는 부사에 의해 어느새 별거 아닌 듯 바뀌어버리고, 아내는 이런 남편의 권고를 받아들입니다. 같이 자면서 "이 같은 아름다움으로 누추한 곳에 처박혀 있다가 나 같은 남자를 만나니" 좋지 않느냐는 토끼의 말에 "첩이 삼강의 죄인이 되오니 살아 무엇하오리까?" 하나, 하룻밤 동침하고 나니 "백년해로 별주부는 뜬구름이 되"고 별주부 아내는 새로운 정을 충분히 즐기지 못한 채 하룻밤에 끝나 버린 게 아쉬워 "토선생의 손을 잡고 떠나는 것을 아쉬워하더라"고 합니다(385).

더 익살스러운 것은 이 이야기의 마지막입니다. 별주부 아내는 떠나는 토끼에게 연서戀書까지 보내며 다시 오기를 기다렸지만, 다시 올 리 없는 토끼를 그리다 상사병에 걸려 죽는데, 수궁에서는 그 속을 모른 채 별주부를 생각하다 죽은 것으로 알고 '정렬'을 기려 열녀문을 내리며, 소상강으로 '망명'했던 자라는 이 이야기를 듣고 자결합니다. 바람난 별주부 아내의 마음조차 알지 못한 채 '정렬부인'으로 상찬하는 것도, 자기 아닌 토끼를 그리다가 죽은 것을 자기 때문에 죽은 것으로 오인하여 자결하는 것도, 아이러니하게 모두 열녀가 될 것을 기대하는 삼강의 윤리가 당연한 것으로 공유되어 있기 때문입니다. 열의 윤리를 이보다 더 익살스럽고 통렬하게 비판할 수 있을까 싶은 대목입니다.

최대의 충성을 바친 신하나 그 아내로 탕을 끓여 먹으려 하는 용왕의 태도는 충의 삼강이 얼마나 일방적이고 터무니없는 것인가를 명백하게 조롱합니다. 충성의 윤리란 왕이 살기 위해 신하를 부려 먹고 잡아먹기 위한 데 지나지 않는 것입니다! 왕의 이런 행동을 겪었기에 토끼를 놓친 별주부가 수궁으로 돌아가지 않고 소상강으로 '망명'하는 것은 충분한 설득력을 가집니다. 그는 이제 충이라는 삼강에서 벗어난 겁니다. 토끼를 그리다가 죽은 별주부 아내에게 열녀문을 내리는 것은 열의 삼강을 이중의 웃음거리로 만듭니다. 살기 위해 아내에게 열의 삼강을 무시하도록 권하고, 그로 인해 열의 윤리에서 벗어나 사랑의 정염을 따라가다 죽은 것을 자신에 대한 그리움 때문에 죽었다고 믿는 자라의 오인 또한 열의 삼강을 또 한 번 웃음거리로 만듭니다. 이런 맥락에서 〈가람본 토끼전〉은 삼강의 양식과 일방적 윤리를 더없는 유머의 방법으로 깨부수는 최대의 '반인륜적' 텍스트라고 해도 좋을 것입니다.

사실 〈토끼전〉이 쓰이고 연주되던 시절이 봉건 체제의 말기이자 해체기였다 해도 이 정도로 강력한 풍자적 비판을 구사할 수 있었던 것은, 동물들의 이야기를 익살스레 펼칠 수 있는 우화allegory의 방법을 택했다는 점에도 있지만 토끼가 수궁의 외부자라는 위상을 갖고 있었기 때문이기도 합니다. 수궁의 내부자인 인물이 충의 윤리를 이런 식으로 비판하긴 어려웠을 테고, 열의 윤리 또한 이렇게까지 깊숙이 치고 들어가긴 곤란했을 겁니다. 외부자인 토끼였기에 용왕의 무지를 이용해 충의 관념 아래 신하들을 부리고 '먹는' 용왕의 어리석음을 조롱할 수 있었으며, 마찬가지 이유로 수궁이나 별주부는 자라 부인의 욕망을 알아챌 수 없었을 것이고, 그렇기에 수궁이나 자라나 열의 윤리에 따라 어이없는 오인을 하게 되었을 것입니다.

7. 공동체의 두 가지 외부

공동체는 대부분의 구성 요소가 하나의 순환계를 이룸으로써 일방적인 진행과는 다른 '이득'을 만들어냅니다. 그리고 이로 인해 근대 이전의 많은 공동체는 자립적이고 완결적인 성격을 지니며, 종종 폐쇄적인 성격을 띠기도 합니다. 허생이 무인도에서 나오면서 자신이 타고 올 배 말고는 모든 배를 불살라버리며 "가는 이가 없으면 오는 이도 없으리라"고 생각하는 것은, 새로이 만든 순환계에 폐쇄적 독립성을 부여하기 위함이었을 겁니다. 아마도 그럼으로써 외부에서 오는 교란과 파괴의 요인으로부터 공동체를 지키기 위함이었겠지요.

그러나 사실 어떤 공동체도, 아무리 순환적인 흐름이 원활하다 해도 외부로부터 폐쇄되어 자립적으로 존재할 수는 없습니다. 우리 신체의 순환계도 산소나 영양소가 외부에서 유입되지 않으면 존속할 수 없듯이 다른 순환계 역시 외부로부터의 에너지원이나 물자의 유입이 없으면 존속하기 어렵습니다.[9] 지구라는 순환계가 존속할 수 있는 것은 태양 에너지라는 외부로부터의 유입 때문입니다. 태양이 제공하는 자연적인 에너지의 여분이 수많은 순환계의 존속을 가능케합니다. 하지만 이런 요소만 필요한 것은 아닙니다.

〈흥부전〉에서 아사의 궁지에 몰린 흥부네가 살아날 수 있었던 것은 제비가 외부로부터 끌어다준 물자 덕분이었습니다. 〈허생전〉에서 허생이 만든 공동체는 공동체 성원인 도적들 세계의 외부로부터 유입된 돈 때문에 가능했습니다. 즉 허생이 모은 돈이 있었기에 이룰 수 있었습니다. 〈토끼전〉에서 용왕은 지상세계라는 외부, 토끼라는 외부로부터 필요한 것을 얻어야 생존할 수 있었습니다. 〈심청전〉에서 심청은 다른 이들이 제공한 젖 덕분에, 자기 가족의 외부에서 제공된 동냥 덕분에 생존할 수 있었습니다. 〈심청전〉에서 명시적으로

---

9 물리적으로는 열역학 제2법칙 때문에 어떤 완결성 높은 순환계도 외부로부터의 유입이 없으면 결국 열역학적 평형 상태에, 즉 열역학적 죽음이라고 부르는 상태에 이르게 됩니다.

다루진 않지만, 배꾼들이 황주 도화동에 들른 것은 이들로부터 조달하던 것이 이미 그전부터 있었음을 함축합니다. 또한 공양미 300석은 외부인 상인들이 아니었으면 조달하기 힘들었을 것입니다.

이런 점에서 모든 공동체는 외부로부터의 조달이나 '교환' 없이는 존속할 수 없습니다. 그렇기에 외부와의 연결 수단을 없애버림으로써 공동체를 보호하려 했던 허생의 생각은 그 작품에서 가장 치명적인 약점을 보여준다고 할 것입니다. 오히려 어떤 공동체적 순환계도 외부로부터의 유입을 필요로 한다는 것을 명시적이든 묵시적이든 위 작품들이 보여주는 것입니다.

그러나 여기서도 우리는 두 가지 '외부'를 구별해야 합니다. 공동체적 생존을 가능하게 해주는 조건으로서의 외부와 공동체적인 관계가 중단되고 와해되는 지점으로서의 외부가 그것입니다. 공동체 바깥에서 와서 공동체를 관통하여 흘러나가는 흐름, 예컨대 에너지나 영양소, 물, 대기의 흐름 등과 같은 질료적인 흐름이 공동체를 가능하게 해주는 외부라면, 상업적인 유통의 형식으로 흘러들어오는 상품이나 교환의 흐름은 공동체적 관계가 중단되는 지점으로서의 외부입니다. 공동체가 선물의 증여를 통해 결합된다면, 교환은 그런 증여를 중단시킵니다. 교환이 침투하는 만큼 공동체적 관계는 잠식됩니다.

이런 점에 비추어볼 때 이 두 가지 외부 개념을 약간 비틀어, 새로운 공동체가 시작되는 지점으로서의 외부와 기존 공동체를 대체하는 것으로서의 외부를 대비할 수도 있을 것입니다. 〈심청전〉은 심청이네처럼 남들에게 아무것도 줄 게 없는 '무능한' 가족을 통해 "이거 주면 대신 뭐 해줄 건데?"를 묻지 않는 증여적인 관계가 15년 혹은 그 이상의 오랜 기간 동안 지속될 수 있었음을 보여줍니다. 동시에 공동체에 속해 있던 심청을 공양미 300석에 상당하는 돈으로 사서 자신들에게 귀속시키는 상인들을, 공동체를 대신하는 돈을 그 공동체와 대비하여 보여줍니다. 〈허생전〉에서 돈은 처음에 기존 공동체를 대신하여 도적들을 포섭하는 수단이었지만, 소와 식량, 아내와 토지 등으로 전환됨에 따라 새로운 공동체가 시작되는 지점으로 바꾸는 역할을 합니다(이는 화폐 또한 적절히 사용하면 새로운 공동체를 만드는 수단이 될 수 있음을 보여줍니다).

공동체와 돈으로 바꾸어 쓸 수 있을 이 두 외부의 대립은 **생명과 죽음**의 대립을 뜻한다고도 할 수 있습니다. 도화동의 공동체가 심청이네처럼 생활능력이 없는 이들조차 살게 만드는 장이었다면, 심청이 300석 공양미에 팔려 들어가게 된 상인들의 세계, 교환의 세계란 심청으로서는 옥황상제나 용왕의 도움 없이는 더 이상 생존이 불가능한 죽음의 세계였습니다. 〈흥부전〉은 화폐 축장이나 화폐를 통한 교환, 그리고 화폐의 증식을 위한 활동으로 인해 혈연이라는 강한 연대의 끈을 지닌 가족 공동체마저 와해됨을 보여줌으로써 공동체의 지속(생존)과 해체(죽음)를, 흥부의 생존 가능성과 죽음의 가능성이란 대립을 전면화합니다. 〈토끼전〉에서 토끼는 자라에게 속아 죽음이 기다리는 곳으로 가지만, 다시 속임수를 써서 살아 나옵니다. 반대로 〈허생전〉은 공동체의 구성을 통해 굶어 죽을 것인가 도적으로 살 것인가를 고심해야 했던 '잉어'들에게 새로운 생존의 길을 열어줍니다.

약간씩 비틀리며 이어지는 이 두 개의 외부는 동일한 단어로 표현되기에 비슷해 보이지만 사실은 정반대되는 방향으로 가는 길입니다. 공동체와 돈으로 바꿔 썼던 그 양자를, 순환과 축장, 혹은 순

환과 유통이란 말로 바꿔 쓸 수 있음은 이제까지의 많은 이야기를
통해 이해할 수 있을 것입니다.

제8장

장화·홍련은 보았으나 사정옥은 끝내 보지 못한 것

:

가족,
혹은 인륜 속의 구멍

1. '계모', 가족 내부의 적?

가족은 조선시대의 도덕/윤리가 집중되는 중심적인 공간입니다. 이 공간에는 아버지에게 아들의 목덜미를 내어주는 '부위자강父爲子綱'이나 남편에게 여편의 목덜미를 내어주는 '부위부강夫爲婦綱'이라는 삼강의 윤리, 혹은 '부자유친' '부부유별'이라는 오륜의 윤리만 있는 게 아닙니다. 가문을 뜻하는 가족의 명예가 개인의 활동을 선규정할 뿐 아니라 배우자 선택에도 제한을 가합니다. 가문 간 결연으로서의 결혼은 신분의 고저 속에 작동하는 '균형' 있는 선별을 요구합니다. 또한 남성 중심의 가부장제 사회는 대를 잇고 제사지낼 아들을 요구하는데, 이를 위해서는 소실을 들이는 게 당연지사가 되기도 하지요. 그런데 바로 이 가부장제는 상속자 일인에게 모든 것을 넘겨주는 제도로 인해 상속자를 둘러싼 쟁투와 질투를 동반하기 마련입니다. 여기에다 결코 가족 안으로 제한할 수 없는 사랑과 성은 가족 안팎에서 또 다른 대결과 질시의 장을 만들어냅니다.

고전소설에 자주 등장하는 계모의 핍박, 정실과 소실 간의 질투 및 쟁투, 자식을 둘러싼 애욕은 모두 이런 복합적인 관계가 교착되는 데서 발생합니다. 자식을 낳아 대를 잇는 것과 자식이 부모를 효로 받드는 것이 '친자관계filiation'의 축—부모 자식 간의 수직적 축—을 따라 작동되는 두 윤리의 선이라면, 상응하는 지위의 가문을 찾아 결혼하는 것과 사랑하는 이와 만나 사랑을 나누는 것은 '결연관계alliance'의 축—사랑이나 결혼의 수평적 축—을 따라 작동되는 두 윤리의 선입니다. 이 윤리의 선들은 상충되는 욕망과 규범들로 다시 이중화되는데, 그 결과 매우 복잡하게 꼬이며 빈번하게 대립하고 충돌합니다.

고전소설의 가장 중요한 영역 중 하나가 가정소설인 것은 이 때문일 겁니다. 이 영역에서 벌어지는 사건은 다른 어떤 영역에서의 사건 못지않게 극심하고 극단적인데, 굳이 천상에서의 연을 빌릴 필요가 없을 정도로 사람들은 그 이유를 잘 알고 있습니다. 어느 곳보다도 더 복잡한 선들의 교차점이기에 가족적 질서를 위해 요구되는 도덕이나 윤리 또한 서로 충돌하며 와해됩니다. 모든 가정소설은 표면적으로 가족적 윤리를 권하고자 하지만 실제로는 그 윤리가 충돌하여 무너지는 사건에서 시작하며, 가정이 정상화되고 윤리가 회복되는 것으로 끝내고자 하지만 실제로는 그 윤리가 무력화되는 지점을 지우지 못한 채 마무리됩니다.

가정소설이 다루는 사건은 가족이 '공동체'이길 중지하고 적대관계 속에서 붕괴되기 시작하는 지점이기도 합니다. 가족이라는 공동체를 보호하기 위해, 가족 공동체를 해체하고 위기에 빠뜨리는 요인들을 드러내어 비판하면서 그렇게 되지 않도록 추스르고 가르치려는 것이 명시적 목표겠지요. 가족은 분명 하나의 공동체이지만, 스스로를 다른 공동체와 구별짓는 공동체입니다. 가정소설은 대부분 가족이라는 공동체를 특권화하면서 가족 바깥의 삶의 영역을 시야에서 지워버린 채 진행됩니다. 혈연의 동일성을 통해 여느 공동체와는 다른 것으로 다루지요. 그렇기에 공동체를 다룬 작품이 혈연을 달리하는 이들 간의 공생 문제를 다룬다면, 가족을 다룬 작품은 피가 동일한 집단 안에서 서로가 적대하는 문제를 다룹니다. 이 때문에 매우 다른 내용의 텍스트가 만들어지지요.

핏줄에 따른 가족적 단일성이 쉽게 당연시되면 다른 삶의 가능성을 닫아버리게 됩니다. 그리고 피를 달리하는 외부자에 대한 불안과 경계심을 '자연히' 발동시키지요. 그러나 대체 어떤 가족이 외부자 없이 구성될 수 있겠습니까? 결혼이란 성姓을 달리하는 사람, 즉 다른 피를 가진 배우자를 받아들이는 일이니 말입니다. 더구나 결혼도, 사랑이나 성姓도 가족 바깥의 상대자를 선택해야 한다는 '근친상간 금지'의 근본적인 규칙을 따릅니다. 그러니 결혼 없는 가족을 생각할 수 없다면 외부자 없는 가족 또한 있을 수 없습니다. 그럼에도 혈연적 동일성을 특권화하게 되면, 가족이란 외부자를 배제하고 '자기들끼리의 삶'을 추구하는 배타적 집단이 됩니다. 혼인 상대를 자기 집안과 동등한 지위의 동질적 집단에서 구하려는 것은 이런 태도의 한 측면입니다. '같지 않다면 비슷하기라도 해야지' 하는 마인드에서 나오는 것이니까요. 그래서 신원이 불확실한 사람이나 신분이 천한 이들은 심지어 결혼 이후에도 받아들여지지 못할뿐더러 그 자식들 또한 가족 대접을 받지 못하기 십상입니다. 〈숙향전〉에서 이선의 부친이 아들과 이미 혼인한 숙향을 내치는 것도, 〈홍길동전〉

에서 길동이 '호부호형'하지 못하는 것도 이 때문입니다. 두 작품 모두 며느리가 된 자나 서자를 죽이려고 하는 극단적인 태도를 보여주지요. 뒤에 보겠지만 〈숙영낭자전〉에서는 '근본을 알 수 없는 자'를 받아들이지 못해서 '집안에 들여놓은' 뒤에도 제대로 된 며느리 대접을 하지 않으며, 약간의 의심만으로도 극도로 모욕적인 상황으로 몰고 가는 경우를 보여줍니다.

이미 가족의 일원이 된 '소실'이나 '계모'를 언제까지나 불편한 의심 혹은 악행의 혐의 속에서 대하는 것도 이런 이유에서이지요. 가족이란 사실 항상 다른 피가 섞이는 것을 통해 구성되고 재구성되는 것이며, 그 점에서는 정실이나 소실 사이에 아무런 차이가 없습니다. 가장이 맺는 결연의 짝이란 점에서 동등하지요. 거기엔 한 사람을 놓고 다른 여인끼리 사랑을 다투는 질투나 쟁투의 가능성이 있습니다. 그런데 자식과의 혈연이 끼어드는 순간 사태가 격해집니다. 가장의 '소실'은 자식에겐 '계모'가 되기 때문입니다. 친자관계의 수직선에 직접 연결되는가의 여부가 두 사람을 전혀 다른 처지로 분할하는 겁니다. 소실은 정실과 사랑 다툼을 하는 관계이지만, 계모는 그에 더해 자식에게 주어질 지위와 재산 다툼을 하는 관계 속으로 들어갑니다. 실제로 다툼이 없는 경우에도, 정실부인과 장자를 잇는 친자관계의 축을 잠재적으로 항상-이미 위협하는 존재가 되는 겁니다.

계모에 대한 오래되고 뿌리 깊은 적대감은 이 때문일 것입니다. 계모란 항상 가장과 장자를 잇는 핵심적인 선을 노리는 **잠재적 적**입니다. 계모의 문제는 가장의 사랑을 빼앗으려는 자라는 데서 발생하는 게 아니라 장자의 자리에 모든 걸 넘겨주는 가부장제에서 나오는 것입니다. 계모에 대한 의심의 시선은 그를 소실로 두는 가장 보다는 그로부터 장자의 자리를 지키려는 정실 자식의 관점에서 나오는 겁니다. 가장과 여인을 잇는 수평적인 결연의 선(소실의 문제는 여기서 나옵니다)이 아닌 아버지-아들을 잇는 수직적인 가문의 논리에서 나오는 거지요. 거기서 답은 이미 정해져 있습니다. 재산과 지위를 노리는 잠재적인 적이 문제인 거니까요. 이미 모든 게 주어진 정실부인이 사고를 일으킬 이유가 어디 있겠습니까? 계모란 결연의 선을 타고 가족 내부로 침투한 적인 것입니다!

소실이 정실보다 악할 '인간적인' 이유는 따로 없습니다. 소실이 있다 함은 이미 정실에게서 욕망이 많이 떠났음을 뜻하기에 질투의 악덕을 발동시킬 가능성은 오히려 정실 쪽이 클 겁니다. 하지만 이거야 사람에 따라, 경우에 따라 다른 것이니 누가 더 좋고 나쁘다고 미리 단정할 수 없습니다. 그런데도 소실이 불신의 대상이 되는 것은 그가 계모가 될 존재이기 때문입니다. 가문 안에서 주어지지 않은 지위를 노리는 여자가 될 존재라는 겁니다. 이로써 한 남자와 여러 여자 사이에 쉽게 발생하기 마련인 경쟁적 욕망과 질시의 감정은 어느새 친모와 계모라는, 처음부터 선악의 구별이 선험적으로 부여된 이들의 대결이 되고 맙니다. '소실의 악행'이나 '계모의 핍박'이 고전 소설에서 곧잘 반복되고, 그들의 행위가 너무 쉽게 극단적인 범죄가 되는 것은 이런 의심과 적대감 때문입니다. 이는 집안에 받아들였으면서도 끝내 그 의심을 버리지 않았던 배타적 태도의 표현입니다.

사실 정실부인이 질투심에 소실들을 핍박한 일이 왜 없겠습니까? 더구나 가정 안에서 권력을 가진 자이니 맘만 먹으면 훨씬 더 쉽게 벌어질 일이지요. 그에 관해 야담이나 야사로 전해져오는 끔찍한 이야기도 적지 않지요. 〈창선감의록〉은[1] 드물게도 '정실부인의 악덕'과 '소실 자식들의 선함'을 대비시키며 사건화한 작품입니다. 간단히 말하면, 정실 성씨와 자식 화춘이 벌이는 악행으로 인해 소실의 자식인 화욱(셋째 부인 정씨의 아들)이 극도로 고생하는데, 그러면서도 모친에 대한 효성과 형제애를 단 한 번도 잊지 않는다는 이야기입니다. 둘째 부인이나 그의 딸 태강 또한 착한 인물로 그려집니다. 그러나 이 작품에서조차 정실부인과 그 아들이 갖는 문제를 증폭시켜 극단적인 사건을 만드는 역할은 정실 아들 화춘의 '소실'인 월향에게 떠넘깁니다. 결국 모든 죄를 월향에게 덮어씌우는 반면, 정실부인과 그 아들은 회개하는 것으로 마무리됩니다. '역시나'로 요약되는 가족적 '양식良識'의 승리로 끝나는 것이지요. 그러고 보면 계모의 핍박과 소실의 악행이라는 주제는 이 시기 가정소설이 넘지 못하는 근본적인 한계 지점을 보여주는 듯합니다.

고전에서 가정소설은 발생한 문제를 어디로 끌고 가는가에 따라 크게 세 가지 유형이 있는 듯합니다. 첫째는 가족이란 틀을 전혀 문제 삼지 않고 발생한 문제를 그 안에 포섭하는 작품입니다. 가족적 '정상화'의 담론이라고 할 것입니다. 둘째는 가족 안에 존재하는 근본적인 분열을 드러내지만, 그것을 수습하여 다시 가족적 정상성을 회복하는 작품입니다. '봉합'의 서사라고 할 수 있습니다. 셋째는

---

1 이 작품은 17세기 후반에 쓰인 장편소설인데, 뒤에 볼 김만중의 〈사씨남정기〉와 매우 유사한 구조를 보입니다. 가족 간의 갈등에 초점을 맞춘 〈사씨남정기〉에 비해 궁중 주변의 일들이 섞이고 인물도 많고 관계도 다양하여 훨씬 더 복잡한 내용을 보여줍니다. 두 작품은 비슷한 시기에 쓰였는데, 어떤 것이 선행 작품인가를 둘러싸고 연구자들 사이에 논란이 있습니다. 이는 특히 내용이 유사하기에 어떤 게 다른 작품에 영향을 미쳤는가를 둘러싼 논란이기도 합니다. 복잡한 내용(〈창선감의록〉)을 간단하게 정리하며(〈사씨남정기〉) 핵심을 부각시킨 것인지, 아니면 가족 이야기 중심의 간단한 이야기를 복잡하게 확대한 것인지가 쟁점 사안입니다. 이에 대해서는 진경환(1993) 참조.

가족 안의 구멍이 주인공을 죽음으로 몰고 간다는 점에서 정상화는 불가능함을 보여주는 작품입니다. '해체'와 '와해'의 담론입니다. 물론 죽은 이의 복수나 해원 이후 '정상'을 되찾는다는 이야기가 첨가되지만, 그것은 해체와 와해 뒤에 덧붙여지는 의례적이고 단순한 첨가물(상투구)일 뿐입니다. 〈옥낭자전〉이 첫째 유형의 작품이라면, 〈사씨남정기〉와 〈김씨열행록〉은 둘째 유형에 속하며, 〈장화홍련전〉이나 〈콩쥐팥쥐전〉, 뒤에 다룰 〈숙영낭자전〉은 셋째 유형에 해당한다고 볼 수 있습니다.

2. 낙장불입의 '이념 소설': 〈옥낭자전〉

가정소설은 대부분 윤리적 이념을 표방하지만 사실상 그 이념이 와해되는 지점에서 시작합니다. 그렇기에 그것은 작품 전면에 드러난 의도에 반하여 윤리적 양식이 붕괴되고 해체되는 양상을 보여줍니다. 물론 가족적 통념이나 양식을 명시적으로 표방하고, 사건을 권선징악의 결말로 무마하며 윤리적 평화 속에 끝내는 것이 대부분이지요. 이 가운데에는 표면적으로만이 아니라 실질적으로도 '윤리적 이념의 소설화'에서 정확히 멈춘 작품도 있습니다. 대표적인 것이 〈옥낭자전〉입니다.

〈옥낭자전〉은 삼강오륜이라는 이념을 소설적으로 재현하려는 작품입니다. 이춘발은 김좌수의 딸 옥랑과의 혼례를 앞둔 아들 시업으로 하여금 예물을 가져가게 합니다. 예물을 갖고 가던 시업 일행은 지방 토호와 시비가 붙어 싸우게 되는데, 그 와중에 토호의 하인한 명이 죽습니다. 시엄은 그에 대한 책임을 지고 살인죄로 옥에 갇히는데, 이 이야기를 들은 옥랑은 얼굴 한번 못 봤고 혼례도 올리지 않은 '남편'을 위해 남자로 변복하고 옥에 들어가 시엄을 내보내고는 자신이 대신 죽겠다고 자처합니다. 나중에 영흥 부사가 이 사실을 알고 감동하여 임금에게 보고하자 임금 또한 "만고에 드문 일이라"며 벼슬을 주어 포상합니다. 그리하여 결혼하여 잘 살았다는 이야기……

가정소설이라지만 가족 내 갈등이나 쟁투도 없습니다. 혼례도 치르기 전에 곤경에 처한 남자를 위해 자기 몸을 바쳐 대신 죽으려는 '열녀'(이건 사실 '오버' 아닌가요?) 이야기는 『삼강행실도』에 흔히 나오는 이야기를 그대로 반복하고 있습니다. 삼강의 윤리에 따라 '대신 죽으리라'는 결단을 내리고 『삼강행실도』의 엽기적 윤리학을 그대로 재현합니다. 반전도 없습니다. 예상대로 절행에 감동한 부사와 임금의 뻔한 상찬이 이어집니다. 이는 아마도 『삼강행실도』의 연기적 윤리의 허구성을 보충하려는 요소일 것입니다. 이념을 충실하게 소설화한 작품들이 흔히 그러하듯 더없이 지루합니다. 소설에서 이 정도 사고를 치려면 감추어둔 대책이나 '지혜' 정도는 마련해둘 법한데, 놀랍게도 이 작품은 아무런 준비도 해두지 않았습니다. 하여 반전도 없습니다(설마 싶은데도 끝까지 반전이 없다는 게 기대를 뒤엎는 유일한 '반전'입니다). 그저 준비된 '감동'이, 처벌을 대신하는 예상된 상찬이 있을 뿐입니다.

그런데 순진하다 싶을 정도로 윤리적 정언명령에 충실한 이런 작품에서조차 삼강의 윤리는 충돌을 피할 수 없습니다. 무엇보다 자기 대신 결혼도 안 한 멀쩡한 여자를 죽게 만든 시엄을 부도덕할 뿐 아니라 찌질하고 무능한 사람으로 만들어버립니다. 차라리 반대의 경우라면 통념적 설득력이라도 있겠지만, 결혼할 여자가 옥에 들어와 대신 죽겠다는데 그 여자를 옥에 두고 도망쳐버린 남자라니! '남편'을 정말 무능하고 비겁한 패륜아로 만드는 것입니다. 이는 역으로, 이런 걸 윤리라고 만들어 설파했던 그 시대의 남성들이 얼마나 찌질했던가를 보여주는 사례라고 할 수 있지 않을까요?

다음으로, 이 훌륭하신 '열'의 윤리는 당장 효의 윤리와 충돌합니다. 옥에서 보낸 딸의 편지를 본 모친은 "하도 기가 막혀 엎어지며 자빠지"고, "애통해하다가 마침내 기절하고야" 맙니다(《옥낭자전》. 구인환 편, 『장화홍련전』, 신원문화사, 110~111). 그래서 가령 결말부의 뻔한 면죄부가 없었다면 옥랑은 사형당하고 '남편' 시업은 죄책감에 밥을 못 먹고 말라가다가(불효를 걱정하여 먹으려 하지만 잘 안 된다고 쓰여 있습니다(118)) 결국 죽거나 크게 병들었을 것이고, 이는 그 부모인 춘발 내외를 몸져눕게 만들었을 것입니다. 옥랑의 부모 역시 그렇게 되었겠지요. 열烈, 아니 '오버'에 의한 '윤리적' 행위가 실제로는 가까운 사람 모두를 궁지로 모는 '반인륜적' 행위로 귀착되는 것이지요.

세 번째로, 옥랑의 오버액션은 심지어 충과도 충돌합니다. 형벌의 궁극적 주체인 임금을 속이는 것이기 때문입니다. 죄인이 바뀐 것을 알고 영흥 부사가 준엄하게 꾸짖습니다. "살인자는 국법이 지엄하거늘 네 감히 죄인을 임의로 바꾸었으니 그 죄는 죽고도 오히려 남음이 있으렷다!"(113) 하지만 이런 내부적 균열은 목숨 건 열녀에 대해 준비된 감동과 예상된 면죄로 어느새 지워지고 맙니다.

이런 점에서 옥랑의 행동을 열의 윤리에 밀려 죽음을 선택함으로써 효의 윤리를 파탄낸 것이라고 적극적으로 해석할 수도 있습니다.

그 점에서 심청과 비교할 수도 있을 겁니다.[2] 그러나 그렇게 봐도 작품성에서 격차가 몹시 크지요. 첫째, 심청은 사건으로 인해 떠밀려 선택한 것이라면 옥란은 윤리적 정언명령 말고는 어떤 사건적 강제도 없는데 자발적으로 택했다는 점에서 개연성이나 설득력이 매우 약합니다(그래서 '이념소설' 내지 '윤리소설'입니다!). 피할 수 없는 명령이나 선고가 없기에 명령되고 선고된 규칙을 전복하는 효과가 거의 없습니다. 둘째, 심청은 그 윤리에 떠밀려 바깥세계로 들어갑니다. 임당수의 심연 속에 빠져 한 번 '죽습니다'. 이는 윤리 안에서의 해결이 불가능함을 보여줍니다. 〈심청전〉에서의 해결은 집 바깥에서, 효라는 윤리 외부에서 이루어집니다. '효'가 기다리고 있는 집으로 돌아가지 않고 반대로 사람들을 집 밖으로 불러냅니다. 반면 옥랑이 제기한 문제는 윤리 그 자체의 실행에 '감동'한(법을 뒤집는 이런 감동은 만든 자들 스스로도 『삼강행실도』의 윤리가 실제로는 거의 실행 불가능하다고 믿고 있었음을 시사합니다!) 영흥 부사나 함경 감사, 임금의 면죄에 의해 즉각 해결됩니다. 옥랑은 죽지 않고 궁지에 몰리지도 않으며 그냥 석방되고 마는 겁니다. 열의 윤리가 전면에 등장하면서 모든 문제가 '해소'되고 그것이 야기할 난감한 사태가 모두 가려지는 것이지요.

이렇게 되면 이 모든 게 사실은 '쇼'가 되고 마는 것 아닐까요? 감동 하나로 모든 게 면죄되는 위반이나 삶을 걸지 않은 결단이란 남들에게 **보여주기** 위한 것에 지나지 않으니까요. 그래서 애초의 사건은 어느새 '없었던 것'이 되고 맙니다. 사건을 무효화하는 방식의 '해

---

2   심청의 마조히즘적 전략에 대해서는 1장을 참조.

결', 이는 원래 제기된 문제 자체를 없애는 '해소'에 지나지 않습니다. 피할 길 없어 보이는 사건을 통해 효의 윤리를 바깥으로 끌고 나가고, 그 바깥에서 물에 빠져 죽음으로써 그 윤리를 심연 속에 빠뜨리는 것이 〈심청전〉의 '윤리학'이라면, 어떤 필연성도 없는 자발적 선택(누가 봐도 '오버'지요)을 통해 억지로 사건을 만들지만 그것이 열녀의 윤리 안에서 해결될 수 있음을 보여주며 그 윤리의 성스러움과 승리를 강변하는 것이 〈옥낭자전〉의 '윤리학'입니다.

이런 의외의 내부적 균열이 있지만, 이 작품은 가정을 관통하는 윤리적 선의 다수성도, 그 선들 안에 있는 욕망과 규범의 상반되는 힘들도 전적으로 무시한 채 그저 '낙장불입'이라는 혼약의 윤리와 목숨마저 요구하는 삼강의 도덕을 일방적으로 밀어붙인다는 점에서 이념적 소설이고, 읽고 나면 허탈한 웃음밖에 나오지 않는 '윤리적 소설'임에 틀림없습니다. 이처럼 모범답안을 미리 가정하고 있기에 이 소설은 가족에 관한 어떤 물음도 제대로 던지지 못합니다. 알고 있는 답이 있으니 질문은 이미 소멸되었고, 따라서 그게 다루는 것은 사실상 어떤 문제도 아니라고 해야 할 겁니다.

윤리적 이념과 현실적 고통의 간극이나 죽음의 공포에서 오는 고뇌, 혹은 대리 처형으로 인해 야기될 문제 등 쉽게 떠올릴 법한 어떤 것도 진지하게 다루지 않고 정해진 답을 재빨리 내놓는 이런 작품에 비하면, 심지어 삼강의 도덕을 말하면서도 홀로된 딸을 걱정해 재가를 강권하는 부모와 그들을 속이는 딸 사이에 호랑이라는 뜻밖의 동물을 끼워넣음으로써 사건을 만드는 이야기(〈효부와 호랑이〉)나, 결혼한 지 1년도 안 돼 남편을 잃고 돌아와 홀로 지내는 딸의 외로움을 근심하여 위장자살을 꾸며 다른 가족도 모르게 남자를 붙여 멀리 도망치게 하는 재상(!)의 이야기(《과부》)가 훨씬 더 소설답습니다(박희병·정길수 편역, 『조선의 야담』 1).

3. 윤리에 의한 윤리의 파탄: 〈사씨남정기〉

〈옥낭자전〉은 정상적인 가족에서 시작하여 정상적인 가족으로 끝납니다. 위기는 중간에 싸움을 건 외부자에게서 오고, 남자 대신 죽는 여자라는 '규범적 위법' 행위에 감동한 군주에 의해 소멸되며, 가정은 다시 정상화됩니다. 표준적인 정상화의 드라마지요. 사실 이런 식으로는 '소설'이 성립되기 어렵습니다. 조금만 들어도 진행과 결말이 뻔히 예상되니까요. 가정의 윤리를 다룬 소설조차 이렇지는 않습니다. 대부분은 가정 안에서 발생하는 불화와 갈등을 중심적인 사건으로 다루고, 결국 정상화되는 가정의 해피엔딩으로 끝나는 경우가 많습니다. 그러나 그렇다 하더라도 정상화라고 보기 힘든 균열이 그대로 남아 있다는 점에서 '봉합'에 지나지 않는다고 해야 하는 경우가 있습니다. 가령 〈사씨남정기〉와 〈김씨열행록〉이 그렇습니다.

　김만중의 소설 〈사씨남정기〉에서 현숙한 아내이자 며느리인 사정옥은 10년간 아이가 없자 대를 잇고 제사 지낼 자식을 낳기 위해 소실을 들일 것을 남편 유연수에게 제안합니다. "자식 없는 죄는 도저히 우리 가문에 용납 못 할 것이나 인자하신 상공의 덕택으로 지금까지 부지하여왔나이다. 그러나 생각자니 상공은 여러 대째 독자로 유씨 가문의 대가 끊어질까 걱정인지라, 제 생각은 마시고 어진 여자를 골라 귀한 아들을 하나 보시면 집안엔 큰 경사일 것이고 저도 조금이나마 죄가 덜어질까 하나이다."(림호권 고쳐 씀, 『사씨남정기』, 보리. 27). 여기서 사씨는 유연수의 처로서 말하고 있는 게 아닙니다. 대를 이어야 한다는 가문의 윤리에 충실하지만 생물학적으로는 이를 지킬 수 없는 며느리의 자리에서 말하고 있는 겁니다. 제 스스로 규범적인 며느리의 위치에서 대를 이을 자식을 위해 다른 여인을 끌어들이려는 것입니다.

사실 사정옥은 유연수의 아내라기보다는 차라리 유현의 며느리라고 보는 게 맞을 것 같습니다. 시아버지 생전에 신뢰가 철석같았을 뿐 아니라, 나중에 교씨의 음모로 남편에게 쫓겨났을 때에도 친정으로 가지 않고 시부모의 무덤이 있는 곳에 가서 삽니다. 사씨가 위험에 처했을 때 그것을 알려주고 미래에 할 일까지 말해주는 것은 죽은 시부모의 혼입니다. 남편이 사씨를 버릴지언정 시아버지는 며느리를 버리지 않습니다.

첩을 들이는 것은 한 사람을 끌어들이는 일이지만, 단지 거기에 그치지 않습니다. 그를 둘러싸고 여러 관계가 새로 만들어집니다. 한 남자를 둘러싼 정실과 소실의 관계, 한 남자와 한 여자의 성적인 혹은 사랑의 관계, 자식을 둘러싼 두 여자의 관계 등등. 이것이 가정 전체를 위협하는 불화의 씨가 될 수 있음은 다들 잘 압니다. 유연수가 만류합니다. "첩이란 원래 집안의 화목을 깨뜨리는 화근인데 부인은 어찌 스스로 화를 부르려 하시오."(28) 고모인 두씨 부인은 더 격하게 말립니다. "남편이 첩을 얻으려 해도 굳이 그 잘못을 깨쳐주어야 하거늘 네가 오히려 화를 스스로 끌어들이려 하니 어찌 된 일이냐?"(28) 이런 만류에도 불구하고 사씨는 남모르게 매파를 불러 여자를 찾습니다. 자신의 욕망이나 가정의 안위 이상으로 가문의 씨를 생각하는 효부의 도덕이 그렇게 하도록 이끌었을 것입니다. "사내 마음이 한 번 그쪽으로 기울면 다시 돌려세우기 어려"우리라는 두씨 부인의 말을 가볍게 흘린 것은 수평적인 결연의 선에서조차 사랑보다는 혼인의 규범이 정하는 '부인'의 자리에 충실했기 때문입니다.

매파가 추천한 여자는 교채란입니다. 열여섯의 나이인데도 "제 스스로 말하길 가난한 집 선비의 아내가 되느니보다 오히려 벼슬 높고 부귀한 집의 첩으로 가는 것이 소원"(30)이라는 여인입니다. 그래서인지 첩 교씨는 가족의 규범 안에서 눈치 빠르게 행동하면서도, 거문고와 노래로 남자의 마음을 유혹하며 사랑의 선을 당길 줄 압니다. "한림〔유연수〕이 집에 있으면 배운 노래와 거문고로 마음을 사로잡으니, 한림은 자연 사씨 부인의 방에서 발길이 멀어졌다."(37) 규범적 관점에서 음악을 해서는 안 된다며 교씨를 비난하는(38) 사씨는 사랑과 욕망의 힘을 잘 모르는 듯합니다.

가문의 윤리에 따라 규범적으로 행동하는 사씨와 달리, 교씨는 규범의 선을 초과하는 욕망의 선을 타고 갑니다. 그러나 교씨가 처음부터 막돼먹은 짓을 한 건 결코 아닙니다. "본디 총명하고 교활한 여자라, 갖은 수단과 교태로 한림〔유연수〕의 뜻을 잘 맞추고 사씨 부인을 극진히 섬기니, 온 집안이 입을 모아 칭찬하였"(32)습니다. 그러나 얼마 뒤 애를 가지면서 근심 또한 갖게 됩니다. 아들이 아니면 어쩌나 하는……. 애초에 사정옥이 애가 없어 들인 첩이니 당연한 고민입니다. 가문의 대를 이을 아들이 아니라면 사정옥보다 나을 게 없으니까요. 이리저리하다 결국 아들을 낳습니다.

그러나 그 뒤에 사씨 또한 아이를 갖게 되고 그 아이가 번듯한 아들—'인아'라는 이름을 지어줍니다—이기까지 하자 사태가 본격적으로 꼬이기 시작합니다. 정실부인이 아들을 낳았으니 유연수와 그 아들(인아)을 잇는 적통의 선이 그어지고, 이제 교채란과 그 아들은 혈통이나 재산 등에서 열악한 자리로 밀려나게 된 것이지요. 더욱이 유연수가 그들을 편애하면서 교씨의 질투가 표면에 드러나게 되지요. 일방적인 공격이긴 했지만 어쨌건 양자는 자식을 매개로 충돌합니다. 이는 사씨가 서 있는, 가문의 정통성을 잇는 수직적인 선과 어느새 그로부터 밀려난 교씨가 불가피하게 서게 된 결연의 수평적 선이 충돌을 빚은 것입니다. 충돌하는 두 선 중에 무엇이 더 강한지는 누구도 단정할 수 없습니다. 여기서는 일단 팽팽했던 것 같습니다. 그 긴장 속에서 교씨는 음모를 꾸미고 숨은 공모자들을 동원합니다. 이미 모든 것을 갖게 되어 있는 정실부인을 그냥은 이길 수 없기 때문입니다. 물론 공모자인 동청이란 인물 때문이기는 하지만, 이 과정에서 교씨는 자기 아들까지 죽이게 됩니다. 이는 가문의 적통을 잇지 못하는 자식이 갖는 가치를 극적으로 보여준다고 하겠습니다. 그리고 교씨는 사씨를 궁지로 모는 데 성공하지요. 적통의 선을 긋는 장자의 자리를 둘러싼 투쟁은 이처럼 참혹한 것입니다. 그것은 바로 그 자리가 가문이라는 혈연 집단 안에서 외부로부터 들어온 사람(여자)에게 장자의 어머니라는 형태로 혈연적 동일성을 부여하는 자리이며, 가문이라는 경제적 집단 안에서 모든 재산과 권력을 부여하는 자리이기 때문입니다.

결국 사씨는 가문의 윤리적 규범을 충실하게 준수하여 첩을 들였는데, 그것이 오히려 자신은 물론 집안 전체를 위기와 파탄에 빠뜨린 겁니다. 애초에 말리던 고모 두씨 부인도 이렇게 말하지요. "이것은 다 네가 스스로 빚어놓은 불행한 결과라 이제 와서 누구를 한

하고 누구를 원망하겠느냐."(62) 이는 나중에 남편 유연수도 사지로 몰고, 아들 인아도 실종되는 결과로 이어집니다. 윤리적 규범을 충실하게 준수한 것이 가정 전체를 파탄에 이르게 한 것입니다. 더불어 가정의 윤리도 와해되었습니다. 윤리의 준수에 의한 윤리의 파탄입니다. 가부장제 안에서 혈연의 적통을 잇는 가문의 윤리가 가족 전체에 얼마나 끔찍한 것이 될 수 있는지를 의도와 무관하게 보여주는 것이지요.

가문의 윤리에 의한 윤리의 해체라는 이 역설적 사태를 그대로 인정한다면 가문의 윤리는 설 곳이 없을 것이고, 장자 사이를 잇는 혈연적 단일성의 신화는 깨질 겁니다. 심청처럼 지배적 윤리를 물속으로 끌고 들어가는 셈이 되는 거지요. 이를 저지하기 위해서는 파탄의 원인을 다른 곳으로 돌려야 합니다. 동질적인 집단이 위기에 처하면 어디서나 그 원인을 내부에서 찾지 않고 밖에서 들어온 것, 외부자들에게 돌리기 마련입니다. 이 경우도 마찬가지입니다. 가문의 윤리가 항상-이미 내포하고 있는 분열과 해체의 원인을 외부에서 들어온 자, 핏줄을 같이하지 않은 이질적인 존재에게 돌리는 겁니다. '첩'이나 '계모'가 바로 그들이지요. 핏줄을 달리하기에 믿을 수 없고, 필경 정실의 자식에게 돌아갈 재산과 권력을 노리고 있을 게 분명하리라는 불안과 의심이 계모와 악을 직접적으로 연결하는 강력한 도식을 만들어낸 겁니다. 즉 잠재적 적으로서의 계모는 가문의 윤리가 스스로의 논리에 와해되는 일을 막는 보호 장치인 겁니다. 계모의 악덕이 어디서나 쉽게 턱없이 과장되는 것은 이 때문이지요. 〈사씨남정기〉는 이런 도식을 충실히 따르고 있습니다. 계모를 자기 자식까지 희생시켜가며 가족의 평화를 해치는 교활하고 표독한 악녀로 만듦으로써, 실은 가문의 윤리가 갖는 해체적 효과를 보이지 않게 만들고 있는 겁니다.

어쨌건 이런 역설과 충돌은 일단 계모의 승리로 이어집니다. 집에서 쫓겨난 사씨는 고된 '탈영토화'의 선을 그리게 되지요. 집 밖을, 가정이나 가문의 윤리 바깥을 볼 기회가 주어진 겁니다. 하지만 그는 쫓겨나서도 친정 아닌 시부의 무덤가에 거주할 정도로 가문과 가족에 애착이 큰 인물입니다. 떠날 줄 모르는 사람인 겁니다. 그런데 사태는 거기서 해결되지 않습니다. 여전히 유씨 가문을 떠나지 않는 사씨를 제거하기 위해 교씨의 음모가 계속되기 때문입니다. 그러니 시부모의 혼이 나타나 사씨를 돕는 일은 차라리 자연스럽습니다. 그런데 가족에게 쫓겨나서도 그로부터 벗어날 줄 모르는 사씨에게 시부모는 '떠나라'고 말합니다. "고모님이 부르시나(이는 사씨를 없애려는 음모의 일단입니다) 제가 어찌 아버님 어머님 곁을 떠나오리까?"라는 말에 시부모의 혼이 말합니다. "네가 여기 오래 머물러 있어서는 아니 되기 때문이다. 너에게는 아직도 7년 재액이 남았으니 마땅히 남쪽으로 피하여라. 이곳에서 지체하다 후회 말고 서둘러 남쪽을 향하여 물길로 오천 리를 가거라."(79)

물길로 오천 리라니, 요구되는 탈영토화의 범위가 매우 크지요? 가족적 질서를 다시 얻길 바란다면 가족에게서 떠날 줄 알아야 한다는 말로 이해했다면 좋았을 겁니다. 이런 탈영토화 운동은 가정이란 범위를 벗어나 세상을 보고 알 기회이기도 하고, 다른 삶의 가능성을 찾아볼 기회이기도 하니까요. 그러나 사씨는 가족을 벗어나서도 가족의 연장선을 따라가거나 그 연장선 위에 자리 잡습니다. 그는 가족 외부에서 죽음의 가능성만 볼 뿐입니다. 가족의 외부를 볼 눈이 없는 겁니다. '맹목'이란 말 그대로 눈이 먼 것이지요. 가령 사씨가 시부모의 명을 따라 떠나면서 일단 향하는 곳은 '고모님이 있는 곳'인 장사 땅입니다. 예전에 고모 두씨 집에서 하인으로 있다가 양민이 된 이의 배를 간신히 얻어 타고 남쪽으로 향하지요. 악양루에 이르러 두씨네가 다른 곳으로 갔다는 사실을 알게 된 그는 강물에 뛰어들어 죽으려 합니다. 순임금의 두 왕비의 귀신이 나타나 만류하는데도 '의지할 곳이 없으니 차라리 죽는 게 낫겠다'고 생각합니다(95). 죽음을 면한 것은 예전에 집에 찾아와 남편과 연을 이어준 묘혜 스님이 나타난 덕분이었습니다. 그는 뱃멀미 때문에 신세를 지게 되는데, 그를 도와준 처자는 알고 보니 묘혜 스님의 조카였습니다. 이런 점에서 사씨는 가족을 떠나서도 사실은 가족으로부터 제대로 탈영토화된 적이 없습니다. 어디를 가든 가족을 벗어나지 못했고, 가족 외부에 눈을 돌린 적이 없었던 것입니다. 그래서일까요? 사씨는 그 고생의 여정을 거치면서도 별로 변한 게 없습니다.

그 뒤 교씨는 공모자였던 동청과 함께, 자기를 다시 의심하기 시작한 유연수를 모함하여 귀양을 가게 합니다. 또한 하녀를 시켜 사씨의 아들 인아를 죽이게 하나, 하녀는 차마 죽이지 못하여 물가에 버립니다. 교씨는 유연수의 재산을 털어 벼슬을 얻은 동청과 떠납니다. 동청에게 쫓기던 유연수는 예언에 따라 배에서 그를 기다리고 있던 사씨 덕에 목숨을 건집니다. 그는 자신의 과오를 사과하지요. 나중에 유연수는 다시 벼슬을 하게 되고 가정은 '정상'을 되찾습니다. 그런데 그렇게 되자 사씨는 곧 자식이 없음(인아는 행방불명 상태였습니다)을 들어 첩을 들일 것을 재청합니다(139). 그간의 일도 있어서 강하게 거부하는 남편에게 울며 애원합니다. "장차 대를 이를

자손이 없으면 구천에 돌아가 무슨 낯으로 아버님 어머님을 뵈오리까."(139~140)

이 얼마나 놀라운 '반복'입니까! 그토록 혼이 났건만 어떻게 이럴 수 있을까요? 첩을 들여 자신뿐만 아니라 남편까지 궁지로 몰아넣었고 집안은 풍비박산이 났는데 또다시 '자손' 타령을 하며 첩을 들이라는 겁니다. 정말 끔찍이도(!) 효성스런 며느리입니다. 자신의 욕망도, 뼈아픈 체험도, 대를 이을 자식이 있어야 한다는 규범 앞에서는 아무 소용이 없습니다. 고난의 여정에서 그가 아무것도 변한 게 없음은, 냉정하게 바꿔 말해 아무것도 배운 게 없음은 이로써 명백해집니다. 사씨는 5000리 머나먼 길을 고생하며 밟아갔지만 사실은 어딜 가도 가족 안에 있었을 뿐이요, 오직 가족의 연장선만을 밟아갔다는 것이 그토록 변하지 않은 이유겠지요. 이를 가족과 규범에 갇혀 눈먼 인간의 무지와 무명은 어떤 고난의 여정을 통해서도 변하지 않는 강고한 경도를 갖고 있음을 보여주는 반어로 읽으면 어떨까요?

물론 작자 편에 서서 본다면 다른 반복이라고, 두 번째 권유는 첫 번째와 다르다고 할 것입니다. 묘혜 스님의 조카 임씨를 봐두었다는 점에서 말입니다. 그러나 텍스트에서 사씨가 묘혜의 조카 생각을 하는 것은 남편에게 그 말을 한 다음이었습니다. 그런 이야기 입에 올리지 말라는 남편의 말을 들으며 "사씨는 이때 속으로 [묘혜의 조카딸에 대해] 생각"하면서 "어쩐지 임처자에게 마음이 끌렸다"고 하니까요(140). 즉 임처자 때문에 그 제안을 다시 한 게 아니라는 겁니다. 여기서 일보 양보하여, 임처자를 이미 마음에 두고 있었다 해도 마찬가지입니다. 애초에 교씨를 추천할 때에도 사씨는 좋은 사람을 들이면 될 거라고 생각했고, 자신이 직접 매파를 동원해 찾아낸 만큼 교씨에 대해서도 호감을 가졌으며, 교씨의 능란함 때문이라고는 하지만 짧지 않은 기간 동안 집안사람들 전체가 신뢰했음을 기억하고 계실 겁니다. 따라서 특정인에 대한 신뢰 여부로 축첩에 대한 두 번의 제안을 다르다고 할 순 없습니다. 이러한 반복은 나중에 볼 〈김씨열행록〉에서 더 리얼하게 다루어집니다. 거기서는 자신이 직접 알고 지내던 친구였기에 시아버지의 첩으로 천거했다가 크나큰 낭패를 겪습니다.

'대를 이어야 한다'는 생각 하나로 자신은 물론 집안 전체를 패가망신으로 몰고 갔던(이런 사람을 정말 훌륭한 며느리라고 할 수 있을까요?) 제안을 반복하는 것은 어떤 경험을 해도 아무것도 배울 줄 모르는 놀라운 어리석음이 아니곤 생각하기 어렵습니다. 아니면 고통을 반복하게 만드는 프로이트 식의 '죽음충동' 같은 걸 떠올려야 할지도 모릅니다. 책에 서술된 대로 사씨가 똑똑하고 사리에 밝다는 말을 믿는다면, 그 똑똑한 사람으로 하여금 이토록 어리석은 언행을 반복케 하는 게 무엇인지 생각해봐야 합니다.

사실 윤리적 양식이나 규범이 판단을 대신하는 곳에서는 누구도 생각하지 않습니다. 양식이 대신 생각해주지요. 아무리 똑똑한 사람이라 해도 생각하지 않고 내린 판단이 현명할 리 없지요. 사씨는 사람을 턱없이 어리석게 만드는 그 윤리적 양식과 규범의 힘을 보여주는 인물인 겁니다. 사실 이 작품은 흔히 첩의 악덕을 보여주며 '첩을 믿지 말라'는 교훈을 주는 작품이라고, 당시 왕에게 장희빈을 조심하라고 말해주려는 작품이라고까지 일컬어지지만, 정작 그런 교훈이 필요한 건 사씨 같은 사람 아닐까요? 아니, 굳이 작품의 '교훈'을 찾는다 하면, 그보다는 차라리 윤리적 양식이나 규범에 갇히면 자신은 물론 다른 이들에게까지 고통을 주고 집안을 말아먹을 수 있다는 가르침을 주는 작품이라고 해야 하지 않을까요?

요약하자면, 〈사씨남정기〉는 '대를 이을 자식'에 대한 가문의 윤리에 따라 선택한 축첩으로 인해 가정이 파탄에 이르는 윤리의 역설을 보여줍니다. 이 파탄은 부정적 형태로이긴 하나 가족으로부터 탈영토화하는 강력한 힘을 발동시키는데, 이 힘이 사씨로 하여금 '남정南征(남쪽으로 멀리 감)'을 하게 합니다. 그러나 그 이동 궤적은 결코 가족의 연장선을 벗어나지 않습니다. 결국 그는 정상적인 가족에서 비정상적인 가족을 거쳐 연장된 가족으로 이동했다가 다시 정상적인 가족으로 돌아옵니다. 이 과정에서 작품은 정상적인 가족 안에서 발생할 수 있는 윤리적 충돌을 드러내지만, 그것을 가족의 정상화 속에서 무화시키고 지우려 합니다. 물론 이를 위해 파탄의 이유를 계모 교씨의 개인적인 악덕으로 돌리고는 '선한' 첩을 들이는 방식으로 봉합하지요. 하지만 이로써 윤리적 충돌의 가능성이 사라지리라고 믿는다면 정말 순진한 겁니다. 그건 아마 가족이 정상화된다고 해도 결코 메울 수 없는 구멍으로 남겠지요. 그 구멍이나 균열의 노출 없이 평화를 찾는 가족의 윤리가 이제 원만하게 작동할까요? 김만중은 그럴 거라고 말하고 싶겠지만, 현실은 전혀 다릅니다. 그걸 생각하면 마지막의 초월적 구원이 걸리기는 하지만 차라리 〈김씨열행록〉이 더 현실적인 통찰력을 보여주는 듯합니다. 그리고 다행히도 거기서 더 멀리까지 나아가는 작품들을 보게 될 겁니다.

4. 반복과 변복: 〈김씨열행록〉

〈김씨열행록〉은 혼인하자마자(그래도 첫날밤은 치렀으니 좀 낫나요?) 사고를 당하여 스스로 문제를 해결하기 위해 집을 나선 여인의 이야기라는 점에서 〈옥낭자전〉과 유사해 보이고, 시부를 위해 효성을 다하는 효부의 이야기라는 점에서 〈사씨남정기〉와도 유사해 보입니다. 그러나 김씨는 남편을 위해 대신 죽는 규범적 여인이 아니라 자신의 누명을 벗기 위해 변복하고는 남모르는 비밀을 캐는 잠행적 여인이란 점에서 옥랑과 판이하고, 어딜 가도 집과 가족을 벗어날 줄 모르는 인물이 아니라 생각지 못했던 유복자 때문에 사라진 시부를 찾아 아무 연고도 없는 곳을 방황하는 인물이란 점에서 사씨와 상반됩니다.

〈김씨열행록〉은 가문의 승계로 요약되는 수직적인 친자관계의 선과 '금슬지락琴瑟之樂'으로 표현되는 수평적인 사랑의 선이 교차하는 지점에서 살인 사건이 두 번 반복되는 이야기입니다. 두 사건 모두 계모라는 인물로 표시되는 가족 안의 간극에서 발생합니다. 첫째 사건은 계모에 의한 전처 소생의 살해입니다. 장계현은 부인 연씨와의 사이에 아들 갑준을 낳지만 연씨 부인이 죽고 "내정이 황폐"해져 새로 유씨를 부인으로 얻습니다. 유씨는 "인물이 절미하고 재질이 민첩하여 거가대족의 안주인이 될 만한" 인물로서, 장계현과의 "금슬지락이 규밀"했습니다(《김씨열행록》, 구인환 편, 신원문화사, 16). 유씨는 아들 병준을 낳는데, 이후 자기 아들에 대한 남편의 사랑을 의심하여 "전실 자제를 없애고 제 소생으로 종가를 삼기 위하여"(21) 갑준의 신혼 첫날밤 자객을 보내 목을 땁니다. "이때 신부 집에서는 고금에 없는 변을 당하고 황황망망하여 어찌할 줄 모르고, 다만 신부는 세상에 살지 못할 것이라 하여 방 안에 가두고 굶겨 죽이리라" 합니다(18).

곳간에 갇힌 신부는 "몸이 공연히 죽으면 천명賤名을 벗을 도리가 없으며, 남편의 원수 또한 갚을 길이 없는지라"(18) 어머니에게 남자 옷을 빌려 변복을 하곤 도망칩니다. 신랑 집 근처에서 이리저리 탐문하다가 범인을 알아내 시부에게 알려주고, 그 집 쌀독에서 남편의 잘린 목을 찾아내 누명을 벗습니다. 하지만 그 이후 옥랑처럼 한 번 시집갔으면 시댁 사람이라는 식의 생각은 전혀 하지 않으며, 며느리 행세도 하지 않고 툴툴 털고 돌아옵니다. 한편 시부 장계현은 범인인 유씨와 그 아들을 죽이고, 재산을 처분하여 며느리 김씨에게 보내고는 자신이 "가는 곳을 남에게 알리지 않고"(23) 잠적합니다. 김씨가 변복하여 집 밖으로 빠져나가 한 행동은, 남편이 죽으면서 본격화된 한 가족의 와해를 끝까지 밀고 나간 것이 된 셈이지요. 시부는 상쟁하는 가족관계에 질려 가족 자체를 해체한 것이고요. 집도 재산도 가족도 모두 버리고 장계현이 어딘가로 떠나버리는 것은 가족의 해체를 완결짓는 일이라고 할 수 있습니다.

그러나 사태는 이것으로 끝나지 않습니다. 첫날밤 남편이 죽긴 했지만 그래도 신혼 초야를 치른 뒤였지요. 나중에 김씨는 그날의 동침으로 임신한 사실을 알게 됩니다. 죽은 남편의 자식 해룡을 낳은 뒤 김씨는 자기 아들에게 친자관계의 선을 이어주어야겠다고 생각합니다. 아이의 죽은 부친 대신 조부를 찾아 소멸한 가문의 선을 연결해주려는 것이지요. 그러려면 사라진 시부를 찾아야 합니다. 이를 위해 다시 남자 옷으로 변복한 김씨는 시비侍婢 옥매를 데리고 시부를 찾아 나섭니다. 〈사씨남정기〉의 사씨가 확고한 가문의 선을 따라 대를 이을 자식을 구하려다 집 밖으로 쫓겨났다면, 〈김씨열행록〉은 생겨난 자식을 가문의 선에 이어주려는 발상에서 시부를 찾아나서 는 것입니다. "망망한 세상에 어디로 향할지 지향 없이 다닐 새, 방 방곡곡 들어가지 않는 곳이 없"도록 돌아다니다가 3년 만에 방장산 의 한 절에서 시부를 찾아냅니다. 그는 아들을 데리고 시부와 함께 살게 되지요.

김씨의 첫 번째 '가출'이 가족 바깥으로 나가 가족의 해체로 귀결 되었다면, 두 번째 '가출'은 부재하는 가족을 찾아 밖으로 나가 시 부를 찾고 가족을 재구성하는 것으로 귀결됩니다. 이로써 김씨는 가문을 다시 세운 효부의 자리에 서고, 시부와 두터운 관계를 맺게 됩니다. 어쩌면 정말 난감한 사태가 발생한 것은 그다음입니다. 새로 집을 만들고 가산을 일으킨 김씨는 시부가 홀아비로 사는 것을 민 망히 여기던 중 이웃집에서 자신과 같이 생장하다가 과부가 된 친 구 화씨를 첩으로 삼도록 청합니다. 〈사씨남정기〉에서 사씨가 남편 에게 권하던 것을 김씨는 시부에게 권하고 있는 것입니다. 이것이 결 정적인 위기를 야기할 것임은 쉽게 짐작되지요?

김씨가 시부에게 다시 첩을 들이도록 청한 것은 좀더 완성된 형 태의 가족을 위한 제안입니다. 〈사씨남정기〉에서 사씨가 남편에게 두 번째 축첩을 제안할 때 자신이 직접 겪어본 임씨를 권유했듯이, 김씨 또한 "이웃집에[서] 한가지로 생하였던 여자"로 "인물이 절미 하고 지혜가 총민하며, 어려서부터 김씨와 더불어 정의情誼가 규밀" 했던 화씨였기에 안심하고 권했을 겁니다. 그러나 이미 계모로 인해 신혼 첫날부터 피를 본 김씨가 효부의 자리에서 다시 계모를 들인 일은 또 한 번 처참한 결과를 빚습니다. 며느리의 권유를 거절하던 시부는 결국 "자부의 효성을 어기기 어려워 부득이 허락"(29)합니다. 두 사람의 금슬은 이전의 첩 유씨처럼 "규밀"했다고 합니다. 하지만 시부가 며느리를 신뢰하여 모든 일을 그와 의논해 처리하는지라, 화씨는 장계현의 사랑을 얻어 별실의 지위를 얻었으면서도 "거가의 권세를 잡지 못한"(29) 것을 한탄합니다. 소실로서야 부족할 게 없었지만, 가족 안에서 재산과 권세가 주어지는 자리는 아니었던 겁니다.

화씨는 급기야 전에 살인을 했던 유씨의 동생(그 지역 태수로 부임했습니다)과 손을 잡고 김씨를 공격합니다. 김씨가 첫날밤 얻었다는 아들이 진짜 손자인지 의심하게 함으로써 이간에 성공하고, 시부와 며느리 사이에는 틈이 크게 벌어집니다. 시부는 의심이 점점 더 깊어져 이제 해룡을 손자로 생각하지 않게 되었고, 며느리 김씨와의 관계 또한 회복하기 힘든 지경에 이릅니다. 그리하여 김씨는 "분한 마음이 측량할 길 없어…… 자결하여 세상을 잊고자 하다가 다시금 생각한즉, 경솔히 죽으면 의심이 더욱 들어 누명이 중할지라"(32) 그러지도 못한 채 눈물로 세월을 보냅니다. 이쯤 되면 이 가족은 이미 해체되었다고 봐도 좋을 겁니다.

여기서 김씨는 '천우신조', 즉 하늘이나 귀신의 도움이 아니고서야 빠져나갈 길이 없어 보입니다. 다시 말해 실제로는 빠져나갈 길이 없는 것입니다. 김씨의 역할은 여기서 끝납니다. 그가 어떤 일을 할 수 있는 길은 여기서 사라집니다. 이제 서사의 중심은 다른 인물로 옮겨 갑니다. 충직한 시비로서 김씨와 함께 시부를 찾아다니던 옥매가 그 인물입니다. 그는 김씨의 생각이나 행적, 시부에 대한 효성을 잘 알고 있었기에 화씨의 이간에 분노하여 화씨를 죽이고자 음식에 독을 타지만, 화씨가 아닌 시부가 죽고 맙니다. 화씨의 공모자인 태수는 김씨와 옥매를 가두고 김씨의 죄를 고문으로 다그칩니다. 타깃이 김씨였기에, 옥매가 진술할 여지를 주지 않고 김씨만을 다그칩니다.

김씨를 구하려다 역으로 최악의 사태에 몰아넣게 된 옥매는 동생을 옥으로 불러들여 옷을 바꿔 입고 옥에서 탈출합니다. 변복의 모티프가 다시 한번 등장하는 것이지요. 옥 안에서 변복하는 것은 〈옥낭자전〉과 유사하나, 옥랑이 옥 안에 들어가 조용히 죽는 방법으로 문제를 해결하려 했다면, 옥매는 옥 밖으로 나와 신원伸寃(오해나 원통한 일을 푸는 것)하려 했다는 점에서 상반됩니다. 전자는 처벌의 규범 안으로 들어가서 해결하려 했으나(그래도 규칙을 어긴 것이지만), 옥매는 처벌의 규범 밖으로 나와 해결하려 했던 것입니다. 옥에서 탈출한 옥매는 서울로 올라가 승문고(신문고)를 울려 왕에게 하소연을 합니다. 이렇게 되면서 〈김씨열행록〉은 상투적이고 안이한 결말로 끝맺습니다. 왕은 화씨와 관동 태수 유씨를 징치하고 김씨에게는 효열 부인의 칭호를 내립니다. 뿐만 아니라 어이없게도 김씨의 아들 해룡을 사위로 삼는다고 합니다.

이 작품에서 두드러진 것은 반복입니다. 무엇보다 변복이 세 번 되풀이되며 살인이라는 극단적 사건이 두 번 반복됩니다. 단지 살인만 되풀이되는 게 아닙니다. 살인과 변복, 그리고 그에 의한 신원으로 이어지는 계열series이 반복되는 겁니다. 첫 번째는 계모의 살인과 김씨의 변복, 그리고 김씨의 신원이 하나의 계열을 이루었지요. 두 번째는 옥매의 살인과 변복, 그리고 김씨의 신원이 또 다른 계열을 이룹니다. 첫 번째 계열의 사건들을 야기한 원인이 유씨였다면,

두 번째 계열의 사건들을 불러일으킨 원인은 화씨였지요. 둘 다 계모 내지 첩이라는 공통점을 갖습니다. 첫 번째 계열의 사건들이 기존 가족의 해체로 귀착되었다면, 두 번째 계열의 사건들 또한 마찬가지입니다. 살인을 하는 자나 살인을 하는 이유는 상이하지만, 그런 계열 자체를 시작하게 만든 원인이나 그것이 귀착되는 결과는 동일합니다. 계모 내지 첩이라는 인물로 표상되는 가족 안의 간극과 대립이 살인이라는 극단적 사건을 통해 가족의 해체로 이어지는 것을 되풀이하여 보여주는 것이라 하겠습니다.

그리고 두 계열의 반복 사이에 김씨의 변복과 시부를 찾는 효행, 나아가 시부에게 첩을 들이길 권하는 효행이 끼어 있습니다. 그 효행은 가족 내지 가문에 대한 욕망의 산물입니다. 아들에게 그럴듯한 가문을 갖게 해주겠다는 욕망, 시부에게 결연의 선을 이어주고 싶다는 욕망이 그것입니다. 이 욕망은 두 번째 계열의 사건들을 반복하게 만든 것이기도 합니다. 가족에 대한 욕망이 가족의 해체로 귀착되는 사건들의 반복을 야기한 것이지요.

마지막에 왕과의 혼사라는 어이없는 이야기를 덧붙임으로써 가족이 재구성되는 것으로 끝나는 듯싶지만, 그렇게 볼 때조차 기존의 가족은 시부의 죽음과 더불어 해체된 것이라고 해야 합니다. 이전에 장계현이 '계모'에 의한 아들의 죽음을 확인한 뒤 가족을 해체하고는 종적을 감추었다면, 이번에는 '계모' 대신 죽어버림으로써 가족을 해체한 것이지요. 또한 김씨가 이전에는 친가의 방 안에 갇혔다면, 이번엔 관가의 옥에 갇힙니다. 훨씬 강한 감금인 데다 사람을 죽인 게 자신의 시비인지라 스스로 해결할 길이 없습니다. 가족이 풍비박산 나서 더는 어떻게 할 수 없는 지경에 이른 겁니다. 결국 김씨 대신 시비 옥매가 변복하고 도망쳐 왕에게 가는데, 왕이라는 초월자에 의해 모든 것이 해결되는 결말은 너무 안이한 상투구이지요. 더구나 왕의 사돈이 된다는 이야기는 해피엔딩 강박이 도를 지나치면 작품을 망칠 수 있음을 보여주는 듯합니다.

통념적 결말을 걷어내고 읽는다면, 〈김씨열행록〉은 가족의 정상화를 위한 욕망과 효행이 도를 넘으면 가족 자체를 와해시키고 패가망신하게 될 수 있음을 보여준다고 할 것입니다. 혹은 가문에 대한 욕망이 가문을 와해시킴을 보여준다고 해야 합니다. 왕가와의 혼인이라는 어이없는 결말을 무시한다면,[3] 왕이 옥매의 호소를 들어주어 풀어줬다고 해도 김씨가 아들에게 만들어주고자 했던 가족이란 회복 불가능한 것이 되었으니까요.

거기에 통념적 결말을 터무니없이 과장하여 덧붙인 것은 그 분열을 어떻게든 가리고 봉합하기 위해서일 겁니다. 이런 시도에도 불구하고 〈사씨남정기〉에서 사씨와 유현수가 교씨를 잡아 죽인 뒤 '행복하게 잘 살았다'고 쓰지만, 다시 들인 소실은 이전에 드러났던 가족 안의 균열이 잠재적 형태로 다시 존재하게 되었음을 뜻합니다. 이런 점에서 〈사씨남정기〉와 〈김씨열행록〉을 하나로 묶을 수 있을 겁니다. 〈김씨열행록〉은 그런 가능성이 현실적 비극으로 반복될 수 있음을 보여줍니다. 〈사씨남정기〉의 뜻하지 않은 속편인 셈이지요.

이와 좀 다른 방향에서, 〈김씨열행록〉은 '변복'에 대한 소설이라고 해도 좋을 듯합니다. 이미 보았듯이 이 작품에는 사건의 핵심적인

---

3 〈김씨열행록〉의 실질적인 결말은 화씨의 징치이며, 거기에 덧붙인 것은 징치의 결론을 길게 늘여 쓴 데 지나지 않습니다. 즉 거기에 왕가와의 결혼을 보태든 아들이 재상으로 출세한 이야기를 보태든 아무런 차이가 없습니다. 징치를 뒤집거나, 앞의 구도를 뒤집는 이야기가 덧붙여질 때에만 그것을 실질적인 결말이라 할 수 있습니다.

지점마다 변복이 등장합니다. 남편이 죽고 옥에 갇힌 김씨가 문제를 해결하려 나설 때, 그는 도령의 복색으로 변복합니다. 시부를 찾아 나설 때에도 변복을 합니다. 옥매가 문제를 해결하려 나설 때에도 마찬가지로 변복을 합니다. 인물들이 당면한 중심적인 문제를 해결하려 할 때마다 변복의 모티프가 등장합니다. 왜일까요? 변복하지 않고서는 갇힌 곳을 빠져나갈 수 없기 때문입니다. 즉 변복이란 외부로 빠져나가기 위한 방법인 동시에 '그들'이 아는 익숙한 외양을 빌려 그들 내부로 침투하기 위한 방법입니다.

여성들이 가정 안에 갇혀 허용된 외부가 거의 없었던 시절이기에, 그들은 밖으로 나가 자기 뜻대로 움직이고 이동하려면 변복을 해야 했습니다. 외부에서의 이동이 허용된 익숙한 남성의 외양으로 말이지요. 그렇기에 그것은 필경 잠행일 수밖에 없습니다. 익숙한 외양을 빌려 익숙하지 않은 행동을 하고, 보이는 것으로 가리며 보이지 않는 것을 행하는 것. 이 시기의 소설 자체에 대해서도 비슷하게 말할 수 있지 않을까요? 통념과 양식의 외부로 나가기 위해, 혹은 익숙한 통념의 외양을 빌려 내부로 들어가 그것을 비판하기 위해 양식적인 형식이나 결말을 빌리는 것이라고, 소설 또한 변복하고 나선 것이라고 말입니다. 그렇기에 우리는 그 변복 밑에 숨은 여인을 보아야 하고, 상투적 결말로 봉합된 것 속에 메울 수 없는 구멍이 있음을 보아야 합니다. 요컨대 소설 속에서 잠행하는 소설을 찾아내야 하는 것이지요.

5. 가족 안의 구멍: 〈장화홍련전〉

〈장화홍련전〉은 평안도 철산 지방에서 있었던 실화를 소설화한 것이라고 하는데, 인기가 매우 높았던지 수많은 이본이 있다고 합니다. 대중의 수요가 컸기에 여기저기서 다시 쓰고 찍었다는 말인데, 실화에 기초해서인지 장화와 홍련이 계모의 모해로 죽는 것에서 귀신이 되어 나타나는 것, 계모를 징치하는 것까지는 대체로 비슷합니다. 다른 점은 어쩌면 서사가 끝나는 부분 뒤에 덧붙여지는 결말인데, 결말의 양상에 따라 크게 네 가지 유형으로 분류할 수 있습니다. 첫째 유형은 철산 부사가 계모 모자를 징치하는 것으로 끝납니다. 가장 간단하지요. 둘째 유형은 계모 모자가 그 뒤 지옥을 돌면서 고난을 겪는 내용이 덧붙여진 것이고, 셋째 유형은 징치 이후 장화가 회생해 부사와 결혼하여 잘 살았다는 이야기가 덧붙여진 것, 넷째 유형은 징치 이후 자매가 재혼한 배좌수의 쌍둥이 딸로 태어나 잘 살았다는 내용이 덧붙여진 것입니다(서혜은, 2007). 우리가 흔히 아는 것은 경판본이나 활자본으로, 모두 네 번째 유형에 속합니다.

문장의 의미는 구두점이 찍히면서 결정되고, 텍스트는 마지막 부분의 소급적인 작용에 의해 의미를 갖게 되지만, 그것은 마지막 부분이 앞부분의 의미를 결정적으로 고정하는 것이거나 아니면 그걸 소급적으로 크게 바꾸는 것일 때 그러합니다. 가령 〈토끼전〉에서 자라가 되돌아감으로써 끝나는 것과 죽음으로써 끝나는 것, 그리고 망명으로 끝나는 것은 작품 전체의 의미는 물론 그 앞부분의 의미도 바꿔버립니다. 이본은 없지만 〈변강쇠전〉 끝에서 변강쇠가 어떻게 죽는지, 혹은 죽지 않는지도 마찬가지일 겁니다. 그런 점에서 이 작품들의 상이한 결말은 텍스트의 의미를 해석하는 데 결정적인 역할을 합니다.

마찬가지로 〈장화홍련전〉에서 철산 부사가 계모의 범죄를 밝히는 데 실패했다거나 계모 모자와 도망쳐버렸다면, 이는 작품 전체의 의미에 커다란 영향을 미치게 될 겁니다. 그러나 계모 모자의 죄가 드러나고 징치됨으로써 자매의 죽음이나 그들의 신원 등 모든 것의 의미는 고정됩니다. 이런 점에서 보면 〈장화홍련전〉의 실질적인 매듭은, 가장 오래된 판본인 첫째 유형의 판본들처럼 계모 모자가 징치되는 것입니다. 그 뒤에 덧붙여진 것은 일종의 후일담이라서 앞의 텍스트의 의미에 별 영향을 미치지 못합니다.[4] 역으로 말하자면 바로 그렇기에 텍스트 전체의 의미를 바꾸지 않으면서도 여러 다른 이야기가 덧붙여질 수 있었던 겁니다. 이와 비교해 가령 〈콩쥐팥쥐전〉의 후반부와 결말은, 앞의 이야기와 별개의 것을 덧붙였다고 해도 매우 다른 기능을 합니다. 흔히 지적하듯이 콩쥐가 부사와 결혼하는 것으로 끝났다면 이 소설은 신데렐라 이야기와 다를 바가 없을 겁니다. 그런데 거기에 덧붙여진 부분에서 콩쥐가 죽게 되므로, 이 부분은 이전의 모든 이야기를 완전히 뒤집어놓습니다. 일종의 '반전' 기능을 하거나 아니면 새로운 이야기가 시작되는 겁니다. 그렇기에 〈콩쥐팥쥐전〉에서 콩쥐의 결혼은 결코 실질적인 결말이 되지 못합니다. 덧붙여진 이야기의 끝까지 가서 팥쥐와 모친이 죽는 데에 이르러서야 비로소 끝이 납니다. 아마 거기다 콩쥐가 어떻게 되었는

---

4 이와 달리 결말 부분의 차이를 주목하여 연구한 이들도 있지만(이강엽, 2000), 네 가지 유형의 결말 중 어떤 것을 붙여도 그 앞의 서사에 아무런 영향을 미치지 않습니다. 징치라는 결말을 부연한 데 지나지 않기 때문입니다. 이 결말을 뒤집는 것이 추가된다면 달라지겠지만, 그렇지 않은 한 다른 어떤 재생담을 덧붙여도 달라질 건 별로 없을 겁니다.

지를 다르게 덧붙인다면, 그에 대해서는 〈장화홍련전〉에서 첨가해 놓은 후일담 같은 결말과 비슷하게 말할 수 있겠지요.[5]

〈장화홍련전〉과 〈콩쥐팥쥐전〉은 모두 '빠져 죽는 자'의 이야기라 는 데서 공통점을 갖습니다. 두 작품 모두 사람을 빠져 죽게 만드는 구멍, 가족이라는 장 안에 존재하는 구멍에 대한 이야기입니다. 차 이가 있다면 장화·홍련이 결혼 성공담 없이 둘 모두 물에 빠져 죽는 반면, 콩쥐는 일단 가족의 구멍에서 벗어나 새로운 가족을 구성하 는 데 성공하지만 이후 다시 팥쥐의 공격을 받고 물에 빠져 죽는다 는 겁니다. 두 작품 모두에서 주인공은 빠져 죽는 자이고, 빠져 죽은 이의 귀신이 빠져 죽게 만든 이들에게 복수합니다. 두 작품은 또한 환생 이야기를 포함하고 있습니다. 콩쥐가 죽었던 자리에서 환생함 으로써 죽지 않았으면 가능했을 남편과의 삶을 다시 산다면, 장화· 홍련은 이미 충분히 죽었기에 재혼한 부친의 딸로 다시 태어나 부모 와의 삶을, 즉 어머니가 죽지 않았으면 가능했을 삶을 다시 산다는 점이 다릅니다. 사실 이는 사소한 차이일 겁니다. 남편과의 삶이든, 부모와의 삶이든, 결론은 "행복하게 잘 살았답니다"이니까요.

그런데 유사한 이야기임에도 〈콩쥐팥쥐전〉에서는 부친이 계모 배 씨와 재혼하고는 그에게 "살림을 모두 맡겨 집안일이 어찌 되어감 을 전혀 모르게 되더라"(〈콩쥐팥쥐전〉, 구인환 편, 『장화홍련전』 53)는 말을 끝으로 이야기에서 사라지는 반면, 〈장화홍련전〉에서 부친은 딸을 죽음에 이르게 하는 데서도(실은 공범입니다), 나중에 재판하

---

5 이하에서 〈장화홍련전〉은 인쇄되어 유포된 경판본이나 활자본을, 즉 넷째 유형의 텍스트 를 인용하겠습니다. 계모의 징치까지의 서사에 집중하여 뻔한 결말을 지우며 읽어도 좋겠지 만 굳이 그러지 않은 것은, 봉합을 봉합으로 읽으며 〈콩쥐팥쥐전〉과 비교하기 위해서입니다. 인용은 구인환 편, 『장화홍련전』(신원문화사, 2003)의 쪽수로 표시하겠습니다.

고 처벌하는 과정에서도 등장하며 그 뒤의 이야기에서는 재혼하여 딸들이 환생하게 해주는 인물로 계속 나옵니다. 또 하나, 〈장화홍련전〉에서는 위기에 몰린 장화·홍련를 도와주는 구원자가 없는 반면 〈콩쥐팥쥐전〉에는 소, 두꺼비, 새와 직녀, 감사 등 다수의 구원자가 있습니다. 따라서 〈콩쥐팥쥐전〉에서는 난관과 구원의 대립이 콩쥐의 행로 양편에 자리 잡고 있지만, 〈장화홍련전〉에서는 장화·홍련이 빠진 구멍을 보는 자와 보지 못하는 자의 대립만이 있을 뿐입니다.

콩쥐와 장화는 모두 거스를 줄 모르는 인물입니다. 부모의 부당한 명령에도 순종합니다. 장화는 그런 충실한 순종으로 인해 가족 관계의 구멍에 빠져 죽습니다.[6] 콩쥐는 그 불가능한 명령이 지시하는 구멍 속으로 밀려들어가지만 반복하여 구원해주는 동물/인물 덕에 죽지 않고 '성공'합니다. 그런 점에서 〈장화홍련전〉의 전반부는 효라는 윤리적 명령에 과도하게 순종하여 어이없게 죽는 인물을 통해 가족적 질서의 취약성을, 그 질서 안에 있는 구멍을 확대하여 보여준다면, 〈콩쥐팥쥐전〉의 전반부는 구원자들을 통해 그 구멍을 메우고 감사와의 결혼을 통해 가족적 질서를 '봉합'합니다. 다른 한편 〈장화홍련전〉의 후반부는 계모와 자식을 죽여 구멍에 빠져 죽은 이의 원한을 갚아줌으로써, 덧붙여 배좌수의 재혼한 처 즉 계모 아닌 어머니를 통해 다시금 태어나게 함으로써 가족적 질서를 '회복'한다면, 〈콩쥐팥쥐전〉의 후반부에서는 봉합된 가족적 질서가 팥쥐로 인

---

6 이와 달리 동생 홍련은 복종적인 효 때문에 죽는 게 아니라 언니에 대한 애정의 인력에 끌려서 죽습니다. 이금희는 장화가 부친의 부당한 명령에도 순종하여 효를 행하며 죽는다면, 홍련은 효를 배반하고 자살한다면서 적절하게 대비합니다(이금희, 2005). 다만 이를 초자아 super ego와 이드id의 대립으로 설명하는 데는 동의하기 어렵습니다. 프로이트가 말하는 이드란 나중에 '에로스'라고 명명되는 일차적 충동이기에, 자살과는 정반대를 향한 힘이기 때문입니다.

해 다시금 파괴되고 구멍에 빠진 콩쥐는 홍련처럼 귀신이 되어 복수합니다.

　전체적으로 볼 때 두 작품 모두 두 번의 사건으로 이루어져 있는데, 〈장화홍련전〉이 복수와 봉합의 서사라면 〈콩쥐팥쥐전〉은 봉합과 복수의 서사라는 점에서 상반되는 순서로 계열화되어 있습니다. 얼핏 보아 전자는 구멍의 존재와 그것의 봉합 가능성을 시사하는 반면, 후자는 구멍의 봉합이 결국 실패한다는 것을 시사한다고 할 수도 있겠습니다. 그렇지만 마지막에 콩쥐가 살아나며 마무리되기에 그렇게 읽히지 않을 겁니다. 어쨌든 두 이야기 모두 가족 안의 구멍과 거기에 빠져 죽는 이들, 그리고 그 구멍의 봉합을 요체로 한다는 점에서 유사합니다. 즉 가족의 구멍이 주인공을 죽이는 것으로 이어지고, 이를 극도로 처절한(!) 복수(《장화홍련전》에서 허씨는 능지처참되고 장쇠는 교살됩니다)로 되갚아준다는 점에서 동일한 서사라고 할 것입니다.

　여기서도 가족적 '정상화'의 해피엔딩으로 마무리되지만, 실은 죽음과 복수를 통해 확인되는 것은 가족적 정상화의 불가능성입니다. 〈장화홍련전〉 마지막에 자매가 쌍둥이로 환생하는 '재탄생'은 가족 자체를 완전히 리셋해서 재탄생하지 않고서는 정상화가 불가능함을 뜻할 뿐 아니라, 이는 사실 이전의 탄생, 즉 모친이 죽기 전의 사태와 다르지 않기에 모친의 죽음이나 아들 선망과 같은 다른 변수가 개입하는 순간 교란되고 와해될 시작에 불과하다고 할 수 있기 때문입니다. 마찬가지로 장화가 철산 부사와 결혼하는 서사나 콩쥐가 남편인 부사와 다시 살게 되는 것은 사실 죽은 사람이 되살아나지 않고서는 불가능함을 뜻하는 이야기입니다.

그런데 이런 거울상과 같은 반대되는 형상의 대칭성만 있는 것은 아닙니다. 아주 다른 차이가 있는데, 〈콩쥐팥쥐전〉에서 콩쥐는 계모가 낸 과제를 푸는 과정에서 집 밖으로 나갈 능력, 탈영토성을 획득하고 그로 인해 '성공'하지만, 〈장화홍련전〉에서 장화나 홍련은 문밖출입을 안 해 그런 능력이 전혀 없는 상태에서 나가게 되며, 어쩌면 그 때문에 죽고 만다는 것입니다. 가령 콩쥐는 외가에 가려고 하나 계모가 내준 과제 때문에 못 가던 중 그걸 해결하면서 나갈 수 있게 되지만, 장화는 외삼촌 집에 가라고 하나 "모친을 여읜 후로 문밖출입을 아니하였삽거늘, 어찌 깊은 밤중에 길을 나서라 하나이까?"(18)라며 반문하는 처지입니다. 여기서 외가나 외삼촌 댁에 가는 것은 원래의 모친의 가족에게로 '나가는' 것입니다. 거기서 콩쥐는 숨막히는 가족으로부터 벗어날 출구를 보지만, 장화는 가족에게서 쫓아내려는 추방의 의지를 읽어냅니다. 콩쥐는 나가 살 능력을 가진 반면 장화는 가지지 못했다는 점에서 기인하는 차이일 겁니다. 가족 내부에 분열과 상쟁이 있을 때, 가족에게서 벗어날 능력이 없는 이들은 가족 바깥에서 출구를 찾지 못하기에 결국 죽고 마는 것 아닐까요? 반대로 거기서 벗어날 능력이 있었던 콩쥐는 살 수 있었던 것이고요.

여기서 장화의 부친 배좌수의 행동은 소심한 공범자의 행동이라고 해야 할 듯합니다. 모르는 남자의 애를 뱄다가 '낙태'시켰다며, 가문의 명예를 위해 몰래 딸을 죽이자는 계모 허씨의 계책을 "옳게 여겨" 딸의 이야기를 들어보지도 않은 채 허씨의 말대로 야밤에 외삼촌 댁을 다녀오라고 명합니다. 동행하는 장쇠를 시켜 뒷못에 빠뜨려 죽이라 하면 상책이리라는 허씨의 계책을 알고 동조하여 명하는 것이니 명백히 공범입니다. 장화는 문밖출입도 않았는데 어찌 깊은 밤중에 길을 나서라 하느냐며 밤이 새거든 가게 해달라고 하지만, 옆에서 계모가 말합니다. "너는 어버이의 명을 따를 것이어늘 무슨 여러 말을 하느냐?" 하여, "다시 드릴 말이 없으니, 명대로 하리이다" (19)라며 그에 따릅니다. "부친께서 죽어라 한들 어찌 거역하오리까"라는 말로 드러나는 '아버지의 명'의[7] 절대성, 그것이 결정적인 역할을 합니다. '초자아의 엽기성'을 보여주는 그 명령의 절대성은[8] 역으로 그로 인해 야기된 죽음의 부당성을, 장화를 죽음에 이르게 한 구멍의 크기를 최대한 확대하여 보여줍니다. 그렇다면 이는 그런 명령과 죽음을 연결하는 '효'라는 윤리의 부당성을 드러내는 역설적 장치라고 해야 하지 않을까요?

이 명령을 내리는 아버지는 가족이라는 질서의[9] 특권적 중심 혹은 그런 질서 자체를 상징하는 인물입니다. 그런데 라캉이라면 '큰타자Autre'[10]라고 불렀을 이 중심적 인물은, 대부분의 가정소설에서 그렇듯 이 작품에서도 어리바리하고 바보 같은 인물입니다. 후처 허씨가 하는 말만 듣고 장화가 애비 없이 임신하여 낙태했다는 말을,

7 라캉은 '아버지의 이름nom-du-père'과 같은 발음의 말 non-du-père(아버지의 '안돼')로 초자아인 '아버지의 명'을 표시한 바 있습니다.
8 라캉은 신 내지 아버지가 내면화된 것이 '초자아'의 절대성을 '외설성'이란 말로 표현한 바 있습니다. 가령 신이 아브라함에게 그가 가장 아끼는 자식을 죽여 바치라고 요구하고, 신의 명에 충실한 아브라함은 그 명령에 고지식하게 따릅니다. 아브라함에게 내려진 신의 명령에는 이유가 없습니다. 얼마나 충실하게 복종하는가를 시험하는 것이니까요. 이는 최소한의 가림도 절제함도 없는 명령이란 점에서 '외설적'입니다. 그러나 이 말은 '외설'이란 단어의 애초 의미로 인해 이해하기 어렵습니다. 이유를 막론하고 내려지는 명령은 차라리 '엽기성'이란 단어로 더 적절하게 표현될 수 있을 듯합니다. 장화에게 내려진 아버지의 명령 또한 최소한의 가림도 절제도 없이 아버지가 딸에게 내리는 사형선고라는 점에서 엽기적입니다.
9 레비스트로스라면 '호칭의 체계'라 불렀을 것이고, 라캉이라면 기표(호칭!)들의 체계란 의미에서 '상징계'라고 불렀을 것입니다.
10 큰타자(대문자 타자 Autre)란 아버지나 왕, 법, 규범 등 나를 둘러싸고 나의 욕망이나 행동을 규정하는, 나 아닌 '타자'들을 지칭합니다.

심지어 딸에게 묻거나 확인하지도 않은 채 그대로 믿는 바보입니다. 게다가 사실이라고 믿어도 그렇지, 장쇠를 시켜 연못에 빠뜨려 죽이자는 허씨의 제안을 "옳게 여겨" 받아들이기까지 합니다. 진실을 보지 못하는 아버지, 눈먼 아버지입니다. 약간 다르지만 콩쥐의 고통에 전혀 무지하며 어떤 역할도 못 한다는 점에서 콩쥐의 아버지 역시 동일합니다.

그러나 큰타자는 아버지 혼자만이 아닙니다. 그 옆에 어머니를 대신하는 어머니, 계모 허씨 또한 큰타자에 속합니다. 눈먼 아버지를 대신해 '사실'을 보고 알려주며, 동요하는 아버지 옆에서 딸을 함께 다그치면서 부명父命의 절대성을 관철시킵니다. 그는 단지 '사실'만을 전하는 게 아니라 타인들의 시선을 상기시키고 전달하는 인물입니다. 그 시선에 규범을 실어 전하고 이를 가동시킵니다. 딸이 낙태했다는 말을 전하는 동시에 "우리 집안에 대대 양반으로 만일 누설되면 무슨 면목으로 살아가리요?"(17)라며 가문의 위신에 관한 규범을 전하고 떠올리게 합니다. 이는 자신의 판단을 '양반 집안의 면목'과 결부된 타인들의 말과 시선으로 전가시키는 것입니다. 배좌수는 자신을 지켜보는 타인들의 시선에 사로잡혀 고심합니다. "이 일을 장차 어찌하리요?"(17) 허씨가 관가에서 한 진술 또한 그렇습니다. 낙태한 장화를 야단치며 "만일 남들이 알면 우리 집을 경멸히 여길 것이니 무슨 면목으로 사람을 대할 것이냐?"라고 말합니다. 남들이 하는 말, 남들 시선 앞에서의 면목, 그것이 딸을 야단치고 딸에게 죽음의 길을 가도록 명령하는 이유인 것입니다.

이처럼 큰타자는 하나가 아닌 복수의 목소리로 웅성거립니다. 그 웅성웅성하는 속에서 동요하기도 하고 과감하게 나아가기도 합니다. 그런데 그 목소리는 사실 어느 것 하나 주인 없는 목소리입니다. 배좌수는 후처 허씨의 이야기를 듣고 판단하고 명령하며, 허씨는 다른 이들의 구설을 빌려 말하고 행합니다. 그 다른 이들 또한 또 다른 이들의 말을 빌려 말하고 있을 것입니다. 누군가가 말하는 것을 듣고 말하는 것, 다른 누군가의 말을 빌려 말하는 것, 그것은 '소문所聞'입니다. 큰타자인 아버지의 명령은 사실 한 사람의 목소리가 아닙니다. 그의 말 속에는 복수의 목소리가 웅성대고 있는 것입니다. 그것은 소문으로 웅성대고 소문으로 전해지는 목소리입니다. '가문의 면목'이 딱 그렇습니다. "누구네 집 딸이 ……했대" 같은 전언의 형식을 빌린 목소리, 배좌수는 그 소문의 힘에 눌려 판단합니다. 큰타자의 판단이란 사실상 모두 이런 것이지요!

그런데 배좌수와 달리 계모 허씨는 진실을 잘 알고 있는 큰타자, 눈을 뜨고 있는 큰타자입니다. 자신이 하는 이야기를 "친어머니가 아닌고로" "전처 자식을 모해하였다 할 것"(17)이라는 사실마저 잘 알고 있으며, "잘 안다"고 말합니다. 딸의 죽음을 묻는 철산읍 좌수에게도 낙태 사실을 말한 뒤 이렇게 답합니다. "타인들은 〔낙태〕 사실이 그런 줄도 모르고 계모의 모해인 줄로 아올 듯하옵기로 저〔장화〕를 불러 경계하여 가로되 '네 죄는 죽어도 아깝지 않으나 너를 죽이면 타인이 나의 모해로 알겠기에 짐작하여 죄를 사하나니 차후는 다시는 이런 행실을 하지 말고 마음을 닦으라'"고 했노라고.

홍련의 귀신은 5~6년 동안 언니의 원혼을 풀고자 철산 부사를 찾아가지만, 부사들이 모두 기절하여 죽어 읍이 폐읍되고 사람들이 떠나는 지경에 이릅니다. 여기서 귀신이 되어 찾아가 새로 온 부사 전동호와 처음으로 이야기하는 인물이 장화가 아닌 홍련이란 점은 기억해두길 바랍니다. 계모에게 죽은 장화가 아니라 언니의 죽음 때문이긴 하지만 스스로 목숨을 끊은 동생이 찾아가는 것이니까요. 여기에 원한과 복수의 성격이 없다고 할 순 없겠지만, 그래도 직접적인 원한보다는 부당함과 불의를 해결하려는 것임이 상대적으로 부각됩니다. 또 "죽어라 한들 따라야 한다"며 효의 규범에 충실하여 죽은 장화보다는 언니를 따라 스스로 죽음을 선택한 홍련이 그런 역할을 맡는 게 더 설득력 있습니다. 물론 나중에 다시 찾아갈 때에는 둘이 함께 갑니다만.

법과 규범을 관할하며 생사가 걸린 판결의 권리를 갖는 관리들은 사회적 차원의 큰타자입니다. 그런데 그 관리들 역시 대개는 눈멀어 있습니다. 홍련의 귀신을 보곤 이야기도 듣기 전에 기절하여 죽어버린 이들이 그렇습니다. 남들이 모르는 진실을 말해주는데도 듣지 못하는 이들인 것이지요. 그러나 눈뜬 관리, 눈뜬 큰타자도 있습니다. 폐읍되기 직전에 새로 자원하여 온 전동흐라는 부사는 기절하지 않고 눈앞의 귀신을 보며 감춰진 이야기를 듣습니다. 눈뜬 관리인 것입니다. 남들이 보지 못하는 것을 보고, 남들이 듣지 못하는 것을 듣는 사람인 겁니다.

눈먼 큰타자와 눈뜬 큰타자, 눈먼 관리와 눈뜬 관리, 이 네 인물이 장화와 홍련을 둘러싼 질서를 형성합니다. 네 종류의 통치자라고 해도 좋겠습니다. 가족의 통치자, 사회의 통치자이니까요. 전자가 가족적 질서의 변을 형성한다면 후자는 사회적 질서 내지 국가적 질서의 변을 형성합니다. 가족적 질서는 사실상 가족만의 질서가 아니라 이처럼 국가적 질서와 뒤섞이며 작동하고, 국가적 질서 또한 반대편의 가족적 질서와 뒤섞여 작동합니다. 이는 가족 안의 문제가 가족 안에서 해결될 수 없기 때문입니다. 가족적 질서 안에는 구멍이 있고, 그 구멍은 종종 사람이 빠져 죽기도 할 만큼 크고 깊습니다. 이 작품은 사회 내지 국가적 질서도 그렇다고 보는 듯합니다. 장화·홍련의 사건 이후 철산읍 전체가 폐읍될 지경으로 밀려가는 것이 그것입니다.

이 시대의 모든 가정소설에서 어떤 문제도 가족 안에서 완결되지 않습니다. 〈장화홍련전〉은 가족 안에 존재하는 구멍을 다룬 소설이고, 그 구멍을 가족 안에서는 막을 수 없으며 거기서 생긴 문제를 가족 안에서 해결할 수 없음을 보여주는 작품입니다. 사실 따지고 보면 〈콩쥐팥쥐전〉이나 〈사씨남정기〉 〈김씨열행록〉도 그렇습니다. 국가의 관리나 심지어 왕이 개입되어야만 해결되었지요. 이런 맥락에서 볼 때 〈장화홍련전〉이 탁월한 점은 국가적 통치자인 또 다른 큰타자 역시 눈뜬 자들만 있는 게 아니라는 사실을 드러낸다는 겁니다. 〈사씨남정기〉나 〈김씨열행록〉은 큰타자가 눈이 멀었다 뜨였다 하는 식으로 다루기에 한 사람의 행동으로 귀속되어버립니다. 그러나 여기서는 큰타자를 배좌수와 계모로 분할해놓음으로써 가족 안의 두 극임을 보여줍니다. 또한 〈김씨열행록〉의 가족 안에서 해결 불가능한 일을 해결해주는 왕 같은 통치자(사회적 큰타자)는 흔히 사태를 정확히 알고 풀어나가는 눈뜬 큰타자로만 그려지는데, 실은 거기에도 눈먼 큰타자가 많지요. 그게 사태를 더 어렵게 하기도 하고요. 〈장화홍련전〉도, 나중에 언급하겠지만 〈콩쥐팥쥐전〉도 눈먼 큰타자들의 존재가 사건이 진행되는 장의 또 다른 축을 형성하고 있음을 지적해준다는 점에서 분명 남다릅니다.

장화와 홍련은 눈먼 타자와 눈뜬 타자를 잇는 변을 따라 가족 안에 존재하는 구멍을 통해 가족의 '외부', 라캉이라면 '실재'라고 불렀을 불모지대로 빠져나갑니다. 그곳은 숨 막히는 가족에게서 벗어날 출구일 수도 있었으나, 가족 바깥에 나가본 적 없는 이들 자매에게는 삶이 정지되는 죽음의 지대였습니다. 그리고 그런 죽음의 부당함을, 자신들의 원통함을 호소하기 위해 가족과 나란히 사회적 질서의 한 축을 이루는 국가적 질서의 변으로 들어옵니다. 있지만 보이지 않는 구멍으로, 부재한다고 생각되는 장소로 들어옵니다. 그렇기에 그들은 들어와도 보이지 않습니다. '귀신'의 자리, 그것은 있어도 보이지 않는 자리입니다. 눈먼 관리들은 그들의 말을 듣지 못하기에 자매는 자신들의 말이 들릴 때까지 그곳으로 들어오길 반복해야 합니다. 마침내 눈뜬 관리가 등장하고 나서야 그들은 눈먼 관리 앞의 보이지 않는 자리로부터 눈뜬 관리 앞의 보이는 자리로 이동할 수 있게 됩니다. 그리고 그 눈뜬 관리를 통해 또 다른 눈뜬 큰타자인 계모에게 복수합니다. 이를 다음과 같이 요약할 수 있지 않을까 싶

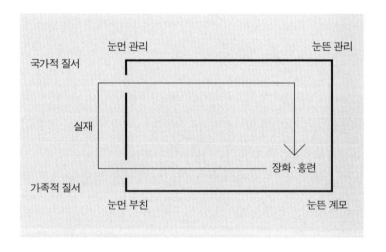

습니다.

이 도식 위에 콩쥐가 밟아가는 궤적도 그릴 수 있을 듯합니다. 콩쥐 역시 재혼한 이후 아무런 역할을 하지 못하고 딸의 고생도 보지 못하는 아버지를 눈먼 큰타자로 두고 있으며, 그 수평선상에 사태를 잘 아는 계모가 있습니다. 콩쥐는 계모의 추동에 의해 눈먼 큰타자 옆에 있는 구멍으로 밀려갑니다. 그것은 처음에는 부러진 호미 하나만으로 상대해야 할 불모의 땅이었고, 그다음에는 물로 채우는 일을 무無로 돌리는 독의 구멍이었습니다. 또 시간 안에 결코 해결할 수 없는 과제와 맞닥뜨립니다. 모두 라캉 식으로 말해 '불가능한 것'으로서의 실재이고, 그 실재가 가족이란 현실 안에 만드는 '얼룩'들입니다. 그러나 콩쥐의 경우는 동물이나 선녀가 도와주지요. 거기서 가족 바깥으로 나다닐 수 있는 생존능력, 즉 가족으로부터 벗어날 능력(탈영토화 능력)을 얻습니다. 이는 그 구멍으로 드나들 수 있다는 뜻입니다. 따라서 콩쥐는 구멍으로 추방되었어도 죽지 않습니다. 밭을 개간하고 다시 집으로 돌아오며, 독을 물로 채우고 다시 집으로 돌아옵니다. 추방이 실패한 겁니다. 급기야 세 번째 과제를 해결하고는 집 바깥으로 나가게 됩니다. 그 와중에 나다닐 수 있는 능력의 상징인 신발을 잃고 그 신발 덕에 신임 부사와 혼인하게 되지요. 콩쥐는 보지 못한 채 찾으려는 눈먼 큰타자를 거쳐 눈뜬 큰타자에게 가는 겁니다. 즉 구멍 밖으로 밀려나가지 않고 큰타자의 사각형 내부에서 한 바퀴 도는 거지요.

그런데 눈뜬 큰타자의 분신인 팥쥐는 콩쥐를 다시 추적하여 결국 후원의 연못에, 구멍이라 생각하지 못했던 구멍 속에 빠뜨려 죽입니다. 결국 콩쥐는 구멍에 빠져 죽음과도 같은 불모적 실재와 대면합니다. 가족 안에 존재하는 벌거벗은 적대와 말입니다. 남편이기도 한 부사는 이 원통한 사태를 알아보고 구해주든 원통함을 풀어주든 해야 하는데, 옆에서 누워 자는 여자도 못 알아보는 눈먼 큰타자임이 드러납니다. 그래서 콩쥐는 이웃집 노파의 힘을 빌려 눈먼 큰타자에게 다가갑니다. "젓가락 짝이 틀린 것은 어찌 그렇게 똑똑히 아시는 양반이, 사람 짝이 틀린 것은 어찌하여 그토록 모르시나요?"(77) 하여 남편은 다시 재판권을 가진 눈뜬 큰타자의 자리로 이동하고, 이를 통해 콩쥐는 팥쥐와 계모를 징치하게 됩니다. 요컨대 한 번은 구원자와 탈영토화 능력으로 인해 가족과 국가를 두 축으로 하는 큰타자의 사각형 안에서 한 바퀴 돌았다면, 결혼 이후 구멍(연못) 밖으로 밀려나갔다가 구멍(아궁이)으로 들어와 눈먼 부사에서 눈뜬 부사로, 그리고 계모와 팥쥐의 징치로 이어지는 선을 따라 다시 한 바퀴 돈 것이라고 하겠습니다. 이는 〈장화홍련전〉과 견줄 때 봉합과 복수의 순서만 바뀐 매우 비슷한 작품처럼 보이지만, 실은 좀더 복합적이고 정교한 구조를 갖고 있습니다.

가족 안에 존재하는 구멍에 빠지지만 거기서 가족 안으로 되돌아오지도 않고, 그걸 다시 봉합하지도 않은 채 더욱 멀리 가는 작품이 있습니다. 바로 〈숙영낭자전〉입니다. 그런데 이를 다루기 위해서는 사랑에 대한 이야기를 먼저 해야 합니다. 〈숙영낭자전〉은 '정신없는' 사랑에 대한 작품이기도 하기 때문입니다. 하여, 가정소설에 대한 이야기는 여기서 잠시 멈추고 사랑에 대한 소설로 넘어갈까 합니다. 거기에 더해 극한의 성욕을 다루는 〈변강쇠전〉을 볼 텐데, 벽을 넘는 사랑이나 욕망의 흐름이 죽음에 이르는 것을 다룬 작품이라는 점에서 〈운영전〉과 통하는 면이 있는데, 두 작품 말미에 나타나는 죽음의 양상 또한 기묘하게 비슷합니다. 그 유사해 보이는 죽음이 정말 그런 것인지는 나중에 다시 살펴보지요.

제9장

운영의 사랑과
양소유의 사랑

:

사랑의 매혹,
담장 너머로 이끌다

1. 사랑과 매혹

결혼과 사랑과 성, 이는 서로 충돌하는 경우에도 마치 하나인 양 생각되기 십상인 세 가지 상이한 관계의 이름입니다. 사랑이 결혼으로 이어지고, 결혼을 통해 형성된 가족이 합법적인 성의 공간이 되는 것은 지금도 당연하고 당위적으로 여겨지지만, 사실상 18세기 말에서 19세기 초 이래 서구에서 출현한 배치의 산물입니다. 연애결혼이 일반화되었지만 동시에 성이 가족으로부터 많이 탈영토화된 지금이라면, 사랑과 결혼이 하나로 묶이고 성이 그와는 거리를 두면서 사랑과 점선으로 이어지는 독립적인 위치를 갖게 되었다고 할 수 있습니다. 배치가 다시 변하고 있는 겁니다. 반면 18세기 중반 이전, 다시 말해 연애결혼이 일반화되기 전에는 서구에서조차 결혼과 사랑은 점선으로만 이어진 독립적인 관계였고, 생식으로 환원되지 않는 활동으로서의 성은 결혼 아닌 사랑과 직선으로 연결되어 있었습니다.

엄격한 윤리적 규범이 지배하던 조선조 사회에서, 특히 양반들에게 결혼이란 부모가 정한 혼약에 따라 이루어지는 가문 간의 결연 관계였습니다. 따라서 결혼하여 함께 살 당사자들은 대부분 면식 없이 혼인했고, 혼인할 때 처음으로 대면하여 부부관계를 맺었습니다. 이 부부관계는 지금과 같은 의미의 성은 물론 사랑과도 거리가 있었습니다. 같이 살면서 사랑하는 것은 가능하겠지만, 적어도 양반 가문에서는 사랑하는 관계가 발전하여 결혼하는 일이 예외에 속했습니다.

　원래 사랑이란 사랑하는 이에게 휘말리며 시작되는 것이기에 많은 경우 정해진 길에서 벗어나는 경향을 보입니다. 사랑과 결혼이 분리되어 있는 조건에서 남녀 간에 이루어지는 사랑은 가문 간에 이루어지는 결혼과 대립되는 방향으로 나아가기 십상입니다. 이를 저지하기 위해 조선의 양반들은 여인들로 하여금 집 안에서 나가지 못하게 했고, 외출할 때면 얼굴을 쓰개치마로 가리도록 했지만, 단 한 번의 마주침만으로도 시작되는 '미친' 사랑의 힘을 제거할 수는 없었습니다. 사실 가릴수록 더 강한 유혹의 힘을 발휘하는 게 성이고 사랑이지 않겠습니까?

　결혼의 약속과 무관하게 이루어지는 사랑, 정규적인 '경로'를 벗어난 모든 사랑은 담을 넘습니다. 이옥의 소설 〈심생전〉에서 심생은 길에서 스치듯 만난 소녀에게 반해 야밤에 그 집 담장을 넘습니다. 〈위경청전〉에서 친구와 배를 띄워 놀던 위생은 피리 소리, 노랫소리에 끌려 소숙방의 집에 숨어 들었다가 급기야 여인의 방 안으로까지 밀치고 들어가 여인과 관계를 맺습니다. 〈금오신화〉의 〈이생규장전〉에서 최낭자의 시 읊는 소리를 들은 이생은 시를 적어 담장 너머로 던지고 최낭자는 그넷줄과 발판을 마련해 그가 높은 담을 넘게 해줍니다. 〈운영전〉에서 김진사는 안평대군의 초대로 궁에 들어갔다가 한 번 본 운영을 못 잊어 급기야 서궁의 높은 담장을 넘습니다. 그에 응하여 운영 또한 담을 넘으려 하게 됩니다.

〈숙향전〉에서는 숙향이 술집인 이화정에 살고 있었기에 이선은 굳이 담장을 넘을 필요가 없었지만, 사실 그보다 더 높은 '담장'을 넘어야 했습니다. '미천한 여자'(109)를 며느리로 받아들일 수 없다고 믿는 부친의 마음속 담장이 그것입니다. 이미 '담장'을 넘었음을 안 부친은 심지어 낙양 수령에게 숙향을 죽이라고 명령합니다. 〈심생전〉에서 아들의 야심한 월담을 눈치 챈 부친은 심생을 시골의 절로 보내버리고, 중인의 딸인 소녀는 편지 한 장 남긴 채 죽어버립니다. 이는 제도와 관습의 담장, 혹은 마음의 담장이 물리적 담장보다 훨씬 더 높고 넘기 힘듦을 보여줍니다.

멀쩡한 양반집 자제들로 하여금 담을 넘는 민망함을 무릅쓰게 하는 것, 그것은 매혹입니다. 매혹에 대해 블랑쇼는 '누군가가 내게 다가와 손을 대는 것'이라고 멋지게 말한 적이 있지만(Blanchot, 1998), 담장을 넘게 만드는 사태를 설명하기에는 충분치 않아 보입니다. 차라리 '누군가가 다가와 슬며시 내 옷깃을 잡아끄는 것'이라고 하는 게 나을 듯합니다. 뜻하지 않은 눈길, 생각지 못한 우연한 만남 하나만으로도 쉽게 벗어날 수 없을 만큼 강력하게 끌어당기는 힘, 그것이 사랑의 매혹입니다. 우리는 그 매혹의 힘에 휘말려 스스로 생각지도 않았던 길에 들어서고, 담장을 넘습니다. 제정신이었다면 결코 할 수 없었을 일을 하는 겁니다. 사랑의 정염은 이처럼 '정신'을 잡아먹고는 그 빈자리를 대신 채우며 들어섭니다. 삼강오륜의 윤리,

신분과 가문의 제도가 만들어놓은 구획선을 가로지르게 만듭니다. 그것이 마음속에 그어놓은 경계선을 넘어서게 만듭니다. '넘어섬'의 힘, '휘말림'의 힘, 탈주의 힘, 그것이 좋든 싫든 누구도 부정할 수 없는 사랑의 힘입니다. 사랑은 그렇게 뜻하지 않은 사건으로, 혹은 내 뜻대로 할 수 없는 '운명'처럼 다가와 내 옷자락을 잡아채어 끌고 갑니다.

2. 때아닌 욕망은 더 멀리 간다: 〈옥소선〉

임방의 소설 〈옥소선〉에서 평안도 관찰사는 평안도 제일의 기녀라는 자란(호가 옥소선입니다)으로 하여금 열두 살 동갑인 자기 아들의 시중을 들게 함으로써 두 사람의 정분을 조장합니다. 그러나 6년 뒤 서울로 돌아가게 되면서 고심합니다. "자란을 남겨두고 떠나자니 아들이 자란을 그리는 마음에 병이 들까 걱정이었고, 자란을 데리고 가자니 아직 미혼인 아들의 앞날에 방해가 될까봐 걱정이었습니다." (《옥소선》, 153). 아이에게 직접 결정하도록 하자 도령, 서슴없이 말합니다. 그깟 기녀 하나와 떨어진다고 해서 상사병이라도 들 거라고 생각하느냐고. "지금 그 아이를 버리고 서울로 가면 헌신짝 여기듯 할 겁니다."(154) 그래서 이별에 우는 자란과 달리 도령은 조금도 연연해하지 않습니다. 부모는 자기 자식이 진정 대장부라며 좋아합니다.

그러나 작자 임방의 말처럼, 도령은 단지 자란과 한 번도 떨어져본 적이 없기에 이별이란 게 대체 무언지 알지 못했던 것일 뿐입니다. 사랑의 힘, 자신의 의지 바깥에 있는 그 외부의 힘을 아직 알지 못했던 것이지요. 서울로 온 뒤 자란을 그리워하고 있음을 자각하지만, 이미 그리 말했으니 내색도 못 합니다. 그는 아무 말 못 한 채 과거 공부를 하기 위해 절에 들어갑니다. 그러나 거기서 자란을 보고싶은 마음은 더욱 치성해지고, '마치 실성한 사람처럼' 되어 결국 절을 뛰쳐나와 무작정 평양으로 갑니다. 나중에 부모는 자식을 찾지못하여 상을 치르고 빈 무덤에 제사를 지냅니다.

자식에게 자란을 짝지어주고서도 자식의 앞길에 방해될까 두려워 망설였던 아비나, 통념에 사로잡혀 쉽게 호기를 부렸던 자식이나, 사람을 사로잡는 사랑의 힘을 충분히 알지 못했던 겁니다. 관념이나 의지를 벗어난 미친 듯한 힘에 휘말려 통상적인 삶의 경로를이탈하게 만드는 그 힘은, 이 소설에서 이처럼 뒤늦게 발동합니다. 늦은 만큼 더 멀리까지 정신을 잃고 탈주선을 그리게 하지요. 새로온 관찰사 아들의 짝이 된 자란 또한 몰래 숨어든 도령을 보고 멀쩡한 자리에서 이탈합니다. 남들을 속여 집으로 빠져나와서는 모친이쫓아버린 도령을 결국 찾아내, 돈 될 것을 챙겨 야밤에 은밀히 도망칩니다. 함께 깊은 골짜기 촌에 들어가 자란은 베 짜고 바느질하고도령은 잘 할 줄도 모르는 머슴살이(!)를 하면서 입에 간신히 풀칠하며 삽니다. 재주 있는 양반집 아들이 머슴살이마저 감수하며 뜻하지 않은 삶을 사는 것입니다.

지배적인 제도나 관념의 선 안에서 '대장부'처럼 호기롭던 도령은뒤늦게 발동한 사랑의 힘에 휘말려 부자의 윤리를 넘어 주어진 길에서 벗어나 자란을 찾아가고, 자란과 공명하여 야반도주를 했을 뿐아니라 신분의 담을 넘어 머슴살이를 하기에 이릅니다. 이는 그의의지라기보다는 그를 잡아챈 미친 사랑의 힘입니다. 그 힘에 휘말려 그는 전혀 생각해본 적 없는 다른 삶으로, 다른 세계 속으로 들어간 겁니다.

우리는 보통 자신이 뜻하는 대로 삽니다. 자신이 뜻하는 바이기에 우리의 의지(뜻!)는 스스로 그 뜻하는 바에서 벗어나지 못합니다. 그것을 기준으로 다른 생각이나 관념, 권유나 의무에 대해 판단하지요. 그런 한에서 우리는 가던 길만 계속 갈 수 있을 뿐입니다. 마치 물리적인 물체가 관성적인 힘에 따라 가던 길을 계속 가듯이. 그 관성적인 힘, 타성적인 삶에서 벗어나려면 뜻하지 않은 힘이 필요합니다. 뜻하지 않은 힘에 이끌려 뜻하지 않은 곳으로 가야 합니다.

뜻밖의 곳에서 나를 당기는 매혹의 힘은 내 삶을 바꿔놓고, 내가 가던 길에서 벗어나게 합니다. 뜻하지 않은 힘에 휘말려 뜻밖의 길을 가게 됩니다. 그런 휘말림이 생각지 못한 세계로 끌고 가는 겁니다. 물론 그게 좋은 거냐고 묻겠지만, 사랑의 힘은 좋은 것을 선택해서 가는 게 아니라 어디로 가는지 모르는 채 가는 것이고, 모르는 곳을 향해 가는 겁니다. 그것이 좋은 것인지 나쁜 것인지는 그것을 어떻게 살아내는가에 따라 달라지겠지요. 분명한 건, 그처럼 뜻하지 않은 힘에 휘말리는 일이 없다면 대개 가던 길을 가고 관성적인 힘에 따라 살게 된다는 겁니다.

더 멀리 갈 수 있을까요? 그 당시의 소설, 더구나 양반이 쓴 소설에서 이는 지나친 기대일 겁니다. 사실 평안도 관찰사를 지낸 양반집 도령이 머슴살이까지 했다면 이미 충분히 멀리 나간 겁니다. 저자 임방은 의당 이렇게 끝낼 수 없다고 생각했을 겁니다. 다시 정신을 수습하여 되돌아갑니다. 자신들을 생각하나 부모를 생각하나 계속 이리 살 수는 없다 싶어서, 옥소선은 어쩌다 시험 볼 책을 구해다 주고, 도령은 아내가 사온 책으로 시험 공부를 다시 합니다. 결국 도령은 과거에 급제하여 임금과 부친 앞에 서게 되지요. 그간의 일을 들은 임금은 "함께 산속으로 달아나 숨어 지낸 일도 기이하거니와" 도령을 공부하도록 매진하게 한 것이 가상하다며 이리 말합니다. "기생의 신분이라고 천하게 여겨서는 안 될 사람이니, 경의 아들을 다시 혼인시키지 말고 자란을 정실로 삼게 하는 게 좋겠소. 자란에게서 난 아들이 중요 관직에 나아가는 데 아무런 지장이 없도록 하겠소."(169)[1]

사랑의 힘으로 탈주선을 그린 이들이 모두 이렇게 잘 풀릴 리는 없습니다. 어쨌든 〈옥소선〉은 부모와의 강상의 윤리를 어기며 도망쳤고 신분적 질서를 벗어나 도망쳤던 이들에 대해, 신분적 질서를 넘어서며 받아들이는 결말을 택함으로써 미친 사랑의 힘을 수긍합니다. 그러나 미친 사랑의 힘이 이렇게 행복한 결말로 끝날 리만은 없습니다.

3. 매혹과 휘말림의 힘: 〈운영전〉

〈운영전〉은 목숨을 건 사랑이라는 '낭만주의적' 테마와 이루어질 수 없는 사랑의 비극적 결말로 이어지는 우수 어린 분위기가 소설 전체를 채색하고 있는 작품입니다. 사실 고전소설에는 비극으로 끝

1　이는 뜻밖의 결론입니다. 가령 탁월한 용모와 재주를 가진 〈구운몽〉의 계섬월 같은 기녀조차 정실은 꿈꾸지 못합니다. 한참 나중에야 만나게 될 정경패를 정실로 권하며 자신은 처음부터 소실을 자처합니다.

나는 게 별로 없기도 하지만, 있어도 이런 분위기를 직조해낸 작품은 드뭅니다. 또 하나 특이한 것은 유영이라는 선비가 작품의 무대였던, 폐허가 된 수성궁壽成宮 터에 놀러 갔다가 만난 두 '귀신'의 이야기를 듣고 전하는 형식의 액자소설이라는 점입니다. 하지만 유영은 들은 이야기를 전하는 것 이상의 특별한 역할이 없기에 액자소설 형식 자체가 특별한 의미를 갖는다고 여겨지진 않습니다. 전생의 인연을 덧붙이는 것 외에, 두 사람이 전에 있었던 일에 대해 갖는 쓸쓸한 소회를 덧붙이는 정도의 기능을 하는 듯합니다.

먼저 이야기를 요약해야겠지요?[2] 작품의 무대는 서울 인왕산 자락에 있는 수성궁. 세종의 셋째 아들 안평대군이 살던 곳이자 당대의 문장가나 재주 있는 이들을 불러 모아 시를 짓고 토론하던 곳이었습니다. 그런데 "하늘이 재주를 내리시매 어찌 남자에게만 넉넉하고 여자에게는 인색하셨을 리 있겠느냐"면서 궁녀 중 나이 어리고 용모가 아름다운 열 사람을 뽑아 시문을 가르칩니다. 운영은 그 열 명 중 한 사람입니다. 그런데 대군은 열 사람을 모두 아껴 "항상 궁중에 가두어 기르며 다른 사람과는 마주하여 말하지 못하게 했습니다".

그러던 중 김진사라는 나이 어리고 재주 있는 이를 불러 시문을 짓게 하였는데, 어리다고 방심해서인지 운영을 포함 몇몇 궁녀를 그 옆에 둡니다. 운영과 김진사는 그때 잠시 본 인연으로 서로 반하여 사랑하게 됩니다. 이를 눈치 챈 대군은 운영 등 다섯 궁녀를 서궁으로 옮기게 하지만, 그런다고 이미 발동한 사랑의 정염이 사라질 리

---

2 이하에서 〈운영전〉은 박희병·정길수 편역, 『사랑의 죽음』에 실린 번역본을 인용합니다.

없지요. 함께 사는 궁녀들의 도움으로 두 사람은 결국 다시 연결되고 급기야 김진사는 서궁의 높은 담장을 넘기에 이릅니다. 그러길 반복하다가 눈雪 위에 난 발자국으로 사람들이 두 사람의 관계를 눈치 채자 둘은 함께 도망치려고 합니다. 한데 운영이 부모와 대군에게서 받은 보화를 7일에 걸쳐 빼내던 중, 이를 도와주던 하인 특이가 재물을 빼돌리고는 두 사람의 도망 계획을 누설하여 결국 대군의 귀에까지 소문이 들어갑니다. 노한 대군은 운영의 방을 뒤져 재물이 하나도 남아 있지 않음을 확인하고, 급기야 형벌 도구를 벌여 놓고는 문책합니다. 이때 서궁의 궁녀들이 모두 궁궐에 갇힌 자신들의 욕망을 직언하며 운영의 사랑을 감싸면서 죽기를 청하자 노기가 가라앉은 대군은 운영만 별당에 가두고 나머지는 모두 풀어줍니다. 그날 밤, 운영은 목을 매어 자결합니다.

〈운영전〉은 매혹과 휘말림으로 시작되어 탈주선을 그리는 사랑의 최대치를 보여줍니다. 사랑의 강도, 그것은 유치함을 무릅쓰지 않고서는 표현하기 어렵습니다. 그 강도를 표현하는 흔한 방법은 그것이 넘어야 할 담장의 높이와 두께를 빌리는 것입니다. 넘어설 담이 높고 무릅써야 할 대가가 클수록 사랑의 강도도 크다고 느끼기 때문입니다. 알다시피 궁궐의 담장은 유난히 높습니다. 먼저 그 담장은 감히 넘을 생각을 하기엔 물리적으로 너무나 강하고 높습니다. 그러나 그건 차라리 부차적인 문제입니다. 왕족의 권위와 권력을 생각하면, 궁녀가 사랑 때문에 궁궐의 담장을 넘어 도망친다는 것은 상상도 하기 힘들 겁니다. 또한 궁궐이란 명예롭고 호화스런 높은 지위라는 점에서 포기하거나 내던져버리기 어려운 내적 유인誘引을 갖고 있습니다. 거기에 더해 주군인 안평대군은 시와 음악에

능할 뿐 아니라 통이 크고 고상한 인물이며, 궁녀들의 재능을 키우기 위해 시와 예술을 가르치는 인물로 설정되어 있습니다. 그렇기에 누구도 감히 넘기를 욕망하지 않는 자리라고 해야 할 겁니다. 그런데 바로 그런 조건에서조차 그 높디높은 담장을 넘도록 만든다면, 그 사랑의 강도는 무엇과도 비교할 수 없는 게 될 겁니다.

안평대군이 아끼는 열 명의 궁녀 중 한 사람인 운영은 이중삼중의 담장으로 외부와 격리되어 있습니다. 대군은 "궁녀가 한 번이라도 궁문을 나서면 그 죄는 죽음에 해당된다. 외부인이 궁녀의 이름을 알게 되면 그 죄 또한 죽음에 해당한다"(38)며 강력한 금지의 명령을 덧붙여놓습니다. 그는 또 자신이 수성궁 안에 끌어들이는 선비, 가령 성삼문 같은 이에게 궁녀들의 시를 보여주고 자랑하면서도 그것이 누구의 것인지는 감춥니다. 자신이 불러들이는 이들과도 접촉할 수 없게 하는 겁니다. "날마다 선비들과 술을 마시고 기예를 겨룰 때조차 저희를 한 번도 가까이 있게 한 적이 없으니, 외부인들이 혹 저희의 존재를 알까 염려했기 때문이지요."(《운영전》, 37~38)

그런데 어리다고 생각해서 무심코 만나게 했던 김진사와 운영은 단 한 번의 대면만으로 그 높은 담을 빠져나갈 틈을 찾기 시작합니다. 대군의 지시로 쓴 시 한 편에 속마음의 한끝이 드러났지만, 운영은 거기서 멈추지 못하고 다시 출구를 찾습니다. 출구가 보이지 않으니 틈새를 찾습니다. 편지와 비녀를 열 겹으로 싸고 봉하여 문틈으로 던지고, 김진사 또한 무녀를 통해 편지를 전합니다. 목숨이 걸린 위험한 짓임을 알면서도 하지 않고는 견딜 수 없는 강력한 휘말림의 벡터가 두 사람의 마음을 사로잡은 겁니다. 임금에 준하는 주군에 대한 충성의 도덕도, 정절과 유별을 요구하는 남녀의 윤리도 이미 안중에 없습니다.

이런 매혹의 힘은 인접한 이들에게 쉽게 감염됩니다. 운영의 사랑이 얼마나 위험하고 난감한 것인지 잘 알고 있음에도, 또 운영을 아끼는 우정에도 불구하고 자란을 비롯한 궁녀들은 모두 운영을 감싸고 지지하며 도와줍니다. 심지어 그것이 자신들의 안위와 목숨마저 위태롭게 하리라는 것을 잘 알면서도 말이지요. 그건 그들 마음속에도 그런 사랑의 정염이 있고 그런 사랑의 가능성에 공감하기 때문일 겁니다.

이탈의 힘을 갖는 감응이나 감정이 인접한 이웃으로 '감염'되기 시작합니다.[3] 감염이 일어나면 인접한 이들은 감염된 감응이나 감정들에 의해 하나로 묶이며 일종의 집합적 신체가 형성됩니다. 여러 사람이 감염된 감응으로 이어져 하나의 '덩어리mass'가 되는 것입니다. '대중mass'이란 단지 숫자의 크기를 뜻하는 게 아닙니다. 전에 제가 다른 책에서 썼듯이, 주어진 자리에서 이탈하려는 성분에 의해 누군가가 움직이기 시작할 때, 그리고 그런 움직임이 감염에 의해 이웃한 신체들을 하나의 '덩어리'로 묶기 시작할 때, 그들을 '대중'이라고 부를 수 있습니다 (이진경, 2012).

그래서일 겁니다. 궁녀들은 자칫하면 죽을 수 있는 상황임에도 하나같이 운영의 사랑을 지지하며 대군에게 항의합니다. 대중을 권력과 대립시키는 정치적인 개념을 그대로 적용하려는 것은 아니지

---

3 정출헌은 수성궁 안에서 고립된 삶으로 인해 궁녀들의 공감이 감염되며 확산되었음을 적절하게 지적합니다. 운영과 가장 가까웠던 자란이 "운영의 행위에 공감할 수 있었던 것은 그 또한 '원에 사무친 계집'이었기 때문"이며, 이것이 서궁의 다른 궁녀, 그리고 남궁에 있는 궁녀들에게까지 확산된 것은 이런 식으로 "자신이 처한 현실을 자기 나름대로 받아들이고 있었던 것"이라는 지적입니다(정출헌, 2003b: 142~144).

만, 매혹과 휘말림으로 탈주선을 그리기 시작한 사랑의 감정이 이웃한 이들을 묶어 하나의 덩어리/'대중'이 되게 함으로써, 이제 그 사랑을 문초하려는 대군에게 감히 항의하며 그 사랑의 정당성을 주장하게 하는 겁니다. 혼자라면 쉽게 할 수 없겠지만 유사한 감정으로 감염된 동료들이 있기에 할 수 있는 것이지요. 가령 자란은 이렇게 말합니다.

저희는 모두 여항의 천한 계집들로, 아비는 순임금이 아니요 어미는 아황과 여영이 아니니 남녀의 정욕이 어찌 없을 수 있겠습니까? 목왕은 천자로되 늘 요지[에서 서왕모와 운우지정을 나누던] 즐거움을 그리워했고, 항우는 영웅이로되 장막 안에서 [사랑하던 여인과의 이별에] 눈물을 금치 못하였습니다. 그렇건만 어찌하여 운영에게만 유독 사랑하는 마음을 갖지 못하게 하십니까? 김진사처럼 빼어난 인물을 내당으로 끌어들인 것은 주군께서 하신 일이며, 운영에게 벼루 시중을 들게 한 것 또한 주군께서 내리신 명령입니다…….(《운영전》, 100~101)

사랑의 매혹, 그것은 운영을 뜻하지 않은 곳으로 끌고 갔습니다. 그리고 그 인근의 사람들도 끌고 갔지요. 뜻하지 않은 곳, 그곳을 우리는 '외부'라고 말할 수 있습니다. 뜻 '밖'에 있는 곳이고, 뜻대로 되지 않는다는 점에서 의지 '바깥'에 있는 곳이며, 전혀 생각지 못했던 결과로 끌고 간다는 점에서 생각 '밖'에 있는 곳입니다. 그런 점에서 그곳은 '다른 세계'를 뜻합니다. 공간적으로는 담 하나를 두고 인접해 있다 해도 이전과는 비교할 수 없을 정도로 '다른' 삶이요, '다른' 세계라는 점에서 말입니다.

휘말림으로 시작되는 사랑의 힘은 아무리 높은 담조차 감히 넘게 만듭니다. 그것이 휘말림인 것은 의지와 생각으로 시작되는 게 아니라 다가온 어떤 것에 휘말리며 시작되기 때문이요, 의지와 생각 밖에 있는 어떤 것에 휘말려 끌려가는 '수동적' 사태이기 때문입니다. 그러나 이런 휘말림이 없다면 우리는 언제까지나 우리의 생각과 의지 안에 머물러 있을 것이며, 그 생각과 의지를 지배하는 통념과 도덕, 제도 안에 갇혀 있을 겁니다. 이는 역으로 고전소설들이 어디서나 빈번히 사랑을 끌어들이는 이유를 짐작하게 해줍니다. 사람들을 뜻하지 않은 사태에 휘말리게 만들어 담을 넘고 강상綱常을 가로지르게 하는 사랑의 힘은 임금의 아들조차 부정할 수 없는 현실적인 힘인 것이지요. 그렇기에 통념이나 지배적인 도덕을 가로지르며 시작되는 사건을 다루려는 이에게 사랑처럼 강력하고 설득력 있는 우군은 없을 겁니다.

덧붙이자면 〈운영전〉은 재물이라는 현실적인 자원이 오히려 사랑의 힘을 저지하고 그것이 갖는 돌파력을 약화시키며, 이탈의 속도를 감속시키는 짐일 수 있음을, 결국 추적의 그물에 사로잡히게 하는 족쇄가 될 수 있음을 보여줍니다. 물론 재물은 도망자가 새로운 살림을 시작하는 데 필요합니다. 〈옥소선〉에서는 도령의 막무가내식 탈주와 달리 옥소선(이름은 운영의 친구와 같은 '자란'이었지요)은 야반도주를 준비하며 가져갈 수 있는 재물을 챙깁니다. 〈환관의 아내〉의 주인공도 그렇습니다. 등에 지고 갈 만큼의 재물을 챙깁니다. 그 이상의 재물은 짐일 겁니다. 중력과 저지의 힘이 이탈의 속도와 가변성을 감소시킵니다. 반면 운영은 이를 깊이 생각하지 못한 듯합니다. 그는 김진사의 사랑의 도피 제안에 응하며 말합니다. "저희 부모

님이 재산이 많아 제가 이곳으로 올 때 의복이며 금은보화를 많이 싣고 왔어요. 게다가 주군께서 내리신 선물도 매우 많으니 이 물건들을 버려두고 갈 수는 없겠어요."(87~88) 그래서 하인 특이를 통해 일주일에 걸쳐 재물을 빼내는데, 바로 이것이 특이로 하여금 두 사람을 배신하게 만드는 결정적인 계기가 되고, 달아날까 고심하다가 맹인에게 문복問ト(점을 치는 것)한 일이 궁궐에까지 알려져 대군의 수색과 문초를 초래합니다.

사실 담을 넘어 도망치려는 것을 말리고, 궁궐 내부에서 '외부'를, '다른 세계'의 가능성을 생각할 수도 있었습니다. 도망치려는 계획을 듣고 자란이 권한 것도 그것이었지요. 이미 주군이 운영에게 마음을 쏟은 지 오래인데, 도망친다면 운영의 부모나 운영을 도와준 서궁의 동료들에게 화가 미치는 것은 물론 "천지가 하나의 그물 안에 들어 있으니 하늘 위로 오르고 땅속으로 들어가지 않고서야 어디로 달아날 수 있겠"느냐는 겁니다. 조선처럼 좁은 나라에서 그 그물, 즉 도덕과 권력의 격자는 더욱 촘촘하게 마련이지요. 그런 사회에서 오히려 현실적인 출구는 그 그물을 내부에서 찢거나 무력화하는 겁니다. "나이가 좀더 들어 얼굴이 시들면 주군의 사랑도 차츰 식어갈 테니, 그즈음 형세를 보아 병들었다며 누워 있으면 고향으로 돌아가라 허락할" 것이고, 그러면 낭군과 재회할 수 있으리라는 겁니다(91~92).[4]

그러나 이 역시 뜻대로 되지 않습니다. 벽의 절단선이 강화되면

---

4 자란의 이런 반대를 두고 궁녀들이 뛰어넘지 못한 '성리학적 사고'(신경숙, 1990: 72)나 '봉건적 윤리의식'(정출헌, 2003b: 146)이라고 볼 수도 있겠지만, 저로서는 도망침으로써 야기될 현실적인 문제를 지적했다고 여겨집니다. 그런 사고나 의식을 넘었든 못 넘었든, 실제로 도망치자마자 닥치게 될 사태임이 분명하니까요.

서 다시 만나기 어려워지자, 사랑의 광기는 다시금 탈출을 시도하게 합니다. 그러나 담을 채 넘기도 전에 재물과 관련된 욕망이 사달을 내고 맙니다. 사랑의 광기, 아니 사랑의 운명은 여러 의미에서 합리적 계산을 넘어서 있습니다. 그래서 많은 경우 비극적으로 귀결되지요.

사랑의 본질은 매혹과 휘말림입니다. 〈운영전〉이 안타까운 비극으로 말해주는 게 바로 이것입니다. 비극적인 결말이 기다리고 있음에도, 가고자 했던 것이 아니었음에도 끌려갈 수밖에 없게 하는 힘, 그것은 매혹과 휘말림입니다. 그 미친 힘으로 우리는 통념과 제도의 벽을 넘습니다. 그런 점에서 사랑은 다른 세계로 인도하는 매혹의 힘입니다. 뜻밖에 누군가의 손을 통해 내게 다가오는 다른 삶의 가능성, 그것에 담겨 있는 매혹 말입니다.

실패로 끝난 사랑을 후회하며 사랑에 마음을 닫는 이도 있지만, 비극으로 끝났을지라도 미쳤던 사랑을 후회하지 않는 이도 있습니다. 죽은 지 수백 년이 지난 뒤, 폐허가 된 궁터에 '귀신'이 되어 다시 나타난 운영과 김진사는 죽음이라는 문턱을 넘어갔던 세계, 아마도 사랑이 인도했다고 할 그 '다른 세계'를 주어진 그대로 받아들입니다. "지하의 즐거움도 인간세계보다 덜하지 않거늘, 하물며 천상의 즐거움이야 말해 무엇 하겠습니까? 이 때문에 우리는 인간세계에 태어나기를 소망하지 않았습니다."(107) 그들은 돌아오지 않습니다. 기왕에 시작한 탈영토화의 선을 따라갈 뿐입니다. 다시 나타난 그들은 죽음의 상처에 매여 죽은 자리를 떠나지 못하는 원귀들이 아닙니다. 슬픈 사랑의 기억을 갖고 있긴 하지만, 그 슬픔은 실패와 죽음이 아니라 그들을 가로막았던 벽들, 궁궐의 주인이 없어지자 궁궐마저 무너져버렸다는 것 때문이라고 말합니다. 목숨마저 위협하며 가로막던 그 벽과 그물이라는 게 이토록 무상하고 가변적인 것이었다는 생각에, 그 별거 아닌 것에 절단되어 하나의 생을 등져야 했다는 사실에 슬펐을 터입니다.

〈운영전〉에서 이 미친 사랑의 힘 반대편에 있는 것이 단지 담이나 대군의 권력만은 아닙니다. 운영이나 궁녀들 자신이 있는 공간, 혹은 대군이 그들을 키우며 만들고자 했던 하나의 세계가 또 다른 반대편에 있습니다. 이 이야기의 무대가 되는 수성궁은 통상적인 현실 세계와 분리된 특별한 공간입니다. 대군이 초대하여 드나드는 이들조차 알지 못하게 무언가를 감추어놓은 공간, 궁 밖의 세계에 나가는 것도, 이름이 알려지는 것도 금지된 공간, 현실과 절연된 공간입니다. 그렇다고 감옥과 같은 공간은 아닙니다. 절연의 형태로 현실의 '잡스러움'에서 분리되어 있는 곳이고, 고매한 품격으로 '속됨'과 대비되는 장소입니다. 동시에 시문에 능한 이들, 성삼문처럼 안목 있고 지조 있는 선비를 초대하여 시를 짓고 토론하며 이상화된 선비의 삶을 구현하는 공간이며, 재능 있는 궁녀들을 선별해 시와 음악과 예술을 가르쳐 경연하는 장소입니다.[5] 궁녀들의 시를 보고 성삼문이 하는 말을 보십시오. 그는 이 공간에 사는 이들을 통해 공간의 성격을 간접적으로 보여주고 있습니다.

---

5 수성궁의 이런 면모에 대해서는 상이한 방식으로 여러 사람이 이미 지적한 바 있습니다. 가령 수성궁이 안평대군이 추구하던 정치적 이상의 은유이자 그에 따른 사상적 검열의 장이기도 하다고 지적하거나(정출헌, 2003b: 132, 127), 외부와 차단된 은거적인 도가적 공간(이상구, 1998: 142)이라고도 하며, 동시에 궁녀들이 중세적 권력과 대결하기 위해 숨 고르기를 하는 공간(정출헌, 2003b: 134), 혹은 궁녀들이 적극적인 위치를 갖는 여성적인 공간(김경미, 2002: 44~45)이라고 보기도 하며, 대군이 궁녀를 '기르고 훈련하는' 곳이란 점에서 "인간 형성을 실험하는 공간"(박일용, 1993: 169~71)이라도 합니다.

지금 이 시들을 보니 품격이 맑고 참되며 생각이 고매하여 조금도 속세의 태깔이 없습니다. 이 시를 지은 이는 필시 깊은 궁궐에 살면서 속세 사람들과 접하지 않은 채 오직 옛사람의 시만 읽고 밤낮으로 읊조리다가 스스로 깨달음을 얻은 사람일 것입니다.(《운영전》, 47)

속세와 티끌이 묻지 않아 품격 있고 참되며 고매한 공간이지만, 그만큼 현실과 절연되고 분리되어 있는 세계라는 겁니다. 하지만 속세와 거리가 먼 이상화된 공간이란 궁의 문밖에 나가는 것도, 이름이 알려지는 것도 차단할 뿐 아니라 궁 밖에서 온 손님과도 만나지 못하게 함으로써 유지되는 고립된 공간이고, 이를 위해 높은 담장과 '죽음'의 처벌로 감춰둔 공간입니다. 대군으로서는 소중한 것을 감추어두고 때가 묻지 않도록 보호하려는 공간이겠지만, 그 안에 감춰진 이들로서는 그만큼 세간의 삶과 즐거움으로부터 분리된 금욕적이고 억압적인 공간일 것입니다. 현실의 때가 묻지 않은 '이상'이란 이런 고립과 억압이라는 대가를 지불해야 하는 법이지요. 또 그 대가가 대군이 아닌 궁녀들에게 전적으로 전가되고 있다는 문제가 추가되어야겠지요.

그런데 바로 그런 공간에서 금지된 사랑이 벌어지는 겁니다. 그것도 대군이 특히 마음에 두고 있던 궁녀가 말입니다.[6] 대군은 세간의 모든 욕망을 몰아내고 먼지 하나 묻지 않은 고매하고 참된 세계를 만들고자 하지만, 운영의 사랑은 그것이 이상인 만큼이나 공상임을 보여주는 것이라고 하겠습니다. 나중에 대군은 운영이 도망치려 한 것을 알고 서궁의 궁녀들을 문초하는데, 첫 번째 궁녀 은섬이 이왕 죽을 거 한 말씀 올리겠다며 이렇게 말합니다.

남녀의 정욕은 음양으로부터 부여받아 귀천을 막론하고 사람이라면 누구
나 가지고 있습니다. 그런데 한번 깊은 궁궐에 갇히고 난 뒤에는 이 한
몸 외로운 그림자와 짝하여, 꽃을 보고 눈물을 삼키고 달을 마주해
서는 슬픔으로 넋이 나갑니다…… 궁궐 담장을 넘기만 하면 인간 세
상의 즐거움을 알 수 있건만 그렇게 안 한 것은 그럴 만한 힘이 없어
서거나 그러고 싶은 마음이 없어서였겠습니까? 오직 주군의 위엄이
두려워 이 마음을 단단히 다잡고 궁궐 안에서 말라 죽으리라 생각했던
것입니다.(《운영전》, 99)

이상화된 삶을 말하는 품격 있고 고매한 시조차 사랑과 정욕을
없앨 수 없으며, 아무리 엄한 벌로 정욕을 끊고 사랑의 욕망을 버릴
것을 명한다 해도 그것은 부당할 뿐 아니라 불가능하다면서 사랑과
정욕의 정당함을 주장하고 있습니다. 궁궐 담장을 못 넘은 것, 욕망
을 억누르며 쓰라는 대로 시를 쓰고 고매하게 살았던 것은 주군에
대한 두려움 때문이며, 결국 '궁궐 안에서 말라 죽게' 되리라는 이야
기입니다. 그것이 그 이상화된 공간에서 사는 이들의 삶이라는 거

6 이야기의 모두에 운영이 말합니다. "대군이 일찍이 제게 사사로운 마음을 보인 적이 없으나
궁중 사람들은 모두 대군의 마음이 제게 있다는 걸 알고 있었습니다."(《운영전》, 43) 그런데 작
품 초반에 대군은 운영의 시를 보고 누군가를 그리워하고 있다고 하면서도 "준엄히 캐물을 일
이로되, 그 재주가 아까워 그냥 덮어두기로 한다"(43)며 넘어갑니다. 실제 역사에서 안평대군
은 숙부의 아내나 유부녀와도 관계를 맺은 인물이었지만(황혜진, 2010), 이 작품에서는 자기
욕망을 절제하는 인물로 그려집니다. "운영은 용모와 자태가 인간세계 사람이 아닌 듯해서 주
군이 마음을 쏟은 지 이미 오래요. 그렇건만 운영이 죽기로 거절한 이유는 다른 게 아니라 [주
군의] 부인의 은혜를 저버릴 수 없었기 때문이야. 주군은 비록 지엄하시나 운영이 몸을 상할
까 저어하여 함부로 가까이하지 않으셨어."(70~71) 이를 두고 운영을 사랑하나 강요하지 못한
채 '짝사랑'을 하던 안평대군의 곤혹으로 설명하기도 하는데(정출헌, 2003b: 150~154), 그런
면이 있음도 분명하지만, 왕족과 궁녀 간의 관계임을 생각하면 설득력이 약합니다. 아마도 속
세와 떨어진 고매하고 격조 있는 공간에 맞는 인물이어야 했기에 그랬던 게 아닌가 싶습니다.

지요. 서양의 플라톤주의자들이 그랬듯이 유교적 선비들이 꿈꾸었던, 아니 적어도 안평대군이 꿈꾸었던 이상화된 세계란 이처럼 누군가 당연히 갖고 있는 욕망을 억압하고 현실적인 삶을 제거하여 사람들을 말라 죽게 만드는 세계라고 비판하는 겁니다. 이를 니체가 읽었다면 이상화된 세계를 만들려는 꿈에 내포된 니힐리즘, 현세적 삶을 부정하고 피안의 삶을 동경하게 하는 부정적 니힐리즘에 대한 비판이라고 했을 것입니다. 그런데 어찌 보면 당돌하기 그지없는 이 과감한 진술을 듣고 "대군은 노기가 점점 풀어져" 운영만 별당에 가두고 나머지 사람들은 모두 풀어줍니다(102). 대군마저 삼강의 벽을 넘는 사랑의 어찌할 수 없는 힘을 수긍한 것이었을까요? 김진사와 운영의 귀신이 폐허가 된 수성궁 앞에서 무상함을 느끼는 것은, 사람들을 말라 죽게 하는 이런 이상화된 공간의 불모성 혹은 그것의 무상함에 대한 회고라고 할 수도 있지 않을까요? 어느 경우든 이 작품은 사랑의 광기어린 매혹의 힘을, 또 그런 이상화된 세계의 무상함과 무력함을 보여준다고 할 것입니다.

4. 가족을 초과하는 사랑의 욕망: 〈구운몽〉

〈구운몽〉은 17세기 조선의 주류 양반 지식인에 의해 쓰였기에 문장이나 문학적 완성도가 보통의 작품보다 높다고 여겨지는 작품입니다. 때문에 크게 평가되고 많이 연구되었지요. 이 작품이 다룬 주제 또한 논란이 많습니다. 아시겠지만, 육관대사의 제자 성진이 8명의 선녀와 희롱한 죄로 지옥에 떨어졌다가 양소유로 환생하여 그 여덟 선녀의 환생으로 보이는 여덟 여인과 사랑을 나누다가 꿈에서 깨어나는 '환몽幻夢소설'의 형식으로 쓰였기에 이 소설의 진짜 주인공이 누구인가, 이 작품을 통해 하려는 이야기가 무엇인가 등에서부터 상반되는 입장들이 나옵니다. 그 이야기를 하기 전에 우선 작품 내용을 요약하며 시작하지요.[7]

당나라 때 남악 형산 연화봉이 일차 무대입니다. 서역 천축국에서 온 육관대사의 명으로 제자 성진은 동정호의 용궁으로 심부름을 갔다 오는 길에 형산 위부인의 팔선녀를 만납니다. 그는 용궁에서 마신 술기운에 그들과 가벼운 희롱을 나누지요. 그러나 방으로 돌아온 뒤에도 눈앞에 아른대는 여인들을 잊지 못하여 실수를 저지르고 맙니다. 그는 대사에게서 꾸중을 듣고는 지옥으로 보내집니다. 이는 팔선녀도 마찬가지였는데, 결국 그들 모두 인간 세상으로 환생하게 되지요. 성진은 양처사의 아들 양소유가 되어 새로운 인생을 시작합니다.

그는 열다섯 살에 과거를 보러 가던 중 진채봉을 만나 자기들끼리 혼약하지만, 도적들의 난이 일어나 근처 산에 피난하듯 들어가 한 도사를 만나 음악을 배웁니다. 그러다 다시 마을로 돌아왔을 때는 자기가 산에서 보낸 것보다 훨씬 더 많은 시간이 지나 있었고, 진채봉은 아버지가 난을 일으킨 자의 작위를 받았다는 이유로 처형된 뒤 궁궐로 끌려가 하녀가 되었다는 사실을 알게 됩니다. 이듬해 다시 과거를 보러 가던 중 양소유는 낙양에서 한 시 모임詩會에 참석했다가 기생 계섬월과 인연을 맺고 장래를 약속합니다. 그러나 섬월

---

7 이하에서 사용되는 텍스트는 〈을사본 구운몽〉의 번역인 정병설 역, 『구운몽』(문학동네, 2013)입니다. 본문에서 인용할 때는 쪽수만 표시합니다.

은 기생 신분인 까닭에 첩의 지위를 자처하며 서울에 가면 정경패라는 여인을 정실부인으로 얻으라고 추천합니다. 양소유는 서울에서 여장을 한 채 속이고 들어가 음악을 구실로 정경패와 만나는 데 성공합니다. 과거에 급제한 그는 정경패와 혼약을 맺는데, 정경패는 양소유가 자신을 속이고 들어왔던 사람임을 알고 그걸 갚아주려고 친구처럼 지내던 시비 가춘운을 선녀/귀신으로 꾸며 양소유를 유혹하게 합니다. 물론 두 사람은 같이 자게 되지요.

그즈음에 하북의 세 절도사가 왕을 자처하며 반란을 일으키자 양소유가 절도사로 나가 이들을 제압합니다. 제압은 싱겁게도 행사의 위세와 몇 마디 말로 끝납니다. 그는 돌아오는 길에 계섬월을 만나 운우雲雨의 정을 나누는데, 나중에 시동에게서 오는 길에 만난 적씨 성의 아름다운 남자와 섬월이 희롱하는 걸 봤다는 얘길 듣습니다. 그날 밤 다시 한번 섬월과 잠자리에 드나 아침에 보니 다른 사람입니다. 남장하고 다니던 하북의 기생 적경홍이었는데, 섬월과 짜고 했던 장난이었지요. 이를 알고 그날 밤엔 두 여인과(!) 밤을 보냅니다.

한편 진채봉은 서울로 잡혀온 뒤 궁녀가 되어 살고 있었는데, 어느 날 황제가 베푼 연회에서 양소유를 만납니다. 하지만 저를 알아보지 못하자 그가 부채에 써준 시를 안고 안타까워하다가 혼약하며 주고받았던 시를 적어둡니다. 그런데 황제가 그 부채를 찾으면서 사정을 알게 되고, 이를 계기로 나중에 황제의 누이인 난양공주와 형제의 의를 맺습니다. 난양공주는 퉁소를 아주 잘 부는 이였는데, 이 소리에 매혹되어 양소유가 퉁소로 화답한 것이 인연이 되어 양소유에게 청혼합니다. 그러나 양소유는 정경패와 이미 혼약했다는 이유를 들어 거절하고, 이로 인해 옥에 갇힙니다. 얼마 뒤 토번(티베트) 왕이 쳐들어와서 양소유는 대원수가 되어 출전하는데, 그 덕에 감옥에서 나오게 되지요. 토벌하러 갔을 때 토번 왕이 보낸 여자 자객 심요연과 인연을 맺게 되고, 심요연은 자신의 사부에게 돌아가면서 훗날을 기약합니다. 토번 정벌과정에서 양소유는 백룡담에서 용왕의 딸인 백릉파를 도와주고 그와 또 인연을 맺습니다.

그 사이 난양공주는 자신의 반강제적 청혼으로 혼약이 취소되어 실의에 빠진 정경패를 만나보고, 그 인물에 감탄하여 정경패를 제1공주인 영양공주로 삼습니다. 양소유는 토번을 정벌하고 돌아온 공으로 위국공이 되며, 영양공주·난양공주와 혼인한 뒤 또 궁녀와 만나 동침하는 가운데 그가 전에 혼약했던 진채봉임을 확인하지요. 그 뒤 양소유는 고향으로 노모를 찾아가 서울로 모시고 오다가 낙양에 들러 계섬월과 적경홍을 데리고 옵니다. 나중에 심요연과 백릉파도 찾아와 함께 살게 됩니다.

결국 양소유는 수십 년간 재상이 되어 2처 6첩을 거느리고 "즐거운 인생"(262)을 살다 은퇴합니다. 어느 날 생일잔치를 한 뒤 살던 집 인근의 산에 올랐다가 갑자기 수많은 영웅의 의가가 높았지만 "천년이 흐른 지금 그분들은 대체 어디에 있소?"라며 인생무상을 느끼고는 집을 버리고 도를 구해 인간 세상의 괴로움을 벗고자 합니다. 그 뒤 육관대사가 홀연 나타나 꿈에서 깨도록 일깨워주니 처첩도 정자의 누대도 모두 사라지고 자신이 연화도량에 앉아 있는 성진임을 알게 됩니다. 여덟 선녀도 모두 화장을 지우고 머리를 깎아 성진의 제자가 되어 다들 극락으로 갔다는 게 끝입니다.

작품이 워낙 길다보니 요약도 이리 길어졌습니다. 이 작품을 두고 상반된 해석이 있다고 했는데, 그걸 간단히 소개하지요. 이 작품의 의미는 꿈을 꾸는 성진과 꿈속의 양소유, 둘 중 누구를 중심으로 보는가에 따라 크게 달라집니다. 먼저 성진을 주인공이라고 본다면, 작품 전체는 그가 세속적 욕망에 이끌려 선녀들과 희롱하는 꿈을 꾸다가 정신을 차린다는 게 작품의 주된 서사가 됩니다. 그렇다면 주제는 작품의 마지막 부분에서 인용한 『금강경』의 구절처럼 "세상 만사가 꿈같고 물거품 같으며 이슬 같고 번개 같으니 마땅히 세상을 이렇게 볼지라"라는 불교적이고 종교적인 것이 됩니다(설선경, 1999; 유병환, 1998). 그가 누린 부귀영화가 모두 꿈같이 허망하고 무상함을 보여주는 게 되지요.

반면 양소유를 주인공이라고 본다면 작품 전체는 탁월한 재능으로 여인들과 사랑하고 입신출세하여 명예를 날리며 영화로운 삶을 사는 양소유의 일대기가 중심 서사가 되고, 유교를 바탕으로 한 이상적 삶에 대한 이야기가 중심 테마가 됩니다. 여기에 더해 왕의 누이동생으로부터 기생에, 자객으로 온 여인까지 전혀 다른 신분의 여인들과 한 가족을 이루어 조화롭고 행복한 삶을 살려는 꿈을 읽어내기도 하고(정출헌, 1993), 이런 포용의 도덕을 통해 이 작품이 신분적 질서를 넘어서는 면까지 갖고 있다고 보기도 합니다(박일용, 1991). 상층 신분이라는 제한 속에서나마 신분적 틀을 넘어서는 면을 지적하기도 하는데, 왕의 누이동생과 양갓집 규수라는, 비교할 수도 없는 두 사람 사이에서 양소유가 선약을 이유로 왕가의 청혼을 거절하고 버티다가 결국 두 사람을 모두 정실부인으로 맞는 게 그렇다는 겁니다(노경희, 2003).

이 작품을 읽는 제 관점을 미리 말씀드리자면, 〈구운몽〉은 양소유라는 인물을 통해 사랑과 성의 욕망을 충실하게 따라가는 삶의 과정을 다룬 작품이라는 겁니다. 성과 사랑에는 필경 결혼이라는 요소가 관여되기 마련인데, 이 작품에서는 결혼보다는 사랑의 선이 우세한 가운데 결혼이라는 제도가 '충돌'하거나 겹쳐지며 진행됩니다. 일찍이 레비스트로스가 명확히 말한 바 있듯이, 결혼은 가족이나 가문의 결연이기에 가문의 논리가 개입하게 마련입니다. 가족이나 가문을 직조하는 것은 두 개의 축입니다. 결혼하는 남녀를 중심으로 연결되는 두 가문의 수평적 축과 부모-자식을 잇는 수직적 축이 그것입니다. 인류학에서는 전자를 '결연alliance관계', 후자를 '친자filiation 관계'라고 합니다. 〈구운몽〉에서도 가족이라는 변수가 등장하지만 친자관계의 수직적 선은 거의 개입하지 않습니다. 가족이라는 틀과 직접 관련이 없는 사랑이라는 수평적 결연의 선이 작품 전체를 주도하는데, 이는 결혼이라는 공식적 결연의 선과 독립적입니다. 사랑의 선과 결혼의 선이라는 두 개의 수평적 결연의 선 간에 존재하는 간극이 있긴 하나, 일차적으로는 가족이나 결혼을 초과하는 사랑의 사건들이 작품의 가장 중요한 서사를 구성합니다.

정경패와 난양공주의 청혼이 겹치면서 비로소 가문이나 가족이 문제가 되며 이때 거의 유일하게 충돌과 갈등이 발생하지만, 가족제도 안에 두 사람을 모두 포개넣으면서 해결합니다. 둘 중 누구 하나를 선택하는 식으로 나아가는 게 아니라 '사랑하는 이라면 누구나!'를 원칙으로 삼아 쉽게(!) 해결하는 거지요. 그래서 여기에 등장하는 여인들은 모두 질투심도 없고 소유욕도 없습니다. 정말 있을 법하지 않게 대범하고 이상적인 여인들입니다. 자신이 좋아하는 남자에게 스스로 다른 여자를 첩으로 안기는 놀라운(!) 여인들입니다. 여인들이 모두 이와 같다면, 아니 남자도 마찬가지겠지만, 세상은 정말 평화로운 곳이 될 것 같지요? 그래서 정말 '꿈속의 이야기'같이 들리기도 합니다. 실은 꿈속에서도 이런 일을 기대하긴 어렵지요. 그렇기에 이야기의 디테일은 당대의 어느 작품보다 더 잘 짜였다고 보이지만, 작품의 서사 전체는 믿기 어려울 정도로 허황(!)됩니다. 여덟 여인과 사랑하는데 갈등이라고는 거의 찾아볼 수 없다는 점에서 말입니다.

〈구운몽〉은 '도'에 대해 말하지만 그건 삼강의 도가 아닌 듯합니다. 이 작품에서의 '도'는 인간 세상의 "부귀영화와 남녀 정욕이 모두 헛된 것임"을 설파하는 불교의 도입니다. 이미 말했듯 승려인 성진의 꿈이라는 형식으로 쓰였고, 소설의 모두와 끝에 육관대사의 가르침 및 성진의 깨달음이 명시되어 있다는 점이 이 작품을 불교적인 '구도소설'로 간주하게 합니다. 작품 마지막에 육관대사가 언급하는 『금강경』의 구절 "세상만사가[8] 모두 꿈같고 물거품 같고 이슬과 번개 같으니 마땅히 세상을 이렇게 볼지라"는 이런 식의 해석을 방향 짓는 문구이겠지요.

그러나 〈구운몽〉을 불교적 구도소설이라고 하기에는 납득하기 어려운 점이 많습니다. 첫째, 인생의 허망함을 설하기 위해 전체 소설의 94퍼센트를[9] 그 '허망한' 인생을 서술하는 데 할애하고, 단 6퍼센트만을 구도담에 할애한다는 것은 이해하기 어렵습니다. 장자의 호접몽 이야기를 빌려 꿈인지 현실인지를 묻지만, 그 꿈은 너무도

---

8 원래는 '세상만사'가 아니라 '일체유위법'입니다. 유위법이란 있다/없다를 가려 말하는 모든 현상을 뜻합니다. 반대로 무위법은 있다/없다의 양변을 떠난 중도의 법을 뜻합니다. '일체유위법'이 '세상만사'가 되면 '무상'의 의미는 크게 달라집니다.

화려하고 소상한 반면 현실은 너무도 소략하고 간단합니다. 그렇다면 꿈 이야기라 하더라도 그게 소설의 중심이라고 봐야 하지 않을까요?

둘째, '인생무상'을 설하는 것이라고 하는데, 〈구운몽〉에서 양소유의 일생은 인생의 허망함을 느끼기에는 너무 거리가 있어 보입니다. 중국 대륙을 가로지르며 여러 사건을 겪지만, 양소유로 하여금 삶의 허망함을 감지하게 만드는 고통이나 고난은 거의 나타나지 않습니다. 기껏해야 정해진 혼처를 취소하라는 태후의 명령과 그걸 받아들이지 않아 투옥되는 것 정도인데, 그것조차 두 여인을 두 여인을 모두 정실부인으로 삼아 해결하니 고통과는 반대로 현세적 인간들의 대범함과 위대함을 느끼고 인생의 행복감을 만끽하지 않으면 이상하다고 할 정도입니다. 실제로 작품의 마지막 부분에서 갑자기, 정말 난데없이 '인생무상'을 말하려는 양소유에게 두 부인이 하는 말처럼 "즐거운 인생"(262)이었을 뿐입니다. 무려 8명의 여인이 한 남자와 같이 살면서도 사랑의 곤혹스러움을 느끼게 하는 질투 한번 없고, 사랑을 허망하게 생각토록 하는 분란조차 한번 없습니다! 즉 이런 내용을 통해 '인생의 허망함'을 보여주려 했다면 작가의 능력은 자신의 의도를 구현하는 데 전적으로 실패한 것이라고 해야지요. 성진의 입장에서 봐도 그렇습니다. 꿈속에서 모든 일이 너무 잘 풀려 부와 사랑을 독차지하는 즐겁고 복 받은 인생을 살았는데, 그 꿈을 통해 인생에 허망함을 느낄 이유가 대체 어디 있겠습니까?

---

9 정병설 번역으로 문학동네에서 출판된 책을 보면, 번역본 전체 270쪽 중 앞뒤 합쳐 17쪽만이 성진의 구도담이고 253쪽은 양소유의 생애를 다룬 겁니다(한문본으로는 전체 132쪽 중 8쪽이 성진의 구도담, 124쪽이 양소유의 인생담입니다).

셋째, 『금강경』과 불교를 빌려 '인생의 무상함'을 말하는 것을 두고 '구도소설'이라고 하지만, 그건 도를 말하기에는 너무나 빈약하고 부적절해 보입니다. 일체유위법이 꿈이나 물거품 같다 함은 불교에서 말하는 '무상함'을 일컫지만, 여기서 무상無常이란 항상된 것, 불변의 본성 같은 게 없음을 뜻합니다. 즉 어떤 현상도 실체적인 본질自性이 없으며 연기적인 조건에 따라 그 본성이 달라짐을 뜻하는 것이지, 흔히 하던 일이 잘 안 될 때 한탄하듯 토하는 '인생무상'처럼 세상만사나 인생이 허무함을 말하는 게 아닙니다. 이론적 근거로 대는 '공' 사상 또한 그렇습니다. 공이란 어떤 것도 자성이 공함을 뜻하며, 그런 만큼 조건에 따라 달라지고 변화함을 뜻합니다. 그것은 역으로 모든 상相 있는 것을 긍정하는 말이기도 합니다. "모든 상 있는 것에서 상 없음을 보면 여래를 보리라"라는 『금강경』의 유명한 구절이 뜻하는 게 이렇지요. 『중론송』에서 나가르주나龍樹가 명시적으로 쓰고 있듯이, 이는 '공'이 별개의 실체로, 실체적인 '없음'으로 존재하는 것을 뜻하지 않습니다. 공은 따로 존재하지 않습니다. 언제나 상을 빌려假相(이때 '가假'는 '거짓 가'가 아니라 '빌릴 가'입니다) 나타나며, 구체적인 상을 통해서만 드러날 뿐입니다. 그렇기에 도에 대한 깨달음은 있는 것을 부정하며 허망하다고 말하는 니힐리즘이 아니라 어떤 집착도 없이 오는 그대로 여여하게 받아들이는 것, 있는 그대로 긍정하는 것입니다. 육조혜능으로 인해 유명해진 문구 "머무는 곳 없이 마음을 낸다應無所住 而生其心"는 말이 뜻하는 게 바로 그겁니다. 그렇기에 〈구운몽〉을 구도소설이라고 한다면 성진이나 육관대사, 김만중 모두 '인생무상'을 도라고 착각한 얼치기 구도자가 되며, 작품은 어설프게 도를 말하는 조잡한 이념소설이 되고 맙니다.

구도소설이 아니라면 양소유의 인생을 앞뒤로 둘러싸고 있는 성진의 이야기는 무엇일까요? 그것은 양소유의 인생에서 펼쳐질 일들을 예고적으로 사건화하는 일종의 전생담입니다. 돌다리 위에서의 희롱을 이유로 성진과 선녀들을 지옥에까지 보내는 것은, 아무리 승려 신분이라 해도 경중을 가리지 못하는 과도한 징벌이지요. 그 자체로는 서사적 설득력이 별로 없습니다. 그걸 핑계로 9명의 남녀 모두 다른 이의 몸을 받아 다시 태어나게 하려는 것이라고 해야겠지요. 이런 점에서 이 부분은 전생담의 구조를 명확하게 갖고 있습니다.

왜 이런 전생담이 필요했을까는 분명합니다. 작품을 읽다 보면 양소유는 해도 너무한다 싶을 정도로 여성들 욕망의 이상적 대상입니다. 최고의 미모와 재능을 지닌 여인들이 만나서 시 한 편 주고받으면 그걸로 끝입니다! 심지어 왕의 동생인 난양공주도 퉁소 소리 하나에 매혹되어 이미 정혼한 사람에게 혼인을 강요하고, 토번 왕의 자객으로 왔던 요연조차 양소유를 보자마자 제 임무를 잊고 사랑에 빠져 같이 잡니다! 혼처가 있든, 다른 여인이 있든 상관없습니다. 여인들을 홀리는 미친 사랑-기계 같습니다. 최고의 재능과 성품, 용모를 가진 미인들이 하나같이 양소유를 보자마자 사랑에 빠지고 만다는 이야기는, 전생에서의 인연이 없다면 누가 봐도 전혀 설득력이 없을 겁니다. 전생담은 이를 위한 것입니다.[10]

이는 〈구운몽〉의 영향을 강하게 받은 것으로 보이는 〈옥루몽〉을 통해 간접적이나마 확인될 수 있습니다. 〈옥루몽〉은 천상계의 선관 문창선군과 선녀 5명이 술 먹고 놀다 잠든 사이 관세음보살의 '방편적인' 조치로 인간세계로 진입하여 벌어지는 사랑담입니다. 선관과 선녀들의 희롱으로 인해, 꿈이라는 수단을 빌려 인간계로 적강한다는 이야기는 고전소설의 흔한 적강담과 〈구운몽〉의 요소들이 섞여 만들어진 것입니다. 인간세계에서 벌어지는 사건이나 관계를 미리 직조하여 선행적인 배경으로 만들고 있는 것이지요. 마지막에서는 〈구운몽〉처럼 꿈에서 깨어나게 하여 훈계하고 깨우치게 하는 대신, 그들의 꿈속에 관세음보살이 나타나 전생의 사건을 알려주는 것으로 끝납니다. 굳이 깨달음이라는 형식을 취하지 않고 현세에서의 성공을 알려주는 것으로 끝나는 겁니다(남영로, 『옥루몽』, 김풍기 옮김, 그린비). 제가 보기에는 이게 〈구운몽〉처럼 꿈 한번 잘 꾸고 깨달음을 얻었다는 이야기보다 훨씬 더 설득력을 지닙니다. 어쨌거나 이것이 남영로가 〈구운몽〉의 전생담을 이해하는 방식이었을 것이고, 그당시 사람들이 이해하는 방식이었을 겁니다.

〈구운몽〉은 그런 전생담을 빌려 양소유의 '즐거운 인생'을 펼쳐낸 소설입니다. 이 소설에서 다루는 것은 결혼이나 가족이란 틀 내지 형식, 제도에 담을 수 없는 사랑의 초과적 성격입니다. 이 작품에서 양소유를 결정적으로 특징짓는 것은 최고의 여인들을 단번에 끌어들이는 힘입니다. 그는 '최고'라고 서술되는 여인 8명과 사랑을 나눕니다. 양

---

10 성진과 양소유, 현실과 꿈이라는 〈구운몽〉의 이중 구조를 두고 "불교적 성진과 유교적 양소유라는 이중 자아의 합일과정"(최기숙, 1998: 59)이라고 보는 해석도 받아들이기 어렵습니다. 성진과 양소유는 다른 '세계'에 속해 있습니다. 다른 세계에 속한 두 사람의 삶은 그 모두를 내려다보는 초월자의 눈이 아니라면 '합일'될 수 없습니다. 두 사람을 한 자아의 두 양상으로 본다고 해도, 성진의 삶과 양소유의 삶은 합일과는 반대로 그 연속성마저 무의미하게 만드는 상반된 것이었기에('인생무상'을 토하는 마지막에서만 접근하지요) 차라리 '분열'이란 말로 설명하는 게 더 낫지 않을까 싶습니다. 욕망의 분열, 혹은 분열적 욕망 말입니다. 여기에 '부자/사제관계의 갈등과 합일'(60)을 말하고 아버지 콤플렉스, 오이디푸스 콤플렉스를 끌어들이는 것은 쉽지만 설득력이 없습니다. 지옥에 보내는 게 과도하긴 하지만, 육관대사가 제자의 여인에 대한 욕망을 비판하는 극히 자연스러운 관계를, 스승을 아버지로, 여인에 대한 욕망을 어머니에 대한 욕망으로 애써 환원하여 굳이 '오이디푸스적'이라고 할 이유가 있을까 싶기 때문입니다.

소유는 전쟁을 지휘하는 것까지 포함하여 넓은 내륙을 가로지르는 여정을 거치는데, 이때 중심적인 것은 언제나 여인과 만나 사랑하고 여인을 얻어 돌아오는 것입니다. 정벌이나 전쟁조차 사랑의 무대에 지나지 않습니다. 연나라를 정벌하러 가지만 행차의 위엄과 소유의 말발로 싸움 한번 하지 않고 연왕을 굴복시킵니다. 즉 반란군의 정벌조차 아무런 사건이 되지 않습니다. 거기서 주된 사건은 낙양에서 예전에 만났던 기녀 계섬월의 행방을 찾아 데리고 오는 겁니다. 거기에 더해 미소년의 행색을 하고 쫓아온, 계섬월이 추천한 미인 적경홍을 얻습니다. 토번 정벌 전쟁 또한 그렇습니다. 거기서 전쟁 이야기는 정말 별게 없습니다. 중요한 사건은 토번 왕이 보낸 자객 요연이 양소유의 거처에 들어오자마자 자기 임무를 접고 잠자리에 같이 드는 겁니다. 이 사건은 그것만으로는 설득력이 너무 떨어진다 싶었던지, 요연의 입을 빌려 그가 자기 스승에게 들었다는 전생의 연을 강조하여 말해줍니다. 그래도 그렇지 자객마저도 이런 식이니 다른 사람이야 말해 무엇 하겠습니까? 그 사건 뒤에도 정벌 전쟁은 계속 이어지지만 전쟁 이야기는 거의 별 의미가 없습니다. 대신 동정호 용왕의 딸 백능파와 만나 운우지정을 나누는 것이 중심적인 사건으로 다루어집니다. 어딜 가나, 무엇을 하나 오직 여인과의 사랑만을 추구하는, **사랑에 고착된 욕망**의 은유라고 해야 하지 않을까요? 욕망이 이처럼 사랑이라는 오직 하나의 대상, 하나의 활동에만 투여되는 경우를 들뢰즈/가타리라면 '편집증적 투여'라고 했을 것입니다(Deleuze/Guattari, 1972).

더 놀라운 점은 그렇게 만난 여인이 또 다른 여인을 천거하여 첩으로 삼게 한다는 겁니다. 계섬월은 정경패와 적경홍을 추천하고,

정경패는 자신이 데리고 있던 하녀 가춘운을 자기보다 먼저 보내 첩으로 삼게 합니다. 기왕의 혼사를 깨며 밀고 들어간 난양공주는 진채봉을 첩으로 삼게 해줍니다. 이를 보면 이 여인들은 누구 하나 욕망의 '주체'가 아닌 듯합니다. 양소유를 대상으로 하는 욕망의 주체라면 그런 식으로 다른 여인이 끼어들게 할 가능성은 별로 없다고 봐야 하니까요. 그들은 양소유가 건드리기만 하면 독자성을 잃고 빨려 들어오는 대상일 뿐입니다. 양소유는 모든 여인을 눈멀게 하고 그들의 욕망을 자신만을 향해 흡수하는 일종의 블랙홀 같은 존재입니다. 혹은 블랙홀처럼 강력한 흡인력을 갖는 '편집증적' 사랑기계라고 해야 할 것 같습니다. 그러나 '사랑밖에 난 몰라'의 편집증적 욕망을 전혀 문제화하고 있지 않기에(아무 문제가 일어나지 않으니까요), 그걸 작품의 테마라고 하긴 어렵겠습니다.

〈구운몽〉에서의 모든 사건은 사랑에서 사랑으로 이어집니다. 심지어 양소유는 이 시기에 이미 '스리섬'이라는 놀라운 사랑의 방법까지 실행합니다. 남복을 한 데서 보이듯 남성적 성격의 소유자인 적경홍은 남들의 오해를 살 정도로 계섬월과 친한 사이였습니다. 사랑을 워낙 많이 다루어야 했던 탓인지, 놀랍게도 동성애적 사랑을 시사하는 관계가 벌써 등장한 셈입니다. 하지만 정작 그가 관심을 갖고 있는 것은 동성애적 사랑보다는 양성애인 사랑 같습니다. 적경홍으로 하여금 자기 대신 양소유와 자도록 잠자리에 몰래 밀어넣고, 그다음에는 셋이 같이 자니까요. "이날 소유가 두 여인과 밤을 지내고 다음 날 아침 길을 나서며……"(116)라는 문장은 단지 한 사람씩 차례로 같이 잔 것을 줄여 묘사한 것이라고 보긴 어렵습니다. 기생 간의 동성애적 관계, '스리섬'은 사랑의 초과적 성격이 당시의 가능한 관계 밖으로 범람하는 지점을 표시하는 징표라고 할 것입니다.

이 사랑의 초과적 성격은 급기야 가족관계의 틀을 넘어서까지 나타납니다. 양소유는 섬월의 추천으로 정경패와 혼약했고, 이미 사주단자가 오았을 뿐 아니라 그 혼인의 덕으로 '귀신' 가춘운을 정실 이전의 첩으로 두어 살고 있는 사이였건만, 거기에 난양공주와의 혼담이 끼어드는 겁니다. 당시로서는 매우 길다고 할 이 소설에서 갈등이나 긴장, 혹은 불행의 가능성을 가진 사건이라고는 단 하나 발생할 뿐인데(어쩜 이렇게 모든 일이 다 잘 풀리는지, 놀랍다 못해 싱거울 정도입니다),[11] 그게 바로 정실을 정하는 혼인 문제입니다. 신의를 중시하는 양소유는 정경패와의 혼약을 들어 왕가의 청혼을 거절하지만, 물러서지 않으려는 태후와 난양공주로 인해 곤란을 겪으며 급기야 투옥되기까지 합니다. 양소유가 처하는 유일한(!) 역경이 바로 이것입니다.

여덟 여인과 때와 장소를 가리지 않고 벌이는 이런 사랑의 여정은 가족이나 결혼이라는 틀, 혹은 그것을 보충하는 축첩제도의 틀로도 다 담을 수 없는 사랑의 초과적 성격을 보여줍니다. 이 많은 여인, 흠잡을 것이라곤 하나 없는 이 '최고의 미인'들을 대체 어찌할 것인가? 이게 바로 이 작품이 결코 명시적으로 드러내지는 않지만 실질적으로 던지는 질문으로 보입니다. 저자 김만중의 꿈이자 행복한 몽상인 것이겠지요? 여기서는 심지어 자식에 대한 고민조차 전혀 찾아볼 수 없습니다. 오직 혼인이라는 결연의 선을 넘쳐흐르는 사랑의

---

11 여기에 진채봉이 겪은 고난을 하나 추가할 수 있습니다. 그러나 아버지가 반역자에 동조한 죄로 죽고 신분을 잃어 노비가 된 진채봉조차 왕 가까이서 일하는 궁녀가 되었고, 공주의 의형제가 되며, 결국엔 양소유의 첩이 됩니다. 그것도 반역의 대상이었던 황제, 양소유에게 자기 동생을 시집보내려던 황제에 의해서 말입니다. 정말 꿈이 아니라 할 수 없습니다.

욕망만이 장소와 사람을 바꿔 연이어질 뿐입니다.

　이는 사랑의 욕망이 혼인제도라는 선을 초과하는 양상을 직접적으로 보여줍니다. 즉 정실부인을 두 명 두는 것으로 귀착되는데, 이점은 사실 공주라는 신분에 비춰볼 때 작중 인물도 독자도 모두 납득하기 힘들 것입니다. 이 때문에 태후는 정경패를 양녀로 삼음으로써 그를 비슷한 지위에 올려놓습니다. 동등한 정실부인의 지위를 주려는 겁니다. 그러나 이는 문제를 또 다른 곳으로 전가시키게 됩니다. 두 딸 모두 한 사람의 사위에게 주는 기이한 결혼이기 때문입니다. 그런데 양소유에게 주인과 하녀를 정실과 소실의 지위로 한꺼번에 넘겨주는 기이한 방식으로 혼인제도와 규범을 넘어선 지 이미 오래인지라, 그 정도의 난점은 쉽게 잊고 넘어가는 것 같습니다.

　결국 〈구운몽〉은 사내가 잘나고 출세하면 정실부인도 여럿 가질수 있으며 첩은 얼마든지 가질 수 있다는, 당시 남성의 특권적 혼인규칙을 최대화하여 수많은 사랑의 대상을 가족제도의 틀 안에 담아냅니다. 이를 위해 가족관계의 규칙을 슬그머니 바꿔버리기도 하지요. 사랑의 초과적 성격을 담아내려면 가족이라는 틀의 경계를 유연하게 만들어야 했던 겁니다. 이런 점에서 〈구운몽〉은 양소유라는 능력 있는 남성을 통해 사랑이나 성이 어느새 주어진 영토를 넘어버리게 됨을 보여주는 동시에, 그것이 복수의 부인, 수많은 소실의 형태로 하나의 가정 안에 재영토화되고 수습되는 방식을 보여준다고 하겠습니다. 그렇다면 결국 양소유는 많은 선을 넘은 것처럼 보이지만 사실은 하나도 넘지 않은 것입니다! 심지어 양소유가 왕명에 반하여 애초의 혼사를 유지하려 할 때에도, 즉 원래 혼사의 신의와 왕의 누이라는 막강한 혼담이 충돌했을 때에도 결국은 정경패를 공주로 임명하고 두 '공주'를 두 명의 정실부인으로 앉히는 방식으로 조정하여 가족제도 안에 재영토화하는 것입니다.

이를 생각하면 소실 하나를 잘못 들이는 것만으로도 가정 전체가 대대적인 위기에 빠질 수 있음을 보여주는 〈사씨남정기〉의 저자와 이 작품의 저자가 동일한 사람이라는 게 정말 믿기지 않습니다. 군이 가족제도나 소유제도, 상속제도 등을 고려하지 않는다 해도 사랑이 필연적으로 동반하는 소유욕과 독점욕, 그에 따른 질투 등이 〈사씨남정기〉에서는 전면적으로 다루어지는 반면, 〈구운몽〉에서는 전혀 등장하지 않으니까요. 〈사씨남정기〉가 결말에서의 흔한 '해피 엔딩'으로 그 앞의 과정에서 주인공이 겪는 숱한 불행과 고난을 위로하고 잊게 해준다면, 〈구운몽〉은 본질적으로 고난이나 불행이 거의 없는, 그런 점에서 처음부터 끝까지 '해피 프로세스'로 일관하는 천진한 소설입니다.

〈구운몽〉에서 양소유는 중국 대륙을 가로지르는 스케일로 움직입니다. 그러나 그 모든 움직임과 운동은 여덟 여인과의 '사랑'의 여정으로 단순화되며, 그 사랑의 초과적인 성격은 결국 하나의 가족으로 모이고 귀결됩니다. 대륙적 스케일이 하나의 가족적 스케일로 오그라드는 것이지요. 이는 모든 탈영토화의 성분을 집이라는 단 하나의 영토로 흡수하여 재영토화하는 작품이라는 점에서, 어떤 사건을 통해 집으로부터 탈영토화되는 궤적을 그리게 만드는 작품들과 정반대 편에 있습니다. 기나긴 여정을 거쳤지만, 그 여정이 더해짐에 따라 양소유의 삶이나 인식이 변화하고 성숙해가는 느낌은 전혀 없습니다. 냉정하게 말하면 그는 그토록 많이 돌아다녔으면서도 사실은 돌아다니지 않은 것이나 다름없습니다. 사막을 헤매고 다니면서도 마음은 단 한 번도 집을 떠나지 못했던 「동사서독」이란 영화의 무사 구양봉처럼 말입니다.

이런 의미에서도 이 소설은 '구도소설'이 아닙니다. 개망나니 돌원숭이 손오공의 이야기가 구도소설이 될 수 있음은 그가 여행의 도정에서 자신과 삶에 대해 눈을 뜨며 변화하기 때문입니다. 손오공은 여정을 따라가며 만나는 요괴나 인물들에 따라 혹은 그가 겪는 사건들에 따라 조금씩 변화하기에 결국 그가 서역에 도달했는가 여부와 상관없이 『서유기』는 틀림없이 구도소설입니다. 반면 어디를 가도 변함없는 방식으로 사랑하며 처음부터 끝까지 변하지 않는 탁월한 사람에게 삶의 여정이란 도를 깨쳐가는 것과 무관하다고 할 것입니다. 그런 삶을 거쳤으니, 꿈을 깬 성진이 크게 달라졌으며 깨달음을 얻었다는 이야기는, 작가가 아무리 분명하고 명시적으로 써놓았다고 해도 저로서는 받아들일 수 없습니다. 아무리 의도한 것이라고 해도 그 의도를 작품으로 구현할 수 있는 작가란 결코 흔하지 않으니까요. 어떤 경우든 제가 읽은 것은 작품이지 작가의 의도는 아니니까요.

제10장

변강쇠의 죽음과 숙영낭자의 죽음

:

죽어서도 넘지 못한 것과
넘어서기 위해 죽는 것

1. 담을 넘는 성욕의 흐름: 〈환관의 아내〉와 〈변강쇠가〉

사랑은 필경 성 내지 성욕으로 이어집니다. 도덕이나 규범은 흔히 성욕을 결혼의 영역 안에 가두고자 하지만, 그런 곳일수록 오히려 실패하기 쉽습니다. 성욕은 사랑만큼이나, 아니 사랑 이상으로 담을 쉽게 넘습니다. 고전소설의 시대에 양반들은 가족의 벽을 넘는 자신들의 성욕을 가족 안으로 재영토화하기 위해 소실이나 첩 등의 제도를 만들었지만, 그것은 역으로 가족 안에서 분열과 해체의 힘을 가동시킵니다. 그러나 평민들의 삶은 그와 많이 달랐을 겁니다. 성에 대한 수많은 야담은 집 밖으로 흘러넘치는 평민들의 성(성욕)을 보여줍니다. 17세기의 야담집 『천예록』 저자의 손자인 임매의 소설 〈환관의 아내〉는 양갓집 규수의 성욕조차 결혼제도 안에 가둘 수 없음을 익살스런 방식으로 보여줍니다.

주인공은 양갓집 규수였으나 조실부모하여 외숙모와 살게 되고, 외숙모 때문에 환관에게 시집가게 됩니다. 그러나 남녀 간의 '사랑'

에 대해 눈을 뜨면서 "비단옷에 새하얀 쌀밥이 무슨 소용인가?" 하며 탈출을 꿈꿉니다. 사랑의 힘에 휘말린 것도 아닌데 감히 탈주를 꿈꾸게 된 것은 성욕 때문입니다. 성욕은 사랑과 다른 이유로 담을 넘게 합니다! 사랑은 내게 다가온 누군가로 인해 담을 넘게 한다면, 성욕은 아직 누가 다가오지 않았는데도 누군가를 찾아 담을 넘게 합니다. 사랑은 '누구인가'가 중요하지만, 성욕은 그게 별로 중요치 않습니다. 대상이 없으면 대상을 찾아 담을 넘으니까요. 담과 방비가 겹겹이 삼엄했지만, 행랑에 지고 갈 만큼의 재물을 꾸려 남편이 숙직하는 날 야밤에 담을 넘습니다. 그러나 실질적으로는 처녀라 해도 이미 머리를 튼 뒤라 남의 첩이 되어 정실과 다투는 신세가 되긴 싫어서, 중을 골라 따라가겠다고 결심합니다. 그것도 무조건 길에서 처음 만나는 사람 말입니다. 사랑과 달리 성욕은 정해진 누군가를 따라가는 게 아닌 겁니다.

피하고 도망치려는 중을 "아내도 얻고 재산도 얻게 되니 좋은 일 아니냐"며 붙잡아 숲속으로 끌고 들어가 교합합니다. 그러고는 환속한 셈이니 절에 갈 것 없다며 속가로 가자 합니다. 놀란 모친에게 며느리라며 인사를 올리고는, 그간 생계를 도와주던 절의 선사님 걱정을 하는 모친을 재물로 꾀어 집에 들어앉습니다. 밤새 '속세의 진미'를 맛보고서는 이튿날 '남편'에게 절에 작별 인사를 하고 오라고 보냈더니, 그의 스승이 놀라 집으로 쫓아옵니다. 와서는 당장 빚을 갚으라고 소리 지르자 '스승님'에게 다가가 뺨을 후려치며, 이 사람은 본래 자기 남편이라고 욕하고 소리를 지릅니다. 연신 뺨을 치자 애처롭게도 그 스승은 "이 여자 사납구나! 이 여자 못됐구나! 이 여자 정말 무섭구나!" 하며 도망쳐버립니다(임매, 〈환관의 아내〉, 박희병 외 편역, 『세상을 흘겨보며 한 번 웃다』, 돌베개).

이 작품에서 여인의 성욕은, 남편에게 목덜미를 주라는 삼강과 반대로 남자의 목덜미를 움켜쥐고 흔들게 하며, 남녀유별 윤리의 구획을 가로질렀을 뿐 아니라 가족의 담이나 승속의 담도 모두 훌쩍 뛰어넘게 했습니다. 이 작품은 이런 성욕을 부정하지 않으며, 부정적 결과로 저주하지도 않습니다. 반대로 국가가 "환관의 집에 둔 여인들을 모두 풀어주어 젊은 승려의 배필로 삼게 해야 할 것"이라고 제안하면서, 이 여인의 행동을 "탁문군과 견주어보건대 오히려 더 나은 점이 있다"고까지 주장합니다(111~112).

이런 성욕을 극도로 과장된 형태로 묘사한 〈변강쇠가〉는 예상보다 해석하기 난감한 작품입니다. 같이 잔 남자가 수없이 죽어나가도 남자와 자는 것을 포기하지 않는 옹녀, 옹녀와 죽이 맞는 유일한 남자인 변강쇠와 만나자마자 교합하고 서로의 성기를 보며 음란스레 노래하는 것을 보면 성욕에 대한 익살스런 긍정처럼 보이지만, 그렇게 단정짓기는 쉽지 않습니다. 남자와 자기만 하면 남자를 죽게 하는 옹녀를 보면 실은 그런 성욕에 대해 저주를 내리는 작품으로 읽히기도 합니다. 그러나 그런 옹녀에게 변강쇠라는 짝을 찾아주는 걸 보면 단순히 저주라고만 하기도 어렵습니다. 둘이 만나 즐기는 장면은 유쾌하고 긍정적인 익살로 가득합니다. 그런데 나중에 변강쇠가 죽은 이후의 이야기는 엽기적인 치상治喪(상을 치름)을 다루는 것으로 이어지는데, 옹녀의 유혹에 넘어가 변강쇠의 상을 치러준 뎁득이는 상 치르는 데 질려서 같이 살아주겠다는 옹녀를 마다하고 도망가버립니다. 이 때문인지 〈변강쇠가〉를 성욕에 대한 작품으로 보는 것 이상으로, 유랑민의 고단한 생활을 다룬 작품으로 본다든가(김선현, 2012), 당시 하층 여성의 삶을 다룬 것으로 보는(정출헌, 2003c) 해석이 많습니다. 그게 아니면 장승을 뽀개 장작으로 쓰다가 죽어 치상하는 이야기가 오히려 텍스트의 중심 내용이라고 보기도 합니다(정하영, 2005).

제 생각을 미리 말씀드리면, 표면적으로는 성욕, 특히 옹녀로 상징되는 여성의 성욕에 대해 처음부터 '청상살'이라는 저주를 들씌워놓고 시작하여 가족이니 남편이니 구분 없이 넘나드는 성욕을 남성적이며 가부장적인 양식良識에 따라 익살스레 조롱하는 텍스트로 보입니다. 뿐만 아니라 변강쇠라는 부랑하는 '잡놈'에 대해 비난하는 텍스트이기도 합니다. 이는 〈변강쇠가〉에 대한 통상적인 이미지와 상반될 것입니다. 그러나 텍스트 안에서 옹녀의 행동을 유심히 보면, 그런 비난을 받아들이고는 그걸 따라가면서 한술 더 뜨는 방식으로 마침내 뒤집어버리고 마는 역설적인 비판이라고 해야 합니다. 첫째 강의에서 심청의 '효'를 다루며 언급했던 '유머'의 전술을 약간 상이한 방식으로 사용하고 있는 겁니다. 이는 단지 성욕에 관한 것에만 한정되지 않습니다. 작품의 반 이상을 차지하고 있는 치상 이야기 또한 〈심청전〉과 유사한 유머의 전술을 구사하고 있습니다.

그러나 이를 이해하려면 옹녀와 변강쇠라는 두 인물의 차이를 봐야 합니다. 흔히 생각하듯 그 둘은 성욕의 흐름을 대칭적인 두 남녀로 의인화해놓은 것이 아닙니다. 가부장제 사회에서 남녀의 욕망은 하층민조차 결코 동형적이지 않다는 겁니다. 변강쇠와 옹녀라는 두 인물의 비대칭성을 놓치면 특히 후반부에 진행되는 치상 이야기를 이해하기 어렵습니다. 그게 아니면 전반부와 절단하여 성욕과 무관한 무속적인 이야기로 해석하게 됩니다(정하영, 2007). 이 경우에는 〈변강쇠가〉의 전체를 떠받치는 실질적 주인공인 옹녀가 작품에서 사라져버리게 됩니다. 자신이 상대한 수많은 남자가 죽어나가도 또다시 남자를 향해 흘러가는 욕망의 표현이 옹녀의 특이성인데, 이를 제거하여 단지 난감한 치상을 해야 하는 아내로 변형시키고 말기 때문입니다. 변강쇠 역시 옹녀와 짝하는 욕망의 흐름이 아니라, 금기를 건드려 벌을 받게 된 그저 한 명의 '비정상인'이 되고 말지요. 이렇게 되면 이 작품은 더 이상 〈변강쇠가〉이기를 중지할 것입니다.

2. 자유로운 성욕의 추방과 유랑하는 삶에 대한 저주: 옹녀와 변강쇠

한없는 성욕의 상징인 옹녀는 청상살이 끼어, 일찍부터 남편 '잡아먹기'를 밥 먹듯 하는 여인입니다. 열다섯 살에 얻은 첫 남편이 첫날밤 잠자리에서 죽는 걸로 시작하여, 한 달에 한 두릅을 넘겨 연이어 죽습니다. 기둥서방, 샛서방, 애부는 물론 "거드모리(옷을 걷고 급히 하는 성교), 새호루기(교합답게 못 하는 성교), 입 한 번 맞춘 놈, 젖 한 번 쥔 놈, 흘레한 놈, 손 만져본 놈, 옷자락에 잠시 사정한 놈까지 모두 결딴을 내는데…… 어떻게나 쓸었던지 삼십 리 안팎에 상투머리 올린 사내는 고사하고 열다섯 넘은 총각도 없어 계집이 밭을 갈고 처녀가 짚을 이"는 지경에 이릅니다(《신재효본 변강쇠가》, 김태준 역주, 『흥부전/변강쇠가』, 고려대민족문화연구소, 249~251). 청상살이 꼭 성교로 남편 잡는 걸 의미하지는 않겠으나, 여기서 옹녀가 남편 잡는 이유는 명백하게 성교 내지는 성욕 때문입니다. 옹녀는 남자들이 그렇게 죽어나가도 또다시 남정네를 찾아 성교하는, 성욕의 화신입니다. 열녀는 아닐지라도 꼭 개가를 하고 싶다면 남편이 죽고 삼년상을 치른 뒤에 하는 게 '도의'일 텐데, 그런 건 안중에도 없습니다. 남편은 물론 같이 잔 남자가 죽어도 어느새 다른 남자와 자는 '미친' 성욕인 것입니다.

하룻밤 자고 죽어나는 남자들은 옹녀라는 여자의 성욕으로 인해 죽는 겁니다. 성욕의 저주로 죽는 것이지요. 죽은 남자의 수는 그 성욕의 강도와 저주의 심도를 표시하는 지표라고 하겠습니다. 이는 여성의 성욕에 대한 거부감과 공포를 직접적으로 드러냅니다. 이런 표현에 담긴 명령어는 명백합니다. "성욕이 센 여자를 조심하라, 아니, 여자의 성욕을 조심하라!" 옹녀는 부정적으로 형상화된 '인격화된 성욕'인 셈입니다. 청상살이라 함은 그 무시무시한 성욕이 팔자에 타고난 것임을 뜻합니다. 처음부터 남자 잡을 팔자를 갖고 태어난 게 옹녀이자, 옹녀의 성욕인 것이지요. 이는 사실 옹녀의 성욕에 대한 저주입니다. 판소리 사설을 정리한 신재효의 생각이든, 여성의 성욕에 대한 당시 남성들의 생각이든, 옹녀라는 인물의 '팔자'를 통해 여성의 성욕에 대해 저주를 퍼붓는 것이죠.

하여 평안도와 황해도 양도에서 합심하여 "이년을 그냥 두었다가는 우리 두 곳에 좆 단 놈 다시없고 여인국이 될 터이니, 내쫓을 수밖에 도리가 없다"며 집을 헐고 쫓아냅니다. 옹녀는 가족은 물론 마을이나 지역 전체가 감당할 수 없는 성욕이고 초과적 육체인 것입니다. 성욕에 대한 관념적 저주는 옹녀에 대한 현실적 축출의 권력이 되어 작용하게 된 셈이지요.

〈변강쇠가〉는 이렇게 옹녀의 성욕을 비난하는 데서 시작하며, 익살은 그 성욕을 조롱하는 데 사용되고 있습니다. 이런 점에서 〈변강쇠가〉의 화자는 분명 성욕에 대해 부정적 태도를 견지하고 있습니다. 그러나 조롱을 위해 선택한 익살의 흐름은 그 저주 앞에서 좌절하는 게 아니라 그걸 받아들여 한술 더 뜨는 욕망으로 받아넘기게 합니다. 옹녀는 "황[해도]평[안도] 양서 아니면 살 데가 없겠느냐. 삼남 좋은 더 좋다더라"(251)며 남부 지방으로 내려갑니다. 저주와 축출을 오히려 벽을 넘어 이동하는 계기로 삼는 겁니다. 성욕에 대한 저주를 웃어넘기기에는 이것으로 충분합니다. 마을 사람이나 서술자와 반대로 옹녀는 그 모든 저주받은 죽음에도 불구하고 성욕을 긍정하는 게 되니까요. 이렇게 되면 이제까지의 옹녀의 욕망은 성욕을 가두는 벽을 이미 수도 없이 넘어간 욕망이자, 어디로든 흘러갈 것 같은 흐름으로 저주의 언어 틈새에 기묘하게 자리 잡게 됩니다.

삼남으로 내려가던 옹녀는 거기서 올라오던 변강쇠와 만나게 됩니다. 변강쇠 또한 성욕과 정력의 화신이지만 성욕만으로 환원되지 않는 '잡놈'이기도 합니다. 일할 줄 모르고 빈둥대는 한량이자 노름이나 술판, 계집치기에 싸움 등 말썽이 될 만한 짓만 골라서 하는, '잡'자의 가장 나쁜 의미에서 '잡놈'입니다. 사회적 윤리나 규범의 가장 기본적인 것조차 제대로 행하지 않는 '잡것'이고 '상놈'입니다. 여기서 변강쇠와 옹녀는 비슷해 보이지만 실은 그렇지 않음에 주목해야 합니다. 옹녀의 문제는 성욕입니다. 뒤에 변강쇠와 살 때 보면 아시겠지만, 성욕 이외의 것으로는 문제를 일으키지 않습니다. 살림도 잘합니다. 다만 성욕이 문제이고, 그런 점에서 성욕의 화신이라고 하기에 충분합니다. 반면 변강쇠의 문제는 단지 성욕만이 아닙니다. 성욕 일색으로 칠해지지 않았으며, 성욕으로 여자를 죽인다거나 하는 이야기도 없습니다. 그가 양서 지방으로 올라가는 것은 "삼남에서 빌어먹다" 가는 것이니, 성욕 때문이 아닙니다.

두 사람의 이러한 차이에서 일차적으로 성욕에 대한 공포란 여성을 겨냥하고 있음을 짐작할 수 있습니다. '저주받은 성욕'과 같이 성욕에 대한 저주는 오직 여성에게만 적용됩니다. 청상살과 대칭적인 남성의 '살煞'은 따로 없다고 알고 있습니다. 이 시대에 몸 파는 이가 아닌 보통 여성들이 상대 남성을 바꿔가며 교접하는 것은 결코 흔한 일이 아니며 제도적으로 강하게 금지되어 있었기에, 그런 일은 남편이 죽거나 해야 가능한 것이지요. 그게 뒤집어져서 남성을 바꿔 교접하는, 즉 여러 남성을 찾는 여자의 성욕은 남자를 죽인다는 게 되지 않았을까 싶습니다. 반면 남성들이 여성을 바꿔가며 교접하는 것은 돈이나 지위, 능력만 있다면 얼마든지 가능한 일이었습니다. 그래서 죽음이나 저주와 짝을 이루지 않았지요. 이 시대의 가부장제 하에서는 남녀의 성욕이 이처럼 비대칭적입니다. 남성의 다변적인 성욕은 그러려니 하면서 여성의 성욕은 용납할 수 없다는 것, 그게 이 시대의 상식이자 '양식'이었던 것입니다. 또한 그것이 최대치의 성욕을 구현한 두 인물을 이처럼 다르게 만들고 있는 겁니다.

따라서 옹녀의 성욕은 가부장제와 근본적으로 **충돌하는** 반면 변강쇠의 그것은 충돌하지 않습니다. 역으로 바로 그렇기에 옹녀는 가부장제를 이미 넘어서 있지만, 변강쇠는 그렇다고 하기 어렵습니다. 뒤에 변강쇠가 뜻밖에 강한 **가부장적 태도**를 드러내는 것은 이런 맥락에서 이해해야 합니다. 요컨대 옹녀와는 다른 이유에서 변강쇠는 그와 짝을 이루는 또 하나의 부정적인 인물입니다. 싸움질, 노름 등 '제멋대로' 사는 이들의 부정적인 양태를 변강쇠라는 인물에 모아놓은 것입니다. 건실하고 정상적인 규범적 인물의 대립물인 셈이지요.

어쨌건 멋대로 흘러다니는, 통제되지 않는 흐름과도 같은 이 두 잡스런 인물은 길에서 만나 같이 살기로 합니다. 청석골 바위가 두 사람의 첫 무대입니다. "신혼 첫날밤 기다려 무엇하리, 대낮의 정사가 더욱 좋다. 황금집 내사 싫으이, 청석관이 신방이네."(259) 옹녀가 집을 잃은 자, 영토에서 추방당한 자라면 변강쇠는 집을 벗어난 자이고 집 밖으로 떠도는 자입니다. 그 둘은 모두 길 위의 인물이며, 이동 중인 흐름을 나타냅니다. 이런 제멋대로의 흐름이 '도회지' 살림과 부합할 리 없습니다. 도회지란 들뢰즈/가타리 식으로 말하면 전형적인 '홈 패인 공간'이니(Deleuze/Guattari, 2000(2); 이진경, 2002(2)), 홈 따라 곱게 흘러갈 줄 모르는 이들로서는 살 수 없는 곳입니다. 제멋대로 사는 잡놈은 여기저기서 좌충우돌합니다. 그러니 옹녀가 걱정합니다. 언제 '남의 손에 죽을'지 모른다고. 자신의 성욕이 아닌 다른 이유로 남편 잃을 걱정을 하는 건 아마 처음이겠지요? 하여 옹녀는 산중으로 들어가자 하고, 마침내 골라 간 곳이 지리산입니다.

낮이면 잠만 자고 밤이면 배만 타는 변강쇠에게 옹녀가 군불 땔 나무나 해오랬더니 이 천하의 잡놈이 글쎄 동네 입구에 있던 장승을 뽑아 메고 옵니다. 놀란 옹녀가 만류하지만, 변강쇠는 바로 여기서 어이없게도 가장의 권위를 내세워 옹녀의 입을 막아버립니다. "집안일은 가장에게 맡기는 것이라, 가장이 하는 일을 보기만 할 것이지 계집이 요망하여 그것이 웬 소린고."(273) 가부장제라는 게 변강쇠처럼 정상적인 삶에서 벗어난 '잡놈'들조차 쉽게 벗어나지 못하는 양식과 통념을 형성하고 있었던 겁니다.

결국 장승을 패서 군불을 때자, 장승의 목신은 혼자서는 원수를 못 갚겠다면서 대방(우두머리) 장승을 찾아가고, 그 장승은 '순망치한脣亡齒寒'이라며 결국 전국의 장승 목신들을 다 불러 모아 강쇠를 징치하기로 결의합니다. 장승마다 병病을 하나씩 가지고 가 머리부터 발끝까지 오장육부 모든 것에 겹겹이 발라놓는 겁니다. 그리하여 변강쇠는 입마저 닫힌 채 방바닥에 달라붙어 옴짝달싹 못하고 죽게 됩니다.

변강쇠와 장승의 대립을 단지 나무 베기가 귀찮았던 강쇠의 게으름이나 '잡놈'의 무규범성 및 그에 대한 도덕적 징치라고 한다면 안이한 독해가 될 겁니다. 장승이란 모름지기 마을 입구에서 '동방청제축귀장군' 등을 내걸고 잡귀들을 쫓아주는 일종의 수호신이며, 마을의 경계 표시를 하는 지표입니다. 즉 마을의 영토를 표시해줄 뿐 아니라 그 영토를 잡스런 귀신으로부터 지켜주는 수호신이라는 점에서 정착적 영토성의 징표입니다. 반면 변강쇠는 그런 영토로부터 벗어나 떠도는 '잡놈'이고, 떠도는 방식으로 정착민의 안정적인 영토를 가로지르며 침범하는, 유랑민 같은 흐름입니다. 장승을 베어 불을 땐 것은 그 '막돼먹은 잡놈'이 정착적인 마을의 영토와 '평화'를 지키는 징표를 공격한 행위요, 그로써 마을을 침범한 것입니다.

덧붙여 어떤 민속학자들의 주장처럼 장승이 남근 숭배와 결부되어 있다고 봐도 좋을 겁니다. 이 경우 장승은 남근적 정력의 화신 변강쇠와 경쟁적인 관계에 있음을 뜻하겠지요. 처음부터 서술했듯 변강쇠의 정력은 옹녀마저 제압할 정도로 막강하니, 함양의 산길을 지키던 장승 하나가 그걸 당해낼 길은 없었을 겁니다. 그러니 팔도의 장승 목신을 다 불러 모아 놈에게 대처하고자 공론을 벌이는 것입니다.

요컨대 장승의 반격은 영토를 가로질러 떠돌아다니는 '잡놈'에게 침범당했다고, 혹은 침범당할 거라고 느꼈을 정착민이 떠돌이 잡놈에게 가한 반격이라고 할 것입니다. 아니, 팔도의 장승 목신이 모여 떠돌며 흘러다니는 놈들에게 퍼부은 저주라고 할 것입니다. 텍스트는 그들 공격의 기본 콘셉트가 효수梟首와 같은 그저 개인 처벌이 아님을 강조합니다. 그냥 죽이는 것으로는 안 된다는 겁니다. 더 중요한 것은 다시는 그렇게 하지 못하도록 세상이 알게 만드는 것입니다(279). 덕분에 변강쇠는 곱게 죽지 못하고 다시 떠들썩한 '구경거리'가 됩니다. 일종의 '본보기'인 셈으로, 이는 강쇠의 시체를 처리해야 할 옹녀에게도 고난이 됩니다.

변강쇠에게 내린 저주는 정착민의 징표를 공격한 것과 대응하는 일관성을 갖습니다. 팔도 장승들의 저주가 내린 변강쇠의 몸은 선 채로 방바닥에 달라붙어 옴짝달싹할 수 없는 처지가 됩니다. 과연 정착민의 수호신다운 징벌이지요. 앞서 옹녀에 대한 공격은 성욕을 겨냥한 것이었으며 그 방법은 추방이었습니다만, 변강쇠에 대한 공격은 잡스럽게 흘러다니고 경계를 침범하는 유랑을 겨냥하고 있으며 그 방법은 생명을 포함한 모든 것을 움직이지 못하게 만드는 고착이라고 대비할 수 있겠지요? 두 사람의 비대칭성이 두 사람에 대한 공격의 비대칭성으로 이어지는 겁니다.

3. '잡놈' 변강쇠마저 옹녀의 정절을 요구하다!

의원을 데려다 약과 침의 힘으로 간신히 입을 연 변강쇠는 옹녀에게 전국을 떠돌아다니던 '잡놈'으로서는 뜻밖이라 할 요구를 합니다. "이 몸이 죽거들랑 염습하고 입관하기를 자네가 손수 하고, 출상할 때 상여 배행이며 시묘살이 조석상식上食이며 삼년상을 지낸 후에, 비단수건〔으로〕 목을 졸라 저승으로 찾아오"라는 겁니다. 그러고는 자기가 죽은 후에 "사나이라 하면 열 살 아래 아이라도 내 몸에 손대거나 집 근처에 얼른하면 즉각 급살할 터이니 부디부디 그리하소"(299)라고 덧붙입니다.

이는 당시 남편이 죽었을 때 여성들에게 요구되었던 바입니다. 삼년상 후 자결하라는 건 일반적인 요구가 아닙니다만, 『삼강행실도』식의 엽기적인 묘사 속에서 열녀들의 상으로 반복하여 제시된 것이니 그런 열행을 요구한 것이라고 이해하면 되겠지요. 그러나 수도 없는 남정네들과 잤던 천하의 옹녀에게는 정말 가당찮은 요구이지요. 정말 웃기는 건 이걸 요구하는 자가 팔도에서 둘째가라면 서러워할 '막돼먹은 잡놈' 변강쇠라는 사실입니다. 물론 남자를 셀 수 없이 바꿔온 옹녀이기에 자결까지 요구한 것이라고 할 수도 있겠지만 그거야 너무 고지식한 이야기이고, 실은 변강쇠가 이런 걸 요구하게 함으로써 이런 요구 자체를 웃음거리로 만드는 것이라고 해야 하지 않을까요? 이전에 이런 요구를 하던 이와 '잡놈' 변강쇠를 동렬에 놓는 것이니까요.

그렇긴 해도 수많은 여자를 상대하며 교접하던 변강쇠가 이런 요구를 하는 것은 너무 뜻밖이라, 나름의 설득력 있는 이유가 필요합니다. 이 지점에서 옹녀와 변강쇠, 혹은 남녀의 성욕이 갖는 비대칭성이 다시 중요해집니다. 앞서 말했듯이 옹녀와 달리 변강쇠는 가부장제와 근본적으로 충돌한 바가 없기에, 그렇게 '막돼먹은 잡놈'으로 살았으면서도 자기 여자에게 이처럼 완고한 가부장적 도덕을 요구하는 것은 충분히 가능한 일입니다. 이미 가장의 권위를 내세워 옹녀의 만류를 일축하고 장승을 패서 군불을 때던 일을 기억하실 겁니다.

그런데 여기서 열녀의 도덕을 요구하는 변강쇠의 욕망은 유별나게 강합니다. 열 살 아래 아이라도 남자라면 근처에 얼씬거리지 못하게 하라는 것이고, 어긴다면 급살을 면치 못할 거라고 하니 말입니다. 죽어서도 옹녀를 자신이 독점하려는 이 강력한 집착의 원천은, 여자를 가장의 소유물로 여기던 가부장제의 또 다른 성분이라고 볼 수 있습니다. 가부장제를 벗어나지 못하는 한 아무리 전국을 유랑하더라도 소유욕과 집착은 떨구지 못한다는 걸 보여준다 하겠습니다. 결국 옹녀의 유혹에 넘어가 시체 치우러 왔던 남정네들은 모두 이 강력한 저주로 인해 즉사합니다. 옹녀는 졸지에 시체 여덟 구를 치워야 할 처지가 됩니다.

그 뒤에 발생한 사건 또한 이를 분명히 보여줍니다. 일색인 여인이 시체를 치워 치상治喪하여주면 짝을 지어 살겠다는 소문으로 삼남천지가 떠들썩한데, 그 소문을 듣고 찾아왔다는 뎁득이(들입다 덤비는 자) 김서방은 떡메로 벽째 부숴 꼼짝 않고 서 있던 송장을 쓰러뜨렸으나, 송장이 여덟이나 되기에 각설이 패 셋을 불러 함께 지고 갑니다. 그런데 언덕에서 쉰다고 기대앉은 사이 송장과 짐꾼이 땅에 꼭 달라붙어 움직이질 않습니다. 거기 와서 도와주겠다며 손을 내민

이들, 노래하고 놀다가 주저앉은 사당패도 달라붙어 떨어지질 않습니다. 장승과 강쇠, 정착과 집착의 결합에 의해 만들어진 고착의 힘이 다시 한번 강력한 자장을 발동시키는 것입니다.

친구에게 속아 달라붙은 좌수座首가 굿상을 차려 굿을 해주니 짐꾼 넷만 남기고 다 떨어졌던 터에, 다시 한번 애절히 위로하고 빌고 나서야 비로소 넷이 일어나 움직일 수 있게 됩니다. 그러나 뎁득이가 진 송장은 끝내 안 떨어지지요. 그 뒤에 송장을 떼기 위해 하는 일은 가히 엽기적입니다. 두 나무 사이로 뛰어들어 셋으로 시체를 잘라내고, 가운데 붙어 남은 몸은 등을 바위에 갈아 없애는 엽기적인 과정을 거쳐서 제거합니다. 이는 변강쇠가 끝내 저주를 접지 않았음을 뜻합니다.

'그로테스크(기괴)'하다고 할 만한(정환국, 2009; 서유석, 2003) 이 치상 과정은 이중의 의미에서 역설적인 유머의 반향을 내포합니다. 이는 돌연 삼년상과 시묘살이에 자결까지 포함하는 삼강의 의무를 요구한 가부장 변강쇠의 집착과 저주에 의해 엽기적으로 진행되었습니다. 그것은 무엇보다 그런 치상 과정을 야기한 요구 내지 욕망이 얼마나 끔찍한 집착이요 고착인지를 역으로 보여줍니다. 가부장으로 돌변한 변강쇠는 이전에 자신이 즐기던 성욕의 흐름을 죽어서도 자신의 손안에 소유하고 장악하려 하지요. 이것이 새로이 처분해야 할 시체들을 만들어내고, 시체를 치우러 온 이들을 달라붙게 하여 치상을 불가능하게 만드는 겁니다. 즉 가부장 변강쇠의 집착이 자신의 시체를 치우는 것조차 불가능하게 하는 것입니다. 나아가 끝까지 풀어주지 않은 고착의 저주는 급기야 변강쇠 자신의 시신마저 세 동강 내게 하고 그것도 모자라 바위에 갈아 없애도록 하는 수

모를 자초한 겁니다. 그 엽기적인 해결은 그런 고착을 야기한 욕망과 요구 자체를 웃음거리로 만듭니다. 더불어 움직이지 못하게 하고 떨어지지 못하게 하는 고착은, 그런 징벌의 연쇄를 처음 시작한 장승들의 응징이, 아니 응징한 장승들의 정착적인 스타일 그 자체가 징벌은 아닌가 의심하게 합니다.

또 하나, 열께의 삼강을 요구하며 접근하는 남자들을 모두 급살시키겠다는 변강쇠의 저주는 옹녀 혼자서는 결코 처리할 수 없는 시체들을 양산함으로써, 옹녀로 하여금 그걸 처리해주는 남자들에게 같이 살아주겠다며 유혹하도록 만듭니다. 아니 그보다 먼저 제 집착과 고착에 선 채로 굳어버린 변강쇠의 시체 하나만으로도 이미 옹녀의 처리능력을 벗어나버렸지요. 거기서 옹녀가 쓸 수 있는 방법은 남자들의 힘을 빌리기 위해 그들을 유혹하는 것밖엔 없습니다(김승호, 2007). 여기서 옹녀는 가장 행세를 하는 변강쇠의 요구로 인해 그의 요구에 반하는 행동을 함으로써 또다시 그 요구 자체를 웃음거리로 만듭니다.

어떤 도덕적인 요구를 과도하게 확대하여 어이없는 결과를 만들고는 애초에 그것을 야기한 도덕과 요구로 되돌려 웃음거리로 삼는 역설적인 유머의 방법, 그것이 이 엽기적이다 싶을 정도로 기괴하고 황당하다 싶을 정도로 익살스러운 긴 치상의 이야기를 통해 〈변강쇠가〉가 보여주는 바일 것입니다. 이는 물론 그에 앞서 끊임없이 벽을 넘는 여성의 성욕에 대한 공포 어린 비난과 가혹한 축출을 한술 더 뜨며 받아들이는 옹녀의 처신에서 이미 약간 다른 양상으로 활용되었던 것이기도 합니다.

그런 성욕과 짝이 되었던 변강쇠조차 가부장적 조건 속에서 그것의 억압자로 변해버리는 것, 그것이 이 작품의 후반부를 방향 짓는 요인입니다. 말리는 옹녀에 개의치 않고 '가장'의 권위를 내세워 장승을 뽀개 불때는 것으로 시작해, '천하의 잡놈' 주제에 자유로운 성욕의 구현체인 옹녀에게 열의 삼강에서부터 시묘살이와 수절에 자결까지 요구하며, 자신의 시체 때문에 옹녀에게 접근한 남자들에게 저주를 내리는 것이 그것입니다. 이로써 비슷해 보였던 자유로운 욕망의 흐름은 대립하는 관계로 확대됩니다. 이런 구도 속에서 옹녀에게 접근하는 남자를 향해 내린 저주가 치상을 불가능하게 만들고, 이를 해결하기 위해 옹녀는 남자들을 유혹할 수밖에 없게 되지요. 이로써 변강쇠의 입을 통해 나온 삼강의 도덕은 다시 한번 웃음거리가 됩니다. 이는 〈변강쇠가〉 후반부에서 다뤄지는 또 하나의 핵심적인 내용입니다.

이를 생각하면 이 작품의 전반부와 후반부가 이질적이라며 분리하는 해석(정하영, 2005)이 적절하지 않음을 알 수 있습니다. '막돼먹은 잡놈'으로 간주되는 변강쇠이기에 완고한 열의 삼강을 요구하는 게 어이없는 웃음거리가 되는 것이고, 자유로운 성욕의 흐름이기에 옹녀에게 정절을 요구하는 게 터무니없는 웃음거리가 되는 것이니까요. 숱한 남정네가 죽어나가도 포기하지 않은 것이 옹녀의 성욕인데, 거기에다 대고 정절이나 시묘살이에 자결까지 요구하니 누가 봐도 웃기는 요구인 셈이지요. 그런 식으로 열의 삼강을 '떡을 치며' 조롱할 수 있는 것은 전반부의 성적 이야기들이 있기 때문입니다.

전체적으로 성욕과 유랑의 자유로운 흐름과 그것을 가두고 저지하거나 소유하거나 장악하려는 장벽 간의 대결을 다루는 작품이라고 하면 너무 뻔한 이야기가 되어버리는 것 같지요? 어쨌건 옹녀가 그 자유로운 흐름을 표현하는 인물이고 장승이 그 반대편에 있는 정착적 세계의 징표라면, 변강쇠는 자유로이 흘러가는 삶과 동시에 그 내부에도 존재하는 장벽을 보여주는 양가적인 인물이라고 할 수 있을 듯합니다. 제목이 〈옹녀전〉이 아니라 〈변강쇠가〉인 것은, 자유로운 흐름마저 스스로를 잡아먹는 그런 욕망에 사로잡히는 것을 문제화하기 위함이라고 이해하면 어떨까 싶습니다.

4. '운명'의 명령마저 위반하게 하는 것: 〈숙영낭자전〉

〈숙영낭자전〉에서[1] 중심적인 사건이 발생하는 것은 백선군의 부친 백석주와 이선군의 '처' 숙영낭자가 충돌하는 지점에서입니다. 이는 백선군과 숙영낭자 간의 수평적인 사랑의 선과, 백석주와 그 며느리를 잇는 친자관계의 수직적 선이 교차하는 곳입니다. 사랑의 정염을 주체하지 못하는 아들과 숙영낭자 사이의 관계가, '근본 없는' 여자에 대한 근본적 불신을 버리지 못한 시부와 숙영낭자의 관계와 교차하는 지점에 약간의 오해와 더불어 하녀의 시기가 끼어들면서 죽음으로 귀착되는 사건이 발생합니다.

이 작품도 선계에서의 전생담으로 시작합니다. 선군이 태어날 때 선녀가 내려와 알려줍니다. "이 아기는 본래 천상의 선관으로 요지

---

1 〈숙영낭자전〉은 이본에 따라 결말 부분이 크게 다른 여러 계통의 작품들이 있습니다. 숙영이 죽어 장례를 지내는 것 이후가 다른데, 김일렬은 네 가지 계열로 분류합니다(김일렬, 1991b). 여기서 이용한 텍스트는 이상구 교감주석, 〈숙영낭자전〉(문학동네, 2010)으로, 김동욱 소장 48장본 『낭즈전』을 김광순 본과 경판본으로 교감한 것이라고 합니다. '숙영'이란 이름의 표기는 판본에 따라 수경으로 된 것도 있지만, 모두 숙영으로 쓰겠습니다.

연에서 숙영낭자와 함께 희롱했는데" 그로 인해 인간 세상에 귀양 온 것이며, 숙영낭자와 삼생연분이 있다는 것을 말입니다(《숙영낭자전》, 이상구 역, 『숙향전·숙영낭자전』, 문학동네, 214). 하지만 부모는 이를 진지하게 생각하지 않습니다. 나중에 상사병이 난 선군이 꿈에서 숙영낭자에게 들은 이야기를 했을 때 전생담을 상기해내지만 "그러나 꿈은 모두 헛된 것이니, 그 낭자는 생각하지 말고 밥이나 잘 먹거라"(217)라고 말합니다.

그런데 삼생연분이 있는 두 남녀의 전생담이지만 여기에는 기이한 비대칭성이 있습니다. 백선군이 인간의 아들로 태어난 반면 숙영낭자는 그렇지 않습니다. 옥연동에 귀양와 있다고 할 뿐, 선군처럼 인간의 몸을 받아 태어났다는 말은 없습니다. 그래서일까요. 숙영의 부모 이야기는 단 한 번도 언급되지 않습니다. 그가 사는 곳 옥연동은 인간세계가 아니라 '신선이 사는' 곳입니다(221). 선군이 꿈속에서 옥연동 가문정으로 찾아오라는 말을 들었다고 찾아 나설 때, 선군의 부모는 "아무래도 네가 미친 모양이로다"라며 붙잡고 못 가게 합니다(219). 사실 충분히 그럴 만합니다. 신선이 사는 곳에 여자를 찾으러 간다니 말입니다. 부모는 자신이 애 낳을 때 들었던 전생담을 잊었음이 확실합니다. 어쨌건 그는 어떻게 찾았는지 옥연동에 들어가 숙영낭자와 자고, 그를 집으로 데려옵니다.

이 비대칭성은 뭔가 석연치 않은 점이 있음을 시사합니다. 왜 숙영낭자는 다시 태어나지 않았을까요? 이유야 어찌 알겠습니까만, 분명한 건 그가 선군을 따라가 같이 살게 되었음에도 그의 부모는 언급되지 않는다는 겁니다. 그가 산다는 옥연동도 그렇습니다. 신선들이 산다는 곳으로, 이는 선군이 사는 현실 속에는 없는 장소를 뜻합니다. 세간의 사람들로서는 알 수 없는 곳이지요. 이것들이 공통적으로 보여주는 바는 숙영이 '신원이 불확실한' 사람이라는 겁니다. 부모도 모르고 사는 곳도 명확치 않은 사람이란 뜻입니다. 이는 표면적인 이야기 뒤에 숨은 사정을 추측케 합니다. 선군이 어딘가에서 신원이 불명확한 여자를 만나 그를 사랑하게 되어 집으로 데려온 것 아닐까, 그러고는 설명하기 난감한 사태를 해결하기 위해 꿈 이야기를, 나아가 전생담까지 지어낸 게 아닐까 하는 겁니다. 이런 식의 상상력이 사태를 역순으로 전개하여 전생담과 꿈속에서 만난 이야기를 하고는, 그걸 찾아 옥연동에 가서 숙영낭자를 찾아 데려왔다고 말입니다. 간단히 말해 실제로는 부모도 성도 모르는 한 여인을, 이름도 모르는 어느 산중에서 만나 같이 자고는, 같이 살겠다며 집에 데리고 왔을 것입니다. 부모 입장에서는 '요괴'라고 의심할 법한, 근본을 알 수 없는 떠돌이 여자를 어느 날 아들놈이 같이 살겠다고 데려온 것이지요.[2]

판소리 〈숙영낭자전〉은 이런 추측이 영 턱없는 건 아님을 보여줍니다. 거기에는 선군이 꿈속에서 만난 숙영낭자 때문에 상사병을 앓는 이야기가 없습니다. 전생의 인연 이야기도 없습니다. '백상군의 아들 선군仙君이 천태산에서 숙영을 만나 알게 되고 상종하다가 서로 정이 들어 부부가 된다'고 간단히 말하고는 넘어갑니다. 그래서겠지요. 숙영을 집으로 데리고 들어왔을 때, 부친은 산에서 데려온 여자라니 요괴가 아니냐고 의심합니다(문복희, 1999; 류근열, 2010: 97-

---

2 이는 〈숙향전〉에서 이선의 부모가 겪었을 사태와 매우 유사합니다. 그래서인지 요지연에서 선관 선녀가 희롱하다가 인간 세상으로 적강했다는 이 작품의 전생담은 〈숙향전〉의 그것과 거의 동일합니다.

98).

〈숙영낭자전〉의 모두 부분은 이 의심을 풀어주기 위해 선군이 부모에게 말해주었을 법한 이야기 아닐까요? 아들놈이 부모도 모르고 성도 모르는 여인을 같이 살겠다고 데려왔으니, 부모로서는 "대체 이게 뭔 일이야?"라며 난감해했을 터이고, 그런 의문에 대답하기 위해 '요괴'가 아니라 '선녀'라고 했을 겁니다. 그리고 선녀를 만난 걸 정당화하려니 '선계에서의 인연'이라는 전생담을 끌어들였을 것입니다. 만났다는 곳도 딱히 어디라고 말하기 힘들거나 산속이기에 '요괴'라는 의심을 살 만한 곳이지요. 그러니 '인간세계 바깥'이라고 설명했을 겁니다.

그런데 전생담과 꿈을 빌려 인연을 설명하는 부분에서 다른 작품에서는 볼 수 없는 흥미로운 요소가 나타납니다. 전생의 인연을 잘 모르거나 '모른다고 가정된 주체'로 행동하는 〈숙향전〉이나 여느 소설과 달리, 이 작품에서는 숙영이 그걸 알고 있고 선군에게 알려주며 행동할 뿐 아니라, 그 전생의 인연이 요구하는 제한을 반복해서 어기는 것으로 만남이 시작됩니다. 일단 선군의 부모는 숙영낭자와의 전생담을 들었는데도 삼세인연이라는 '숙영낭자'를 찾기는커녕 그걸 무시하고 선군의 짝이 될 만한 사람을 널리 구합니다. 다른 가문의 여자에게 구혼하면 자신과 맺기로 한 백년가약이 허사가 될 것을 걱정한 숙영낭자는 선군의 꿈에 밀고 들어가 구혼하지 말고 3년만 기다려달라고 당부합니다. 그런데 선군은 꿈에 본 낭자를 잊지 못해 병이 들고 맙니다. "그 낭자를 생각하니 하루가 3년처럼 느껴지나이다. 그런데 어떻게 3년을 기다릴 수 있겠나이까?"(217)

이를 알고 숙영은 다시 꿈에 나타나 불로초, 불사초, 만병초를 주며 "이 약을 드시고 부디 3년만 참으소서" 하고 부탁합니다. 그러나 세 가지 약을 먹어도 소용없고 병은 더 심해지기만 합니다. 선계의 유명한 약을 무색케 할 정도로 상사병이 깊었던 겁니다. 다시 꿈에 나타난 선녀는 자기를 그린 그림으로 버텨보라고 주고 가지만, 역시 소용없었습니다. 그러자 답답하게 여긴 숙영은 급기야 자기 대신 하녀 매월과 동침하도록 일러주고 갑니다. 그래도 그리워하는 마음이 깊어만 가자, 또 생각합니다. '만약 낭군이 나를 생각하다 죽는다면, 백년가약이 허사가 되리로다'(219) 하여 결국은 옥연동 가문정으로 찾아오라고 알려줍니다. 천계의 연이나 백년가약에 대한 신심이 어쩌면 이리도 없는지, '선계의 연'이라는 게 정말 있기나 한지 믿을 수 없을 지경입니다.

찾아온 선군의 행동은 하나하나 "어찌 그토록 생각이 없나이까?" "낭군은 어찌 이토록 염치가 없나이까?" 하는 말을 듣습니다 (221~223). 그에 대한 선군의 대답은 이러합니다. "꽃을 본 나비가 불이 무서운 줄 어찌 알며, 물을 본 기러기가 어부를 어찌 겁내리오?"(222) 그건 대장부의 행실이 아니라고 비난하며 3년 뒤 상봉하여 육례를 맺자고 하나, 소용없습니다. 이처럼 선군은 숙영이 답답해할 정도로 자제력이 없습니다. 사랑에 미쳐 모든 선을 넘어버리고 있는 겁니다. "만일 제가 하늘의 뜻을 어기고 지금 몸을 허락하오면, 크게 후회할 일이 생기리이다. 그러니 어려우시더라도 3년만 참고 기다려주시옵소서." 숙영이 이렇게까지 말하지만 선군은 막무가내입니다. "내 지금 심정은 일일여삼추인데 3년이면 몇 삼추나 되겠나이까? 낭자가 만일 '그냥 돌아가라' 하시면 내 목숨은 오늘로 끝나리이다."(222)

그러나 숙영이 이렇게 될 줄 몰랐을까요? 그럴 리 없습니다. 3년을 기다리지 못하고 자기가 있는 곳으로 부른 것은 불 찾는 나비에 불을 켜주는 격이 될 게 뻔하지요. 그런데도 불러들인 건 자신이 그를 원했기 때문 아니었을까요? 사실 하늘의 뜻을 기다리지 못하고 조바심치며 선관의 꿈에 들어가 먼저 자극한 이는 숙영 자신이었지요. 결국은 선군의 손에 이끌려 "어쩔 수 없이 몸을 허락"합니다. 기뻐하는 선군에게 다시 말합니다. "남자의 욕망이 아무리 대단하다고 한들 낭군은 어찌 이토록 염치가 없나이까? 내 몸이 이미 깨끗하지 못하니, 이제는 이곳에 머물러 공부해도 더 이상 소용없게 되었나이다. 낭군과 함께 내려가 살리다."(223)

특이하게도 〈숙영낭자전〉의 두 주인공은 '하늘의 뜻'이나 '운명'을 잘 알고 있음에도 불구하고 숙향 같은 다른 소설 속 인물들과는 달리 이를 잘 따르지 않습니다. 그것은 아마도 주어진 '운명', 의당 준수해야 할 것으로 주어지는 규칙과 규범을 잘 따르지 않는 욕망의 움직임을, 사랑을 앞세워 보여주는 것이라 할 수 있습니다. 사랑이 그러하듯, 욕망이란 정해진 것을 그대로 따르려 하지 않으며 넘지 말아야 할 선을 필경 넘고 맙니다. 설령 그것이 '하늘의 뜻'이라고 해도 말입니다. 인간세계의 삶이란 사실 하늘에서 정한 어떤 숙명 같은 게 있어도 그에 따르지 않으며 펼쳐지는 것이 아닌가 반문이라도 하듯, 두 사람 모두 '염치없이' 반복하여 위반합니다.

5. 의심의 시선과 치울 수 없는 주검

여기서 끝이 아닙니다. 둘이서 지극히 사랑하여 잘 지내는 건 좋은데, 그것 말고는 아무 데도 관심이 없습니다. 이것이야말로 "사랑밖에 난 몰라"입니다. 하여 집에 데려와 같이 산 지 8년이 되도록 둘이 희롱하며 지낼 뿐, 공부도 않고 무위도식하니 부모가 보기 편할 리 없습니다. 하여 부친이 어느 날 선군에게 과거를 보러 가라 하지만, 아들은 집이 부유하여 "벼슬아치들이 즐기는 것은 물론이요, 귀와 눈이 하고자 하는 것을 마음대로 할 수 있"는데 "아버님은 뭐가 부족하여" 과거 급제를 바라시느냐고 반문합니다(225). 입신양명, 부모와 조상의 이름을 빛내라는 요구는 단지 부친의 개인적 소망만이 아니라 그 시대의 보편적인 양식이자 윤리적 명령인데 "왜 굳이 그래야 하죠?"라고 반문하는 것은 당시라면 소설에서도 거의 찾아보기 힘든 극히 희소한 경우입니다.

이는 양식이나 도덕의 명령을 과잉준수하여 그것을 더불어 물속에 빠뜨리는 심청의 마조흐적 전략과 반대로, 당연시된 양식이나 보편적 규범에 대해 "왜 그래야 하지?" 하고 반문하는 사드의 전략에 속한다고 할 수 있습니다.[3] 뒤에 숙영은 시부의 오해로 심문과 처벌을 받게 된 이후 무죄임이 증명되고도 굳이 죽음으로써 죄를 단죄하던 행위 자체에 대해, 그런 규범 자체에 대해 반문하는데, 이 또한 사드적인 반어irony의 전략에 속한다고 할 수 있습니다.

왜 과거를 치러야 하느냐는 반문을 던지는 이유에 대해 작자는

---

3 이에 대해서는 제1장을 참조.

"잠시도 낭자의 곁을 떠날 수 없다는 뜻"이라고 덧붙입니다. 지극한 사랑이 세간의 가장 지배적인 가치마저 근본에서 다시 생각하게 한 셈입니다. 하지만 낭군이 자신에게 미혹되어 과거시험을 안 본다고 비난받을 것을 염려한 숙영은 개인의 양명과 가문의 명예를 상기시키며 과거를 보러 가라고 등을 떠밀지요. 더 이상 같이 살기 어렵겠다는 위협에 선군은 "마지못해 말에 올랐다"(226)고 합니다. 문제는 그 다음에도 이 남자, 낭자를 제대로 떠나지 못하고 되돌아온다는 겁니다. 떠난 첫날, 겨우 30리 가서 숙소를 정하지만 낭자 생각에 밥을 못 먹을 뿐 아니라 야밤에 하인들 몰래 숙소를 빠져나와 담장을 넘어 낭자의 방에 들어갑니다. 사랑의 힘이 얼마나 강력한지, 집을 나갔던 이로 하여금 집으로 되돌아오게 하는 겁니다. 하지만 바로 이게 사랑의 힘이 갖는 난점이기도 합니다. 떠날 수 없게 한다는 것, 그것은 다른 어떤 것을 할 수 없게 하는 것을 뜻하기 때문입니다. 과거를 보지 못하게 하는 것만이 아닐 겁니다.

집을 돌아보던 시부는 낭자의 방에 인기척이 있음을 알게 되지요. 들키면 욕먹을 것을 걱정해 적당히 수를 쓰고 남편을 몰래 돌려보냈건만, 선군은 다음 날 밤에도 되돌아와 낭자의 품속으로 파고듭니다. 전날의 인기척에 '혹시?' 싶었지만 '설마' 하고 넘어갔던 시부는 급기야 의구심을 이기지 못해 며느리를 불러 묻습니다. 어인 남자의 목소리였는지. 낭자의 답에서 의심을 풀지 못한 시부는 하녀 매월에게 숙영에 대한 감시와 정탐의 역할을 맡깁니다. 매월은 한때 숙영의 권유로 숙영 대신 선군과 자던 하녀였는데, 낭자가 온 이후 8년 동안 선군이 자신을 한 번도 돌아보지 않음에 한이 맺혀 낭자를 음해합니다. 결국 낭자는 불려나가 살가죽이 갈기갈기 찢기도록 매를 맞지요.

마지못해 떠난 것이라고는 해도 떠난 뒤에조차 낭자를 잊지 못해 몰래 되돌아와 담을 넘는 것은, 이전의 행각에 비춰보면 일관되긴 합니다. 현실적인 규칙이나 규범은 별로 안중에 두지 않고, 떠밀려 떠나가면서도 사랑의 힘, 욕망의 힘에 이끌려 반복하여 '담을 넘는' 것이니까요. 이는 규범이나 윤리적 명령의 절대성을 강조하던 그 시대에 참으로 보기 드문 '우행'입니다. 이런 '바보 같은' 이탈과 위반은 필경 사고로 이어지게 마련입니다. 대개 그 사고는 사랑 자체를 잠식하여 불가능성의 심연으로 몰고 갑니다.

이런 점에서 이 작품은 사랑 내지 욕망에 대한 작품인 것만큼이나 '위반'에 대한 작품이라고 할 수도 있습니다. 그러나 여기서 혹시 바타유가 말하는 '위반'을 떠올린다면 이는 부적절합니다. 바타유는 '위반'이란 위반의 불가능성을 드러내주는 것이라고 보기 때문에 사실은 위반이란 말과 반대의 것을 말하는 셈이지요. 이와 반대로 선군이나 숙영낭자의 위반은 위반을 저지하는 제약을 돌파하여 끝까지 갑니다. 이는 단지 사랑과 제도의 충돌이라는 일반적인 주제만이 아니라, 어디서 왔는지 '근본을 알 수 없는' 여자, 혹은 제대로 된 부모를 갖지 못한 여자, 아니 자신과 걸맞은 위신을 갖지 못한 여자를 받아들이지 못하는 가문의 윤리와 혼인의 양식에 대한 강력한 대결과 연관되어 있습니다.

판소리본에서는 처음부터 시부가 낭자에 대해 '요괴'라는 의심을 품었다고 한 반면, 소설에서는 그렇지 않습니다. 간단하게나마 용모를 보고 사랑하여 받아들였다고 쓰고 있지요(224). 그렇다면 그토록 사랑하는 낭자를 왜 정식으로 혼인시켜 제대로 된 며느리로 받아들이지 않았을까 하는 의문이 남습니다. 두 사람이 산에서 내려온 뒤 "동별당에 신방을 꾸리게" 했다지만 혼인시키는 장면은 없습니다. 지금 말로 하면 혼인 없이 동거하는 것을 묵인했던 것입니다. 외간 남자와의 간통 혐의로 시부에게 매를 맞을 때, 낭자가 항변하던 끝에 이리 말합니다. "아무리 육례를 갖추지 않은 며느리라 할지라도 어찌 제게 이처럼 흉한 말씀으로 꾸짖을 수 있으시나이까?"(236) '육례를 갖추지 않은 며느리', 다시 말해 정식 혼인 절차를 밟지 않은 며느리라는 뜻입니다. 이 항변은 매우 의미심장합니다. 육례를 갖춘 며느리라면 이럴 수 있겠느냐는 항변이기 때문입니다. 여자의 간통을 다루는 가정소설은 적지 않지만, 시부가 하인을 시켜 묶고 살이 찢어져 피가 낭자하도록 매를 치는 경우는 찾아보기 어렵습니다. 대개는 쫓아내는 걸로 처리하는 데 반해 드물게도 직접 잔혹하게 매를 치는 것은, 숙영이 보기에 정식으로 혼인한 며느리가 아니라서 그렇다는 겁니다.

며느리가 자살한 뒤 선군의 부친은 과거에 급제하여 내려온 아들에게 황급히 혼인을 권하며 "혼인은 인간의 대사라, 부모가 구혼하고 육례를 갖추어 혼인하여 부모를 영화롭게 하는 것이 자식의 도리"라고 말합니다. 이런 부친이 숙영과는 절차를 갖춰 혼인케 하지 않았던 겁니다. 왜 그랬을까요?

짐작할 수밖에 없지만, 필경 그것은 숙영에게 구혼할 부모가 없었기 때문이고, 숙영 자신 또한 어디서 왔는지 근본을 알 수 없는 여자였기 때문일 겁니다. 그래서 같이 살게 방은 내주었어도 육례를 갖춰 정식으로 혼인시키지 않은 것이고, 아들과 같이 살지언정 자기 가족 안에 정식 며느리의 자리를 내주지는 않았던 겁니다. 정식 혼인을 시키지 않도록 한 의심, '근본을 알 수 없는 여자'에 대한 의구심이 있었기에 얼핏 들은 남자 목소리만으로도 간통에 대한 의심으로 번진 것이며, 당사자인 선군이 돌아와 처리하도록 하지 않고 막무가내로 하인을 시켜 며느리를 묶고 살이 찢어지도록 때렸을 것입니다(그렇기에 매월의 질투와 음모는 사실 이미 진행된 사건을 가속화할 뿐이며, 본질적인 역할을 하진 않습니다).

숙영은 이를 잘 알고 있었습니다. 그렇기에 낭군이 과거를 보지 않겠다고 했을 때, 그러면 자기에게 미혹되어 과거를 안 보는 것이라는 비난이 날아올 것이라며 설득했고, 선군이 과거 보러 가다가 집으로 돌아왔을 때에도 "그 자취를 들키면, 시아버님께서 반드시 저를 꾸중할 것이옵니다"(229)라며 남편을 달랩니다. 한마디로 '남자를 미혹시키는 여자'라는 의심의 시선을 항상 느끼고 있었던 겁니다. 요괴까진 아니라 해도 요녀, 혹은 근본 없는 여자에 대한 의구심과 불편한 감정을 항상 의식하고 있었던 거지요. 그래서 그것이 과도한 폭력을 동반한 비난으로 다가왔을 때 '아무리 육례를 갖추지 않은 며느리라 해도 이럴 수가 있느냐'는 항변으로 터져나왔던 겁니다(이상구, 2010).

상사병에서 헤어날 줄 모르는 아들의 욕망 때문에 사랑의 수평적 결연의 선을 인정하긴 했지만, 가문의 규범이 정하는 혼인의 결연으로는 받아들이지 않았고, 그런 만큼 며느리의 지위를 충분히 인정하지 않은 상태에서 두 사람의 초과적인 사랑이 가족의 담장을 넘어 흘러넘침으로써 곤혹스런 사건이 발생한 겁니다. 이에 대해 숙영은 밤에 다녀간 남편 이야기를 하며 해명하지만, 그거야 남편이 없는 한 신뢰받기 힘들지요. 하여 '도적의 때는 벗어도 창녀의 때는 벗지 못합니다'라는 옛말을 들어(자신이 창녀로 간주되고 있다고 받아들이는 셈입니다) 옥비녀를 뽑아 무죄를 증명하려 합니다. 간통죄를 범했다면 자기 가슴에 꽂히고 잘못이 없다면 대청 뜰의 섬돌에 가서 꽂히라며 옥비녀를 하늘로 던집니다. 비녀는 숙영의 가슴이 아니라 섬돌에 가서 꽂히고, 이를 본 시부는 사과하며 마음을 편하게 가지라고 달랩니다. 그러나 낭자는 "내가 죽지 않고는 이같이 더러운 누명을 끝내 씻어내지 못하리라"며 죽고자 합니다. 이 일은 단순한 오해가 아니라 자신에 대한 근본적인 불신으로 일어난 것임을 잘 알기 때문입니다. "저 같은 계집이 음행을 저지른 죄로 세상에 알려지게 되었으니, 저의 악명은 천년 후까지 전해질 것이옵니다."(239) '저 같은 계집', 근본을 알 수 없어 언제나 근본적인 불신과 의심 속에서 사는 여자를 뜻하는 말입니다. 그런 여자가 음행을 저질렀다고 알려졌으니, 그 악명에서 벗어날 길이 없을 거란 말입니다. 그런데 이것은 옥비녀를 써서 죄가 없음을 소명한 뒤에 나오는 말입니다. 죄가 소명되었음에도 이렇게 말하는 것은 남들에게 자신이 어떻게 알려질까를 걱정해서가 아닐 겁니다. 역으로 그 불신에서 오는 모욕감, 하인들 손으로 참혹한 처벌을 당한 수치감이 너무 커서 천년 후까지 잊지 못할 것이라고 말하는 것이지요.

〈숙영낭자전〉이 여느 고전소설과 달리 놀라운 것은 여기서 적절히 타협하지 않는다는 점에 있습니다. 죄가 없음을 인정받았고, 시부가 사과했으며, 자식들이 울며 말리건만, 끝내 죽음으로 항의합니다. 그 모욕감이 더 이상 살기 어려울 만큼 컸다는 것이지요. 이는 사실 심문과 처벌만이 아니라 아무런 사건이 없었을 때에도 지속되던 자신에 대한 불편한 시선에 기인하는 것이기도 합니다. 여기서 숙영이 택한 항의의 행위는 지극히 강렬하고 격렬합니다. 자식들이 잠든 사이에 '내가 이렇게 더러운 말을 듣고 어떻게 다른 사람을 마주 볼 수 있으리오?'라며 손가락을 깨물어 혈서를 써서 벽 위에 붙인 후, "태산같이 분한 마음을 이기지 못해" 옥장도를 꺼내 들고는 "강보에 싸인 어린 자식들을 두고 먼 곳에 가 계신 낭군도 보지 못한 채 죽으니, 어찌 죽은 혼백인들 좋은 귀신이 되리오?"라며 원귀가 되고자 다짐하면서 스스로 자기 가슴을 찔러 죽습니다(242). 정말 섬뜩하도록 무서운 분이지요?

이것이 다가 아닙니다. 더없는 분노와 원한을 표명하며 자살했을 뿐 아니라, 죽은 뒤에도 곱게 물러서지 않습니다. 혈서까지 쓰고 죽어서는 그 자리에 못 박힌 듯 달라붙어 움직이질 않습니다. 죽었음에도 살은 썩지 않은 채 그대로이고, 가슴에 꽂힌 칼은 누가 빼려 해도 빠지지 않습니다. 죽은 채 방바닥에 달라붙어 움직이지 않음은, 누구도 시신을 처리할 수 없게 하여 죽음의 이유를 널리 지속적으로 보이려는 의도일 것입니다. 시신의 정상적인 처리를 거부함으로써 죽어서도 물러서지 않겠다는 의지를 결연하게 드러내고 있는 겁니다. 그곳을 자신의 죽음을 야기한 가족 안의 불모지대로 만들어, 사실은 자신이 살고 있던 방 한가운데에 그런 불모지대가 있었음을, 거대한 구멍이 존재했음을 가시화하려는 겁니다. 라캉이라면 얼른 가족이라는 상징계 한가운데에 존재하는 불모의 실재, 혹은 지워지지 않는 얼룩이라고 말했을 겁니다.

6. 구멍과 심연

앞서 〈변강쇠가〉에서 변강쇠의 죽음과 기나긴 치상 장면을 기억한다면, 여기서 바닥에 붙어 움직이지 않는 숙영의 시신이 그와 매우 유사하다고 생각될 겁니다. 〈변강쇠가〉가 어떤 의미에서든 경계를 넘는 성욕과 유랑의 끝을 보여주려 한다면, 〈숙영낭자전〉은 담을 넘고 운명의 명령마저 위반하는 사랑의 끝을 보여주려 한다는 점에서도 유사하다고 할 수 있습니다. 또한 둘 다 가부장적 가족의 벽에 갇혀 죽게 된다는 점에서도 유사한 면이 있습니다.

그러나 변강쇠가 '천하의 잡놈'조차 벗어나지 못한 남성의 가부장적 관념에 갇혀 엽기적인 모욕을 자초하며 죽었다면, 숙영은 시부의 불신으로 요약되는 가부장적 구멍에 빠져 그 모욕에 대한 최대치의 항의를 위해 죽은 것이라는 점에서 상반됩니다. 전자는 스스로의 벽에 갇혀버리면 대단히 자유로워 보이는 흐름마저 그 벽에 갇혀 죽을 수 있음을 보여주는 반면, 후자는 죽음으로 끝나는 비극을 통해 정해진 운명이 있어도 위반하며 넘어서고 의심의 시선으로 가득한 가부장적 명령까지 돌파하는 힘이 있음을 보여준다는 점에서 또한 다릅니다.

고착된 시신을 둘러싼 항들이 판이하기 때문에, 고착되어 움직이지 않는 시신의 의미 또한 판이합니다. 먼저 변강쇠의 시신이 바닥에 달라붙어 움직이지 않은 것은 이를 다른 이들에게 보여주어 교훈으로 삼고자 했던 정착민의 수호신 장승의 저주에 따른 것이었지요. 반면 숙영의 시신이 바닥에 달라붙어 처리 불가능한 시신이 된 것, 즉 눈에 띄는 '스펙터클'이 된 것은 유사하지만, 이는 자기 자신이 선택한 바였습니다. 타의가 아닌 자의에 의한 것이었고, 자신이 받은 모욕과 자신과 같은 여자들이 감내해야 했던 수치심에 대한 항의를 드러내는 일종의 '데모'였던 셈이지요. 변강쇠의 유언은 우습고 어이없지만, 혈서로 써 붙여놓은 숙영의 유서는 비장하고 처연합니다. 또 하나 결정적으로 다른 것은, 변강쇠의 시신이 정착과 집착의 욕망이 만든 고착이었기에 다른 이들을 끌어들이고 달라붙어 떨어지지 않는 인력引力을 행사하는 반면, 숙영의 시신은 자신을 받아들이지 않았던 시부와 가족 혹은 당대의 규범 전체에 대한 강렬한 거부의 힘을, 손댈 수 없는 척력斥力을 행사한다는 점입니다. 남편이 왔을 때에야 비로소 가슴의 칼이 빠지지요. 남편의 손 말고는 모두 거부했던 것입니다.

부친은 자신의 실책으로 드러난 이 구멍을 메우고 싶어하지만, 그렇게 못 합니다. 생각다 못해 과거에 급제한 아들이 내려오는 동안에 혼사를 만들어 서둘러 구멍과 균열을 봉합하려 하지만, 선군은 그걸 받아들이지 않습니다. 결국 집으로 돌아온 선군은 참혹하게 죽은 숙영의 시신을 보게 되지요. 그럼으로써 그를 죽음으로 몰고 간 사태의 참혹함을 목격하게 되었을 겁니다. 칼도 빠지지 않은 낭자의 시체를 두고 부모의 무정함을 비난하며 칼을 빼자, "그 구멍으로 청조 세 마리가 나왔"습니다. 칼이 낭자의 가슴에 남긴 구멍, 그것은 그가 살던 가정 안에 있던 구멍이고, 남편에게도 보이지 않던 구멍이며, 결국 낭자가 빠져 죽은 구멍일 것입니다. 그 구멍에서 세 마리 새가 되어 나온 낭자의 마지막 목소리는 낭군과 아들딸에게 보내는 유언이었습니다. 썩지 않은 채 버티던 시체는, 남편이 그 구멍을 본 뒤에야 비로소 상하기 시작합니다. 마침내 떠나기 시작한 것입니다.

왜 썩지 않고 버티고 있었던가를 아주 명확하게 보여주지요.

그러나 숙영의 항의는 여기서 끝나지 않습니다. 칼은 빠졌지만 시체는 꼼짝 않습니다. 아직 죽음을 야기한 사건이 충분히 처리되지 못했음을 뜻하겠지요. 선군이 청조의 울음소리에서 얻은 단서로 매월과 돌쇠의 자백을 받아내 그들을 죽이고 난 뒤에야 비로소 숙영은 꿈에 나타나 장례를 부탁합니다. 그런데 그가 부탁한 장례는 또다시 상례와 규범을 벗어납니다. 땅에 묻어 산소를 만들지 말고 "옥연동 못 한가운데에 넣어"달라는 겁니다. 근거 없는 여자, 확고한 땅이나 대지에 뿌리박지 못해 모욕적인 의심 속에 살다가 끝내 그로 인해 죽은 여인은, 죽어서 역으로 **땅과 대지를 거부하고 물속으로 돌아가겠다**고 합니다. 자신이 온 곳, '옥연동'이라는 주소 없는 장소의 '물속'이라는 근거 없는 곳으로 돌아가겠다는 겁니다. 독일어로 그룬트Grund라고 하는 근거란 어떤 것의 확고한 이유가 되는 것이고, 발 딛고 설 확실한 것입니다. 발걸음을 받치고 있는 대지를 뜻하지요. 1장에서 말했듯이 근거 없는 곳, 그곳은 심연Abgrund입니다. 옥연동이 바로 그렇습니다. '신선들이 사는 곳'이라는 말처럼 있는지 없는지 알 수 없고, 어디라고 해도 확실치 않은 곳이지요. 그런 만큼 모든 것이 유동적인 곳이고, '생각 없이, 염치없이' 벽을 넘는 두 사람의 액체적 흐름과도 같은 욕망이나 사랑이 시작된 곳입니다. 확고한 어떤 것이 없기에 근거 또한 없는 장소, 옥연동 물속은 바로 그런 장소일 겁니다. 숙영은 죽어서 그 심연 속으로 돌아가겠다고 합니다. 자신이 왔던 곳이고, 근거 없는 자로서의 자신이 속한 곳으로 돌아가겠다는 겁니다.

"낭자의 시신을 앞동산에 묻어주고 수시로 무덤이라도 보려 했는데, 깊은 물속에 넣었"다고(263) 한탄하는 걸 보면, 선군도 이를 쉽게 받아들이지는 못한 듯합니다. 칼을 뺀 뒤에도, 혼백을 달래는 재齋를 지낸 뒤에도 꼼짝 않던 시신은 상복 입은 자식들을 앞세우고 가니 비로소 움직입니다. 낭군과의 사랑으로 환원되지 않는 자식에 대한 마음의 표현이었을까요?

〈숙영낭자전〉의 결말은 판본에 따라 크게 다른데, 여기서 저본으로 삼은 텍스트는 옥연동 연못 한가운데에 수장하니 숙영이 살아나와 부모에게 인사하고 남편과 아이들을 데리고 함께 하늘로 올라간다는 것으로 끝납니다.[4] 이와 달리 장례 후에 되살아나 남편을 임소저와 혼인하게 한 뒤 같이 잘 살다 죽었다는 이야기(가령 경판28장본)는 그야말로 흔한 종결 방식인데, 죽음은 물론 죽음 이후에도 이어진 낭자의 완강하고 격렬한 항의를 너무 쉽게 일회적인 에피소드로 돌려버리고, 정상화된 가정의 해피엔딩 안에서 무효화해버립니다. 반면 이 텍스트는 그렇지 않습니다. 화해와 해피엔딩의 강박적 클리셰가 작동하는 결말에서까지 다르게 읽힐 요소들을 남겨두었습니다. 이를 따라가봅시다.

시신을 물속에 묻고 재를 마치자마자 숙영은 물에서 나와 낭군에게 부모를 찾아뵙고 '천궁으로' 가자고 합니다. '천명'을 빌어 부모와 화해의 인사를 나눈 뒤 말합니다. "옥황상제께서 우리를 천상으로 올라오라 하시니, 천명을 거스르지 못하고 천상으로 올라가옵나이

---

4 사재동 본 필사본에서는 꿈에 나타난 숙영이 임소저와 혼인하여 살라고 권하여 8년을 살다가 하늘로 올라가고, 가슴의 구멍에서 나온 새가 매월이 범인임을 알려주는 경판본에서는 숙영이 살아나고 중단된 혼사로 붕 뜬 임소저와 셋이 살다가 80세 되는 해에 같이 승천합니다. 판소리본에서는 선군이 둘이 만났던 천태산에 가서 약을 구해다가 낭자를 살려내 80세까지 잘 살다 함께 승천하는 걸로 끝납니다. 이와 달리 숙영의 장례식에서 끝나고 마는, 어떤 조화로운 화해도 없는 '비극적 결말본'도 있는데, 김광순 소장 24장 필사본이 그것입니다(김일렬, 1999). 김일렬이 비극적 결말본의 가치를 주목하는 데는 충분한 이유가 있습니다. 그의 말대로 그럼으로써 상투적인 "효와 대비되는 사랑의 가치를 강조"할 수 있기 때문입니다.

다." 처량한 마음에 눈물 흘리는 부모에게 부채와 약을 선물하고는 하직하여 하늘로 갑니다. 선물과 인사로 완화되었지만, 이는 아시다시피 이 시대 소설에서 죽음을 나타내는 통상적인 표현입니다. 이를 못 알아볼까봐 걱정했던지 선군이 다시 하직 인사를 덧붙입니다. "소자 등은 이 세상과 인연이 다해 오늘 하직하옵나이다. 두 분께서는 내내 평안하옵소서." 그러고는 아이들마저 데리고 네 명 모두 승천합니다.

해피엔딩인 듯 보이는 구절들에 속지 않고 쿨하게 읽는다면, 이 말들은 모두 네 사람이 죽었음을 뜻합니다. 죽음을 교훈 삼아 가족을 정상화하고 그 정상화된 가족 안으로 돌아오는 게 아니라, 반대로 남편과 아이들마저 데리고 '천궁'으로, '하늘나라'로 가는 겁니다. 니체는 예전에 하늘을 공중에 펼쳐진 심연이라고 말한 적이 있습니다만, 확고한 근거가 없으면 안 되는 세계, 대지에 뿌리박고 살려는 세계를 떠나 근거 없는 세계, 발 디딜 곳 없는 세계로 가는 것이라고 할 수 있겠지요. 가족으로 되돌아가는 게 아니라 그로부터 벗어나는 선을 더 멀리 밀고 가는 겁니다.

이렇게 말하면 보기 좋은 결말이라고 할 수도 있습니다. 그러나 말이 좋아서 '하늘나라로 가는 것'이지, 그 내용은 실상 모두 죽는 겁니다. 이 작품을 해석하는 논문들에서는 흔히 '재생'이라고 말하지만, 냉정하게 말해, 되살아나서 남편에게 '천궁으로 가자'는 숙영의 말은 동반자살을 하자는 것이나 다름없지 않나요? 천궁으로 가며 이 세상을 '하직'하는 것이니까요. 결국 남편과 아이들 모두와 함께 죽어 하늘나라로 가는 것입니다. "이 세상과 인연이 다해 오늘 하직하옵나이다"라는 선군의 인사가 정확히 그것이지요. 이들을 보낸 부모가 '처량한 마음을 이기지 못해 눈물을 흘리'고, 그들이 올라간 다음에 '한동안 슬픔에 젖어 망연히 지냈다'는 말도 그에 부합합니다. 자신을 받아들이지 못한 세상에 대한 숙영의 저항과 거부는 낭군과 아이들마저 데리고 인간 세상을 뜨는 것으로 끝난 겁니다. 이는 숙영의 항의와 죽음 이후의 과정에 비춰보면 매우 일관성을 보입니다.

요컨대 〈숙영낭자전〉은 일차적으로는 선군과 숙영의 사랑 이야기지만 그것이 가족 안에서 격화되는 계기는 선군이 과거를 보러 가면서 몰래 되돌아옴으로써 발생한 사건이며, 후반부는 육례 없이 받아들인 '근본 없는' 며느리를 불신했던 시부와 그런 가족적 '양식'에 맞선 숙영의 더없이 격렬한 항의로 진행됩니다. 이로써 이전에 보이지 않던 가정 안의 구멍은 명확하게 가시화됩니다. 숙영은 죽음으로 항의하고, 그 시신마저 치우지 못하도록 버팀으로써 그 구멍이 쉽사리 봉합될 수 없음을 보여줍니다. 물론 이를 다시 봉합하여 정상화하는 이본도 있지만, 여기서 살펴본 텍스트는 그런 정상화의 불가능성을 보여줍니다. 마지막에 하늘로 올라가는 장면이 죽음을 뜻한다는 것을 인정할 수 있다면, 이는 가족의 와해와 해체를 극단으로 밀고 간 것이라고 해도 좋을 겁니다.

이런 점에서 보면 〈숙영낭자전〉은 정말 멀리까지 가는 소설입니다! 심연을 보는 소설이고, 구멍을 드러내는 데 멈추지 않고 그 구멍으로 운명을 밀고 가는 소설입니다. 현실적 재난의 강도는 숙영에 비해 숙향이 훨씬 더 강하지만, 〈숙향전〉은 그럼에도 불구하고 현실세계와 '운명'의 힘을 믿고 결국 현실 속의 자기 자리를 찾아간다면, 〈숙영낭자전〉은 오해에서 비롯되었던, 그리고 오해임이 해명된 단한 번의 사건이었음에도 불구하고 가족 안에서 자기 자리를 갖지 못한 근본 없는 자가 근본 없음으로, 영토 없는 심연으로 '되돌아'가며, 그로써 자리 없는 자, 근본 없는 자들을 가시화합니다.

참고로 덧붙이자면 이 작품을 '상상계' '상징계' '실재(계)'라는 라캉의 도식을 끌어들여 유사하게 분석할 수도 있을 겁니다. 가령 '사랑밖에 난 몰라'라며 오직 사랑의 대상과의 동일시에 빠져 있는 숙영과 선군의 관계는 '상상적 동일시'라고 할 수 있습니다. 부모도, 입신양명도, 혹은 자식조차도 끼어들기 힘든 양자 간의 강력한 밀착력은 3자의 개입을 허용하지 않는 2자적 동일시의 특징이지요. 상상계라고 부를 이러한 관계가 너무 강력하여 선군은 꿈속에서 한 번 본 것만으로 상사병에 들고, 천명을 어겨가며 숙영과 자고 같이 살며, 8년간 다른 어떤 것도 하지 않고 둘이 사랑하며 지내는 겁니다. 그리고 바로 이 상상계의 고리가 과거를 보러 가면서도 제대로 떠날 수 없게 했던 것이고, 바로 그것이 치명적 사건의 계기를 제공하게 되지요.

아버지와 자식으로 이어지는 친자관계의 선, 어머니나 아내와 이어지는 결연관계의 선이 교착되어 만들어지는 가족이란 세계는 정확하게 상징계에 해당됩니다. 상징계란 레비스트로스 식으로 말하면 호칭이라는 '기호(상징)'가 직조되며 만들어지는 세계입니다. 아버지, 어머니, 고모, 사촌형 등등의 호칭들로 만들어진 체계라는 뜻이지요. 그 호칭의 체계란 자리의 체계이기도 합니다. 아버지의 자리, 아들의 자리, 아내의 자리, 며느리의 자리 등이 있습니다. 이는 어떤 사람에게 속한 자리가 아니라, 역으로 어떤 사람이 들어서는 자리이지요. 누구든 어떤 자리에 들어가는가에 따라 다른 사람이 되지요. 〈사씨남정기〉에서 정실부인과 소실이 싸우는 것은 그 자리에 자기 아들을 집어넣기 위함이었지요. 〈숙영낭자전〉에서 숙영은 남편의 아내 자리에 들어섰지만 확고하지 않게 들어섰고, 백씨 집안의 며느리가 되었지만 "육례를 갖추지 못한 며느리"로서였습니다. 충분히 며느리가 되지 못했다는 것, 바로 그것이 치명적 사건이 벌어지는 실질적인 이유가 됩니다.

백씨 집안에서 숙영이 선 자리는 그 가족 안에 존재하는 어긋남과 균열이 있는 곳이고, 그 균열 밑에 자리 잡은 구멍이 있는 곳입니다. 이유는 며느리 자리에 들어서기에는 '근본이 없고 불확실한' 숙영이 불충분한 여자라는 것입니다. 그것은 당시 양반들의 통상적인 상징계(가족적 질서)에서 가족 안의 자리를 줄 수 없는 이유였습니다. 선군의 부친도 그렇습니다. 아들이 그 여자 없으면 죽겠다고 하니 받아들여 같이 살게는 해주었지만, 그것만으로는 '모자라는' 겁니다. 그 모자람은 어떤 계기만 있다면 급속하게 치솟을 준비가 된 암묵적 불신으로 잠재되어 있었습니다. 그것이 상징계 안에 구멍을 내는 것이지요. 시부의 오해를 통해 그 불신이 드러나고, 그 불신을 통해 숙영은 불모의 세계와 대면하게 됩니다. '실재(계)'라고 불리는 불모의 세계는 여기서 모욕적인 심문과 처벌로 징치되는 세계 더는 가족생활을 이어나갈 수 없는 '바깥'이지요. 그 불모의 세계를 숙영은 다시 가리거나 봉합하려 하지 않습니다. 반대로 시체마저 치울 수 없는 강렬한 죽음을 통해 그 구멍을 드러내고, 그 불모의 세계를 가시화합니다. 그리고 남편과 아이들을 데리고 그 구멍으로 나가버립니다. 실재를 통해 상징계를 바꾸는 식의 어설프고 그럴듯한 '대안적인' 답보다는, 그 구멍을 극대화함으로써 드러나는 '문제'나 '물음이 더 중요하다고 말하려는 것일까요? 그 문제를 심연으로까지 밀고 들어가 가족에 대해, 사랑에 대해 다시 생각하도록 만드는 물음을 던지려는 듯 보입니다. 이 시대에 어떻게 이런 작품이 쓰일 수 있었는지 놀랍지 않습니까?

제11장

〈금오신화〉와
〈최고운전〉
:

이계와의 만남,
혹은 외부를 본 자의 고독

1. 세계의 외부, 혹은 외부세계

외부란 뜻'밖'의 것이고, 생각지 못했던 것이며, 우리가 익숙해져 있는 것과 다른, 그렇기에 낯선 것입니다. 고전소설은 우리에게 끊임없이 이런 외부들과 만나게 하고 교차시키면서 다른 세계의 존재를 상기시킵니다. 하지만 익숙한 것에 안주하려 하고 예상치 못한 것, 뜻하지 않은 것을 피하려는 태도는 지금이나 그때나 상례일 것입니다. 다른 세계가, 다른 삶의 가능성이 눈앞에 닥쳐와도 비켜서려는 것이 일상사지요. 고전소설들은 그런 외부와의 만남을 허구적 공간 안에 펼쳐냄으로써 그것의 매혹이나 그것이 야기할 수 있는 '위험'을 보여줍니다. 그래놓고는 어떤 작품은 그 위험을 수습하는 '지혜'를 보여주고, 또 다른 작품은 그 위험을 무릅쓰게 만드는 용기를 슬그머니 촉발합니다.

이런 종류의 외부는 어디에나 있습니다. 인간세계의 바깥을 뜻하는 동물적 변신의 세계, 삶을 졸지에 엉뚱한 곳으로 이끄는 사랑의 매혹, 가족 안에 존재하는 가족적 질서의 외부, 가족 바깥에 펼쳐진 다른 삶의 가능성, 혹은 사회나 국가적 질서와는 다른 종류의 삶의 가능성이 싹트는 외부 등등. 이 중에는 새로운 삶의 가능성을 제공하는 긍정적인 외부도 있겠지만, 자칫하면 죽음으로 몰고 갈 수 있는 불모적인 외부도 있습니다. 가정소설에서는 가족 안에 있는 외부야말로 장화·홍련이나 콩쥐, 숙영낭자를 죽음으로 내몬 구멍이었다면, 차라리 가족 안으로 들어오기 전에 숙영낭자가 있었던 옥연동이나 옥소선이 자기를 찾아온 남자와 도망갔던 산골 촌구석은 규범으로 포위된 가족에서 벗어난 새로운 가능성의 지대였다고 할 수 있겠지요. 아, 심청이 심연을 통과함으로써 도달한 외부도 그렇다고 봐야 합니다.

그러나 고전소설에는 이런 외부로 오해될 수 있는 또 다른 '외부'가 있습니다. 앞서 '이중적 사건화'를 다루면서 '현실'과는 다른 세계, 선계나 용궁 등과 같은 '천상계'의 개입을 살펴봤는데, 이 또한 우리가 익숙하게 사는 세계의 '외부'라고 할 것입니다. 사람들이 사는 현실에서는 동떨어진 이계異界란 점에서 외부로 보이고, 현실에서는 일어날 수 없는 어떤 일, 통상적으로는 예상할 수 없는 어떤 사건을 가능케 해준다는 점에서 뜻밖에 있는 외부로 보이기 때문입니다. 대개는 현실 바깥에서 소설의 서사로 밀고 들어오는 '외부'인데, 앞서 살펴보았듯이 뜻밖의 사건인 듯 보이는 것을 통념에 따라 쉽게 이해하게 해주는 사건화 방법인지라, 실은 좀 전에 말한 외부와는 상반됩니다.

앞서 말한 외부가 통념이나 양식 혹은 제도나 관습의 벽을 넘게 만들고, 때로는 그것과 충돌하거나 그 한가운데를 가로지르게 만드는 것 혹은 그렇게 넘어서고 가로지르면서 나아가게 되는 어떤 지점 내지 지향을 표시한다면, 후자는 낯선 것들을 '아, 역시 그랬군'하며 쉽게 이해하도록 해주는 '해답'이기 때문입니다. 중요한 차이는 언제나 첫눈에 확연한 곳이 아니라 비슷해 보이나 달라지는 곳에 있습니다. "털끝만큼 갈라지면 천지 차이로 어긋난다"는 선가禪家의 말처럼, 그 작고 미세한 차이가 근본적으로 다른 곳에 이르게 해주는 것입니다. 가령 운영으로 하여금 궁궐에서의 삶을 포기하면서까지 그 높디높은 담장을 넘게 만들었던 것은 심지어 목숨을 걸지 않고서는 생각할 수 없었던, 통상의 삶을 벗어난 것이란 의미에서 진정 외부였다고 할 것입니다. 반면 나중에 운영과 김진사의 귀신들이 슬쩍 추가하는 전생담, 즉 이계에서의 인연은 목숨마저 생각하지 않고 담을 넘는 그 미친 행위를 '전생에 이런 일이 있어서'라며 통념으로 쉽게 이해하도록 해주고, 그런 점에서 외부와 반대쪽에 있는 것입니다.

외부는 생각 밖에 있고 통념 밖에 있지만 작품들이 보여주듯이 사실은 주인공들 바로 옆에, 우리 바로 옆에 있습니다. 장승처럼 경계를 지키는 것의 부릅뜬 두 눈을 쉽게 웃어넘기는 순간 혹은 어찌할 수 없는 매혹의 힘에 이끌려 선을 넘을 것을 결심하는 순간 어느새 들어서버릴 만큼 인접한 지대에 있습니다. 고전소설에서 빈번히 나타나듯이 시를 읊는 소리나 피리 부는 소리처럼 생각지 않았던 작은 단서에 이끌려 따라가다보면 곧바로 발견하게 되는 가까운 곳에 있습니다.

출세와 명예, 이익 등을 떠나 은거하는 행위도 이런 외부를 찾아가는 것입니다. '은거'를 현실로부터의 도피나 패배한 자의 수동적인 선택으로 보는 시선은 예전보다 지금이 더한 듯합니다. 그러나 중국의 수많은 고사에서도, 노자나 장자의 철학적 사유에서도 은거란 일종의 적극적인 선택입니다. 그것은 현실로부터 도피하는 게 아니라 현실의 지배적인 삶과 다른 삶을 선택하는 것이고, 통념적인 가치와 다른 종류의 가치를 택하는 적극적인 행위입니다. 다른 세계를 찾아가는 것이지요. 은거隱居의 은隱은 의도적으로 숨는 것을 뜻하기도 하지만, 통상적인 관념으로는 이해하기 어렵기에 숨지 않아도 보이지 않는 어떤 상태를 표현한다고 해야 합니다. 부자 변씨나 그 이웃들 바로 옆에 살고 있지만 도대체 이해할 수 없는 허생 같은 이의 삶이 그런 경우입니다. 숨지 않는 은거자인 셈이지요.

은거를 선택하는 것은 지금보다 예전에 훨씬 더 흔한 일이었고, 그걸 택한 이들은 입신양명하려는 삶에 대해 비판의 의도를 지니기도 했습니다. 수많은 소설의 마지막에 등장하는 "어디로 갔는지 아무도 모른다不知所處"나 "어떻게 되었는지 아무도 모른다不知所終"는[1] 말은 이 '은거'라는 선택을 표현한 것인데, 대부분의 해석자는 이 말을 현실을 등지는 소극적인 도피나 심지어는 현실에서 패배한 자들의 소외로 이해하는 듯합니다. 지금 시대에 '은거'라는 말을 이해하는 방식에 따른 것일 텐데, 덕분에 이 말처럼 크게 오해받는 말도 없을 듯합니다. 이번 강의는 이런 오해를 정정하는 데 '바치고자' 합니

---

1 부지소종에서 종終은 흔히 '생을 마쳤는지'로 번역되는데, 이는 '어떻게 죽었는지'를 뜻하는 말이 되어버립니다. 그러나 여기서 '마치다'는 말은 [일을] 제대로 하며 끝냄을, 완성과 완결을 뜻하며, 끝 이후의 단절(죽음)이 아니라 그 종결까지 가는 과정을, 생의 완성과 완결을 뜻합니다. 즉 부지소종은 그 뒤에 어떻게 지냈고 어떻게 되었는지 모른다는 말입니다. '어떻게 죽었는지'보다는 차라리 '어떻게 살았는지'란 말이 더 적절한 번역어로 여겨집니다. '마치다'가 타동사라서 '어떻게 마쳤는지'라고 번역할 수 없기에 '어떻게 되었는지'로 번역하려고 합니다. 번역본을 인용할 때도 그렇게 수정하여 인용하겠습니다.

다. 한마디로 말해 이번 강의는 부지소종, 즉 '어떻게 되었는지 아무도 모른다'는 말에 대한 것이라고 해도 좋겠습니다.

2. 은둔자와 외부: 〈유우춘전〉과 〈설생전〉

은거나 은둔隱遁이라고 명명된 삶의 방식을 적극적으로 받아들이는 작가나 작품은 많습니다. 가령 허균의 〈남궁선생전〉이나 이옥의 〈부목한전〉이 그렇습니다. 가령 〈부목한전〉에서는 이름도 사는 곳도 말해주지 않은 채 그저 부목한(절에서 불 때고 밥 짓는 이)으로 살던 이에 대해 쓰고는 이렇게 말합니다. "이인異人이 세상에 아직 정체를 드러내기 전에 저 부목한이 했던 것처럼 속세 사람들 속에 묻혀 산다면, 바로 앞에서 얼굴을 마주치고도 그냥 지나쳐버리고 말 것이다."(〈부목한전〉, 『낯선 세계로의 여행』, 133) 여기서도 그렇지만 이런 작품에서는 은둔이 갖는 가치를 이해하지 못하는 이들을 눈앞에 큰 인물이 있어도 알아보지 못하는 이들로서 비판하기도 합니다. 안목 있는 자들이 아니면 심지어 말을 나누고 같이 술을 마셔도 알아보기 어려운 존재가 바로 은둔자들이지요.

유득공의 〈유우춘전〉은 이미 해금의 명인으로 명성 높은 유우춘에 대한 이야기입니다. 소설 속 화자는 유우춘을 찾아가 해금을 배우고자 합니다. 그러나 유우춘은 그러지 말라며 말립니다. 그렇게 배워 연주해봐야 "공을 이루기 어려운" 반면, "남들이 알아주지 않"으리라는 게 이유입니다. 돈을 벌려고 하는 '거렁뱅이'의 연주는 별것 없음에도 사람들이 우르르 몰려들어 듣고 돈을 내는 반면 자신의 연주는 대부분 알아듣지 못한다면서, 왜 굳이 돈 안 되는 해금 연주를 배우려 하느냐는 겁니다. 이는 돈 벌기 위해 만들고 연주하는 음악과, 남의 이해를 억지로 구하지 않고 자신의 음악적 세계를 표현하고 싶어 만드는 음악 사이의 현대적 대비를 떠올리게 합니다. 돈을 벌려면 누구나 알기 쉽고 따라오기 쉬운 걸 만들고 연주해야지요. 그러려면 대중이 쉽게 동화되고 도취될 수 있는 구조나 리듬, 선율 등을 구사해야 합니다. 반면 자신의 독자적인 감각을 표현하고자 한다면 상투적인 스타일이나 관습적인 리듬에서 벗어나야 합니다. 이는 대부분 익숙지 않을 것이기에 친해지거나 따라가기 어렵습니다. 그렇기에 대중적인 성공을 거두기는 쉽지 않지요. 즉 돈 안 되는 작품이 되는 것이지요. 이런 게 어디 음악뿐이겠습니까? 어느 예술이나 다 그렇지요. 예술만도 아닙니다. 이른바 '인문학'이란 이름하에 좀 팔리는 책들은 모두 읽기 쉽고 이해하기 쉬운 것들뿐이지요. 약간만 깊이가 있어도 따라가기 쉽지 않으며, 무언가 독자적인 사유가 있다면 읽기 쉽지 않습니다. 들어도 들리지 않고 읽어도 읽히지 않는 작품들인 셈이므로, 외면당하고 이해되지 않는 현실적 '저주'를 피하기 어렵습니다.

유득공의 시대에도 별반 다르지 않았던 듯합니다. 더구나 유우춘은 이미 해금 연주로 최고라는 평과 명성을 얻던 인물이어서 '유우춘의 해금'이란 말까지 있었다고 합니다. 그러나 모두가 '유우춘의 해금'을 알고 있어도 실제로 연주하는 걸 듣고 알아보는 이는 별로 없었던 모양입니다. 그래서 명성은 있지만 제대로 알아듣는 이 없는 자신의 음악 이야기를 하며, 이런 걸 배워서 뭐하겠냐는 겁니다. 이 반어적 어법 속에 배어 있는 것은 세간의 눈이나 세상의 기준으로는 알아보지 못하는 '높이 나는 자'의 고독입니다. "우춘이 말한 '기예가 높아질수록 사람들은 이해하지 못한다'는 말이 어찌 해금에만 해당되는 말이겠는가."(〈유우춘전〉, 157) 결국 유우춘은 현실 속에 심지어 명성과 함께 있었으나 그 현실에서는 보이지 않는 곳, 그 현실세계의 외부에 있었던 것입니다. 의도치 않은 은둔이라고 해야 할까요?

부목한이나 유우춘 같은 이들은 어디 숲을 찾아가지 않았고 사람들과 함께 거리에서 살았지만, 실은 은둔의 삶을 산 자들입니다. 남들이 알아보든 아니든 자신의 삶을 사는 것 말입니다. 이런 이들이 사람들 앞에 나서거나 연주하지 않는 것은 이해하기 어렵지 않습니다. 나서서 말해봐야 알아보지 못하고, 내놓고 연주해봐야 알아듣지 못하기 때문이지요. 그럼에도 더욱 높이 올라가는 것, 남들이 더욱더 알아보기 힘들고, 남들 눈에 더욱더 보이지 않는 곳으로 올라가는 것, 이게 바로 은둔입니다. 눈앞에서 은둔하는 것이고, 세간 속에서 은둔하는 것입니다. 세간의 말이나 삶이 피곤하다면 산속으로 들어가거나 보이지 않는 곳을 찾아가기도 하지만(백아나 유우춘 같은 이가 연주하지 않으려 하듯이), 중요한 것은 눈앞에 있어도 보이지 않는 삶의 불가피성입니다. 이 경우 "아무도 간 곳을 알지 못한다"는 말은 "아무도 그가 이른 경지를 알지 못한다"는 말과 크게 다르지 않을 것입니다.

은둔을 공간적인 장소로 다루는 경우에도 우리는 이렇게 이해해야 합니다. 가령 오도일의 〈설생전〉은 은둔이란 삶의 방식을 별개의 공간적인 장소로 치환하여 말하면서도, 그런 외부가 어디에나 있음을 명시해줍니다. 이 작품은 명예와 권세, 이익 등을 위한 쟁투의 세계로부터 떠난 다른 삶의 가능성을 '은둔'이라 명명하고, 그런 은둔적 삶의 영역이 어디에나 널려 있음을 명확하게 지적합니다.

〈설생전〉은 설씨 성을 가진 선비에 대한 소설입니다. 기이한 재주가 있었으나 과거시험에는 번번이 떨어졌던 설생은 "광해군 말 계축옥사가 일어나자 세상사에 염증을 느끼고는 속세를 떠나 은거하고자 했다"고 합니다(박희병 외 편역, 〈설생전〉, 『낯선 세계로의 여행』, 149). 계축옥사는 선조의 후계를 둘러싸고 광해군을 지지하는 대북파와 영창대군을 지지하는 소북파가 싸운 것인데, 권력투쟁에서 승리한 대북파가 소북파를 숙청한 뒤 어떤 강도 사건 연루자들에게 거짓 자백을 하도록 하여 그걸 핑계로 인목대비를 폐하고 급기야 영창대군을 죽게 한 사건입니다. 이를 두고 작품에서는 '삼강오륜이 무너졌다'고 하지만, 이는 권세와 이익 등 세간의 가치가 일상의 가족관계마저 파탄낸 사태를 뜻하겠지요.

설생은 자신을 찾아온 지기知己에게 은거하자고 권합니다. 친구는 "그게 바로 내 생각일세. 지금 자네 말도 있고 하니 함께 은거하고 싶지만, 부모님이 계셔서 쉽게 허락할 수가 없"다고 답합니다(150). 세간의 가치를 등진다는 것, 외부라고 말할 다른 삶을 실제로 선택하는 것은 이처럼 말로 동의하는 경우에도 결코 쉽지 않습니다. 한 달 뒤 다시 찾아왔을 때 설생은 이미 떠나고 없었습니다. "이달 초에 처자식과 함께 이사갔습니다. 우리한테는 무슨 일로 어디를 가는지 아무 말이 없었습니다."(150) 흔히 소설 말미에 나오는 "어디로 갔는지, 어떻게 되었는지 아무도 모른다"는 말의 다른 표현입니다.

그 친구는 인조가 즉위한 뒤 여러 관직을 역임하여 높은 지위에 이릅니다. 나중엔 강원도 관찰사가 되었는데, 어느 날 영랑호에서 배를 타다 설생을 만나 그가 사는 곳으로 따라갑니다. 험한 산길을 한참 들어가 설생이 산다는 '회룡굴'에 이릅니다. "좁고 험해 새들이나 들어갈 수 있을 것처럼 보이"는 굴이라고 합니다. 그것은 '은거'라고 명명된 삶이 그처럼 들어가기 힘든 것임을 뜻합니다(그에 비하면 친구가 간 길은 넓고 평탄한 길입니다!). 그런데 "굴 안의 땅은 터가 넓어 집 100여 채가 들어설 만한데, 집들이 즐비하게 늘어서 있고 토지가 비옥했다…… 물고기와 새들은 사람을 두려워하지 않았고, 구름과 안개가 마음을 즐겁게 했다. 산봉우리와 수석의 괴이하고 웅장한 모습이 사랑스럽고 볼만하여 아침저녁으로 천만 가지 변화무쌍한 모습을 보여주"었다고 합니다(153). 물론 조그만 굴속의 넓은 터라 해도 새가 날아다닐 산봉우리, 구름, 안개가 실제로 있을 리는 없습니다. 좁고 험해 들어가기 힘든 굴을 통과했을 때 나타나는 독자적인 또 하나의 세계임을 뜻할 것입니다. 굴이란 기존 세계로부터 벗어나는 출구의 이름이었고, 그 출구 저편엔, 알고 나서 보면 "집도 이렇게 부유하니 산속에 살면서 어찌 이렇게까지 될 수 있단 말인가"(154)라고 묻게 만드는 독자적인 세계, '부유'하고 풍요로운 세계가 있었던 것입니다. '은거'란 세계로부터 도피하는 게 아니라 이처럼 다른 세계를 찾아가는 것, 다른 세계를 구성하는 것입니다.

설생은 이런 세계가 회룡굴이라는 특정한 장소에만 있지 않고 어디에나 가까이 있음을 말합니다. "제가 노닐며 오가는 곳은 여기뿐이 아닙니다. 세상을 벗어나 살게 된 뒤로는 내키는 대로 산수를 유람하며 다니는 것을 몹시 좋아해서 하루도 안 다닌 적이 없지요…… 그러나 마음 맞는 곳을 만나면 풀을 베어 집을 짓고 산비탈을 깎아 밭을 만들었지요. 그렇게 2년도 살고 3년도 살다가 싫증이 나면 또 다른 곳으로 옮겨가 살았어요…… 좋기가 여기보다 열 배

나 더한 곳도 여러 군데 있사외다. 다만 세상 사람들이 모를 뿐이지요."(154)

'노닐며 오가는' 것이나 '유람'이 관광 같은 것은 아닐 것입니다. 다니다 마음 맞는 곳을 만나면 집을 짓고 살았다는 말로 미루어보건대 그건 좋은 곳을 찾아다니는 것, 마음 내키는 대로 흘러다니며 사는 삶을 표현하는 단어일 것입니다. 은거하려는 이, 다른 삶을 살려는 이에게는 가는 곳 어디든 자기 맘에 들면 '은거지'가 되고 맘에 안 들면 언제든 떠날 수 있으니, 어느 곳이든 은거 아닌 곳이 없는 셈입니다. 이동을 멈추게 하고 삶을 못 박듯 고정하는 세간의 가치들, 떠나고 싶어도 떠나지 못하게 만드는 '중력重力의 영靈'이 없다면 세상 어디나 '은거'라 불리는 다른 삶의 장소가 될 수 있습니다. 가장 멀지만 사실은 가장 가까이 있는 것, 그게 바로 '다른 세계'이고 외부인 것입니다.

한때 은거에 동의했던 저 친구는 굴 뒤에 있는 세계를 직접 보았음에도 그 놀라운 비밀을 알지 못합니다. 그래서 3년 뒤 이조판서가 되어서는 설생에게 벼슬을 주려고 하지요. 설생은 그런 제안을 받은 것을 "수치스럽게 여겨 세상으로부터 달아나 다시는 나타나지 않았다"고 합니다(155). 그 친구에게 은거란 쉽게 동의할 수 있는 것이란 점에서 가장 가까이 있었지만, 부모니 뭐니 하는 여러 이유로 결코 가까이 갈 수 없었다는 점에서 가장 멀리 있었던 것입니다. 외부란 누구에겐 가까이 있어도 더없이 멀고, 누구에겐 멀리 있는 듯 보여도 더없이 가까이 있는 것, 어디에나 있는 것입니다.

이러한 은거의 비밀을 이해하지 못하면 또한 '어디로 갔는지 아무도 모른다'로 표현되는 은거자의 삶, 그 고독을 크게 오해하게 됩니다. 〈금오신화〉에 대한 해석들은 그런 오해가 얼마나 광범위한지를 보여주는 듯합니다.

3. 다른 세계를 본 자의 고독: 〈금오신화〉

김시습의 〈금오신화〉는 다섯 편의 소설을 담고 있습니다. 〈만복사저포기〉 〈이생규장전〉은 죽은 여인의 귀신과의 사랑을 다루고, 〈취유부벽정기〉는 천녀와의 뜻밖의 만남을 다루며, 〈남염부주지〉와 〈용궁부연록〉은 염라국과 용궁이라는 다른 세계를 뜻밖에 방문하는 이야기입니다. 일단 이야기를 간략하게라도 소개하고 시작해야겠지요?[2]

먼저 〈만복사저포기〉는 '만복사에서 저포놀이를 하다'라는 뜻의 제목입니다. 남원 출신인 주인공 양생梁生은 일찍이 부모를 잃고 만복사의 구석방에서 외로이 지냅니다. 만복사에서 연등을 하고 복을 비는 날 사람 없는 때에 법당에 들어가 부처님에게 저포놀이(주사위 놀이와 비슷하다고 해요)를 해서 자기가 이기면 아름다운 배필을 얻게 해달라고 빕니다. 양생이 저포놀이에 이긴 덕인지 배필을 구하고자 하는 미인이 법당에 들어오고, 둘은 결국 남녀의 인연을 맺게 됩니다. 여인의 행동이나 그들이 내는 술과 음식이 심상치 않았으나 개

---

2 〈금오신화〉의 다섯 작품 중 〈만복사저포기〉 〈이생규장전〉 〈용궁부연록〉만이 박희병·정길수 편역, 『끝나지 않은 사랑』과 『이상한 나라의 꿈』에 번역되어 있습니다. 인용의 일관성을 위해 〈금오신화〉는 다섯 편 모두 『국역 매월당 전집』(강원도, 2000)을 인용하겠습니다. 〈금오신화〉에 큰 영향을 미친 구우瞿佑의 〈전등신화〉는 최용철 역, 『전등삼종』(전2권, 소명출판, 2005)을 참조했습니다.

의치 않고 깊은 숲속에 있는 여인의 처소에까지 갑니다. 가는 도중에 마주치는 사람들이 여인을 알아보지 못하는데도, 이 역시 개의치 않습니다. 귀신에게 '홀린' 것이고 여인에게 충분히 매혹당한 것입니다. 양생은 여인의 집에서 3일간 사랑을 나누고 헤어집니다. 이별하면서 여인은 은주발을 주며 자기 부모와 만나도록 하는데, 거기서 양생은 그 여인이 왜구의 난리로 죽은 그 집 딸의 혼령임을 알게 됩니다. 여인은 약속한 시간에 오지만, 부모나 친척은 그를 보지 못하고 양생의 눈에만 보입니다. 여인은 양생과 더불어 부모가 베푼 음식을 먹고 양생과 자고 나서는 떠날 시간이 되었다며 울며 떠나고, 양생은 다음 날 여인의 집이 있던 곳에 가서 여인의 무덤을 발견하고는 슬피 울며 다시 장례를 치러줍니다. 3일간 제를 지내자 여인이 나타나 덕분에 자신은 타국에 가서 남자로 태어났으니 불도를 닦아 윤회를 벗어나라고 말합니다. 이후 양생은 다시 장가들지 않고 지리산으로 들어가 약초를 캐며 살았다고 하는데, 그 뒤 어떻게 되었는지는 아무도 모른다고 합니다.

〈이생규장전〉의 제목은 '이생李生이란 인물이 담장 너머를 엿보다'라는 뜻인데, 〈만복사저포기〉처럼 귀신과 연애하는 이야기입니다. 하지만 낯선 귀신이 아니라 낯익은 귀신이란 점에서 다릅니다. 먼저 이생의 연애 이야기에서 시작합니다. 송도에 사는 이생은 국학을 다녔는데, 지나는 길에 있는 최씨 집 담장을 넘보다가 시를 읊는 아름다운 여인을 발견하고는 화답하는 시를 씁니다. 그는 밤에 오라는 답을 받은 뒤 담을 넘어다니며 밀애를 계속하지요. 그러다 밤에 드나드는 걸 부친이 알고는 이생을 울주(울산)의 농장으로 쫓아 보내지만 그리움에 앓아누운 딸의 이야기를 듣고 이생 집에 청혼하여 두 사람은 결혼하게 되지요. 이생은 과거에 급제하여 좋은 벼슬자리까지 얻습니다. 하지만 홍건적의 침입으로 양가 가족뿐 아니라 아내도 죽고 이생만 홀로 살아남습니다. 그런데 슬픔에 잠긴 이생 앞에 아내가 나타납니다. 이생은 기뻐하며, 귀신인 줄 알면서도 벼슬에 나아가지 않고 아내와 함께 삽니다. 아내는 몇 년이 지난 후 이승에서의 인연이 끝났다며 떠나지요. 이생은 아내의 부탁대로 시신을 찾아 묻어준 뒤 그를 그리워하다 병이 들어 두어 달 만에 죽고 말았다고 합니다.

〈취유부벽정기〉의 제목은 '부벽정에서 취하여 놀다'라는 뜻입니다. 송도에 사는 홍생洪生이라는 부자가 평양에 가서 친구들과 배를 타고 놀다가 친구들이 모두 취하여 잠들자 흥취를 이기지 못해 작은 배를 타고 더 올라가 부벽정에 이르러 고국故國의 흥망을 탄식하는 시를 지어 읊습니다. 그걸 듣고 아름다운 여인이 나타나 시로써 화답하는데, 누구인가 하고 물으니 위만에게 나라를 빼앗긴 기자의 딸로서 천상계에 올라가 선녀가 되었다는 겁니다. 천녀는 홍생의 청대로 긴 시 한 수를 더 읊고는 옥황상제의 명이 엄하다며 사라지고 홍생은 귀가하여 기씨녀를 그리워하다가 병이 듭니다. 그러던 어느 날 꿈에서 한 여인이 나타나 그 천녀의 추천으로 옥황상제가 천상의 일을 맡겼으니 거절할 수 없다고 전하자, 홍생은 목욕재계하고 향을 피워놓고는 잠시 누웠다가 세상을 떠났다고 하는데, 죽어서 며칠이 지나도 얼굴빛이 변하지 않았다고 합니다.

〈남염부주지〉는 사랑 이야기가 아니라, 이단을 경계하기 위해 세상의 이치는 오직 하나라는 내용의 '일리론一理論'을 쓰기까지 했던 선비 박생朴生이 염부주라는 염라국에 가서 염왕과 귀신, 지옥과 천당, 윤회 등을 주제로 토론하는 이야기입니다. 염왕은 박생의 능력을 칭찬하면서 왕위를 물려주겠다며 세상에 잠시 다녀오라 하고, 꿈에서 깬 박생은 신변을 정리하고 지내다가 병이 드는데 이를 고치지 않고 조용히 죽습니다. 이 소설은 염라대왕과의 철학적인 토론을 통해 김시습 자신의 생각을 펼친 일종의 '사상소설'로 간주되는데, 주인공 박생의 처지 또한 김시습과 일치한다고 보기도 합니다(안창수, 1994 외).

그런데 인상적인 것은 지옥이나 천당이 있느냐는 물음에 염왕이 그런 말은 들은 적 없다며, 그게 있다면 세상 밖에 또 세상이 있다는 말이 되지 않겠냐고 답하는 부분입니다(『국역 매월당 전집』, 944). 황당하지 않나요? 지옥이 없다는 이야기를 염왕 자신이 하고 있으니 말입니다. 염라국이 현세의 일부라는 말일까요? 그럴 리가 없으니 이는 염왕 자신의 존재를 스스로의 말로 부정한다는 점에서 역설 내지 반어라고 하겠습니다(진경환, 1998). 지옥의 염왕이 지옥이 어디 있느냐고 할 때 박생의 표정은 어땠을까요? 분명한 점은 이 작품에서 염왕의 입을 통해 개진되는 사상을 고지식하게 읽으면 안 될 뿐 아니라, 이를 작가 김시습에게 그대로 귀속시켜서도 안 된다는 것이겠지요. 그것을 일단 역설이 저지하고 있지 않습니까? 〈남염부주지〉처럼 사상적 입장을 표명한다고 볼 수 없는 〈금오신화〉의 다른 작품들에 대해서는 말할 것도 없겠지요. 진경환의 지적처럼, 작가와 서술자, 작중 인물을 구별하지 않고 작가의 처지나 생각과 비슷한 것이 있으면 모두 작가에게 귀속시키며, 그걸 축으로 삼아 작품을 해석하는 방식에 대해 경종을 울려준다고 하겠습니다.[3]

마지막으로 〈용궁부연록〉은 주인공 한생이 염라국 대신 용궁의 연회에 초대받아 가서 벌어지는 이야기입니다. 용왕은 글재주가 조정에까지 알려진 한생韓生을 초대하여 새로 지은 누각의 상량문을 지어달라고 청하고는 잔치를 베풀어 대접합니다. 잔치가 끝난 뒤 한생은 용왕의 호의로 용궁 구경을 하는데, 헤어질 때 용왕에게서 구슬과 비단을 선물로 받지요. 꿈에서 깬 한생은 이 세상의 명리를 구하지 않고 명산으로 들어가 자취를 감추었다고 합니다.

어찌 보면 비슷하고 어찌 보면 달라 보이는 이 다섯 편의 소설을 하나로 묶어주는 공통된 요소가 있다면, 모두가 생각지 못했던 다른 세계를 만난다는 점, 그리고 그로 인해 주인공들이 '외부'라 불러 마땅할 다른 세계로 나가버린다는 점입니다. 외부와의 만남, 외부로의 이탈이라고 해야 할 그 사건들 모두 뜻'밖의' 만남이었다는 점에서 만남의 양상 또한 외부적입니다. 한마디로 말해 〈금오신화〉는 '외부'에 대한 소설입니다.

이런 외부와의 만남은 다른 이들이 알기 어려운 '개인적' 이탈의 경로를 따라가며, 외부로의 이탈 또한 사람들이 알지 못할 어떤 곳으로의 빠져나감입니다. 그렇기에 소설 대부분은 주인공이 다른 인물과 분리되어 '혼자' 다른 세계를 만나는 형식으로 쓰였고, 결말은 아무도 알지 못하는 곳으로 사라지거나 죽어서 다른 세계로 가버리는 것으로 맺습니다. 〈만복사저포기〉의 양생은 여인이 떠나간 뒤 모든 걸 팔아 여인을 위해 제를 지낸 다음 다시 장가를 가지 않고 지

---

3   진경환(2014)은 〈취유부벽정기〉에서도 작가 의식과 작품 내용 간의 불일치를 주목하면서, 마지막에 홍생이 죽은 뒤 사람들이 덧붙이는 말을 들어 비극적 정조를 해학적인 정조로 변환시키는 효과를 지적합니다. 이는 〈금오신화〉의 모든 작품을 비극적이라 보고, 이 비극성은 김시습이라는 작가의 불행한 삶에 연원한다고 보는 주된 해석 방식에 대해 매우 중요한 비판이라고 생각합니다.

리산으로 들어가 약초를 캐며 살았는데 이후 어떻게 되었는지는 아무도 모른다 하고, 〈이생규장전〉에서 귀신이 되어 다시 나타난 아내와 만난 이후 이생은 더 이상 벼슬도 하지 않고 사람들의 일에 소홀해져 친척들의 경조사에도 가지 않은 채 아내하고만 지내다, 아내가 떠나자 그리움으로 병이 나 몇 달 뒤에 세상을 뜹니다. 〈취유부벽정기〉의 홍생은 꿈속에서 상제의 조서를 받고 깨어나 집 안을 정리하고는 뜰에 깔아놓은 자리에 누워 있다 갑자기 세상을 떠납니다. 〈남염부주지〉의 박생은 꿈에 염라국을 대신 다스려달라는 말을 듣고 깨어나 곧 죽을 것임을 짐작하여 집안일을 정리하고는 몇 개월 뒤 병에 걸리는데, 의원도 무당도 물리치고 죽음을 기다립니다. 〈용궁부연록〉의 한생 또한 용궁에서 돌아온 후 "세상의 이익과 명예에 마음을 두지 않고 명산에 들어갔는데, 어떻게 되었는지 알 수 없다不知所終"(965)고 합니다. 용궁에서 받아온 보배들도 있었건만, 아무에게도 보여주지 않았다고 합니다.

이런 전개와 결말에서 어떤 이는 '자아와 세계의 대결'이나 패배를 통한 역설적 긍정을 읽어내기도 하고(조동일, 1977), 그런 세계 내지 현실로부터 도피하는 소극적 항거나 삶을 방해하는 운명에 대한 저주를 읽어내기도 합니다(임형택, 1971). 혹은 고독하고 소외된 삶으로 인해 폐쇄된 내적 세계로 도피하여, 삶의 폭력성을 무화하는 방어 기제인 환상을 가동시키는 자폐적 나르시시즘과 니힐리즘으로 읽어내기도 하며, 개인의 고립과 소외를 환기시키는 우울하고 니힐리즘적인 환상 속에서 현실계의 황폐함과 무상함을 인지하는 소멸의 존재론을 찾아내기도 합니다(최기숙, 2003). 반대로 부지소종의 결말을 일종의 '화해'라고 보는 연구자(백남오, 1987)나 한이 풀려서 이상세계로 나아가는 '승리'라고 보는 연구자(설중환, 1987)도 있지만, 대체로는 욕망의 좌절이나 현실세계에 대한 패배를 뜻하는 비극으로 보는 듯합니다.

그러나 개인화된 주인공의 이야기로 진행되는 것을 꼭 세계로부터 고립된 자아의 서사로 읽어야 할까요? 혹은 이미 소외되고 고립된 인물이 가는 도피의 경로로 읽어야 할까요? 〈금오신화〉의 이야기를 그런 도피자의 니힐리즘적 환상으로 봐야 할까요?[4]

먼저 주인공들이 현실세계에서 소외되고 고립된 인물이라는 가정은, 아마도 세조의 왕위 찬탈 이후 세상을 버리고 떠돈 저자 김시습의 일생과 소설의 주인공들을 포개어 생긴 이미지인 듯합니다. 작가의 삶과 소설이 별개라고 할 순 없겠으나 작품을 작가의 삶이나 사상으로 환원하는 것은 좋은 해석 방법이 아닙니다. 작가의 의도란 누구도 알 수 없는 것이고, 작품이란 작가의 의도에서 벗어나서 만들어지기 때문입니다. 사실 훌륭한 작품이란 작가를 몰라도 충분히 감응을 일으키는 작품이지요. 작가를 모르고서는 이해할 수 없는 작품은 작가로부터 충분히 독립성을 획득하지 못한 불충분한 것입니다. 가령 블랑쇼가 작품 앞에서 작가는 아무 말도 해서는 안 된다며 '작가의 고독'에 대해 말한 바 있는데(Blanchot, 1998), 저는 그 말 또한 이런 의미라고 이해합니다. 덧붙이자면, 작품의 의미를 작가로 귀속시킬 때 작가는 작품의 초월적 중심이 되고 맙니다. 초월적 독해가 되는 것이지요. 그러나 작품의 의미는 자체 내에 있는 요

---

4 이보다는 오히려 〈금오신화〉에서 죽음이란 존재의 소멸이 아니라 새로운 재생과 연결된 영혼의 이주라고 보는 해석(정학성, 2014)이나, 〈금오신화〉의 작품들을 '계보'에서 벗어난 존재자들을 통한 불교적 존재의 탐구라고 보고 이를 통해 존재의 계보를 재설계하려는 시도로 읽는 것(윤채근, 2004)이 더 적절해 보입니다.

소들 간의 내재적 관계에서 형성되는 것이지, 작품 밖에 있는 작가에 하나하나 대응되는 것이 아닙니다. 앞서 진경환의 지적처럼 작가와 작품 안에서의 서술자, 작중 인물을 구별하지 않고 모두 작가로 환원하는 것은 또 다른 의미에서 환원론적 독해이기도 합니다. 작품 안의 인물이 실제로 그렇게 소외되고 고립된 인물인지는 텍스트에 대한 내재적 독해를 통해서, 즉 작품의 서사 자체를 통해서, 이웃한 요소들과의 관계 속에서 확인해야 합니다.

먼저 〈만복사저포기〉의 양생은 일찍이 부모를 잃고 처자식도 없이 만복사 동쪽 방에 홀로 살던 인물이란 점에서, 소외까지는 몰라도 고립된 인물인 듯합니다. 그러나 작품에서 세상으로부터 소외된 어떤 불행의 단서를 직접 찾아보긴 어렵습니다. 〈이생규장전〉의 이생은 가난한 양반집 아들인데, 열여덟의 나이로 풍류와 운치가 있고 타고난 자질도 뛰어났다고 합니다. 그는 국학에 다니며 오가는 길에 늘 시를 읽었습니다. 아내가 된 최낭자는 선죽리 명문가의 딸입니다. 이들을 소외되거나 고립된 인물이라고 볼 요소는 어디서도 찾아보기 어렵습니다. 문제는 홍건적이 개성을 침략하면서 전란이 발생하고, 욕보일 위기에 처한 최낭자가 죽음을 택하는 데서 비롯됩니다. 하지만 이런 사태는 당시 누구라도 처할 수 있는 것이기에 이생이 특별히 소외되고 고립된 인물이라고 하긴 어렵습니다. 고립은 최낭자의 귀신과 만난 이후, 최낭자와의 사랑에 몰입하며 이생 자신이 선택한 것입니다.

〈취유부벽정기〉의 홍생은 송도의 부자 상인으로, 젊고 수려한 외모에 풍류를 알고 글도 잘했다고 합니다. 이야기도 8월 보름에 기생들과 놀아보려고 배를 타고 평양에 가는 것으로 시작합니다. 술에 취했으나 서늘한 밤기운에 남들처럼 잠들지 못해 작은 배를 타고 상류로 올라가 "이 흥취를 다하고 오리라 생각"하여 부벽정에까지 이르게 됩니다. 소외는 물론 고립의 양상을 발견하기 어렵습니다. 패배자의 단서도 없습니다. 수려한 외모에 풍류 잘하는 부자 상인이 친구들과 기생 파티를 하다가, 그것도 혼자서 '흥취를 다하리라'고 혼자 더 가던 중 뜻밖의 인물을 만난 것입니다. 〈남염부주지〉의 박생은 일찍이 태학관에 입학했지만 과거에는 합격하지 못했고, 그로 인해 불만을 가진 인물입니다. 그러나 "그 뜻과 기상이 매우 고상하여 세력에 굴복하지 않았으므로 남들은 다 그를 오만한 청년이라 하였다. 그러나 그는 남과 만나 대화할 때는 태도가 성실하고 순박하였으므로 마을 사람들 모두가 칭찬하였다"고 합니다(943). 시험에 떨어진 것을 '소외'라고 할 수 있을진 모르겠지만, 마을 사람들과의 관계를 보면 결코 고립된 인물은 아닌 듯합니다. 〈용궁부연록〉의 한생은 "젊어서부터 글에 능하여 조정에 이름이 알려져 문사文士로 평판이 있었"(206)다고 합니다. 이런 사람을 소외되거나 고립된 패배자라고 말할 순 없습니다. 반대로 명사라고 해야겠지요.

또한 저는 이 소설에서 '자아와 세계 간의 대결'이나 투쟁을 발견할 수도 없었습니다. 〈만복사저포기〉의 양생은 낭자가 속한 세계의 이웃 여인들과 함께 시를 읊고 술을 마십니다. 동시에 낭자의 부모와 쉽게 공감하고 함께합니다. 여기서 낭자가 속한 세계와 그의 부모가 속한 세계는 다릅니다. 그래서 나중에 옆에 있어도 부모는 자신들의 딸을 보지 못하지요. 양생은 그 부모와 같은 세계에 속한 인물이었지만, 저포놀이 덕분인지 절에서 만난 낭자를 통해 다른 세계 속으로 들어간 겁니다. 물론 애초에 속했던 세계가 아니라 귀신들의 세계이기에 거기 오래 머물지 못합니다만, 여기 어디서도 자아와 세계의 대립이나 대결을 발견하긴 어렵습니다. 조동일은 낭자가 주인공의 소망에 반하여 저승으로 가야 하는 것을 세계와의 대립이요 대결이라고 하는데(조동일, 1977: 125), 그렇다면 우리가 사는 세계에서 부모가 죽고 형제와 이별하는 것도 세계와의 대결이라고 해야 할 것입니다. 그렇게 보면 대결 아닌 게 없게 되지요.[5]

〈이생규장전〉의 이생은 다른 이들처럼 전란에 쫓긴다는 점에서 전란의 피해자이긴 하지만, 자신이 속한 세계와 대결하는 어떤 행적도 보이지 않습니다. 〈취유부벽정기〉의 홍생이 기생과 놀다가 홀로 된 것을 자아와 세계의 투쟁이라고 할 수 있을까요? 이별 후에 그 여인이 그리워 병이 났다고 하는데, 이 또한 세계와의 대결이라 할 순 없을 것입니다. 〈용궁부연록〉의 한생 역시 현실세계에 대한 대결의 언행을 보이지 않으며, 심지어 과거시험에 누차 떨어져 불만이 있는 〈남염부주지〉의 박생조차 세계와 대결하려는 의지를 보이지 않습니다.

세계와의 투쟁이 없기에 패배하는 것도 승리하는 것도 있을 수 없습니다. 가장 고립된 인물처럼 보이는 〈만복사저포기〉의 양생이나

---

5 조동일은 소설이란 '자아와 세계의 대결'이라고 정의하는데 이는 세계로부터 분리된 '자아'를 사유의 출발점으로 삼는 데카르트의 근대적 주체 개념을 떠올리게 합니다. 데카르트와 무관하게 말한 것이라 해도 이것이 지극히 근대적인 자아 개념임은 분명합니다. 이렇게 되면 자아는 정의상 세상의 모든 것과 대립하고 대결하게 됩니다. 모든 게 '대립'이 되면 결국 대립이란 말은 무의미해집니다. 하이데거는 이런 자아나 주체 개념을 비판하면서, 어떤 자아나 주체도 항상-이미 세계-안에-있음을 강조합니다(Heidegger, 1998). 자아와 세계의 대립이라는 구도를 따른다고 해도 이 양자만 대립하는 건 아닙니다. 자아와 다른 자아의 대립, 자아와 타자의 대립, 자아와 세계의 대립, 자아가 속한 세계와 그렇지 않은 세계의 대립을 구별해야 합니다. 더불어 차이와 대립이 같지 않다는 것 또한 강조해두어야 합니다. 즉 모든 차이가 대립이나 대결은 아니라는 뜻입니다.

시험에 떨어진 〈남염부주지〉의 박생조차 패배자의 형상으로 나타나진 않습니다. 쓸쓸함과 슬픔의 감응이 있긴 하나, 세계와의 대결에서 패한 비극의 주인공이 주는 유의 것은 아닙니다. 반면 죽음을 선택한 이들이 죽음 앞에 의연한 건 맞지만, '어디로 갔는지 아무도 알지 못했다'는 것을 '화해'라고 할 수도 없습니다.

문제는 소외된 자가 아닌데 고립의 느낌을 주고, 비극이 아닌데 쓸쓸함이나 슬픔의 감응을 남기는 이유는 무엇일까 하는 것입니다. 고립의 느낌은, 여러 사람이 얽혀들며 진행되는 서사와 달리 이 소설들은 모두 얽혀 있던 관계에서 벗어나 주인공 개인의 '단독적인' 사건으로 진행된다는 점에 기인합니다. 주인공은 왜 사람들로부터 분리되고 고립되었을까요?

그것은 모두 '외부'와의 만남이기 때문입니다. 외부란 알 수 없는 것, 예측을 벗어난 것, 뜻밖의 것이고 의외의 것입니다. 외부와의 만남이란 주인공 자신—평범하다 할 수 없는 인물임에도—도 몰랐던 것입니다. 그러니 평범한 사람들이라면 결코 알 수 없었을 것과의 만남입니다. 옆에 있어도 만나는 줄 알지 못하는 만남입니다. 〈만복사저포기〉의 양생은 여인과 함께 걸어가지만, 사람들은 그 여인을 알아보지 못합니다. 〈취유부벽정기〉의 홍생은 기생이나 친구들이 잠들었을 때, 홀로 천녀를 만납니다.

따라서 〈만복사저포기〉에서 남들이 볼 수 없는 것을 보고 만나는 양생의 '고독'은 필연적인 것입니다. 〈취유부벽정기〉에서 남들이 만날 수 없는 이를 만난 홍생의 고독은 남들에게 말해줘도 전달될 수 없는 매혹의 힘에 기인하는 것입니다. 〈용궁부연록〉에서 한생의 고독은 자신이 보고 온 것을 굳이 남들에게 전하려 하지 않았다는 점에서 스스로 선택한 것입니다. 아마도 말해봐야 이해해줄 것 같지 않았기에 그랬겠지요. 그것은 고독이기에 쓸쓸한 감응을 갖지만, 그 감응은 소외나 패배에서 나온 부정적인 것이 아니라 평범한 사람들의 지각이나 이해를 벗어나 있다는 사실에서 나온 것이고 일차적으로는 긍정적인 것입니다.

쓸쓸함의 감응을 동반하는 이런 고독을 '버림받음'이라고 말할 수도 있을 겁니다. 『차라투스트라는 이렇게 말했다』에서 니체는 이런 '버림받음'에 대해 말한 적이 있습니다. 그가 말하는 '버림받음'이란 사람들이 그저 내치고 외면하여 고립된 게 아니라, 사람들 사이에 있으면서, 심지어 **사람들의 사랑을 받고 있음에도 불구하고 '버림받는 것'**을 뜻합니다(Nietzsche, 2007: 303~304).[6] 앞서 보았듯이 〈유우춘전〉에서 해금의 명인 유우춘이 바로 그런 버림받은 자입니다. 사람들은 그의 해금 연주가 탁월함을 알고 있으며, 그 명성을 듣고 배우려 하기도 합니다. 사람들의 사랑을 받고 있는 것이지요. 그러나 그렇게 사랑한다 하고 좋아한다며 칭찬하는 이들조차 실은 자신의 연주를 제대로 알지 못함을 그는 잘 알고 있습니다. 그들은 그저 유우춘의 명성만 알고 있을 뿐입니다. 이런 것이 사람들 속에서 고립되는 것이고, 사랑받는 가운데 버림받는 것입니다.

유우춘과 색조나 이유가 다르긴 하지만 이생이나 박생, 홍생 등 〈금오신화〉의 인물들이 버림받은 자의 쓸쓸함을 갖고 있다면, 그것

---

6   이 책에서 니체는 이 버림받음을 고독과 구별하고 있습니다. 그런데 여기서 그가 말하는 고독이란 "모든 사물이 응석을 부리며 다가와 모든 걸 털어놓고 말을 건네는 고향과도 같은 것"이고, 버림받음이란 사람들 속에 있으면서, 심지어 사랑받으면서도 이해받지 못함입니다. 혼동을 줄이고자 덧붙이면, 저는 본문에서 이런 버림받은 상태를 '고독'이라고 썼습니다. 니체가 말하는 고독은 이와 다른 것입니다.

은 바로 이런 의미에서의 '버림받음'일 것입니다. 제가 쓴 '고독'이란 말이 표현하는 것도 바로 이것입니다. 고독이란 사람들 속에 둘러싸여 있으면서도 고립되어 있고, 사람들의 사랑을 받지만 누구에게도 제대로 이해받지 못하는 이 '버림받음'과 동일한 것입니다. 외부를 본 자라면 어떻게 이런 고독, 이런 '버림받음' 속에 들어가지 않을 수 있겠습니까? 보여줘도 알지 못하고 말해줘도 이해하지 못하는 게 바로 그 외부이니 말입니다. 유우춘처럼 높이 나는 자의 고독 내지 '버림받음' 또한 이와 다르지 않을 겁니다. 그것은 둘러싸인 채 고립되는 것이고, 사랑받으며 버림받는 것입니다. 남들이 보지 못한 것을 보고 남들이 알 수 없는 것을 알게 된 자들, 외부를 본 자들의 운명적인 고독이요 피할 수 없는 버림받음입니다.

　따라서 그들의 고독은 "자폐적인 자아의 나르시시즘"(최기숙, 2003)이 아니라, 말해도 듣지 못하고 보여줘도 보지 못하는 사람들과의 거리에서 나오는 것입니다. 그렇기에 그것은 쓸쓸함을 동반한다고 해도, 니체의 개념으로 말하자면 니힐리즘이 아니라 '거리 distance의 파토스'에 짝하는 것입니다. 고귀한 자가 천한 자들에 대해 느끼는 거리감, 차라투스트라처럼 사람들이 사는 세계로 내려가거나 그들 속에서 함께 살 때조차 결코 축소될 수 없는 거리감이 그것입니다. 쓸쓸함이란 그런 거리감을 긍정하는 데서 오는 고독의 감응입니다. 그것은 그 좁힐 수 없는 거리를 알고 받아들이는, 아니 받아들일 수밖에 없는 자의 자긍심에 동반되곤 하는 쓸쓸함의 감정입니다. 높이 나는 자가 시장판의 북적대는 이들에 대해 느끼는 거리에서 나오는 쓸쓸함입니다. '은둔'이나 '은거'라는 말에 달라붙어 있는 고립감과 쓸쓸함도 바로 이런 것이겠지요.

그 고독은 자신이 살던 곳과 전혀 다른 세계를 본 자의 고독이며, 그렇기에 남들과 다른 세계를 살 수밖에 없는 자의 고독입니다. 하여 저는 이 소설의 주인공들이 세계를 등지고 도피한 것이라는 데에도 동의하지 않습니다. 세상을 보는 안목이 있고 삶을 관통하는 통찰력이 있는 자라면 외부를, 다른 세계를 보고 나서 어찌 이전 세계로 되돌아갈 수 있겠습니까? 심지어 이전에 살던 곳에 그대로 산다 해도, 이전의 이웃이나 가족과 함께 산다 해도 결코 동일한 삶을 살 수는 없을 겁니다. 세간에서 중요하게 여기는 명예나 이익, 욕망이나 가치를 어떻게 계속 좇으며 살 수 있을까요?

그렇다면 〈용궁부연록〉의 한생이 용궁에 다녀온 뒤 "세상의 이익과 명예를 마음에 두지 않고 명산에 들어갔는데, 그 후 어떻게 되었는지 알 수 없다"(231)는 말처럼 이해하기 쉬운 게 어디 있겠습니까? 〈만복사저포기〉의 양생이 "이후 다시 장가를 들지 않고 지리산으로 들어가 약초를 캐며 살았는데, 그 후 그가 어떻게 되었는지는 아무도 모른다"(40)는 말도 그렇습니다. 그것은 패배자의 도피가 아니라, 다른 세계를 본 자가 세간의 가치, 우리의 발을 묶고 영혼을 사로잡는 끈들을 끊고는 다른 세계로 비약했음을 표현하는 말입니다. '은거'와 '은둔'이라고 명명되는 삶 속으로 들어간 것입니다. 그러니 세간의 사람들이 그가 "어떻게 되었는지 알 수 없"는 것은 당연합니다. 그들이 갖고 있는 눈과 귀로는 결코 보고 들을 수 없으며, 그들이 갖고 있는 지각과 가치의 격자로는 결코 포착할 수 없는 외부로 나간 것이니까요. 아마 바로 옆에 살고 있다 해도, 어떻게 살았는지 눈 뜨고 보았다고 해도 "어떻게 되었는지 알지 못했"을 것입니다.

외부의 체험, 다른 세계를 산 경험은 죽음마저 쉬워지게 합니다.

다른 세계를 산다는 것은 흔히들 '현실'이라고 말하는 지금 세계, 통념이 지배하고 부와 공명을 좇는 세간의 가치가 지배하는 세계를 이미 떠난 것이기 때문입니다. 다른 세계에서 온 초대장을 받아든 〈취유부벽정기〉의 홍생은 얼른 죽을 준비를 하고는 누워 죽음을 맞습니다. 염라국에 자리를 새로 얻은 〈남염부주지〉의 박생 또한 죽음을 예상하고 집안일을 정리합니다. 병이 들었음에도 치료하지 않은 채 기꺼이 죽음을 맞지요. 이는 세상을 비관하거나 절망하여 현세적 삶을 부정하는 자가 죽음을 선택하는 것과는 근본적으로 다릅니다. 자신이 살던 세상에 대한 부정이 아니라 자신이 본 새로운 세상을 긍정하는 데서 오는 죽음입니다. 다들 살고 있는 세계를 이미 떠난 자가 다시 떠나는 것입니다. 그렇다면 사랑하는 아내, 다른 세계를 통해 다른 존재가 되어 다가왔던 아내를 다시 다른 세계로 떠나보낸 이생이 아내를 그리워하다 병들어 죽은 것을 그저 '현실 도피'라고만 할 순 없을 겁니다(《이생규장전》). 귀신과의 삶을 선택했을 때 이미 한 세계를 떠난 이가 다시 한번 그 세계를 떠난 것이기 때문입니다.

이런 떠남을 현실의 황폐함과 공허함에 대한 무력한 한탄에서 나온 '소멸의 존재론'(최기숙, 2003)이라고 할 수 있을까요? 물론 다른 세계를 본 자, 외부를 살아본 이가 기존 세계, 기왕의 현실로부터 벗어나고 이탈하는 것은 자연스런 일이지만 그것은 다른 세계로 명명되는 어떤 것, 그런 가치가 갖는 긍정적인 힘에 의해 야기되는 자연스런 부정이지,[7] 자신을 거부하는 세계의 황폐함에 대한 냉소적 거부나 현실의 공허함에 대한 부정적인 거부가 아닙니다. '세상의 이익과 명예'에서 마음과 몸이 떠나는 것은 세상의 황폐함이나 공허함에 대한 냉소 혹은 한탄과는 아무 상관없는 일이기 때문입니다. 오히려 죽음마저 쉽게 긍정할 수 있는 저런 힘은 자신이 본 새로운 것, 새로운 가치에 대한 적극적 선택 없이는 불가능하다고 볼 것입니다.

이런 점에서 볼 때 〈하생기우전〉은[8] 〈만복사저포기〉나 〈이생규장전〉처럼 귀신과의 사랑을 다루는 작품임에도 불구하고 〈금오신화〉의 작품들과는 상반되는 색조와 방향을 갖습니다. 젊어서 죽어 그냥은 저승으로 가고 싶지 않은 여인과의 사랑, 무덤 속의 물건을 들고 가족을 기다리는 것 등은 〈만복사저포기〉와 유사하지만, 귀신에 '홀려', 다시 말해 매혹의 힘에 휘말려 지상의 것이 아님을 알면서도 벗어나지 못한 채 그저 따라갈 수밖에 없었던 양생과 달리, 하생은 부귀공명을 꿈꾸다 점을 치러 가 그 점괘가 지정한 곳을 찾아간다는 점에서 매혹의 수동성과 다른 동인을 갖습니다. 부귀공명, 세간의 가치라는 합목적성이 명확합니다.

더욱이 〈만복사저포기〉의 양생은 다른 세계의 존재나 삶의 체험을 통해 기존 세계로부터 탈영토화의 선을 그리며 나아가지만, 하생은 되살아난 여인과 함께 가족 속으로 돌아온다는 점입니다. 여인은 이생의 처 최낭자처럼 '귀신'이 아니라 무덤 속에서 되살아난 '인간'(실제로 무덤을 파서 심장이 뛰는 걸 확인하여 살려냅니다)입니다. 여인의 부모는 그새 계산기를 두들겨 하생과의 혼약을 슬며시 뭉개는데, 이를 안 여인이 단식투쟁을 통해 결혼을 성사시킵니다. 하생은 과거에 급제해 벼슬살이를 시작하고 후에 높은 벼슬을 지내게

---

7 니체는 순수 긍정의 힘을 어린아이라는 상징으로 표현하면서, 긍정이 야기하는 이런 부정의 힘을 '사자'라는 상징으로 표현합니다. 전자가 긍정의 신으로서 디오니소스에 해당된다면, 후자는 그런 긍정 속에서 발동하는 부정의 힘으로서 차라투스트라에 해당됩니다.
8 박희병·정길수 편역, 『끝나지 않은 사랑』(돌베개, 2010)에 수록되어 있습니다.

되는 자식들과 훌륭한 가족을 이룹니다. 부와 명예로 가득 찬 훌륭한 세간의 가정으로 재영토화되며 끝나는 것입니다. 처음부터 마지막까지 일관성이 뚜렷합니다. 요컨대 두 소설의 차이는 단지 해피엔딩인가 아닌가라는 결말에 있는 게 아니라, 그 결말에 함축된 방향의 차이에 또 결말로 표현되는 가치의 차이에 있다고 해야 하지 않을까요? 두 소설에서 읽히는 격조의 차이, 두 소설이 세상을 보는 안목의 차이에 있다고 해야 하지 않을까요?

4. 다른 세계로부터의 탄생: 〈최고운전〉

〈금오신화〉의 주인공들이 뜻밖에 자신이 사는 세계의 외부와 접하거나 외부세계를 본 자들이라면, 〈설생전〉의 주인공은 세계의 외부로 이탈하길 스스로 선택한 자입니다. 후자는 자기 의지에 따른 선택이었기 때문인지 쓸쓸함이나 비극적 파토스를 드러내지 않습니다. 거리감('거리의 파토스')을 확연히 표시할 뿐이지요. 이와 달리 〈최고운전〉은[9] 외부세계가 현실세계 내부로 침입하는 것에서 시작하며, 태생적으로 외부성을 갖고 시작한 이가 그 외부성을 견지한 채 현실의 내부, 혹은 경계 지점에서 존재하며 살아가는 것을 다룹

9 〈최고운전〉은 한문소설로, 〈최문헌전〉〈최치원전〉〈최문창전〉 등 상이한 제목을 갖는 이본이 있는데, 이본 간의 차이는 그리 크지 않습니다. 그런데 〈최충전〉이라는 제목의 국문본은 우리가 보기에 한문본과 매우 큰 차이를 갖습니다. 이에 대해서는 나중에 언급합니다. 이 책에서 한문본은 박희병·정길수 편역, 『낯선 세계로의 여행』에 실린 번역을 주로 인용하고 (쪽수만 표시합니다), 부분적으로 최삼룡 외 편역, 『유충렬전/최고운전』에 실린 것을 활용합니다(마지막 부분이 약간 다릅니다). 국문본 〈최충전〉은 최삼룡 등이 편역한 앞의 책에 실린 것을 인용합니다.

니다. 작품은 이계異界의 존재인 금돼지가 최고운(최치원)의 부친인 최충의 아내를 탈취해가는 것으로 시작됩니다. 최고운의 어머니는 납치당함으로써 다른 세계를 맛보고, 그의 아버지(최충)는 아내를 찾기 위한 추적을 통해 이계를 접합니다. 최고운은 아버지와 임금, 황제가 있는 현실세계를 드나들지만 처음부터 끝까지 외부성을 강하게 견지하는 놀라운 작품입니다.

최고운은 그런 이계와의 접촉에 의해 변성된 신체를 통해 태어납니다. 그러나 그의 아버지는 현실세계의 질서를 지키는 관리로서 아내를 탈취해갔던 이계에 대한 공포를 갖고 있었던 탓에 고운을 내버립니다. 갓난아기인 그에게 젖을 먹여 살린 이는 하늘의 선녀입니다. 그에게 문장과 학문을 가르친 이들 또한 하늘에서 내려온 선비들입니다. 이계의 존재들이지요. 이는 그가 속한 세계가 부친이 속한 세계와 다름을 뜻합니다. 그러나 그곳은 부친이나 모친이 맘만 먹으면 찾아갈 수 있는 곳이라는 점에서 천계나 귀신들의 세계처럼 동떨어진 세계는 아닙니다. 다만 집으로 데려가려는 부친의 말이 거절당하고 통하지 않는다는 점에서 부친이 속한 세계의 바깥임은 분명합니다. 두 세계가 만나고 중첩되는 접경지대라고 할 것입니다.

최고운은 이질적인 두 세계의 경계에서 탄생하여 모호한 자리, 모호한 정체성을 갖습니다. 그러나 가족 안에서 신분적 분할이 만든 경계로 인해 발생한 홍길동의 모호함과 달리, 훨씬 더 근본적이며 가족 안에 담기 힘든 모호함입니다. 인간인지 아닌지, 인간세계에 속하는지 아닌지 헷갈리는 모호함이니까요. 홍길동이 그 모호함에 괴로워하면서 아버지의 인정을 구하며 현실세계 안에 자리 잡고자 하는 반면, 최고운은 내버렸다 다시 집으로 데려가겠다고 온 아버지의 메신저들을 뿌리치며 그 접경지대의 외부에서 계속 살아갑니다. 나중에 나소저를 얻기 위해 나승상의 집 안으로 들어가서도 또 임금이나 황제의 궁 안에 들어가서도 최고운은 결코 권력자들의 인정을 구하지 않으며 권력의 장 안에 안주하려 하지 않습니다. 중국 황제가 세상천지 가운데 자기 땅 아닌 곳이 어디 있느냐며 자신의 사자를 꾸짖은 일을 책망하자, 허공에 한일자를 긋고는 그 위에 올라가 앉아서는 "여기도 폐하의 땅입니까?" 하고 반문하는 장면(《최고운전》, 62)은, 현실세계의 어디에 있어도 실은 그 내부에 있지 않았던 행적을 멋지게 압축하여 보여줍니다.

최고운이 현실세계 내부에 있지만 외부자로서 밀고 들어가고, 그러면서도 끝내 외부자로서 존재한다면, 그 반대편에 있는 이들은 현실세계의 지배자들입니다. 아버지 최충, 장인 나승상, 신라의 왕, 중국 황제가 그들인데, 모두 최고운이 보여주는 외부적 힘과 능력을 두려워하는 자들입니다. 이계의 다른 면모에 놀라서 겁내거나 그 힘을 알아보고 매혹되어 그것을 자기 손안에 장악하고자 하지만 쉽지 않음을 알고서는 두려워 제거하려는 자들이지요. 그중에서도 특히 최고의 권력자인 황제는 매혹과 제거라는 양극단을 왕복하며 동요합니다. 끝내 외부자인 최고운과 그로 인해 동요하는 권력자, 이 두 인물이 작품의 두 축을 이룹니다.

일단 작품의 내용을 따라가면서 다시 천천히 풀어 이야기하지요. 최고운의 아버지 최충은 문창의 수령으로 발령받고 근심하며 우는데, 이유는 문창의 수령이 된 사람 중 10여 명이 아내를 잃었다는 소문 때문입니다. 아니나 다를까, 부임한 지 얼마 안 되어 아내가 사라지는 변을 당합니다. 그러나 아내의 손에 묶어둔 붉은 실 덕에[10] 아내가 끌려간 곳을 찾아갑니다. 돌로 입구가 막혀 있는 바위굴, 이는 〈홍길동전〉에서도 나오듯이 바로 인접해 있지만 보통은 보이지 않는 '다른 세계'의 상징입니다. 밤이 되어 열린 굴 안에서 최충이 발견한 것이 그렇습니다. "굴 안은 땅이 넓고 비옥했으며 꽃나무가 무성하게 피어 있었다. 사람은 아무도 없고 처음 보는 이상한 새들만이 꽃가지 위에 가득 앉아 있었다." 최충은 감탄합니다. 괴물 금돼지의 소굴인데, '괴물'이 아니라 '신선'이란 말에 어울리는 세상인 것입니다. "세상에 이런 땅이 있나. 필시 신선이 사는 곳일 거야." 더 들어가면 궁궐 같은 집이 있고, 신선의 음악 소리가 흘러나옵니다. 집 안에는 자기 아내의 무릎을 베고 금돼지가 자고 있으며 그 옆엔 역시 '납치'되었을 미녀 수십 명이 에워싸고 있습니다(《최고운전》, 17).

이런 묘사를 보면 아내를 납치해간 것이 '금돼지'라는 괴물인 게 의아스러워집니다. 이계의 존재, 다른 세계에 사는 낯선 이는 대개 신선 아니면 괴물로 그려지게 마련인데, 아내를 납치해갔으니 신선일 리는 없겠지요. 그래서 금돼지라는 괴물의 형상으로 묘사되었을 겁니다. 더 놀라운 것은 그 금돼지가 아내의 무릎을 벤 채 자고 있는 장면입니다. 이는 '납치'라는 말과 전혀 어울리지 않습니다. 이건 흔히 연인이나 부부가 취하는 포즈 아닌가요? 더욱이 여인의 무릎을 벤 금돼지는 태연스레 자고 있습니다. 여인이 도망갈까 두려워한다면 있을 수 없는 일입니다. 즉 그는 여인의 마음을 믿고 편히 쉬고 있는 것입니다. 의심스런 인간 세상의 냄새에 대해서도 여인이 하는

10 한글본 〈최충전〉에서는 이를 아내의 기지로 묘사합니다. 아리아드네의 실도 그렇듯, 실이란 여성적인 사물이고, 여성적인 삶에서 나온 여성적 지혜의 상징입니다.

말을 그대로 믿어주며, 자신의 치명적인 약점을 순진하게 알려주는 것 역시 그런 믿음이 없다면 생각하기 힘듭니다.

사실 최충의 아내가 보이는 행동도 석연치 않습니다. 남편이 약속대로 자신이 왔음을 알리는 냄새를 날리자 "아내는 남편이 온 줄 알고 눈물을 흘렸다"고 합니다. 납치당한 아내가 기다리던 남편이 왔는데 왜 눈물을 흘리는 것일까요? 기뻐서? 그건 아닙니다. 무릎을 베고 있던 금돼지가 "당신은 왜 슬피 울고 있나?" 하고 묻는 걸 보면 분명 슬픔의 눈물입니다. 아시겠지만, 가까이 있는 신체의 감응이니 정확할 겁니다. 기쁨을 슬픔으로 착각할 가능성은 거의 없어 보입니다. 둘러대는 것이긴 하지만 최충의 아내가 금돼지에게 하는 대답도 그렇습니다. "이 땅을 보니 인간세계와는 너무도 다른데, 저는 그쪽 사람인지라 이 땅에 영원히 살 수 없다는 생각이 들어 울었어요."(18) '영원히 살 수 없다는 생각이 들었다'는 건 '떠나야 한다는 생각을 하니'라는 말과 다르지 않습니다. 남편이 와서 이제 이 땅을 떠나게 된 것이 슬프다는 뉘앙스의 중의적인 대답인 셈이지요. 그는 정말로 남편이 날린 냄새 때문에 슬퍼서 울었던 겁니다.

어쨌건 적어도 이 장면을 두고 "처음에는 잡혀갔던 것이라 할지라도 잡혀간 이후부터는 온전히 자의에 의해 그 공간에 머물 것을 자율적으로 선택한 것일지도 모른다"(최기숙, 1997: 63)고 해석하는 데는 충분한 이유가 있습니다. 이 이유에 대한 최기숙의 분석은 뛰어나며, 대부분 동의할 수 있는 것입니다. 그러나 남녀 간의 권력관계를 끌어들여 아내의 이런 선택이 남편 최충의 억압 때문이라고 하는 부분은 납득하기 어렵습니다.[11] 발목(제가 읽은 텍스트에는 손목이라 되어 있습니다만, 별 차이는 없습니다)에 묶은 붉은 실이 아내를 "억압하고 가두기" 위한 것이라고 하는데, 쇠사슬이나 가죽끈이라면 모를까, '실'을 억압하고 가두는 도구라고 보긴 쉽지 않지요. 붉은 실이 여성적 사물이라는 점이나 '아내의 기지'라는 〈최충전〉의 언급 (〈최충전〉, 479~481)도 그렇고, 그게 아니어도 실이란 맘만 먹으면 얼마든지 끊을 수 있기에 '억압'의 이미지를 갖긴 어렵습니다. 또한 텍스트에서 '남편의 억압'이라는 말을 납득할 만한 전거를 찾아보기도 힘듭니다.[12]

이런 억압적 관계를 설정하기에, 금돼지를 죽이는 여인의 행위에 대한 설명(최기숙, 1997: 67) 또한 이해하기 어렵습니다. 남편의 억압을 받던 여인이 남편과 도망치기 위해 금돼지를 죽인다는 말은 설득력이 없고, 금돼지에게 억압자인 남편이 죽는 걸 방조했다는 죄의식을 미리 염려하여 금돼지를 죽인다는 것도 납득하기 어렵기 때문입니다. 남편의 '억압'이 사실이라면 그로부터 '해방'된 삶을 준 자인데 말입니다. 그보다는 남편과의 관계도 좋았지만 새로이 맛본 금돼지의 세계가 예상과 달리 좋았기에 남편이 들어왔을 때 택일해야 하는 처지에서 동요했던 것이고, 금돼지의 세계를 떠나는 게 슬프지만 남편과의 신의를 저버리기 힘들어 금돼지를 죽인 것이라고 봐야 하지 않을까요?

---

11 정신분석학이 언제나 문제는 남근(엄마-아빠-나의 오이디푸스 삼각형)이라고 보고, 마르크스주의가 언제나 문제는 계급과 착취라고 보듯이, 페미니즘도 언제나 문제는 남녀 간의 억압적 관계라고 본다는 점에서 '답'은 이미 정해져 있는 셈입니다. 이는 종종 훌륭한 분석조차 납득할 수 없는 결론으로 이끌어 분석을 망쳐놓기도 합니다. 폭력과 희생제의를 항상-이미 답으로 갖고 있는, 르네 지라르 식의 신화 분석도 마찬가지입니다.
12 한글본에서는 심지어 "부부의 금슬이 좋아 일시도 떨어져 있지 못한다"고까지 합니다 (〈최충전〉, 481).

5. 매혹과 두려움 사이의 동요

남편과 금돼지 사이에서 동요하는 이 양가감정은 다른 세계에 대해
느끼는 매력과 두려움의 양가성을 상기시킵니다. 그것은 알지 못하
는 세계이기에 두렵지만, 실제로 들어갔을 때는 그 여인을 매혹하는
강력한 힘을 갖습니다. 남편 최충조차 문밖에서는 울며 난감해하다
가 안에 들어서자 '신선세계'라며 놀라지 않았습니까. 아내에게 금
돼지의 세계는 '괴물'의 형상으로 표현된 알 수 없는 힘이 가진 불안과
두려움을 동반하지만 또한 밖으로 나갈 것을 슬퍼하게 될 정도로 머
물고 싶고 따라가고 싶게 만드는 매혹의 힘을 가진 것이었습니다. 슬픔의
눈물을 흘리며 금돼지를 죽이는 것은 그가 결국 이 다른 세계를, 그
세계의 양가적 힘을 감당하지 못하고 인간세계로 되돌아옴을 뜻합
니다.

그러나 다른 세계를 맛본 이의 감각이 이전과 같을 리 없습니다.
그 새로운 감각을 갖게 된 신체에서 최고운이 태어납니다. 작품 안
에서 설명되듯이, 금돼지 굴에서 나와 7개월 만에 태어났기에 잡
혀가기 이전에 잉태된 것이고, 따라서 최충의 자식이겠지만, 최충
은 이를 믿지 못해 내다 버립니다. 그것은 사실 자신마저 엿본 금돼
지 세계의 매력 앞에서 스스로 느끼는 무력감 내지 열등감의 반영
일 것입니다. 혹은 아내의 신체에 스민 다른 세계의 감각에 대한 무
의식적 두려움 때문이었을지도 모릅니다. 그걸 본 아내가 멀쩡할 리
없으리라는 것, 그런 신체를 모태로 태어난 자식이 멀쩡할 리 없으
리라는 것이겠지요.

그러나 아이는 죽지 않았고, 하늘에서 내려온 선녀가 젖을 먹여

기릅니다. 하늘의 선비들이 내려와 글과 학문을 가르칩니다. 생물학적 기원이야 인간인 어머니와 아버지이겠지만, 확실히 다른 세계의 힘으로 자라고 배우는 신체인 것이지요. 다른 감각, 다른 생각을 갖고 자라는 신체, 그래서 다른 방식으로 움직이게 될 신체임을 표현하는 이야기입니다. 다른 세계가 최고운의 신체를 키우며 그 안에 스며들어가는 것이지요. 고운은 이처럼 상이한 세계의 경계지대에서 상이한 힘들의 혼합으로 탄생하고 성장합니다. 그것이 이후 그가 발휘하는 신비한 힘의 원천입니다. 하나의 세계에서는 알 수 없는 것을 알고, 한 세계에 속했을 뿐이라면 할 수 없었을 것을 하는 능력은 혼합과 생성의 세계에 속한 것입니다.[13] 나중에 중국에 갔다가 신라로 돌아올 때 그는 "소매에서 돼지 저猪 자가 적힌 종이를 꺼내 땅에 던"집니다(63). 그 종이는 어느새 푸른 사자가 되고, 최고운은 그걸 타고 돌아옵니다. 여기서 고운이 돼지 저 자가 적힌 종이를 사용하여 술법을 부리는 것은 그가 금돼지의 능력을 발휘할 수 있음을, 그것을 신체 안에 포함하고 있음을 뜻한다고 하겠습니다.

최충이 자식을 버리는 것은 그런 혼성과 생성의 모호하고 예측 불가능한 힘을 거부하는 행위입니다. 인간의 세계 안에서 그 질서를 지키고 관리하는 자로서, 자신이 사는 세계로부터 이질적이고 외부적인 것을 쫓아내고 배제하는 것입니다. 하늘의 이적과 아내의 설득에 자

---

13 정출헌(2002)에 따르면, 소설과 달리 설화에서 최고운은 금돼지의 아들로 묘사됩니다. "설화 담당층은 의심할 바 없이 최치원을 금돼지의 아들로 취급하고 있지만, 소설 담당층은 비록 어정쩡한 태도를 드러낼지언정 최충의 아들로 서술하고 있는 것이다."(47) 정출헌은 최고운의 진정한 아버지를 금돼지로 보고자 합니다. 그런데 그렇게 되면 나중에 최고운이 자신을 버렸다가 데려가려는 아버지를 거부하는 행위의 의미는 오히려 반감됩니다. 아버지가 아니기에 굳이 갈 이유가 없어지기 때문입니다. 이보다는 오히려 양자가 식별되기 어려운 혼성의 지대에서 혼성의 힘으로 탄생한 것이라 보는 게 더 큰 텍스트적 잠재성을 갖는다고 여겨집니다.

식을 데려오고 싶지만 '남들의 비웃음'이 난감해 그리 못 하는 최충, 찌질합니다. 현명한 아내의 지혜로 다시 데리러 가지만 아이는 그 현명함마저 뛰어넘습니다. 놀랍게도 겨우 세 살인 아이는 자신을 버렸다가 다시 데려가려는 아비를 '잔인무도하다'고 책망하며 '아버지'의 호명을 단호하게 거절합니다. 아버지의 부름에 답해 다시 돌아간다면 그것은 아버지의 세계 안으로, 인간적인 질서 안으로 복귀하는 일이 될 겁니다. 그리고 그가 가진 이질적이고 예측 불가능한 힘은 그 질서 안에 포섭되고 말겠지요.

뜻하지 않은 운명 때문에 버려진 아이의 이야기는 동서고금에 흔하지만, 아이가 복귀를 단호하게 거부하는 경우는 매우 드뭅니다. 오이디푸스도 결국 아버지의 땅으로 되돌아가고, 사정옥의 아들도 부모에게 되돌아가지요. 그러나 고운은 돌아가지 않습니다. 호명을 거부하고, 기존 질서에서 이탈하며, 독자적인 주체화의 길을 가는 것입니다. '부위자강父爲子綱'의 삼강三綱이 칼날 같던 조선시대의 작품에서 이는 실로 희소하고 놀라운 것입니다. 홍길동이 아버지에 대한 선망과 원망의 양가감정 속에서 끝없이 아버지의 인정을 희구하며 행동하는 '오이디푸스적' 주체라면, 최고운은 아버지에 대한 그런 인정욕망이나 어설픈 애정마저 내려놓고 단호하게 '고아'가 되기를 자처한다는 점에서 '반反오이디푸스적' 주체라고 해도 좋을 것입니다.[14] 이런 대비는 이후 또 다른 차원의 아버지인 임금이나 황제에 대해서도 마찬가지로 반복됩니다.[15]

아버지와 가족을 거부한 고운은 아버지로 상징되는 세계의 바깥

---

14 '고아'의 반오이디푸스적 위상에 대해서는 Deleuze and Guattari(1972)를 참조.

에 자신의 세계를 만듭니다. 거기서 인간 아닌 이들이 고운에게 글과 학문을 가르칩니다. 그것은 인간세계 안에 혹은 인간세계 바로 옆에 있지만, 결코 인간세계라고 할 수 없으며 인간세계의 외부입니다. 인간세계의 내부에 있지만 결코 내부라고 할 수 없는 기이한 위상을 지닌 세계입니다. 그 외부는 단지 외연적 바깥만은 아니어서 그가 시를 읊는 소리는 인간세계 안으로, 황제가 사는 중국으로까지 그 파동을 전합니다. 어디에나 있는 외부임을 표현하는 것이라고 할까요? 어찌됐든 외부에 있지만 그저 외부라고만은 할 수 없는 모호한 위상을 지니는 것이지요. 내부에 존재하는 외부, 내재하는 외부라는 특이한 위상입니다.

황제가 아버지와 다른 점은 이 외부세계가 갖는 힘을 알아보고 매혹될 줄 안다는 것입니다. 새로운 힘, 강력한 힘을 알아보는 안목이 없다면 또 거기 매혹될 능력이 없다면, 인간세계의 질서를 통괄할 수 없지요. 황제라면 마땅히 시 읊는 소리의 미약한 파동만으로도 그것을 알아챌 수 있어야 합니다. 그게 아니면 황제의 자격이 없는 것이지요(대부분은 자격이 없다는 뜻이기도 합니다). 하여 그 힘이 무엇인지 확인하고자, 그것을 옆에 데려다놓고자, 즉 손안에 넣고자 신하들을 보냅니다. 고운은 여기서도 놀랍게 최충의 아들이 아니라 뜻밖에도 나중에 등장할 승상 나업의 하인이라고 자신을 소개합

---

15 한글본 〈최충전〉에서는 이런 대립이 크게 완화되어 아버지나 가족과의 단절이 뚜렷하지 않으며, 가족주의가 강화되어 있습니다. 일단 최충 자신이 직접 최고운을 데리러 가고, 최고 운은 아버지를 따라가진 않지만 아버지에 대한 '효심'을 충분히 표현합니다. "아버님께 용납 되지 못하여 내치심을 받았으나, 이는 천의[하늘의 뜻]라, 어찌 감히 부모를 원망하오리까?" (《최충전》, 488~490) 정출헌은 한글본의 향유층이 주로 여성이었음을 들어 여성중심성이 강하다고 하는데(정출헌, 2002: 53), 그렇다면 이는 여성들이 가족적 연계에 더 애착을 가졌음을 뜻하는 게 되는 듯합니다.

니다. 아버지의 성姓으로 표시되는 가문을, 아버지의 세계를 거부한 자, 그 세계로부터 이탈한 자임을 스스로 의식했던 것이겠지요. 물론 자신을 일부러 낮추려는 말이기도 할 것입니다.

황제의 사신의 시에 대한 고운의 응답은 멋집니다. 가령 '삿대는 물결 밑의 달을 꿰뚫고' 하니, 고운은 '배는 물속의 하늘을 누르네' 하고 답합니다. 얼마나 멋진 응답입니까? 황제의 사신들은 그 힘을 알아보지만, 그게 신라라는 나라의 선비들이 지닌 힘의 일부라고 오인합니다. 미약하게나마 알아채긴 하지만, 대충 보는 눈을 갖고 있는 겁니다. 미세한 것을 거대한 범주로 귀속시켜 파악하는 사고방식으로는 피하기 힘든 오류이지요. 사신들의 전언 속에서 황제는 그 매혹의 힘이 자기 손 '밖에' 있음을 알고 두려움을 느낍니다. 매혹의 힘을 그 힘 그대로 긍정할 수 없는 이들, 자기 손안에 장악하고 소유하려는 이들이기에 두려움으로 느낄 수밖에 없습니다. 외부세계가 갖는 양가성이 여기서 반복하여 나타나게 되지요. 두려움은 방어 기제를 작동시키게 마련입니다. 하여 자신이 손안에 가질 수 없다면 차라리 부숴버리고자 합니다.

매혹과 두려움 사이에서의 동요, 이 매혹적인 힘에 대한 양가적 태도는 최치원을 중국으로 불러들이는 과정에서도, 신하로 부리는 과정에서도 반복됩니다. 구덩이를 파고 함정을 만들고 여러 장애물을 만들어 그것을 넘나들게 함으로써 시험하고 음식에 독을 넣어 그 기이한 능력을 직접 시험하기도 합니다. 이런 시험은 한편으로는 좀더 큰 장애물을 설치해 그것을 넘는 능력을 확인하려는 것인 동시에 두려움을 주는 그 능력을 제거하려는 것이란 의미에서 양가적입니다.

6. 황제의 수수께끼, 혹은 비밀의 세 유형

황제도, 황제의 사신들도 국가적으로 사고하는 인물인지라 최고운의 힘을 그가 속한 '국가'의 힘으로 오인합니다. 그래서 그 힘에 대한 두려움은 신라라는 국가의 잠재력에 대한 두려움으로 치환되고, 어떻게든 그것을 제거하고자 합니다. 그렇다 해도 명색이 황제인지라 명분도 없이 그 힘을 제거하려 나설 순 없습니다. 그래서 힘을 시험하는 동시에 침공 이유를 제공할 수 있는 수수께끼를 냅니다. 열어볼 수 없는 함에 무언가를 넣고 봉인한 뒤, 그 상자를 신라에 보내 내용물이 무언지 알아맞히라는 것입니다. 사실 이건 주로 어린애들 놀이지요. 이런 유의 비밀은 어린아이들과 가까이 있는 것입니다(이는 단지 조롱하기 위한 말만은 아닙니다). 그렇기에 아직 '아이'인 고운의 힘을 시험하는 데 부합합니다.

『천의 고원』에서 들뢰즈/가타리는 비밀에 세 가지 유형이 있다고 했습니다(Deleuze/Guattari, 2000(2): 이진경, 2002(2)). 첫째 유형은 '아이들의' 비밀로서, 상자 속에 감춘 것처럼 보이지 않게 숨겨두는 종류입니다. 둘째 유형은 '남성적인' 비밀로서, 정신분석학에서처럼 답은 이미 정해져 있는데(아버지, 어머니, 남근 등이 그것입니다), 다의적인 증상이나 기호들을 발산시켜 그 답을 알아볼 수 없게 만든 것입니다. 셋째 유형은 '여성적' 비밀로서, 감추지 않고 그대로 드러내놓았지만 알아보지 못하는 것입니다. '여성적'이란 말은 반드시 여성이 관여된 것을 뜻하는 게 아니라, '남근적'이라 고쳐 써야 마땅한 '남성적' 비밀과 반대임을 표현하기 위한 말입니다.

다 드러내놓고 보여주지만 아무도 의미를 모르는 셋째 유형의 비밀은 허생의 '알 수 없는' 행동과 가까이 있습니다. 가령 허생이 섬에서 나오면서 은화 50만 냥을 버리는 것이나 글 읽는 이들을 모두 데리고 나온 것은, 그가 따로 이유를 말해주지 않았다면 도무지 이해할 수 없는 행위입니다(말해준 뒤에도 여전히 이해하지 못하는 이들이 있음을 몇몇 논문이 보여줍니다). 홍길동이 도술을 써서 만들어내는 수많은 홍길동이라는 기호나 그들이 벌이는 '장난'은 둘째 유형의 비밀에 해당됩니다. 증식되고 발산하며 여러 장난을 벌이지만 그 장난의 이유는 오직 하나, '호부호형하지 못 하는 한', 다시 말해 아버지를 아버지라고 부르고 싶다는 욕망입니다. 수많은 홍길동이라는 이해할 수 없는 기호의 비밀은 오직 하나였던 겁니다.

이미 알아보셨겠지만, 〈최고운전〉에서 중국 황제가 상자 속에 물건을 감추고 맞혀보라는 것이 첫째 유형의 비밀에 속합니다. 이런 종류의 비밀은 보이지 않는 것, 감춰진 어떤 힘, 아직 찾지 못한 세상의 비밀에 대해 질문을 던지고 그것을 향해 나아가려는 의지와 짝을 이룬다 할 것입니다. 미지의 것, 미지의 세계에 대한 의문, 그것이 바로 이런 비밀을 통해 우리에게 다가오는 것입니다. 이런 의문은 '충분히 살 만큼 산' 사람들에게는 오지 않습니다. 다들 세상을 좀 안다고 믿기 때문이고, 의문에 대한 나름의 답들을 충분히 갖고 있기 때문입니다. 그래서 그런 비밀이나 의문은 '어른'들을 사로잡지 못합니다. 세상 전체가 미지의 비밀로 가득한 아이들이 즐기는 것이고 그들을 매료시키는 것입니다. 그것은 본질적으로 미지(비밀!)의 세계, 예측 불가능한 삶을 향해 자신을 던져넣으려는 생성의 힘과 결부된 것이고, 그렇기에 아이의 힘을 이길 수 없는 질문입니다. 역으로 아이의 능력을 인정하게 만드는 계기가 될 뿐입니다. 황제는 이길 수 없는 싸움을 시작한 셈이지요.

승상 나업의 딸에 매혹되어 '노비'가 되길 자처하며 나업의 집에 들어간 고운은 황제의 수수께끼를 풀지 않으면 죽게 생긴 정황 덕분에 나업의 사위가 되고, 수수께끼를 풉니다. 그런데 그에 대한 최고운의 답은 질문을, 질문자가 알고 있는 답을 초과합니다. 황제는 봉인된 상자 속에 달걀을 넣었을 뿐이건만 고운은 "시간을 아는 새가 밤이면 밤마다/정만 품고 소리는 내지 않는구나"라고 답했기에 그가 틀렸다고 생각합니다. 그러나 함을 열어보니 솜으로 싸놓았던 달걀이 부화하여 병아리가 되어 있었습니다. 황제는 묻기 위해 알 수 없는 것, 예측할 수 없는 것을 상자에 넣어 '고정'하고 봉인했지만 그 갇힌 상자 안에서도 생성의 힘, 무상한 변화의 힘은 지속되었기에 실제 답은 그 고정되고 봉인된 답을 넘어서 있었던 것입니다. 생성의 힘으로 비밀을 향해 자신의 삶을 거는 아이는 그 고정성을 넘어선 답을 찾아낸 것입니다.

황제는 매혹과 두려움으로 인해 그 수수께끼를 푼 자를 다시 중국으로 보내라고 요구합니다. 그리고 그를 시험하는 관문들을 다시 만들어놓습니다. 그런데 그 관문들이란 모두 알 수 없는 것, 예측할 수 없는 것을 감추어놓은 것이었습니다. 따라서 역시 아이의 비밀이라는 유형에 속하는 것이고, 아이인 고운을 이길 수 없는 수수께끼일 겁니다. 다만 비밀임을 알려주지 않았기에, 고운이 그것과 대면했을 때 뜻하지 않은 것으로 인해 발생할 수 있는 '마음의 혼란'이 방해 요인이 되겠지요. 황제가 파놓은 '구덩이'가 이전에 낸 수수께끼와 다른 점이 있다면 바로 이것입니다. 이 '구덩이'란 무엇보다 마음의 혼란을 뜻하는 것입니다. 인식의 구덩이, 삶의 구덩이. 그것은 뜻밖에 발생하는 사건들에 속하며 생성에 속한 외부성입니다. 최치원이 이를 쉽게 통과하는 것은 다시, 또 다른 다른 세계에 속한 이들의 도움에 의해서이지만, 이런 해결능력은 출생부터 시작해 계속 외부에서 살아온 그의 존재론적 위상에 기인한다고 볼 수 있지 않을까요? 혹은 계속 외부에서 살아왔기에, 언제나 예측할 수 없는 것과 과감하게 대결하고자 하는 '어린' 영혼의 힘에 기인한다고 할 수도 있습니다.

이런 능력은 그것을 믿고 따라줄 경우에 인간사의 문제를 탁월하게 해결합니다. 최고운은 과거에서도, 반란의 진압에서도 모두 뛰어난 능력을 발휘합니다. 그러나 이는 다른 인간들, 즉 기존 세계의 질시와 견제를 피할 수 없는 것이고, 황제가 승복하고 수긍했다고 해도 황제나 궁중이란 말로 명명되는 기존 권력의 체제는 이런 능력을 가두고 죽이려 합니다. 자신들의 능력을 초과한 자를 인정하는 것이 자기 존재마저 위협하리라는 찌질한 두려움에서 비롯된 것이겠지요. 그는 결국 다시 귀양을 가고 갑니다. 고정된 궁지의 장소에 그를 가둔 황제나 궁중의 관리들은 그가 죽을 것이라고 믿지만 생성능력 자체를 표현하는 고운의 신체는, 어디서나 다른 세계로 다시 탈영토화의 선을 그리는 생명은 그것으로 죽지 않습니다. 상자 속에 봉인된 조건에서도 태어나고 마는 병아리처럼, 어디에 가두어도 생성의 힘은 제거할 수 없는 것입니다.

7. 반어의 논리학, 외부자의 정치학

〈최고운전〉은 외부에서 시작합니다. 마치 외부성이 일차적인 것이라고 말하기라도 하는 양. 최고운의 어머니는 바위굴로 상징되는 지하세계, 금돼지로 표시되는 동물의 세계로 이어지는 외부세계에 사로잡히고 매혹됩니다. 그의 아버지 또한 아내의 납치로 상징되는 외부와의 대면으로, 두려움에 떨며 관리로서의 이력을 시작합니다. 고운의 어머니와 아버지는 그런 점에서 다른 세계, 혹은 외부세계가 갖는 매혹과 두려움을 나누어 표현하고 있다고 해도 좋을 것입니다. 외부세계와 만나는 지대, 혹은 두 세계의 혼성의 지대에서 태어난 최고운은 아버지에 의해, 즉 두려움에 의해 버려지는 것으로 삶을 시작하며, 매혹된 신체인 어머니의 지혜는 아버지로 하여금 뒤늦은 호명을 하게 하지만 고운은 고아가 되는 것으로, 가족을 거부한 채 인간세계의 접경지대에 외부를 만들어내는 것으로 대응합니다.

고운을 다시 인간세계로 불러들이는 존재는 여인입니다. 이 소설이 '여성적'이라고 한다면 바로 이런 면 때문입니다. 생성적인 힘, 외부적인 힘을 알아보고 그것에 매혹되는 자도, 그 힘을 내부로 불러들여 작동하게 하는 자도 모두 여성입니다. 정작 힘의 당사자인 최고운은 남성이지 않느냐고 하겠지만, 고운은 남성이 아니라 '아이'입니다. 이 작품 어디서도 고운은 남성적인 힘을 표현하지 않습니다. 이미 본 것처럼 오직 아이로서, 미지에 세계에 대한 관심과 예측 불가능한 생성적 힘이 의인화된 존재로서 활동합니다.

고운은 미모와 재주로 소문난 나소저에게 다가가기 위해 나업의 '노비'가 되기를 자처합니다. 노비란 인간세계 안에서 인간이 아닌 채 살아야 하는 자리를 표시합니다. 인간세계 내부에 있는 외부인 것입니다. 인간세계 내부로 들어가면서도 그는 여전히 외부에 머문 채 들어가는 것입니다. 이 역시 홍길동과 크게 대비됩니다. 홍길동은 실제로 병조판서를 할 생각이 없으면서도 병조판서라는 '귀한 주체'의 자리를 요구하지만, 최고운은 나소저와 실제로 혼인하고자 하면서도 일부러 노비라는 '천한 주체'의 자리를 요구한다는 점에서 말입니다. 내부에서의 좋은 자리에 대한 욕망이 내부화와 짝한다면, 내부에서의 좋은 자리에 연연하지 않는 것은 굳이 내부에서조차 내부화되지 않고 여전히 외부로서 존재할 생각 때문이라고 할 수 있습니다.

나소저에게 다가가기 위해 일부러 거울을 깨는 것도 그렇습니다. 성과를 얻고 지위를 얻는 게 아니라 아름다운 얼굴에 짝하는 고운 면을 깨며 들어가는 것입니다. 매끄럽게 보이는 질서 안에 **파열과 균열**을 만들며 들어가는 외부인인 것입니다. 그는 이름마저 '파경'이라고 지어 거울 같은 투영의 질서, 동일시의 질서를[16] 깨며 끼어든 자신의 위상을 명시합니다. '침입'이라고 할 때 흔히 떠올리는 공격성은 없지만, 균열을 내며 들어가는 침입의 이미지와 에둘러 부합합니다. 침입이라고 보기 어렵게 하는 것은 오히려 그렇게 들어가서 내부에 다른 어떤 외부적인 것을 굳이 끼워넣으려 하지 않기 때문입니다. 목적을 감추고 신분을 속이며 '침입'임을 드러내지 않은 채 들어가기 때문에 차라리 '침투'라고 하는 게 맞을 듯합니다.

---

16 거울에 비친 저 상이 내 모습이라고 하는 동일시가, 세상이 내게 할당한 자리나 이미지를 자기 자신의 이미지라고 오인하게 하는 상상적 동일시를 작동시킨다는 것은 이미 라캉에 의해 개념화되어 잘 알려져 있습니다(Lacan, 1994).

황제의 수수께끼를 숙제로 받아 든 나승상은 딸의 천거를 받아 고운에게 상자 속 물건에 대한 시를 쓰게 하려 하지만, 고운은 계속 못 쓴다며 물러섭니다. 나승상은 '노비'라는 신분을 상기시키며 말을 안 들으면 죽이겠다고 위협합니다. 이는 고운이 그 집 안에서 자기 지위에 맞지 않는 행동을 하고 있음을 뜻합니다. 내부화되지 않은 외부자로서의 위상을 견지하고 있음을 뜻하지요. 죽이겠다는 위협에 대한 그의 대처는, 도망치거나 싸우는 게 아니라 수수께끼를 풀지 못하면 죽게 생긴 주인이 처한 상황의 딜레마를 환기시켜 그의 논리를 반박하고 정지시키는 것입니다. "적군을 깨뜨리기 전에 자기 편 모사의 목을 먼저 베려는 격이로군. 나 같은 사람이야 죽어도 아까울 게 없지만, 승상은 어떨지 모르겠어."(34) 노비의 싼 목숨과 승상의 비싼 목숨을 대비하며, 그 싼 목숨을 없애는 일이 주인의 비싼 목숨을 잃는 결과를 야기할 것이라고 받아넘기는 겁니다. 노비가 주인에게 기대고 있는 것 이상으로 주인이 노비에게 기대고 있음을 상기시키는 것이고, 그렇기에 노비를 죽이고 싶어도 죽일 수 없는 주인의 이율배반적인 처지를 드러내는 것입니다. 이는 주인이 전제하고 있는 가정이나 원리가 정지되는 지점(이는 또 다른 의미에서 '외부'입니다)을 드러내 이를 반박하는 '반어irony'의 방법입니다. 노비는 주인의 명령에 복종해야 마땅하다는 가정을 반박하는 것이지요. 이 역시 외부성의 수사학이자 논리학입니다.

　　그렇게 주인의 발밑에 있는 난점을 드러내고는, 그 난점으로 인해 생긴 틈새에 자신의 욕망을 밀어넣습니다. 시를 지으면 소원을 들어주겠다는 주인에게 "승상이 나를 사위로 삼으시면 틀림없이 시를 짓지요"(35)라고 말합니다. 승상의 답은 다시 그의 지위를 상기시키는 것이었습니다. "종놈을 사위로 삼는 법이 어디 있단 말인가? 저 놈의 말이 참으로 고약하구나." 같은 집 안에 있어도 그가 서 있는 곳은 결연이 불가능한 외부임을 확인시켜주는 말입니다. 그는 내부에 있어도 배제된 자인 것입니다. 그러나 여전히 그의 능력이 필요하다면 그렇게 내칠 수 없습니다. 나입은 딸과 비슷한 아이를 구해 혼인시켜주겠다고 제안합니다. 그러나 고운은 "내 몸이 토막토막 잘려 죽는 한이 있어도" 못 하겠다고 버티고(35), 결국엔 나소저를 얻습니다. 슬그머니 침투했던 고운이 감추었던 목적을 달성합니다.

그러나 그 뒤의 행동조차 가족 안에서 '좋은 주체'가 되려는 의지라고는 전혀 없어 보입니다. 신랑이 시를 짓더냐고 묻자 나소저가 답합니다. "시는 안 짓고 아직껏 잠만 자고 있어요."(37) 인정욕망 같은 건 없는 사람처럼 보입니다. 가족 내부에서도 외부자로서 남아 있는 겁니다. 수수께끼를 푸는 시를 지은 다음에 황제의 부름을 받아 중국에 갈 때에도 판단의 이니셔티브는 여전히 고운에게 있습니다. 그런 점에서 노비를 자처하고 들어가 "결국 승상의 가족이 되어 잘 살았다더라"는 식의 내부화의 드라마와 근본적으로 다릅니다. 싸우거나 또 다른 외부를 만드는 것도 아니고, 밖으로 나가버리는 것도 아니며, 승상의 영토 안에 어찌할 수 없는 지점을 만들고 그것을 확장해가는 것입니다. 내부는 외부에 의해 잠식되며 변화될 수밖에 없겠지요.

나승상의 추천으로 신라의 왕을 만난 자리에서 나이가 열두 살이라는 말에 어이가 없어 "네가 이처럼 어리니 중국에 들어간들 무슨 일을 하겠느냐?"는 왕에게 이렇게 응수합니다. 왕의 말대로 "나이와 체격이 문제라면 나이 많고 체격이 건장한 천하의 선비들 중에 함속의 물건을 알아맞혀 시를 지은 사람이 하나도 없음은 어찌된 까닭입니까?" 왕이 가정하고 있는 전제, 즉 나이가 충분치 못하면 일을 제대로 못 할 것이라는 가정을 반문하는 또 다른 반어의 전략을 가동시키는 겁니다. 중국에 가면 황제에게 어떻게 대하겠느냐는 질문에는 대국이 대국의 도리를 지키지 않으면서 소국이 소국의 도리를 지키라고 하는 것은 부당함을 들어 답하겠다고 합니다. 여기서도 고운은 상대편의 논리를 그대로 상대방에게 돌려주며, 그들이 가정하고 있는 근본 전제를 무력화하는 반어의 방법을 쓰고 있습니다.

중국 황제와의 마지막 대결에서 〈최고운전〉의 서사는 이와 유사하면서도 약간은 다른 것이었습니다. 신하들의 모함을 듣고 고운을 귀양 보내고는 음식을 주지 않게 했지만 죽지 않고 잘 '놀고' 있다는 이야기에 그를 다시 낙양으로 불러들인 황제가 묻습니다. "경은 석 달이나 밖에 있었는데, 어찌하여 한 번도 꿈속에 나타나지 않았던고?"(62) 이 물음은 역으로 고운이 석 달 동안 황제가 지배하는 세계의 '바깥', 배제된 세계를 뜻하는 외부에 내처져 있었음을 뜻합니다. 그런데 고운이 아니라 황제가 이를 묻는 것은 그 바깥에서 자신의 뜻대로 '죽지' 않았음을 질문하는 것입니다. 자신의 독자성을 죽이고 황제 앞에 엎드려 충성해야 했는데, 그게 아니면 죽어서 꿈에나 나타나야 했는데, 왜 그러지 않았느냐는 것이지요. 그러나 날 때부터 버려져 그곳에서 다른 외부세계를 만들어 살던 이가 고운 아닙니까? 사실 출생하던 때와 동일한 위험 속에 내던져졌던 것이니, 그가 거기서 살아난 것은 그 최초의 상황을 생각하면 충분히 설득력 있다고 할 것입니다. 다른 말로 하면, 배제된 세계로의 버려짐이라는 사태에 대해 확대된 아버지인 황제에게, 아버지에게 했던 것과 동일한 방식으로 응수한 셈입니다. 추방된 지대에서 새로운 생성의 지대를, 다른 세계를 창출하는 '이탈'의 전략을 사용하고 있는 겁니다. 이를 외부자의 정치학이라고 할 수 있습니다.

황제는 다시 묻습니다. "하늘 아래 왕의 땅 아닌 곳이 없고, 땅에 사는 사람 중에 왕의 신하 아닌 이가 없다"면서 고운이나 신라의 임금 또한 자신의 신하인데, 자기 명령을 전하려 한 사신을 꾸짖은 이유를 힐책합니다. 끝내 자기 손 밖에 있는 이유를 힐난하는 것이지요. 이에 고운은 "허공에 손으로 한일자를 긋더니 펄쩍 뛰어올라 자신이 쓴 글자 위에 앉았다. 그러고는 이렇게 말했다. '여기도 폐하의 땅입니까?'"(62) 이 얼마나 멋지고 인상적인 장면입니까! 누구든 앉거나 설 수밖에 없는 한 땅에 기대지 않을 수 없고, 그 모든 땅이 황제의 땅인 한 황제에게 기댈 수밖에 없으니, 너 역시 내게 기대고 있음이 분명한데 왜 자기 명령에 따르지 않느냐는 겁니다. 이를 받아 고운은 땅이라고 할 수 없는 곳에 몸을 옮겨놓음으로써 왕의 영토에서 벗어난 지대가 존재함을 상기시킵니다. 공중에 그은 글자 위, 그곳은 대지로부터 탈영토화된 지대입니다. 황제가 말하는 지상에 있지만 대지로부터 벗어난 곳이니 지상에 있다고 할 수 없는 외부인 것입니다. 언제나 외부를 창출하며 이탈하는 자로 남아 있음을, 내부에서조차 끊임없이 외부를 창출하는 방식으로 끝내 외부자로 남아 있음을 보여주는 대답입니다.

텍스트의 마지막에서도 이 작품은 외부자와 권력자의 대립을 견지합니다. 돼지 저 자가 적힌 종이를 꺼내 땅에 던지자 종이는 푸른 사자가 되었고, 고운은 그 사자를 타고 하늘을 날아 신라로 되돌아옵니다. 신라 땅에서는 왕의 행차 앞을 그냥 지나쳐가다가 붙잡힙니다. 왕은 국왕의 행차를 범하는 죄를 지었으나 그간 세운 공이 많아 죽이지 않으니 이후 자기 앞에 나타나지 말라고 합니다(63). 아마 국왕의 행차니 사람들이 모여 북적댔을 터이므로 그걸 몰랐을 리 없다는 생각에서 왕은 고운이 자기를 무시했다고 여겼을 겁니다. 그렇다고는 해도 대국의 위협으로부터 나라를 구한 이를 인사 한번 제대로 안 했다고 이렇게 내치는 건, 인사하지 않은 죄 때문만이라고 하기 어렵지 않을까요? 왕 역시 자신의 손 바깥에 있는 이 외부자가 매혹적이지만 두려웠던 것 아닐까요? 중국의 위협이라는 사안이 해결되자마자 이젠 이용가치가 없어졌다고 생각해서 내쳐버린 게 아닐까요? 그런 점에서 이는 공을 세운 고운을 중국 황제가 내친 것과 동일한 조치라고 할 수 있습니다. 끝내 내부화되지 않거나 혹은 내부화되지 않을 것 같은 자를 알아보고 내친 것일 겁니다.[17]

고의는 아니었지만 왕의 행차를 무심결에 흘려버렸던 고운의 행위 또한, 왕이나 황제의 위의에 기죽은 적 없고 그것에 장악되어 복종한 적 없는 그의 행적에 비추어 이해할 수 있을 것입니다. 그렇기에 왕의 용서를 구하며 내부에 다시 자리를 찾는 대신, 가족을 이끌고 가야산으로 들어가 '그 뒤 어떻게 되었는지 아무도 모른다'는 결말로 이어진 것은 아주 적절한 결별이었습니다. 탄생과 동시에 외부에 버려졌지만 굳이 가족 내부로 들어오려 하지 않고 그 외부를 살아내는 것으로 시작한 고운의 삶은, 황제의 지배 안에 들어가서도 끝내 외부성을 견지했고, 신라로 돌아와서도 다시 왕이 지배하는 세계의 바깥으로 나가는 일관된 외부자의 삶이었다고 할 것입니다.

---

17 국문본 〈최충전〉의 결말은 다릅니다. 최고운이 왕에게 반갑게 다가가고 왕은 대희하여 칭찬하는 매우 상투적인 결말로 끝납니다.

'그 뒤 어떻게 되었는지 아무도 모른다'는 식의 종결에 대한 오래된 통념 때문인지, 마지막에 세간의 바깥으로, '은둔적인' 삶으로 들어간 것은 "현실에서 배척받은 자의 쓸쓸한 은둔"(정출헌, 2002)이라고 해석되고, 최고운은 소외된 자나 패배자라고 해석되는 게 일반적인 듯합니다. 작품의 전체적인 구도를 폭력의 가해자와 피해자라는 관계로 해석하면서 최고운을 '문제해결형 희생자'라고 보기도 하는데(최기숙, 1997), 이 경우에도 고운은 중국에서나 신라에서나 결국은 패배하는 자라고 해석됩니다. 여기서는 마지막에 나오는 그의 입산을 두고 자신을 받아들여주지 않는 현실을 떠나 "금돼지 세계로 되돌아가는 것"이며(그렇게 볼 수도 있지요), 이는 최종적인 패배를 뜻한다고 해석됩니다. 그러나 이는 왕이나 현실 안에서 사람들의 인정을 받는 '좋은 주체'로서, 내부자로서 안착하는 것을 척도로 삼아 고운을 평가하는 것인데, 사실 이 척도가 적절한지는 의문입니다. 고운에게는 그러려는 생각이 처음부터 없었는데도 그걸 척도 삼아 '패배'를 말하는 건 부적절하기 때문입니다.

오히려 〈최고운전〉의 매력은 고운이 장인의 구박이나 황제의 핍박에도 불구하고 끝까지 외부자로 남아 그들의 힘 바깥에 있는 것이기에, 마지막에 숲속으로, 은둔적 삶으로 나간 건 패배가 아니라 이전의 행동과 일관된 적극적인 선택이라고 봐야 합니다. 그건 황제와 결별하며 떠나온 것과 본질적으로 동일합니다. 황제 입장에서 보면 고운은 종이를 던져 나온 사자를 타고 사라져버린 것이고, 이는 최종적 결별이었으니, 황제의 주변 사람들로서는 "그 뒤 그가 어떻게 되었는지는 아무도 모르"는 게 당연하지 않겠습니까? 여기서 자신을 죽이려던 황제의 시도로부터 끝내 살아남아 그를 멋지게 반박하며 사라져버리는 최고운의 행적에서 패배의 감정을 느끼기는 어렵습니다. 그건 차라리 승리라고 해야 하지 않을까요? 앞서 은 둔의 의미에 대해 길게 말했지만, 신라 왕 앞에서 사라지는 마지막의 은둔도 마찬가지 의미에서 결코 패배가 아닙니다. 황제를 떠난 것과 다르지 않은 떠남입니다. 거기서 혹시라도 '쓸쓸함'이 느껴진다면,[18] 그건 아무리 중요한 일을 해주어도 알지 못하고 이해해주지 못하는 세계에 대해 높이 나는 자가 느끼는 고독을 표현한 것이라고 해야 합니다.

최고운이 왕이나 황제와의 관계 속에서 활동하기 때문에 이 작품을 사회 개혁과 연관짓는 해석도 있습니다. 가령 최고운을 가정적 안정을 구하는 욕망과 사회적 성공을 취하려는 욕망 사이에서 동요하는 인물로 규정하면서, 탁월한 개인적 능력으로 사회질서를 개조하려 했지만 결국 실패하는 비극적 영웅소설이라는 해석이 그렇습니다(안창수, 2007). 그러나 나승상의 사위가 된 후에조차 고운의 행적에서 가정적 안정을 구하는 욕망을 읽어내긴 어렵습니다. 왕이나 황제의 부름을 받고 궁중에 들어가 활동할 때에도 사회적 성공에 대한 욕망을 읽어내는 것은 어렵습니다. 또한 황제의 손 밖에 있었지만, 그렇다고 사회질서를 개조하려는 행동을 하는 것도 아닙니다. 하라는 대로 하면서도 끝내 외부자로 남아 있는 것, 그런 식으로 기존 세계의 외부가 존재함을 보여주는 게 이 작품이 기존 세계를 비판하는 방식일 것입니다. 그렇기에 고운의 결혼에서부터 신라 왕을 거쳐 중국으로 가는 과정을 입신과 공명으로 보고, 중국의 대국적 논

---

18 저는 사실 쓸쓸함을 느끼긴 어려웠습니다. 다만 갑작스럽고 돌연한 느낌이 들었을 뿐인데, 이는 신라 왕과 만나 어떤 다른 사건도 없이 사라져버린 데 기인합니다.

리에 대한 비판조차 대국의 도리를 다한다면 소국의 도리를 다하며 현실 질서에 편입되길 희망하는 것이라고 보는 해석(이종필, 2007) 또한 동의하기 어렵습니다. 그는 이 작품의 결말을 욕망을 좌절시키는 완강한 현실의 벽을 보여주기에 적합한 것이라고 하면서 결국 최고운의 '경세지향'이 골품제라는 신분의 벽을 넘지 못해 은거한 것이라 보는데, 제가 읽은 작품과는 너무도 거리가 먼 해석이었습니다. '경세지향'을 본 것은 제게 보이지 않는 것을 본 것이라고 간주해도, 이 작품 어디에서도 골품제의 벽은 찾아보기 힘듭니다. 굳이 '신분제'와 관련된 것을 찾자면 노비의 신분으로 승상의 딸과 결혼한 것일 텐데, 이는 신분제의 벽을 웃으며 넘어서는 것이라고 해야겠지요. 이런 해석들은 최고운이나 〈금오신화〉의 인물들, 혹은 설생이나 유우춘 같은 은둔자들이 고독한 이유를 다시 한번 보여주는 것이 아닌가 생각됩니다.

제12장

홍길동의 분신들과 허생의 '잉여'들

:

상징적 전쟁과
탈주의 정치학

1. '사회소설'과 저항?

군이 '내재적 발전론'으로 국한하지 않아도 고전소설에 대한 그간의 연구를 보면, 여러 방향이 있지만 전체적으로 이니셔티브를 갖고 있는 것은 신분 같은 전근대적인 제도가 와해되는 징표나 왕을 비롯한 봉건체제에 대항해 싸우는 투쟁의 단서를 찾는 것, 혹은 상업과 부에 대한 근대적 경제 관념을 발견하는 것이 아니었나 싶습니다. 기생 신분임에도 양반 자제와 결혼하는 〈춘향전〉, 왕의 대체물인 용왕을 희롱하며 봉건적 복종의 관념을 비웃는 〈토끼전〉, 근대적 경제 관념이 등장하는 〈흥부전〉이나 〈허생전〉 등이 높은 평가를 받고, 〈구운몽〉에서 보이는 사랑의 행각 속에서도 신분을 '가로지르는' 결연을 주목했던 것도 이런 이유에서였던 것 같습니다. 〈홍길동전〉을 매우 중요한 작품이라고 보는 이유가 단지 '최초의 국문소설'이기 때문만은 아닐 겁니다. 서자의 주인공을 앞세운 봉건적 신분제도의 비판과 왕을 필두로 한 체제에 대한 명시적인 투쟁만으로도 연구자들의 주목을 받기에 충분했을 겁니다.

이러한 해석이 주류가 된 것은 무엇보다 근대 이전의 체제가 정체된 사회임을 증명하며 식민 지배를 정당화하려는 식민사관에 대한 오래된 비판의식과, 봉건제와 자본주의 등을 잇는 사회 발전의 법칙에 대한 마르크스주의의 오래된 도식 등이 작품 해석의 방향을 이끌었기 때문일 겁니다. 유사한 맥락에서, 작품과 사회적 관계의 상관성을 중요하게 여기는 리얼리즘 이론이 현대의 문학예술 작품에 대한 독서를 오랫동안 지배해왔다는 사실도 여기에 추가되어야겠지요.

이런 관점을 좀더 확실하게 충족시켜주는 것은 사회 문제나 정치적 저항 같은 것을 다루는 작품일 겁니다. 그러나 안타깝게도 한국 고전소설들에는 이런 작품이 그리 많지 않습니다. 다수의 작품이 가족이나 사랑 인근에 몰려 있습니다. 사람들에게 정치의식이 별로 없었기 때문일까요? 사회관계가 충분히 반영되지 않아서일까요? 그런 면도 있겠지만 그게 전부는 아닐 겁니다.

우리가 '사회'라고 말할 때 떠올리는 이미지는 대개 '국민국가'와 동일한 범위를 갖는 집합체인데, 이는 근대에 와서야 형성된 것입니다. 압록강과 두만강을 경계로 같은 마을이 분할되어 각각 조선과 중국에 속하게 된 것도 그때입니다. 베니딕트 앤더슨의 유명한 책 (Anderson, 2013)으로 잘 알려진바, 이는 국가 단위의 국경이 쉽게 통과할 수 없는 경계선이 되고, 국경 안에서 벌어지는 일들을 동일한 언어로 다루는 인쇄물을 통해 형성된 '상상된 공동체'입니다. 신문이나 방송에서 '국내 소식'으로 다루어지는 곳은 가본 적이 없고 평생 가볼 일이 없는데도 '내가 속한 사회'라고 상상하게 되지 않습니까? 만나본 적 없지만 그 경계 안에 사는 이들은 나와 같은 집단

(공동체)에 속해 있다고 생각하지요. 사실 이 '사회'란 말도 서양에서 수입된 society를 일본에서 번역한 단어인데, 원래 '협회'나 '모임' 같은 것을 지칭했습니다. 그게 집단 일반을 일컫는 말로 확장되었다가 우리가 아는 '사회'라는 의미를 갖게 된 것이지요.

국민국가가 특권적인 '사회'의 지위를 확보하는 근대 이전에 사회란 당연히 다양한 층위의 집단적 경계를 뜻하는 말로 쓰였을 겁니다. 그 단어는 없었지만, 집단적 관계가 분명히 존재하던 근대 이전의 조선에서도 마찬가지였을 겁니다. 가장 일차적인 것은 아마도 '가문'이라고 해야 정확할 가족이었겠지요. 왕이 지배하는 국가가 있었으니 '국가'라 불리는 집단도 있었을 것이고, 그 사이에 마을을 비롯한 공동체가 있었을 겁니다. 뿐만 아니라 양반들은 더 그랬을 터인데, 생각이나 이념이 지향하는 곳인 중국이 있었겠지요.

그렇기에 조선조의 소설들은 가족이나 공동체 인근에서 진행되는 게 많은데, 특히 양반들이 쓴 작품은 조선이 아닌 중국을 무대로 쓰인 것이 많습니다. 〈구운몽〉이나 〈사씨남정기〉〈창선감의록〉〈옥루몽〉 등이 모두 중국을 무대로 삼고 있습니다. 그러니 당시 조선의 '사회 문제'를 특별히 다룰 여지가 적었을 것이고, 다룬다고 해도 그것은 조선사회의 문제라기보다는 중국적 스케일로 펼쳐지는 '보편적 문제'로 다뤄지겠지요. 즉 가족 안의 문제와 중국적이고 보편적인 문제로 양극화되는 것이지요.

또한 조선 안에서 사회 정치적 문제를 다룬 작품이 적은 이유는 가정이나 지역을 넘어서면 곧바로 왕이 지배하는 공간으로 나아가야 했고, 이 경우 사회 문제를 다룬다는 것은 왕이 지배하는 체제에 반하는 것으로 간주될 위험이 있었기 때문일 겁니다. 굶주림의 고통이 극에 달하지 않고서는 저항의 계기를 찾지 못하던 시대에 그런 대결을 쉽게 기대하는 것은, 근대 이후의 '정치적 권리'에 익숙한 우리의 관념을 과잉투사하는 것임이 분명합니다.

이런 점에서 보면 〈홍길동전〉이나 〈허생전〉은 확실히 특별한 작품입니다. 〈허생전〉은 책만 읽던 선비가 상인이 되어 돈을 벌고 굶주리다가 도적이 된 무리를 이끌고 새로운 사회를 건설하는 얘기인데다 당시 사회에 대한 통렬한 비판이 더해져 있고, 〈홍길동전〉은 적서 차별이라는 신분제도에 대한 분노로 '의적'의 무리를 이끌고 왕과 관리들에게 저항하다가 멀리 조선을 떠나 새로운 나라를 만들기까지 하는 드라마이니까요.

그러나 개인적인 얘기를 하자면, 이번에 작품들을 찾아 다시 읽으면서 가장 당황하고 실망했던 작품이 바로 〈홍길동전〉이었습니다. 대부분 지루하고 뻔해 재미없었던 '고전의 기억' 가운데서 가장 신나고 정치적이며 좋은 기억으로 남아 있던 게 바로 이 작품이었지요. 그래서 일전에 『노마디즘』이란 책을 쓰면서, 오래된 기억만으로 '전쟁기계'란 『수호지』의 양산박이나 홍길동의 활빈당 같은 것을 가리킨다고 썼는데, 막상 다시 읽어보니 홍길동에 대해서는 그 말을 취소해야 한다는 걸 알게 되었습니다. 아, '전쟁기계'란 전쟁을 일으켜서 사람들을 죽이는 나쁜 장치들을 지칭하는 게 아니라 '가치의 전쟁'이라는 니체의 개념을 확장한 것으로, 새로운 가치를 창안함으로써 지배적인 가치에 대해 전쟁을 벌이는 것을 일컫는 들뢰즈/가타리의 개념입니다(Deleuze/Guattari, 2000(2); 이진경, 2002(2)). 그렇기에 "좋은 전쟁에선 연기가 나지 않는다"는 말을 하기도 합니다.

미리 말해두자면, 홍길동은 서얼의 신분제에 대한 반감 속에서

관가를 털고 왕과 전쟁을 벌이지만, 새로운 가치를 창안하진 않습니다. 왕에 대항하는 소란을 일으키지만, 실제로 왕조 체제는 물론 기존의 왕조차 부정하지 않습니다. 거꾸로 왕에게 매우 충성스런 마음을 품고 있습니다. 그는 오직 하나, "호부호형"도 못 하는 서자 신분에서 벗어나 아버지나 왕의 인정을 얻으려고 할 뿐이며, 결국 자기 소망대로 병조판서에 임명해준다고 하니 일체의 활빈활동을 중지하지요. 나중에 율도국을 '세웠다'는 것도 없던 나라를 세운 게 아니라 왕의 자리를 탐하여 기존에 멀쩡히 있던 평화로운 나라를 침략한 데 지나지 않습니다. 그렇게 하여 왕이 되지만 자신을 그토록 서럽게 했던 신분제도를 없애거나 바꾸는 일조차 전혀 하지 않습니다. 그렇다면 그가 했다는 '활빈활동'이란 왕의 인정을 얻기 위해, 본인의 입신양명을 위해 벌인 요란스런 '쇼'가 아니었던가라고 해도 지나치진 않을 것입니다.

가정소설이란 관점에서 봐도 그렇습니다. 아시다시피 이 작품은 호부호형 못 하는 서자, 그리고 그 부자관계에 아버지의 또 다른 첩이 얽혀서 암살 시도로까지 이어지는 분란이 발생하고, 이를 계기로 홍길동이 집을 나가게 된다는 점에서 일종의 가정소설이라고도 할 수 있습니다. 그런 점에서 집으로부터 탈영토화되고, 허구적인 가족적 윤리로부터 이탈하는 것에서 시작하는 작품이지요. 그러나 홍길동은 가족을 치고 나갔지만 무엇을 하든 '호부호형' 못 하는 한을 잊지 못하며 그 생각을 끊임없이 반복한다는 점에서 어디를 가도 가족을 벗어나지 못하는 인물이며, 어디에 있든 가족 안으로 되돌아와서 자기 자리를 찾고자 하는 인물입니다. 율도국으로 사람들을 데리고 가서 가장 정성들여 하는 일은 아버지의 묏자리를 거하게 만드는 것이었고, 작고한 아버지를 그 왕릉 같은 묘에 모시는 것이었지요.

이 점에서 홍길동은 〈사씨남정기〉의 사정옥과 별반 다르지 않습니다. 한편 심청과는 상반되지요. 길동이 가족적 윤리가 깨지는 지점에서 집을 나가지만 언제나 가족으로 되돌아올 생각만 하고 있다면, 심청은 가족의 윤리를 '극단적인 방식으로' 따라가 임당수의 심연 속으로까지 들어가지만, 다시 집으로 돌아오지 않고 대신 아버지를 비롯한 전국의 봉사들이 집으로부터 나오게 만들었다는 점에서 말입니다. 다시 말해 심청은 주어진 윤리를 과도하게 준수함으로써 그 윤리를 해체하는 반면 길동은 윤리를 벗어나 체제에 대항하긴 하나 실은 윤리 안에서 인정받고 체제 안에서 자리 잡는 데에만 몰두한다는 면에서 정반대되는 인물이라고 하겠습니다. 이런 점에서 길동과 심청은, 작품이 갖는 정치적 의미나 가치란 그것이 명시하는 주제나 주인공이 하는 행동의 거칠음과는 거리가 있음을 보여줍니다.

이하에서는 가정소설의 관점에서 〈홍길동전〉을 읽기보다는 흔히 하듯 '사회소설'로서 읽고자 합니다. 홍길동이 행했던 왕에 대한 투쟁이 어째서 흔히들 말하는 진취적이고 '진보적인' 의미를 갖지 못하는지, 그가 벌인 사회적 저항의 의미는 무엇이었는지를 세밀히 살펴보고자 합니다. 그리고 이를 어떤 명시적 투쟁이나 항쟁을 하지 않았던, 또 한 편의 중요한 '사회소설'의 주인공인 허생과 비교해보고자 합니다.

2. 호칭의 문제와 인정욕망: 〈홍길동전〉

〈홍길동전〉에서 가장 중심이 되는 테마는 이름입니다. 좀더 정확하게 말하면 **호칭**의 문제입니다. 잘 알려져 있듯이 어린 홍길동을 고통스럽게 하는 것도, 그가 집을 나가게 만드는 것도 "아버지를 아버지라 부르지 못하고 형을 형이라고 부르지 못하는" 설움 내지는 한입니다. 뿐만 아니라 활빈당이라는 도적 떼의 무리를 이용해 소란을 일으키고, 8명의 가짜 홍길동을 만들어 전국을 떠들썩하게 만든 것도 모두 이 한에서 비롯됩니다. 가족의 안위에 대한 위협 때문에 홍길동을 잡으러 경상 감사로 파견된 형을 찾아가서 하는 말도, 8명의 홍길동이 동시에 잡혀가 임금 앞에 앉아 고하는 말도 똑같습니다. "신이 본디 천비 소생이라, 그 아비를 아비라 못 하옵고, 형을 형이라 못 하오니, 평생 한이 맺혔기에 집을 버리고 도적의 무리에 참여" 했다는 것입니다(『홍길동전』, 42).[1]

이 말은 활빈당의 이름으로 행했던 '의적질'도, 관리와 임금을 농락한 둔갑술도 모두 아비를 아비라고 부르지 못하는 호칭의 문제 때문이었음을 뜻합니다. 이는 '사고를 치는' 부정적 행위뿐 아니라 새로운 땅을 찾아가서 율도국을 얻는 '긍정적' 행위에서도 그가 말하는 것 이상으로 일관되고 강력한 동기였음을 나중에 볼 것입니다. 그렇기에 이 텍스트의 핵심적인 문제의식은 '호칭의 문제'로 요약될 수 있습니다. 호칭의 문제란 이름을 부르는 방식의 문제이고, 이름이

---

1 이하에서 분석의 중심은 경판30장본으로, 문학동네 번역본을 인용합니다. 완판36장본과 동양문고본을 언급하기도 할 텐데, 완판본과 동양문고본은 글솟대에서 나온 『홍길동전 전집』에 있는 것을 인용합니다(완판본은 65~80, 동양문고본은 154~171). 특별한 표시 없이 숫자만 표시한 것은 모두 경판본을 인용한 것입니다.

라는 기표signifiant를 다루는 문제입니다.

익숙하지 않은 분들을 위해 간단히 몇 개의 개념을 설명하자면, '기표'란 쓰이고 말해지고 표시되는 기호를 뜻합니다. 대쌍 개념은 그 기호의 의미를 뜻하는 기의signifié입니다(기표라고 번역된 단어 signifiant은 '의미하다'를 뜻하는 동사 signifier의 현재분사형이고, signifié 는 그것의 과거분사형입니다). 소쉬르는 기표와 기의를 기호의 두 측면 이라고 보며, 기표와 기의의 관계가 '자의적'이라고 봅니다. 즉 기표 는 그것이 지칭하는 지시체référent와 무관하게 선택되어 사용된다는 것입니다. 그런 기표의 의미를 결정하는 것은 다른 기표와의 관계인 데, 일단 정해져서 쓰이기 시작하면 사회적 힘을 갖습니다. 누구든 그 정해진 바에 따라 써야 한다는 강제력 말이지요. 이런 강제력을 라캉은 '기표의 물질성'이라고 명명합니다. 그는 물질성을 갖는 기 표들의 연쇄를 만들어내고 그것에 의미를 부여하는 일차적인 기표 를 '남근적 기표'라고 합니다. 모든 기표의 의미나 의미작용의 중심 에 있는 '주인'이기에 '주인기표'라고 해도 좋을 겁니다. 기표의 의미 작용은 '주인기표'인 '남근phallus'을 통해 직조되는 기표들의 연쇄에 의해 만들어지는 것입니다. 가족 안에서의 '아버지'나 국가 안에서의 '왕'이 그런 주인기표라는 건 쉽게 짐작할 수 있겠지요?

〈홍길동전〉에서 결정적인 위상을 점하는 것은 아버지나 왕이라 는 '큰타자'[2] 혹은 그것을 표시하는 '주인기표'입니다. 가령 홍길동 은 어미를 어미라 부르지 못하는 일이 없었고, 부친 홍판서의 부인 을 어미라 부르지 못하는 것을 한탄하지도 않습니다. 주인기표는 아 버지와 형이라는 남성적이고 가부장적 선을 따라 이어져 있고, 이 선의 근원에는 '왕'이 자리 잡고 있습니다. 그것은 왕이 주인기표의 요체임을 뜻하기도 하고, 아버지가 바로 '왕인 기표'임을 뜻하기도 합니다. 아버지를 아버지로 부른다 함은 제대로 된 아들로 '인정'받는 것을 말합니다. 그런 아들이 아니라서 아버지라 부르지 못하는 것입니다. '어르신'이라 부르겠지요. 호부호형의 욕망은 아버지에게 아들로 인정받으려는 것입니다. 아버지를 향한 호부호형의 욕망은 자연스레 아버지 뒤에 있는 왕을 향하여 올라갑니다. 왕의 인정을 구하고, 왕이 인정해주는 기표('병조판서')를 구하며, 결국 '왕'이라는 기표를 얻고자 하는 것, 이것이 홍길동을 이끌어가는 욕망이지요.[2]

홍길동이 아비를 아비라 부를 수 없다 함은 아비와 형을 잇는 가부장적 기표들로 직조되는 기호들의 망 속에서 '좋은 기표'를 갖지 못함을 뜻합니다. '아버지'라는 좋은 기표를 갖는다(사용한다)는 말은 '아들'이란 기표를 갖는 것을 뜻합니다. 그걸 갖지 못함은 '아랫것'이란 기표를 갖는 것입니다. 가족 안에서 좋은 호칭으로 표시되는 좋은 자리를 갖지 못함을 뜻하지요. 양반 가문의 가족관계 안에 자리를 갖지 못함을 뜻합니다. 그렇기에 호칭의 문제가 단지 호칭의 문제인 것만은 아닙니다. 즉 그저 기호나 이름을 입으로 말하고 소리내는 문제만이 아니란 겁니다. 집을 떠날 때 홍판서는 길동에게 "오늘부터 호부호형을 허락하노라"라고 말하고, 길동은 "소자의 지극한 한을 풀어주시니 죽어도 한이 없사옵니다"(26)라고 답하지만, 여

---

2 라캉에 따르면 나의 욕망이란 엄마로부터 '남근'으로 인정받고 싶은 '인정욕망'이고, 바로 그렇기에 아버지와 동일시하게 만드는 욕망입니다. 즉 이러면 엄마/아빠가 좋아할 거야 하며 그걸 욕망하는 겁니다. 그걸 자신의 욕망이라고 오인하는 거지요. 공부 잘하는 것, 돈 잘 버는 것, 명예를 얻는 것 등이 여기에 해당됩니다. 이는 엄마/아빠의 욕망일 뿐 아니라 사회적 관습이나 규범이 제시하는 욕망이기도 하지요. 이처럼 나의 욕망을 규정하는 엄마/아빠나 법, 규범 등을 '큰타자'라고 합니다. 나의 욕망이란 이런 타자의 인정을 구하는 인정욕망이고, 자신의 욕망으로 오인된 타자의 욕망입니다.

기엔 별다른 의미가 없습니다. 서자로서의 신분적 지위를 벗어나지 못하는 한, 집에서 그렇게 부른다고 해서 문제가 풀리는 건 아니니까요. 그렇기에 길동은 그 후에도 소란을 일으키고는 형이나 임금 앞에 잡혀가서 "아비를 아비라 부르지 못하고 형을 형이라 부르지 못하는 한"을 반복하여 하소연하는 겁니다.

앞서도 말했지만, 레비스트로스는 친족 체계를 '호칭의 체계'라고 정의한 바 있습니다. 아버지, 이모, 조카 등의 호칭은 가족관계 안에서 그 호칭을 사용한 이와 호칭으로 명명된 이의 관계를 표시합니다. 호칭은 개인의 선호에 따라 좌우되지 않으며, 개인의 탄생 이전에 어떤 것을 사용해야 할지 이미 정해져 있습니다. 그리고 그걸 사용하도록 강제되지요. 이를 '호칭의 물질성'이라고 한다면, 이 물질성(강제성)이란 사실 '물질'이 아니라 친족관계, 사회적 관계에서 나오는 것입니다. 아버지를 아버지라 부르지 못하는 것은 그 사회적 관계의 강제이고, 그 사회적 관계 안에 명확한 자리를 갖지 못하는 데서 오는 제약입니다. 그렇기에 홍판서는 호부호형하지 못 하는 한을 듣고 길동의 처지를 측은히 여기지만 "재상가 천비 소생이 비단 너뿐이 아니거든, 네 어찌 방자함이 이와 같으냐? 앞으로 다시 이런 말을 하면 눈앞에 두지 않으리라"(18)라고 꾸짖습니다. "위로하면 마음이 방자해질까 걱정"하여 그랬다고 하는데, 그것의 실질적인 의미는 자신이 그를 위로하고 심지어 호부호형을 허락하더라도 가족 바깥의 세계에서는 여전히 받아들여지지 않을 것이 분명하니, 그 경우 설움이 바깥사회에 대한 '방자함'으로 나아갈까봐 걱정했을 겁니다.

어떤 기표를 갖는다는 것, 즉 어떤 호칭으로 불리고 어떤 호칭으로 부를 수 있다는 것은 그런 기표로 표시되는 '주체'가 됨을 뜻합니다. 아버지를 '아버지'라고 부를 수 있다면 적자嫡子로 주체화되겠지만, 그렇지 못하면 적자로 주체화되지 못합니다. 아들이지만 '아버지'라고 부를 수 없는, 즉 아버지에게서도 제대로 된 아들 대우를 받지 못하는 주체, 서자라는 '나쁜 주체'가 됨을 뜻합니다. 서자의 자리는 강제적이고 '물질성'을 갖지요. 안 그러면 누가 그 나쁜 주체의 자리를 받아들이겠습니까. 천민이나 평민 같은 자리도 마찬가지입니다. '태어나길 그런 걸 어쩌겠어'라는 포기가 그런 주체의 자리를 받아들이게 합니다.

그러나 홍길동처럼 양반의 피와 천민의 피가 섞인 경우, 천민임을 받아들이기란 쉽지 않습니다. 하여 양반의 자리를 욕망하며 그걸 표시하는 기표를 요구하지만, 이는 수용되지 않습니다. 이 때문에 길동은 사회에서 요구하는 주체가 되는 데 실패합니다. 반쪽이긴 하나 양반의 피를 이어받은 데다 뛰어난 재능마저 타고났기에 '귀함이 없는' 자리에서 행해지는 주체화를 용납하지 않습니다. 그래서 초란의 개입이 있기 전에 이미 모친에게 남의 천대를 받는 것은 당치 않다며 "어머님 슬하를 떠나려 하옵니다"라고 고합니다. 천한 주체 말고는 허용되지 않는 가족을 떠나려는 것입니다.

이는 역으로 홍판서의 가족이 길동을 자신들이 할당한 자리에 세워 주체화하는 데 실패했음을 뜻합니다. 홍판서의 첩인 초란이 개입하여 주체화를 교란하는 이 간극을 확대하고, 이를 계기로 길동은 집을 떠납니다. 가족이나 신분 같은 틀을 벗어난 삶을 향해 떠나버릴 수도 있었을 겁니다. 흔히 '은둔'이라는 이름으로 그런 삶의 방식을 선택하는 이들이 그 시대에도 있었으니까요. 그러나 길동은 그렇게 하지 않습니다. 그는 좋은 기표에 대한 욕망, 좋은 주체의 자리에 대한 욕망을 포기하지 못합니다. 그만큼 그 기표의 가치에 강하게 매여 있었던 셈이지요. 집을 떠나서도 귀한 주체의 자리에 대한 욕망에 묶여 있었기에 아버지나 왕이라는 주인기표로 반복하여 되돌아갑니다. 이런 점에서 주어진 주체의 자리를 거부하는 길동의 주체화는 새로운 탈주선을 그리며 시작하는 탈기표적인 주체화가 아니라, 아무리 멀어져도 주인기표에서 벗어나지 못하는 기표적인 주체화에 머물 뿐입니다.[3]

아비를 아비라 못 하는 길동의 한恨은 아들이면서 아들로 인정받지 못하는 설움입니다. 그것은 그에게 주어진 자리가 갖는 양가성에 기인합니다. 그는 양반의 아들이면서 양반의 아들이 아닌 것입니다. 그는 양반의 아들인 동시에, 천민 신분인 노비의 아들입니다. 그렇기에 그의 '정체성identity'은 모호합니다. 양반도 아니고 천민도 아닌, 뚜렷한 위상을 점하지 못하는 불안정한 정체성입니다. 여기서 그가 호부호형을 욕망한다 함은, 그저 아버지나 형에 대한 애착이 아니라 그런 양가적인 지위에서 양반의 아들로 인정받고자 욕망함을 뜻하고, 그 불안정하며 모호한 정체성을 양반의 자식이라는 확고한 정체성으로 고정하고자 욕망함을 뜻합니다.

이는 집안에서 개인적으로 해결될 수 있는 것이 아닙니다. 길동이 병조판서를 실제로 할 뜻도 없으면서 굳이 병조판서를 시켜주면 소란을 중지하겠다고 강변하는 것은 이런 이유에서입니다. 병조판서라는 호칭을 얻는다는 것은 사회적 인정을 얻는 것입니다. 아버지가 호부호형을 허한다고 해도 실은 해결되지 않는 것을 왕에게 호소하

---

3 기표적 주체화와 탈기표적 주체화의 개념에 대해서는 Deleuze/Guattari(2000) 5장 및 이진경(2002) 5장 참조.

여 푸는 것이지요.

3. 증상적 기호의 상징적 전쟁

————

홍길동이 왕과 관리를 상대로 벌이는 투쟁을 한마디로 요약하면, '홍길동'이란 기표를 여럿으로 증식시켜 의미의 단일성을 깨는 것이었습니다. 이로써 그의 자리가 갖는 양가성과 그의 정체성이 갖는 모호성을, 그리고 그로 인해 야기될 수 있는 혼란을 왕에게 되돌려 주려는 것이었습니다. 먼저 임금의 명으로 홍길동을 잡으러 나선 포도대장 이흡은, '홍길동'이란 이름을 지우고 홍길동이란 인물의 정체성을 숨기며 다가온 소년에게 속아 잡힙니다. 이는 홍길동이란 이름의 인물이, 정체성의 확실함과 기의의 단일성을 가정하는 통상적인 권력으로는 잡을 수 없고 통제 불가능한 존재임을 뜻합니다. 이후 홍길동이 쓰는 전술은 여러 명의 홍길동을 만들어 팔도에서 동시에 '장난'치게 하는 것이었습니다. 복수의 기호를 동시에 사용하여 '홍길동'이라는 기표의 의미나 내용, 그것의 위치조차 결정 불가능하게 만드는 것입니다. '홍길동'이란 이름을 체포하거나 장악할 수 없고 포착하거나 이해할 수 없는, '있을 수 없는 기호'로 만들어버리는 것입니다.

이렇듯 다의적으로 발산하는 기표의 의미를 고정하지 않고서는 그것을 다루거나 장악할 수 없습니다. 그러기 위해서는 그 기표의 부동浮動을 정지시키고 위치를 고정할 수 있는 방법이 있어야 합니다. 왕과 신하가 찾아낸 방법은 그의 부친과 형을 통해 '홍길동'을 유인하여 붙잡는 것이었습니다. 이는 매우 적절한, 어쩌면 유일한 해결책이었습니다. 왜냐하면 홍길동은 '호부호형'에 대한 욕망을 통해 아버지라는 기표에, 가족 안에서의 '귀한 자리'에 이미 사로잡혀 있는 존재이기 때문입니다. 다의적인 기표에 단일한 의미를 부여해 하나로 고정할 수 있는 이는 홍길동의 주인기표인 그의 아버지, 혹은 아버지를 대신하는 형이었습니다. 그래서 형의 이름으로 방을, 즉 길동을 부르는 기표들을 써 붙여 가문의 멸문을 협박하며 "스스로 형을 찾아와 사로잡히라"고 호소합니다(39). 예상대로 길동은 형이 있는 경상 감영에 스스로 나타나 오라를 받습니다.

그러나 여기서 홍길동이 잡히고 끝난다면 그의 욕망은 아무것도 이루지 못한 채 좌절되고 말 것입니다. 호부호형을 하지 못한 한으로 가출하여 '장난'을 벌였고 그 한을 상기시키며 형 앞에 나타난 그는, 이제 팔도에서 8명의 홍길동 모두 동시에 잡혀 들어가게 하여 서로 자신이 진짜라며 다투게 합니다. 이 여덟 개의 '초인超人'은 홍길동이라는 실제 인물을 대신하는 기호들입니다. 그런데 그 여덟이 모두 동시에 잡혀 들어와 서로가 진짜라고 주장하니, 누가 진짜 '홍길동'인지 알 수 없게 됩니다. 8명의 홍길동, 그것은 유사한 기표의 증식을 통해 홍길동을 식별 불가능한 기호로 만드는 또 다른 방법이었던 셈입니다.

이에 대한 대응은 주인기표를 다시 불러내는 것이었습니다. 임금은 즉각 길동의 부친을 불러 "아들을 알아보는 데는 아버지만 한 사람이 없다 하니, 저 여덟 중에서 경의 아들을 찾아내라"고 명합니다 (41). 홍판서는 "네 지척에 임금님이 계시고 아래에 아비가 있는데도, 이렇게 천고에 없는 죄를 지었으니 죽기를 아까워하지 말라"며 피를 토하고 쓰러집니다(41). 임금과 그 아래의 아버지, 길동의 두 주인기표를 상기시키며 복종을 요구하는 셈이니 길동의 약점을 잘 잘 알고 있었던 것이지요. 여덟 길동 모두 쓰러지는 부친을 보고 동시에 눈물을 흘립니다. 부친이 정신을 차린 후, 여덟 길동은 입을 모아 호부호형 못 한 한을 다시 말하고 사라져 '초인' 8개만 남습니다. 짚단으로 된 이 기호들은 그 한 맺힌 말을 전하기 위해 만들어졌던 것입니다.[4]

그다음 홍길동은 "홍길동은 아무리 해도 잡지 못할 것이나, 병조판서로 임명하면 잡힐 것"이라는 방을 사대문에 붙이고 다닙니다(43). 아버지라는 주인기표 뒤에 있는 실질적인 주인기표에게 보내는 메시지인 것입니다. 그러나 "도적을 잡으려다 잡지 못하고 도리어 병조판서에 제수한다는 것"은 있을 수 없다며, 왕은 다시 길동의 형을 다그쳐 잡아 올리라 명합니다. 길동은 다시 형에게 돌아갈 수밖에 없습니다. 자신의 주인기표인 아버지가 사실상 왕의 손안에 인질로 있는 셈이니까요.

이전의 속임수가 있었으니 이번엔 진짜를 식별하려 합니다. 형은 주인기표인 아버지의 지적대로 왼쪽 다리에 붉은 혈점이 있음을 보고 진짜 길동임을 확인합니다. 그 혈점으로 기호의 의미를 확인하고 고정하려는 것이지만, 이는 쉽지 않습니다. 길동은 다시 대궐 앞에 이르자 몸을 흔들어 쇠줄을 끊고 수레를 깨고는 사라집니다. 이전

---

4 이런 기호들에 대해 정신분석학에 익숙한 이들이라면 '증상적 기호'라고 할 수도 있습니다. 홍길동의 실재와 상징적 지위 사이의 채워질 수 없는 간극, 그 간극이 상징계 안에 만드는 얼룩으로서의 길동의 상처, 그리고 그 상처로 인해 만들어지는 증상적인 기호로서의 여러 홍길동. 이런 관점에서 보면, 홍길동이란 인물은 아버지에 대한 양가감정을 지닌 채 그 트라우마 주위에서 증상적 행위들을 반복하는 신경증적 주체가 됩니다.

에는 홍길동을 잡아놓고 보니 어떤 놈이 진짜인지 알 수 없었다면, 이번에는 기호의 의미를 하나로 고정하니 그가 어느 위치에 있는지를 알 수 없게 된 셈입니다. 홍길동을 장악할 가능성을 얻으면 식별할 가능성을 제거해버리고, 홍길동인지 식별할 가능성을 얻으면 장악할 가능성을 제거해버리는 '불확정성'의 기호학적 전략을 사용하고 있는 것입니다.

길동은 자신을 식별하여 체포할 가능성이 없음을 반복하여 입증함으로써 임금으로 하여금 체포를 포기하고 결국 자신을 병조판서에 임명하게 만듭니다. 다의적으로 발산하는 기호와 통제할 수 없는 기호를 이용한 '상징적' 투쟁을 통해 최고의 주인기표로부터 인정을 얻은 것입니다. 그러나 여기서 길동에게 중요한 것은 실질적인 병권을 장악하여 조선의 무력을 움직이는 것이 아닙니다. 병조판서라는 상징적 지위, 그 명칭으로 표시되는 사회적 인정을 얻는 것입니다. 그렇기에 그는 병조판서에 임명되자마자 대궐을 떠나 사라집니다. 그런데 나중에 임금 앞에 나타나거나 다른 이들에게 이름을 말할 땐 항상 '전임 병조판서 홍길동'임을 명시합니다. 그의 이름 앞에 달라붙는 '병조판서'라는 기호가 진정 그가 바라는 바였던 것입니다.

이름을 둘러싼 갈등과 호칭을 둘러싼 상징적 전쟁, 이것이 〈홍길동전〉에서 길동이 벌이는 투쟁의 요체입니다. 그런 점에서 그가 관리나 임금을 겨냥해서 벌이는 투쟁은 진정한 전쟁이라기보다는 상징적 전쟁이고, 기표를 획득하기 위한 게임이며 가짜 전쟁입니다. 기호학적 게임이라고 하는 게 적절할 듯합니다. 그는 의적을 자처하며 부자나 악질 관리들을 털고 괴롭히지만, 그것은 이름을 알리고 상징적 지위를 얻기 위한 투쟁의 일부였을 뿐입니다. 실제로 경판본 〈홍길동전〉에서 의적으로서 활동하는 장면은 매우 간단하고 소략하게 처리될 뿐입니다. 완판본에서는 그 부분을 조금 늘리지만 큰 차이는 없습니다. 그보다 훨씬 더 많은 부분이 속이고 잡히고 다시 속이는 일종의 '진실게임'이고, 그런 방법으로 자신의 속내를 고백(!)하며 임금의 주변을 계속 오가는 '밀당 게임'입니다. 자신을 알아주길 바라는 고백의 주체와 그걸 들어주는 주인기표 사이의 갈등이란 아무리 심각해도 결코 '전쟁'이 될 수 없습니다. 전쟁을 흉내 내서 만든 스펙터클이고, 냉정하게 말하면 일종의 '쇼'일 뿐입니다.[5]

임금이 길동을 병조판서에 제수한다는 방을 붙이자 길동은 "사모관대에 무소뿔로 장식한 띠를 두르고는 높은 수레를 타고 큰길로 버젓이 들어오면서 (…) '지금 홍판서가 임금께 인사하러 온다'"고 외칩니다. 민망할 정도로 서둘러 '판서'라는 기호를 펼쳐들고 과시하는 겁니다. 그 뒤 병조판서를 받자마자 그만두고 사라졌다가 돌아와 임금 앞에 나타난 길동이 하는 말은 그의 투쟁이 기호를 얻기 위한 일종의 '데모'였음을 보여줍니다. "무뢰배들과 함께 관아를 치고 조정을 시끄럽게 한 것은 신의 이름을 드러내어 전하께 알리려는 것이었습니다."(46)[6] 이처럼 홍길동은 자신이 하고자 한 게 무엇이었는지를 그 자신의 입으로 명확하게 이야기하고 있습니다.

---

5 이에 대해 '속임수'와 '배신'이라는 개념을 대비하여 사용하는 것도 좋을 겁니다. 기표적인 체제에서 벌어지는 기표적 투쟁이란 사실상 기표들의 사용이나 해석을 둘러싼 투쟁인데, 이는 그 모든 기표를 중심기표인 왕으로 환원하는 속임수의 체제를 구성합니다. 반면 배신이란 얼굴을 돌리며 탈주선을 그리는 것으로 시작한다는 점에서, 기표적인 가치나 해석을 등지며 시작하는 것이고, 이런 점에서 탈기표적 체제에 속합니다. 홍길동은 배신하는 자가 아니라 속이는 자인 것입니다. 이 개념들에 대해서는 Deleuze/Guattari, 2000(1) 5장 및 이진경, 2002(1) 5장 참조.
6 이 대사가 완판본에는 빠져 있지만, 동양문고본에는 동일하게 포함되어 있습니다(『홍길동전집』 완판본, 75~76; 동양문고본, 162).

그는 '병조판서'란 직함을 한번 얻자마자 '홍길동 장난'은 물론 빈민을 구제하는 활빈당의 의적활동을 중지하고 사라집니다. 새로운 체제나 가치를 추구했던 것도 아닐뿐더러 그나마 '활빈'이라는 명목의 활동조차 병조판서로 임명해주자 모두 중단하고 마는 겁니다. 그렇다고 병조판서가 되어 민중을 괴롭히는 관리들을 징치한 것도 아닙니다. 그러니 홍길동의 활동에서 '혁명적' 성격은커녕 '개혁적' 성격을 찾아보기도 힘듭니다. 병조판서라는 이름 하나 받는 것만으로 모든 일을 중단하는 것은 '활빈'이란 명목의 활동조차 실제로는 개인적인 명예를 위한 게 아니었던가 의심케 합니다.

그런 점에서 "길동의 활빈활동은 국가적 질서와의 정면 대결"(박일용, 2003: 127)이라고 보긴 어렵습니다. 혁명적이란 말은 물론이고 개혁적이란 말도 어울리지 않습니다. 그보다는 오히려 "봉건적 사고에서 자유롭지 못한 작가의 사상적 한계"(이윤석, 1996)나 "충효의 윤리관에서 벗어나지 못했음"을 지적하는 평가(안창수, 1986)가 실제 내용에 더 가까워 보입니다. 이런 한계를 두고, 대다수 민중이 유교적 이념과 도덕관념에 침윤되어 있었기에 왕을 제거하고 국가에 반하려 했다면 "길동을 민중적 영웅으로 생각하기는커녕 천하에 다시없는 역적이라며 철저하게 배척했을 것"이며, 그간의 활동마저 "순전히 개인적 욕망과 반역을 위한 명분으로 매도되었을 것"이라고 하면서 이런 순화된 내용을 당시 민중의 의식 수준을 고려한 서사 전략이라고 보기도 하는데(이상구, 2013: 320), 이렇게 해석하면 '서사 전략'에 작품의 본질적인 내용이 잡아먹힌 셈이 되고 맙니다. 개인적인 명예욕을 위해 '활빈'활동마저 쇼로 행하는 인물을 '민중적인 영웅'이라고 한다면, 그런 영웅이란 비판하거나 제거해야 할 대상이지 지지하고 찬사를 보낼 대상은 아니지 않겠습니까? 제가 보기에는 "반항과 순응의 연속을 통해 당대 사람들이 처해 있던 본질적 삶의 조건을 보여주고, 쉽게 현실을 도피하는 대신 그 안에서 고뇌하는 모습을 보여주었다"(안창수, 1986)는 평가조차 너무 후합니다. 그 고뇌가 아버지와 임금으로부터 인정받으려는 개인적 욕망에서 한시도 벗어나지 못했다는 점에서 말입니다.

4. 상징적 전쟁의 귀착점

병조판서를 그만둔 길동은 조선을 떠나기 위해 남경 땅 쪽에 갈 만한 곳이 있는지 탐색합니다. 그리고 임금에게 쌀 1000석을 얻어 부하들을 데리고 남경 땅 '제도'라는 섬으로 들어가지요. 거기서 율도국을 정복하여 이젠 스스로 임금이 됩니다. 흔히 조선의 외부에 율도국이라는 '이상국가'를 건설한다고 요약되는 이 부분은 홍길동이 조선 땅을 휘젓고 다니며 '사고를 치는' 전반부의 내용과 많이 다르지만, 앞서 분석한 〈홍길동전〉을 '완성'해줍니다.[7]

3000명의 무리를 데리고 섬에 들어간 홍길동은 이전과 달리 구빈활동을 하지 않으며 정의의 도적이 되지도 않습니다. 섬에 정착한 그들은 집 짓고 농사짓는 한편, 무기창고를 짓고 군사훈련을 합니다

---

7 이병원(1988)은 문장의 글자 수를 비교함으로써 〈홍길동전〉 후반부가 후세에 독자의 흥미를 위해 첨가한 부분이었다고 간주합니다. 율도국 부분이 앞서 조선에서 홍길동의 활동을 다룬 부분과 이질적이라고 보는 셈인데, 무대가 바뀌고 활동이 바뀐 만큼 차이가 있긴 하지만 이질적인 텍스트라고 봐야 하는지는 잘 모르겠습니다. 이질적인 텍스트라고 해도 이어 붙여 작품이 된 만큼, 연결의 효과 속에서 어떤 의미를 갖는가를 최대한 분석하는 게 좋다고 여겨집니다.

(48). 농사짓는다고 한 것으로 보아, '정착'했다는 말은 거처를 정했다는 것 이상의 의미를 갖습니다. 그런데 농사를 지으면서 도적질이나 구빈활동을 할 것도 아닌데 왜 무기창고를 짓고 군사훈련을 하는 것일까요? 낯선 땅이니 뜻밖의 떼강도나 인근 국가의 침입에 대비하려는 것일까요? 그러나 "이곳은 본래 깊고도 아늑한 곳이라 누구도 알 사람이 없고 또한 풍족했다"(48)고 하는데, 굳이 그럴 필요가 있을까요?

이유는 다른 곳에 있습니다. 인근에 율도국이란 곳이 있었는데 "그 넓이는 수천 리요, 사방이 막혀 있어 과연 견고하고 풍요로운 나라였다"고 합니다(58). 완판본에서는 "중국을 섬기지 아니하고, 수십 대를 전자전손하여 덕화유행하니, 나라가 태평하고, 백성이 넉넉하"다고 쓰고 있습니다(《홍길동전》, 78). 그런데 "길동이 매양 이곳에 뜻을 두어 왕위를 빼앗고자 했는데, 이제 〔부친의〕 삼년상을 마치고 기운이 활발하여 세상에 두려워할 사람이 없게 되었다"(《경판본》, 58) 하여 군대를 일으켜, 언제 그리 늘었는지 5만 명의 정예 군사를 거느리고 율도국을 습격합니다. 물론 결과는 율도국의 왕과 태자가 죽고 길동이 왕위에 오르는 것입니다.

홍길동은 아무도 없는 어느 오지에 가서 율도국이란 나라를 새로 만든 게 아니라, 인근에 있는, 심지어 완판본에서는 "나라가 태평하고 백성이 넉넉하다"고 묘사되는 멀쩡한 나라를 왕위를 얻고자 난데없이 침략하여 정복한 것입니다. 이건 이전에 자처하던 '의적'과는 거리가 멀지요. 그렇다고 해서 문제가 있는 어떤 체제를 전복한 행위도 아닙니다. 경판본에서도 완판본에서도 이 침략이나 정복에 어떤 명분도, 그럴듯한 이유도 제시하지 않습니다.[8] 그렇다고 왕권을 획득한 길동이 평생의 한이었던 신분제나 서얼제도를 없애는 것도 아닙니다. 병조판서가 되고 나서는 한이 풀렸는지, 그 이야기는 다시 언급되지 않습니다. 그것 아닌 다른 개혁적 조치를 했다는 이야기도 없습니다. 그 뒤에 태평성대를 누린다고 쓰기는 하지만(그거야 아무 생각 없이 붙이곤 하는 상투구이지요), 그게 사실이든 아니든, 길동이 율도국을 친 데에는 왕권에 대한 개인적인 야망 말고는 어떤 이유도 찾을 수 없습니다.[9]

이 무참한 태도는 남경 제도의 산에 들어갔다가 만난 '괴물'을 죽이는 장면에서도, 당혹스럽긴 하나 이미 충분히 예시豫示됩니다. 약을 구하러 섬의 망당산에 들어간 길동은 '울동'이라는 '괴물'을 만납니다. 울동은 "그 모습은 비록 사람이나, 짐승의 무리가 분명했"(49)다고 합니다. 모습은 사람인데 짐승이라니, 이거 참 난감한 말입니다. 김경미가 소현세자의 『심양장계』에서 발견되는 타이인 등 남도의 낯선 인종에 대한 묘사를 빌려 지적하듯이(김경미, 2010: 198), 사람처럼 생겼으나 짐승인지 아닌지 모호한 이 울동이란 존재는 아마도 그 섬의 원주민이었을 겁니다. 어쨌건 사람같이 생겼는데 사람인지 아닌지 확인해보지도 않고 '짐승의 무리'라고 단정합니다. 무슨 징표가 있는 것도 아닙니다.

그런데 처음 보는 짐승이면 죽여도 된다고 생각했던 걸까요? '짐승이 분명했다'는 판단 하나로 활시위를 당깁니다. 사람이든 짐승이

---

8 김경미(2010)는 이를 식민주의적 침략이라고 평하는데, 타당한 지적이라 하겠습니다.
9 이는 후대의 독자들 또한 부당하다고 생각했던 것 같습니다. 하여 1900년경에 필사된 세책본인 동양문고본 『홍길동전』에서는 율도국을 "태평하고 넉넉한 나라"가 아니라 정사를 돌보지 않는 왕으로 인해 인민들이 고통받는 나라로 길게 바꾸어 묘사합니다. 율도국을 정복하는 전쟁의 과정도 크게 확장되어 있습니다.

든 자신을 공격한 것도 아니고 무언가 나쁜 짓을 하고 있는 것도 아닌데 말입니다. 길동은 '내 두루 다녀보았으나 이 같은 것은 처음 보는 것이라. 이제 저것을 잡아 세상 사람들에게 보이리라'고 생각하고는 활을 쏩니다. 세상 사람에게 '보여주기 위해' 활을 쏘는 것입니다. 보여주고 과시하는 것, 이게 홍길동의 근본적인 욕망인 것 같지요?

그러고는 다음 날 그들의 소굴로 찾아가 전날 화살을 맞아 부상당한 우두머리를 독약으로 죽이고, 놀라서 달려드는 울동의 무리를 갖은 술법을 써서 모조리(!) 죽여버립니다. "한바탕 싸움으로 모든 요괴를 다 죽이고, 도로 요괴가 사는 곳으로 들어가 남은 요괴까지 모조리 죽였다."(51) 죽여야 할 특별한 사건도, 죽일 만한 이유도 딱히 없건만 모조리 죽인 것도 모자라 다시 사는 곳까지 찾아가 남은 것들을 죄다 죽인 것입니다. 거기서 돌문 안에 있던 두 여자마저 "계집요괴인 줄 알고 마저 죽이려고 했"(51)습니다. 계집요괴라고 생각했던 이 두 여자는 울동에게 납치된 인간이었고, 나중에 홍길동의 두 처가 됩니다.[10] 인간을 계집요괴라고 생각했던 걸 보면 역으로 그가 '요괴'라고 생각했던 이들 모두 인간이었을 것임을 함축합니다.

홍길동의 이 살해는, 아무리 괴물이라는 딱지를 붙인다고 해도 정당한 명분을 찾기 힘듭니다. 그건 심지어 사냥도 아닙니다. 거기에는 남녀도 없고 노소도 없습니다. 끝까지 찾아가 남김없이 죽일 뿐입니다. 단지 자신이 '요괴'라고 생각했다는 이유만으로 말이지요. 낯선 모습에 놀라 괴물이라고 여겼다 해도, 이건 의적 행위이기는

---

10 이걸 보면 '계집요괴'와 이들 여인 사이에 외형상 별다른 차이가 없었음은 분명하며, 이런 의미에서 울동이란 그 섬의 원주민이라고 할 이유가 텍스트 내부에 충분히 제시되어 있는 셈입니다.

커녕 일족의 씨를 말리는 학살입니다. 이는 아무런 명분도 없이 왕위를 얻으려는 야망으로 율도국을 침략한 것과 부합합니다. 이런 이유에서 율도국에서의 〈홍길동전〉은 낯선 이를 '타자화'하고, 멀쩡한 나라를 침략해 정복하는 식민주의적 서사라는 지적(김경미, 2010)은 충분한 근거가 있습니다.

율도국 정복에 왕위에 대한 욕심 말고 다른 이유는 없었을까요? 명시적이진 않지만 사실 중요한 이유가 있음을 알 수 있습니다. 남경 땅 제도에 들어간 길동이 율도국을 치기 전에 가장 공들여 한 일이 있습니다. 오래지 않아 돌아가실 아버지의 묘를 미리 만드는 것이었지요. 그 무덤의 규모는 왕의 무덤인 '국릉'과 비슷합니다(54, 56). 무덤을 조성한 뒤 길동은 조선으로 갑니다. 아버지는 홍길동이 찾아올 것이라며 "부디 서자 차별하지 말고 제 어미를 잘 대접하라"(54)고 이르며 죽고, 그 죽음을 예상하여 멀리 조선으로 아버지 문상을 하러 간 길동은 부친의 시신을 자기가 사는 땅으로 모셔옵니다. 같이 온 형도 산소를 국릉같이 꾸며놓은 걸 보고 크게 놀랍니다. 여기서 아버지 무덤을 '국릉'같이 만들었다는 사실은, 이미 그가 왕의 지위를 꿈꾸고 있었음을 시사합니다. 즉 어디가 되었든 왕의 자리를 얻고자 했음을 암시하는 것이지요. 이는 거꾸로 그가 "누구도 알 사람 없을 만큼 깊고 아늑하며 풍족한" 섬에 정착해 처음부터 군사훈련을 하고 병법을 가르친 이유를 알려주기도 합니다. 이미 그는 그섬에 들어가면서부터 왕이 되겠다는 꿈을 갖고 군사를 키우고 아버지의 무덤을 왕릉처럼 꾸몄던 것입니다. 이것이 율도국을 치고 들어간 이유였습니다.

여기서 길동이 아버지의 무덤을 국릉처럼 조성한 것은 단지 지극한 효성 때문만은 아니었다는 데 주목해야 합니다. 그가 아버지의 무덤을 왕릉처럼 조성한 것과, 그가 율도국을 쳐서 왕이 된 것은 별개가 아닌 정확하게 하나의 '세트'를 이루는 행위였습니다. 길동은 왕위에 오른 뒤 모든 장수에게 벼슬을 하나씩 주어 치하한 뒤에 어쩌면 당연해 보이는 다음의 절차로 정복을 완성합니다.

부인 백씨와 조씨를 왕비로 봉하고 부친을 추존하여 현덕왕으로 봉했으며, 모친 춘섬은 대비로, 백룡과 조철은 부원군으로 봉하여 궁실을 내려주었다. 또한 부친의 능호를 선릉이라 하고 선릉 위에 올라 제문을 지어 제사지내고, 모부인 유씨를 현덕왕비로 봉했으며……(61)

이로써 아버지와 왕이라는 두 개의 주인기표는 하나로 통합되고, 길동은 자신이 그토록 갈망했던 두 기표를 모두 소유하게 됩니다. 아버지와 그 위의 왕으로 이어지던 주인기표는, 왕인 자신과 왕릉 같은 무덤을 통해 '선왕'으로 변형된 아버지로 대체되어 길동에게 자리를 내주게 된 것입니다. 천비 소생의 천한 주체가 왕이라는 최고의 귀한 주체가 된 것이지요. 분열되었던 가족은 정상화되었을 뿐 아니라 버젓한 '왕가'를 이루게 되었고, 천출 신분으로 인해 발생한 정체성의 간극은 왕이라는 자리를 통해 해소되었습니다. 이를 확인이라도 하려는 듯, 길동은 모든 것이 잘 풀려 안정된 뒤 모친을 모시고 "지난 일을 생각하며 서글프게 한숨을 쉬고 탄식하며" 말합니다. "소자가 당초 집에 있을 적에, 만일 자객의 손에 죽었다면 어찌 오늘날 이같이 되었겠사옵니까?"(61) 이는 정체성 안의 간극과 주체화의 실패에서 시작된 드라마가 상징적인 투쟁을 거쳐 도달한 최종적인 완결점이란 데서 〈홍길동전〉의 결말이라 하기에 적합합니다.

5. 침입의 정치학과 진입의 기호학

─────

〈홍길동전〉은 서얼이라는 신분제도에 대한 비판적인 문제의식을 전면에 내세우고 의적이 되어 국가와 대결하는 작품이란 점에서 사회정치적 성격을 띤다는 게 통상적인 평가입니다. 그 성격이 정말 개혁적이거나 '진보적'이었는가에 대해서는 논란의 여지가 있지만, 〈홍길동전〉이 사회정치적 성격의 작품임은 부정하기 어렵습니다. 그러나 그것이 직접적으로 '정치적'인 성격을 지닌다는 뜻은 아닙니다. 기존 사회 체제에 대해 어떤 의심도 없는 작품을 '사회적' 성격의 작품이라고 할 수 없듯이, 기존 정치 체제에 대해 어떤 의심도 품지 않는 작품을 '정치적' 성격의 작품이라고 할 수는 없으니까요. 그런 점에서 보면 '정치적' 성격이란 말은, 기존 체제가 와해되는 지점을 드러내거나 그것을 비판하는 것일 때에 한해서 사용해야 할 것입니다.

그런데 작품의 사회정치적 의미를 정치나 사회에 대한 직접적인 발언에서 찾는 것은 문학이나 예술작품의 '정치성'을 이해하는 데 별 도움이 되지 못합니다. 그런 주제를 언급하거나 정치에 대해 발언하는 것이 중요하다고 믿는다면, 굳이 문학이나 예술에서 찾을 게 아니라 정치 문헌들을 뒤지는 게 훨씬 나을 겁니다. 문학작품에도 정치적 성격이 포함된 것이 있겠지만 그것이 전면에 선명하게 드러나는 순간, 문학작품이 아닌 정치 문헌이 되고 말 겁니다. 이 때문에 "정치냐 예술이냐"의 배타적인 이항 선택이 문학사에서도 반복되어 나타난 바 있습니다. 그렇다고 문학이나 예술이 정치적인 것이 될 수 없다거나, 예술성과 정치성 간에는 단순한 반비례 관계가 있다고 말하려는 게 아닙니다. 문학이나 예술에서 정치적인 것이란 무엇인가를 다시 생각해야 한다는 말입니다.

문학에는 정치성을 표현하는 나름의 '표현' 방식이 있고, 음악이나 미술에도 마찬가지로 나름의 표현 방식이 있습니다. 가령 상투적인 음악적 표현에 '올바른' 정치적 내용을 담은 노래는, 정치적 음악이기야 하겠지만 음악적으로 진보적이라고 하긴 어렵습니다. 노동자의 투쟁을 19세기풍의 고전적 스타일로 그렸다면 그 역시 내용에서는 정치적임이 분명하지만, 미술적인 표현에서 보면 고루하고 보수적일 겁니다. 묘사하는 내용이 정치적이라는 이유로 표현 형식이 낡았음에도 '진보적'인 작품이라고 말할 수 있는지는 의문입니다. 예술은 감각에 작용하는데, 감각적 표현 형식이 낡았다면 그것으로 표현된 내용이 진보적이라도 감각을 바꿔가기보다는 낡은 감각을 '온존'시키는 데 역할할 것이기에 오히려 보수적이라고 봐야 합니다. 즉 어떤 작품이 사회적인 문제나 '모순', 정치적 내지 경제적 사안을 명확하게 부각시켜 다룬다고 해서 무조건 좋은 작품이라고 하긴 어렵다는 겁니다.

표현의 층위만이 아니라 작품의 사회정치적 '내용' 자체에 대해서도 우리는 통념적 평가에 대해 다시 생각해봐야 합니다. 사실 고전소설을 다루면서 사회정치적 의미를 찾는 경우, 대개는 그것에 표현된 '내용'을 주로 보게 됩니다. 20세기에는 표현 형식의 실험과 갱신이 예술사를 이끌어간 일차적 동력이었던 반면, 그 이전에는 조선은 물론 서구에서도 빈번하게 일어나지 않은 일이었기 때문입니다.

'내용'을 중심으로 한 관점에서 봐도 〈홍길동전〉은 서얼제도와 신분제를 직접적으로 주제화한 작품이지만 그것이 그 문제를 '정치적으로', 혹은 '비판적' 내지 '진보적'으로 다루었는지는 의문입니다. 신분제나 봉건적 요소가 소재로 등장한다고 해서 정치적으로 적절한 작품이라고 단언할 순 없다는 것입니다. 이 점에서 〈홍길동전〉은 과대평가되어오지 않았나 하는 생각입니다.

목적론적 관점에서는 역사의 최종 목적지를 설정하여 그에 근접해가는 것을 '진보'라 평하고 초월적 관점에서는 후대에 지배적으로 될 것에 가까운 것을 '진보'라 평합니다. 앞서 이런 관점이 부당함을 누차 지적했지만, 이런 관점을 포기한다면 이제는 진보와 보수를 구별하거나 평가할 수 없지 않느냐는 의구심을 피하기는 쉽지 않습니다. '진보'가 가치 평가 기준으로 중요하다고 믿는 분들 가운데는 역으로 이 때문에 여전히 목적론적 내지 초월적 관점을 유지할 수밖에 없다고 믿는 분도 있는 듯합니다. 정치성을 평가하려면 아무래도 이런 기준이 있어야 하지 않는가라는 것이죠.

그러나 진보를 말하기 위해 꼭 그래야만 하는 건 아닙니다. 내재적 관점에서 진보와 보수에 대해 말할 수 있기 때문입니다. 내재적 관점에서 작품의 정치성을 드러내고 분석하는 방법이 하나만 있진 않겠지만, 저는 문학에서 내부와 외부의 관계를 통해 정치성을 다루는 방법에 대해, 보수와 진보를 말하는 방식에 대해 이야기할까 합니다. 내부성이란 주어진 관계나 체제, 제도나 정체성 '안에' 머물러 있음을 뜻합니다. 집 '안'에 있을 때 그렇듯, 내부성을 강하게 갖는다 함은 하이데거의 말 그대로 "안에-있음의 익숙함과 편안함" (Heidegger, 1998)에 안주하는 것이고, 고향과 같은 어떤 터전, 본성과 같은 어떤 습속이나 문화의 관성 '안에' 머물러 있는 것입니다. 그렇기에 이는 필경 내부성을, 편안함을 주는 과거나 현재의 상태를 '보호'하고자 하고, 전통과 관습에 속한 것을 보존하며(保) 지키려는(守) 성향을 갖습니다. 이는 글자 그대로 '보수적'인 태도와 이어집니다.

반면 외부성이란 그 익숙하고 편안한 기존 세계의 '바깥에' 있는 것과 관련된 것을 표시합니다. 외부적인 것은 대개 익숙하기보다는 낯설고 편안하기보다는 불편하게 다가옵니다. 기존 세계 안에 자리 잡지 못한 것인 만큼 그것이 들어오는 순간 기존 세계는 변하고 맙니다. 그것은 기존 습속이나 문화적 관성과 마찰을 일으키고 충돌하며 삶의 방향을 관성으로부터 벗어나게 만드는 것입니다. 그렇기에 외부적인 것을 긍정한다 함은 그 이질적이고 낯선 것에 자신이 속한 세계를 여는 것입니다. 이것이 '보존하고 지키는 것'과 상반되리라는 것은 이해하기 어렵지 않습니다.[11]

낯설고 이질적인 것, 외부적인 것을 긍정한다고 해서 언제나 성공적인 '개혁'이 이뤄지고 더 좋은 상태로 '발전'한다는 보장이 어디 있느냐고 묻기도 합니다. 물론 그런 보장은 없습니다. 개념이나 이론을 확보하는 것만으로 그걸 보장받는 일이 대체 어떻게 가능하겠습니까? 오히려 그걸 '보장한다'는 사람이나 이론이야말로 가장 경계해야 할 것입니다. 받아들이기만 하면 좋은 미래('천국'이나 '메시아'라고 명명되는 게 그것 아닌가요?)가 보장된다는 것은 종교의 허구적 약속 말고는 있을 수 없으니까요. 외부를 향해 간다는 것은, 낯선 땅이나 미

---

11 내부성과 보수성의 관련, 외부성의 긍정이 갖는 이런 정치적 의미에 대해서는 토니 모리슨의 소설 『파라다이스』가 명확하게 대비하여 탁월하게 보여주고 있습니다. 이에 대해서는 이진경(2009), 서설 참조.

지의 세계를 향해 떠나는 여행자처럼 불확실하고 예측조차 힘든 것을 향해 가는 것입니다. 역사 법칙이 보증하는 확실한 미래는 없으며, 그것이 제공하는 완성태를 통해 고무되는 '진보'도 없습니다.

분명한 점은 현재 상태를 바꾸고 그와 다른 어떤 상태, 다른 세계를 구성하는 것은 현재의 상태에 안주하고 보존하려 해서는 불가능하다는 것입니다. 진보가 좀더 나은 것을 향한 변화라고 한다면, 진보를 말할 수 있는 최소 기준('필요조건')은 뭔가 변하고 바뀌어가려는 성분이 있는가 하는 점이어야 할 것입니다. 익숙한 것, 편안한 것, 즉 내부적인 것을 지키고 보존하는 것과 반대로 낯설고 새로운 것, 이질적이고 불편한 것을 받아들이고 이를 통해 스스로를 바꿔가는 것 말입니다. 혹은 익숙한 것 밖으로 이탈하는 것, '탈주선을 그리고' 현재의 영토로부터 탈영토화하는 것 말입니다. 그것 없이는 '개혁'이든 '혁명'이든, 무언가를 바꿔간다는 것은 불가능합니다. 이를 달리 말하면 '외부성의 긍정'이라고 할 수 있습니다. 몫이 없는 것들에게 몫을 주고, 설 자리가 없는 것들에게 자리를 주는 것도 이에 포함된다 할 것입니다.

요컨대 진보적이고 개혁적이라 함은 내부성에 안주하며 외부에 대해 닫혀 있는 세계 안에 외부적인 것을 끌어들이는 것이고, 그 세계에서 외부적인 것을 사유하고 밖으로 나가보는 것이며, 그런 식으로 내부와 외부의 만남 및 접촉을 통해 기존 세계에 어떤 변화를 야기하려는 것입니다. '치안'과 '정치'라는 랑시에르의 개념을 이런 관점에서 이해할 수 있습니다. 앞서 언급했듯이, 랑시에르는 치안이란 모든 것이 주어진 자리에 있도록 관리하는 것이며, 정치란 주어진 자리에서 이탈하려는 시도라고 정의했습니다. 주어지지 않은 몫을 요구하고 주어지지 않은 자격을 주장하는 것이 정치라는 겁니다 (Rancière, 2008). 이는 자리나 몫의 분배 체제에서 벗어나는 것이고, 그런 체제를 바꾸려는 것을 뜻합니다. 치안이 자리의 할당이나 몫의 분배 체제를 현행대로 유지하려는 것이란 점에서 '보수적'이라면, 정치란 기존 체제로부터 벗어나고 그 체제를 바꾸려 한다는 점에서 '진보적'이라고 할 수 있습니다. 외부와 내부라는 개념을 이와 연결하여 사용하자면, '정치politics'란 주어진 세계 안에 외부적인 것을 끌어들이거나 그 세계 안에서 외부를 사유하고 만들어가려는 시도라고 다시 정의할 수 있습니다. 이와 반대로 외부적인 것을 제거하고 세계의 내부성을 유지하며 보존하려는 것은 '치안police'이라고 정의할 수 있습니다.[12]

하지만 이것으로 '진보'를 말하기에는 충분치 않습니다. 또 하나의 기준을 덧붙여야 합니다. 그러한 변화가 가령 당대 사람들, 당시 '민중'의 삶을 좀더 나은 것으로 만드는지 혹은 힘든 것으로 만드는지도 고려해야 합니다. 예컨대 〈흥부전〉에서처럼 화폐경제의 확산이 기존 공동체를 해체하며 사회를 바꿔가는 강력한 성분을 포함하지만, 그것이 변화를 야기한다는 것만으로는 긍정적으로 평가할 수 없기 때문입니다. 자본가나 국가 관료들이 '개발'이라는 이름 아래 인간과 인간 아닌 것들의 공생 조건을 '바꾸고' 파괴하는 것도 마찬가지이지요. 이런 점에서 탈영토화하는 운동, 탈주선을 그리는 것이 어느 방향으로 향하는지를 봐야 합니다. 이 방향은 역사 발전의 목적지 같은 것 없이도 파악할 수 있습니다. 힘이 작용하는 지점의 이

---

12 '정치적인 것the political'이란 이처럼 내부와 외부가 만나고 갈라서는 지대를 뜻합니다.

웃 관계 속에서 그 힘이 어디로 향하는지를 알 수 있기 때문입니다. 이를 무한히 근접한(이웃한) 두 점을 연결하여 미분계수를 포착하는 미분적인 관점이라고 해도 좋을 겁니다.

좀더 구체적으로 말하면, 사람이나 다른 생명체들의 공생적인 삶을 향한 것인지 그 반대 방향인지를 보는 것이 중요하다는 겁니다. 변화의 요인이 삶을 어떤 방향으로 바꿔가는지, 그들의 삶을 좀더 나은 것으로 바꿔가는지 당대 '민중'의 삶이라는 관점에서 보는 건 '진보'를 말하는 또 하나의 중요한 기준이라는 것이지요. 다만 '민중'이란 말이 있던 자리에 인간 아닌 다른 것들이, '민중'이란 말에서 배제되어 죽어도 목숨으로 세어지지 않는 것들이, 설 자리를 빼앗긴 것들이 같이 들어서야 한다는 조건에서 말입니다. 돈과 교환되는 항이 되었기에 죽어도 죽는 것으로 인지되지 않고, 파괴되어도 파괴되는 것으로 보이지 않는 것들 말입니다. '외부'에 대해서 반복하여 말하면서도, 그것이 '어떤 외부'인지를 구별하려 했던 앞서의 시도를 이런 맥락에서 이해해주면 좋겠습니다.[13]

이런 관점에서 내부와 외부가 만나게 하고 외부성을 가동시키는 상이한 전략을 구별할 수 있습니다. 그리고 이를 통해 '외부성의 정치학'의 상이한 유형을 세 가지 정도로 도출할 수 있습니다. 첫째, 외부적인 것을 내부로 밀고 들어가는 것이고, 그럼으로써 이전에 없던 것에 자리를 부여하고 그것이 존재할 자격을 부여하는 것입니다. 이는 기존 자리의 분배 체제를 바꾸어놓음을 뜻합니다. 이는 랑시에르가 긍정적인 의미의 '정치'를 정의하는 것과 유사한데, 외부적인

---

13 약간 상투적인 어법으로 말하자면, 외부성을 긍정하는 것이 진보의 '필요조건'이라면 그게 어떤 외부인지를 구별하는 것이 '충분조건'일 것입니다.

것이 내부로 밀고 들어간다는 점에서 '침입'이란 개념으로 요약할 수 있습니다. 둘째, 이와 반대로 내부로부터 외부로 밀고 나가는 것, 혹은 내부에 없던 외부를 창조하는 것입니다. 내부적으로 주어진 자리에서 벗어나 다른 어딘가로 향하는 것도 이런 유의 정치에 포함될 수 있습니다. 이를 '이탈'이란 개념으로 명명합시다. 셋째, 주어진 것 내부에 '외부'라고 부를 어떤 이질적인 것, 즉 균열과 틈새가 존재함을 드러내고, 그 균열이나 틈새를 확장하여 내부를 와해시키거나 변화시키는 것입니다. 내부적으로 요구되는 것이 그것과 이율배반적인 결과에 필연적으로 이름을 보여주거나, 내부적인 논리가 서로 충돌하는 지점을 드러내어 그것을 확장하는 방법입니다. 이를 '해체'라고 명명합시다.

이 세 가지 개념을 통해 앞서 분석한 〈홍길동전〉을 다시 검토해보면, 먼저 길동의 모든 행동의 출발점이 되는 것은 가족 안에 존재하는 분열입니다. 이는 가부장제의 유지를 위해 수직적 위계를 확고하게 해놓으면서도, 가부장의 욕망에 따라 복수적複數的인 결연의 선을 쉽게 끌어들이도록 해놓았기에, 첩을 들이는 것은 물론 길동의 모친 같은 천비에게 '마음대로' 손댈 수 있게 한 제도 간의 이율배반이 야기하는 분열입니다. 가부장적 승계의 권리를 위해 만들어놓은 가족 안에서의 정실/소실, 장자/비장자의 위계는 여자와 아이들이 가장의 인정을 얻기 위해 모든 것을 걸고 다투게 만듭니다. 여기에 신분제가 겹쳐지면 길동처럼 아비를 아비라 부를 수 없는 분열된 자리를 갖게 됩니다. 천비 소생 길동의 타고난 재능이 역으로 가문의 재난이 될 수 있는 것도, 그렇기에 그를 죽이는 암살 계획을 가족(형과 그 모친)이 승인하는 것도 이 분열 안에서 신분제와 가문의 내부적 논리에 따른 것입니다. 그러나 그것은 자식이나 형제에 대한 용인될 수 없는 처분이라는 점에서 '죽여서는 안 된다'는 결론 또한 가문이나 가족의 논리(윤리) 안에서 마찬가지로 나올 수 있습니다. 상반되는 결론이 동시에 도출 가능한 겁니다. 이는 흔히 말하는 '모순'이 드러나는 지점이고, 해체의 정치학이 가동될 수 있는 지점이기도 합니다. 〈사씨남정기〉처럼 가족의 윤리가 반가족적인 윤리로 귀착됨을 명확하게 보여주는 게 그런 예이겠지요. 그러나 〈홍길동전〉은 해체의 전략을 취하지 않습니다. 길동으로 하여금 집을 나가도록 함으로써 '이탈'의 경로를 따라갑니다.

집을 나간 홍길동은 정처 없이 다니다 한 곳에 이르러 큰 바위 밑에 있는 돌문을 발견합니다. 그걸 "열고 들어가니 평평하고 넓은 들판에 수백 호의 인가가 즐비하고 여러 사람이 모여 잔치를 즐기고 있었습니다."(28) 이는 아시겠지만 통상적인 세계에 인접한 외부세계로의 이탈이 발생하는 지점을 표시하지요. 그곳은 도적의 소굴이지만, 나름의 원칙과 대의를 갖춘 활빈당이라는 집단을 결성함으로써 이탈의 정치학은 힘차게 뻗어나갈 길을 확보합니다. 해인사를 터는 최초의 거사는 같은 천민(!) 신분인 승려에 대한 공격이란 점에서 그리 석연치 않지만,[14] 빈민을 구제하고 탐관오리를 징치하는 활동은 다른 세계를 만들어가는 이탈의 정치학을 가동시키기에 충분했습니다. 홍길동의 '활빈당'에 많은 이가 환호했던 이유는 이 때문이었을 겁니다. 그러나 앞서 분석한 바와 같이 이탈의 정치학은 '주인기표'에게 자기 이름을 알리려는 기호학적 '장난'의 상징적 전쟁으로 귀착되고, 결국은 주인인 왕에게 인정을 얻는 동시에 그에게 복속되는 것으로 끝나고 맙니다. 초기의 이탈은 체제 내부로부터 외부로 세계를 밀고 나가는 것이 아니라, 기존 세계 안에서 인정받는 '귀한 자리'에 되돌아가는 것으로 해소됩니다.

　이후 남경 땅 제도로 가는 것은 또 다른 이탈의 계기였음이 분명합니다. 흔히 오해되듯이 아무도 알지 못하는 그곳에서 평화롭게 사는 새로운 세계를, '외부세계'를 구성할 수 있었습니다. 〈허생전〉에서처럼 인적이 잘 닿지 않는 곳에서 농사짓고 살며 신분 차별도 착취도 억압도 없는 공동체를 만들 수 있었습니다. 사실 그런 공동체로 시작하지요. 그러나 길동이 왕이 되어 통치한 율도국은 '태평성대'라고는 하지만 그가 살던 조선의 국가와 근본적으로 동형적이었습니다. 외부에 나가서까지도 그는 자신에게 익숙한 나라, 자신이 그 안에 자리 잡길 꿈꾸던 나라를 재현하며 또 하나의 '내부'를 만들었을 뿐입니다. 따라서 여기서도 이탈의 정치학을 발견하긴 어렵습니다.

14　완판본에는 무고한 재물은 취하지 않는다면서 왜 해인사를 털었느냐는 임금의 물음에 "불도라 하옵는 것이 세상을 속이고 백성을 혹하게 하여, [땅을] 갈지 아니하고 백성의 곡식을 취하며, [천을] 짜지 아니하고 백성의 의복을 속여 부모의 발부를 상하여 오랑캐 모양을 숭상하며, 군부를 버리고 부세를 도망"(〈홍길동전〉, 74)하기에 그랬다는 답이 추가되어 있습니다. 이는 당시 유학자들의 이데올로기적 통념을 반복하는 것으로, 절의 승려가 최하층 천민 신분이었음을 생각해보면 천민 소생의 한恨 때문에 집을 나온 이의 언행이라고 보기 어렵습니다. 천민 소생이면서도 자기와 비슷한 처지의 다른 천민들에 대한 공감능력도 결여된 이가 민중의 고통에 공감하여 '활빈'을 하는 '영웅'이라고 하긴 어렵지 않을까요?
하나 덧붙이자면, 이는 〈홍길동전〉의 저자가 허균인지 의심케 하는 또 하나의 요소입니다. 불도를 숭배한다는 이유로 두 번이나 파직된 적이 있는(김풍기, 2007) 그가 자기 소설에서 '의적'활동의 첫 타격 대상으로 절과 승려를 설정한 것은 대단히 납득하기 어렵기 때문입니다. 〈홍길동전〉은 택당 이식의 문집에 나오는 문구로 인해 허균의 작품이라고 간주되었지만, 1618년 죽은 허균의 작품에 17세기 말 인물인 장길산이 등장하는 것이야 "나중에 이본에 추가된 것"이라는 통설에 따른다 해도, 반역죄 혐의로 체포가 예상되는 마당에 도망치기보다는 잡히는 걸 감수하면서까지 자기 문집을 딸의 집으로 옮길 만큼 자기 글에 애착을 보였던 허균이, 자기 문집에 이 작품을 넣지 않은 것은 이해하기 어렵습니다. 또 이능우(1969)의 지적처럼 허균의 작품임이 알려져 있었다면 문초를 당할 때 충분히 반역죄에 엮여 언급되었을 텐데, 그의 조서에서 이 작품이 전혀 언급되지 않은 점도 이상하고, 반역죄로 죽은 떠들썩한 인물의, '불온'하다고 간주되던 이 소란스런 작품이 택당의 문집 말고는 동시대나 이후의 다른 문인들 책에 그토록 언급되지 않은 점도 이상합니다.

랑시에르 식으로 말한다면 홍길동이 간 길은 분명 자식으로 세어지지 않는 자가 자식으로 세어지도록 만드는 과정이었고, 양반으로 입신양명할 자격을 갖추지 못한 자가 자격을 주장하는 과정이었으며, 그 결과 병조판서가 됨으로써 자격을 얻는 데 성공했다는 점에서 '정치'라고 할 수 있을지도 모릅니다. 그런 점에서 외부에 버려진 자가 내부로 밀고 들어가는 침입의 정치학을 가동시킨 것이라고 할 수 있지 않은가 싶습니다. 그러나 신분제도를 바꾸려는 시도조차 하지 않았다는 점, 단지 주인기표인 왕의 인정을 받아 내부의 좋은 자리를 차지하는 것으로 끝난다는 점에서 그렇게 보긴 어렵습니다. 그는 외부를 내부에 밀어넣음으로써 자리나 몫의 분배 체제, 자격의 관리 체제를 바꾸는 '침입의 정치학'이 아니라 개인적으로 외부에서 내부로 들어가는 '진입의 기호학'에 머물렀고, 이런 점에서 '진보'나 '개혁' 등과 유사한 함의로 사용되는 좋은 의미의 '정치'와는 거리가 매우 멉니다. 오히려 보이지 않는 자가 보이게 만드는 것이나 자격 없는 자가 자격을 주장하는 것조차 이처럼 개인적인 '진입'에 머문다면, 적극적인 의미에서의 '정치'와는 거리가 멀지 않은가 하는 의문을 품게 합니다.

6. 허생의 경제학적 실험: 〈허생전〉

———

홍길동이 자신에게 없는 '귀함'을 찾아 아버지와 임금에게 끊임없이 말을 걸었고 그들이 줄 수 있는 인정의 기호를 얻고자 자신을 버린 체제의 내부로 들어가고자 했던 것과 달리, 〈허생전〉에서 허생은 내부로 들어가려 하지 않습니다. 그는 언제나 외부를 향해 나아가며, 외부적인 것의 작동을 실험하고, 외부적인 것의 세계를 만들고자 합니다. 이런 의미에서 그의 언행은 앞서 말한 '이탈의 정치학'이라는 개념에 부합합니다.

허생은 10년을 마음먹고 공부하지만, 그의 아내 말대로 그는 평생 과거 볼 생각도 없으면서 글을 읽습니다. 입신양명하여 자신과 가문의 이름을 높이려는 생각도 없고, 집을 다스리거나 나라를 다스리려는 생각도 전혀 없습니다. 그런 점에서 그가 공부하고 글을 읽는 것은 어떤 세간의 가치 척도에서도 벗어나 세상의 외부에서 행해지고 있고, 어떤 특별한 목적도 지니지 않습니다. 과거도 안 볼 거면서 왜 하느냐는 아내의 질문에 "아직 충분히 읽지 못해서"라고 대답하는 것을 보면, 충분히 읽는 것 자체가 목적인 셈입니다. 공부 그 자체가 '하고 싶어서 하는 것'입니다. 니체 식으로 말하자면 순수한 긍정의 동기만 있을 뿐이지요. 그는 부자 변씨의 말대로 "외물外物에 의지하지 않고 스스로 만족하며 사는 사람"(119)입니다.

수공업이나 장사도 못 하면 도적질이라도 하라는 아내의 닦달에 문을 나서서 한양 제일의 부자를 찾아간 허생은 "조금 시험해보고자 하는 일이 있다"며 1만 냥을 빌려달라 합니다. 부자 변씨는 그가 "시험해보려는 일이 작은 일이 아님"을 알아보고 생면부지의 그에게 아무것도 묻지 않은 채 선뜻 돈을 빌려줍니다. 이유는 자기 또한 그 손님에게 시험해보고 싶은 게 있어서랍니다. 이 '시험'이라는 말은 나중에 외딴섬에 공동체를 만들고 일본에까지 가서 큰돈을 번 뒤에 다시 나타납니다. "이제야 내 작은 시험이 끝났구나."(124) 그러니 '시험'이란 말은 그냥 지나가듯 내뱉은 것이 아닙니다. 허생이 하려는 바를 요약해주지요. 지금이라면 '실험'이라고 바꿔 쓰는 게 더 나을 것입니다. 실험실의 실험이 아니라 아직 없는 것을 창안하는 탐색으로서의 실험입니다.

허생의 실험에 대해서는 앞서 언급한 바 있습니다. 첫 번째 실험은 '작은 장사치', 즉 통상적인 장사치와는 다르게 장사하는 법입니다. 자금의 투자를 분산시켜 위험 또한 분산시킴으로써 "늘 일정한 이익이 나게 하는" 게 작은 장사치의 방법이라면, 한 가지 물건을 모조리 사들여 그것이 잠시 동안 세상에 돌지 못하게 하는 법이 그것입니다(127). 요샛말로 하면 '매점매석'인데, 이는 물자의 순환을 정지시켜 값을 올리는 것이기에 "백성을 해치는 방법"이 될 수 있음을 허생은 잘 알고 있습니다. 큰돈을 벌려면 돈을 버는 방법도 새로운 것이 되어야 함을 알기에 시험해보려는 마음이었을 겁니다. 더불어, 자신이 하려는 또 다른 실험에 아주 큰돈이 필요하기에 해야 했던 일이었을 겁니다.

그러나 허생이 실험한 것은 이게 전부가 아닙니다. 명시적이진 않지만 다른 실험들이 행해집니다. 첫 번째 실험이 돈을 버는 새로운 방법이었다면, 두 번째 실험은 돈을 쓰는 새로운 방법입니다. 그는 도적 떼가 들끓는 변산의 도적 소굴로 찾아갑니다. 쫓기는 근심 없이 농사지으며 살고 싶지만 돈이 없어서 그렇다는 걸 확인한 뒤, 그는 도적들에게 돈을 나눠줄 테니 마음대로 가져가라고 합니다. 그것은 돈을 나눠주는 방법이었지만, 또한 돈으로 사람들을 모으는 방법을 실험하는 것이었습니다. 소와 신붓감, 식량을 마련해 미리 봐둔 무인도로 들어갑니다. 거기서 이들로 이루어진 새로운 공동체를 만드는 것, 그것이 세 번째 실험이었습니다. 네 번째 실험은 대기근을 겪고 있는 나가사키長岐에 가서 식량을 풀어 구휼하고 돈을 얻어오는 것이었습니다. 이 역시 돈을 쓰는 방식으로 돈을 버는 새로운 방법의 실험이라고 하겠습니다. 그런데 나중에 "당초 제가 1만 냥을 내줄 줄 어찌 알고 와서 돈을 요구하셨습니까?"라는 변씨의 물음이나 그에 대한 대답(128)을 보면, 돈을 버는 남다른 방법을 이미 이 실험들 전에 시도해봤다고 할 것입니다. 0번째 실험이었던 셈이지요.

돈을 빌리고 돈을 벌고 쓰는 새로운 방법들의 실험, 이는 확실히 허생이 이전의 선비들과 달리 돈의 흐름과 운용에 대해 남다른 감각과 관심을 지녔음을 보여줍니다. 이런 이유로 〈허생전〉에서 허생의 행동을 상업자본의 매력을 반영하는 '유학자의 상인화'로 보기도 합니다(김일근, 1984). 그러나 나중에 허생이 1할의 이자만 받겠다며 돈을 되돌려주려는 변씨에게 몹시 화를 내며 "그대는 나를 장사치로 보는 게요?"라고 반문하는 걸 보면 그런 해석이 그리 적절해 보이진 않습니다. 그렇기에 이를 두고 사민평등四民平等을 기저로 하여 계급 타파와 함께 개인의 자유와 개성을 존중하는 근대사회로의 전환을 암시한다고 해석하는 것(박성규, 1985)은, '계급 타파'와 계급사회인 근대사회가 어떻게 결합할는지는 논외로 한다 해도, '개인의 자유와 개성까지 존중하는 근대'의 모습을 돈에 대한 태도 하나로 추론하는 것은 이미 정해진 답을 갖고 있지 않다면 불가능합니다.

반면 '장사치'에 대한 거부감을 들어, 허생이 상업의 중요성을 인정하면서도 유학적 선비의 태도를 견지했다고 하면서 사민四民 가운데 농공상인의 지도자로서의 사의 우월감을 여전히 버리지 못했다거나(이원수, 1995: 전정희, 1994), 유학자와 양반의 자의식을 여전히 버리지 못해 유토피아의 건설마저 결국 실패하게 된다(배병삼, 2003)

고 보기도 하지만, 이 역시 그리 설득력 있진 않습니다. 여기서 허생이 돈을 거절하며 '나를 장사치로 보는 거냐'고 하는 것은 "재물이 생겼다고 얼굴이 좋아지는" 것에 대한 거부이고, 돈을 지고의 가치로 여기는 것에 대한 거절이지, 농공상인에 대한 우월감은 결코 아니며, 그런 점에서 양반의 고루한 자의식과는 거리가 매우 멀다고 여겨지기 때문입니다.

허생은 돈을 지고의 가치로 여기지 않으면서도 돈을 버는 새로운 방법을 실험할 줄 아는 사람이고, 매점매석이 큰돈을 버는 방법임을 알고 또 그게 백성을 해치는 방법임을 아는 사람입니다. 그렇기에 그는 기꺼이 장사치가 되어 돈을 벌지만, 자신이 번 돈에 매여 사는 것을 거부합니다. 그는 돈을 벌면서 돈에 매여 결국 돈을 부리는 게 아니라 돈의 부림을 받게 되는 것을 잘 알고 그로부터 이탈하려는 것입니다. 그래서 돈은 물론 필요 이상의 물자에 대해서도 "나에게 재앙을 주려는 거냐"며 거절합니다(126). 돈이나 장사에 대해 양가적으로 보이는 태도라고 할 수도 있겠으나, 이는 돈이 필요함을 알면서도 그것을 삶의 척도로 삼는 삶, 사실 양반조차 결코 자유롭지 못한 그런 삶을 거부하는 것이고, 그와 다른 삶을 살려는 것입니다. 더구나 허생이 실험한 새로운 돈의 사용법을 보면, 돈을 적극적으로 이용하지만 결코 근대적이진 않습니다. 도적들에게 나눠주고, 물자를 모아 공동체를 만드는 걸 근대적이라고 할 순 없기 때문입니다. 과잉인 돈을 버리는 행위는 더더욱 그렇지요. 공동체와 순환계에 대한 장에서 보았듯이 그것은 근대보다는 근대 이전의 공동체에 가깝지만, 돈의 기능과 힘을 잘 알고 사용한다는 점에서 단순히 '전근대적'이라고 할 수도 없는 새로운 포지션입니다. 일단 '비근대'라고 명명해둡시다.

7. 이탈의 정치학

허생이 도적들을 모아 무인도에 만든 공동체, 그것은 분명 그들이 살던 조선 땅의 '외부'입니다. 공간적으로만 외부가 아니라 구성 방식도 근본적으로 다른 세계란 점에서 '외부'입니다. 먼저 흥미로운 것은 무인도에 도달한 허생이 섬을 둘러보고 애초에 자기가 가졌던 생각이 실현될 수 없음을 알고 생각을 바꾼다는 점입니다. 그는 섬의 규모가 작은 것을 보고, 그에 따라 할 수 있는 일의 크기를 가늠합니다. "땅의 규모가 천 리가 안 되니 여기서 어찌 큰일을 할 수 있겠소? 땅은 기름지고 샘물은 맛이 다니 겨우 부잣집 노인 노릇은 하겠구려."(121) 그는 나중에 도적들을 데리고 간 뒤 애초의 꿈과 현실의 차이를 다시 말합니다. "먼저 자네들의 살림을 넉넉하게 해준 다음에 문자를 새로 만들고 의복 입는 제도도 새로 만들 생각이었다. 하지만 이곳은 땅이 작고 지덕이 부족하니 나는 이제 떠나겠다." (124)

　허생이 애초에 생각했던 바는 다들 넉넉하게 먹고살 수 있고 문자나 의복 같은 문화나 관습마저 다 바꿔버린 새로운 '국가'였던 듯합니다. 문자나 의복마저 바꾼다는 것은 근본적으로 다른 세계를 만들려는 뜻입니다. 이런 점에서 그의 꿈은 '큰일'이란 말로 암시된 '국가'를 생각할 때조차 그가 살던 곳과는 아주 다른 외부였습니다.[15] 그런데 섬의 현실적인 크기가 그런 국가를 만들 정도는 안 된다는 것을 알고는 얼른 생각을 바꿉니다. 그 크기에 맞는 적절한 상으로 바꿉니다. 오른손을 쓰도록 가르치고 음식은 하루라도 빨리 태어난 사람이 먼저 먹도록 양보하라는 당부는 습속을 형성할 최소한의 규칙을 상징합니다.[16] 지나칠 정도로 규칙이 많았던 사회에서 살았고, 그런 규칙에 매여 실질적인 것을 아무것도 못 한다고 이완을 비판하는 허생이기에, 충분히 그럴 법하다는 생각입니다.

다른 요소도 필요를 넘어서는 과잉은 없애려 합니다. 자신들이 타고 갈 배 말고는 모두 태워버려 다른 지역과의 연계를 끊고, 은화 50만 냥을 바다에 버리며, 글을 아는 이를 모두 데리고 나옵니다. 새로운 문자를 만드는 대신 글을 아는 이를 모두 데리고 나온 이유는 "이 섬에 재앙을 끊어버리기 위해서"라고 합니다. 글을 다루는 것은 '선비' 내지 관리들의 일이었고, 그들이 이미 '글 모르는 이들'(서민)들을 지배하는 지위에 있었음을 고려한다면, 동의 여부를 떠나 충분히 이해할 수 있는 일입니다.[17] 그냥 두고 온다면 글과 문서

---

15 이를 배병삼은 '유교적 국가'와 '문명 건설의 꿈'이라고 하는데, 경전 이전에 문자까지 바꾸겠다는 꿈을 '유교국가'라고 하긴 어렵지 않을까요?

16 하루라도 빨리 태어난 사람이 음식을 먼저 먹도록 하라는 말을 '장유유서'라고 해석하는 걸 막을 순 없겠지만, 그렇게 해석하는 순간 그것과 세트가 된 다른 오류가 따라 들어오며 '유교적 도덕'을 수립하는 것으로 귀결됩니다. 그러나 그러려면 부모를 공경하고 어쩌고 하는 걸 이야기하지 않았을까요? 부모에 대한 것도 일체 말하지 않고 먹는 습관에 관해서 심할 정도로 간단하며 단순한 것만 당부하는 허생의 말은 오히려 규칙의 최소한만을 만들라는 주문으로 읽습니다.

17 글 내지 문자에 대한 이런 반감은 루소가 자연 상태의 원시사회와 문자를 대립시키면서 드러낸 바 있고, 레비스트로스 또한 원시사회에서 문자를 둘러싼 에피소드를 언급하며 문자에 대한 반감을 표명한 바 있습니다(Lévi-Strauss, 1998: 537 이하). 데리다는 이런 태도를 문자 이전의 내면적 음성을 특권화하는 것이란 점에서 '음성중심주의'요 또 다른 형이상학이라고 비판합니다(Derrida, 1996: 206 이하). 하지만 이와 다른 맥락에서 문서와 짝하는 문자가 지배 체제나 권력과 결부된 것임은 부정할 수 없습니다. 문자란 국가와 더불어 출현하며, 국가의 권력은 문서로 작동하고, 제국의 관리들은 바로 문자와 문서를 다루는 이들입니다. 문서를 다루던 이들을 두고 나올 때 생기는 문제는 이런 관점에서 봐야 합니다. 문서나 문자란 자연 상태와 문명의 대립이 아니라, 문서를 둘러싼 권력관계의 관점에서 다루어야 합니다.

를 두고 조선에서 이미 존재하던 관계가 어느새 재연될 게 분명하기 때문입니다. 50만 냥의 은화를 버린 것은 "이 작은 섬에서 어찌 쓰겠나" 하는 말로 설명되는데, 이는 4장에서 자세히 언급했듯이 잉여의 재화가 권력이나 계급적 분화를 야기할 것을 우려해 일부러 정기적으로 파괴하고 소모하는 인디언 사회처럼, 작은 섬의 공동체를 보호하기 위한 조치라고 할 수 있습니다. 이러한 관점에서 볼 때 허생이 오가는 배를 끊어 인근 지역으로부터 고립시킨 것은, 이렇게 작은 섬의 공동체가 이미 돈과 권력이 지배하는 곳을 오가기 시작하면 그에 포섭되고 말리라는 우려에서였다고 볼 수 있습니다. 물론 이런 태도가 기존 세계의 '외부'라는 것을 기존 세계와의 공간적 분리나 고립으로 이해하고 있다는 점을 여기에 더해야 하지만 말입니다.

혹자는 이처럼 국가 건설의 꿈을 접고 떠나며 섬에서 많은 것을 없애버리는 허생의 태도를, 섬이 작아서 차선책인 도가적 이상향으로 후퇴하고 실망, 절망한 것으로 이해하며, 그로 인해 결국 유토피아 건설에 실패한 것으로 해석하지만(배병삼, 2003), 그건 아닌 듯합니다. 허생은 무인도에서 자신이 꿈꾸었던 국가를 만들고자 했지만 섬의 크기라는 현실적 조건에 맞춰 그런 생각을 포기하고 작은 규모의 공동체를 만드는 것으로 방향을 바꾸었다고 볼 것입니다.[18] 그

---

18 배병삼은 50만 냥의 돈을 바다에 버리는 것을 조선의 인플레를 걱정해서라고 하는데(배병삼, 2003: 26), 이는 부정확합니다. "온 나라를 통틀어도", 즉 조선 전체가 "100만 냥을 감당하지 못하는데, 이 작은 섬에서 이 돈을 어찌 쓰겠는가"라며 버리는 것이니, 조선의 인플레와는 아무 상관이 없습니다. 좀더 중요한 것은 돈을 버리는 근본적인 이유가 있음을 이해하는 것입니다. 또 하나, 돈을 버리는 것은 섬에 데려다놓은 사람들이 그것도 처리하지 못할 무능력한 유아적 존재로 취급했기 때문이라고 하는데(27), 그 역시 아닙니다. 그건 앞의 말이 보여주듯 섬의 경제 규모와 관련된 것이기 때문입니다(조선 역시 100만 냥이 돌면 감당하지 못할 것이라고 하는 생각이 조선민을 유아적 존재로 취급해서 그런 건 아니지요).

작은 규모의 공동체가 최대한 지속될 수 있도록 여러 조치를 취한 것이고, 앞서의 허생답게 매우 현실적인 판단을 한 것이라고 볼 수 있습니다.

이러한 허생의 행위는 확실한 일관성을 갖고 있습니다. 자신이 살던 기존 세계, 즉 돈이 생기면 얼굴이 좋아지고, 어쨌거나 돈은 많을수록 좋다고 믿으며, 돈이 없어 생활고 탓에 도적이 되는 세계와는 다른 세계, 기존 세계의 외부를 만들려는 것입니다. 이런 점에서 그는 자신이 속해 있는 세계의 외부를 향해 이탈하려는 것이고, 더불어 다른 사람들이 이탈하도록 추동하는 것이며, 그런 외부를 만들어 그들이 살 수 있게 하려던 것입니다. 그는 '이탈의 정치학'을 아주 강한 의미에서 가동시킨다고 할 수 있습니다.

그런데 이런 입장에 대해, 기존 사회의 내부로 밀고 들어가 그것을 바꾸고 개혁하려 하지 않는가라고 묻는 일은 예나 지금이나 빈번합니다. 허생과 친구가 된 변씨가 그런 재주를 갖고서도 왜 초야에 묻혀 사는가 묻고, 또한 변씨와 가까이 지내던 어영대장 이완이 허생을 찾아가 "국가에서 현명한 인재를 구하고 있다"고 말하는 게 그것입니다. 이에 대해 허생은 세 가지 요구를 하며 할 수 있겠느냐고 반문합니다. 이완의 대답은 모두 "할 수 없다"는 것이었습니다. 신임받는 신하라고 자처하는 이가 이러한데, 자신 같은 이인異人이 들어가서 무얼 할 수 있겠는가 하고 반문하는 셈입니다.

그런데 허생의 행동을 '저항'이나 '정치학'이란 말로 명명해도 좋을까요? 왜냐하면 저항이나 정치라고 할 만한 어떤 투쟁이나 대립이 이 소설에서는 거의 보이지 않기 때문입니다. 흔히 적극적인 의미에서 '저항'이란 권력과의 대결이나 권력자에 대한 항의, 대결 같은 것과 결부된 말로 사용되기에, 여기서 저항의 양상을 발견하긴 어렵다고 여겨집니다. 실제로 허생은 임금은 물론 가문이나 다른 어떤 권력자와도 충돌하지 않습니다. 그는 자신이 뜻한 바를, 남들이 생각지 못했던 것을 그저 실행할 뿐, 어떤 부정성도 가동시키지 않습니다. 니체적인 개념을 빌려 표현하자면 그는 그저 새로운 것을 실험하고 시작할 뿐이란 점에서 '능동적'이고, 하고자 하는 것을 할 뿐이란 점에서 '긍정적'입니다.

'저항'이라는 말은 무언가 억압하거나 통제하려는 권력에 대한 항의나 투쟁을 일컬으며 그렇기에 권력 다음에 오는 것으로 여겨집니다. 그러나 저항이라고 불릴 어떤 힘이 없다면, 권력에서 벗어나는 어떤 힘이나 움직임이 없다면 권력이 있을 이유가 없습니다. 그런 힘이나 움직임은 권력이 있든 없든 존재하는 것입니다. 그것은 자신이 하려는 바를 하는 것입니다. 권력은 그것에 제한을 가하며 옵니다. 그 힘을 억압하며 옵니다. 권력이나 억압은 그처럼 나중에 옵니다. 자신이 하려는 바를 할 뿐인 긍정적인 힘이 먼저 있고, 그 힘에 맞서 '안 돼!'라고 부정하는 권력은 나중에 옵니다. 이탈은 저지나 억압 이전에 존재하며, 이런 의미에서 '저항'은 권력에 선행합니다. 다만 그것은 충돌 이후에 가시화되기에 권력'에 대한' 저항으로 보이는 것이고, 이차적이고 부정적인 힘으로 보이는 것입니다.

가령 허생이 도둑들을 데리고 가서 새로운 공동체를 만드는 것은 권력에 저항하기 위함이 아닙니다. 좀더 좋은 삶을 찾아서, 그저 하고 싶은 대로 살고자 만드는 것입니다. 그런데 만약 그것이 왕이 지배하는 땅 안에 있었고, 거기서의 삶이 평화롭고 행복하여 많은 사람이 그리로 몰려든다면 어떻게 될까요? 왕이든 지방 수령이든 권력자들이 가만두지 않을 겁니다. 일단 세금을 요구할 것이고, 필경 규범을 들이대곤 '풍속을 해친다'며 파괴하려 들지 않을까요? 그리고 그에 대한 투쟁이 벌어지겠지요. 그걸 그대로 받아들이지 않을 테니 그때 비로소 충돌과 대결이 발생할 겁니다. 대개는 그때에야 비로소 '저항'이나 '투쟁'이 있다고 말하게 될 겁니다.

다시 말해 권력에 대한 투쟁은 권력 이후에 발생하지만, 투쟁으로 이뤄내려는 바는 그걸 저지하거나 착취하려는 권력 이전에 존재하는 것입니다. 그것은 그런 점에서 가두기 이전에 이탈한 것입니다. 저항이란 그 이탈의 움직임을 저지하고 억압하려는 권력과 대결하는, 권력보다 먼저 존재하는 이런 시도라고 해야 하지 않을까요? 그것은 부정적인 권력으로 인해 또다시 부정으로 나타나지만, 그 부정 이전에 존재하는 긍정의 힘입니다. 그렇다면 허생이 행한 '이탈'의 행위들은 모두 '저항'이라고 할 수 있으며, 그의 전략을 이탈의 '정치학'이라고 하는 것도 충분히 가능할 것입니다.

〈금방울전〉, 『금방울전·김원전·적성의전·만언사』, 이윤식 외 교주, 경인문화사,
    2006

〈김연수본 수궁가〉, 『현대어역본 수궁가 적벽가』, 윤영옥 편역, 민속원, 2005

〈김원전〉, 『금방울전·김원전·적성의전·만언사』, 경인문화사, 2006

〈남궁선생전〉, 『낯선 세계로의 여행』, 박희병·정길수 편역, 돌베개, 2007

〈남염부주지〉, 『국역 매월당 전집』, 최승순 외 감수, 원영환 외 옮김, 강원도,
    2000(『이상한 나라의 꿈』, 박희병·정길수 편역, 돌베개, 2013)

〈만복사저포기〉, 『국역 매월당 전집』, 최승순 외 감수, 원영환 외 옮김, 강원도,
    2000(『끝나지 않은 사랑』, 박희병·정길수 편역, 돌베개, 2010)

〈바리공주〉, 『서사무가 바리공주 전집』 1권, 김진영 외 편, 민속원, 1997

〈박씨부인전〉, 『임경업전』, 구인환 편역, 신원문화사, 2004

〈박초월본 수궁가〉, 『현대어역본 수궁가 적벽가』, 윤영옥 편역, 민속원, 2005

〈박흥보가 신재효본〉, 『흥부전/변강쇠가』, 김태준 역주, 고대민족문화연구소, 1995

〈부목한전〉, 『낯선 세계로의 여행』, 박희병·정길수 편역, 돌베개, 2007

〈설생전〉, 『낯선 세계로의 여행』, 박희병·정길수 편역, 돌베개, 2007

〈숙영낭자전-경판28장본〉, 『숙향전·숙영낭자전·옥단춘전』, 황패강 역주, 고대민
    족문화연구소, 1993

〈숙영낭자전-김동욱48장본〉, 『숙향전·숙영낭자전』, 이상구 옮김, 문학동네, 2010

〈숙향전-경판본〉, 『숙향전·숙영낭자전·옥단춘전』, 황패강 역주, 고대민족문화연구
    소, 1993

〈숙향전-한국학중앙연구원소장본〉, 『숙향전·숙영낭자전』, 이상구 옮김, 문학동네,
    2010

〈숙향전-한문활자본〉, 『숙향전 전집』, 김진영·차충환 편저, 박이정, 1999

〈심생전〉, 『사랑의 죽음』, 박희병·정길수 편역, 돌베개, 2007

〈심청전 경판본〉, 『심청전』, 정하영 역주, 고대민족문화연구소, 1995

〈심청전 완판본〉, 『심청전』, 정하영 역주, 고대민족문화연구소, 1995

〈심청전〉, 『심청전, 장화홍련전, 채봉감별곡』, 림호권 외 고쳐씀, 보리, 2007

〈심청전-김동욱 소장 45장본〉, 『심청전 전집』 4, 김진영 외 편, 박이정, 1998

〈심청전-박순호 소장 19장본〉, 『심청전 연구』 부록, 유영대, 1989

〈옥소선〉, 『사랑의 죽음』, 박희병·정길수 편역, 돌베개, 2007

〈왕수재〉, 『낯선 세계로의 여행』, 박희병·정길수 편역, 돌베개, 2007

〈용궁부연록〉, 『국역 매월당 전집』, 최승순 외 감수, 원영환 외 옮김, 강원도, 2000

〈운영전〉, 『사랑의 죽음』, 박희병·정길수 편역, 돌베개, 2007

〈위경천전〉, 『사랑의 죽음』, 박희병·정길수 편역, 돌베개, 2007

〈유우춘전〉, 『기인과 협객』, 박희병·정길수 편역, 돌베개, 2010

〈이생규장전〉, 『국역 매월당 전집』, 최승순 외 감수, 원영환 외 옮김, 강원도,
　　2000(『끝나지 않은 사랑』, 박희병·정길수 편역, 돌베개, 2010)

〈장생전〉, 『기인과 협객』, 박희병·정길수 편역, 돌베개, 2010

〈장화홍련전〉, 『장화홍련전』, 구인환 편, 신원문화사, 2003

〈장화홍련전〉, 『심청전, 장화홍련전, 채봉감별곡』, 림호권 고쳐씀, 보리, 2007

〈전등신화〉, 『전등삼종』(전2권), 최용철 옮김, 소명출판, 2005

〈전우치전-경판37장본〉, 『홍길동전·전우치전』, 김현양 편역, 문학동네, 2010

〈전우치전-나손본(김동욱본)〉, 『홍길동전·전우치전·서화담전』, 김일렬 역주, 고대
　　민족문화연구소, 1996

〈전우치전-신문관본〉, 『홍길동전·전우치전·서화담전』, 김일렬 역주, 고대민족문화
　　연구소, 1996

〈창선감의록〉, 『창선감의록』, 이지영 옮김, 문학동네, 2010

〈최고운전〉, 『낯선 세계로의 여행』, 박희병·정길수 편역, 돌베개, 2007(『유충렬전·
　　최고운전』, 최삼룡 외 역주, 고대민족문화연구소, 1996)

〈최충전〉, 『유충렬전·최고운전』, 최삼룡 외 역주, 고대민족문화연구소, 1996

〈취유부벽정기〉, 『국역 매월당 전집』, 최승순 외 감수, 원영환 외 옮김, 강원도,
　　2000

〈콩쥐팥쥐전〉, 『장화홍련전』, 구인환 편, 신원문화사, 2003

〈콩쥐팥쥐전〉, 『구활자본 고소설전집』 16권, 인천대 민족문화연구소, 은하출판사,
　　1983

〈토끼전 가람본: 별토가〉, 『토끼전』, 인권환 역주, 고대민족문화연구소, 1993

〈토끼전 경판본: 토생전〉, 『토끼전』, 인권환 역주, 고대민족문화연구소, 1993

〈토끼전 완판본: 퇴별가〉, 『토끼전』, 인권환 역주, 고대민족문화연구소, 1993

〈토끼전 한문본: 토공전(고대본)〉, 『토끼전』, 인권환 역주, 고대민족문화연구소,
　　1993

〈판소리 심청가〉, 『교주본 심청가』, 최동현·최혜진 편, 민속원, 2005

〈하생기우전〉, 『끝나지 않은 사랑』, 박희병·정길수 편역, 돌베개, 2010

〈홍길동전 동양문고본〉, 『홍길동전 전집』, 성기수 편, 글솟대, 2009

〈홍길동전 완판본〉, 『홍길동전 전집』, 성기수 편, 글솟대, 2009

〈홍길동전-경판본〉, 『홍길동전·전우치전』, 김현양 옮김, 문학동네, 2010

〈홍길동전-완판36장본〉, 『홍길동전·전우치전·서화담전』, 김일렬 역주, 고대민족문
　　화연구소, 1996

〈흥부전 경판 25장본〉, 『흥부전/변강쇠가』, 김태준 역주, 고대민족문화연구소,
　　1995

『국역 매월당 전집』, 최승순 외 감수, 원영환 외 옮김, 강원도, 2000

『서사무가 심청전 전집』, 김진경·김영수·홍태한 편저, 민속원, 2001

『숙향전 전집』, 김진영·차충환 편저, 박이정, 1999

『조선의 야담』 1, 박희병·정길수 편역, 돌베개, 2013

『홍길동전 전집』, 성기수 편, 글솟대, 2009

남영로, 〈옥루몽〉, 김풍기 옮김, 그린비, 2006

Agamben, Giorgio, 『호모 사케르』, 박진우 옮김, 새물결, 2008

Althusser/Balibar, 『자본론을 읽는다』, 김진엽 옮김, 두레, 1991

Anderson, Benedict, 『상상의 공동체』, 윤형숙 옮김, 나남출판, 2013

Bataille, Georges, 『저주의 몫』, 조한경 옮김, 문학동네, 2000

Blanchot, Maurice, 『문학의 공간』, 박혜영 옮김, 책세상, 1998

Deleuze, Gilles, 『매저키즘』, 이강훈 옮김, 인간사랑, 1996

────────, 『의미의 논리』, 이정우 옮김, 한길사, 1999

────────, 『차이와 반복』, 김상환 옮김, 민음사, 2004

Deleuze, Gilles/Guattari, Felix, 『안티 오이디푸스』, 김재인 옮김, 민음사, 2014

─────────────────, 『철학이란 무엇인가』, 이정임 외 옮김, 현대미학
　　사, 1995

─────────────────, 『천의 고원』 1~2, 이진경 외 옮김, 연구공간 너
　　머 자료실, 2000

Durkheim, Émile, 『종교생활의 원초적 형태』, 노치준·민혜숙 옮김, 민영사, 1992

Foucault, Michel, 『안전, 영토, 인구』, 오트르망 옮김, 난장, 2011

Freud, Sigmund, 「항문 에로티시즘의 예로 본 본능의 변형」, 『성욕에 관한 세 편
　　의 에세이: 프로이트 전집 9』, 김정일 옮김, 열린책들, 1996

Graeber, David, 『가치이론에 대한 인류학적 접근』, 서정은 옮김, 그린비, 2009

Heidegger, Martin, 『존재와 시간』, 이기상 옮김, 까치, 1998

────────────, 『동일성과 차이』, 신상희 옮김, 민음사, 2000

────────────, 『형이상학의 근본개념들』, 이기상 옮김, 까치, 2001

Kafka, Franz, 「선고」, 『단편전집: 변신』, 이주동 옮김, 솔출판사, 1997

Lacan, Jacques-Marie-Émile, 『자크 라캉의 욕망이론』, 권택영 편역, 문예출판사, 1994

_____, 『세미나 11』, 맹정현·이수련 옮김, 새물결, 2008

Marx, Karl, 『자본론』, 1권, 김수행 옮김, 비봉출판사, 2005

Mauss, Marcel, 『증여론』, 이상률 옮김, 한길사, 2011

Nietzsche, Friedrich, 『니체전집 13권: 차라투스트라는 이렇게 말했다』(개정2판), 정동호 옮김, 책세상, 2007

Odum, Eugene, 『생태학』, 조규송 옮김, 형설출판사, 1997

Polanyi, Karl, 『거대한 전환』, 박현수 옮김, 민음사, 1991

Rancière, Jacques, 『정치의 가장자리에서』, 양창렬 옮김, 도서출판 길, 2008

Sade, Marquis de, 『악덕의 번영』, 김문운 옮김, 동서문화사, 2011a

_____, 『미덕의 불운』, 이형식 옮김, 열린책들, 2011b

Schmitt, Carl, 『정치신학』, 김항 옮김, 그린비, 2010

Serre, Michel, 『기식자』, 김웅권 옮김, 동문선, 2002

Weber, Max, 『사회경제사』, 조기준 옮김, 삼성출판사, 1990

강동엽, 「허균과 유토피아」, 『한국어문학연구』 41집, 한국어문학연구학회, 2003

강명관, 「『삼강행실도』-약자에게 가해진 도덕의 폭력」, 『한국고전여성문학연구』 5권, 한국고전여성문학회, 2002

강명혜, 「고전문학에 투영된 한국 여성 영웅의 담론적 특성」, 『한국문학과 예술』 11집, 숭실대학교 한국문예연구소, 2013

강문종, 「「홍길동전」의 설화화 양상-『한국구비문학대계韓國口碑文學大系』에 채록된 홍길동이야기를 중심으로」, 『영주어문학회지』 17권, 영주어문학회, 2009

강상순, 「『구운몽』의 형식과 주제에 대한 역사적 고찰」, 『한국문학이론과 비평』 13집, 한국문학이론과 비평학회, 2001

_____, 「〈사씨남정기〉의 적대와 희생의 논리」, 『고소설연구』 12집, 한국고소설학회, 2001

_____, 「조선후기 장편소설과 가족 로망스」, 『한국고전여성문학연구』 7권, 한국고전여성문학회, 2003

_____, 「「구운몽」에 형상화된 남녀관계의 소설사적 계보와 역사적 성격」, 『우리어문연구』 32집, 우리어문학회, 2008

_____, 「〈운영전〉의 인간학과 그 정신사적 의미」, 『고전문학연구』 39권, 한국고전문학회, 2011

강중탁, 「『금오신화』와 『사씨남정기』의 여인상」, 『인문과학연구논총』 12권, 명지대학교 인문과학연구소, 1994

강지희, 「〈토끼전〉의 간 상징의미와 현대적 소통」, 『인문학연구』 38집, 조선대학교 인문학연구원, 2009

강진옥, 「둔갑설화에 나타난 세계 인식 양상」, 『문학과 비평』 5호, 문학과비평사, 1998

강현모, 「길동의 영웅적 성격: 신화적 영웅과 비극적 영웅의 중간적 특성을 중심으로」, 『한국언어문화』 19집, 한국언어문화학회, 2001

경일남, 「고전소설의 조선조 민중언로 수용과 그 문학적 의미」, 『인문학연구』 67호, 충남대학교 인문과학연구소, 2006

고영란, 「근세기 한일 여성 괴담怪談 비교 연구: 『장화홍련전薔花紅蓮傳』과 가사네(累) 괴담을 중심으로」, 『민족문화연구』 56호, 고려대학교 민족문화연구원, 2012

고윤수, 「『許生傳』을 통한 한국 근대화 논쟁의 재검토: 브로델의 자본주의 개념의 적용과 실제」, 『역사와 실학』 24집, 역사실학회, 2002

곽정식, 「〈옥낭자전〉의 형성과정 및 성립시기」, 『어문학』 79호, 한국어문학회, 2003

_____, 「제재적 측면에서 본 『홍길동전』의 형성 배경」, 『어문학』 86호, 한국어문학회, 2004

구수경, 「『심청전』의 창조적 변형과 구원의 서사: 박상륭의 「심청이」와 황석영의 『심청, 연꽃의 길』을 중심으로」, 『한국문학이론과 비평』 39집, 한국문학이론과 비평학회, 2008

구연상, 「『사씨남정기』의 악 개념에 대한 철학적 분석」, 『존재론 연구』 29집, 한국하이데거학회, 2012

구지현, 「홍길동의 율도국, 한없이 현실에 가까운 유토피아」, 『내일을 여는 역사』 29호, 내일을여는역사, 2007

권녕호, 「옥낭자전류 작품군의 형성과 그 의미」, 『어문학』 56호, 한국어문학회, 1995

권순긍, 「〈토끼전〉의 매체변환과 존재방식」, 『고전문학연구』 30권, 한국고전문학회, 2006

_____, 「자아실현을 위한 투쟁과 유토피아─교산 허균의 《홍길동전洪吉童傳》」, 『논』 10호, 초암네트웍스, 2007

_____, 「〈흥부전〉의 현대적 수용」, 『판소리학회지』 29집, 판소리학회, 2010

_____, 「전래동화 〈콩쥐 팥쥐〉의 형성과정」, 『민족문학사연구』 52호, 민족문학사연구소, 2013

권택경, 「「최고운전」 이본의 변이 양상」, 『청람어문교육』 32집, 청람어문교육학회, 2005

권혁래, 「〈구운몽〉의 현재적 소통과 다시쓰기 출판물」, 『온지논총』 27집, 온지학회, 2011

김경미, 「운영전에 나타난 여성서술자의 의의」, 『한국고전여성문학연구』 4권, 한국고전여성문학회, 2002

_____, 「타자의 서사, 타자화의 서사, 〈홍길동전〉」, 『고소설연구』 30권, 한국고소

설학회, 2010

_____, 「〈숙향전〉-"버려진 딸"에 대한 기억의 장」, 『고전문학연구』 39권, 한국고전
문학회, 2011

김광순, 「금오신화의 연구사적 검토와 쟁점」, 『어문논총』 33권, 한국문학언어학회,
1999

김기현, 「〈옥낭자전〉 시고」, 『순천향어문논집』 2권, 순천향어문학연구회, 1993

김기형, 「〈장화홍련전〉과 무속적 세계관」, 『고소설연구』 21권, 한국고소설학회,
2006

김나영, 「家의식의 관점에서 본 〈금방울전〉」, 『돈암어문학』 19호, 돈암어문학회,
2006,

_____, 「고전소설에 나타난 변신모티프 구현 양상과 의미」, 성신여자대학교 박사
논문, 2006

김동건, 「《토끼전》 人物 考: 별주부의 현실 인식과 계급적 성격을 中心으로」, 『고황
논문집』 21권, 경희대학교, 1997

_____, 「활자본 토끼전의 양상과 근대적 향유: 신구서림본 〈별주부전〉을 중심으
로」, 『판소리학회지』 26집, 판소리학회, 2008

_____, 「판소리 문학의 저항」, 『국제어문』 46집, 국제어문학회, 2009

_____, 「〈심청전〉에 나타난 욕망과 윤리의 공존 방식」, 『판소리학회지』 32집, 판
소리학회, 2011

김명순, 「비극적 구조로 본 홍길동전」, 『한국학논집』 10권, 계명대학교 한국학연구
소, 1992

_____, 「「숙향전」의 서사 구조에 나타난 삶의 원리」, 『교육연구』 11권, 한남대학
교 교육연구소, 2003

김문영, 「서포 김만중의 문학에 나타난 여성관」, 경희대학교 석사논문, 2013

김문희, 「17세기 애정소설의 장르적 역동성」, 『한국고전연구』 7집, 한국고전연구학
회, 2001

_____, 「〈구운몽〉의 중층적 담론 연구」, 『한국고전여성문학연구』 10권, 한국고전
여성문학회, 2005

_____, 「〈숙향전〉의 환상성의 창출양상과 의미」, 『한민족어문학』 47호, 한민족어
문학회, 2005

_____, 「고전소설의 환상적 수사와 미감」, 『한민족어문학』 57호, 한민족어문학회,
2010

_____, 「〈숙향전〉의 환상담의 서사전략과 독서효과」, 『한국학연구』 37집, 고려대
학교 한국학연구소, 2011

_____, 「「許生傳」의 正典化 과정과 방식 연구」, 『어문연구』 157권, 한국어문교육
연구회, 2013

김미선, 「〈雲英傳〉에 등장하는 여성 인물의 내면의식 고찰: 궁녀들의 시詩를 중심

으로」, 『우리문학연구』 27집, 우리문학회, 2009

김사량, 『빛 속으로』, 소담출판사, 2001

김선현, 「〈숙영낭자전〉에 나타난 여성 해방 공간, 옥연동」, 『고전문학과 교육』 21집, 한국고전문학교육학회, 2011

_____, 「〈변강쇠가〉에 나타난 공간과 유랑민의 삶」, 『판소리학회지』 34집, 판소리학회, 2012

김성룡, 「고소설의 환상성」, 『고소설연구』 15권, 한국고소설학회, 2003

김성희, 「金鰲新話의 '죽음'을 통해 본 김시습의 무속적 세계관」, 제주대학교 석사논문, 2009

김수연, 「『금오신화』의 구조미학: 상위相違와 소통疏通의 "유遊"」, 『고전문학연구』 38권, 한국고전문학회, 2010

김수연, 「금오신화와 전등여화의 애정전기 비교 연구」, 『우리어문연구』 32집, 우리어문학회, 2008

_____, 「소통과 치유를 꿈꾸는 상상력, 〈숙향전〉」, 『한국고전연구』 23집, 한국고전연구학회, 2011

_____, 「〈최고운전崔孤雲傳〉의 '이방인 서사'와 고전텍스트 읽기교육」, 『문학치료연구』 23집, 한국문학치료학회, 2012

_____, 「동아시아 서사전통과 세정소설世情小說」, 『한국어문학연구』 59집, 한국어문학연구학회, 2012

김수중, 「〈허생전〉의 시대정신과 현대적 적용의 문제」, 『한민족어문학』 56호, 한민족어문학회, 2010

김수진, 「노비를 보는 몇 개의 시각」, 『민족문학사연구』 53호, 민족문학사연구소, 2013

김승호, 「《구운몽》에 나타난 三敎融合과 이면적 의미」, 『한국어문학연구』 38집, 한국어문학연구학회, 2001

_____, 「변강쇠가에 나타난 反 烈女담론 성향」, 『국어국문학』 152호, 국어국문학회, 2009

김영동, 『박지원 소설 연구』, 태학사, 1988

김용기, 「출생담을 통한 여성영웅의 성격 변모 연구」, 『우리문학연구』 26집, 우리문학회, 2009

_____, 「여성영웅의 서사적 전통과 고소설에서의 수용과 변모」, 『우리문학연구』 32집, 우리문학회, 2011

김용범·전영선, 「고전소설의 문화적 전승과 매체」, 『민족학연구』 5권, 한국민족학회, 2001

김용섭, 『조선후기농업사연구 1』(증보판), 지식산업사, 1995

김유진, 「「최고운전」의 서사특성 연구」, 서울대학교 석사논문, 2009

김익환, 「〈雲英傳〉에 나타난 공간 배경의 의미」, 『우리말글』 33집, 우리말글학회,

2005

김일근, 「연암소설의 근대적 성격」, 『연암연구』, 차용주 편, 계명대학교출판부, 1984

김일렬, 「홍길동전의 불통일성과 통일성」, 『어문학』 27호, 한국어문학회, 1972

_____, 「홍길동전과 전우치전 비교 고찰」, 『어문학』 30호, 한국어문학회, 1974

_____, 「홍길동전의 구조와 의미」, 『국어국문학』 99호, 국어국문학회, 1988

_____, 「〈운영전〉에 나타난 탈예도사상적 지향」, 『어문논총』 25권, 한국문학언어학회, 1991a

_____, 『조선조 소설의 구조와 의미』, 형설출판사, 1991b

_____, 「비극적 결말본〈숙영낭자전〉의 성격과 가치」, 『어문학』 66호, 한국어문학회, 1999

김장동, 「〈운영전〉의 시점과 시제의식」, 『한국문학연구』 8집, 동국대학교 한국문학연구소, 1985

김재용, 「가짜 주인공의 서사적 변주에 관한 연구」, 『한국고전연구』 25집, 한국고전연구학회, 2012

_____, 「〈토끼전〉에 수용된 용궁설화의 양상과 의미」, 『한국어문연구』 15집, 한국어문연구학회, 2004

김재환, 「古小說의 動物도움 모티프 연구」, 『어문학』 66호, 한국어문학회, 1999

김정호, 「박지원의 소설『허생전許生傳』에 나타난 정치의식」, 『대한정치학회보』 14집 2호, 대한정치학회, 2006

김종균, 「〈콩쥐팥쥐전〉의 서사 구조 연구」, 『한국학보』 87, 일지사, 1997

김종철, 「흥부전의 지향성 연구」, 『선청어문』 13집, 서울대학교, 1982

_____, 「『옹고집전』 연구: 조선후기 요호부민의 동향과 관련하여」, 『한국학보』 20, 일지사, 1994

김진균, 「許生 실재인물설의 전개와「許生傳」의 근대적 재인식」, 『대동문화연구』 62권, 성균관대학교 대동문화연구원, 2008

김창현, 「『금오신화』로 본 한국애정비극의 특성: 동아시아적 사유와 서양적 사유의 차이를 중심으로」, 『아태연구』 17권, 경희대학교 국제지역연구원, 2010

_____, 「게토, 유토피아, 대동사회: 다문화사회를 위한 인문학적 고찰」, 『온지논총』 35집, 온지학회, 2013

김풍기, 「율곡 문학론에 있어서의 평정과 긴장: 율곡의〈김시습론〉을 중심으로」, 『율곡사상연구』 제6집, (사)율곡연구회, 2003

_____, 「지식의 재구성과 김시습의 법화경 읽기」, 『동방한문학』 32집, 동방한문학회, 2007a

_____, 「담초 남영로의 생애와〈옥루몽〉에 반영된 사유」, 『한국인물사연구』 제8호, 한국인물사연구회, 2007b

_____, 「허균의 불교적 사유의 형성과〈山狗偈〉」, 『국문학연구』 16호, 국문학회,

2007c

_____, 「허균의 우정론과 그 의미」, 『비평문학』 제37호, 한국비평문학회, 2010

김현생, 「한국 괴물퇴치담의 연구」, 영남대학교 박사논문, 2010

김현양, 「체제 혹은 사회의 문제를 비판한 불온한 판타지」, 『홍길동전·전우치전』, 김현양 편역, 문학동네, 2010

_____, 「〈최치원〉, 버림 혹은 떠남의 서사」, 『고소설연구』 32권, 한국고소설학회, 2011

김현주, 「가문소설 투기대목이 화소결합방식과 유형화-〈사씨남정기〉〈창선감의록〉 〈소현성록〉을 대상으로」, 『고소설연구』 26권, 한국고소설학회, 2008

_____, 「구활자본 소설에 나타난 '가정담론'의 대중미학적 원리」, 『반교어문연구』 27집, 반교어문학회, 2009

김혜미, 「〈홍길동전〉에 담긴 상생相生의 문제」, 『통일인문학』 50집, 건국대학교 인문과학연구소, 2010

나카자와 신이치, 『신화, 인류 최고의 철학』, 동아시아, 2003

남경호, 「고전소설 〈오유란전〉의 설화구조 특징 연구」, 『한국학연구』 50집, 고려대학교 한국학연구소, 2014

남기택, 「「구운몽」의 판타지적 욕망」, 『비평문학』 제24호, 한국비평문학회, 2006

남지대, 「토끼전에 비친 조선의 관직과 충」, 『역사비평』 63호, 역사비평사, 2003,

노경희, 「〈구운몽〉에 내재된 작자의 신분질서 의식」, 『규장각』 26집, 규장각한국학연구소, 2003

노성미, 「〈최고운전〉의 탄생모티프 연구」, 『배달말』 49호, 배달말학회, 2011

노철, 「서사의 인과적 구성과 상호 텍스트성을 활용한 「홍길동전」 읽기 방법」, 『청람어문교육』 46집, 청람어문교육학회, 2012

도미야마 이치로, 『유착의 사상』, 글항아리, 2015.

류정월, 「〈변강쇠가〉의 의미 층위 연구」, 『기호학연구』 34집, 한국기호학회, 2013

류호열, 「〈숙영낭자전〉 서사 연구: 설화·소설·판소리·서사민요의 장르적 변모를 중심으로」, 건국대학교 박사논문, 2010

문복희, 「판소리 〈숙영낭자전〉 연구」, 『어문연구』 27권, 어문연구학회, 1999

문영오, 「한문소설에 삽입된 한시의 기능 연구: 금오신화와 연암소설을 중심으로」, 『한국문학연구』 4집, 동국대학교 한국문학연구소, 1981

_____, 「「금오신화」에 굴절된 한의 고찰: 「만복사저포기」·「이생규장전」·「취유부벽정기」를 중심으로」, 『한국문학연구』 10집, 동국대학교 한국문학연구소, 1987

문용식, 「고전소설에 나타난 국가변란의 구현양상과 그 의미」, 『동아시아 문화연구』 24집, 한양대학교 동아시아문화연구소, 1994

박경열, 「가정소설에 나타난 악인의 유형과 악의 의미」, 『문학치료연구』 5집, 한국문학치료학회, 2006

박대복, 「조선조 서사문학에 수용된 저주와 천관념(2)-〈사씨남정기〉·〈계축일

기〉·〈인현왕후전〉을 중심으로」, 『어문연구』 29권, 한국어문교육연구회, 2001

박병완, 『『숙향전』의 구조와 작가의식」, 『국어국문학』 115호, 국어국문학회, 1995

박상만, 「구운몽에 나타난 시공철학관 연구」, 수원대학교 박사논문, 2010

박성규, 「허생전 연구」, 『한국학논집』 12권, 계명대학교 한국학연구소, 1985

박여범, 「『옥낭자전』의 서사 구조와 문학적 의미 고찰」, 『한국언어문학』 34집, 한 국언어문학회, 1995

_____, 「『옥낭자전』의 구조적 특질 연구」, 『국어국문학』 116호, 국어국문학회, 1996

박연정, 「경계인으로서의 한일 여성, 자기서사와 고전장편소설」, 『동방학』 28집, 한 서대학교 동양고전연구소, 2013

박용식, 「〈금령전〉 연구: 꿈과 변신의 신화적 범주」, 『동화와 번역』 17집, 건국대학 교 동화와번역연구소, 1998

박일용, 「인물형상을 통해서 본 〈구운몽〉의 사회적 성격과 소설사적 위상」, 『정신 문화연구』 44호, 한국학중앙연구원, 1991

_____, 「운영전의 비극적 성격과 그 사회적 의미」, 『조선시대의 애정소설』, 권문 당, 1993

_____, 「〈심청전〉의 가사적 향유 양상과 그 판소리사적 의미」, 『판소리학회지』 5 집, 판소리학회, 1994

_____, 「〈사씨남정기〉의 이념과 미학」, 『고소설연구』 6권, 한국고소설학회, 1998

_____, 「『최고운전』의 작가의식과 소설사적 위상」, 『고전문학연구』 16권, 한국고 전문학회, 1999

_____, 「영웅소설 하위 유형의 이념 지향과 미학적 특징」, 『국문학연구』 7호, 국 문학회, 2002

_____, 「〈최고운전〉과 『삼국사기』 〈최치원전〉에 그려진 최치원의 인물 형상」, 『고 소설연구』 32권, 한국고소설학회, 2011

박정수, 「夢, 幻, 그리고 되돌아온 욕망의 서사 『구운몽』」, 『한국문학이론과 비평』 13집, 한국문학이론과 비평학회, 2001

박진아, 「진가확인구조의 양상과 그 역할 연구: 쥐둔갑설화와 〈옹고집전〉을 중심으 로」, 『어문논총』 49권, 한국문학언어학회, 2008

박태호, 「조선의 〈세시기歲時記〉에서의 사회적 시간 의식에 관하여」, 『사회와 역 사』 66집, 2004(이진경, 『역사의 공간』, 휴머니스트, 2010)

박현숙, 「성리학적 관점으로 본 숙향전」, 『한국사상과 문화』 27권, 한국사상문화 학회, 2005

박희병, 「〈금오신화〉의 창작배경과 연원」, 『우리어문연구』 9집, 우리어문연구회, 1995

_____, 『한국한문소설 교합구해』, 소명출판(제2판), 2007

배병삼, 「박지원의 유토피아: 「허생전」의 정치학적 독해」, 『정치사상연구』 9집, 한

국정치사상학회, 2003

백남오, 「금오신화 연구-갈등과 화해의 미적 구조를 중심으로」, 『경남어문』 19집, 1987

백동혁, 「연암소설의 서사 구조 硏究」, 원광대학교 석사논문, 2013

사카타 사요, 「〈금방울전〉연구-요괴퇴치의 의미를 중심으로」, 『국문학연구』 17호, 국문학회, 2008

서경희, 「〈심청전〉에 나타난 가장의 표상과 역설적 실체」, 『동방학』 30집, 한서대학교 동양고전연구소, 2014

서신애, 「죄와 벌의 관계로 본 〈숙향전〉」, 성신여자대학교 석사논문, 2013

서유경, 「〈최고운전〉의 도교적 성격과 그 문화적 의미」, 『선청어문』 31집, 서울대학교 국어교육연구소, 2003

_____, 「〈전우치전〉 읽기의 문화적 확장 탐색: 〈전우치전〉과 〈브루스 올마이티〉의 관련성을 중심으로」, 『독서연구』 20권, 한국독서학회, 2008

서유석, 「『변강쇠가』에 나타난 奇怪的 이미지와 그 社會的 含意」, 『판소리학회지』 16집, 판소리학회, 2003

_____, 「『옹고집전』에 나타난 眞假爭主의 숨은 문제: 正體性과 失傳 문제를 중심으로」, 『어문연구』 38권, 한국어문교육연구회, 2010

서인석, 「조선 중기 소설사의 변모와 유교 사상」, 『민족문화논총』 43집, 영남대학교 민족문화연구소, 2009

서종문·김석배·장석규, 「홍길동전 '율도국'의 생성과 그 의미」, 『국어교육연구』 27집, 국어교육학회, 1995

서혜은, 「〈장화홍련전〉 이본 계열의 성격과 독자 의식」, 『어문학』 97호, 한국어문학회, 2007

_____, 「〈전우치전〉의 대중화 양상과 그 소설사적 의미」, 『어문학』 115호, 한국어문학회, 2012.

_____, 「고전소설 속 도적들의 근거지로서의 해도 공간 연구」, 『한국고전연구』 26집, 한국고전연구학회, 2012

_____, 「〈금방울전〉의 여성 주도적 애정 서사의 전개 양상과 의미」, 『어문학』 121호, 한국어문학회, 2013

설성경, 『서포소설의 선과 관음』, 장경각, 1999

_____, 『실존인물 홍길동』, 중앙M&B, 1998

_____, 「「구운몽」의 주제와 표제의 의미망」, 『한국민족문화』 19·20집, 부산대학교 한국민족문화연구소, 2002

_____, 「『구운몽』의 종교성과 정치적 담론」, 『인문과학』 90집, 연세대학교 인문과학연구소, 2009

설중환, 「금오신화의 귀신」, 『어문논집』 23권, 민족어문학회, 1982

_____, 「「흥부전」의 상징성과 구조적 의미」, 『어문논집』 24·25권, 안암어문학회,

1985

_____, 「만복사저포기와 불교」, 『어문논집』 7권, 민족어문학회, 1987

_____, 「심청전: 분석심리학으로 읽어보기」, 『한국학연구』 13집, 고려대학교 한국학연구소, 2000

_____, 「〈전우치전〉의 한사상적 연구」, 『어문연구』 55권, 어문연구학회, 2007

_____, 『금오신화연구』, 고려대학교 민족문화연구소, 2013

성교진, 「연암 박지원의 한문소설에 나타난 허사에 관한 연구-〈양반전〉·〈허생전〉·〈호질〉을 중심으로」, 『어문연구』 30권, 한국어문교육연구회, 1981

성현경, 「이조몽자류소설李朝夢字類小說 연구-특히 구운몽九雲夢과 옥루몽玉樓夢을 중심으로」, 『국어국문학』 54호, 국어국문학회, 1971

손기광, 「〈심청전〉의 공간 문제와 이념의 기능」, 『어문학』 95호, 한국어문학회, 2007

송화섭, 「『심청전』 인당수의 역사민속학적 고찰」, 『역사민속학』 25호, 한국역사민속학회, 2007

신경숙, 「운영전의 반성적 검토」, 『한성어문학』 9호, 한성대학교 한성어문학회, 1990

신규원, 「김씨열행록의 갈등양상」, 『한민족어문학』 13호, 한민족어문학회, 1986

신동원, 「심청전으로 읽는 맹인의 사회사」, 『역사비평』 63호, 역사비평사, 2003

_____, 「변강쇠가로 읽는 성·병·주검의 문화사」, 『역사비평』 67호, 역사비평사, 2004

신동흔 외, 『프로이트, 심청을 만나다』, 웅진지식하우스, 2010

신영산, 「「변강쇠가」에 나타난 비장미와 골계미」, 『청람어문교육』 1집, 청람어문교육학회, 1988

신은경, 「고소설에 있어 '流通'과 '詩運用'의 상관성에 관한 검토: 〈구운몽〉을 중심으로」, 『한국문학이론과 비평』 14집, 한국문학이론과 비평학회, 2010

신재홍, 「운영전의 삼각관계와 숨김의 미학」, 『고전문학과 교육』 8집, 한국고전문학교육학회, 2004

_____, 「〈최고운전〉의 신라사 인식」, 『고전문학과 교육』 17집, 한국고전문학교육학회, 2009

_____, 「고전소설의 알몸 형상과 그 의미」, 『독서연구』 26권, 한국독서학회, 2011

신춘자, 「동북아 지역의 신경제 질서와 「허생전」에 나타난 경제원리 연구」, 『한몽경상연구』 6권, 한몽경상학회, 2000

신태수, 「최고운전의 구성과 이상주의적 성격-한문본을 중심으로」, 『문학과 언어』 15집, 문학과언어학회, 1994

_____, 「구운몽에 나타난 대칭적 세계관」, 『한민족어문학』 48호, 한민족어문학회, 2006

신호림, 「≪토끼전≫의 구조적 특징과 주제 구현양상」, 고려대학교 석사논문, 2011

_____, 「〈금방울전〉에 나타난 금방울의 성격과 여성성의 의미」, 『한국고전여성문학연구』 25권, 한국고전여성문학회, 2012

심우장, 「〈장화홍련전〉에 나타난 죽음의 제의적 해석」, 『국어국문학』 149호, 국어국문학회, 2008

심치열, 「운영전의 서사체계와 주제의식」, 『어문연구』 24권, 어문연구학회, 1996

_____, 「「심청전」의 또 다른 이야기 형상화」, 『돈암어문학』 21호, 돈암어문학회, 2008

안창수, 「반항과 순응을 통해서 본 「홍길동전」」, 『어문학』 48호, 한국어문학회, 1986

_____, 「금오신화의 의미구조와 작가의식」, 『한민족어문학』 26호, 한민족어문학회, 1994

_____, 「욕망의 변증법적 전개 양상을 통해 살펴본 〈최고운전〉의 특징과 그 소설사적 의미」, 『한민족어문학』 51호, 한민족어문학회, 2007

_____, 「〈운영전〉에 나타난 규범과 일탈의 변증법」, 『한민족어문학』 59호, 한민족어문학회, 2011

_____, 「〈전우치전〉으로 살펴본 영웅소설의 변화」, 『한국문학논총』 59집, 한국문학회, 2011

矢野百合子, 「사요히메 설화와 심청전: 사요히메의 계보와 구조를 중심으로」, 『비교민속학』 10집, 비교민속학회, 1993

엄기영, 「〈雲英傳〉과 갈등 상황의 조정자로서의 紫鸞」, 『한국문학이론과 비평』 49집, 한국문학이론과 비평학회, 2010

_____, 「〈雲英傳〉 수성궁의 공간적 성격과 그 의미」, Journal of Korean Culture, 한국어문학국제학술포럼, 2011

_____, 「국문장편 고전소설 연구 및 대중화의 토대 마련을 위한 한 걸음: 국문장편 고전소설 감상사전 편찬에 대하여」, 『한국문화연구』 23호, 이화여자대학교 한국문화연구원, 2012

여운필, 「「흥부전」 연구의 주요쟁점」, 『수련어문논집』 17권, 수련어문학회, 1990

오세창, 「희생서사의 구조와 인물 연구: 「바리공주」·「지네장터」·「심청전」을 대상으로」, 『어문연구』 30권, 한국어문교육연구회, 2002

오진령, 「융심리학과 동화분석: 콩쥐팥쥐와 모성콤플렉스」, 『피어선 신학 논단』 2권, 평택대학교 피어선기념성경연구원, 2013

왕장희, 「흥부전 〈박사설〉에 관한 研究」, 경희대학교 석사논문, 2013

우혜영, 「〈변강쇠가〉의 인물 특성과 성담론 연구」, 배재대학교 석사논문, 2008

원대연, 「고소설에 나타난 용궁·동굴 공간의 양상과 의미 연구」, 건국대학교 박사논문, 2006

유광수, 「〈구운몽〉: "자기 망각"과 "자기 기억"의 서사-성진의 양소유 되기」, 『고전문학연구』 29권, 한국고전문학회, 2006

_____, 「〈구운몽〉: 두 욕망의 순환과 진정한 깨달음의 서사: 양소유가 성진 되기」, 『열상고전연구』 26집, 열상고전연구회, 2007

_____, 「〈최고운전〉의 설화적 전승과 '최치원 설화'의 연원」, 『한국문학연구』 39집, 동국대학교 한국문학연구소, 2010

유병환, 『구운몽의 불교사상과 소설미학』, 국학자료원, 1998

_____, 「〈홍길동전〉의 형성 배경-허균의 행적과 혁명의식을 중심으로」, 『고소설연구』 20권, 한국고소설학회, 2005

유육례, 「〈흥부전〉의 인식 변이 양상」, 『남도문화연구』 22권, 순천대학교 남도문화연구소, 2012

유준경, 「여성 주체성을 향한 여정」, 『어문연구』 155권, 한국어문교육연구회, 2012

유춘동, 「세책본 〈금령전〉의 텍스트 위상 연구」, 『열상고전연구』 20집, 열상고전연구회, 2004

윤경수, 「〈금방울전〉에 나타난 용신관념과 신화적 고찰」, 『반교어문연구』 9집, 반교어문학회, 1998

_____, 「『홍길동전』의 전기적 성격과 신화의식」, 『비교민속학』 16집, 비교민속학회, 1999

_____, 「『흥부전』에 나타난 홍익인간사상 탐구」, 『한국사상과 문화』 58권, 한국사상문화학회, 2011

윤정안, 「『장화홍련전』 연구」, 서울시립대학교 석사논문, 2009

윤채근, 「『金鰲新話』: 탈계보주의, 혹은 존재를 쫓는 모험」, 『한국문학이론과 비평』 25집, 한국문학이론과 비평학회, 2004

이강엽, 「『장화홍련전』 再生譚의 의미와 기능」, 『열상고전연구』 13집, 열상고전연구회, 2000

_____, 「'자기실현'으로 읽는 〈옹고집전〉」, 『고소설연구』 17권, 한국고소설학회, 2004

_____, 「〈九雲夢〉의 문학지리학적 해석」, 『어문학』 94호, 한국어문학회, 2006

이강옥, 「『구운몽』에 나타난 환생과 思念實現의 의미」, 『우리말글』 27집, 우리말글학회, 2003

이규훈, 「「옥낭자전」 주인공의 성격 및 여성의식」, 『청람어문교육』 37집, 청람어문교육학회, 2008

이금희, 「계모형 소설 연구-〈장화홍련전〉과 〈김인향전〉을 중심으로」, 『고소설연구』 19권, 한국고소설학회, 2005

이기대, 「〈숙향전〉에 나타난 생태적 세계관」, 『국제어문』 37집, 국제어문학회, 2006

_____, 「시아버지에 의한 며느리 박해의 소설화 양상」, 『우리어문연구』 30집, 우리어문학회, 2008

_____, 「〈콩쥐팥쥐〉의 인간상과 불교적 세계관」, 『동아시아고대학』 28집, 동아시아고대학회, 2012

이남호, 「한국소설 속의 환: 9개의 환의 체험」, 『인문학연구』 38권, 계명대학교 인문과학연구소, 2005

이능우, 「이조소설에서 여성의 발견」, 『아시아여성연구』 제3집, 숙명여자대학교 아시아여성연구소, 1964

_____, 「『홍길동전』과 허균의 관계-실재 전설형의 인물 홍길동의 출현에서」, 『국어국문학』 42·43호, 1969

이대형, 「전기(소설)의 여성 형상, 기이한 대상에서 응시의 주체로」, 『민족문학사연구』 53호, 민족문학사학회·민족문학사연구소, 2013

이명현, 「오유란전과 배비장전 대비 고찰: 중심인물의 성격을 중심으로」, 『어문논집』 29권, 민족어문학회, 2001

_____, 「숙향전의 통과의례적 구조와 의미: 신화적 구조와 세계관의 변용을 중심으로」, 『어문연구』 34권, 한국어문교육연구회, 2006

이민희, 「17~18세기 고소설에 나타난 화폐경제의 사회상」, 『정신문화연구』 114호, 한국학중앙연구원, 2009

이병원, 「홍길동전의 문체론적 연구」, 『국어국문학』 99호, 국어국문학회, 1988

이상구, 「〈숙향전〉의 현실적 성격」, 『고전문학연구』 6권, 한국고전문학회, 1991

_____, 「운영전의 갈등양상과 작가의식」, 『고소설연구』 5권, 한국고소설학회, 1998

_____, 「『구운몽』의 형상화 방식과 소설미학」, 『남명학연구』 24집, 남명학회, 2007

_____, 「조선후기 애정소설의 환상성과 현실성」, 『숙향전·숙영낭자전』, 이상구 옮김, 문학동네, 2010

_____, 「〈홍길동전〉의 서사전략과 작가의 현실인식」, 『국어교육연구』 52집, 국어교육학회, 2013

이상일, 「〈흥부전〉에 나타난 인간 소외의 두 양상: 흥부와 놀부의 욕망을 중심으로」, 『고전문학과 교육』 27집, 한국고전문학교육학회, 2014

이수진, 「〈오유란전〉 재고」, 『한민족어문학』 14호, 한민족어문학회, 1987

이승수, 「《홍길동전》의 서사 지형도」, 『한국언어문화』 46집, 한국언어문화학회, 2011

이완형, 「〈옹고집전〉의 징치구조와 방어기제적 성격」, 『한국어문학연구』 59집, 한국어문학연구학회, 2012

이욱, 「허생전과 조선후기 상업의 발달」, 『역사비평』 57호, 역사비평사, 2001

이원수, 「「양반전」과 「허생전」, 그 설문과 해답: 조선 후기 선비의 自己正體性 위기의식과 그 극복」, 『연민학지』 3집, 연민학회, 1995

_____, 「〈콩쥐팥쥐〉 연구의 경과와 전망」, 『어문학』 61호, 한국어문학회, 1997

_____, 「〈사씨남정기〉, 가문의 운명과 규문의 역할」, 『어문학』 90호, 한국어문학회, 2005

이월영, 「초현실체험 분석을 통한 「금오신화」 연구」, 『국어국문학』 109호, 국어국
　　문학회, 1993

이유경, 「한국 민담에서 살펴본 여성의 부성 콤플렉스: 〈심청전〉과 〈바리공주〉 중
　　심으로」, 『심성연구』 25권, 한국분석심리학회, 2010

이윤석, 「〈홍길동전〉 해석의 몇 가지 문제에 대하여」, 『열상고전연구』 9집, 열상고
　　전연구회, 1996

──, 「동양문고본 〈홍길동전〉 연구」, 『동방학지』 99, 연세대학교 국학연구원,
　　1998

이재선, 「한국소설의 이중성의 상상력: 『九雲夢』과 이중자아 테마」, 『서강인문논
　　총』 15집, 서강대학교인문과학연구소, 2001

이재영, 「「옹고집전」의 이데올로기 재현 전략과 '길들이기'」, 『국제어문』 40집, 국제
　　어문학회, 2007

이정난, 「「홍길동전」 연구: 율도국이 지니는 의미를 중심으로」, 호남대학교 석사논
　　문, 2012

이정원, 「판소리 문학에서 삼강행실도의 수용 양상」, 『한국고전여성문학연구』 14
　　권, 한국고전여성문학회, 2007

──, 「심청전에서 '희생제의'로서의 재물 약속」, 『고전과 해석』 9집, 고전학문학
　　연구학회, 2010

──, 「〈변강쇠가〉의 성 담론 양상과 의미」, 『한국고전연구』 23집, 한국고전연구
　　학회, 2011

이정은, 「김씨 열행록 연구」, 『한민족어문학』 15호, 한민족어문학회, 1988

이종서, 「전통적 계모관繼母觀의 형성과정과 그 의미」, 『역사와 현실』 51호, 한국
　　역사연구회, 2004

이종필, 「경계인境界人의 욕망과 〈崔孤雲傳〉」, Journal of Korean Culture, 한국
　　어문학국제학술포럼, 2007

이주영, 「〈변강쇠가〉에 나타난 강쇠 형상과 그에 대한 적대의 의미」, 『어문논집』 58
　　권, 민족어문학회, 2008

이지수, 「『전우치전』의 변신모티프 양상과 의미」, 동국대학교 석사논문, 2010

이지영, 「〈홍길동전〉 속 '부친 치상治喪' 삽화의 소재적 연원 시고」, 『우리문학연
　　구』 40집, 우리문학회, 2013

이진경, 『노마디즘』 1·2, 휴머니스트, 2002

──, 『자본을 넘어선 자본』, 그린비, 2004

──, 『외부, 사유의 정치학』, 그린비, 2009

──, 『근대적 시공간의 탄생』(개정증보판), 그린비, 2010a

──, 『코뮨주의: 공동성과 평등성의 존재론』, 그린비, 2010b

──, 『불온한 것들의 존재론』, 휴머니스트, 2011

──, 『대중과 흐름』, 그린비, 2012

이진오, 「토끼전에서 용왕의 등장과 배치가 갖는 의미」, 『판소리학회지』 36집, 판소리학회, 2013

이현국, 「「구운몽九雲夢」과 「숙향전淑香傳」의 비교고찰-작가의 삶에 대한 인식과 세계관을 중심으로」, 『문학과 언어』 5집, 문학과언어학회, 1984

_____, 「〈홍길동전〉 소고-'제도'의 서사적 기능과 그 의미를 중심으로」, 『어문논총』 27권, 한국문학언어학회, 1993

_____, 「조선조 후기 소설의 현실 대응양상과 그 의의」, 『어문학』 72호, 한국어문학회, 2001

이현아, 「김씨열행록의 구조적 특징과 여성인물들의 성격 형상화」, 수원대학교 석사논문, 2006

이혜정, 「〈콩쥐 팥쥐〉의 농경 신화적 성격」, 『한국고전여성문학연구』 23권, 한국고전여성문학회, 2011

인권환, 「토끼전군 결말부의 변화양상과 그 의미」, 『정신문화연구』 44호, 한국학중앙연구원, 1991

_____, 「토끼전 해제」, 『한국고전문학전집 6: 토끼전』, 인권환 편, 고려대학교출판부, 1993

임형택, 「현실주의적 세계관과 금오신화」, 『국문학연구』 13호, 서울대문리과대학 국문학연구회, 1971

_____, 『한국문학사의 시각』, 창작과비평사, 1984

장경남, 「고소설의 이물교구담 수용 양상과 의미」, 『우리문학연구』 23집, 우리문학회, 2008

장석규, 「옹고집전의 구조와 구원의 문제」, 『문학과 언어』 11집, 문학과언어학회, 1990

장효현, 「〈구운몽〉의 주제와 그 수용사에 관한 연구」, 『김만중 문학연구』, 정규복 외, 국학자료원, 1993

_____, 「홍길동전의 생성과 유전에 대하여」, 『국어국문학』 129호, 국어국문학회, 2001

_____, 『구운몽』, 신구문화사, 2008

전성운, 「「九雲夢」의 인물 형상과 소설사적 의미」, 『한국문학이론과 비평』 12집, 한국문학이론과 비평학회, 2001

_____, 「비교 문학적 측면에서의 「구운몽」 창작과 소설사적 의미」, 『한국문학이론과 비평』 13집, 한국문학이론과 비평학회, 2001

전용문, 「옥낭자전玉娘子傳 연구-이본고를 중심으로」, 『고소설연구』 1권, 한국고소설학회, 1995

전정희, 「박지원과 박규수의 사론의 비교」, 『한국정치학회보』 28집 1호, 한국정치학회, 1994

정규복 외, 『김만중 문학연구』, 국학자료원, 1993

정규식, 「〈雲英傳〉에 형상화된 삶의 권력과 죽음의 권리」, 『고소설연구』 31권, 한국고소설학회, 2011

정규훈, 「〈토끼전〉 이본에 나타난 작가의식의 거리」, 『어문학』 44·45호, 한국어문학회, 1984

정병설, 「正道와 權道, 고전소설의 윤리 논쟁적 성격과 서사적 의미」, 『관악어문연구』 20, 서울대학교, 1995

_____, 「주제 파악의 방법과 『구운몽』의 주제」, 『한국문화』 64집, 규장각한국학연구소, 2013

정상진, 「전우치전의 현실저항과 그 한계」, 『한국문학논총』 10집, 한국문학회, 1989

_____, 「설화의 소설화와 김원전」, 『경성대학교 문화전통논집』 1집, 경성대학교 한국학연구소, 1993

정선희, 「조선후기 여성들의 말과 글 그리고 자기표현-국문장편 고전소설을 중심으로」, 『한국고전여성문학연구』 27권, 한국고전여성문학회, 2013

정지영, 「장화홍련전: 조선후기 재혼가족 구성원의 지위」, 『역사비평』 61호, 역사비평사, 2002

정출헌, 「구운동의 작품세계와 그 이념적 기반」, 『김만중 문학 연구』, 정규복 외, 국학자료원, 1993

_____, 「17세기 국문소설과 한문소설의 대비적 위상」, 『한국한문학연구』 22권, 한국한문학회, 1998a

_____, 「봉건국가의 해체와 「토끼전」의 결말 구조」, 『고전문학연구』 13권, 한국고전문학회, 1998b

_____, 「심청전'의 민중정서와 그 형상화 방식」, 『심청전 연구』, 유영대·최동현 편, 태학사, 1999

_____, 「〈최고운전〉을 통해 읽는 초기 고전소설사의 한 국면」, 『고소설연구』 14권, 한국고소설학회, 2002

_____, 「가부장적 가족제도의 질곡과 『사씨남정기』」, 『고전문학과 여성주의적 시각』, 정출헌 외, 소명출판, 2003a

_____, 「운영전의 중층적 애정 갈등과 그 비극적 성격」, 『고전문학과 여성주의적 시각』, 정출헌 외, 소명출판, 2003b

_____, 「조선 후기 하층 여성의 인생 역정과 그 문학적 형상」, 『고전문학과 여성주의적 시각』, 정출헌 외, 소명출판, 2003c

_____, 「고독한 중세 지식인의 시각으로 읽어보는 『금오신화』」, 『문학과 경계』 11호, 문학과 경계사, 2003d

_____, 「고전소설의 '천편일률'을 패러디의 관점에서 읽는 법」, 『국제어문』 38집, 국제어문학회, 2006

정충권, 「〈토끼전〉 언변을 통해 본 작품의 성격」, 『판소리학회 제50차 학술대회』,

판소리학회, 2005

_____, 「〈흥부전〉의 아이러니와 웃음」, 『판소리학회지』 29집, 판소리학회, 2010

정하영, 「〈흥부전〉의 문학적 본질과 의미」, 『판소리학회지』 3집, 판소리학회, 1992

정학성, 「『금오신화』에 형상된 죽음」, 『한국학연구』 32집, 인하대학교 한국학연구소, 2014

정한기, 「숙향전의 구조와 초월적 모티프의 작품 내적 기능에 대한 연구: 국문 경판본과 漢文 활자본의 비교를 중심으로」, 『관악어문연구』 20, 서울대학교, 1995

정환국, 「'허생고사'와 북벌인식의 추이-자료 「선유동기」를 통해서」, 『한국어문학연구』 47집, 한국어문학연구학회, 2006

_____, 「19세기 문학의 '불편함'에 대하여: 그로테스크한 경향과 관련하여」, 『한국문학연구』 36집, 동국대학교 한국문학연구소, 2009

정희중, 「시니피앙의 미래:『구운몽』에 관한 정신분석학적 테제」, 『비교문학』 57집, 한국비교문학회, 2012

조광국, 「〈사씨남정기〉의 사정옥: 총부家婦캐릭터-예제禮制의 사회문화적 맥락을 중심으로」, 『고소설연구』 34권, 한국고소설학회, 2012

조동일, 「토끼전(별쥬전)의 구조와 풍자」, 『계명논총』 8집, 계명대학교, 1972

_____, 『한국소설의 이론』, 지식산업사, 1977

_____, 「〈흥부전〉의 양면성」, 『한국고전소설연구』, 이상택 외 편, 새문사, 1993

_____, 「'심청전'에 나타난 비장과 골계」, 『심청전 연구』, 유영대·최동현 편, 태학사, 1999

_____, 「영웅소설 작품구조의 시대적 성격」, 『한국소설의 이론』, 지식산업사, 2004

조상우, 「최고운전에 표출된 '대중화對中華 의식'의 형성 배경과 의미」, 『민족문학사연구』 25호, 민족문학사연구소, 2004

조현설, 「남성 지배와 『장화홍련전』의 여성 형상」, 『고전문학과 여성주의적 시각』, 정출헌 외, 소명출판, 2003

조혜란, 「민중적 환상성의 한 유형: 일사본 〈전우치전〉을 중심으로」, 『고소설연구』 15권, 한국고소설학회, 2003

조혜련, 「〈숙향전〉의 숙향: 청순가련형 여성주인공의 등장」, 『고소설연구』 34권, 한국고소설학회, 2012

진경환, 「창선감의록의 사실주의적 성격과 낭만적 구성」, 『고전문학연구』 6권, 한국고전문학회, 1991

_____, 「소설사적 관점에서 본 〈창선감의록〉과 〈사씨남정기〉의 관계」, 『김만중 문학 연구』, 정규복 외, 국학자료원, 1993

_____, 「「남염부주지」의 반어」, 『고전문학연구』 13권, 한국고전문학회, 1998

_____, 「「취유부벽정기」의 구성과 김시습의 의식 지향」, 『우리어문연구』 49집, 우리어문학회, 2014

진은진, 「〈흥부전〉에 나타난 악과 세속적 욕망」, 『판소리학회지』 26집, 판소리학회, 2008

차배옥덕, 「여성자매애에 대한 일 고찰: 『운영전』을 중심으로」, 『여성연구논총』 1, 성신여자대학교 한국여성연구소, 2000

최광석, 「〈전우치전〉의 설화 수용과 지평 전환」, 『국어교육연구』 28집, 경북대학교 국어교육연구회, 1996

_____, 「〈토끼전〉의 공간대립의 양상과 의미」, 『어문학』 75호, 한국어문학회, 2001

_____, 「〈허생전〉의 형상화 방향과 현실인식의 층위: 구전설화 및 야담과의 대비적 관점에서」, 『문학과 언어』 24집, 문학과언어학회, 2002

_____, 「〈토끼전〉에서 '육지위기'와 '토끼포획'의 공존과 그 의의」, 『판소리학회지』 29집, 판소리학회, 2010

최기숙, 「권력담론으로 본 최치원전」, 『연민학지』 5집, 연민학회, 1997

_____, 「17세기 장편소설 연구」, 연세대학교 박사논문, 1998

_____, 「성장소설로 본 〈금방울전〉, 〈김원전〉」, 『연민학지』 7집, 연민학회, 1999

_____, 「귀신의 처소, 소멸의 존재론: 『금오신화』의 '환상성'을 중심으로」, 『돈암어문학』 16호, 돈암어문학회, 2003

_____, 「돈의 윤리와 문화 가치: 조선후기 서사 문학의 경제적 상상력」, 『현대문학의 연구』 32집, 한국문학연구학회, 2007

_____, 「'둔갑'의 생리, 그 욕망과 수용의 문화적 맥락」, 『동방학지』 141, 연세대학교 국학연구원, 2008a

_____, 「'착한' 돈과 윤리적 사회, '부자'를 보는 문학적 시선」, 『민족문학사연구』 37호, 민족문학사연구소, 2008b

_____, 「"효녀 심청"의 서사적 탄생과 도덕적 딜레마-감성적 포용과 전향의 맥락」, 『고소설연구』 35권, 한국고소설학회, 2013

_____, 「〈심청전〉의 공감화 맥락: '공/사'의 경계 구분과 공생적 공공성」, 『열상고전연구』 37집, 열상고전연구회, 2013

최동현, 「심청전의 주제에 관하여-여성주의적 관점에서」, 『국어문학』 31권, 국어문학회, 1996

최삼용, 「최고운전의 주제와 민족의식」, 『국어문학』 25권, 국어문학회, 1985

_____, 「〈전우치전〉의 도교사상 연구」, 『도교문화연구』 2집, 한국도교문화학회, 1988

최성욱, 「변신이야기에 나타난 교육의 구조 탐색」, 서울대학교 박사논문, 1994

최영호, 「바다의 기억, 기억의 바다」, 『에피스테메』 4호, 고려대학교 응용문화연구소, 2010

최윤영, 「〈숙영낭자전을 읽다〉에 나타난 전통변용양상」, 『한국극예술연구』 40집, 한국극예술학회, 2013

최윤오, 「홍부전과 조선후기 농민층 분화」, 『역사비평』 57호, 역사비평사, 2001

최윤자, 「『심청전』의 신성혼신화적 성격 연구」, 단국대학교 석사논문, 2008

최재우, 「〈운영전〉 갈등구조의 양상과 그 소설사적 의미」, 『열상고전연구』 29집, 열
상고전연구회, 2009

최종운, 「〈구운몽〉과 〈옥루몽〉의 구조적 특징과 이념세계 연구: 환몽구조 초기 형
태의 원리를 바탕으로」, 『어문학』 89호, 한국어문학회, 2005

최천집, 「「허생전」 이상사회의 사상적 토대」, 『동방학』 24집, 한서대학교 동양고전
연구소, 2012

최태호, 「최치원과 〈최고운전〉 연구」, 『한문학논집』 19권, 근역한문학회, 2001

탁원정, 「가정소설에 나타난 '집' 연구: 〈사씨남정기〉 〈창선감의록〉을 대상으로」,
『한국고전연구』 12집, 한국고전연구학회, 2005

_____, 「〈장화홍련전〉의 서사 공간 연구」, 『고전문학연구』 31권, 한국고전문학회,
2007

하성란, 「놀부박사설의 성격과 화폐경제인식: 퇴장화폐 문제를 중심으로」, 『한국
어문학연구』 55집, 한국어문학연구학회, 2010

_____, 「경판본 『흥부전』에 나타난 數의 의미: 〈박사설〉을 중심으로」, 『동방학』
26집, 한서대학교 동양고전연구소, 2013

허원기, 「심청전 근원 설화의 전반적 검토: 元洪莊 이야기의 위상을 중심으로」,
『정신문화연구』 25호, 한국학중앙연구원, 2002

황경숙, 「「심청전」에 나타난 토포스와 서사적 意味」, 『동북아문화연구』 12집, 동북
아시아문화학회, 2007

황영주, 「심청전 읽기로 본 한국에서의 근대국가와 여성」, 『한국정치학회보』 34집
4호, 한국정치학회, 2000

황혜진, 「고전소설 소재 인물의 역사적 삶에 대한 연구-〈운영전〉의 안평대군에 대
한 실록의 기록을 대상으로」, 『고소설연구』 29권, 한국고소설학회, 2010

ㅅ

ㅇ

파격의 고전

심청은 보았으나 길동은 끝내 보지 못한 것

ⓒ 이진경 2016

1판 1쇄 2016년 3월 7일
1판 6쇄 2023년 5월 8일

지은이 이진경
펴낸이 강성민
편집장 이은혜
마케팅 정민호 박치우 한민아 이민경 박진희 정경주 정유선 김수인
브랜딩 함유지 함근아 박민재 김희숙 고보미 정승민
제작 강신은 김동욱 임현식

펴낸곳 (주)글항아리 | **출판등록** 2009년 1월 19일 제406-2009-000002호

주소 10881 경기 파주시 심학산로 10 3층
전자우편 bookpot@hanmail.net
전화번호 031-955-8869(마케팅) 031-941-5159(편집부)
팩스 031-941-5163

ISBN 978-89-6735-304-9 03800

www.geulhangari.com